À PROPOS DE L'AUTRICE

Amanda Stevens vit à Houston, au Texas. Elle a écrit plus de cinquante romans et remporté de nombreux prix littéraires. Ses intrigues, intenses et mystérieuses, nous offrent des personnages forts auxquels on aime s'identifier, pour le meilleur et parfois pour le pire…

Unis dans l'adversité

*

La photo du passé

*

Le poids du souvenir

Collection : SAGAS

Titre original :
CRIMINAL BEHAVIOR

Ce roman a déjà été publié en 2020

HARPERCOLLINS FRANCE
83-85, boulevard Vincent-Auriol, 75646 PARIS CEDEX 13
Service Clients — www.harlequin.fr
ISBN 978-2-2805-1540-5 — ISSN 2426-993X

Édité par HarperCollins France.
Composition et mise en pages Nord Compo.
Imprimé en décembre 2024 par CPI Black Print (Barcelone)
en utilisant 100% d'électricité renouvelable.
Dépôt légal : janvier 2025.

FSC www.fsc.org MIXTE Papier issu de sources responsables FSC® C159065

Pour limiter l'empreinte environnementale de ses livres, HarperCollins France s'engage à n'utiliser que du papier fabriqué à partir de bois provenant de forêts gérées durablement et de manière responsable.

AMANDA STEVENS

Unis dans l'adversité

INTÉGRALE
LES MYSTÈRES DE CHARLESTON

Traduction française de
FABRICE CANEPA

SAGAS
HARLEQUIN

1

Tapie au fond d'une impasse et dissimulée par un épais rideau de verdure, la vieille maison de style victorien semblait se décomposer dans la chaleur moite. Les tourelles et encorbellements qui ornaient la toiture s'étaient affaissés sous l'effet conjugué du climat rigoureux et du manque d'entretien.

Le grand jardin avait dû être magnifique autrefois, mais ce n'était plus aujourd'hui qu'une friche envahie de ronces et d'herbes folles. Les sentiers de brique qui le parcouraient jadis s'étaient disloqués sous la poussée des racines. Il régnait en ces lieux une atmosphère d'abandon et de désespoir.

Était-ce le fruit de son imagination ? En franchissant le ruban jaune de police qui interdisait l'accès aux lieux, Adaline Kinsella crut sentir s'abattre sur elle le poids des lourds secrets que cachait cet endroit depuis trop longtemps livré à la décrépitude.

Montant les marches qui permettaient d'accéder au porche, elle alla pousser la porte d'entrée qui s'ouvrit avec un grincement lugubre. Comme elle pénétrait dans le hall plongé dans la pénombre, elle éprouva une étrange sensation de déjà-vu qui la mit mal à l'aise.

Elle était pourtant convaincue de n'être jamais venue ici. Elle ne se rappelait même pas être passée dans cette rue. Et pourtant, elle ne pouvait se défaire de cette sensation de déjà-vu.

Ce devait être la fatigue. Au cours des cinq derniers jours, elle avait beaucoup marché, nagé et pagayé par une température avoisinant les 35 °C. Ces vacances au bord du lac, qui étaient censées l'aider à se ressourcer, l'avaient épuisée.

Mais Addie avait toujours été incapable de demeurer inactive. C'était d'ailleurs la raison pour laquelle elle avait fini par rentrer à Charleston : au bout de quelques jours passés seule loin de tout, au beau milieu des montagnes Bleues, sans même une connexion Internet, elle avait commencé à tourner en rond.

Très vite, la ville lui manquait – de même que son travail. Elle avait donc écourté son séjour et était revenue juste à temps pour découvrir les gros titres des journaux qui annonçaient la macabre découverte survenue dans la demeure de Delmar Gainey.

Le propriétaire des lieux était mort cinq ans auparavant dans une maison de retraite de la ville. Gainey n'avait désigné aucun héritier, et la propriété où il avait vécu en reclus durant la majeure partie de son existence était demeurée un certain temps inoccupée.

Elle avait finalement été rachetée aux enchères par un audacieux promoteur immobilier. De façon assez inattendue, il avait décidé de rénover la maison au lieu de la raser comme l'auraient fait la plupart de ses concurrents.

Les ouvriers travaillant sur le chantier avaient bien remarqué l'odeur nauséabonde qui flottait dans les pièces mais ils n'y avaient guère prêté attention. Après tout, la maison était vieille et mal entretenue, et avait déjà subi plusieurs inondations.

Ce n'est que lorsque l'équipe avait commencé à arracher les planchers pourrissants que les premiers vestiges humains avaient été mis au jour.

La police scientifique avait aussitôt pris le relais et fouillé méticuleusement la demeure. Sept corps avaient ainsi été retrouvés sous les planchers et derrière les boiseries. Sept autres avaient été enterrés dans le jardin. Par acquit de conscience, les recherches avaient été étendues aux propriétés voisines.

— Ohé ! appela Addie en s'avançant dans le hall. Est-ce qu'il y a quelqu'un ?

Sa voix résonna dans le bâtiment désert. Elle paraissait étrangement étouffée. L'électricité avait été coupée, ce qui signifiait qu'il n'y avait ni lumière ni climatisation. À l'intérieur, la chaleur était presque aussi écrasante que celle qui régnait au-dehors.

Tendant l'oreille, Addie crut percevoir un léger grattement provenant de l'étage. Un frisson dévala le long de son échine. Elle avait toujours détesté les rats. Et, en cet instant, elle ne pouvait s'empêcher de les imaginer, grouillant dans le grenier et derrière les boiseries.

Elle imagina que le faux plafond de bois vermoulu cédait soudain, laissant tomber sur elle une pluie de rongeurs. S'efforçant de faire abstraction de cette vision cauchemardesque, elle s'avança jusqu'à la porte qui donnait sur une vaste pièce déserte qui avait dû être un salon ou une salle à manger.

Les meubles avaient depuis longtemps disparu, et les fenêtres étaient recouvertes de planches en bois qui ne laissaient filtrer que quelques rayons de soleil. Une odeur écœurante flottait dans l'air confiné, mélange de poussière, de plâtre et de putréfaction.

Mais ce n'était peut-être que le fruit de son imagination. Après tout, les victimes de Delmar Gainey avaient été emmurées plus de vingt ans auparavant et devaient être réduites à l'état de squelettes depuis bien longtemps.

Une fois de plus, Addie se demanda ce qu'elle était venue faire ici. Après tout, dès le lundi suivant, elle devait partir pour Atlanta pour rejoindre le programme de Gwen Holloway, l'une des plus brillantes profileuses du FBI.

Cette formation devait durer six semaines au cours desquelles Addie travaillerait avec les meilleurs agents du sud-ouest des États-Unis. De retour à Charleston, elle pourrait mettre à profit ses nouvelles compétences et, qui sait, éviter que des monstres du genre de Delmar Gainey échappent à leur tour à la justice.

Addie traversa la grande salle de réception, évitant soigneusement les fosses qui avaient été creusées pour dégager les corps des victimes. Comme elle s'approchait de la porte qu'elle avait remarquée à l'autre bout de la pièce, elle vit quelqu'un en sortir en hurlant.

Instinctivement, elle se recula vivement tout en dégainant son arme qu'elle braqua sur l'homme qui venait d'apparaître devant elle.

— Je t'ai bien eue ! s'exclama Matt Lepear, hilare.

Elle foudroya son partenaire du regard.

— Tu es complètement dingue ! s'exclama-t-elle. J'aurais pu te tuer !

Il secoua la tête en riant de plus belle.

— Toi ? J'en doute. De tous les flics que je connais, tu es probablement la dernière qui ouvrirait le feu sans sommation...

À l'entendre, on aurait presque pu croire que c'était un défaut.

— Tu es bien sûr de toi, remarqua-t-elle.

Il secoua la tête.

— C'est de toi que je suis sûr, Addie. Après tout ce temps, je te connais mieux que tu ne te connais toi-même.

— Vraiment ?

— Vraiment. Je savais par exemple que tu serais incapable de passer une semaine toute seule à ne rien faire. J'étais certain que tu reviendrais avant lundi.

— Je ne pouvais pas me permettre de te laisser trop longtemps sans surveillance, rétorqua-t-elle. Tu es un véritable danger public.

— Toi aussi, tu m'as manqué. Mais dis-moi, tu n'avais vraiment rien de mieux à faire que de venir visiter ce palais des horreurs ? Tu aurais pu aller voir un film au cinéma, faire du shopping ou passer chez le coiffeur. Ce ne serait pas du luxe, d'ailleurs...

— Je voulais voir cet endroit de mes propres yeux, répondit-elle.

— Je ne sais pas si on te l'a déjà dit mais tu es vraiment une drôle de fille, Addie.

— Tu dois me le répéter au moins deux ou trois fois par semaine.

Cela faisait près de dix ans qu'ils se connaissaient. Ils s'étaient rencontrés à l'académie de police et avaient obtenu leur diplôme en même temps. Ils avaient patrouillé ensemble avant d'être tous deux nommés inspecteurs. Cette longue collaboration n'avait fait que renforcer l'amitié et le respect qu'ils éprouvaient l'un pour l'autre.

Tous deux étaient pourtant très différents. Addie avait tendance à trop réfléchir alors que Matt fonctionnait à l'instinct. C'était un excellent policier, mais son impulsivité lui avait souvent coûté cher.

Ses supérieurs n'appréciaient guère sa tendance à l'insubordination et sa décontraction proverbiale – il avait par exemple toujours refusé d'enfiler le costume que la plupart de ses collègues considéraient comme de rigueur, préférant les jeans fatigués et les T-shirts à l'effigie de ses groupes de rock préférés.

Mais Matt était l'un des meilleurs inspecteurs de la ville, et la proportion d'enquêtes qu'Addie et lui parvenaient à résoudre était très nettement supérieure à la moyenne. Elle estimait avoir beaucoup de chance de faire équipe avec quelqu'un comme lui et espérait qu'ils pourraient reprendre leur fructueuse collaboration dès qu'elle aurait terminé sa formation.

— Est-ce que tu veux que je te fasse visiter les lieux ? proposa-t-il.

— Ne t'embête pas pour moi, répondit-elle. Tu as sans doute mieux à faire Je vais faire un tour par moi-même. Mais tu peux peut-être répondre à une question que je me pose...

Matt lui lança un coup d'œil interrogateur.

— Comment Gainey a-t-il réussi à dissimuler ses crimes durant tout ce temps ? L'odeur devait être abominable, durant les premières années, particulièrement en été. Or, personne n'a porté plainte. Aucun voisin ne semble avoir remarqué quoi que ce soit.

— Ce n'est pas si étonnant, objecta Matt. À l'époque où les meurtres ont été commis, il y avait beaucoup moins de monde dans ce quartier. D'autant que Gainey a emménagé ici à la mort de sa mère, juste après l'un des plus gros ouragans qui ait frappé la région. Plusieurs propriétés des environs avaient été détruites ou abandonnées. Il vivait seul ici et ne voyait quasiment personne. Il aurait sans doute pu continuer à tuer pendant des années sans être inquiété...

— Et pourtant, il a arrêté du jour au lendemain, remarqua Addie. Ce n'est pas courant, pour un psychopathe.

— Il n'a pas vraiment eu le choix, répondit Matt. Tu as peut-être remarqué que le porche d'entrée était équipé d'une rampe d'accès. Trois ans après avoir emménagé ici, Gainey a eu un accident de voiture et s'est retrouvé cloué dans un fauteuil roulant. C'est probablement la raison pour laquelle il a choisi de rester ici, auprès de ses victimes. Pendant vingt-cinq ans, il a dû se contenter de revivre les meurtres dans sa tête...

— Charmant... Mais cela n'explique pas comment quatorze

personnes ont pu s'évanouir dans la nature en l'espace de quelques mois sans que personne s'en rende compte !

— Il s'agissait probablement de marginaux, répondit Matt. Gainey était un homme intelligent. Il a probablement choisi des gens dont la disparition passerait inaperçue : des SDF, de jeunes fugueuses, des immigrées clandestines...

— Nous allons devoir rouvrir tous les dossiers de signalement de personnes disparues, murmura pensivement Addie. Et malheureusement, aucun document de cette époque n'a été numérisé. Cela ne va pas être une partie de plaisir...

— Tu as de la chance : ta formation te dispensera de cette corvée. Mais je suis prêt à parier que moi, je n'y couperai pas. Maintenant que tu ne seras plus là, Cutler va se faire un plaisir de me faire payer mes incartades passées.

— C'est possible, reconnut-elle.

De fait, le commissaire Cutler, qui se trouvait être l'oncle d'Addie, était un homme sévère, parfois même inflexible. Et il n'appréciait ni la décontraction de Matt ni ses méthodes parfois peu orthodoxes.

— Tu sais, reprit son partenaire, il y a une autre raison pour laquelle Gainey a réussi à ne pas attirer l'attention.

— Finch, acquiesça-t-elle.

Il hocha la tête.

— Les meurtres de Gainey ont été commis à peu près à la même époque que ceux du Tueur du crépuscule.

La simple évocation de ce surnom éveilla en elle une sensation vaguement nauséeuse. Orson Lee Finch, que les journaux avaient alors surnommé le Tueur du crépuscule, avait été pour elle une source de cauchemars durant de longues années.

Et même si, avec le temps, elle était plus ou moins parvenue à maîtriser son angoisse, l'évocation de ce monstre la mettait toujours très mal à l'aise.

Mais la remarque de Matt recoupait ses propres réflexions : la concomitance des deux séries de meurtres ne lui avait pas échappé. Et c'était probablement la raison du malaise qu'elle avait éprouvé en pénétrant dans cette maison. L'idée que deux tueurs en série aient pu cohabiter dans la même ville à la même époque était glaçante.

— À l'époque, c'était Finch qui faisait les gros titres, reprit Matt. Sans parler du fait que les gens devaient toujours faire face aux conséquences de l'ouragan… Il n'est pas étonnant que les crimes de Gainey soient passés inaperçus.

— Tu as raison, acquiesça Addie.

— D'autant que Finch s'attaquait à des proies nettement plus en vue, ajouta Matt. Des femmes de la bonne société de Charleston…

Il s'interrompit brusquement.

— Je suis désolé, lui dit-il.

— Tu n'as pas à l'être.

— Ce ne doit pas être facile pour toi.

— Tu oublies que ce n'est pas Finch qui a tué ma mère mais James Merrick. Et je n'avais que sept ans à l'époque. Je ne me souviens plus de grand-chose…

C'était un mensonge, bien sûr. Même après tout ce temps, le souvenir de cette soirée était demeuré profondément ancré en elle. Elle se rappelait chaque mot qu'avaient prononcé son oncle et sa tante ce soir-là, alors qu'elle faisait mine de dormir.

— Comment pouvons-nous lui annoncer une chose pareille, David ? Comment pouvons-nous lui dire que sa mère a été assassinée par un tueur en série ?

— Nous ne savons pas s'il s'agit d'un tueur en série. Orson Lee Finch est derrière les barreaux. Laissons la dormir tant qu'elle le peut, Helen. Il sera bien temps de lui dire la vérité demain…

— La pauvre petite chérie. Que va-t-elle devenir ?

Addie était demeurée allongée dans l'obscurité, les yeux fixés sur le plafond qu'elle pouvait à peine distinguer. Un sentiment de terreur mêlée d'effroi et d'impuissance la clouait sur place, l'empêchant presque de respirer. Elle avait distinctement l'impression que son monde venait de basculer, que plus rien ne serait jamais comme avant.

Huit autres familles avaient dû éprouver la même chose en apprenant la mort de leurs proches. Huit femmes assassinées au crépuscule par Orson Lee Finch, un jardinier dément qui avait signé chacun de ses crimes d'un pétale de magnolia rouge posé sur les lèvres de ses victimes.

Contrairement à Gainey, Finch n'avait pas cherché à dissimuler les corps, à les garder pour lui. Il les avait disposés à la vue de tous, par fierté, peut-être, ou pour le plaisir de jouer au chat et à la souris avec la police.

Mais ce n'était pas lui qui avait tué la neuvième victime, la mère d'Addie. Par une cruelle ironie du sort, Sandra Kinsella avait été assassinée par l'agent spécial du FBI James Merrick, l'homme qui avait traqué et arrêté Finch mais dont la raison n'avait pas résisté à cette terrible confrontation.

— J'ai regardé le documentaire qu'ils ont diffusé l'autre soir au sujet du Tueur du crépuscule, lui avoua Matt. Apparemment, plusieurs personnes pensent aujourd'hui qu'Orson Lee Finch était innocent.

— Il y a toujours des gens qui contestent les décisions de justice – sans parler des fans des tueurs en série… Mais si Finch était innocent, d'autres femmes auraient été tuées depuis son incarcération.

— À moins que le tueur n'ait quitté Charleston après son arrestation, objecta Matt. Il a peut-être décidé de profiter de l'occasion pour prendre la tangente…

Addie lui jeta un coup d'œil réprobateur.

— Ne me dis pas que tu t'es laissé convaincre ! s'exclama-t-elle.

Il haussa les épaules.

— Ce que disaient ces gens était loin d'être idiot. En tout cas, ça m'a fait réfléchir…

— Ça devait bien arriver un jour, ironisa-t-elle.

— Très drôle, répliqua Matt en croisant les bras sur sa poitrine, geste qui trahissait généralement le fait qu'il était bien décidé à aller jusqu'au bout de ce qu'il avait à dire.

Addie n'avait pas particulièrement envie de s'étendre sur le sujet, mais elle ne tenait pas non plus à trahir le malaise que lui inspirait toujours ce sujet.

— Le dossier n'était pas aussi solide que je le pensais, poursuivit-il. La condamnation de Finch reposait surtout sur ses aveux.

— Et il n'est pas revenu dessus, que je sache.

— Ce ne serait pas la première fois qu'un innocent avouerait un tel crime, objecta Matt. Tu sais que certains de nos collègues n'y vont pas de main morte durant les gardes à vue.

— Il serait revenu sur ses déclarations au tribunal, objecta-t-elle.

— Pas s'il cherchait à protéger quelqu'un...

— Tu veux dire que Finch aurait connu le meurtrier et qu'il aurait accepté d'être condamné à sa place ? Tu ne crois pas que c'est un peu tiré par les cheveux ?

— C'est vrai, reconnut Matt. Mais le profil de Finch ne cadre pas avec celui d'un tueur en série.

— Tu sais comme moi que Merrick était l'un des meilleurs profileurs du FBI...

— Avant de perdre la tête et de jouer les *copycats*. Ne me dis pas qu'il n'y a pas de quoi remettre en cause ses conclusions...

— C'est ce que les avocats ont fait lors du procès en appel, lui rappela Addie. Mais le jury a confirmé le premier verdict.

— Finch avait un avocat commis d'office. Il n'était pas de taille face au meilleur procureur de l'État.

— Si son client avait été innocent, il n'aurait eu aucun mal à le prouver. Depuis que Finch et Merrick sont en prison, plus aucune femme n'a jamais été retrouvée morte, un pétale de magnolia sur les lèvres. Cela me suffit. Quant à nous, nous sommes ici pour nous occuper d'un autre tueur, et je pense que nous ferions bien de nous y mettre.

— Je te rappelle que tu n'es même pas censée être de service, objecta Matt. Dès lundi, tu dois suivre le stage de l'une des meilleures profileuses que le FBI ait jamais connue.

— Je sais, acquiesça gravement Addie. Et j'ai bien conscience du fait que tu méritais cette place au moins autant que moi. J'imagine que s'ils m'ont choisie, c'est surtout pour prouver que la police de Charleston n'est pas sexiste.

— Ne dis pas n'importe quoi ! s'exclama Matt. Cette place te revient de droit. Je sais que mes... excentricités ne sont pas du goût de tout le monde.

— Peut-être mais toi, au moins, tu n'as jamais fait fuiter un dossier confidentiel...

— Arrête de te torturer pour une erreur de jeunesse. C'est du passé, Addie. Tout le monde a oublié cette histoire, aujourd'hui.

— Pas David, objecta-t-elle.

— Crois-tu qu'il t'aurait proposé ce stage s'il n'avait pas tourné la page ?

Addie aurait voulu le croire mais elle savait qu'elle avait profondément déçu son oncle, à l'époque. Et depuis lors, leurs relations professionnelles n'avaient plus jamais été tout à fait les mêmes.

— En tout cas, reprit Matt, fais bien attention à toi lorsque tu seras là-bas.

— Pourquoi ?

— Parce que ce qui se passe à Charleston, ce n'est rien, comparé à ce que ces gens voient tous les jours.

— Tu crois que je ne suis pas prête ?

— Je sais que tu l'es, répondit-il. Mais rappelle-toi que si le métier de profileur est utile, il est aussi dangereux. À force de combattre les monstres, on risque parfois d'en devenir un.

— Depuis quand est-ce que tu cites Nietzsche ? s'étonna-t-elle.

— Je ne savais même pas que c'était de lui. C'est Gwen Holloway qui m'a dit ça un jour, à l'académie.

— Elle devait penser à James Merrick.

— Probablement. Mais nous avons tous un point de rupture. Alors quoi qu'il arrive, reste toujours sur tes gardes. Écoute ce que dira Holloway, prends ce qu'elle a à t'offrir. Mais protège-toi. Ne laisse jamais ces types entrer dans ta tête, d'accord ?

— C'est promis, répondit-elle, touchée par sa sollicitude.

Une fois de plus, elle se prit à songer que le bon sens et la franchise de son partenaire allaient cruellement lui manquer au cours des semaines à venir.

Cela faisait vingt-quatre heures qu'Ethan Barrow était arrivé à Charleston. Il n'avait quasiment pas fermé l'œil de la nuit, n'avait avalé qu'un rapide petit déjeuner et n'avait pas pris le temps de se raser. Il se sentait sale et groggy.

La chaleur n'aidait guère : il avait oublié à quel point les journées pouvaient être chaudes et moites au beau milieu de l'été.

Le costume noir qu'il portait n'était pas du tout adapté à un tel climat. Réprimant un soupir, il desserra le nœud de sa cravate et détacha le premier bouton de sa chemise.

Il n'ôta pas sa veste, cependant. Elle faisait désormais partie de son uniforme. Et elle avait au moins le mérite de cacher les taches de transpiration qui devaient maculer sa chemise.

Tapotant nerveusement le volant de la voiture de location dans laquelle il était assis depuis une dizaine de minutes, il observa attentivement la maison dans laquelle Addie venait d'entrer.

C'était incontestablement l'un des endroits les plus lugubres et les plus inquiétants qu'il lui ait jamais été donné de voir. Et il n'avait aucun mal à imaginer qu'un dangereux prédateur comme Delmar Gainey ait pu décider de s'y installer.

La découverte des corps mutilés dans cette maison avait presque fait oublier aux journalistes l'anniversaire de l'arrestation d'Orson Lee Finch et de James Merrick. Cela ferait bientôt vingt-cinq ans que le premier croupissait dans la prison d'État de Kirkland tandis que le deuxième était confiné dans l'hôpital psychiatrique de Columbia.

La plupart des gens s'accordaient à penser que les deux hommes avaient eu de la chance et qu'ils méritaient un sort bien pire que celui-là. Evidemment, Ethan ne partageait pas cette opinion.

Malheureusement, il n'avait pas réussi à convaincre Addie de l'innocence de James Merrick. Au lieu de cela, il avait trahi sa confiance et gâché ce qu'il considérait encore aujourd'hui comme sa seule véritable histoire d'amour.

Des années s'étaient écoulées depuis lors, mais son instinct lui soufflait qu'elle ne lui avait probablement pas pardonné cette trahison. Elle était pourtant la seule personne à qui il pouvait confier les derniers éléments de son enquête, la seule dont il était certain qu'elle ne le trahirait pas...

La veille, après avoir atterri à Charleston et loué un véhicule, il s'était rendu directement à la prison de Kirkland pour y interroger Finch. Au fil des années, Ethan avait étudié des dizaines de photographies et de vidéos de lui, mais c'était la première fois qu'il avait eu l'occasion de le rencontrer en personne.

L'apparence du Tueur du crépuscule l'avait légèrement

décontenancé. C'était un homme de faible stature, pâle et filiforme, avec de grands yeux bleus agrandis par des lunettes cerclées d'argent à fort grossissement. Il était parfaitement coiffé, et son uniforme de prisonnier était impeccablement repassé.

L'homme lui avait fait penser à un professeur d'université érudit qui se serait retrouvé projeté dans un environnement auquel rien ne le prédestinait. Ethan n'avait pu s'empêcher de se demander comment il avait bien pu survivre aussi longtemps en prison.

Ils s'étaient assis l'un en face de l'autre sur d'inconfortables chaises en plastiques séparées par une épaisse paroi de verre. La conversation qu'ils avaient eue par l'entremise de l'interphone lui avait semblé tout aussi déroutante que l'apparence de Finch.

Ethan se targuait d'ordinaire d'être très psychologue. Mais l'ancien jardinier était vraiment très difficile à cerner. Il s'était exprimé avec beaucoup de calme et de sérénité, répondant de façon posée et réfléchie.

Ce n'est que lorsqu'il l'avait interrogé au sujet de sa mère qu'Ethan avait enfin obtenu une réaction émotionnelle : le regard de Finch s'était fait plus intense, et sa bouche s'était tordue d'un rictus douloureux.

— Elle ne s'est jamais mariée, n'est-ce pas ? lui avait demandé Ethan. Cela n'a pas dû être facile pour vous. À cette époque, les enfants nés hors mariage étaient stigmatisés. Vous avez dû traverser des moments difficiles à l'école...

Finch n'avait rien répondu.

— Je vois que vous n'êtes pas le genre de personne qui néglige son apparence. Votre mère travaillait comme femme de ménage, je crois. Vous ne deviez donc pas être très riches. J'imagine que vous lui en vouliez un peu. Beaucoup, peut-être... À cause d'elle, vous en étiez probablement réduit à porter des vêtements de seconde main. Certains venaient peut-être des familles qui employaient votre mère. En avez-vous conçu du dépit ? De la jalousie ?

Finch avait gardé les yeux résolument fixés sur lui. Son expression était demeurée indéchiffrable, et Ethan s'était forcé à ravaler le malaise grandissant que l'homme lui inspirait. Pour dissimuler son trouble, il avait fait mine de relire ses notes qu'il connaissait par cœur.

— En dépit d'une situation sociale peu favorable, vous étiez un élève très doué. Vous étiez toujours le premier de votre classe. Vous avez même réussi à décrocher une bourse qui vous a permis d'intégrer l'université. Vous avez commencé à étudier la botanique et l'horticulture, et vous espériez devenir paysagiste. Malheureusement, votre mère est tombée malade alors que vous étiez en deuxième année, et vous avez dû quitter l'université pour vous occuper d'elle. C'est à ce moment que vous avez commencé à travailler comme jardinier. J'imagine que vous avez dû retourner solliciter l'aide des gens pour lesquels votre mère avait travaillé. Cela a dû être très humiliant pour vous...

— Vous *imaginez* et *supposez* beaucoup, agent Barrow, avait alors remarqué Finch d'une voix posée. Est-ce que par hasard vous chercheriez à m'impressionner par l'étendue de vos capacités de déduction ? Ou à me prouver que vous avez fait des recherches approfondies à mon sujet ?

— Je me suis effectivement documenté sur votre compte, avait acquiescé Ethan. Et j'ai découvert que vous aviez eu une fille. Personne ne semble connaître son nom ou savoir ce qu'elle est devenue depuis que vous avez été incarcéré. Certains pensent que vous l'aviez eue avec votre première victime. Est-ce pour cela que vous l'avez tuée ? Parce qu'elle correspondait au profil que vous haïssez : des mères célibataires qui ont préféré favoriser leur propre liberté plutôt que leurs enfants. À moins qu'il ne s'agisse d'un motif plus prosaïque. A-t-elle refusé de vous épouser ? Ou de vous désigner comme le père de cette enfant ? Refusait-elle de se lier à un simple jardinier ?

Finch avait secoué doucement la tête.

— Vous avez vraiment beaucoup d'imagination, agent Barrow. Je ne cesse de m'étonner du fait qu'après toutes ces années, après tous ces dossiers, toutes ces évaluations psychologiques, personne n'est parvenu à me cerner. Même pas l'éminent James Merrick qui était pourtant un homme très perspicace...

— N'hésitez pas à corriger le portrait que je viens de faire de vous. C'est précisément la raison de ma présence ici.

Finch avait paru hésiter quelques instants avant de reprendre la parole.

— Le profil psychologique que Merrick a dressé était vicié dès le départ. Il a été rédigé avec la conviction assez cynique que j'en voulais à ma mère qui m'avait élevé seule et très modestement. Or, rien ne saurait être plus éloigné de la vérité. Nous étions pauvres, certes. Mais j'étais un enfant heureux. Je n'ai jamais manqué d'affection. Ma mère m'adorait et prenait soin de moi. C'est la raison pour laquelle je n'ai pas hésité à quitter l'université pour prendre soin d'elle à mon tour. Si j'avais été aussi aigri que vous semblez le penser, pourquoi me serais-je donné cette peine ? Rien ne m'y obligeait. Je ne regrette d'ailleurs pas de l'avoir fait... À vrai dire, je ne regrette rien de ce qui m'est arrivé depuis lors. Je sais que cela doit vous sembler incompréhensible. Après tout, si je suis innocent, comment puis-je accepter cette cruelle injustice ?

— Je serais curieux de connaître votre réponse à cette question.

Un demi-sourire avait flotté sur les lèvres de Finch.

— Je ne pense pas que vous la comprendriez. Il n'est pas dans votre nature d'accepter votre destin. Un homme tel que vous est sans cesse en guerre contre ses propres émotions, tourmenté par ce qu'il ne peut connaître ou comprendre, incapable de se réconcilier avec son propre passé...

Sur ces mots, Finch avait raccroché le combiné et était retourné dans sa cellule. La perspicacité de son diagnostic n'avait guère contribué à atténuer le malaise d'Ethan.

En sortant de la prison, il s'était rendu directement à l'hôpital psychiatrique où était détenu James Merrick. Il était venu ici très régulièrement, au fil des années, et connaissait parfaitement le dédale de couloirs. Après avoir signé le registre, il était donc directement monté au quatrième étage où l'un des infirmiers l'avait escorté jusqu'à la cellule de James.

Ce dernier se tenait près de la fenêtre, fixant sans la voir la cour de l'hôpital. Il ne s'était pas retourné lorsque la porte s'était ouverte, semblant ne pas se rendre compte que quelqu'un venait d'entrer.

Cela n'avait pas surpris Ethan qui s'était depuis longtemps résigné à cette apathie. James ne semblait jamais le reconnaître. Il avait appris à ne pas se laisser déstabiliser par son silence, par la fixité de son regard ou par les hurlements qui provenaient parfois des cellules attenantes, déchirant le silence ouaté de l'hôpital.

S'approchant du petit bureau, il s'était emparé du journal intime de James et avait parcouru les pages recouvertes d'une écriture fine et précise. La plupart des phrases n'avaient ni queue ni tête. Elles respectaient les règles de la grammaire mais les mots semblaient avoir été choisis au hasard.

S'ils répondaient à une logique quelconque, Ethan n'avait jamais été capable de la percer à jour... Mais il ne désespérait pas de découvrir un jour un indice, au détour de l'une de ces annotations cryptiques.

Au moins, il tenait désormais une piste. Pour la première fois depuis de longues années, il avait peut-être une chance de prouver que James était innocent du crime dont on l'accusait.

— Je suis venu te dire que j'avais découvert de nouveaux éléments concernant ton affaire.

Son interlocuteur ne s'était toujours pas retourné. Ethan ne pouvait que se contenter d'espérer qu'en dépit de son air absent une partie de lui comprenait ce qu'il était venu lui dire. Les médecins avaient été incapables de le lui garantir mais ils l'avaient encouragé à persévérer.

— Je ne peux pas encore entrer dans les détails. Je n'en suis qu'au début de l'enquête, et il faut que j'obtienne un certain nombre de confirmations... Mais je tenais à ce que tu saches que je n'ai pas renoncé. Je continuerai jusqu'au bout à chercher la vérité. Je suis toujours convaincu que tu n'as pas tué Sandra Kinsella.

Il s'était approché de James qui venait enfin de se détourner de la fenêtre et le considérait avec un mélange d'étonnement et d'incertitude.

— Est-ce que tu te souviens de moi ?

James avait penché la tête légèrement de côté.

— Je travaille pour le FBI, comme toi avant. Il m'arrive même de collaborer avec l'Unité d'Analyse Comportementale dont tu faisais partie. À l'époque, elle s'appelait encore l'Unité des Sciences Comportementales.

Les termes n'avaient semblé éveiller aucun écho chez James.

— Je m'appelle Ethan Barrow. Richard Barrow, mon beau-père, était l'un de tes amis, autrefois. J'ai pris son nom lorsqu'il a épousé ma mère. Mais mon nom de naissance est Merrick. Je suis ton fils.

2

Le bourdonnement sourd d'un moteur qui se rapprochait tira Ethan de ses pensées, l'arrachant au souvenir de la cellule dans laquelle son père croupissait depuis près de vingt-cinq ans. Relevant les yeux, il jeta un coup d'œil en direction de la maison de Delmar Gainey. Personne n'était apparu sur le perron.

Dans son rétroviseur latéral, il observa la Dodge Charger noire qui était apparue au bout de la ruelle. C'était la voiture préférée des agents du FBI en mission. Elle ne s'engagea pas dans l'impasse mais s'immobilisa au coin de façon ostensible.

Il avait déjà repéré ce véhicule ou un autre très semblable à proximité de son hôtel, ce matin même. Il l'avait pris en filature, et Ethan avait dû zigzaguer pendant un certain temps à travers la ville afin de semer son poursuivant. Visiblement, cela n'avait pas empêché ce dernier de le retrouver. Et de toute évidence, il cherchait à le lui faire savoir.

L'agent qui le suivait avait probablement eu vent de sa visite à la prison, à l'hôpital et, le matin même, au commissariat de Charleston. C'était là qu'Ethan avait entendu quelqu'un mentionner la maison de Delmar Gainey et le fait qu'Adaline Kinsella s'y était rendue.

Il observa de nouveau les alentours et regretta de s'être engagé dans cette impasse. Il suffirait à son poursuivant de stationner à l'extrémité pour lui barrer toute issue. S'il était venu à pied, il aurait pu passer à travers l'une des haies et couper par les jardins pour regagner sa voiture.

Comme il se faisait cette réflexion, des éclats de voix se firent entendre, provenant de la maison. Il crut reconnaître celle d'Addie et se demanda si elle avait repéré sa présence. Cela paraissait cependant peu probable, étant donné l'épaisseur du rideau de végétation qui enceignait le jardin de Delmar Gainey.

D'ailleurs, si elle l'avait aperçu, elle ne se serait probablement pas privée de venir le trouver. Et elle lui aurait probablement demandé de quitter les lieux au plus vite. Il ne pouvait le lui reprocher, d'ailleurs. La dernière fois qu'ils s'étaient vus, il avait bien failli détruire sa carrière et sa réputation.

Il avait parfaitement conscience des erreurs qu'il avait commises alors. Et c'était l'une des raisons pour lesquelles il avait décidé de venir la trouver. Il tenait à lui prouver qu'il ne s'était pas trompé, que la condamnation de James Merrick était bien une erreur judiciaire. Et il était prêt à l'associer à son enquête, lui offrant ainsi une chance de comprendre ce qui était réellement arrivé à sa mère.

Jetant un nouveau coup d'œil en direction de la Dodge, il tenta vainement de distinguer la silhouette du conducteur à travers les vitres teintées. De l'endroit où il se trouvait, il ne pouvait apercevoir la plaque d'immatriculation.

Se pouvait-il que l'on ait placé un mouchard sur son propre véhicule ? Était-ce pour cela qu'on l'avait retrouvé aussi facilement ? Ses poursuivants auraient eu tout le temps de le faire, que ce soit la veille, sur le parking de la prison ou bien durant la nuit, près de l'hôtel.

Peut-être avaient-ils simplement utilisé la localisation GPS de son téléphone portable. Dans un cas comme dans l'autre, il semblait avoir affaire à des gens déterminés qui ne manquaient pas de relations. Il n'était pas si facile d'obtenir une autorisation de surveillance électronique.

De quel droit le poursuivaient-ils de cette façon ? Il était venu à Charleston sur son temps libre et sans solliciter l'aide du FBI. Ce qu'il faisait de ses vacances ne regardait pas ses supérieurs...

Alors même qu'il se faisait cette réflexion, il comprit à quel point elle était illusoire. Étant donné ce qui s'était passé la dernière fois qu'il était venu à Charleston, son retour ici avait dû inquiéter toute sa hiérarchie.

Il ne comptait pourtant pas se laisser décourager. Tant qu'il estimerait avoir une chance d'innocenter son père, il ne renoncerait pas. Et si cela ennuyait ses supérieurs, ils n'avaient qu'à venir le lui dire en personne. En attendant, il allait s'entretenir avec Addie.

Il était en effet convaincu qu'il valait mieux l'aborder en terrain neutre que se présenter chez elle comme il avait initialement eu l'intention de le faire.

Fort de cette conviction, il descendit de voiture. Après avoir pris soin de verrouiller sa portière derrière lui, il se dirigea vers l'entrée de la maison de Gainey.

Se baissant pour passer sous la Rubalise jaune de la police, il monta les marches menant à la porte d'entrée et l'ouvrit. Avant même qu'il ait eu le temps de pénétrer dans le hall, une voix d'homme retentit à l'intérieur de la maison.

— Restez là où vous êtes. Au cas où vous ne vous en seriez pas aperçu, vous venez de pénétrer sur une scène de crime. Je vous signale qu'il s'agit d'un délit.

Ethan sortit très lentement sa plaque de la poche intérieure de sa veste et la tendit à l'homme qui s'avançait vers lui.

— Ethan Barrow, lui dit-il. J'appartiens au FBI.

L'homme le considéra avec un mélange de curiosité et de désapprobation.

— Il ne s'agit pas d'une affaire fédérale, à ma connaissance, déclara-t-il. Tous les crimes de Gainey ont été commis à Charleston, si je ne m'abuse.

— C'est exact. Puis-je savoir qui vous êtes ?

— Inspecteur Matthew Lepear de la police de Charleston, répondit son interlocuteur. Les victimes sont mortes depuis plus de vingt ans, et Gainey lui-même est décédé il y a cinq ans. Qu'est-ce qui peut bien intéresser le FBI dans cette enquête ?

— À vrai dire, ce n'est pas Gainey qui m'intéresse, répondit Ethan. Je suis venu voir Addie Kinsella.

— Que voulez-vous à l'*inspectrice* Kinsella ? demanda Lepear en insistant sur le titre de la jeune femme.

Le ton protecteur qu'il venait d'employer n'échappa pas à Ethan. Il se demanda si l'homme avait entendu parler de ses relations avec Addie.

— Je préférerais m'entretenir directement avec elle, déclara-t-il.

— L'inspectrice Kinsella est en vacances, cette semaine.

— Il me semblait pourtant avoir aperçu sa voiture garée au bout de l'impasse.

— Cela n'empêche pas qu'elle soit en vacances, répliqua Lepear avec un haussement d'épaules.

— J'imagine que vous êtes son partenaire.

— Qu'est-ce qui vous fait dire cela ?

— Votre attitude protectrice. Croyez-le ou non, c'est quelque chose que je respecte. Mais je ne suis pas sûr qu'elle verrait les choses de la même façon.

L'expression qui se peignit sur le visage de Lepear lui indiqua que ce dernier partageait son analyse. Addie n'était pas le genre de personne à laisser les autres prendre des décisions à sa place.

— Possible, concéda Lepear. Mais la connaissant, je suis sûr qu'elle ne sera pas du tout ravie de vous revoir.

— J'imagine que vous vous connaissez bien, tous les deux.

— Cela fait dix ans que nous travaillons ensemble. Et je la considère aussi comme une amie. Quant à vous, si je ne m'abuse, vous êtes le salopard qui a bien failli lui coûter sa carrière.

Ethan ne put s'empêcher de tiquer mais ravala la repartie cinglante qui lui montait aux lèvres. Il ne pouvait en vouloir à Lepear de réagir de cette façon : l'accusation était loin d'être infondée. Et s'il voulait se faire pardonner, Ethan allait devoir faire amende honorable.

— Je n'ai jamais voulu lui causer du tort, déclara-t-il gravement.

— Probablement pas, concéda Lepear. Mais c'est pourtant ce que vous avez fait. J'espère au moins que ça en valait la peine...

Ethan comprit que Lepear cherchait à le provoquer et se garda bien de mordre à l'hameçon. Il n'avait aucunement l'intention de se quereller avec le partenaire d'Addie.

— Je vous assure que je ne lui veux aucun mal. Je veux juste lui parler. Et je crois vraiment que ce que j'ai à lui dire pourrait l'intéresser.

Lepear haussa de nouveau les épaules, jugeant probablement qu'il avait fait tout son possible pour éviter cette rencontre.

— Elle est dans le jardin, lui indiqua-t-il. Vous pouvez passer par cette porte. Mais je vous conseille de faire attention où vous mettez les pieds, agent Barrow…

Le sous-entendu n'échappa pas à Ethan qui hocha sobrement la tête.

— Merci pour ce conseil, répondit-il avant de s'éloigner.

Addie se tenait sous le porche qui courait le long de la façade arrière de la maison. Elle contemplait les monticules qui indiquaient les endroits où les hommes de la police scientifique avaient creusé pour déterrer les corps. Dans un coin, une vieille chaise roulante était en train de rouiller.

Elle essaya d'imaginer ce qu'avait pu être l'existence de Delmar Gainey. Venait-il à l'endroit où elle se trouvait, le soir, pour contempler son macabre jardin ? Imaginait-il les corps qui se décomposaient, quelques mètres sous sa pelouse ? Guettait-il dans l'air le parfum de la mort se mêlant à celui des fleurs ?

Était-ce cet endroit qui aiguillonnait l'imagination d'Addie ? Il lui semblait presque voir le vieil homme à côté d'elle. Le réalisme de cette image, combiné à la chaleur accablante et aux souvenirs qu'elle s'efforçait de réprimer depuis qu'elle était arrivée ici, lui donnait le vertige.

Elle s'appuya contre la balustrade, s'efforçant de chasser cette sensation et de recouvrer le contrôle de ses émotions. Après tout, la mort ne lui était pas étrangère. Elle avait perdu sa mère très jeune. Et depuis qu'elle travaillait pour la police de Charleston, elle avait assisté à bon nombre de scènes de violence et été confrontée à plus de cadavres que la plupart des gens n'en voyaient dans leur vie.

Mais il y avait dans cette maison quelque chose de fondamentalement différent. Il ne s'agissait pas ici de crimes passionnels, de règlements de comptes entre bandes rivales ou de casses qui avaient mal tourné.

Rien ne lui permettait de comprendre les actes des hommes tels que Delmar Gainey. Il y avait chez eux une forme de corruption, d'inhumanité qu'elle ne s'expliquerait probablement jamais.

Ecartant cette pensée, elle observa plus attentivement le porche et remarqua qu'une partie du plancher paraissait légèrement plus claire. Curieuse, elle s'en approcha et s'accroupit pour observer plus attentivement cette étrange décoloration du bois.

— Addie ?

Elle aurait reconnu entre toutes la voix qui venait de résonner derrière elle. Le cœur battant à tout rompre, elle se redressa et fit face à Ethan Barrow.

— Qu'est-ce que tu fais là ? parvint-elle à demander d'une voix qu'elle aurait voulue glaciale mais qui trahissait un léger tremblement.

— Je suis venu te parler, répondit-il en faisant un pas dans sa direction.

Instinctivement, elle recula. À l'instant même où son pied se posa sur la partie plus claire du plancher, elle comprit qu'elle venait de commettre une terrible erreur.

Un violent craquement se fit entendre, et le sol se déroba sous elle. Elle tenta vainement de se jeter vers l'avant mais il était déjà trop tard. Les planches vermoulues cédèrent sous son poids, et elle se retrouva précipitée dans les ténèbres.

3

Affolée, Addie tenta désespérément de se raccrocher à quelque chose, et ses mains se refermèrent sur une corde qui mordit cruellement ses paumes mais ralentit sa descente et lui permit de s'immobiliser l'espace d'un instant. Mais elle céda alors sous son poids, et Addie heurta brutalement le sol, quelques mètres plus bas.

Une douleur fulgurante lui traversa l'épaule, et elle ne put réprimer un cri. L'espace de quelques instants, elle dut lutter pour ne pas perdre connaissance. Fermant les yeux, elle se força à respirer profondément jusqu'à ce que la souffrance commence à refluer.

Elle rouvrit alors ses paupières et observa l'endroit où elle se trouvait. Les rais de lumière qui filtraient au-dessus d'elle à travers le plancher défoncé laissaient deviner l'endroit au fond duquel elle était tombée. Mais cette clarté ne descendait pas jusqu'à elle, et elle ne pouvait distinguer la salle dans laquelle elle se trouvait.

— Addie ?

La voix d'Ethan lui parvenait de très loin et était déformée par une légère réverbération. Addie jura intérieurement. Combien de fois avait-elle rêvé d'entendre cette voix dans l'obscurité ? Mais jamais elle n'aurait imaginé que ce pût être dans de telles conditions.

— Addie ? Est-ce que tu m'entends ?

— Oui, je t'entends, répondit-elle.

— Est-ce que tu es blessée ?

— Je vais bien, répondit-elle en faisant bouger ses bras et ses jambes pour s'en assurer avant de se relever. J'ai juste un peu mal à l'épaule.

— Tu es tombée dans l'eau ?

— Non. S'il s'agit d'une ancienne citerne, elle doit être vide depuis longtemps. Les murs sont secs, et ça sent la poussière.

— Est-ce que tu as une idée de la profondeur à laquelle tu te trouves ?

— À cinq ou six mètres, je dirais.

— Tu aurais pu te rompre le cou ! s'exclama Ethan d'un ton horrifié.

— J'ai attrapé une corde. Elle n'a pas résisté très longtemps mais elle a amorti un peu ma chute.

— Je la vois. Elle est accrochée à un anneau sous le plancher. Pas étonnant qu'elle n'ait pas tenu le coup. C'est une antiquité...

— Tâche de trouver Matt. Matt Lepear. C'est mon partenaire. Il doit avoir une chaîne dans sa jeep.

— Je vais le chercher, et nous te tirerons de là. En attendant, ne bouge pas, d'accord ?

— Je ne vois pas très bien où je pourrais aller, répondit-elle. D'ailleurs, j'ai dû laisser tomber ma lampe-torche. Est-ce que tu la vois ?

— Oui. Je vais l'accrocher à ce qu'il reste de la corde pour la faire descendre jusqu'à toi. Écarte-toi quand même au cas où elle romprait.

Addie recula d'un pas, se pressant contre l'un des murs de pierre. Il lui semblait entendre des grattements dans les ténèbres, et elle se prit à imaginer que des dizaines de rats grouillaient peut-être à quelques mètres d'elle. Cette seule idée éveilla en elle un frisson glacé.

— Je commence à la descendre, lui annonça Ethan.

Il avait pris soin d'allumer la lampe de façon qu'elle puisse suivre sa progression. Comme la corde tournait sur elle-même, le faisceau balayait les murs circulaires, éveillant d'étranges ombres.

— Je ne peux pas aller plus loin, lui signala Ethan au bout d'un moment.

— Je devrais pouvoir la rattraper au vol, répondit-elle en allant se placer à la verticale de la lampe. Tu peux la lâcher.

Il s'exécuta, et elle parvint à attraper la torche.

— C'est bon, annonça-t-elle en dénouant la corde. Je l'ai, merci !

— Je reviens tout de suite.

Comme il s'éloignait, elle entreprit d'explorer les alentours. À son grand soulagement, elle ne vit aucun rat. Mais ce qu'elle découvrit l'emplit d'une horreur bien plus grande encore.

Elle se trouvait dans une ancienne cave qui avait dû être creusée avant même la construction de la maison.

Dans un coin de la pièce, à même le sol, se trouvait une paillasse aux draps maculés de taches brunâtres. À proximité, on voyait divers ustensiles : une écuelle et une gourde en métal, une bassine en plastique, un seau...

Avec effroi, elle comprit que c'était là que Gainey avait dû séquestrer ses victimes avant de les assassiner. Elle n'osait imaginer ce qui avait pu se passer dans cette pièce. Mais il lui semblait presque entendre l'écho des cris et les suppliques de toutes les femmes qui s'étaient succédé ici en attendant la mort.

Addie était assise sur les marches, les yeux mi-clos et le visage tourné en direction du soleil. Même échevelée et recouverte de poussière des pieds à la tête, Ethan la trouvait aussi séduisante que lorsqu'il avait fait sa connaissance, des années auparavant.

Peut-être l'était-elle plus encore. Le temps qui s'était écoulé, loin d'atténuer sa beauté, l'avait doublée d'une aura d'assurance et de maturité qui n'avait fait que la renforcer.

— Est-ce que ça va ? lui demanda-t-il, pour la troisième fois peut-être depuis que Matt et lui l'avaient aidée à sortir de la cave.

— Beaucoup mieux, acquiesça-t-elle. Mais j'avoue que cette expérience m'a un peu secouée. Je ne m'attendais pas du tout à me retrouver plongée dans cette chambre des horreurs...

— J'imagine...

— Tu dois être habitué à ce genre de choses, remarqua-t-elle.

— On ne s'habitue jamais vraiment, objecta-t-il. Je crois que c'est souhaitable, d'ailleurs. Parce que si on perd sa capacité d'empathie avec les victimes, si on se laisse gagner par le cynisme et l'indifférence, on perd un peu de son humanité.

Addie le considéra d'un air curieux. Il se demanda si elle était en train de penser à son père, en cet instant, et à la façon dont il était censé avoir basculé. Elle se garda cependant d'y faire allusion, ce dont il lui sut gré.

— Comment parviens-tu à faire la part des choses ? lui demanda-t-elle.

— Je ne prétendrai pas que je suis capable d'oublier complètement ce à quoi je suis confronté dans le cadre de mon travail, lui dit-il gravement. Mais j'essaye d'occuper sainement mon temps libre, de me consacrer à des activités qui restaurent ma foi en l'être humain. J'écoute de la musique, je lis, je vais visiter des musées ou des galeries d'art… Je m'efforce de considérer tout le bien dont l'humanité est capable en espérant qu'il compense le mal dont certains de ses représentants se rendent coupables.

— Et ça fonctionne ?

— La plupart du temps, acquiesça-t-il.

— Tu es bien plus équilibré que moi. Tout ce dont j'ai envie, en ce moment, c'est d'avaler un verre d'alcool fort cul sec.

— C'est une autre méthode, concéda Ethan en souriant. De nombreux collègues préfèrent procéder de cette façon.

Elle passa les mains sur son visage, et il en profita pour s'assurer qu'elle ne portait pas d'alliance. Cela ne signifiait pas grand-chose, bien sûr. Peut-être vivait-elle en couple depuis des années. Il n'avait aucun moyen de le savoir.

Il essaya de se persuader que cela n'avait aucune importance, que ce qu'elle faisait de sa vie privée ne le concernait pas. Mais il ne parvint pas réellement à s'en convaincre.

— Au fait, reprit-il, il semblerait que je te doive des félicitations.

— Pour quelle raison ? demanda-t-elle d'un ton légèrement suspicieux.

— Tu es devenue inspectrice en un temps record.

— Certains ont décroché leur insigne plus rapidement, objecta-t-elle, sur la défensive. Je me suis battue pour l'avoir et j'ai parfois cru que ce ne serait jamais le cas. On ne m'a fait aucune faveur.

Apparemment, il avait touché un point sensible. Mais cela

n'avait rien d'étonnant : son oncle était le chef de la police de Charleston, et elle devait régulièrement entendre parler de népotisme.

— Je n'en ai jamais douté, lui assura-t-il. Mes félicitations étaient sincères.

— Merci, répondit-elle un peu sèchement.

Elle le considéra durant quelques instants.

— Tu as l'air différent, constata-t-elle enfin.

— Je suis différent, répondit-il. Cela fait dix ans que nous ne nous sommes pas vus. J'imagine que tu as changé, toi aussi.

— Oui, répondit-elle d'un ton farouche. J'aime à croire que je suis moins crédule aujourd'hui que je ne l'étais à l'époque.

Lorsque leurs regards se croisèrent, Ethan crut percevoir au-delà de l'hostilité manifeste d'Addie, une pointe de souffrance. Sa propre culpabilité refit surface, plus cuisante encore qu'auparavant.

Il croyait s'être préparé psychologiquement à cette rencontre. Mais la revoir après toutes ces années faisait resurgir toutes sortes de souvenirs qu'il avait essayé d'enfouir au plus profond de lui-même. Et il comprenait à présent à quel point il s'était bercé d'illusions.

— Matt m'a dit qu'il y avait une voiture en planque près de l'entrée de la ruelle. Probablement du FBI. C'est la tienne ?

— Non. Je ne suis pas ici en mission officielle.

— Ils sont ici pour toi ?

— Probablement.

— Qu'est-ce que tu as encore fait ?

Ethan grimaça.

— Je vois que tu n'es toujours pas du genre à mâcher tes mots.

— Tout dépend avec qui, répliqua-t-elle. Mais je ne me fais aucune illusion à ton sujet, Ethan. Si tu es revenu après tout ce temps, ce ne peut être que pour une seule raison...

— Qui dit que je ne suis pas juste venu pour te voir ?

Elle l'interrompit d'un geste.

— Je t'arrête tout de suite, lui dit-elle. Je te rappelle que les choses ne se sont pas terminées au mieux entre nous. Alors n'essaye même pas de jouer les charmeurs avec moi. J'ai été assez stupide pour me faire avoir une fois mais cela ne se reproduira pas. Alors pour une fois dans ta vie, sois honnête et dis-moi ce que tu es venu faire ici.

— C'est un peu compliqué, avoua-t-il.

— Ça l'est toujours, avec toi. Commence par me dire comment tu as su où me trouver. Je suis censée être en vacances. Normalement, je ne devrais même pas être en ville.

— C'est ce que j'ai cru comprendre, acquiesça Ethan. Lorsque je suis passé au commissariat, on m'a dit que tu étais en congé puis que tu devais partir en formation. Mais j'ai entendu deux de tes collègues qui plaisantaient à ton sujet.

— Qu'est-ce qu'ils racontaient, encore ? s'enquit-elle avec une pointe d'agacement.

— Rien de bien méchant, je te rassure. Juste que tu étais accro au travail et que tu étais revenue de vacances dès que tu avais entendu parler de l'affaire Gainey. À vrai dire, cela ne m'a pas étonné outre mesure.

— Et tu es venu ici directement ?

Ethan hocha la tête. Addie le considéra durant quelques instants avant de secouer la tête.

— J'ai changé d'avis, déclara-t-elle. En fin de compte, je ne veux même pas savoir ce que tu es venu faire ici. Peu importe dans quoi tu es impliqué, cette fois-ci : ne compte pas sur moi pour y prendre part, de près ou de loin. Alors merci de m'avoir aidée à sortir de ce puits. Mais je vais rentrer tranquillement chez moi, maintenant…

— J'ai découvert de nouveaux éléments concernant l'assassinat de ta mère.

Cela parut momentanément la désarçonner. Elle marqua un temps avant de prendre une profonde inspiration.

— Même si tel est le cas, qu'est-ce qui te fait croire que j'ai envie d'en parler ?

Il la considéra avec une pointe d'étonnement.

— Le fait qu'il s'agisse de ta mère, répondit-il. Et que tu appartiennes à la police…

Le soupir qu'elle laissa échapper trahissait un mélange d'agacement et de résignation. Il comprenait parfaitement les raisons de sa réticence. En rouvrant ce dossier après toutes ces années, il réveillait le souvenir déchirant de la disparition de sa mère. Et en jetant le doute sur la culpabilité de son père, il laissait entendre que le véritable responsable était toujours en liberté.

— Le meurtre de ma mère est une affaire classée, lui dit-elle enfin. Justice a été rendue, il y a vingt-cinq ans de cela.

— Et si je pouvais prouver qu'un innocent a été condamné pour un crime qu'il n'a pas commis ? insista-t-il. Est-ce que tu pourrais vivre avec ça ?

— Tu as déjà essayé de me convaincre, il y a dix ans, objecta-t-elle. Nous n'avons trouvé aucune preuve de ce que tu avançais. Et cela a failli me coûter ma carrière. Alors tu comprendras que je ne tienne pas particulièrement à réitérer l'expérience...

— Tu te doutes bien que si les nouveaux éléments dont je dispose ne me paraissaient pas crédibles, je ne serais jamais venu t'embêter avec ça.

— Dans ce cas, mène ton enquête et prouve ce que tu pourras. Tu n'as pas besoin de moi.

— Addie...

— Ça suffit, l'interrompit-elle d'une voix glaciale. Que faut-il que je te dise pour que tu comprennes que je ne suis pas intéressée ?

Le ton qu'elle venait d'employer eut raison d'Ethan. Il percevait distinctement le désarroi qui perçait sous sa colère. Et il ne tenait pas à lui faire plus de mal qu'il n'en avait déjà fait autrefois.

— D'accord, soupira-t-il, vaincu. Je comprends. Je ne t'importunerai plus...

Addie parut quelque peu déstabilisée par cette brusque capitulation.

— Crois-moi, lui dit-elle, je ne te dis pas ça par plaisir. Il n'est pas dans mes habitudes de remâcher de vieilles rancœurs. Mais tu m'as menti, Ethan. Pis encore, tu m'as poussée à mentir. Je sais que je suis censée être une adulte responsable et que j'aurais dû refuser de faire ce que tu me demandais. Je n'aurais jamais dû retirer ces dossiers sans autorisation. Et, surtout, je n'aurais jamais dû accepter que tu livres les informations qu'ils contenaient à la presse. Cela allait à l'encontre de tous mes devoirs. De tout cela, je suis au moins aussi responsable que toi. Mais ce que je n'arrive pas à te pardonner, c'est de m'avoir fait douter de ma vocation. Jusqu'alors, j'avais toujours pensé être du bon côté. Mais j'ai découvert qu'il suffisait d'un joli sourire et de quelques mots doux pour faire de moi une vendue...

— Ne dis pas cela, protesta Ethan. Tu n'as pas agi par intérêt personnel. Tu cherchais la vérité. Et c'est précisément ce qu'un bon flic est censé faire.

Elle secoua la tête.

— Je cherchais *ta* vérité, objecta-t-elle. Je voulais croire à tout prix que tu avais raison. Même si je devais pour cela trahir tout ce en quoi je croyais.

— Je suis vraiment désolé, soupira-t-il. Je n'ai jamais voulu ça...

Addie le fixa pensivement avant de hausser les épaules.

— Je te crois, déclara-t-elle. Mais ça ne change rien. Aujourd'hui encore, tu cours après *ta* vérité.

— Détrompe-toi, répondit-il. Les informations dont je voulais te faire part ne proviennent pas de moi. Très sincèrement, j'avais presque renoncé à prouver l'innocence de mon père. Mais quelqu'un m'a contacté...

Il s'interrompit et jeta un coup d'œil en direction de la porte de la maison dans l'encadrement duquel se découpait la silhouette de Matt. Il était probablement trop loin pour entendre ce qu'ils se disaient mais c'était un risque qu'il ne pouvait courir.

— Tu es la seule à qui je puisse parler de tout cela. La seule en qui je puisse avoir confiance. S'il venait à m'arriver quelque chose...

Addie fronça les sourcils.

— Que veux-tu dire ? Est-ce que tu es en danger ?

— Si mon père est innocent, cela signifie que celui qui a tué ta mère est toujours dans la nature. Et puis...

Il hésita.

— Et puis ? répéta Addie.

— Je crois que personne ne tient à rouvrir ce dossier, déclara-t-il. Ni le FBI ni la police de Charleston. Cette affaire a fait beaucoup de mal, et les plaies ne sont pas complètement refermées. Tout le monde préférerait tourner la page et passer à autre chose.

— Tu crois que c'est pour cela que tu es suivi ?

— Probablement. Mes supérieurs ne tiennent pas à ce que je

fasse des vagues. Après ce qu'il s'est passé, il y a dix ans, ils ont été très clairs : je ne suis plus censé m'occuper de cette affaire.

— Tu crois qu'ils iraient jusqu'à te mettre à pied ?

— Je ne compte pas courir ce risque.

Addie se mordilla pensivement la lèvre. Sentant son hésitation, Ethan tenta de nouveau sa chance.

— Je ne te demande que cinq minutes, lui dit-il. Si ce que je te dis ne te convainc pas, je te promets que je n'insisterai pas.

— D'accord, soupira-t-elle. Je suis sans doute en train de commettre une énorme erreur mais je t'accorde cinq minutes.

— Nous pourrions aller boire un verre.

— Je dois repasser à la maison pour prendre une douche, objecta-t-elle. Je suis couverte de poussière de la tête aux pieds.

— Après, alors ?

— D'accord. Mais pas pour boire un verre... Je vais souvent me promener à Battery Park, le soir. Retrouvons-nous au pied de la statue à 19 heures. Je te préviens : je n'attendrai pas plus de cinq minutes. Si tu n'es pas là à temps, inutile d'essayer de me recontacter.

— Je serai là, lui assura Ethan.

Rien n'aurait pu l'empêcher de tenir cette promesse. À part peut-être les agents qui se trouvaient dans la Dodge noire...

4

Addie habitait une petite maison de brique rouge qui était isolée de la rue par deux chênes magnifiques dont les ramures enchevêtrées recouvraient la quasi-totalité de son petit jardin. L'allée centrale qui traversait la pelouse était bordée d'impatientes. Elle conduisait jusqu'au perron qu'ornaient d'épais massifs d'hortensias.

Lorsque Addie avait acheté la maison et qu'elle l'avait restaurée, elle rêvait d'y donner des fêtes et d'y organiser des barbecues avec des amis. Mais à mesure qu'elle avait rénové les lieux, les décorant selon ses goûts, ces velléités avaient cédé place à un besoin farouche de préserver son intimité.

Cet endroit était devenu pour elle une oasis de calme et de nature où elle pouvait se ressourcer à la fin de journées de travail éprouvantes.

Mais lorsqu'elle arriva chez elle, elle découvrit que la luxueuse berline de Helen Cutler était garée dans l'allée. Sa tante venait tout juste de sortir de la maison et l'attendait, négligemment appuyée contre le capot de sa voiture.

À presque soixante ans, Helen était toujours une très belle femme. Et elle avait l'art de se mettre en valeur. La robe à volants qu'elle portait ce jour-là lui conférait une allure un peu bohème tout en soulignant la finesse de sa taille et la douce rondeur de sa poitrine.

— Bienvenue chez toi, Addie ! s'exclama-t-elle de cette voix riche et mélodieuse qui contribuait à faire d'elle une psychothérapeute très appréciée de ses patients.

— Je ne m'attendais pas à te trouver ici, déclara Addie en s'approchant pour l'embrasser sur les joues.

— À qui le dis-tu ? Je te rappelle que tu m'as chargée d'arroser tes plantes et de nourrir tes chats. Quant à toi, tu n'étais pas censée rentrer avant encore deux jours.

— Tu n'as pas eu mon message ?

Helen haussa les épaules d'un air fataliste.

— J'ai perdu mon portable, répondit-elle. C'est la deuxième fois cette année. Je suis convaincue que c'est un acte manqué mais j'ignore encore ce que cela peut bien signifier.

— Que tu veux avoir la paix, peut-être ? suggéra Addie.

— Ou que je suis nostalgique du bon vieux temps où les gens n'étaient pas joignables partout et tout le temps, répondit Helen en riant.

— Je crois que je serais vraiment perdue, sans mon téléphone.

— Voilà qui est parlé en digne représentante de la génération Y, déclara malicieusement Helen. Mais à vrai dire, David est presque aussi accro que toi. Il m'arrive de me demander si son téléphone n'est pas collé à son oreille.

— Il a beaucoup de responsabilités, remarqua Addie. Sans lui, ce serait rapidement le chaos, au commissariat.

— C'est ce qu'il ne cesse de me répéter, soupira Helen. À mon avis, cela prouve surtout qu'il a un sérieux problème lorsqu'il s'agit de déléguer... Mais dis-moi, pourquoi as-tu décidé de rentrer en avance, au juste ?

— À vrai dire, je commençais à tourner en rond, avoua Addie.

— Avec un lac magnifique au pied du chalet et des montagnes immenses à explorer ?

— Que veux-tu ? Il faut croire que je suis une fille de la ville. Je sature vite, lorsque je suis à la campagne. J'ai besoin de retrouver le béton et les gaz d'échappement...

— On croirait entendre David ! s'exclama Helen en levant les yeux au ciel.

Ce n'était pas la première fois qu'elle les comparait depuis que sa mère était morte et que les Cutler l'avaient prise sous leur aile. Addie était effectivement convaincue que David l'avait longtemps considérée comme une sorte d'alter ego, une héritière qu'il avait formée et entraînée dans l'idée qu'un jour elle pourrait être amenée à prendre sa place.

C'était sans doute la raison pour laquelle il avait été si blessé lorsqu'elle avait trahi sa confiance et sorti les dossiers confidentiels que lui avait demandés Ethan. Elle savait qu'elle l'avait profondément déçu et avait dû travailler très dur pour regagner sa confiance.

— Cela fait dix ans que je lui demande de lever le pied, reprit Helen. Mais plus les années passent, plus il travaille et plus il devient grincheux. Je me demande parfois s'il compte réellement prendre sa retraite, le moment venu. Je ne le vois quasiment plus. Et ces derniers temps...

— Ces derniers temps... ? l'encouragea Helen.

— Il semble distant, préoccupé... Je suis sûre qu'il a un problème dont il ne me parle pas.

— Est-ce que tu l'as interrogé à ce sujet ?

— Ce serait peine perdue. Tu sais qu'il est muet comme une tombe, lorsqu'il s'agit de son travail.

— Est-ce que tu veux que je le sonde pour essayer de comprendre ce dont il peut bien s'agir ? proposa Addie.

— Pas question, protesta vivement Helen. Je ne tiens pas à te mettre dans une position délicate. Mais je ne t'en voudrais pas si tu lui suggérais de passer quelques jours de vacances avec son épouse.

— Je le ferai, promit Addie.

— Je ne me rappelle même plus la dernière fois que nous avons séjourné au chalet tous les deux – sans parler de voyages plus exotiques... Lorsque nous étions plus jeunes, nous partions régulièrement en croisière. Mais ce n'est plus arrivé depuis...

Elle s'interrompit brusquement.

— Depuis que David a été nommé commissaire, conclut-elle.

— Tu étais sur le point de dire : « depuis que ta mère a été tuée », n'est-ce pas ?

— Oui, avoua Helen. Comment le sais-tu ?

— Parce que tu as toujours la même expression lorsque tu penses à elle.

— Quel genre d'expression, exactement ?

— Triste, répondit Addie. Et pensive...

— C'est vrai. Et je risque de faire souvent cette tête-là, au cours des jours à venir. Cette période de l'année est toujours un peu particulière, mais le fait que ce soit le vingt-cinquième anniversaire n'arrange vraiment rien. J'ai vu ressortir des tas d'articles sur Finch et sur Merrick, comme s'il y avait vraiment besoin de leur faire de la publicité. Tu as bien fait de prendre des vacances à ce moment-là. Et tu aurais dû les prolonger encore un peu. Cela t'aurait évité d'être exposée à tout ce cirque médiatique...

— Matt m'a parlé d'un documentaire qu'il a vu, l'autre soir.

— Je l'ai regardé aussi, admit Helen d'un ton lugubre. Je m'étais pourtant promis de ne pas le faire mais je n'ai pas pu résister, en fin de compte.

— Apparemment, ils ont montré une photo de moi.

— C'est vrai. Il s'agissait d'un montage sur les enfants du crépuscule. Ils montraient leurs photos de l'époque et parlaient de ce qu'ils étaient devenus. Tant de vies ont été marquées à jamais par ce qui s'est passé cet été-là. Je suis heureuse que tu aies réussi à tourner la page. Ce n'est pas le cas de tout le monde, loin de là...

— J'ai eu la chance de vous avoir, David et toi.

Helen lui tapota affectueusement l'épaule.

— Je suis heureuse que ta grand-mère nous ait autorisés à assumer la tutelle, déclara-t-elle. Tu sais que je t'ai toujours considérée comme la fille que je n'ai jamais eue.

— Je sais, acquiesça gravement Addie.

Elle hésita un peu avant de poser la question qui lui brûlait les lèvres, peut-être à cause de ce qui s'était passé chez Delmar Gainey ou bien encore du retour inopiné d'Ethan dans son existence.

— Comment était-ce, cet été-là ? demanda-t-elle. Mes souvenirs de cette époque sont si brumeux qu'ils me font l'effet d'un rêve. Pourtant, je me rappelle encore précisément la robe que je portais à l'enterrement de maman ou les chansons qu'on a chantées ce jour-là. Je me souviens même de la nuit où maman a été tuée. Je vous ai entendus parler, avec David, sur le seuil de ma chambre.

Helen la considéra avec stupéfaction.

— Tu ne me l'avais jamais dit, remarqua-t-elle.

— Tu avais toujours l'air si triste, lorsque je parlais de maman que j'ai préféré garder cela pour moi.

— Je suis vraiment désolée de n'avoir pas su être là pour toi, Addie. Je t'ai laissée tomber au moment où tu avais le plus besoin de moi...

— Ne dis pas une chose pareille, protesta vivement Addie. Vous m'avez sauvée, David et toi.

— Tu t'es sauvée toi-même, Addie, objecta Helen. Je n'ai jamais connu personne d'aussi résilient que toi. Même lorsque tu étais enfant, tu étais incroyablement forte. Il t'arrivait souvent de soutenir les adultes qui t'entouraient, à commencer par ta mère. Et moi, lorsqu'elle est morte... Je suis heureuse que tu ne te rappelles plus très bien cette époque. Parce que moi, je ne l'oublierai jamais. J'ai l'impression que c'est arrivé hier... L'ambiance était si étrange... Dès l'instant où l'on a retrouvé le premier corps, la ville entière a semblé retenir son souffle, comme si tout le monde sentait confusément que ce n'était qu'un début, que le pire restait à venir... Après la deuxième victime, l'attente a cédé place à la peur. On ne pouvait plus se promener en ville, même de jour, sans craindre de se faire assaillir...

— Est-ce que ma mère avait peur, elle aussi ?

— Sandra était l'exception qui confirme la règle. Mais cela n'avait rien d'étonnant. C'était quelqu'un de très impulsif, tu sais, qui suivait ses envies sans se soucier des conséquences. L'idée qu'elle puisse être en danger ne lui aurait sans doute jamais traversé l'esprit si David et moi ne l'avions pas mise en garde de façon répétée. Mais en dépit de nos avertissements, elle a refusé de changer ses habitudes. « Celui qui cède à la peur en devient esclave », ne cessait-elle de répéter. Elle sortait beaucoup. C'est la raison pour laquelle tu étais si souvent à la maison.

— C'est vrai, acquiesça Addie. Je me rappelle que je venais fréquemment chez vous.

Elle se souvenait aussi des reproches de sa mère, à cette époque.

« Parfois, j'ai l'impression que tu aimes Helen plus que moi. Je suis

contente que tu l'apprécies, choupette, et que tu aimes passer du temps avec elle. Mais n'oublie jamais qui est ta vraie maman, d'accord ? Ne m'oublie pas... »

— Addie ?

Brusquement rappelée à la réalité du moment présent, Addie s'arracha à sa rêverie.

— À quoi pensais-tu, à l'instant ? demanda Helen.

— Je me suis souvenue d'une phrase que m'a dite maman, un jour. Elle semblait penser que je me sentais bien chez vous.

— C'était le cas, acquiesça Helen avec un sourire empreint de douceur. Ta mère t'a eue lorsqu'elle était encore très jeune, tu sais. Elle n'avait que dix-huit ans. Et même si elle t'aimait beaucoup, elle avait besoin de sortir, de voir des gens de son âge. Alors, je lui proposais très souvent de te garder...

— Cela ne vous dérangeait pas, David et toi ? s'étonna Addie. Vous aussi, vous étiez encore jeunes. Vous deviez avoir mieux à faire que de passer votre temps à jouer les baby-sitters...

— Au contraire ! s'exclama Helen. Les moments que nous passions avec toi étaient les plus précieux de notre semaine. Tu étais tellement adorable...

Une larme brilla dans les yeux de Helen, qu'elle balaya du revers de la main.

— J'ai eu beaucoup de chance que vous ayez été là pour moi, murmura Addie.

— Nous aussi, nous avons eu de la chance, acquiesça Helen. Mais quand je pense à ta pauvre maman...

Un frisson parcourut Helen.

— Après vingt-cinq ans, je n'arrive toujours pas à me le pardonner.

— Tu n'y es pour rien, protesta Addie.

— J'aurais dû insister, j'aurais dû trouver les mots pour la convaincre...

Helen secoua la tête, paraissant s'arracher de force à ses propres souvenirs.

— Mais elle n'en faisait toujours qu'à sa tête, reprit-elle avec un pâle sourire. J'imagine que rien de ce que j'aurais pu lui dire n'aurait pu l'empêcher de sortir, ce soir-là...

Helen se redressa brusquement, et Addie constata que son visage était très pâle.

— Je suis vraiment désolée, lui dit Helen en se forçant à sourire. Je voulais te remonter le moral à l'approche des vingt-cinq ans mais je suis en train de faire exactement le contraire.

— Ne t'en fais pas pour moi. Je trouve ça bien que nous ayons pu enfin en discuter toutes les deux.

De fait, ce n'était presque jamais arrivé depuis cette époque. Helen et David préféraient d'ordinaire éviter le sujet. Addie avait toujours supposé que c'était parce qu'ils craignaient de raviver son chagrin. Mais sans doute avaient-ils été profondément marqués eux aussi par ce qui s'était passé alors.

Helen avait raison : l'approche du vingt-cinquième anniversaire de cette tragédie rendait les choses plus difficiles pour tout le monde. Et c'était peut-être la raison pour laquelle Ethan avait brusquement refait surface après des années d'absence.

— Je vais devoir te laisser, déclara alors Helen. J'ai encore pas mal de choses à faire d'ici ce soir...

— Bien sûr. Merci encore de t'être occupée des chats. Merci aussi pour le chalet.

— Il n'y a vraiment pas de quoi. Je suis juste désolée que tu n'aies pas prolongé un peu plus ton séjour.

— Les quelques jours que j'ai passés là-bas étaient vraiment très agréables. J'espère que vous aurez l'occasion d'y retourner bientôt.

— Moi aussi, répondit Helen en souriant. Appelle-nous si tu veux venir dîner à la maison, un de ces soirs.

— Ce serait avec plaisir, répondit Addie. Mais mon stage commence bientôt, et je crois que je ferais mieux de me coucher tôt.

— Fais bien attention à toi, en tout cas, lui conseilla Helen. Ce genre de formation est très éprouvant psychologiquement. Si tu sens que ça ne va pas, n'hésite surtout pas à me contacter. Après tout, c'est un peu mon rayon.

— Ne t'en fais pas pour moi. J'ai été à bonne école.

— Le travail de profileur est assez différent de celui d'inspectrice, objecta Helen.

— À force de combattre les monstres, on risque parfois d'en devenir un, acquiesça Addie.

Helen hocha sobrement la tête.

— C'est Matt qui m'a dit cela, tout à l'heure.

— Depuis quand Matt cite-t-il Nietzsche ? s'exclama Helen, sidérée.

Addie ne put s'empêcher de sourire.

— Il pensait que le mot était de Gwen Holloway...

Curieusement, cette remarque ne parut pas amuser Helen.

— Gwen Holloway, répéta-t-elle. C'est bien elle qui dirige le stage que tu dois suivre, n'est-ce pas ?

— Oui.

Helen parut hésiter.

— Méfie-toi d'elle, Addie. David m'a souvent parlé de cette femme. Elle est très ambitieuse et déteste qu'on lui fasse de l'ombre.

— Ne t'en fais pas pour moi. À ses yeux, je ne serai qu'une élève parmi d'autres. Tout ce qui m'intéresse, c'est d'apprendre ce qu'elle a à m'apprendre. Et je serai très vite de retour au sein de la police de Charleston...

Le soleil déclinait lentement à l'horizon, emplissant l'air de cette fin d'après-midi d'une belle lueur dorée. La brise apportait jusqu'à Ethan les senteurs mêlées du jasmin, des fleurs de lune et celle plus discrète des oliviers de Chine.

Il s'émerveilla de pouvoir identifier ces différentes fragrances après tant d'années. C'était Addie qui lui avait appris à les reconnaître lorsqu'ils se promenaient dans White Point. Il était pourtant bien plus intéressé alors par l'odeur de sa peau et de ses cheveux.

« Ethan, tu n'écoutes rien de ce que je te raconte... »

Il faut croire qu'il l'avait écoutée bien plus attentivement que lui-même ne le pensait. Mais rétrospectivement cela n'avait rien d'étonnant. Ethan avait approché la jeune femme parce qu'il pensait qu'elle pourrait l'aider à faire progresser son enquête.

Après tout, elle était non seulement la fille de la victime que l'on attribuait à son père mais aussi un membre émérite de la police de Charleston.

Il n'avait cependant pas fallu bien longtemps pour qu'il succombe totalement au charme d'Addie. Et c'est ainsi qu'il s'était retrouvé pris au piège de ses propres mensonges, amoureux d'une femme qui avait toutes les raisons de le haïr...

Réprimant un soupir, Ethan acheva de monter les marches qui permettaient d'accéder à la petite esplanade sur laquelle se dressait la statue érigée en hommage aux soldats confédérés de Fort Sumter.

Il regrettait presque d'être repassé à son hôtel pour troquer son sempiternel costume noir contre un jean et une chemise en coton. Il se sentait exposé, comme s'il avait perdu son armure. Mais ce n'était peut-être pas une si mauvaise chose. Étant donné les circonstances, il n'avait plus qu'une carte à jouer : celle de la transparence et de la franchise.

Ethan admira les eaux bleu-vert du port de Charleston. Au loin plusieurs voiliers dérivaient paresseusement sur la mer. Un profond sentiment de mélancolie l'envahit soudain. Il avait toujours aimé cette ville dont étaient originaires ses grands-parents maternels.

Malgré la dépression de son père, son arrestation et la condamnation dont il avait fait l'objet, sa mère et lui étaient revenus vivre ici. Ce n'est que lorsqu'elle avait épousé Richard Barrow qu'ils étaient partis s'installer à Alexandria où habitait ce dernier.

Le couple vivait toujours là-bas, dans une magnifique maison coloniale aux façades immaculées. Aux yeux de la plupart des gens, ils devaient faire figure de famille idéale. Mais Ethan s'était toujours fait l'impression d'être un imposteur.

S'arrachant à la contemplation de l'océan, il observa les alentours et aperçut soudain Addie qui se dirigeait vers lui. Elle s'était changée, elle aussi, et avait enfilé un short en jean et un T-shirt frappé du logo de son université.

Avec ses longs cheveux blonds attachés en queue-de-cheval et son visage que ne ternissait nulle trace de maquillage, elle ressemblait plus à une étudiante qu'à l'inspectrice de police qu'elle était. Elle arborait une expression farouche et résolue mais ce détail ne suffisait pas à atténuer le charme qui émanait d'elle.

Ethan s'efforça de ravaler les souvenirs nostalgiques que sa vue lui inspirait. Peut-être avait-il eu tort de revenir ici, dans cette ville où il avait tout perdu : son père, sa famille et la seule femme qu'il eût jamais aimée.

— Je n'étais pas sûr que tu viendrais, lui dit-il lorsqu'elle l'eut rejoint.

— Je t'avais dit que je le ferais, répondit-elle posément. Et contrairement à toi, je tiens toujours parole.

— Je sais que ce ne doit pas être facile, étant donné la façon dont les choses se sont finies entre nous...

Elle détourna les yeux.

— Je ne veux pas parler de ça. Tu as dit que tu avais des informations au sujet du meurtre de ma mère. C'est la seule raison pour laquelle je suis venue. Alors tu ferais bien de me dire ce que tu as découvert.

— Je suggère que nous trouvions un endroit plus discret, objecta-t-il. Nous pourrions aller chez Pearlz pour boire un verre ou manger un morceau.

— Pas question, Ethan, objecta-t-elle d'un ton qui n'admettait pas de réplique. Ce n'est pas un rendez-vous amoureux.

— Je ne me faisais aucune illusion à ce sujet, répondit-il. Que dirais-tu de trouver un banc un peu à l'écart de la foule, dans ce cas ?

Elle hocha la tête et s'enfoncèrent dans le petit parc à la recherche d'une place disponible. Ethan ne cessait de jeter des regards à la dérobée en direction de sa compagne. Il ne l'avait pas revue depuis leur dernière confrontation, dix ans auparavant.

Les yeux brouillés de larmes d'humiliation et de colère, elle lui avait alors clairement indiqué qu'elle ne voulait plus jamais le revoir. Ethan avait eu de longues années pour méditer sur les multiples erreurs qu'il avait commises.

Il repensa brusquement à ce que lui avait dit Orson Lee Finch : « Un homme tel que vous est sans cesse en guerre contre ses propres émotions, tourmenté par ce qu'il ne peut connaître ou comprendre, incapable de se réconcilier avec son propre passé... »

Un sourire plein d'autodérision se dessina sur ses lèvres. Il devait bien reconnaître que l'homme l'avait parfaitement cerné.

— Ça te va ? lui demanda alors Addie.

Il avisa le banc libre qu'elle lui désignait et hocha la tête. La jeune femme prit place à l'une des extrémités, et il jugea préférable de s'installer à l'autre bout. Pendant quelques instants, ils demeurèrent immobiles, sans prononcer un mot.

Il se demanda si elle était aussi assaillie que lui par les souvenirs de leur passé commun. Pensait-elle encore parfois à leurs promenades sur la plage, à leurs escapades nocturnes sur les routes environnantes ou aux nuits passionnées qu'ils passaient ensemble dans le petit studio qu'elle louait alors sur Morrison Drive ?

— Je ne peux pas rester très longtemps, lui dit-elle alors. Tu ferais mieux de me dire ce que tu as sur le cœur.

Il hocha la tête.

— Pour cela, il faut que nous parlions un peu de la scène de crime, commença-t-il.

— Je t'écoute, l'encouragea-t-elle.

— Eh bien, tu sais que l'on a retrouvé trois échantillons sanguins différents sur place : celui de ta mère, bien sûr, un autre appartenant à mon père, et un troisième qui n'a jamais été identifié.

— La police et le FBI ont indiqué que cet échantillon se trouvait peut-être là avant même que le meurtre ait été commis, lui rappela Addie.

— C'est vrai, reconnut Ethan. Mais rappelle-toi que l'analyse a établi que le sang avait été versé depuis peu. J'ai toujours pensé qu'il pouvait s'agir de celui du meurtrier.

— C'était ta conviction, acquiesça Addie. Et c'est en partie pour cela que tu voulais avoir accès au dossier : tu souhaitais consulter les résultats approfondis de cette analyse.

— Exact. Malheureusement, mes recherches ultérieures m'ont confirmé ce que les gens du labo avaient déjà établi, à savoir qu'il n'existait aucune correspondance dans nos bases de données ADN.

— En revanche, l'identification de l'ADN de ton père n'a jamais été remise en question, lui rappela Addie.

— Encore exact.

— Toutes les apparences étaient contre lui : il y avait non seulement cette trace de sang mais aussi l'arme du crime que l'on a retrouvée enveloppée dans l'une de ses vestes dans une poubelle.

— Juste à côté de son hôtel, compléta Ethan d'une voix pleine d'amertume. Comme c'est pratique…

— Dois-je te rappeler que ton père était profondément perturbé, à cette époque ? Il ne se rappelait même pas ce qu'il avait fait ce soir-là.

— Mon père était victime d'une dépression, cela, je ne le nie pas. La poursuite de Finch l'avait mis à genoux. Il était tellement perdu qu'il s'est peut-être même convaincu que c'était lui qui avait tué ta mère. Mais il a été piégé.

— Je comprends que tu veuilles le croire, déclara Addie d'un ton conciliant. Merrick est ton père, après tout. Mais je n'ai rien vu jusqu'ici qui puisse l'innocenter.

Ethan savait qu'Addie ne cherchait pas à lui faire du mal : elle se contentait de répéter la thèse officielle. Mais il avait suffisamment dû faire face à ce genre d'argumentaires au cours de sa vie pour ne pas se laisser désarçonner aussi facilement.

— Si mon père avait cherché à se débarrasser de l'arme du crime, on ne l'aurait jamais retrouvée, objecta-t-il très calmement. C'était l'un des meilleurs criminologues de sa génération, et il n'aurait jamais commis l'erreur de la mettre dans une poubelle.

— Tu as reconnu toi-même qu'il n'était pas dans son état normal.

Ethan secoua la tête.

— De deux choses l'une : soit il était assez rationnel pour la cacher et, dans ce cas, il aurait au moins pris la peine de la jeter à l'eau. Soit il ne l'était pas et, dans ce cas, on aurait retrouvé l'arme dans sa chambre d'hôtel. C'était un coup monté, Addie. On a délibérément cherché à le piéger.

— Mais pourquoi ?

— Finch avait peut-être de la famille. Ou des admirateurs. Des gens qui auraient pu en vouloir à mon père de l'avoir envoyé en prison…

— Tu ne trouves pas que c'est un peu tiré par les cheveux ? lui demanda-t-elle posément.

Ethan ne put s'empêcher de tiquer. Cette entrevue ne se déroulait pas du tout comme il l'avait espéré. Mais il savait que s'il ne parvenait pas à faire douter Addie, il n'aurait aucune chance de convaincre sa propre hiérarchie. Après tout, elle avait de bonnes raisons de vouloir connaître l'identité de l'assassin de sa mère.

— Écoute, lui dit-il, je ne tenais pas à relancer les débats qui ont eu lieu à l'époque. Tu connais aussi bien que moi les arguments en faveur des différentes thèses. Je tenais juste à te rappeler l'existence du troisième échantillon d'ADN que l'on avait retrouvé sur les lieux.

— C'est fait, acquiesça-t-elle. Continue.

— Il y a deux semaines de cela, j'ai reçu un mail d'une généalogiste de Charleston qui prétendait avoir trouvé une correspondance pour cet échantillon.

Addie le considéra avec étonnement.

— Comment a-t-elle fait ça ?

— Les séquençages ADN qui se trouvent dans les bases de données du FBI proviennent surtout de personnes ayant déjà commis un crime. Il existe en revanche toutes sortes de bases de données civiles que les gens utilisent notamment pour effectuer des recherches scientifiques ou généalogiques.

Addie secoua la tête.

— Ce n'est pas cela qui me surprend. Ce que je ne comprends pas, c'est comment elle s'est procuré l'échantillon de la scène de crime.

— C'est là que cela devient intéressant. Elle m'a laissé entendre qu'il lui avait été fourni par quelqu'un appartenant à la police.

— À la police ou au FBI ?

— Elle ne l'a pas précisé. Elle ne m'a pas dit non plus quand elle était entrée en possession de cet échantillon ni pourquoi on le lui avait fourni. Si ça se trouve, elle faisait partie des experts qui ont été consultés au moment de l'enquête.

— Tu ne lui as pas posé la question ?

— Si, bien sûr. Mais elle refusait d'en parler au téléphone ou par mail, ce que je peux comprendre. Elle insistait pour que je vienne à Charleston et que nous nous rencontrions en personne.

— Et c'est pour cela que tu es ici ?

Ethan secoua la tête.

— Très franchement, au départ, j'étais loin d'être convaincu. Mais nos échanges ont fini par me persuader qu'elle était bien qui elle prétendait et qu'elle était réellement inquiète pour sa sécurité. Et puis, soudain, elle a cessé de répondre à mes mails… J'ai failli laisser tomber, mais je me suis dit que s'il y avait la moindre chance d'innocenter mon père, je devais aller jusqu'au bout de cette piste. Alors je me suis renseigné au sujet de cette femme et j'ai découvert qu'elle avait été tuée.

— Comment ? demanda Addie en fronçant les sourcils.

— Elle a été renversée par une voiture. Officiellement, il s'agit d'un simple accident de la route. Mais on n'a jamais retrouvé le responsable. Et le fait qu'il puisse s'agir d'une simple coïncidence me semble tout de même hautement improbable…

— C'est troublant, reconnut Addie. Comment s'appelait cette femme ?

— Naomi Quinlan. Elle travaillait comme généalogiste et donnait des cours du soir au collège communautaire. Elle a été fauchée alors qu'elle rentrait chez elle à pied, un soir.

— Quinlan, murmura pensivement Addie. Cela me dit quelque chose. Et je me souviens parfaitement de cet accident. Il s'est produit sur King Street. C'est moi qui ai pris l'appel, mais le temps que j'arrive, un autre inspecteur était déjà sur le site. Le choc avait été très violent, et le médecin légiste a estimé qu'elle avait dû mourir sur le coup. Il n'y avait aucun témoin, et les antécédents de la victime ne nous permettaient pas de soupçonner qu'il puisse s'agir d'un acte prémédité. Nous avons supposé que le conducteur devait être sous l'influence de l'alcool ou de la drogue et qu'il avait perdu le contrôle de son véhicule…

— Vous ne l'avez jamais retrouvé.

— Pas que je sache.

— Tu te souviens qui était l'inspecteur qui se trouvait sur place, lorsque tu es arrivée ?

— Non. Mais je pourrais retrouver l'information si ça

t'intéresse. Tu ne penses tout de même pas que le tueur pourrait être l'un des nôtres ?

Ethan hésita.

— Disons simplement que nous ne pouvons faire confiance à personne. Nous savons que c'est un policier qui a fourni l'échantillon d'ADN. Nous savons aussi que pas mal de gens doivent leurs carrières à l'arrestation de Finch et de mon père. Ils ne tiennent sans doute pas à ce qu'on découvre qu'ils se sont trompés...

— Tu ne trouves pas que cela sonne comme une théorie du complot ? objecta Addie.

— Avant que Naomi se fasse tuer ? Peut-être. Mais depuis, je préfère rester sur mes gardes. Ce ne serait pas la première fois qu'un policier se révélerait être corrompu...

— Nous ne sommes même pas certains que la mort de Quinlan était bien liée à cette histoire d'ADN. Ce n'est peut-être qu'un banal accident...

— Est-ce moi que tu essayes de convaincre ou toi-même ? Parce que je ne crois pas aux coïncidences, surtout lorsqu'elles sont aussi énormes.

Addie se mordilla pensivement la lèvre, ce qu'en d'autres circonstances il aurait probablement trouvé terriblement sexy.

— D'accord, reprit-elle enfin. Reprenons depuis le début. C'est Naomi Quinlan qui t'a contacté. Comment a-t-elle su que tu t'intéressais à cette affaire et que tu n'adhérais pas à la thèse officielle ?

— Ce n'est pas si difficile, répondit Ethan. Plusieurs journalistes ont écrit des articles à mon sujet. Et je ne leur ai jamais caché ce que je pensais de la condamnation de mon père. Il aura suffi que Naomi en lise un pour qu'elle comprenne que je ne risquais pas de trahir sa confiance.

— Soit, concéda Addie. Ensuite, elle a prétendu avoir établi un lien entre l'ADN retrouvé sur la scène de crime et celle d'une personne figurant dans une base de données généalogique. Mais elle ne t'a donné aucune preuve, aucun nom... Comment peux-tu être sûr qu'elle ne cherchait pas à te faire une mauvaise blague ?

— Qui ferait une chose pareille ?

— Pas mal de gens, apparemment. Je reçois encore des lettres anonymes à cette période de l'année. Et cette fois-ci, avec l'anniversaire, ce sera probablement encore pire.

— Quel genre de lettres ? s'enquit Ethan que l'idée révoltait.

Addie haussa les épaules.

— Cela n'a aucune importance. Ce que je voulais dire, c'est que cette femme était peut-être une tordue. Elle a pu se dire que l'affaire pourrait la rendre célèbre. Ou alors, elle t'a trouvé mignon et a décidé de te faire croire qu'elle pouvait t'aider... Il y a toutes sortes de possibilités, en fait.

— Maintenant, c'est toi qui joues les paranoïaques, protesta Ethan.

— Tu ne peux te permettre de négliger aucune hypothèse. C'est d'autant plus important que tu n'es pas objectif en la matière. Tu as *envie* de croire que ton père était innocent et que cette femme aurait pu t'aider à le prouver.

— Soit, concéda Ethan.

— Il y a une autre question qui se pose : si tu as raison, s'il s'agit bien de l'ADN du tueur, pourquoi aurait-il pris le risque de s'enregistrer dans une base de données généalogique ?

— Rien ne dit qu'il sait que la police a retrouvé des traces de son sang. Il n'y en avait pas beaucoup. Et l'existence de ce troisième échantillon n'a jamais vraiment été médiatisée. Le tribunal l'a très vite écarté de l'enquête.

— Certes, concéda à son tour Addie.

— De plus, reprit Ethan, nous ne sommes pas sûrs que l'ADN découvert par Naomi était celui du tueur.

— Je ne suis pas sûre de comprendre.

— Il pouvait s'agir de quelqu'un de sa famille, expliqua Ethan. De quelqu'un de suffisamment proche pour que Naomi l'identifie comme tel.

— Ce ne serait pas une preuve recevable, dans ce cas.

— Cela n'a pas d'importance : à ce stade, ce que je cherche n'est pas une preuve mais une piste. Si je parviens à localiser cette personne, je réussirai peut-être à remonter jusqu'au tueur.

— Cela fait tout de même énormément de « si ».

— Je le reconnais volontiers. La plupart des policiers auraient peut-être déjà renoncé à suivre un fil aussi ténu. Mais il s'agit de mon père. Et c'est probablement la raison pour laquelle Naomi a fait appel à moi.

Addie secoua la tête d'un air réprobateur.

— Ce n'est plus une affaire, Ethan. C'est un château de cartes qui tient à peine en équilibre. Et il risque de s'effondrer sur toi, tout comme il s'est déjà effondré sur nous, il y a dix ans de cela.

— C'est une éventualité à laquelle je me suis préparé, acquiesça-t-il gravement.

Addie se mordilla la lèvre de plus belle.

— Qu'attends-tu de moi, au juste ? lui demanda-t-elle enfin.

— Rien, répondit-il sans hésiter. Après ce qui s'est passé, il y a dix ans, je ne me sens vraiment pas en droit de te demander ton aide.

— Pourquoi as-tu donc tant insisté pour que nous nous rencontrions, dans ce cas ?

— Parce que je voulais que quelqu'un sache ce que j'étais sur le point de faire. Quelqu'un de confiance.

— Tu parles comme s'il allait t'arriver quelque chose.

— Mon unique témoin a été assassiné, lui rappela-t-il.

— Rien ne le prouve.

— C'est bien pour cela que je suis venu à Charleston : pour le prouver puis pour remonter la piste jusqu'au véritable responsable.

— Et comment comptes-tu t'y prendre ? Tu viens de le dire : ton seul témoin est mort.

— Il est possible qu'elle ait laissé des indices de ce qu'elle a découvert. Si c'est le cas, je compte bien les trouver.

Ethan se leva, et Addie l'imita, visiblement troublée. Elle s'était probablement attendue qu'il lui demande de l'aider. Mais il savait que s'il l'avait fait directement, elle lui aurait opposé une fin de non-recevoir. Tout ce qu'il pouvait espérer, c'était lui présenter les faits et la laisser y réfléchir par elle-même.

Si sa curiosité était plus forte que sa méfiance, elle reprendrait contact avec lui.

— Merci encore d'être venue, lui dit-il. Merci de m'avoir écouté.

— Cela ne change rien entre nous, tu sais, lui dit-elle durement.

Mais dans ses yeux, il crut discerner une hésitation qui

contredisait ses paroles. Il se garda cependant d'en tirer parti. Leur relation était encore bien trop fragile pour cela.

— Au revoir, Addie, lui dit-il simplement.

Sur ce, sans ajouter un mot, il se détourna et se dirigea vers la sortie du parc.

5

Lorsque Addie arriva chez elle après l'étrange entrevue qu'elle avait eue avec Ethan, il faisait déjà nuit. Elle gara sa voiture dans le garage et sortit par la porte latérale qui donnait dans le jardin. Le détecteur de mouvement alluma aussitôt les projecteurs qu'elle avait fait installer sur les conseils de Helen et David.

L'un des chats qu'elle avait recueillis émergea d'un fourré dans lequel il était caché pour venir l'accueillir. Elle s'agenouilla pour le caresser affectueusement, et il se mit à ronronner sous ses doigts.

— On dirait que je t'ai manqué, murmura-t-elle.

Relevant les yeux, elle avisa une série de petites marques rouges qui maculaient l'allée centrale. Elle crut tout d'abord que l'un des chats s'était blessé et qu'il s'agissait de taches de sang. Le cœur battant, elle se redressa et s'approcha de celle qui se trouvait le plus près d'elle.

Il ne s'agissait pas de sang mais de pétales de fleur. Elle en ramassa un et le porta à ses narines. L'odeur qui en émanait lui arracha un frisson glacé. Elle l'aurait reconnue entre toutes.

C'était celle du magnolia.

Sans perdre un instant, elle se décala de façon à quitter la lumière des projecteurs et à se placer dans l'ombre. Le chat l'avait suivie et se pressa contre ses jambes en ronronnant de plus belle.

— Chut ! lui souffla-t-elle.

Elle parcourut le jardin des yeux. Pas un bruit ne se faisait entendre en dehors des moteurs de quelques voitures au loin et des trilles répétitifs d'un oiseau nocturne qui avait dû se poser dans l'un des jardins voisins. Percevant probablement la tension qui l'habitait, le chat s'était immobilisé à ses pieds, guettant lui aussi les bruits alentour.

Ne percevant rien d'anormal, Addie, s'avança dans l'ombre jusqu'aux marches qui conduisaient à la porte de la cuisine. Lorsqu'elle s'en approcha, un autre projecteur s'alluma, illuminant le perron. Elle s'assura que la porte était toujours fermée à clé avant de contourner le bâtiment, s'arrêtant quelques instants devant chaque fenêtre pour vérifier qu'aucune n'avait été forcée.

Elle termina par la porte principale qui elle non plus ne présentait aucun signe de fracture. Elle l'ouvrit très doucement, en prenant garde de ne faire aucun bruit. Prête à tout, elle s'avança dans une quasi-obscurité jusqu'au bureau du rez-de-chaussée.

La maison était parfaitement silencieuse et paraissait déserte, mais elle s'attendait à chaque instant à voir quelqu'un bondir sur elle. Elle ouvrit le petit secrétaire du bureau et tapa le code qui permettait d'ouvrir le coffre intégré. Il contenait une arme de poing. Son arme de service était enfermée à l'intérieur d'un autre coffre dans sa chambre.

Pistolet en main, elle entreprit de faire le tour de la maison, vérifiant chaque recoin, chaque placard et chaque point d'accès. Avec une pointe de soulagement, elle finit par en conclure que personne ne s'était introduit chez elle.

Rassurée sur ce point, elle retourna à la cuisine pour y prendre la lampe de poche qui s'y trouvait. Son arme dans une main et la torche dans l'autre, elle suivit la piste que formaient les pétales de magnolia. Il était évident que la personne qui les avait semés l'avait fait de façon qu'ils soient bien visibles de l'entrée comme de la porte du garage. Elle n'avait strictement aucune chance de les rater.

Était-ce une menace ? Une plaisanterie de très mauvais goût ? Rien ne lui permettait de le dire. Mais l'idée que quelqu'un se soit introduit chez elle ne lui plaisait pas du tout.

Elle braqua sa lampe en direction de la haie mais le rayon lumineux n'était pas assez puissant pour l'éclairer complètement. Une légère brise faisait bruisser doucement les branches, et c'était le seul bruit que l'on pouvait entendre, à présent. Même l'oiseau de nuit s'était tu.

Addie sentit un frisson familier la parcourir. Son instinct lui soufflait que ce calme n'était pas naturel. Quelque chose ou quelqu'un était tapi là, juste au-delà de son champ de vision. Elle aurait voulu se convaincre que les pétales n'étaient qu'une mauvaise plaisanterie mais les paroles d'Ethan revenaient la hanter.

S'il avait vu juste, si son père était bien innocent du crime dont on l'avait accusé, alors cela signifiait que le tueur était toujours en liberté. Elle se rappela brusquement la vision qu'elle avait eue de Delmar Gainey dans son jardin, se repaissant du souvenir de ses crimes. Le meurtrier de sa mère l'avait-il surveillée durant toutes ces années, savourant le mal qu'il lui avait fait ? Cette idée lui donnait la nausée.

Avait-il décidé à présent de faire subir à la fille le même sort qu'à la mère ? Si tel était le cas, il allait être surpris. Car Addie n'entendait pas se laisser faire. Ses doigts se crispèrent sur la crosse de son arme, et elle s'avança en direction de la haie sur laquelle elle tenait toujours résolument braqué le faisceau de sa lampe.

C'est alors qu'elle l'aperçut. L'espace d'un instant, elle crut qu'il s'agissait juste d'un tronc. Mais la silhouette se déplaça soudain s'enfonçant dans la haie dans laquelle elle disparut.

— Arrêtez-vous ! s'exclama-t-elle.

Les bruits de feuillage lui firent comprendre que l'intrus n'avait pas l'intention de s'exécuter. Il était sans doute en train de se hisser par-dessus la clôture qui séparait son jardin de celui de ses voisins.

Addie savait qu'elle aurait dû appeler des renforts. Se lancer seule à la poursuite d'un homme qui pouvait être un tueur pouvait s'avérer dangereux. Mais le temps qu'une voiture de patrouille arrive, l'homme se serait probablement évanoui dans la nature.

Avec un juron bien senti, Addie se mit donc à courir en direction de la haie. Coinçant son arme et sa lampe dans la ceinture de son short en jean, elle se hissa à son tour par-dessus la clôture et bondit dans le jardin attenant. Récupérant son pistolet et sa lampe, elle balaya les alentours à la recherche du fuyard.

Il n'y avait pas trace de sa présence. Une fois de plus, elle songea à abandonner la poursuite. Après tout, elle aussi venait de s'introduire sans autorisation sur une propriété privée. Mais si elle renonçait aussi rapidement, l'intrus en conclurait peut-être qu'elle avait eu peur. Et il risquait de réitérer ce genre de mauvaises plaisanteries.

Addie éteignit donc sa lampe et demeura dissimulée dans la haie, guettant le moindre signe d'une présence. Au loin, un chien se mit à aboyer. L'oiseau de nuit avait repris son chant. Mais soudain, à l'autre bout du jardin, elle entendit un crissement de gravier.

Elle ralluma aussitôt sa lampe, la braquant dans cette direction, et eut tout juste le temps d'apercevoir le dos de l'intrus qui se hissait par-dessus la clôture opposée. Addie savait que la maison suivante était actuellement en travaux. À cette heure, elle serait donc déserte et constituerait un endroit idéal pour se dissimuler.

Mais alors même qu'elle se faisait cette réflexion, elle s'était déjà élancée à travers la pelouse. Elle était plus décidée que jamais à attraper cet homme. Et même si elle n'y parvenait pas, sa ténacité le dissuaderait probablement de recommencer.

De nouveau, elle franchit le grillage. Mais cette fois, elle prit le temps d'envoyer un SMS à Matt avant de sortir de la haie. Elle remarqua aussitôt que la porte de service de la maison en travaux était ouverte et se figea, le cœur battant.

Ce n'était pas bon signe. L'homme qu'elle poursuivait n'avait pas eu le temps de crocheter la porte, et il était peu probable que celle-ci fût restée ouverte.

Cela signifiait donc qu'il était venu ici avant. Soit elle avait affaire à quelqu'un de précautionneux qui avait soigneusement préparé sa retraite, soit il avait sciemment cherché à l'entraîner jusqu'ici. Addie savait qu'elle aurait dû abandonner mais la colère qui l'habitait était plus forte que sa prudence.

Elle s'avança prudemment vers la porte et remarqua que l'homme avait laissé tomber une pluie de pétales de magnolia sur le seuil. Il n'y avait plus aucun doute, à présent : il cherchait bel et bien à la provoquer.

Arme au poing, elle pénétra dans la maison et entreprit de

passer en revue chacune des pièces du rez-de-chaussée. Elle se força à procéder avec méthode, inspectant chacune d'elles en profondeur avant de passer à la suivante. Il n'était pas question de laisser l'homme lui tomber dessus par-derrière.

Elle finit par arriver dans le hall dans lequel se trouvait l'escalier conduisant à l'étage.

— Adaline…

Un frisson glacé la parcourut. La voix qui provenait d'en haut était déformée par un vocodeur qui lui donnait une tonalité froide et métallique. De toute évidence, l'homme avait tout prévu.

— Qui êtes-vous ? cria-t-elle.

Aucune réponse ne lui parvint.

— Pourquoi avez-vous laissé ces pétales de fleur dans mon jardin ?

— Tu sais pourquoi, répondit la voix.

— Descendez les mains en l'air ou je viens vous chercher.

— Pas encore, Adaline. Tu n'es pas prête. Le moment n'est pas encore venu pour nous de faire connaissance…

Addie hésita au pied de l'escalier, sachant pertinemment qu'en montant elle risquait de se jeter tête baissée dans un piège. Contrairement à son adversaire, elle ne connaissait pas la configuration des lieux. Et il avait parfaitement pu lui tendre une embuscade.

Elle décida pourtant de poursuivre. Qu'il s'agisse d'un mauvais plaisantin ou d'un véritable tueur, elle avait l'occasion de mettre un terme à ses agissements et d'en finir une fois pour toutes avec la menace qu'il représentait.

Lampe et pistolet résolument braqués vers l'avant, elle commença lentement à monter les marches. Elle parvint sur le palier de l'étage et constata que, contrairement au rez-de-chaussée, il n'avait pas encore été rénové. S'avançant dans la première pièce qui s'ouvrait devant elle, elle vit que les murs avaient été grattés. Le sol était recouvert d'une bâche en plastique qui crissait sous ses pas.

Elle en fit le tour, prenant soin d'inspecter les placards. Mais alors qu'elle se trouvait à l'extrémité de la pièce, elle entendit un bruit métallique qui semblait provenir du palier. Tournant les talons, elle se précipita vers la porte pour intercepter l'homme avant qu'il descende l'escalier.

Lorsqu'elle sortit, elle ne vit personne. Puis, du coin de l'œil, il lui sembla discerner un mouvement. Se retournant, elle aperçut un homme portant une cagoule noire qui dissimulait entièrement les traits de son visage. Il était plaqué contre le mur, près de la porte qu'elle venait de franchir.

Elle eut tout juste le temps de comprendre qu'elle s'était fait piéger avant que la matraque télescopique s'abatte brutalement sur son crâne. Addie tituba, luttant de toutes ses forces pour demeurer consciente. Mais un second coup s'abattit, plus violent encore que le précédent. Elle sentit vaguement qu'elle lâchait son arme et sa lampe puis sombra dans les ténèbres.

Assise au bord de sa baignoire, Addie grimaçait tandis que Matt désinfectait la plaie qu'elle avait au front. Il appliqua ensuite un pansement avec une brusquerie qui indiquait clairement sa réprobation.

— C'était de la folie, déclara-t-il une fois de plus. Tu es suffisamment expérimentée pour savoir qu'on ne doit jamais s'aventurer seul dans un bâtiment inconnu – a fortiori lorsque celui qu'on poursuit est en terrain familier. Si ce type l'avait voulu, il aurait pu te tuer.

— Je sais, soupira-t-elle. J'étais convaincue de pouvoir le coincer et j'ai eu tort. Mais je ne voulais pas le laisser filer. Imagine qu'il s'agisse de l'homme qui a tué ma mère...

— Ne me dis pas que tu t'es de nouveau laissé convaincre par Ethan, soupira Matt.

— Je te rappelle que tu mettais toi-même en doute la version officielle, hier après-midi.

— Je parlais de Finch, objecta Matt. Pas de James Merrick.

— Et tu ne t'es pas dit que si Finch est innocent, cela signifie que le tueur est toujours en liberté. Plus besoin alors de chercher un hypothétique *copycat* pour expliquer le meurtre de ma mère.

L'argument parut ébranler Matt.

— Qui sait ? reprit-elle. C'est peut-être parce qu'il a compris qu'il s'était trompé de coupable que James Merrick a sombré dans la dépression…

— D'accord, concéda son partenaire. Cette théorie se tient. Ce n'est qu'une hypothèse, bien sûr, mais je comprends que tu aies voulu en avoir le cœur net…

Ils quittèrent la salle de bains et, après avoir fait un crochet par la cuisine pour prendre deux cannettes de bière dans le réfrigérateur, ils allèrent s'installer dans le salon.

— Nous devrions passer en revue tout ce qui s'est déroulé ce soir, déclara alors Matt. Tu es revenue du parc vers 20 h 30. Et tu as trouvé les pétales de magnolia…

— Rouges, acquiesça Addie, comme ceux que le Tueur du crépuscule plaçait sur les lèvres de ses victimes.

Matt hocha la tête.

— C'est l'un des éléments qui ont servi à condamner Finch, remarqua-t-il. Il était jardinier, et l'accusation a expliqué qu'il avait cherché à se venger des humiliations qu'avaient pu lui faire subir les riches familles pour lesquelles il travaillait. Ses victimes étaient toutes issues de bonnes familles de la ville.

— Presque toutes, objecta Addie. Ce n'était pas le cas de ma mère.

— Et c'est effectivement ce qui a conduit la police à penser qu'il s'agissait cette fois d'un *copycat* qui imitait les méthodes de Finch mais ne partageait pas ses motivations.

— Tout cela est vraiment très ténu, remarqua-t-elle.

— Effectivement, concéda Matt. Cette enquête a été résolue en grande partie grâce au profilage. C'est même l'une de celles qui ont légitimé le recours systématique à cette technique.

— C'est assez paradoxal si l'on considère que le principal profileur a ensuite été arrêté pour meurtre, commenta Addie.

— C'est la raison pour laquelle personne n'aime s'étendre sur cette affaire, comme tu as pu le voir lorsque Ethan a diffusé des éléments du dossier.

— Exact, murmura-t-elle, pensive. Je n'ai jamais compris pourquoi il n'avait pas été licencié pour faute, à l'époque.

— Tu connais le proverbe : Garde tes amis près de toi et tes ennemis plus près encore. Mais pour en revenir à ce qui s'est passé ce soir, tu as inspecté la maison.

— Oui. Il n'y avait personne à l'intérieur, et aucun accès n'a été forcé. Mais lorsque je suis ressortie, j'ai aperçu une silhouette dans la haie.

— Tu n'as pas trouvé curieux que l'homme soit resté là ? Il aurait eu tout le temps de s'enfuir pendant que tu fouillais la maison.

— Je n'ai compris qu'il pouvait s'agir d'un piège que lorsqu'il est entré dans la maison en travaux.

— Et cela ne t'a pas empêchée de te jeter dedans tête baissée.

— Je suis de la police, objecta-t-elle. J'étais armée et entraînée. Et je suis sûre que tu aurais fait la même chose à ma place.

— Probable, reconnut Matt avec un sourire plein d'autodérision. Quoi qu'il en soit, tu es entrée et tu lui as parlé. Et il connaissait ton nom.

— Oui. Il m'a appelée Adaline.

— À quoi ressemblait sa voix ?

— Il utilisait un vocodeur.

— Ce qui semble indiquer qu'il comptait te parler dès le départ. Et donc qu'il t'a bel et bien attirée exprès dans cette maison.

— Cela peut indiquer autre chose, murmura Addie. Quelque chose d'encore plus inquiétant.

Matt lui jeta un regard interrogateur.

— Le fait d'utiliser un vocodeur pourrait signifier qu'il craignait que je n'identifie sa voix. Et dans ce cas, il s'agirait de quelqu'un que je connais…

— Ne sautons pas aux conclusions, objecta Matt. Il y a encore beaucoup trop d'inconnues dans cette histoire. À commencer par ce que te voulait cet homme.

— Me faire peur, j'imagine.

— Oui mais pourquoi ? Et, surtout, pourquoi maintenant ?

Ils échangèrent un regard entendu.

— Ethan, murmura Addie.

— Ce type porte la poisse, acquiesça Matt. La dernière fois, il a failli te coûter ta carrière.

— C'est vrai, concéda-t-elle. Mais si sa présence provoque ce genre de réactions, cela pourrait signifier que la piste qu'il suit est prometteuse.

— Quelle piste ?

Addie hésita. Elle avait entièrement confiance en Matt. Mais Ethan avait clairement laissé entendre que certains éléments de la police de Charleston pouvaient être impliqués dans cette affaire. Or, Matt avait de nombreux amis au sein des forces de l'ordre locales, et elle ne tenait pas à le mettre dans une situation inconfortable – a fortiori tant que les suppositions d'Ethan ne seraient pas corroborées par des preuves irréfutables.

— Il ne m'a rien dit de précis, répondit-elle. Juste qu'il avait découvert de nouveaux éléments et qu'il travaillait sur un angle différent.

L'idée de mentir à son partenaire la mettait terriblement mal à l'aise.

— Addie..., commença Matt d'une voix hésitante. Je sais que cela ne va pas te plaire mais es-tu vraiment certaine que l'homme que tu as poursuivi ne pouvait pas être Ethan ?

Elle le considéra avec stupeur.

— Ethan ? répéta-t-elle. Mais pourquoi aurait-il fait une chose pareille ?

— Cette affaire l'obsède, lui rappela Matt.

— Ce serait probablement ton cas si ton père avait été condamné.

— Tu as raison. Et qui sait jusqu'où je serais prêt à aller pour l'innocenter ?

Addie frissonna.

— Non, murmura-t-elle. Ethan ne ferait jamais une chose pareille...

— Parce qu'il est amoureux de toi ?

— Cela fait dix ans que nous ne nous sommes pas revus, objecta-t-elle. Et au cas où tu l'aurais oublié, nous ne nous sommes pas séparés en très bons termes.

— Je ne vois pas en quoi cela l'empêcherait d'avoir des sentiments pour toi, remarqua Matt. J'ai bien vu la façon dont il te regardait, tout à l'heure...

— Qu'est-ce que tu racontes ?

— Je ne suis peut-être pas un spécialiste en matière de relations amoureuses mais je ne suis pas non plus aveugle. Ce type en pince toujours pour toi, c'est évident.

Addie se sentit rougir, ce qui ne manqua pas de l'agacer.

— Tu crois ? lui demanda-t-elle.

— J'en mettrais ma main à couper.

— Eh bien, cela devrait au moins nous rassurer sur le fait que ce n'était pas lui, ce soir.

Matt ne paraissait pas convaincu.

— Si tu crois que l'amour pousse les gens à se conduire de façon rationnelle, c'est que tu es encore plus incompétente que moi en la matière.

— Ce n'est pas moi qui sors avec mon ex-femme en cachette, objecta-t-elle avec un sourire malicieux.

— Nous voulons juste nous donner une seconde chance sans que tous nos amis nous mettent la pression, répondit-il.

— À vrai dire, je trouve ça plutôt mignon, déclara-t-elle avec une pointe de malice.

Matt leva les yeux au ciel.

— Nous ne sommes pas en train de parler de ma vie amoureuse, pour ce qu'elle vaut, mais de la tienne.

— Je ne sors pas avec Ethan, objecta-t-elle. Et je n'ai pas l'intention de le faire.

— Mais nous savons tous deux que ce type a le chic pour te manipuler. Il l'a déjà fait une fois, et rien ne dit qu'il ne compte pas recommencer.

— J'en ai bien conscience, acquiesça-t-elle. Et je compte rester sur mes gardes. Tu n'as pas à t'inquiéter pour moi, je t'assure.

— Venant d'une femme qui vient de se jeter dans un piège tendu par un tueur en série, je trouve ça très rassurant, ironisa son partenaire.

— Nous ne savons pas si c'est vraiment un tueur, objecta-t-elle. Il aurait très bien pu me régler mon compte et ne l'a pas fait. Il pourrait tout aussi bien s'agir de l'un de ces types qui m'envoient des lettres anonymes...

— Depuis quand reçois-tu des lettres anonymes ? s'exclama Matt, sidéré.

— Depuis toujours, répondit-elle en haussant les épaules.

Comme la plupart des enfants de victimes du Tueur du crépuscule, j'imagine, depuis qu'un journaliste a créé cette stupide expression d'« enfants du crépuscule ». Tu savais qu'il y a même un groupe de metal qui a pris ce nom ?

— Oui, j'aime bien ce qu'ils font, d'ailleurs.

— Moi aussi, reconnut Addie. Mais la question n'est pas là. Nous sommes devenus des bêtes de foire, et des tas de cinglés fantasment sur notre compte. Je reçois aussi bien des menaces que des déclarations d'amour...

— Est-ce que tu avais déjà reçu ce genre de visite ?

— Non. Mais à l'approche du vingt-cinquième anniversaire, tout est possible. Il s'agit peut-être de quelqu'un qui a vu le même documentaire que toi.

— Est-ce que tu comptes porter plainte ?

— Tu sais comme moi que ça ne servirait à rien. Il n'y a même pas eu d'effraction.

— Je pense que tu devrais au moins déposer une main courante. Cela permettrait d'établir l'existence d'un précédent, au cas où l'intrus déciderait de revenir.

Cette éventualité la mit terriblement mal à l'aise.

— Tu devrais aussi faire installer deux ou trois caméras de sécurité, suggéra Matt.

— Je n'ai pas les moyens, objecta-t-elle.

— Ce n'est pas si cher que tu sembles le croire. J'ai un cousin qui en vend. Je pourrais lui demander de te faire un prix. Surtout si tu me sers une autre bière, ajouta-t-il en souriant. Nous sommes tous deux à marée basse...

Addie alla chercher de nouvelles cannettes dans le réfrigérateur, et ils trinquèrent.

— Tu me demandais pourquoi Ethan s'en serait pris à toi, remarqua alors Matt pensivement. Il y a une hypothèse que nous n'avons pas envisagée.

— Laquelle ?

— Qu'il soit coupable ou non, son père a bel et bien sombré dans la folie. Et il avait à peu près le même âge qu'Ethan, lorsque c'est arrivé...

Comprenant où il voulait en venir, Addie se mordilla nerveusement la lèvre.

— La maladie mentale n'est pas une simple affaire de prédispositions génétiques, objecta-t-elle. La pathologie de James Merrick peut s'expliquer par de nombreux facteurs externes : la maltraitance dont il a fait l'objet, étant enfant, des problèmes de couple, le stress que lui causait son travail, sans parler des médicaments et des stupéfiants qu'il consommait en grandes quantités pour tenir le coup…

— C'est vrai, concéda Matt. Mais que savons-nous réellement des habitudes de vie d'Ethan Barrow ?

Lorsqu'il descendit de sa chambre d'hôtel pour aller prendre son petit déjeuner, Ethan eut la surprise de découvrir Gwen Holloway assise à l'une des tables de la grande salle à manger. L'espace d'un instant, il fut tenté de tourner les talons avant qu'elle l'ait aperçu et de quitter discrètement l'hôtel.

Mais il savait pertinemment que cela n'aurait fait que retarder l'inévitable confrontation. Si Gwen tenait vraiment à lui parler, elle trouverait un moyen de le faire, tout comme elle avait réussi à découvrir non seulement le fait qu'il était venu à Charleston mais aussi dans quel établissement il était descendu.

Elle était suffisamment tenace pour cela et pouvait se targuer d'avoir énormément de relations, tant au sein du FBI que des différentes polices locales du sud-est des États-Unis. Cela faisait pourtant des années qu'elle ne travaillait plus comme profileuse et qu'elle s'était installée à son compte.

Aujourd'hui, elle prenait part à de nombreux séminaires et formations à travers tout le pays. Elle servait également de conseiller, à titre officiel ou officieux, auprès de très nombreuses agences gouvernementales.

Chaque fois qu'il l'avait croisée, Gwen Holloway portait un tailleur de couleur sombre. Ses longs cheveux bruns étaient toujours noués en chignon sur sa nuque. Elle ne portait aucun maquillage mais ses ongles étaient toujours impeccablement manucurés.

En toutes circonstances, il émanait d'elle une impression de parfait self-control, et Ethan s'était souvent demandé ce qu'une femme comme elle pouvait bien faire de ses rares moments de loisir. Au fond, il n'était pas certain de vouloir le savoir.

S'efforçant d'ignorer la nervosité que lui inspirait sa présence, Ethan prit délibérément le temps d'aller chercher des toasts, une omelette, un jus de fruits et du café sur le buffet qui avait été dressé au fond de la salle. Muni de son plateau, il retraversa la pièce et vint s'asseoir en face d'elle.

— Quelle heureuse surprise, lui dit-il en adoptant un ton délibérément décontracté. Je ne m'attendais pas du tout à vous croiser ici...

— Vraiment ? répondit Gwen avec un sourire totalement dépourvu de chaleur. Tu as pourtant dû apercevoir les hommes que j'avais chargés d'assurer ta sécurité.

— Je pensais qu'ils travaillaient pour le FBI, répondit Ethan.

— N'est-ce pas la même chose ?

En dépit de l'ironie du sourire qu'elle arborait, Ethan comprit qu'il venait d'être mis en garde. La présence de Gwen n'était peut-être pas officielle mais elle avait probablement été approuvée par ses supérieurs.

— Je me demande ce que les citoyens ordinaires penseraient en apprenant que d'anciens agents du FBI passés au privé disposent d'un tel pouvoir.

— Je pense que nombre d'entre eux seraient rassurés, répondit Gwen. Tu connais la défiance de la plupart des citoyens américains envers l'État et ses services. Ils penseraient certainement que quelqu'un comme moi est moins susceptible d'être corrompu ou manipulé.

— En tout cas, je me demande bien ce qui peut me valoir de faire l'objet de tant d'intérêt.

— Est-ce une question rhétorique ?

Il haussa les épaules.

— Pas vraiment. Avez-vous peur que je craque à mon tour, comme mon père avant moi ?

— Si tel était le cas, tu ne serais pas allé aussi loin. Ta carrière aurait pu être étouffée dans l'œuf lorsque tu as diffusé des informations confidentielles concernant une enquête. Mais c'est justement parce qu'il s'agissait de ton père que tout le monde s'est montré très compréhensif. Nous espérions tous que tu réussirais à tourner la page et à te concentrer sur la carrière prometteuse qui t'attendait.

Ethan prit l'un des toasts qui se trouvaient sur son plateau et entreprit de le beurrer en prenant tout son temps. S'efforçant d'ignorer le regard pesant de Gwen Holloway, il s'attaqua ensuite à ses œufs.

— Tu ne pourras pas indéfiniment ignorer les questions légitimes que se posent tous ceux qui s'intéressent à toi, remarqua-t-elle.

— Il ne me semble pas avoir entendu de question, objecta-t-il d'un ton faussement décontracté.

— Qu'es-tu venu faire à Charleston ?

— Du tourisme, quoi d'autre ? Je suis en vacances, après tout...

— Et à Columbia ?

Ethan haussa les épaules.

— Je ne pouvais tout même pas passer dans la région sans aller saluer mon père.

— Comment va-t-il ?

— Comme quelqu'un qui a passé les vingt-cinq dernières années dans un hôpital psychiatrique pour criminels, répondit-il froidement. Vous devriez peut-être aller lui rendre visite pour voir cela de vos propres yeux.

— Je l'ai fait, répondit posément Gwen.

Ethan ne parvint pas à cacher son étonnement.

— Quand ?

— Je suis allée le voir à plusieurs reprises depuis qu'il a été condamné, répondit-elle. Tu n'es pas le seul à tenir à lui, tu sais.

Ethan observa les mains de Gwen qui enserraient sa tasse de café fumante. Elle ne portait pas de bague. C'était une femme séduisante, brillante et qui avait très bien réussi sa vie. Pourtant, elle ne s'était jamais mariée. Ethan se demanda si c'était le prix qu'avaient à payer ceux qui, comme eux, passaient le plus clair de leur temps à considérer la face la plus sombre du genre humain.

— Quand l'avez-vous vu pour la dernière fois ?

— Il y a six mois, environ, répondit-elle avant de porter sa tasse de café à ses lèvres. Est-ce que cela t'ennuie ?

— Pourquoi serait-ce le cas ?

Elle haussa les épaules.

— Je ne sais pas. Il me semble percevoir chez toi une certaine hostilité. J'imagine qu'elle a toujours existé mais il me semble que tu te donnais la peine de mieux la dissimuler auparavant.

— Vous vous faites des idées.

— Je ne crois pas. Je te connais depuis ta plus tendre enfance. Je t'ai vu grandir.

— C'est vrai, répondit-il sobrement.

— Est-ce pour cela que tu m'en veux ? Parce que tu considères que j'ai trahi ton père ? Que c'est à cause de moi qu'il a été condamné ? Crois-moi, cela m'a fait beaucoup de peine. Mais je n'avais pas le choix : je ne pouvais pas courir le risque qu'il fasse une nouvelle victime. Si je ne l'avais pas arrêté, d'autres l'auraient fait et ils ne se seraient probablement pas montrés aussi précautionneux.

Elle soupira.

— James était plus qu'un mentor pour moi. C'était un ami. Et il a laissé une profonde empreinte au sein de l'Unité d'analyse comportementale.

— C'est aussi votre cas, semble-t-il.

— J'aime à le croire, acquiesça-t-elle sans fausse modestie. Mais presque tout ce que j'ai appris, je le dois à ton père.

— Je n'ai jamais vraiment compris pourquoi vous aviez décidé de quitter le FBI, remarqua Ethan. Vous étiez destinée à une brillante carrière. Aujourd'hui, vous seriez probablement directrice d'une unité ou d'une section, peut-être même directrice adjointe. Votre départ a dû en surprendre plus d'un...

— Pas vraiment, répondit-elle. Ce qui m'intéressait avant tout, c'était le profilage. Je n'ai jamais eu l'intention de devenir administratrice. Mais je savais aussi que je ne pourrais pas rester indéfiniment en service actif au sein de l'UAC. C'est une activité bien trop usante. Si tu veux tout savoir, je n'ai pas démissionné pour écrire un livre ou pour devenir consultante, comme le croient généralement les gens. J'ai arrêté parce que je voulais recouvrer une vie normale.

— Je me demande ce que mon père aurait fait, si les rôles avaient été inversés, à l'époque, remarqua Ethan.

— Il aurait agi exactement de la même façon, répondit-elle. Je n'ai pas le moindre doute à ce sujet.

— Et vous n'avez pas eu le moindre moment d'hésitation ? insista-t-il.

Elle secoua tristement la tête.

— Non. Je connaissais bien ton père et je l'ai vu perdre pied. Les signes ne trompaient pas. J'ai essayé de me convaincre qu'il s'agissait d'un simple burn-out, qu'il allait se ressaisir. Mais quand on a retrouvé le corps de Sandra Kinsella, j'ai compris que les choses avaient malheureusement pris une tout autre dimension…

— Et si vous vous étiez trompée ?

— J'aurais aimé que ce fût le cas. Mais les indices matériels n'ont fait que confirmer mes soupçons.

— Les indices matériels ont peut-être été placés là à dessein pour accuser mon père, remarqua Ethan.

Gwen parut hésiter, comme si elle se demandait comment elle était censée réagir.

— Depuis combien de temps remâches-tu ces folles hypothèses ? lui demanda-t-elle. Tu aurais dû venir m'en parler, tu sais. Ce n'est vraiment pas le genre de choses qu'il faut garder pour soi…

Elle fit tourner doucement sa tasse entre ses doigts.

— Qui aurait eu intérêt à faire accuser ton père ? lui demanda-t-elle gravement.

— Le véritable tueur, répondit-il.

— Tu es un profileur tout comme moi, lui dit-elle. Dis-moi, s'il y avait réellement eu un *copycat* autre que ton père, comment se fait-il qu'il ne se soit plus jamais manifesté par la suite ?

C'était une question qu'Ethan s'était souvent posée.

— Ce n'était peut-être pas un *copycat*, répondit-il. Le coupable s'est peut-être servi de cette mise en scène pour faire tomber mon père.

— Et qui aurait fait une chose pareille ?

Ethan haussa les épaules.

— Je l'ignore, répondit-il. Mais mon père était profileur. Je suppose qu'il ne manquait pas d'ennemis...

— Tu ne trouves pas que c'est un peu tiré par les cheveux ?

— D'imaginer que quelqu'un ait pu piéger mon père plutôt que de croire qu'un policier intègre ait pu se transformer du jour au lendemain en tueur psychopathe ?

— Ton père n'a jamais été un psychopathe. Et, crois-moi, sa descente aux enfers ne s'est pas produite du jour au lendemain...

— J'imagine que vous étiez bien placée pour le savoir.

Gwen dut percevoir la rancœur qui perçait dans sa voix, car elle le considéra très attentivement.

— Qu'est-ce censé vouloir dire ?

— Rien..., éluda-t-il.

— Tu peux me parler, insista-t-elle. J'essaye juste d'être ton amie, Ethan.

— Nous savons tous deux que vous n'êtes pas une amie. Et qu'il vous suffirait d'un coup de téléphone pour mettre fin à ma carrière.

— Jamais je ne ferais une chose pareille, objecta-t-elle. Crois-le si tu veux : lorsque tu as transmis ces documents aux journaux, il y a dix ans, je suis intervenue personnellement pour éviter que tu sois renvoyé. Je t'ai protégé parce que je pensais que tu méritais une seconde chance. Et jusqu'à aujourd'hui, j'ai toujours eu l'impression que je ne m'étais pas trompée...

Ethan ne répondit pas. Une fois de plus, il avait du mal à discerner quelles pouvaient être les véritables motivations de Gwen Holloway.

— Je te promets que jamais je n'userais de mes relations pour te causer des ennuis, lui dit-elle. Mais je suis curieuse de savoir pourquoi tu m'en veux à ce point...

— Contrairement à ce que vous semblez croire, ce que je vous reproche, ce n'est pas de l'avoir arrêté. Si vous le croyiez réellement coupable, vous n'avez fait que votre devoir.

— Je suis heureuse de te l'entendre dire.

— Non, continua Ethan sans tenir compte de son interruption, ce que je vous reproche, c'est d'avoir été sa maîtresse.

Gwen demeura longuement silencieuse.

— Qu'est-ce qui te fait croire une chose pareille ? lui demanda-t-elle enfin.

— Je vois que vous ne cherchez même pas à le nier.

— Je te l'ai dit : je cherche surtout à comprendre ce qui peut bien me valoir une telle inimitié.

— Je vous ai vus, tous les deux.

— Nous travaillions ensemble.

Ethan secoua la tête.

— Cela n'avait rien à voir. Je vous ai vus ici même, à Charleston. Ma mère et moi étions venus passer le week-end chez mes grands-parents, à l'époque où mon père travaillait sur l'affaire du Tueur du crépuscule. Elle l'avait supplié de passer au moins une soirée avec nous avant que nous repartions. Il avait fini par accepter, et nous avons passé la soirée ensemble. Au beau milieu de la nuit, j'ai été réveillé par un bruit. Je suis allé voir ce que c'était et j'ai vu mon père se glisser dans le jardin. J'avais peur qu'il ne s'en aille alors je l'ai suivi pour lui demander de rester au moins jusqu'au petit déjeuner. Et c'est là que je vous ai vue...

Gwen ne répondit pas, se contentant de l'observer très attentivement. Son expression ne trahissait strictement aucune émotion, et Ethan se prit à songer qu'elle aurait fait une joueuse de poker redoutable.

— Vous avez essayé de l'embrasser mais il vous a repoussée, reprit-il. Il vous a dit que tout était fini entre vous et que vous feriez mieux de demander à être mutée au sein d'une autre unité. Vous vous êtes mise en colère et vous l'avez giflé. Je ne comprenais pas tout ce qui se passait, bien sûr. Mais je me souviens que ça m'a terrifié.

— Pourquoi n'en as-tu jamais parlé ? lui demanda-t-elle.

— À qui ? répondit-il. Je ne voulais pas faire souffrir ma mère. Je savais que mes parents essayaient de se réconcilier mais que ce n'était pas évident. Je ne pouvais pas non plus en parler à mon père qui travaillait presque tout le temps et qui paraissait de plus en plus à cran. D'ailleurs, j'ai mis un certain temps à comprendre ce que j'avais vu ce soir-là...

Gwen secoua tristement la tête.

— Quoi que tu penses avoir vu, ce soir-là, je t'assure que ce n'était pas ce que tu sembles croire. Je suis effectivement venue trouver ton père, mais c'était parce que j'avais découvert un certain nombre d'erreurs dans son dernier rapport concernant l'affaire. Je n'ai compris que plus tard que c'étaient les premiers signes de la dépression à laquelle il était en train de succomber. Quoi qu'il en soit, il l'a très mal pris. Il m'a dit que tout était fini entre nous, que je ferais mieux de trouver un autre service. Je me suis mise en colère parce que j'étais certaine de mon fait et que je trouvais totalement injuste qu'il me renvoie de l'équipe. Et je l'ai giflé.

Ethan demeura longuement silencieux. L'explication de Gwen se tenait parfaitement. Elle cadrait même avec une partie de ses souvenirs. Et pourtant, il était convaincu de ne pas s'être trompé. La querelle à laquelle il avait assisté était d'ordre bien plus personnel et intime qu'elle essayait de le lui faire croire. Il en aurait mis sa main à couper.

— Je sais ce que j'ai vu, murmura-t-il.

Gwen se fendit d'un sourire désolé.

— Tu lui ressembles tellement, déclara-t-elle. Il était exactement comme toi : passionné, entier, sans concession… Lorsqu'il se forgeait une conviction, il était extrêmement difficile de l'en dissuader. Toi non plus, tu n'aimes pas être contredit, je me trompe ?

Quelque chose dans la voix de Gwen éveilla la méfiance d'Ethan. Il avait distinctement l'impression qu'elle venait de le mettre en garde. S'il commettait la moindre erreur, s'il remettait en cause la thèse officielle sans parvenir à apporter de preuves irréfutables, il serait confronté à une impitoyable campagne de diffamation.

Ses supérieurs n'auraient qu'à laisser entendre qu'il souffrait des mêmes symptômes que son père, que lui aussi était en train de perdre la raison. Il leur serait alors facile de le placardiser ou même de le renvoyer en invoquant les risques qu'il pourrait représenter.

— Je crois que nous n'avons plus rien à nous dire, déclara-t-il sèchement.

Gwen secoua doucement la tête.

— Il nous reste un sujet à aborder, déclara-t-elle. Celui dont je suis venue te parler, à vrai dire.

Il lui jeta un regard interrogateur.

— Il faut que nous parlions d'Adaline Kinsella, précisa Gwen.

Ethan sentit redoubler la colère qui l'habitait. Mais il savait qu'en lui laissant libre cours, il fournirait à Gwen de nouveaux arguments pour le mettre en cause. Il se força donc à garder le silence.

— Tu as causé bien des problèmes à cette pauvre fille, il y a dix ans de cela, reprit Gwen. Tu as failli briser sa carrière en même temps que la tienne. J'imagine que tu lui as aussi brisé le cœur. Je peux te dire que le commissaire en chef Cutler n'apprécie guère que tu sois de retour dans le coin. Adaline est à la fois sa nièce et l'un de ses meilleurs éléments. Savais-tu qu'elle avait été sélectionnée pour participer à une formation que je dispense ?

— Je l'ai entendu dire, acquiesça-t-il sobrement.

— Ce stage sera un vrai plus pour sa carrière. Il lui permettra de devenir l'une des inspectrices les plus qualifiées de Charleston et de prendre part aux enquêtes criminelles les plus intéressantes. Qui sait ? Elle pourrait ensuite accéder au rang de commissaire. Ou décider de rejoindre le FBI…

— J'en suis ravi pour elle, déclara Ethan d'un air faussement indifférent.

— Mais pour cela, poursuivit Gwen, je dois être certaine qu'elle est prête à s'impliquer à 100 %. Ce programme représente une chance pour tous ceux qui y participent. Et ils sont triés sur le volet. Je ne peux me permettre de perdre mon temps avec des dilettantes. Je trouverais désolant qu'une policière aussi brillante qu'Adaline se laisse de nouveau distraire par une affaire classée depuis vingt-cinq ans…

— Est-ce une menace ? demanda Ethan d'un ton glacial.

— Plutôt un avertissement. Laisse la tranquille. Tu lui as fait suffisamment de mal comme cela. Et si tu recommences, il n'y aura de seconde chance ni pour toi ni pour elle, cette fois-ci.

— Qu'est-ce qui vous fait donc si peur ? demanda Ethan en la regardant droit dans les yeux. Que craignez-vous que nous découvrions ?

Gwen ne répondit pas. Au lieu de cela, elle se leva, le salua d'un petit signe de la tête et se dirigea vers la porte. Ethan la suivit pensivement des yeux. Peut-être n'était-elle pas si bonne profileuse qu'elle le pensait. Car en venant le menacer de cette façon, elle avait fait fausse route.

Loin de le dissuader de poursuivre ses investigations, elle l'avait convaincu qu'il était sur la bonne voie : Gwen avait peur que ses recherches ne révèlent quelque chose qui s'était passé vingt-cinq ans auparavant.

Evidemment, l'idée que ce secret soit de nature à effrayer quelqu'un comme elle n'avait rien de rassurant. Mais Ethan était allé trop loin pour faire marche arrière. S'il existait encore la moindre chance d'innocenter son père et de l'arracher à l'enfer auquel il avait été condamné, il était prêt à courir tous les risques.

En revanche, il devait concéder que Gwen avait vu juste au moins sur un point : il avait causé suffisamment de mal à Addie par le passé et était bien décidé à ne pas la mêler à son enquête.

6

Assise au volant de sa voiture, Addie observait attentivement le carrefour près duquel elle s'était garée tout en savourant un petit déjeuner constitué d'un scone aux myrtilles et d'un café glacé.

Curieusement, pour quelqu'un qui avait tendance à ne pas tenir en place, elle supportait très bien les interminables sessions de planque et de surveillance qui constituaient l'ordinaire d'un inspecteur de police.

Elles lui laissaient généralement le temps de réfléchir aux affaires sur lesquelles elle travaillait, de prendre de la distance et de considérer les éléments dont elle disposait sous un jour nouveau. Et après les événements de la veille au soir et sa longue discussion avec Matt, elle avait amplement matière à réflexion.

Elle était désormais convaincue que l'enquête d'Ethan avait fait l'effet du proverbial coup de pied dans la fourmilière, enclenchant une série de réactions en chaîne : la mort de Naomi Quinlan, la mobilisation d'une équipe du FBI chargée de surveiller Ethan et l'intrusion dont son propre domicile avait fait l'objet.

Tous ces éléments étaient liés d'une façon qui lui échappait encore. Et ils ne pouvaient signifier qu'une chose : le drame qui s'était joué près de vingt-cinq ans auparavant était loin d'avoir atteint sa véritable conclusion. Que James Merrick ait tué ou non sa mère, il demeurait dans cette affaire une part d'ombre qu'elle était bien décidée à dissiper.

Comme elle se faisait cette réflexion, Addie avisa dans son rétroviseur la silhouette d'Ethan qui marchait d'un bon pas sur le trottoir le long duquel elle stationnait. Il paraissait perdu dans ses pensées, et son visage arborait une expression préoccupée.

Addie attendit qu'il passe à proximité de son véhicule pour abaisser sa vitre.

— Continue à marcher comme si de rien n'était, lui dit-elle. Je te rejoins.

Faisant preuve d'une parfaite maîtrise, il ne trahit aucune surprise et s'abstint de regarder dans sa direction. Sans même ralentir, il poursuivit sa route. Addie remonta alors sa vitre et observa les alentours avec une attention accrue, cherchant le moindre signe qui aurait pu lui indiquer qu'Ethan était suivi. Mais elle ne repéra aucun véhicule suspect, aucun piéton trop curieux.

Elle attendit qu'il ait tourné au coin de la rue avant de descendre de voiture et de lui emboîter le pas. Lorsqu'elle s'engagea dans la rue adjacente, elle ne vit pas trace d'Ethan. Elle poursuivit néanmoins sa route d'un pas tranquille. Comme elle passait à proximité d'une porte métallique, celle-ci s'entrouvrit légèrement.

— Je suis là, lui murmura-t-il.

Après avoir jeté un dernier coup d'œil derrière elle pour s'assurer que personne ne l'observait, Addie le rejoignit dans le petit jardin où il s'était caché. Lorsqu'ils se retrouvèrent face à face, elle ne put réprimer un petit pincement au cœur. Comment sa présence pouvait-elle lui paraître toujours aussi familière alors qu'ils ne s'étaient pas revus depuis plus de dix ans ?

Les mises en garde de Matt lui revinrent alors à l'esprit. Elle ne pouvait négliger complètement l'éventualité qu'Ethan souffre de troubles mentaux similaires à ceux dont son père avait été atteint. Elle ne pouvait pas non plus se laisser aveugler par les souvenirs qui lui revenaient chaque fois qu'elle posait les yeux sur lui ou par l'attirance qu'il continuait d'exercer sur elle.

Se détournant, elle jeta un coup d'œil à travers l'interstice laissé par la porte entrouverte. Une fois de plus, elle ne distingua rien de suspect.

— Tu penses que tu as été suivie ? lui demanda Ethan.

— Non, répondit-elle en se tournant de nouveau vers lui. Mais je ne veux courir aucun risque.

— Qu'est-ce que tu t'es fait au front ?

Portant la main au pansement qu'avait posé Matt la veille au soir, elle grimaça légèrement.

— Il s'est passé quelque chose, hier soir, répondit-elle. Rien de grave.

— Tu m'inquiètes…

— Ce n'est pas la raison de ma présence ici, objecta-t-elle.

Il l'observa attentivement, et elle discerna dans ses yeux un mélange d'inquiétude et de sollicitude.

— Comment as-tu fait pour me retrouver ? demanda-t-il.

— C'est le carrefour où Naomi Quinlan s'est fait renverser, répondit-elle en haussant les épaules. Je me disais bien que tu passerais par ici à un moment ou à un autre. Alors je suis venue t'attendre.

— Comment savais-tu que je n'étais pas déjà venu ici ?

Elle haussa les épaules.

— La façon dont tu as parlé de cet accident m'a fait comprendre que tu ne t'étais toujours pas fait de conviction précise à son sujet. Que tu sois venu ici ou non auparavant, je savais que tu reviendrais.

— Je vois, acquiesça-t-il. Mais j'avoue que je suis un peu surpris de te voir. J'avais cru comprendre que tu ne voulais rien avoir à faire avec mon enquête.

— La situation a changé, déclara-t-elle. Je ne partage pas forcément ta conviction au sujet de ton père mais je pense que la piste dont tu m'as parlé hier mérite d'être explorée.

— Puis-je savoir ce qui t'a fait changer d'avis ? lui demanda-t-il.

Addie le considéra attentivement, s'efforçant de lire en lui. Mais elle n'avait jamais été très douée pour cela. Dix ans auparavant, il avait su lui cacher qu'il était le fils du meurtrier de sa mère. Puis il s'était servi d'elle pour obtenir les documents dont il avait besoin. Et il avait trahi sa confiance en faisant fuiter des extraits choisis.

Addie n'avait rien vu venir. Elle avait cru aveuglément aux sentiments d'Ethan. Il avait même réussi à lui faire croire que l'idée de subtiliser le dossier de l'affaire James Merrick émanait d'elle.

Ce n'était peut-être pas si étonnant que cela. Après tout, il était le fils de l'un des plus grands profileurs que le FBI ait jamais connu.

Et lui-même avait suivi une formation poussée en la matière. Il savait identifier les ressorts intimes de ses interlocuteurs. Et il n'avait dès lors aucun mal à jouer sur leurs peurs, leurs faiblesses et leurs aspirations les plus secrètes.

Était-il de nouveau en train de la manipuler ? Était-il allé jusqu'à mettre en scène l'intrusion de la veille ? Elle avait du mal à croire qu'il fût capable d'une telle duplicité. Mais négliger complètement cette éventualité serait une erreur qu'elle ne pouvait se permettre de commettre.

— Il m'est arrivé quelque chose, hier soir, déclara-t-elle.

— Est-ce que ça a un rapport avec ça ? demanda-t-il en désignant son pansement.

Son regard ne laissait deviner aucune fausseté ni aucune ironie. Il paraissait juste curieux.

— Oui, acquiesça-t-elle enfin. Lorsque je suis rentrée chez moi, hier soir, il y avait quelqu'un dans mon jardin. Je l'ai poursuivi mais il m'a tendu une embuscade et m'a asséné un coup de matraque.

Les yeux d'Ethan s'agrandirent sous l'effet de la surprise et de l'inquiétude mêlées.

— Il ne t'a pas fait de mal, j'espère...

Elle secoua la tête.

— En dehors de cette plaie et de mon amour-propre blessé, je m'en sors plutôt bien.

— Tu n'aurais jamais dû le poursuivre seule ! s'exclama Ethan.

— J'étais armée et je comptais bien lui faire passer l'envie de s'introduire chez moi sans autorisation.

— Tu crois qu'il s'agissait d'une tentative de cambriolage ?

Une fois de plus, la curiosité d'Ethan paraissait parfaitement sincère.

— Non, répondit-elle.

— Comment peux-tu en être aussi sûre ?

— Parce qu'il s'était amusé à répandre une pluie de pétales sur l'allée du jardin. Des pétales de magnolia rouge sang.

Ethan demeura longuement silencieux.

— C'est pour cela que tu es venue ce matin, n'est-ce pas ?

murmura-t-il enfin. Tu crois qu'il pourrait s'agir de l'homme qui a tué ta mère.

— Je ne sais pas quoi en penser, avoua-t-elle. Il pourrait ne s'agir que d'une mauvaise plaisanterie. Je t'ai parlé des lettres anonymes que je recevais parfois...

— Mais cette fois, il s'agit de quelque chose de beaucoup plus sérieux. Cet homme t'a agressée physiquement. Est-ce que tu as appelé tes collègues de la police de Charleston ?

— Juste Matt. Il est venu très rapidement, et nous avons fouillé les environs. Mais l'homme était parti depuis longtemps.

— Tu devrais porter plainte.

— Ça ne servirait à rien. Mais je suis passée déposer une main courante, au cas où...

— Au cas où il recommencerait ?

Addie haussa les épaules.

— J'ignore pourquoi il a fait ça.

— Il cherchait peut-être à te faire peur.

— Si jamais tu as raison, si ton père est innocent et s'il s'agissait réellement du tueur, pourquoi se serait-il contenté de m'assommer ? Il avait tout le temps de me tuer. D'autant que nous étions dans une maison déserte...

Un frisson d'angoisse rétrospective la parcourut de la tête aux pieds. Jusqu'à présent, elle était parvenue à faire abstraction de la réalité de ce qui s'était produit. Mais le fait de décrire sa mésaventure de la veille à Ethan lui faisait prendre conscience du danger réel qu'elle avait couru.

— Je ne pense pas qu'il s'agisse du tueur, déclara Ethan. S'il avait eu l'occasion de t'éliminer, il l'aurait sans doute fait. De toute façon, je ne suis pas sûr qu'il vive encore à Charleston. Peut-être est-il mort, peut-être est-il parti, il y a des années de cela.

— Qu'est-ce qui te fait penser cela ?

— Le fait qu'aucun autre meurtre du même type n'ait été commis à Charleston depuis la mort de ta mère.

— Et s'il était revenu ?

L'expression d'Ethan s'assombrit brusquement.

— C'est une éventualité que nous ne pouvons nous permettre de négliger, reconnut-il. Mais il y a une autre hypothèse à considérer : quelqu'un a peut-être sciemment cherché à te faire peur. Quelqu'un qui ne veut pas que tu te mêles de cette affaire.

— Qui donc ?

Ethan haussa les épaules.

— Je l'ignore, reconnut-il. Mais je peux te dire que certaines personnes ne veulent surtout pas que je continue à mener cette enquête. J'en ai eu la preuve ce matin même, lorsque Gwen Holloway est venue me trouver.

— Elle t'a demandé d'arrêter ? s'étonna Addie.

— Pas de façon aussi directe. Mais elle m'a fait comprendre que de nombreuses personnes influentes ne tenaient pas à ce que je poursuive mes investigations. Elle a cité mes supérieurs du FBI et des policiers influents de Charleston dont ton oncle...

Addie fronça les sourcils. Elle n'appréciait guère qu'il mette en cause la probité de David Cutler.

— Il cherche sans doute juste à te protéger, remarqua Ethan auquel sa réprobation n'avait pas échappé. D'ailleurs, je suis prêt à parier que mon propre beau-père suit aussi l'affaire de très près. Je sais que Gwen et lui se connaissent très bien. Il occupe un poste important au sein du ministère de la Justice et ne tient sans doute pas à ce que je le mette dans l'embarras comme je l'ai fait, il y a dix ans de cela...

— J'imagine mal ton beau-père mettre une cagoule et venir semer des pétales dans mon jardin pour me faire peur.

— Il aurait pu employer quelqu'un pour le faire, objecta Ethan. Mais je ne l'imagine vraiment pas commanditer une telle opération. Il n'est pas assez retors pour cela. Je n'en dirais pas autant de Gwen Holloway en revanche...

— Même venant de toi, cela semble un peu paranoïaque, tu ne crois pas ?

Ethan parut considérer sa remarque durant quelques instants avant de secouer la tête.

— Gwen Holloway a bâti une bonne partie de sa réputation et de sa carrière sur l'arrestation de mon père, déclara-t-il. S'il était établi qu'il n'est pas coupable et qu'elle a envoyé un innocent à l'hôpital psychiatrique pendant vingt-cinq ans, elle aurait énormément à perdre. Or, c'est quelqu'un qui ne vit que pour son travail, et pour le respect et l'admiration qu'elle inspire aux autres. Tu le découvriras rapidement si tu es amenée à faire un stage avec elle.

— Elle t'en a parlé ?

— Oui. Elle m'a même menacé de ne pas retenir ta candidature si j'essayais de nouveau de t'associer à mon enquête.

Addie dévisagea Ethan avec un mélange de consternation et de colère.

— Elle a vraiment fait ça ? s'exclama-t-elle.

— Oui. Sur le moment, je me suis dit que cela ne faisait aucune différence puisque tu m'avais déjà dit que tu n'étais pas intéressée. Mais puisque tu sembles avoir changé d'avis, je préfère te prévenir.

Addie laissa échapper un juron bien senti qui lui valut un regard mi-étonné, mi-amusé d'Ethan.

— Elle n'a pas le droit de prendre ce genre de décision à ma place ! déclara-t-elle, furieuse. Je vais aller lui dire en face ce qu'elle peut faire de son stupide programme de formation !

— Je serais ravi de te voir lui rabattre son caquet, déclara Ethan. Mais je ne suis pas sûr que ce soit la meilleure solution. Il serait dommage de renoncer par fierté à cette occasion unique de faire progresser ta carrière.

Addie ne pouvait nier la pertinence de ce conseil : ce stage lui permettrait effectivement de grimper rapidement les échelons au sein de la police de Charleston. Il lui ouvrirait des portes qu'elle aurait mis des années à pouvoir espérer approcher.

— Gwen Holloway n'est peut-être pas une personne très sympathique mais c'est une professionnelle aguerrie, et elle a des tas de choses à t'apprendre. Le tout est de ne pas lui marcher sur les pieds, de ne jamais laisser voir que tu es au moins aussi intelligente qu'elle.

— Comment se fait-il que tu la connaisses si bien ? s'enquit Addie.

— C'était une amie de mes parents. Et moi aussi j'ai suivi sa formation. Tâche de te montrer plus maligne que je ne l'ai été, et tout se passera bien.

Addie hocha la tête.

— Tu as sans doute raison, déclara-t-elle. Mais en attendant, j'irais bien jeter un coup d'œil au domicile de Naomi Quinlan. Qui sait ? Nous y trouverons peut-être ce qu'elle avait découvert et qu'elle comptait te montrer…

Ethan parut hésiter.

— Je ne suis pas sûr que ce soit une bonne idée de t'impliquer dans cette histoire, Addie, objecta-t-il. Pas seulement à cause de Gwen Holloway. Mais elle a raison sur un point : la dernière fois que je t'ai mêlée à cette affaire, ça a failli se finir très mal pour toi. Je n'ai pas envie que cela recommence.

— Cela s'est mal passé uniquement parce que tu m'as menti, objecta Addie. Tu ne m'avais même pas dit qui tu étais réellement. Et ce que je te reproche, c'est moins d'avoir failli ruiner ma carrière que de t'être servi de moi. Je déteste que l'on me manipule.

— Je sais, soupira-t-il. Et je suis vraiment désolé de ne pas m'être montré plus honnête. Mais je ne m'attendais pas du tout que les choses se passent de cette façon entre nous. Jamais je n'avais imaginé que nous sortirions ensemble. Et je me suis retrouvé investi émotionnellement dans notre relation avant d'avoir vraiment compris ce qui était en train de m'arriver. Ensuite, je ne savais vraiment plus comment te dire la vérité sans tout gâcher…

Il soupira.

— J'aurais dû courir ce risque, avoua-t-il. Cela n'aurait pas pu être pire que ce qui s'est passé lorsque tu as découvert la vérité par toi-même…

Addie le regarda droit dans les yeux. Elle perçut la douleur et les regrets qui s'y lisaient après toutes ces années. De toute évidence, elle n'avait pas été la seule à souffrir de la façon dont s'était terminée leur liaison. Peut-être était-il temps pour elle d'admettre qu'Ethan n'avait pas été l'unique responsable de leurs malheurs.

Ethan ne l'avait pas forcée à dérober ces documents. Et elle avait été trop heureuse de lui rendre service pour songer à lui demander ce qu'il comptait en faire. Certes, elle avait surtout péché par naïveté mais ce n'était pas une excuse. Tous deux étaient majeurs et pleinement responsables de leurs actes à cette époque, tout comme aujourd'hui.

— Ce qui est fait est fait, soupira-t-elle enfin. Nous avons tous deux commis des erreurs, et rien de ce que nous pourrions dire ou faire à présent n'y changerait rien. Je te propose que nous repartions de zéro, tous les deux.

— Tu es sûre ?

— Certaine. Faisons table rase du passé et concentrons-nous sur l'enquête en cours. Plus j'y réfléchis et plus je suis convaincue que tout doit être lié, d'une façon ou d'une autre : la mort de Naomi Quinlan, les mises en garde de Gwen Holloway et l'intrusion qui s'est produite chez moi. Il se peut que quelqu'un tente par tous les moyens de nous empêcher de découvrir ce que savait Naomi. Je suis convaincue que cette information est la clé de cette affaire.

Tandis qu'ils se dirigeaient vers le domicile de Naomi Quinlan, Ethan observa Addie à la dérobée. Elle demeurait silencieuse et paraissait plongée dans ses pensées. Il se garda bien d'interrompre le cours de ses réflexions.

Il avait toujours du mal à croire qu'elle ait accepté d'enterrer la hache de guerre après toutes ces années. Il n'était pas certain de mériter une telle magnanimité de sa part, étant donné le mal qu'il lui avait fait autrefois.

Cet armistice inattendu avait cependant un inconvénient : Ethan n'était désormais plus vraiment en position de refuser l'aide qu'elle paraissait décidée à lui apporter. Pourtant, il était toujours convaincu que ce faisant elle s'exposait à des représailles, que ce soit de la part de Gwen Holloway ou de David Cutler.

Mais Addie n'était plus une enfant, et il n'avait ni le droit ni l'envie de lui dicter sa conduite. Il s'était également promis de ne plus jamais chercher à la manipuler. Il lui avait exposé la situation de façon aussi honnête et objective qu'il le pouvait. À présent, c'était à elle de prendre ses responsabilités et de faire ses choix.

Au fond de lui, il admirait le courage et la volonté dont elle faisait preuve. Et il se réjouissait de bénéficier de son soutien.

Addie était une enquêtrice hors pair et dotée d'un instinct très sûr. Il était convaincu que son aide lui serait des plus précieuses.

Il essaya de se convaincre que c'était la seule raison pour laquelle il se réjouissait de sa présence à ses côtés. Mais il lui suffisait de poser les yeux sur elle pour comprendre que les choses n'étaient pas aussi simples.

Lorsqu'il avait fait sa connaissance, dix ans auparavant, il était presque instantanément tombé amoureux. Il n'aurait su dire ce qui l'avait fasciné à ce point chez elle. Ce n'était pas simplement une question de physique, bien qu'il la trouvât ravissante. Mais il émanait d'elle une forme de charme qui éveillait en lui une réponse immédiate, incoercible.

Il se souvenait parfaitement de ce qu'il s'était dit, le jour où il l'avait embrassée pour la première fois : qu'elle était la femme qu'il avait attendue depuis toujours et qu'elle le complétait parfaitement. Et malgré leur rupture conflictuelle, malgré les années qui s'étaient écoulées, elle lui faisait toujours le même effet...

— À quoi est-ce que tu penses ? lui demanda-t-elle soudain.

Ethan se sentit rougir légèrement, comme pris en faute.

— Je me demandais comment vous faisiez pour supporter de telles températures, improvisa-t-il. Nous ne sommes même pas à la moitié de la matinée, et il doit déjà faire plus de 30 °C.

— Que veux-tu ? ironisa-t-elle. Tout le monde n'a pas la chance de passer ses journées enfermé dans un bureau climatisé.

Autour d'eux, le quartier s'animait lentement. Les magasins commençaient à ouvrir, et ils croisèrent quelques piétons et plusieurs véhicules. Fort heureusement, il n'y avait pas trace de la Dodge noire qu'il avait repérée devant son hôtel et près de chez Delmar Gainey. Gwen Holloway avait peut-être rappelé ses hommes, estimant que sa mise en garde serait suffisamment dissuasive.

— Détends-toi, personne ne nous suit, lui assura Addie.

— Je sais, acquiesça-t-il. De toute façon, nous sommes arrivés.

Naomi avait habité une jolie maison blanche d'un étage se dressant au milieu d'un petit jardin empli de plantes exotiques. Elle était séparée de la rue par un portail ouvragé bordé de volubilis et de jasmin.

— Nous devrions peut-être faire le tour, suggéra Ethan. J'ai l'impression qu'il y a une ruelle qui donne sur l'arrière.

— Il vaudrait mieux commencer par interroger les voisins, objecta Addie. Ils pourront peut-être nous dire qui a hérité de la maison de Naomi et qui pourrait nous autoriser à la visiter.

— Je ne comptais pas forcément demander d'autorisation, remarqua Ethan.

Addie lui lança un regard réprobateur.

— Il n'est pas question d'enfreindre la loi, déclara-t-elle d'un ton sans appel. Cette enquête n'est peut-être pas officielle mais je n'en demeure pas moins une inspectrice de police de Charleston. D'ailleurs, je te rappelle que si nous procédons de façon illégale, aucune des preuves que nous pourrons réunir ne sera considérée comme recevable.

— Ce n'est pas faux, concéda Ethan. Va pour l'enquête de voisinage.

— J'ai l'impression que ça ne sera pas très difficile, remarqua Addie en lui désignant discrètement le jardin voisin de celui de Naomi.

Une vieille dame était en train de désherber ses plates-bandes tout en leur lançant des coups d'œil empreints de curiosité.

— Excusez-moi, les interpella-t-elle enfin. Vous cherchez Naomi ?

Elle se redressa et retira ses gants de jardinage avant de s'approcher de la haie qui les séparaient d'elle.

— Nous regardions la maison, répondit Ethan en lui décochant son sourire le plus engageant.

— Est-ce que c'est l'une des agences qui vous envoie ? s'enquit la vieille dame. Je suis surprise qu'ils fassent visiter aussi vite. La pauvre Naomi vient à peine d'être enterrée, et personne n'est encore venu déménager ses affaires.

Leur interlocutrice secoua la tête d'un air réprobateur.

— J'ai travaillé comme agent immobilier, figurez-vous. Mais les choses ne se passaient pas comme cela, à mon époque.

Elle releva son grand chapeau de paille, laissant apparaître un visage rond et plutôt sympathique.

— J'imagine que vous avez entendu parler de l'accident, ajouta-t-elle.

— Oui, répondit sobrement Ethan.

— C'est terrible, tout de même. Elle était encore si jeune...

— Vous la connaissiez bien ?

— Bien ? C'est beaucoup dire. Mais nous étions voisines, et il nous arrivait de nous rendre des services. C'est moi qui ai vendu cette maison à sa tante, il y a quelques années. Celle-là et plusieurs autres, à vrai dire...

Elle se fendit d'un sourire entendu.

— Au fait, reprit-elle, je suis Ida McFall.

— Enchanté, répondit Ethan.

Elle le considéra attentivement, attendant visiblement qu'il se présente à son tour.

— Ethan Barrow, précisa-t-il, sentant que son silence paraîtrait des plus suspects.

Il lui présenta son insigne.

— Je fais partie du FBI, précisa-t-il. Et voici l'inspectrice Kinsella de la police de Charleston.

Confrontés à des policiers, nombre de gens se tenaient sur la défensive, comme s'ils craignaient d'être mis en cause pour une raison ou une autre. D'autres, au contraire, étaient mis en confiance. Mais Ida McFall réagit de façon totalement inattendue : loin de paraître effrayée ou rassurée, elle semblait surtout stupéfaite.

— Ça alors ! s'exclama-t-elle. C'est vous, n'est-ce pas ?

— Je vous demande pardon ? répondit Ethan, quelque peu déstabilisé par la question.

— Vous êtes l'agent du FBI dont parlait Naomi. C'est incroyable... Elle parlait de vous en termes si flatteurs que j'avais presque fini par me demander si vous existiez réellement. Il faut dire que Naomi était dotée d'une imagination fertile et d'une certaine tendance à l'exagération. Mais j'imagine que c'est le cas de bon nombre d'écrivains...

Ethan fronça légèrement les sourcils.

— Elle m'avait dit qu'elle était généalogiste, objecta-t-il.

— C'est vrai, confirma Ida. Elle avait étudié la généalogie et donnait des cours au collège communautaire. Mais sa véritable passion, c'était l'écriture. Si j'ai bien compris, vous travailliez sur un projet, tous les deux.

— C'est exact, répondit Ethan sans s'étendre sur la nature du projet en question.

Ida parut un peu déçue mais ne se laissa pas décourager pour autant.

— Elle m'avait laissé entendre que vous étiez devenus très proches, ajouta-t-elle d'un air entendu. Maintenant que je vous ai vu, je comprends pourquoi elle était si mordue…

Ethan jeta un coup d'œil à Addie qui haussa un sourcil interrogatif. Bien que son expression ne trahît rien de ses pensées, il était prêt à parier qu'elle s'interrogeait sur les véritables motivations de Naomi Quinlan. Celle-ci n'avait-elle pas inventé cette histoire d'échantillon d'ADN dans le simple but de l'attirer à Charleston ?

— J'ai bien peur que vous ne vous mépreniez, madame McFall, déclara-t-il. Je connaissais à peine Naomi.

— Et pourtant, vous êtes ici, remarqua la vieille dame. Vous êtes venu, exactement comme elle l'avait prédit. Et si elle avait vu juste à ce propos, j'imagine qu'elle ne s'était pas trompée sur le reste…

— Le reste ?

— Elle était convaincue qu'elle était en danger, expliqua Ida. Elle pensait que des personnes influentes essayeraient de la faire disparaître parce qu'elle avait découvert des preuves très compromettantes à leur sujet. Elle était persuadée qu'elle était suivie et que quelqu'un espionnait sa maison. Evidemment, je n'en ai pas cru un mot. Je vous l'ai dit : c'était une personne très imaginative. Et je n'avais rien vu de mon côté qui puisse étayer ses craintes. Même lorsqu'elle est morte, je me suis convaincue que ce n'était qu'un malheureux accident. Naomi avait toujours la tête dans les nuages et aurait très bien pu se faire écraser parce qu'elle avait traversé la rue sans faire attention…

Ida secoua la tête.

— Mais si vous êtes là, c'est que cette pauvre Naomi avait bel et bien mis le doigt sur quelque chose. Elle a été assassinée, n'est-ce pas ?

— C'est possible, concéda Ethan. Mais nous n'en sommes pas certains.

— Il faut que vous retrouviez le tueur, agent Barrow.

— Je suis certain que la police fait tout ce qui est en son pouvoir pour identifier la voiture et son conducteur, déclara Addie.

— J'aimerais partager votre optimisme, murmura Ida.

— Que voulez-vous dire ?

— Il y a deux semaines que Naomi est morte mais personne ne semble s'en préoccuper. Soit la police de Charleston a mieux à faire, soit il se passe quelque chose de louche...

Ida lança un regard ouvertement méfiant en direction d'Addie qui se garda prudemment de tout commentaire.

— Je vous assure que l'inspectrice Kinsella et moi-même ferons tout ce qui est en notre pouvoir pour découvrir ce qui est arrivé à Naomi, déclara Ethan. Mais pour cela, nous aurons besoin de votre aide. Tout ce que vous pourrez nous dire à son sujet pourrait s'avérer utile. Contrairement à ce que Naomi vous a apparemment laissé entendre, je la connaissais très mal. Je ne sais quasiment rien de sa vie. Nous n'avons échangé que quelques mails...

— Parfois, les liens les plus intimes sont forgés par l'entremise de l'écrit, déclara sentencieusement Ida. Je suis bien placée pour le savoir : pendant des années, j'ai correspondu avec un homme que je n'ai jamais rencontré. Mais au fil du temps, nous avons noué une relation très forte. Je le mentionne d'autant plus volontiers que le livre sur lequel travaillait Naomi était en partie fondé sur ces échanges épistolaires. Et je ne peux m'empêcher de me demander s'il n'y a pas un lien avec sa mort...

— Puis-je connaître le nom de cet homme ? lui demanda Ethan.

— Orson Lee Finch, répondit Ida.

Ethan et Addie échangèrent un nouveau regard, sidérés.

— Nous parlions surtout de l'amour que nous avons tous deux pour les plantes et le jardinage, expliqua Ida. Contrairement à ce que peuvent penser les gens, M. Finch est un homme doux, gentil et prévenant qui ne manque pas d'un certain raffinement en dépit de ses origines modestes. Je ne crois pas un seul instant qu'il ait pu commettre les meurtres dont on l'accuse. Je suis même convaincu que c'est ce James Merrick qui a tué toutes ces pauvres femmes…

7

Ethan n'aurait su dire ce qui le sidérait le plus : le fait qu'Ida McFall ait correspondu durant des années avec un meurtrier notoire ou l'hypothèse qu'elle venait de formuler à propos de son père.

À sa connaissance, c'était la première fois que quelqu'un suggérait que James Merrick puisse avoir tué l'ensemble des victimes. Jusqu'alors, personne n'avait jamais émis une telle idée. Pourtant, elle n'avait rien d'absurde : si son père avait effectivement tué ces femmes, il aurait été bien inspiré de trouver un bouc émissaire comme Finch pour porter le chapeau.

Ethan n'y croyait pas un seul instant, bien sûr. Il était toujours profondément convaincu que son père n'avait pas l'étoffe d'un meurtrier. Mais le fait que personne ne se soit posé la question lors du procès confortait sa conviction que l'enquête avait été bâclée.

L'aveu d'Ida McFall semblait également indiquer que Naomi n'avait pas mentionné ses liens de parenté avec James Merrick.

— Est-ce que vous avez toujours les lettres de Finch ? demanda Addie pour combler le silence qui s'était installé.

Elle lui jeta un regard interrogateur, et il hocha la tête, l'encourageant à mener l'entretien.

— Je les ai confiées à Naomi, répondit Ida. J'imagine qu'elle les a cachées quelque part dans son bureau avec ses notes préparatoires. Elle ne se souciait pas uniquement de sa propre sécurité, vous savez. Elle craignait aussi que quelqu'un ne lui dérobe le fruit de son travail. Il y a eu des dizaines de livres écrits au sujet du Tueur du crépuscule et de James Merrick. Mais Naomi était convaincue que son interprétation ferait date.

— Est-ce qu'elle vous en a parlé de façon plus précise ?

— Non. En revanche, elle était convaincue que la police avait délibérément maquillé la vérité…

— À quelle fin ? s'enquit Addie.

Ethan la connaissait suffisamment pour discerner la réprobation qui se lisait dans son regard. Mais rien dans sa voix ne laissait paraître cette défiance.

— Elle ne me l'a pas dit. Mais je peux vous dire qu'elle n'avait aucune confiance en la police de Charleston. À raison, semble-t-il…

— Qu'est-ce qui vous fait dire cela ?

— Le peu d'empressement de vos collègues à retrouver son meurtrier d'une part, répondit Ida McFall sans se démonter. Et cet inspecteur qui est venu m'interroger, quelques jours après la mort de Naomi… Oh ! il était parfaitement courtois ! Mais il y avait quelque chose d'étrange dans son regard et dans la façon dont il posait ses questions.

— Vous a-t-il donné son nom ? demanda Addie.

— Non, justement. Il m'a montré son badge et m'a posé des questions. Puis il a dit qu'il reprendrait contact avec moi, ce qu'il n'a jamais fait.

— Il ne vous a pas laissé de carte de visite ?

— Non.

Addie et Ethan échangèrent un coup d'œil entendu. Un policier laissait toujours aux témoins qu'il interrogeait un moyen de le contacter au cas où quelque chose leur reviendrait brusquement. C'était le b.a.-ba du travail d'inspecteur.

— Vous rappelez-vous à quoi il ressemblait, exactement ?

— C'était un homme d'un certain âge, répondit Ida McFall. Les cheveux poivre et sel, bien habillé et assez séduisant. Il portait des lunettes de soleil réfléchissantes, comme les aviateurs.

— Que vous a-t-il demandé, exactement ?

— Il voulait surtout savoir si j'avais vu quelqu'un pénétrer chez Naomi après sa mort. Je lui ai répondu que non, pas à ma connaissance.

— À votre avis, qui aurait pu vouloir s'emparer des travaux de Naomi ?

— À part la police ? Sa tante, Vivian DuPriest.

Addie ouvrit de grands yeux.

— DuPriest ? répéta-t-elle. Vous voulez parler de l'auteur de romans policiers ?

— Oui. Est-ce que vous la connaissez ?

— Pas personnellement. Mais ma belle-mère a dû lire presque tous ses livres.

Ethan lui jeta un regard interrogatif.

— C'est une célébrité locale, expliqua-t-elle. Elle a travaillé comme journaliste durant des années. Elle couvrait les affaires pénales. Puis elle a écrit un certain nombre de livres, aussi bien des romans policiers que des ouvrages documentaires. Ils ont eu pas mal de succès à une époque.

— C'est vrai, approuva Ida McFall. Naomi était l'une des nièces de Vivian. Un jour, celle-ci lui a proposé de devenir son assistante. Naomi l'aidait surtout à effectuer des recherches pour les livres sur lesquels elle travaillait. Mais elles ont fini par se quereller...

— À quel sujet ? demanda Addie.

— Après son accident, Vivian a arrêté d'écrire, expliqua Ida McFall. Je ne sais pas si elle s'est lassée ou si elle a manqué d'inspiration. Quoi qu'il en soit, elle s'est retirée de la vie publique et a fini par vivre plus ou moins en recluse. C'est alors que Naomi s'est mise à écrire pour son propre compte. Vivian ne l'a pas supporté. Elle l'a accusée de se servir de son nom et de sa réputation pour développer ses propres projets. En réalité, je pense qu'elle avait surtout très peur qu'un auteur plus jeune et plus ambitieux qu'elle ne finisse par lui faire de l'ombre. En fin de compte, elle a mis Naomi à la porte...

— Pourtant, si j'ai bien compris, c'est elle qui possédait la maison dans laquelle vivait Naomi, remarqua Addie.

— C'est exact. À mon avis, c'était une façon d'apaiser sa conscience.

— Vous semblez bien la connaître.

— Pas vraiment. Je l'ai rencontrée à l'époque où elle a décidé d'investir une partie de sa fortune personnelle dans la pierre – une excellente décision, au demeurant. Puis je n'ai plus entendu parler d'elle jusqu'au jour où j'ai fait la connaissance de Naomi. En revanche, c'est Vivian DuPriest qui m'a mise en relation avec M. Finch.

— Dans quelles circonstances ?

— C'est arrivé un peu par hasard, répondit Ida McFall. L'un de mes oncles vivait juste à côté de chez Vivian. Lorsqu'il est tombé malade, je suis venue régulièrement chez lui pour m'occuper de son jardin. C'est ainsi que j'ai fait la connaissance de Vivian. Lorsque je lui ai dit que les gardénias de mon oncle me donnaient du fil à retordre, elle m'a suggéré d'écrire à M. Finch pour lui demander conseil.

— C'est assez ironique, remarqua Addie. Indirectement, c'est Vivian qui est à l'origine des lettres dont Naomi comptait s'inspirer pour écrire un best-seller.

Ida McFall la considéra avec étonnement.

— C'est vrai, acquiesça-t-elle. Je n'avais jamais considéré les choses sous cet angle…

— Est-ce que Vivian avait connaissance de l'existence de ces lettres et du projet d'écriture de Naomi ?

— Elle savait que Finch et moi nous étions écrit régulièrement durant plusieurs années, acquiesça Ida McFall. Je lui avais même montré certaines de nos lettres. En revanche, j'ignore si Naomi lui avait parlé de ses projets de livre.

— Vous avez mentionné un accident dont a été victime Vivian DuPriest, intervint Ethan qui était demeuré silencieux durant un bon moment. Que lui est-il arrivé, exactement ?

— Elle avait l'habitude de sortir se promener, le soir. Elle en profitait pour réfléchir à ce sur quoi elle était en train de travailler. Un jour, quelqu'un l'a violemment agressée. Il lui a fallu beaucoup de temps pour s'en remettre, tant sur le plan physique que psychologique. Cette agression l'a profondément transformée. Comme je vous le disais, après cela, elle n'a quasiment plus quitté sa maison et n'a plus jamais écrit une ligne. Son dernier livre est demeuré inachevé.

— Est-ce que par hasard il était consacré au Tueur du crépuscule ? demanda Ethan.

— C'est exact. Comment avez-vous deviné ?

— Il semble qu'il arrive malheur à tous ceux qui s'intéressent de trop près au sujet, répondit-il.

Ida McFall jeta un coup d'œil un peu nerveux en direction de la maison voisine.

— Vous pensez que c'est la même personne qui a agressé Vivian et tué Naomi ?

— Je ne veux pas sauter aux conclusions, répondit-il prudemment. D'autant que, si je comprends bien, il s'est écoulé pas mal de temps entre les deux événements. Mais c'est une piste que je compte bien explorer.

Ida McFall approuva de la tête.

— Est-ce que Naomi voyait beaucoup de gens ?

— Non, c'était quelqu'un d'assez solitaire.

— Pas de petit ami ?

— Personne de sérieux. Autant que je sache, en tout cas...

— Pensez-vous que sa tante nous autoriserait à entrer dans la maison pour jeter un coup d'œil ?

— Inutile de l'embêter, répondit Ida McFall. Naomi m'a laissé une clé pour que je nourrisse son chat lorsqu'elle s'absentait. Je peux vous faire entrer. Prenez tout le temps qu'il vous faudra. Ce n'est pas quelque chose que je proposerais à quelqu'un d'autre que vous, agent Barrow. Mais je suis convaincue que c'est ce que Naomi aurait voulu.

— Cette affaire devient de plus en plus intéressante, remarqua Addie lorsque Ethan et elle pénétrèrent dans la maison de Naomi.

— Tu avoueras quand même qu'il devient difficile de parler de coïncidences : tous ceux qui s'intéressent à l'affaire semblent mal finir.

— Je suis d'accord, acquiesça-t-elle. J'imagine que cela n'augure rien de bon pour nous...

— Il n'est pas trop tard pour renoncer, remarqua Ethan.

Elle le regarda droit dans les yeux.

— Est-ce que tu en serais capable ? lui demanda-t-elle.

— Il s'agit de mon père, répondit-il.

— Et de ma mère, acquiesça-t-elle. Nous n'avons le choix ni l'un ni l'autre.

Ethan acquiesça. Addie avait raison : ils étaient allés bien trop loin pour faire demi-tour. Toute la question était de savoir s'ils parviendraient à obtenir les réponses qu'ils cherchaient avant que se referme sur eux le piège qui avait eu raison de Naomi et avait détruit la vie de Vivian DuPriest.

Le hall dans lequel ils venaient d'entrer desservait le salon. De l'endroit où ils se trouvaient, Ethan pouvait apercevoir deux portes conduisant respectivement sur la salle à manger et sur la cuisine. Une troisième était fermée. Les chambres se trouvaient probablement à l'étage.

Il y avait peu de meubles, et la décoration était assez minimaliste, ce qui faciliterait probablement leurs recherches. Lorsqu'il s'approcha de la fenêtre du salon, Ethan aperçut Ida McFall qui se trouvait toujours dans son jardin. Elle avait sorti son téléphone portable et était en train de discuter avec quelqu'un.

Quelque chose dans l'attitude de la vieille dame éveilla sa méfiance. Son instinct lui soufflait qu'elle n'était peut-être pas aussi serviable qu'elle voulait en avoir l'air. Comme la plupart des gens avec qui il s'était entretenu depuis qu'il était arrivé à Charleston, Ida McFall semblait avoir ses propres secrets.

— À qui crois-tu qu'elle soit en train de parler ? lui demanda Addie qui s'était rapprochée de lui.

— Je n'en ai strictement aucune idée.

— Qu'est-ce que tu penses d'elle ?

— Qu'elle s'est peut-être montrée un peu trop causante...

— C'est vrai, acquiesça Addie. Mais nombre de personnes âgées ont tendance à se montrer bavardes, lorsqu'elles ont un interlocuteur sous la main...

— En tout cas, elle avait une bien piètre opinion de tes collègues, remarqua Ethan.

— Si je devais me formaliser chaque fois que quelqu'un dit du mal de la police, cela ferait longtemps que j'aurais changé de métier, déclara Addie. Tout le monde n'a pas la chance d'avoir des fans comme Naomi...

Se tournant vers Addie, il avisa son regard empreint d'ironie.

— Je t'assure que je ne l'ai jamais rencontrée.

— C'est bien ce qui m'impressionne, ironisa-t-elle. Ces mails devaient être vraiment torrides...

— Très drôle, répliqua Ethan.

— Ne m'en veux pas trop, cela fait dix minutes que je meurs d'envie de te charrier à ce sujet, avoua-t-elle. Tout de même, je n'arrive pas à croire que tu te sois laissé avoir à ce point.

— Que veux-tu dire ?

— Tu ne savais vraiment pas qu'elle écrivait un livre sur le Tueur du crépuscule ?

— Non, avoua-t-il. Elle a toujours prétendu être généalogiste.

— Est-ce que cela aurait changé quelque chose, si elle t'avait dit la vérité ?

— Tu veux savoir si je serais quand même venu ici ? lui demanda-t-il. Oui, sans le moindre doute. Au risque d'être déçu. Quelles qu'aient pu être ses intentions, la seule question qui se pose, à mes yeux, c'est de savoir si l'échantillon d'ADN dont elle m'a parlé est bien réel...

Addie le regarda longuement avant de hocher la tête.

— Tu as raison, déclara-t-elle. Dans ce labyrinthe de questions sans réponses et de faux-semblants, ce serait la seule preuve tangible. Par où veux-tu que nous commencions ?

— Nous allons devoir tout passer au peigne fin. Si Naomi était aussi méfiante que l'a laissé entendre IdaMcFall, elle a probablement caché les données concernant ce fameux échantillon.

Addie sortit deux paires de gants en latex de son sac à main et lui en tendit une.

— Je vois que tu as tout prévu, commenta Ethan en l'enfilant.

— Commençons par le bureau, suggéra-t-elle. Si nous ne trouvons rien, nous nous séparerons pour couvrir un maximum de terrain.

— Je te suis, acquiesça Ethan.

Ils ne tardèrent pas à trouver la pièce qu'ils cherchaient. Mais en poussant la porte, ils eurent une très mauvaise surprise.

— Visiblement, quelqu'un nous a pris de vitesse, commenta Addie

Les tiroirs étaient entrouverts, les livres posés en tas sur les étagères. Le tapis avait été retourné, les tableaux décrochés du mur. Celui qui avait fouillé les lieux ne s'était pas embarrassé de précautions.

— S'il y avait un ordinateur, il a disparu, commenta Ethan.

Il ouvrit les tiroirs et vérifia qu'ils n'étaient pas munis de doubles-fonds.

— Peut-être l'avait-elle sur elle, le soir où elle a été tuée, remarqua Addie. Je vérifierai la prochaine fois que je passerai au commissariat. Continue à fouiller, au cas où. Je vais voir quelque chose.

Elle quitta la pièce et revint quelques minutes plus tard.

— Intéressant, commenta-t-elle. Il n'y a aucune trace d'effraction. Les deux portes sont blindées, et les fenêtres du rez-de-chaussée sont toutes hermétiquement closes. Soit la personne qui est venue fouiller possédait sa propre clé, soit Ida McFall l'a laissée entrer.

Ethan passa la main sous le bureau et la fit courir tout le long du meuble.

— Celui qui l'a renversée lui a peut-être pris sa clé.

— Je vérifierai si on a bien retrouvé son trousseau sur elle, acquiesça Addie. Tu sais, il y a une autre personne qui doit avoir un double : la propriétaire de la maison, Vivian DuPriest. Nous devrions peut-être lui rendre visite – si elle accepte de nous recevoir, bien sûr.

— Recevoir ensemble le fils de James Merrick et la fille de sa supposée victime… Je ne pense pas qu'elle pourra résister à une telle aubaine !

— C'est curieux, remarqua Addie qui était en train d'inspecter la bibliothèque. Si Naomi s'était disputée avec sa tante, pourquoi laisserait-elle tous ses livres bien en évidence sur les rayonnages de son bureau ? La plupart d'entre eux sont dédicacés, en plus : « À Naomi avec toute mon affection. » Elle a aussi une photo d'elles deux, ajouta-t-elle en désignant un cadre posé sur l'une des étagères.

Elle étudia attentivement l'image.

— Elle était plutôt jolie, remarqua-t-elle.

Ethan se rapprocha pour étudier le cliché.

— Visiblement, Vivian DuPriest ne craignait pas de se faire

remarquer, commenta-t-il en désignant la femme la plus âgée dont les cheveux étaient teints en rouge vif.

— C'était un sacré personnage, acquiesça Addie. Mi-femme du monde, mi-hippie, si tant est qu'une telle chose soit possible. Je l'ai entendue plusieurs fois à la radio. Elle n'avait pas la langue dans sa poche et n'hésitait pas à intervenir sur toutes sortes de sujets – particulièrement pour dénoncer les politiciens corrompus.

— C'est peut-être ce qui a causé l'agression dont parlait Ida McFall, remarqua Ethan. En enquêtant sur l'affaire du Tueur du crépuscule, elle a peut-être découvert quelque chose de louche, quelque chose que certains préféraient taire. C'était peut-être un avertissement, une façon de lui conseiller de garder le silence.

— Ce qui expliquerait qu'elle n'ait jamais terminé son livre, acquiesça Addie. Cela se tient. Mais nous n'avons toujours pas la moindre idée de la nature de cette supposée conspiration du silence – si tant est qu'elle existe.

Ethan hocha la tête. Il savait qu'Addie n'était pas encore prête à accepter le fait que certains de ses collègues, peut-être même de ses amis, avaient pu être impliqués dans cette histoire. Pourtant, tous les témoignages qu'ils recueillaient paraissaient confirmer l'implication d'un ou plusieurs policiers de Charleston.

Naomi avait été convaincue qu'elle ne pouvait leur faire confiance. Ida McFall avait parlé de ce mystérieux inspecteur qui était venu l'interroger à titre officieux. Et le soir où Addie avait reçu l'appel concernant l'accident de Naomi, un policier se trouvait bizarrement déjà sur place.

Ethan ne pouvait croire qu'il s'agissait d'une série de coïncidences. Quelqu'un cherchait bel et bien à protéger un secret concernant l'affaire du Tueur du crépuscule ou celle de son supposé *copycat*. Et il était plus décidé que jamais à découvrir ce dont il s'agissait.

— Ethan, je crois que nous avons de la compagnie, lui dit alors Addie qui se tenait près de la fenêtre du bureau et observait la rue.

Il la rejoignit et constata effectivement qu'une voiture de patrouille s'était arrêtée en face de la maison. Deux policiers en uniforme en sortirent.

— Je me demande bien ce qu'ils font là, murmura Ethan.

— J'imagine que c'est Ida McFall qui les a contactés.

— Elle ne paraissait pas raffoler de tes collègues, lui rappela-t-il. En tout cas, je te suggère que nous déguerpissions en vitesse.

— Nous n'allons quand même pas fuir la police, protesta Addie. Nous devrions aller leur parler.

— Et leur dire quoi ? rétorqua Ethan. Nous n'avons aucune raison de nous trouver ici. Nous n'avons pas de mandat de perquisition. Notre seule justification possible serait de leur parler de l'échantillon d'ADN. Mais je ne suis vraiment pas pour tant que nous n'en saurons pas plus sur cette supposée conspiration.

— Tu oublies que j'étais sur place lorsque Naomi a été tuée. Je pourrais dire que j'avais deux ou trois choses à vérifier.

— Cela finira par remonter jusqu'aux oreilles de Cutler, objecta Ethan. Et il ne mettra pas longtemps à comprendre que je t'ai de nouveau entraînée dans cette enquête. Franchement, je pense qu'il vaut mieux nous éclipser discrètement.

— Tu as peut-être raison, soupira Addie à contrecœur.

Elle le suivit jusqu'à la porte qui donnait sur l'arrière de la maison. Ils la franchirent et refermèrent à clé derrière eux. Après s'être assurés qu'ils ne pouvaient être aperçus de la rue, ils traversèrent le jardin en courant et empruntèrent le petit portail qui donnait sur la rue opposée.

Ils s'éloignèrent rapidement de la maison. Puis, de façon à s'assurer qu'ils n'avaient pas été suivis, ils se cachèrent dans le jardin d'une vieille église.

— Je ne pense pas qu'ils nous aient repérés, déclara Ethan au bout d'un moment.

— C'est la première fois de ma vie que je fuis la police ! déclara Addie d'un ton presque incrédule.

— Considère que nous avons juste évité de nous faire remarquer.

— Je vois que tu es toujours aussi doué pour jouer avec les mots et trouver des excuses ! s'exclama-t-elle d'un ton réprobateur.

— Nous n'avons enfreint aucune loi, que je sache. Nous ne sommes pas entrés par effraction : Ida McFall nous a prêté la clé. Et nous n'avons rien dérobé.

— Mais nous l'aurions fait si nous avions trouvé l'ordinateur de Naomi ou la clé USB sur laquelle elle conservait les données pour son livre.

— Il ne sert à rien de nous reprocher des fautes que nous n'avons pas commises, objecta Ethan.

Il se tourna vers elle et la regarda droit dans les yeux.

— Ce n'est pas moi qui t'ai mêlée à cette enquête, lui rappela-t-il. C'est toi qui as décidé de venir. Il est encore temps de faire marche arrière. Je te l'ai dit : cette fois, il n'est pas question que je te force la main. Je respecterai tes décisions, quelles qu'elles soient, tant sur le plan professionnel que personnel.

— Personnel ? répéta-t-elle d'une voix troublée. Qu'est-ce que tu veux dire par-là ?

Il haussa les épaules.

— Ce n'est pas moi qui ai mis un terme à notre relation, lui rappela-t-il.

Les yeux d'Addie s'agrandirent sous l'effet de la surprise.

— Tu n'es pas sérieux ? s'exclama-t-elle. Tu ne crois tout de même pas que je suis assez stupide pour commettre deux fois la même erreur ?

— C'est toute la différence entre toi et moi, remarqua-t-il. Je n'ai jamais considéré ce qui s'était passé entre nous comme une erreur.

— Tu t'es servi de moi, lui rappela-t-elle.

— Au risque de me répéter, je ne suis pas sorti avec toi avec l'intention de te manipuler. Je t'aimais, Addie.

Il la regarda droit dans les yeux, la mettant au défi de le contredire. Mais elle détourna rapidement le regard en rougissant.

— Dix ans ont passé, murmura-t-elle. Et pourtant, nous nous retrouvons en train d'enquêter sur la même affaire, de nous introduire sans autorisation dans des endroits où nous n'avons rien à faire et d'enfreindre la loi… Tu ne t'es jamais dit que nous nous portions peut-être mutuellement malheur ? Que nous ferions mieux de nous tenir éloignés l'un de l'autre ?

— C'est ce que nous avons fait pendant dix ans, lui rappela-t-il. Et ça n'a pas suffi à me faire oublier ce qui s'est passé entre nous.

— Ethan…, murmura-t-elle d'une voix qui trahissait un mélange d'incertitude et de désarroi.

Il était évident que même après toutes ces années elle non plus n'était pas parvenue à tourner complètement la page.

— Nous devrions partir, ajouta-t-elle.

— Pas encore, lui dit-il. Tant que nous restons ici, on ne peut pas nous voir de la rue.

— Tu viens de dire que les policiers ne nous avaient pas repérés, objecta-t-elle.

— Eux, non. Mais ceux qui les ont appelés nous surveillent peut-être encore.

— Qu'est-ce que tu racontes ?

— Je ne pense pas qu'Ida McFall ait appelé la police qu'elle ne semble pas porter dans son cœur. Mais je ne crois pas que la voiture de patrouille soit arrivée là par hasard. À mon avis, c'est quelqu'un qui l'a fait venir.

— Mais qui ? Et pourquoi ?

— Peut-être les hommes de Gwen Holloway qui me surveillaient hier, suggéra-t-il. Et toujours pour la même raison : nous empêcher de découvrir ce qui s'est vraiment passé, il y a vingt-cinq ans.

— Tu ne crois pas que tu es un peu paranoïaque ?

— Ce ne sera pas un mal si cela peut m'éviter de me faire piéger comme la dernière fois. Holloway m'a clairement averti qu'elle ferait tout ce qui est en son pouvoir pour m'arrêter dans ma quête.

— Mais tu n'en as pas l'intention.

— Au contraire, répondit-il sans hésiter. Le fait qu'elle nous ait envoyé la cavalerie tendrait à indiquer qu'il y a bien quelque chose à trouver dans cette maison, quelque chose que celui qui est passé avant nous n'a pas réussi à découvrir. Alors je vais attendre que les deux policiers remontent dans leur voiture et je me glisserai de nouveau à l'intérieur pour reprendre mes recherches.

— Je ne crois pas que ce soit une bonne idée.

— Je sais. C'est la raison pour laquelle nous devrions nous séparer. Tu devrais pouvoir regagner ta voiture sans être repérée en passant par les petites rues. Sois prudente, surtout.

— Ce n'est pas pour moi que tu devrais t'inquiéter, objecta-t-elle. Je te rappelle que c'est toi qui comptes te jeter dans la gueule du loup. Sans compter que tu as un véritable don pour t'attirer des ennuis...

— C'est une étape délicate de l'enquête, concéda-t-il. Nous ignorons encore qui sont les différents protagonistes de l'histoire et quelles sont leurs véritables intentions. Mais le seul moyen de le découvrir est de donner un bon coup de pied dans la fourmilière, et c'est précisément ce que je m'apprête à faire.

— C'est bien ce qui me fait peur, avoua Addie. Tu ne sais même pas sur qui tu peux compter.

— J'ai toujours su que je pouvais compter sur toi, répondit-il sans hésiter.

— Tu ne devrais peut-être pas, objecta-t-elle. Je ne suis pas aussi impliquée que toi dans cette enquête. Et puis, je vis ici. Certaines des personnes que tu sembles si décidé à mettre en cause font partie de mes collègues.

— Et pourtant, tu es venue me prêter main-forte, ce matin. Je crois que la vérité t'importe plus que tes obligations vis-à-vis de ta hiérarchie.

— Peut-être, concéda-t-elle. Mais contrairement à toi, je ne sais pas si j'irais jusqu'à risquer ma carrière et ma vie pour la découvrir.

— Tant mieux, déclara-t-il. Je ne tiens vraiment pas à ce que tu perdes l'une ou l'autre à cause de moi.

Addie demeura quelques instants silencieuse avant de secouer doucement la tête.

— Tu n'aurais pas dû revenir, Ethan.

— Est-ce que tu regrettes que je l'aie fait ? lui demanda-t-il en la regardant droit dans les yeux.

— Non, et c'est bien ce qui me fait le plus peur.

Sur ces mots, elle se détourna et s'éloigna en direction du portail qui donnait sur la rue. Ethan la suivit des yeux jusqu'à ce qu'elle ait disparu.

8

En franchissant le portail qui séparait le jardin de l'église de la rue, Addie dut se faire violence pour résister à l'envie qu'elle avait de se tourner une dernière fois vers Ethan. Elle pouvait sentir son regard peser sur elle, éveillant sur sa peau un irrépressible frisson.

Elle avait parfaitement conscience du fait qu'elle était en train de succomber de nouveau à son charme. Une fois de plus, cette dangereuse attirance la poussait à commettre des erreurs qui risquaient de lui coûter très cher. C'était d'autant plus absurde qu'elle avait bien plus à perdre aujourd'hui que dix ans auparavant.

Elle était considérée comme l'un des meilleurs inspecteurs de Charleston. Elle était sur le point de suivre un stage qui conforterait encore ce statut. Et à force de travail et d'implication, elle avait réussi à regagner la confiance de David.

Et pourtant, il avait suffi qu'Ethan réapparaisse pour que toutes ses bonnes résolutions se trouvent réduites à néant. Même au bout de dix ans d'efforts, elle n'était pas parvenue à se débarrasser de cette inexplicable vulnérabilité. D'un simple regard, il avait fait voler en éclats les barrières qu'elle s'était efforcée d'ériger entre eux.

Luttant contre la morosité que lui inspirait ce constat, elle s'efforça de se concentrer sur son environnement immédiat. Elle ne pouvait se permettre de baisser la garde. Si Ethan avait raison, certaines personnes étaient prêtes à tuer pour dissimuler ce qui s'était réellement passé à Charleston, vingt-cinq ans auparavant.

Mais cela signifiait aussi qu'Ethan et elle n'avaient jamais été aussi près de découvrir la vérité. C'était une idée troublante après tout ce temps. Elle n'avait que sept ans lorsque sa mère avait été tuée. Et elle ne se rappelait d'elle qu'un kaléidoscope d'images et d'impression fugaces. Son sourire malicieux, l'odeur de son parfum favori, une berceuse qu'elle lui chantait parfois avant qu'elle s'endorme, ses éclats de rire cristallins…

Elle savait que sa mère avait été une personne très différente d'elle. Fantasque, capricieuse, séductrice, elle se laissait porter par l'existence, songeant surtout à profiter de sa vie. Addie, au contraire, était volontaire, travailleuse et ambitieuse. Et elle était généralement très raisonnable.

Sauf lorsque Ethan était concerné, bien sûr…

Un chien se mit soudain à aboyer, la faisant légèrement sursauter. Une fois de plus, elle s'était laissé distraire. Elle se trouvait dans une étroite ruelle bordée de murs de brique. L'animal qui continuait à aboyer furieusement devait se trouver juste derrière celui de droite.

Elle pressa le pas s'éloignant au plus vite de ce qu'il devait considérer comme son territoire. Les aboiements cessèrent aussi brusquement qu'ils avaient commencé. Il lui sembla alors entendre un bruissement de feuilles, comme si quelqu'un marchait derrière elle.

Elle se retourna, s'attendant presque à apercevoir Ethan. Mais il n'y avait personne. Elle plissa les yeux, s'efforçant de percer la pénombre qui régnait au bout de la ruelle. Il lui sembla entendre un nouveau bruit – une sorte de grincement métallique.

Le chien se remit alors à aboyer, plus fort encore qu'auparavant.

— Est-ce qu'il y a quelqu'un ? lança-t-elle.

C'est alors qu'elle l'aperçut.

L'homme était accroupi au sommet de l'un des murs de brique, à demi dissimulé par un rideau de mousse espagnole qui descendait en cascade d'une branche d'arbre noueuse. Il était si parfaitement immobile que, même après l'avoir repéré, elle se prit à se demander si elle n'était pas victime de son imagination.

— Je suis de la police ! lui cria-t-elle. Je ne sais pas ce que vous faites là-haut mais vous feriez mieux de descendre les mains bien en évidence !

L'homme ne bougea pas d'un pouce. À mesure que les yeux d'Addie s'accoutumaient à la pénombre, elle put distinguer la capuche qu'il portait et qui dissimulait les traits de son visage. Elle était pourtant convaincue qu'il était en train de l'observer. Et sa fixité avait quelque chose de terriblement menaçant.

Ne comptant prendre aucun risque, elle tira son arme de son holster et la braqua dans sa direction.

— Je vous ai demandé de descendre.

Il ne fit toujours pas mine de bouger.

— Qui êtes-vous ? lui demanda-t-elle. Pourquoi est-ce que vous me suivez ?

— Adaline...

Un frisson glacé dévala le long de sa colonne vertébrale. C'était la même voix métallique que celle qui s'était adressée à elle dans la maison en travaux, la veille au soir. Le cœur battant à tout rompre, elle se servit de sa main libre pour sortir son téléphone portable.

— Adaline, répéta l'homme.

— Qui êtes-vous ? demanda-t-elle. Qu'est-ce que vous me voulez ?

— Il est temps que tu apprennes la vérité, répondit la voix métallique.

— La vérité à propos de quoi ?

— De ta mère, bien sûr.

Sur ce, l'homme bondit du haut du mur pour atterrir dans la ruelle. La grâce avec laquelle il avait effectué ce saut et la souplesse avec laquelle il s'était reçu indiquaient qu'elle avait affaire à quelqu'un de très sportif.

— Arrêtez-vous ! lui cria-t-elle.

Il ne tint aucun compte de cet ordre. Se tournant soudain, il se précipita vers le fond de la ruelle. Il ne semblait pas être armé et n'avait pas agi de façon menaçante à son égard. Elle n'avait donc aucune excuse pour faire usage de son arme.

Elle s'élança à sa poursuite. Le chien s'était remis à aboyer à tue-tête. L'homme qu'elle poursuivait s'arrêta soudain à hauteur d'un portail de bois qui s'ouvrait dans le mur de brique.

Addie s'arrêta net en le voyant lever les poings en l'air, et elle braqua de nouveau son arme sur lui.

— Ne bougez plus ! lui ordonna-t-elle.

Il ouvrit alors les doigts libérant une pluie de pétales rouges. Une puissante odeur de magnolia envahit alors la ruelle.

— Qui êtes-vous ? demanda-t-elle.

En guise de réponse, il tira vers lui le battant du portail. Elle comprit alors qu'elle était tombée dans un piège. Mais avant qu'elle ait pu réagir, le molosse qu'elle avait entendu aboyer se rua vers elle.

Elle eut à peine le temps de lever les bras pour se protéger le visage avant qu'il bondisse. Il la heurta de plein fouet, et elle bascula en arrière. Fort heureusement, elle parvint à éviter que sa tête heurte le sol.

— Thor ! Au pied ! fit une voix de femme.

Instantanément, le chien se retourna. Addie se redressa péniblement et le vit disparaître à travers le portail que sa maîtresse referma derrière lui.

— Je suis vraiment désolée, s'excusa-t-elle en s'approchant d'Addie. Est-ce que ça va ?

— J'ai eu plus de peur que de mal.

— Il n'est pas méchant d'habitude, lui assura la jeune femme qui l'aida à se relever. Je ne comprends pas ce qui a bien pu lui arriver...

Elle écarquilla les yeux en découvrant le pistolet qu'Addie tenait à la main.

— Je crois que l'homme que je poursuivais l'a énervé exprès, répondit Addie en sortant son insigne. Inspectrice Kinsella de la police de Charleston. Est-ce que vous avez vu quelqu'un, en sortant ? Un homme de taille moyenne, assez costaud et portant un sweat à capuche ?

— Non, répondit la jeune femme, visiblement rassurée. Je n'ai vu personne à part vous. Pourquoi aurait-il provoqué mon chien ?

— Je crois qu'il cherchait à me tendre un piège, répondit Addie.

— Est-ce que cet homme est dangereux ? demanda la jeune femme.

— Peut-être. Mais vous n'avez rien à craindre. Ce n'est pas

après vous qu'il en a. Et vous avez Thor pour vous défendre. En revanche, si vous apercevez quelqu'un répondant au signalement que je viens de vous donner, n'hésitez surtout pas à m'appeler.

— C'est promis, lui assura la jeune femme en glissant la carte qu'Addie lui tendait dans sa poche. Est-ce que vous voulez que j'appelle la police ?

— Ce n'est pas la peine, soupira Addie. J'ai bien peur qu'il ne se soit évanoui dans la nature, une fois de plus.

La jeune femme prit congé d'elle et rejoignit son chien qui avait enfin cessé d'aboyer. Addie songea que l'homme au vocodeur avait dû utiliser un sifflet à ultrasons pour l'exciter. Elle alla jeter un coup d'œil aux pétales qui parsemaient la ruelle. Il s'agissait bien de fleurs de magnolias, semblables à celles que l'on avait répandues dans son jardin, la veille au soir. Malheureusement, le mystérieux inconnu n'avait laissé aucun autre indice de son passage.

Lorsque Ethan parvint de nouveau en vue de la maison de Naomi Quinlan, la voiture de patrouille avait disparu. Il prit le temps d'observer les environs pour s'assurer qu'aucun véhicule suspect ne se trouvait là. Ida McFall n'était plus dans son jardin, et il n'y avait pas âme qui vive aux alentours.

Il prit néanmoins la précaution de contourner la maison pour passer par-derrière. Une fois à l'intérieur, il demeura très longuement immobile, tous les sens en alerte, guettant le moindre bruit qui aurait pu indiquer la présence de quelqu'un à l'intérieur.

Lorsqu'il se sentit rassuré sur ce point, il entreprit de fouiller méthodiquement les lieux, passant d'une pièce à l'autre. Il passa en revue tout le rez-de-chaussée, y compris le bureau qu'il inspecta plus attentivement encore que la première fois.

Puis il monta dans la chambre à coucher. Mais alors qu'il était en train de passer en revue le contenu de l'une des tables de nuit, il crut percevoir un bruit dans la maison. Sur la pointe des pieds, il se rapprocha de la porte et colla l'oreille contre le battant, guettant le moindre cliquetis de porte, le moindre grincement de parquet.

Il n'entendit rien de suspect mais ne put se départir de la conviction qu'il n'était plus seul. Tirant silencieusement son arme de service, il entrouvrit la porte et observa le couloir désert. Au bout de quelques dizaines de secondes, il sortit et parcourut toutes les pièces qu'il venait de fouiller.

Il vérifia que les portes avant et arrière étaient toujours fermées à clé et qu'aucun véhicule ne s'était garé à proximité de la maison. Il ne remarqua rien d'anormal mais la sensation de ne plus être seul persistait.

Bien décidé à en avoir le cœur net, Ethan sortit de la maison et fit le tour du jardin. Le soleil brillait dans un ciel d'azur, et une douce brise faisait bruisser les branches des arbres et tinter le mobile qui était accroché sous le porche.

C'était une journée idéale pour lézarder sur une chaise longue ou pour se rendre à la plage – certainement pas pour fouiller la maison d'une jeune femme qui avait trouvé la mort dans d'étranges circonstances. C'était pourtant ce qu'il avait à faire, qu'il le veuille ou non.

Il regagna donc la maison. Au moment où il referma la porte derrière lui, il entendit un nouveau bruit, provenant du bureau de Naomi. Dégainant de nouveau, il se précipita dans cette direction et y fit irruption, l'arme au poing.

Il se retrouva alors nez à nez avec un gros chat noir et blanc qui était juché sur le bureau, en train de faire sa toilette. L'arrivée inopinée d'Ethan le surprit, et il se hérissa, laissant échapper un sifflement menaçant. Ethan faillit éclater de rire et rengaina son pistolet.

— Salut, dit-il à l'animal. Tu es le chat de Naomi, n'est-ce pas ? Ida McFall nous a parlé de toi. Mais par où es-tu rentré ?

Le chat sauta au bas de la table de travail. Ethan retourna dans le hall d'entrée et alla lui ouvrir la porte. L'animal ne se fit pas prier et sortit en courant pour aller se réfugier dans le jardin d'Ida McFall.

Rassuré, Ethan retourna dans la chambre de Naomi pour reprendre ses recherches momentanément interrompues. Il ne trouva rien dans la table de nuit, ni dans le coffre où elle rangeait ses draps et ses couvertures. Il passa donc à l'armoire, sans plus de succès.

En désespoir de cause, il se rabattit sur la salle de bains, ne négligeant ni l'armoire de toilette, ni le réservoir de la chasse d'eau, ni même la trappe permettant d'accéder au siphon de la baignoire. En vain.

Il s'apprêtait à ressortir lorsqu'il aperçut une perche munie d'un crochet posée près de la porte. S'en saisissant, il revint dans le couloir et leva les yeux, cherchant un anneau qu'il finit par repérer, près du mur du fond.

— Bingo ! murmura-t-il.

Se servant de la perche, il ouvrit la trappe, faisant apparaître une échelle métallique qu'il déploya. Tirant son arme, il gravit les barreaux, prêt à ouvrir le feu si nécessaire. Au niveau de la trappe, un interrupteur permettait d'allumer la lumière du grenier.

Il le pressa, et la pièce s'illumina. Elle avait été entièrement aménagée pour servir de bureau. Au fond, une table de travail était installée face à un grand tableau en liège sur lequel était épinglé un plan de Charleston. Des épingles colorées indiquaient tous les lieux où l'on avait retrouvé les victimes du Tueur du crépuscule.

Chacune de ces épingles était reliée par un fil à une série de documents ayant trait au meurtre en question : photos de la scène de crime, description de la victime, liste des témoins et des indices matériels.

L'un des murs du grenier était entièrement tapissé d'armoires métalliques. Ethan résista à la tentation de les passer en revue, préférant se faire une image d'ensemble des lieux. Il aperçut alors le mannequin qui était posé dans un coin de la pièce.

C'était un modèle semblable à ceux que l'on trouvait dans les grands magasins. Il représentait une femme étendue sur le dos, les bras croisés sur la poitrine. Sur sa bouche était posé un pétale de fleur de couleur rouge sang. Avec un léger frisson, il comprit que le mannequin représentait l'une des victimes du Tueur du crépuscule. Naomi avait d'ailleurs indiqué au feutre la localisation des blessures infligées par le tueur.

Il s'agissait peut-être d'un simple outil de travail, une façon de se représenter les crimes. Mais la mise en scène avait quelque chose de macabre. Ethan prit une série de photos à l'aide de son téléphone portable.

Il alla ensuite ouvrir la première des armoires métalliques et découvrit une bibliothèque très complète concernant l'affaire du Tueur du crépuscule. Presque tous les ouvrages qui avaient été écrits sur le sujet étaient réunis là, des plus sérieux aux plus fantaisistes.

Ethan en ouvrit quelques-uns pris au hasard et constata qu'ils étaient abondamment surlignés et annotés. De toute évidence, Naomi avait effectué une analyse approfondie de l'ensemble de la littérature consacrée aux meurtres.

L'armoire suivante contenait surtout des coupures de presse. Il y avait là aussi bien des extraits de journaux locaux et nationaux que des articles de magazines consacrés aux assassinats, au procès ou aux tueurs, ou des articles rétrospectifs qui reprenaient l'ensemble du déroulement de l'enquête.

Dans les deux armoires suivantes, Ethan eut la surprise de découvrir des photocopies de l'intégralité des dossiers de police – les mêmes qu'Addie et lui avaient eu tant de mal à se procurer, dix ans auparavant.

De toute évidence, Naomi – ou sa tante – avait eu un contact très bien placé au sein de la police de Charleston. Ethan trouva même les rapports d'autopsie et toutes les photos correspondantes.

La dernière armoire contenait les notes préparatoires de Naomi. Il devait y avoir là des centaines de pages manuscrites qui représentaient un travail de dépouillement et d'analyse méticuleux de tous les documents qu'il venait de survoler.

Au cours de l'enquête qu'il avait menée durant près de quinze ans, Ethan avait lui-même accumulé un certain nombre de notes. Il avait également rencontré un certain nombre de personnes qui s'étaient passionnées pour ce dossier. Mais jamais il n'avait vu une telle masse d'informations consacrée au sujet.

Mais ici non plus, en dépit de la présence d'une imprimante et d'un scanner, il n'y avait pas trace de l'ordinateur que devait utiliser Naomi – ni des fichiers concernant le mystérieux échantillon d'ADN...

9

Par acquit de conscience, Addie inspecta la ruelle et les rues adjacentes. Mais l'homme au vocodeur avait eu tout le temps de disparaître. Et elle n'avait toujours pas la moindre idée de ce à quoi il pouvait bien ressembler.

Ce qui l'inquiétait plus encore, c'était le fait qu'elle ignorait comment il était parvenu à la retrouver. Ethan et elle avaient pourtant pris leurs précautions en allant chez Naomi. Et elle était quasiment certaine qu'ils n'avaient pas été suivis.

Cela ne pouvait signifier qu'une chose : l'homme avait su que tous deux comptaient se rendre au domicile de la jeune femme. Une fois de plus, elle avait la désagréable impression que, contrairement à leurs adversaires, Ethan et elle manquaient d'un certain nombre d'informations capitales.

L'idée qu'il puisse exister une conspiration du silence depuis plus de vingt-cinq ans lui paraissait soudain nettement moins absurde. Elle aurait aimé se convaincre qu'elle se laissait juste gagner par la paranoïa d'Ethan. Mais la concomitance de certains événements devenait réellement troublante.

Par qui les policiers qui étaient arrivés chez Naomi avaient-ils été prévenus ? Était-ce réellement par hasard que l'homme au vocodeur avait décidé de s'introduire chez elle le soir même où Ethan était venu la trouver ? Comment un inspecteur s'était-il retrouvé sur les lieux de l'accident de Naomi avant elle ?

À mesure que ces questions se multipliaient, les doutes d'Addie se renforçaient. Et elle avait l'impression que si la vérité éclatait au grand jour, plus rien ne serait jamais comme avant. Les paroles de l'homme au vocodeur ne cessaient de la hanter.

« Il est temps que tu apprennes la vérité. »

Était-ce une simple provocation ? Une façon d'attirer son attention ? En temps normal, c'était probablement ce qu'elle aurait pensé.

Des tas de gens éprouvaient une fascination morbide pour les tueurs en série, particulièrement depuis que Hollywood avait fait d'eux l'équivalent moderne du croque-mitaine.

Ces mêmes films avaient présenté les profileurs comme de véritables héros, tenant tout autant du brillant détective à la Sherlock Holmes que du chasseur de monstres. Ceux qui, comme James Merrick ou Gwen Holloway, avaient exercé cette activité s'étaient brusquement trouvés placés sur un piédestal. Evidemment, pour le père d'Ethan, la chute n'en avait été que plus cruelle.

Même les enfants de victimes comme elle faisaient régulièrement l'objet d'articles à sensation, devenant à leur tour une source de fascination macabre.

Mais elle avait du mal à croire qu'un simple amateur de tueurs en série puisse aller aussi loin que l'homme au vocodeur. C'était une chose de semer des pétales de magnolia dans son jardin pour lui faire peur. Mais venir la provoquer en plein jour alors qu'elle était armée dénotait un tout autre acharnement.

Après s'être assurée que l'homme avait bel et bien disparu, Addie regagna sa voiture. En quittant le quartier de Naomi, elle se rendit directement au commissariat. L'endroit était très calme, en ce samedi matin, et elle ne croisa qu'un seul de ses collègues inspecteurs qui s'étonna de la voir là.

— Je croyais que tu étais en vacances, remarqua-t-il.

— C'est le cas, lui confirma Addie. Je suis juste venue récupérer deux ou trois choses dans mon bureau avant de partir en formation, la semaine prochaine.

— C'est vrai. Tu vas suivre le stage de Holloway, n'est-ce pas ?

Elle hocha la tête.

— Tu as vraiment beaucoup de chance, tu sais. Il paraît que c'est de là que sortent les meilleurs profileurs du pays...

Réprimant un soupir, Addie gagna son bureau et alluma son ordinateur. Se connectant à la base de données du commissariat, elle vérifia qui était responsable du dossier de Naomi Quinlan et le téléchargea. Le téléphone qui se trouvait devant elle se mit alors à sonner. Par réflexe, elle décrocha.

— Inspectrice Kinsella, que puis-je faire pour vous ?

— Addie, c'est David, fit la voix de son oncle. Frank m'a dit que tu étais là.

— Les nouvelles vont vite, commenta-t-elle. Je ne savais pas que tu étais de service sinon, je serais passée te saluer.

— Passe me voir dès que tu auras un moment.

Addie transféra le dossier de Naomi sur une clé USB qu'elle glissa dans sa poche. Après avoir éteint son ordinateur, elle se rendit directement au deuxième étage où se trouvait le bureau du commissaire.

Lorsqu'elle entra, elle trouva David assis à son bureau, les coudes posés sur les accoudoirs de son fauteuil et les mains jointes devant lui. Il paraissait perdu dans une profonde réflexion.

— Tu voulais me voir, lui dit-elle.

Il lui fit signe de prendre place sur l'une des chaises qui se trouvaient face à son bureau. Elle s'assit et s'efforça de réprimer la nervosité qui l'habitait. David la connaissait depuis toujours et était bien souvent capable de deviner ses pensées avant même qu'elle les ait clairement formulées.

Or, elle n'avait pas l'intention de lui parler d'Ethan ou de l'enquête que ce dernier était venu mener à Charleston. David le tenait en effet pour responsable de la débâcle qui s'était produite dix ans auparavant, et elle ne pouvait réellement lui donner tort.

C'était bien lui qui avait convaincu Addie de sortir le dossier Merrick des archives et qui en avait fait fuiter une partie. De plus, son oncle savait pertinemment qu'il avait brisé le cœur de sa nièce.

— Que fais-tu ici un samedi matin ? lui demanda-t-elle d'un ton légèrement réprobateur. Tu devrais être chez toi à faire la grasse matinée ou à tondre ta pelouse.

— Sans doute, concéda-t-il. Mais j'avais une pile de rapports à lire.

— Cela aurait pu attendre lundi.

— Lundi, il y en aura d'autres. Crois-moi, il est très facile de se laisser déborder si on n'y prend garde.

— Tu as l'air fatigué, remarqua Addie.

De fait, maintenant qu'elle se trouvait en face de lui, elle pouvait remarquer ses traits tirés et ses yeux cernés.

— Tu devrais peut-être prendre des vacances, suggéra-t-elle. Allez passer quelques jours au bord du lac, avec Helen.

— Toi, tu as parlé avec ta tante, devina David. Elle est mal placée pour me critiquer : elle travaille presque autant que moi. Quant à toi, tu étais justement censée séjourner au bord du lac jusqu'à dimanche soir. Comment se fait-il que tu sois rentrée plus tôt ?

— J'avais deux ou trois choses à faire avant de partir en stage.

— En tout cas, je suis content que tu sois là, déclara son oncle. Il fallait que je te parle…

— Je t'écoute.

— Savais-tu qu'Ethan Barrow se trouvait à Charleston ?

Addie pesta intérieurement. Elle avait sans doute été naïve de croire qu'une telle information pourrait échapper à la vigilance de son oncle. Elle se rappela alors qu'Ethan lui avait dit être passé au commissariat, le jour de son arrivée à Charleston. Quelqu'un avait dû le reconnaître et en informer David.

Qui sait ? Matt avait peut-être également mentionné sa présence chez Delmar Gainey. Elle ne pouvait donc se permettre de lui mentir effrontément.

— Je l'ai croisé chez Gainey, hier, répondit-elle. Je ne te cache pas que j'ai été surprise de le voir. Sidérée serait sans doute plus juste…

— Tu ne savais pas qu'il avait l'intention de venir ?

— Pas du tout. Mais cela n'a rien d'étonnant : je n'ai pas eu la moindre nouvelle de lui pendant dix ans.

— Il ne t'a jamais écrit durant tout ce temps ? Jamais appelée ?

— Non, répondit Addie.

Cela, au moins, n'était pas un mensonge.

— D'après les informations dont je dispose, il cherche toujours à établir que James Merrick n'est pas l'homme qui a tué ta mère.

— Ça a toujours été sa conviction, acquiesça-t-elle. Et j'avoue qu'à une époque je l'ai cru, moi aussi.

— Et maintenant ? demanda son oncle en la regardant droit dans les yeux.

Elle eut soudain la désagréable impression qu'elle était redevenue adolescente.

— Ethan n'a jamais pu prouver quoi que ce soit, répondit-elle.

— Il semblerait qu'il ait trouvé une nouvelle piste.

— C'est ce qu'il a laissé entendre, en effet, concéda prudemment Addie.

— Est-ce qu'il a mentionné la nature de la piste en question ? lui demanda son oncle.

Addie ouvrit la bouche pour lui répondre mais la referma aussitôt. Elle venait de prendre conscience du fait que la description qu'Ida McFall avait faite du mystérieux inspecteur venu l'interroger au sujet de Naomi aurait pu correspondre à celle de son oncle.

Elle ne put s'empêcher de penser à la défiance qu'Ida McFall, Naomi et Ethan paraissaient éprouver à l'égard de la police de Charleston. S'ils avaient raison, si certains policiers dissimulaient effectivement des éléments de l'affaire du tueur du crépuscule, quelle chance y avait-il pour que David ne soit pas au courant ?

C'était lui qui avait dirigé les efforts de la police locale lors de l'enquête. C'était même ce qui lui avait valu d'accéder au grade de commissaire et d'être décoré par le gouverneur de l'État. Il avait donc beaucoup à perdre s'il s'avérait que la police s'était trompée et que James Merrick était innocent.

Addie n'aimait pas du tout la direction que prenaient ses pensées. David n'était pas seulement son oncle, c'était aussi son mentor. Il l'avait aidée à surmonter la mort de sa mère. Il l'avait traitée comme sa propre fille. Il lui avait enseigné toutes les ficelles du métier de policier. Et il lui avait inculqué les valeurs d'honneur et de probité qu'elle avait faite siennes.

Comment pouvait-elle imaginer qu'il puisse être impliqué dans cette sombre histoire ?

— Tu devrais peut-être en parler avec lui, suggéra-t-elle, terriblement mal à l'aise.

— Je le ferai dès que j'en aurai l'occasion, répondit-il. Mais en attendant, c'est à toi que je pose la question.

Addie s'éclaircit nerveusement la voix.

— Tout ce que je sais, c'est qu'une femme l'a contacté. Apparemment, elle écrivait un livre sur le Tueur du crépuscule et a découvert un élément nouveau au cours de ses recherches. Malheureusement, avant qu'Ethan ait pu la rencontrer, elle s'est fait renverser par une voiture et est morte sur le coup. Ce n'est peut-être qu'une coïncidence mais Ethan ne le pense pas. Curieusement, c'est moi qui ai pris l'appel, le soir où c'est arrivé. Mais lorsque je suis arrivée sur place, l'inspecteur Yates était déjà là et je l'ai laissé superviser la suite de l'enquête.

— J'espère que tu n'es pas en train d'insinuer que Yates peut avoir quelque chose à voir dans la mort de cette femme, lui dit son oncle.

Le fait qu'il soit autant sur la défensive la mit légèrement mal à l'aise. Il n'avait théoriquement aucune raison de penser une chose pareille.

— Tout ce que je dis, c'est que je trouve étrange que Naomi Quinlan se soit fait tuer quelques jours avant de rencontrer Ethan.

— Je vois, soupira David. Il a réussi à te monter la tête, une fois de plus.

— Pas du tout. Simplement, je trouve la coïncidence un peu énorme. Ce n'est pas comme s'il s'agissait d'un banal accident : le chauffeur ne s'est pas arrêté, et on ne l'a jamais retrouvé.

— Ethan ne devrait pas remuer le passé, soupira David. Il n'en sortira rien de bon...

Une fois de plus, Addie fut surprise par sa formulation.

— Il n'est pas étonnant qu'il remue ciel et terre s'il est vraiment convaincu de l'innocence de son père, remarqua-t-elle.

— Tu vois : tu prends déjà sa défense.

— Je pense juste que tous les enfants ont besoin de se convaincre que leurs parents sont des gens bien. C'est aussi mon cas, d'ailleurs. Je sais bien que ma mère n'était pas parfaite mais j'ai besoin de croire qu'elle m'aimait et que j'étais la personne la plus importante à ses yeux.

— C'était le cas, répondit aussitôt son oncle. Je regrette que tu ne t'en souviennes pas...

— En fait, c'est assez étrange, répondit-elle. Certains jours je me rappelle à peine à quoi elle ressemblait. Mais parfois, il me suffit de sentir une odeur ou d'entendre une chanson pour que des tas de souvenirs resurgissent brusquement. Cela m'est encore arrivé très récemment : je me suis rappelé la conversation que Helen et toi avez eue le soir ou maman a été tuée...

— Quelle conversation ? demanda David, surpris.

— Vous vous teniez tous deux juste devant ma chambre. Helen était bouleversée et elle se demandait comment vous alliez pouvoir m'annoncer la nouvelle. Tu lui as conseillé de me laisser dormir.

— Je me rappelle très bien ce moment, acquiesça David. Et c'est vrai, ta tante était bouleversée. Sa sœur et elle étaient très différentes l'une de l'autre mais elles s'aimaient beaucoup. Helen n'a plus jamais vraiment été la même après sa mort. Moi non, plus, j'imagine. Sandy était tellement pleine de vie... Il lui suffisait d'entrer dans une pièce pour qu'elle semble s'illuminer.

Cela faisait très longtemps qu'Addie n'avait pas entendu quelqu'un faire allusion à sa mère en employant son surnom.

— Parle-moi de la nuit où elle est morte, demanda-t-elle à son oncle.

— Pour que tu puisses ensuite aller tout raconter à Ethan ? rétorqua-t-il d'une voix amère.

La remarque était cruelle, et Addie se sentit piquée au vif. Elle avait pourtant cru que son oncle avait fini par lui pardonner ce qui s'était passé dix ans auparavant.

— Je ne ferais jamais une chose pareille, protesta-t-elle. Il me semblait pourtant t'avoir prouvé ma loyauté...

— Je suis désolé, soupira son oncle. C'était un coup bas.

— Je comprends que tu n'éprouves pas beaucoup de sympathie à l'égard d'Ethan. Mais ce n'est pas de lui qu'il s'agit : la mort de ma mère est sans doute l'événement le plus déterminant de toute mon existence. Or, le peu de choses que je sais à ce sujet, c'est ce que j'ai pu lire dans le dossier de police que j'ai consulté, il y a dix ans de cela.

David hocha la tête. Il était évident qu'en cet instant il aurait préféré se trouver n'importe où ailleurs qu'ici. Addie avait bien conscience que ce qu'elle lui demandait devait raviver de douloureux souvenirs. Mais elle avait besoin de connaître la vérité, de savoir ce qui s'était passé exactement cette nuit-là.

— Ce ne sera pas facile à entendre, lui dit-il enfin.

— Je sais.

— Et tu es sûre que c'est vraiment ce que tu veux ?

— Certaine.

David posa les mains à plat sur le bureau devant lui et les considéra longuement avant de reprendre la parole.

— Je travaillais tard, ce soir-là, commença-t-il. Cela m'arrivait assez souvent, et c'est encore le cas aujourd'hui... Mon partenaire et moi avons décidé d'aller manger un morceau et boire une bière après la fin de notre service. Ensuite, il est rentré chez lui mais moi, je suis repassé au commissariat pour jeter un coup d'œil à un dossier...

Addie fixait attentivement son oncle qui semblait perdu dans ses souvenirs.

— Il devait être 2 heures du matin lorsque Helen m'a appelé. Je m'étais endormi à mon bureau, et la sonnerie du téléphone m'a réveillé en sursaut. Elle était folle d'inquiétude. Sandra était censée venir te chercher avant 22 heures. Tu avais rendez-vous chez le pédiatre, le lendemain matin, et elle ne voulait pas être obligée de faire un détour par chez nous. J'ai rappelé à Helen que ta mère n'était pas toujours très fiable. J'étais convaincu qu'elle avait dû sortir avec une amie et qu'elle n'avait pas vu le temps passer. Ça n'aurait pas été la première fois... Mais Helen était très inquiète. Je crois qu'elle avait un mauvais pressentiment.

— Pourquoi ne t'a-t-elle pas appelé plus tôt ?

— Parce qu'elle aussi s'était endormie devant la télévision. Lorsqu'elle s'est réveillée et qu'elle a vu l'heure, elle m'a tout de suite téléphoné.

— Et pendant ce temps, je dormais tranquillement ?

— Bien sûr. Helen est restée avec toi pendant que je me mettais à la recherche de Sandra. Nous n'avions pas de téléphones portables, alors. Je me rappelle que les rues étaient très calmes, cette nuit-là. C'était la pleine lune, et il y avait une clarté étrange, presque inquiétante...

Addie ne put réprimer un frisson. Elle n'avait aucun mal à se représenter la scène.

— Sandy et toi habitiez une petite maison au nord de Calhoun Street. Ta grand-mère l'avait offerte à ta mère peu après ta naissance pour être sûre que tu aurais toujours un toit. L'immobilier était bien moins cher, à l'époque, et Helen et moi vivions à quelques rues de là.

— Je me rappelle très bien cette maison, acquiesça Addie. Il m'arrive régulièrement de passer devant en voiture.

— C'est là que je suis allé, reprit son oncle. Aucune lumière n'était allumée mais la voiture de ta mère était garée devant la maison. J'ai frappé mais personne ne m'a répondu. Par acquit de conscience, j'ai fait le tour du jardin. Je ne sais pas si c'était dû à l'influence de Helen mais moi aussi, j'avais un mauvais pressentiment...

— Qu'est-ce que tu as fait, ensuite ? lui demanda Addie.

— J'ai décidé d'aller jeter un coup d'œil dans les bars que ta mère avait l'habitude de fréquenter. Mais elle ne s'y trouvait pas. J'ai donc repris ma voiture et j'ai fait le tour du quartier. C'est alors que je l'ai trouvée, allongée dans l'une de ces allées qu'elle aimait tant. Elle les appelait les chemins secrets de Charleston...

— Je me souviens que nous allions souvent les explorer, pendant les week-ends, murmura Addie.

— C'est pour cela que j'ai pensé à regarder là, acquiesça David. Sandy était allongée sur le trottoir dans une mare de sang qui avait déjà commencé à se figer sous l'effet du gel. Elle devait être là depuis quelques heures...

Il s'interrompit, jetant un regard hésitant en direction de sa nièce.

— Continue, l'encouragea-t-elle. Je veux savoir.

— Elle était étendue sur le dos, les bras croisés sur sa poitrine, les cheveux ramenés vers l'avant de façon à recouvrir son visage. Et les blessures au couteau étaient presque identiques à celles des autres victimes. Sur le moment, ça m'a terrifié. Je me suis dit que nous avions arrêté la mauvaise personne, qu'Orson Lee Finch était innocent... Puis j'ai remarqué certains détails qui ne cadraient pas avec cette hypothèse : le bras gauche de Sandy reposait sur le droit et non l'inverse. Et les cheveux n'avaient pas été brossés, juste rabattus. Ce genre de choses aurait probablement échappé à un simple observateur mais j'avais passé des heures à scruter les photos des scènes de crime. C'était comme si l'assassin de Sandy m'avait laissé un message, comme s'il avait voulu me signaler qu'il n'était pas le Tueur du crépuscule...

— C'est comme cela que Gwen Holloway et toi êtes parvenus à dresser le profil psychologique du coupable, n'est-ce pas ?

Cette question parut ramener brusquement son oncle au moment présent.

— C'est vrai, acquiesça-t-il. Je me suis dit presque immédiatement qu'il s'agissait d'un *copycat*. Mais c'est Gwen qui a su exploiter les informations des médecins légistes et mon propre témoignage pour établir le profil...

— Que s'est-il passé ensuite, ce soir-là ?

— Je suis resté auprès de Sandra, le temps que le coroner et la police scientifique arrivent. Je crois que j'étais en état de choc. Je n'ai même pas pensé à appeler Helen. Mais lorsque je suis arrivé à la maison, il lui a suffi de me regarder pour comprendre ce qui s'était passé. C'est à ce moment-là que tu nous as entendus discuter sur le seuil de ta chambre.

— Pourquoi ne m'as-tu jamais raconté tout ça ? demanda Addie.

— Je préférais que tu conserves de belles images de ta mère, lui expliqua son oncle. Je voulais que tu te rappelles d'elle telle qu'elle était de son vivant. Peut-être voulais-je aussi garder ce souvenir d'elle...

— Je comprends, acquiesça Addie. Tu essayais de me protéger. Mais je pense qu'on a parfois besoin de se confronter à la réalité pour pouvoir tourner la page et avancer.

— Mais parfois, cette réalité est si douloureuse qu'elle vous paralyse, objecta David.

— C'est pour cela que tu as fait mettre les dossiers sous scellés ?

— Je ne t'ai jamais interdit de les consulter, remarqua David.

— Pas en entier.

— Je ne voyais pas l'intérêt que tu aies accès aux photos de la scène de crime.

— Je ne parlais pas de ça mais du rapport d'autopsie, protesta-t-elle.

David ne répondit pas.

— Tu ne voulais pas que je découvre que ma mère était enceinte, n'est-ce pas ?

— Je ne voyais pas l'intérêt d'ajouter des regrets aux regrets.

— Le rapport d'autopsie n'a fait que confirmer ce que je savais déjà…

David la considéra d'un air abasourdi.

— Tu savais que Sandra était enceinte ?

Addie hocha la tête.

— Elle me l'avait dit.

— Mais tu n'étais qu'une enfant, objecta-t-il. Pourquoi n'en as-tu jamais parlé ?

— Maman m'avait demandé de ne le dire à personne, même pas à Helen ou à grand-mère. Elle m'a dit que si cela se savait, des gens seraient tristes. Elle a dit qu'elle avait besoin de temps pour décider de ce qu'elle allait faire…

— Je regrette que tu ne m'en aies pas parlé par la suite, remarqua son oncle.

— J'ai souvent voulu le faire. Mais ce secret était tout ce qu'il me restait de ma mère.

— Je comprends, acquiesça David.

— Est-ce pour cela que tu te méfies d'Ethan Barrow ? demanda Addie. Parce que tu as peur qu'il ne rouvre de vieilles blessures ?

— Des vieilles ou des plus récentes, répondit son oncle. Je te rappelle qu'il t'a fait beaucoup de mal, il y a dix ans. Pas seulement à toi, d'ailleurs, mais à tout le service. Il a diffusé des informations confidentielles. Plus grave encore, il les a choisies de façon qu'elles semblent conforter sa version des faits. Pour faire libérer son père, il n'a pas hésité à ternir notre image et à mettre en doute le sérieux de notre travail. Il a même indirectement remis en cause la culpabilité de Finch…

David secoua la tête d'un air désapprobateur.

— Le fait qu'il soit revenu à la charge après tout ce temps

tendrait à indiquer qu'il n'a pas changé. Toi, en revanche, tu n'es plus la même, Addie. Tu es devenue l'un de mes meilleurs éléments. Tu as su gagner ton insigne d'inspectrice et le respect de tes collègues. Tout le monde ici s'accorde pour reconnaître tes compétences et ton implication. C'est la raison pour laquelle tu as été désignée à l'unanimité pour assister au programme de formation de Gwen Holloway. Tu as travaillé très dur pour cela. Ne laisse pas Ethan tout gâcher...

— Cela n'arrivera pas, lui assura-t-elle.

— Je l'espère, soupira David. Je l'espère sincèrement...

10

Lorsque Addie rentra chez elle, en fin d'après-midi, elle trouva Ethan qui l'attendait, assis sur les marches conduisant à sa porte d'entrée. Elle se rappela alors l'avertissement de son oncle et se promit de demeurer sur ses gardes.

Le plus simple aurait sans doute été de lui dire qu'elle ne voulait plus être mêlée à son enquête. Elle était convaincue qu'il se serait plié à cette décision. Quant à elle, elle aurait pu reprendre tranquillement le cours de son existence. Après tout, elle était sur le point de commencer un stage passionnant qui marquerait probablement un tournant dans sa carrière.

Il lui serait probablement facile de faire comme si les deux journées qui venaient de s'écouler n'avaient pas existé, comme si elle n'avait jamais revu Ethan Barrow...

Mais alors même qu'elle se faisait cette réflexion, elle comprit qu'elle n'en ferait rien. Car en l'espace de vingt-quatre heures, toutes ses certitudes concernant le meurtre de sa mère s'étaient trouvées ébranlées.

Il lui paraissait de plus en plus évident qu'une ou plusieurs personnes s'efforçaient de protéger le secret de ce qui s'était réellement passé, vingt-cinq ans auparavant. L'une au moins de ces personnes appartenait à la police. C'était donc probablement quelqu'un qu'elle connaissait.

David avait peut-être raison : remuer le passé pouvait s'avérer dangereux. Et parfois, il valait sans doute mieux vivre dans l'ignorance. Mais il était trop tard pour Addie. Elle avait soulevé à demi le rideau qui masquait la vérité et entrevu ce qui se trouvait au-delà. Désormais, elle ne pouvait plus faire marche arrière et agir comme si de rien n'était.

La conversation qu'elle avait eue avec son oncle lui avait d'ailleurs fait prendre conscience de quelque chose auquel, jusqu'alors, elle n'avait guère prêté attention. La grossesse de sa mère lui était toujours apparue comme une circonstance qui ajoutait encore au caractère tragique de la situation. Curieusement, elle ne s'était jamais interrogée sur l'identité du père du bébé – après tout, elle connaissait à peine celle du sien.

Mais elle se demandait à présent si ce détail n'avait pas son importance. Dans une petite ville comme Charleston, les liaisons extraconjugales pouvaient rapidement virer au drame, particulièrement lorsqu'il s'agissait de personnes issues de milieux différents.

Malheureusement, sa mère n'avait jamais mentionné l'identité de son amant.

— *C'est un secret, Addie. Tu ne dois en parler à personne. C'est bien compris ?*

— *Même pas à grand-mère ?*

— *Non, même pas à elle. Beaucoup de gens seraient très tristes s'ils l'apprenaient.*

— *Mais pourquoi ?*

— *Ce sont des histoires de grandes personnes.*

— *Maman ?*

— *Oui, Addie ?*

— *Est-ce que le bébé habitera avec nous ?*

— *Est-ce que cela te ferait plaisir ?*

— *Oh oui ! Il pourrait dormir dans ma chambre, et je m'occuperais bien de lui comme tante Helen s'occupe de moi.*

— *C'est ce que tu penses ? Que c'est Helen qui prend soin de toi ?*

— *Ne te fâche pas, maman…*

— *Je ne me fâche pas, ma chérie. Je voudrais juste… Mais peu importe ce que je voudrais. Ce qui compte, c'est ce que l'on fait, j'imagine. Et je te promets que les choses vont changer. À partir de maintenant, je te jure que je serai la meilleure des mamans.*

— *Pour moi et pour le bébé aussi ?*
— *Nous verrons, Addie. Nous verrons...*

Cela faisait vingt-cinq ans qu'Addie n'avait pas repensé à cette conversation, et pourtant les mots de sa mère étaient demeurés profondément gravés dans son esprit. C'était peut-être parce que, même étant enfant, elle avait deviné que derrière ces paroles se cachaient de lourds secrets, des secrets qui étaient susceptibles de bouleverser à jamais leurs existences.

— *Il est temps que tu apprennes la vérité.*
— *La vérité à propos de quoi ?*
— *De ta mère, bien sûr.*

Tandis qu'elle descendait de voiture pour rejoindre Ethan, Addie se prit à songer qu'elle troquerait volontiers ses fausses certitudes rassurantes de la veille contre les doutes qui la rongeaient aujourd'hui.

— Qu'est-ce qui ne va pas ? lui demanda Ethan.

— Qui dit que ça ne va pas ? répliqua-t-elle un peu durement.

— Je te connais, Addie, lui dit-il.

— Tu me *connaissais*, objecta-t-elle. C'était il y a dix ans.

— Je n'ai pas l'impression que tu aies tellement changé, tu sais.

Addie prit une profonde inspiration, se forçant à chasser la colère et la frustration qui l'habitaient. Ethan n'était pas responsable de ce qui s'était passé vingt-cinq ans auparavant. Lui aussi était probablement une victime, dans cette affaire.

— Je suis désolée, soupira-t-elle. La journée a été longue.

— À qui le dis-tu !

— Il s'est passé plus de choses depuis que tu es arrivé en ville hier qu'au cours des six mois précédents. Et non, au cas où tu en douterais, ce n'est pas un compliment...

— Si tu veux, je peux te laisser tranquille, proposa-t-il.

Elle secoua la tête.

— C'est trop tard. J'aurais sans doute dû refuser de te parler lorsque tu m'as abordée chez Delmar Gainey. Mais maintenant que j'ai mis le doigt dans l'engrenage, je n'ai plus d'autre choix que d'aller jusqu'au bout…

— Je comprends ta frustration, concéda Ethan. Mais nous avons fait des progrès. Notre enquête rend certaines personnes nerveuses, et tôt ou tard elles finiront par commettre une erreur.

— Espérons juste qu'elle ne nous sera pas fatale, murmura Addie. Est-ce que tu as trouvé les résultats du test ADN dont Naomi t'a parlé ?

— Non, malheureusement. Je n'ai pas non plus retrouvé son ordinateur, et il y a fort à parier que c'est là que se trouvait l'information. En revanche, j'ai découvert un bureau caché dans le grenier. Il y avait une documentation hallucinante sur l'affaire du Tueur du crépuscule : des livres, des coupures de presse, des copies intégrales des dossiers de police, et des centaines de pages de notes. Il est évident que Naomi disposait d'un contact au sein du commissariat central, et je suis prêt à parier qu'elle le tenait de sa tante. Je pense que nous devrions aller lui parler. Elle est peut-être au courant au sujet du test ADN. À vrai dire, il y a de fortes chances pour que ce soit elle qui ait obtenu les résultats de ceux qui ont été effectués sur le troisième échantillon.

— Je suis d'accord pour aller lui parler, acquiesça Addie. Mais l'informateur de Vivian DuPriest n'était pas forcément un policier : ce pouvait être un membre de l'équipe du coroner ou même un laborantin.

Ethan secoua la tête.

— Il y avait forcément au moins un policier. Sans cela, elle n'aurait jamais pu mettre la main sur les photos des victimes et de leurs proches.

— Tu veux dire que Naomi avait ma photo ?

— Entre autres, oui. Je te l'ai dit : sa documentation était vraiment très complète – et très bien organisée. Naomi devait connaître cette affaire sur le bout des doigts.

— Je ne comprends pas pourquoi elle ne t'en a pas parlé, remarqua-t-elle.

— Elle voulait peut-être s'assurer que j'étais digne de confiance. Le fait que j'appartienne à la police ne plaidait probablement pas en ma faveur.

Addie ouvrit la porte et désactiva l'alarme. Tous deux gagnèrent le salon.

— Une bière, ça te dit ? lui proposa-t-elle.

— Volontiers.

Elle alla chercher deux cannettes dans le réfrigérateur et lui en offrit une.

— J'ai revu mon visiteur d'hier soir, lui dit-elle.

— Quand ça ? lui demanda Ethan en fronçant les sourcils.

— Juste après que nous nous sommes séparés, près de l'église. Il m'a suivie dans une ruelle.

— Pourquoi ne m'as-tu pas appelé ?

— Je n'ai pas eu le temps, répondit-elle. Tout s'est passé très vite... Nous avons échangé quelques phrases, je lui ai demandé de se rendre et puis il a lâché un chien sur moi.

— Il avait un chien ? s'étonna Ethan.

— C'était celui d'une habitante du quartier. Il l'a libéré pour faire diversion puis il a disparu.

— Est-ce que tu pourrais reconnaître cet homme ?

— Non. Son visage était dissimulé par une capuche. Et il utilisait un vocodeur pour déguiser sa voix.

— Que t'a-t-il dit, exactement ?

— Il m'a appelé par mon nom. Adaline, Adaline... Puis il a dit qu'il était temps pour moi d'apprendre la vérité au sujet de ma mère.

— Que penses-tu qu'il voulait dire par-là ?

— Je n'en ai aucune idée. Il n'a pas été plus précis que cela. Mais ce n'est pas ce que je trouve le plus troublant, à vrai dire. Nous avons pris toutes les précautions nécessaires, et je suis sûre que nous n'avons pas été suivis depuis le carrefour où je t'ai intercepté. Cela ne peut signifier qu'une chose : l'homme devait surveiller la maison de Naomi.

— Il y a une autre possibilité, remarqua Ethan. Peut-être n'était-il pas en train de la surveiller mais de la fouiller. Cela expliquerait le désordre que nous avons trouvé dans le bureau.

— Tu penses que nous l'avons interrompu alors qu'il était en train de fouiller la maison ? s'exclama Addie en frissonnant.

— C'est possible. Et cela expliquerait la présence du chat.

— Quel chat ?

— Lorsque nous sommes entrés, la première fois, la maison était déserte. Mais lorsque j'y suis retourné, il y avait un chat à l'intérieur. Ce n'est pas nous qui l'avons laissé entrer mais cela pourrait être l'homme au vocodeur...

— Tu crois qu'il cherchait la même chose que nous ? demanda-t-elle.

— J'ai une théorie à ce sujet, en fait : il pourrait s'agir de la fameuse troisième personne qui se trouvait sur les lieux du crime, ce soir-là, celle dont on a retrouvé la trace ADN.

— Et il chercherait à faire disparaître la preuve que Naomi a obtenue, murmura Addie. Cela se tient. Peut-être est-ce lui qui l'a tuée lorsqu'il a appris qu'elle avait retrouvé sa trace.

— Possible, en effet. En tout cas, cela expliquerait pourquoi il se proposait de te dire la vérité sur la mort de ta mère.

— Si c'est le cas, je ferais sans doute mieux de suivre les conseils de Matt et d'installer un système de sécurité plus perfectionné, murmura Addie.

— C'est une bonne idée, en effet, acquiesça Ethan. En attendant, modifie le code de ton système d'alarme et fais changer les serrures.

— Tu as raison. J'appellerai un serrurier dès demain matin.

— Tu devrais peut-être aussi acheter un autre téléphone, le temps que durera notre enquête, suggéra-t-il.

— Cela ne servirait à rien, répondit-elle. Je serai obligée de garder le mien, de toute façon. Je ne peux pas me permettre de ne pas être joignable.

— Dans ce cas, désactive au moins la géolocalisation de ton portable. Cela évitera que quelqu'un s'en serve pour te retrouver. Cela ne te dérange pas si je fais le tour de la propriété pour m'assurer que tout est en ordre ?

— Non, bien sûr. Je vais en profiter pour aller prendre une douche et commander des pizzas.

Ethan la considéra avec une pointe d'étonnement.

— Je ne voudrais pas m'imposer, lui dit-il.

— Ce n'est pas le cas, lui dit-elle. Mais il y a encore des choses dont nous devons discuter, et je n'ai rien avalé de la journée.

— Moi non plus, admit-il. Pas depuis ce charmant petit déjeuner en tête à tête avec Gwen Holloway, en tout cas...

— Des préférences pour la pizza ? Tu n'aimes ni les anchois ni les olives, si je me rappelle bien.

— Tu te souviens de cela ? s'étonna-t-il.

— Je me souviens de beaucoup de choses, répondit-elle. De bonnes comme de mauvaises...

Le regard qu'ils échangèrent la fit frissonner. La présence d'Ethan chez elle ravivait en effet de nombreux souvenirs. Malgré les années qui s'étaient écoulées, elle était toujours aussi sensible à son charme.

En réalité, elle l'était peut-être plus encore que lorsqu'ils s'étaient rencontrés, car elle avait découvert depuis lors à quel point la passion mutuelle qu'ils avaient éprouvée était rare et précieuse. Elle était sortie avec plusieurs hommes depuis cette époque mais aucune de ces relations n'avait été aussi intense et exaltante que celle qu'ils avaient connue. Et chaque fois, c'était elle qui avait fini par prendre l'initiative de la rupture.

Elle n'avait jamais imaginé revoir un jour Ethan. Le fait qu'ils n'aient pas eu le moindre contact au cours des dix dernières années l'avait convaincue qu'il avait définitivement tourné la page. Et elle s'était persuadée que tel était aussi son cas.

Le voir réapparaître dans sa vie de façon aussi inattendue avait pourtant remis en cause toutes ses certitudes. Si elle ne lui avait pas pardonné la façon dont il avait abusé de sa confiance à l'époque, cette trahison lui paraissait aujourd'hui un peu moins inacceptable – a fortiori si leur enquête devait confirmer leurs soupçons.

Car si le père d'Ethan était innocent, si quelqu'un d'autre avait tué la mère d'Addie et si des policiers tentaient d'étouffer l'affaire, cela signifiait que depuis des années il luttait pour une juste cause contre un système perverti. Pouvait-elle dès lors lui reprocher d'avoir usé de tous les moyens qui se trouvaient à sa disposition ?

Le dîner s'était révélé nettement moins tendu qu'Ethan ne l'avait imaginé. Après avoir longuement discuté de leur enquête, ils en étaient venus progressivement à des sujets plus personnels. Et, passé les premiers silences inconfortables, ils avaient retrouvé un peu de leur complicité d'autrefois.

Ethan avait été surpris de découvrir que, en dépit des années qui s'étaient écoulées, Addie était demeurée telle que dans son souvenir. Elle était toujours aussi pleine de vie et de bonne humeur, dotée d'un réel sens de l'humour et d'un enthousiasme contagieux.

À plusieurs reprises, il s'était surpris à repenser avec nostalgie à toutes les soirées qu'ils avaient passées ensemble autrefois. Addie et lui avaient toujours semblé se compléter l'un l'autre. Mais il savait aussi qu'en trahissant sa confiance il avait définitivement perdu toute chance de retrouver un jour une telle connivence.

Il s'estimait déjà heureux qu'elle ne l'ait pas chassé lorsqu'elle l'avait trouvé sur le pas de sa porte. Il n'était pas certain de mériter vraiment une telle mansuétude. Aussi fut-il très surpris lorsqu'après le café elle lui proposa de rester dormir chez elle.

— Il est tard, et nous avons eu une longue journée. Tu n'as qu'à t'installer dans la chambre d'amis.

— Tu es sûre ?

Elle haussa les épaules.

— Nous devons nous rendre ensemble chez Vivian DuPriest, demain matin. Cela nous fera gagner du temps. Et puis, pour être tout à fait honnête, au cas où l'homme au vocodeur déciderait de se manifester de nouveau, je serais ravie de pouvoir compter sur ton aide...

— Dans ce cas, c'est d'accord, acquiesça-t-il avec reconnaissance.

Il savait que cette proposition était faite en tout bien tout honneur. Il n'était pas question de l'interpréter autrement que comme une offre purement amicale. Mais ce seul fait lui paraissait déjà constituer un miracle en soi.

Pendant des années, Ethan avait vécu dans l'ombre du meurtre que son père était censé avoir commis. Étant jeune, il n'avait eu aucune raison de remettre en question sa culpabilité. Et il s'était senti coupable, comme s'il avait une part de responsabilité dans ce crime.

Lorsqu'il avait été en âge de s'interroger sur les charges qui pesaient sur James Merrick et sur le caractère ténu et indirect des preuves, il s'était retrouvé en butte aux pressions de sa hiérarchie et de tous ceux qui préféraient oublier cet épisode désolant de l'histoire du FBI.

Sa lutte pour la justice et la vérité était devenue une obsession qui avait pris le pas sur tout le reste. Il avait fait une croix sur ce que la plupart des gens considéraient comme essentiel : sa carrière, sa vie amoureuse, l'idée d'avoir une famille à lui...

Plus rien n'existait que cette nécessité d'arracher son père à l'enfer de cet hôpital – et de se prouver que lui-même n'était pas condamné à répéter ses erreurs. C'était ce qui l'avait condamné à la solitude. C'était ce qui lui avait valu de laisser échapper sa chance avec Addie. C'était d'ailleurs la seule fois de sa vie où il avait regretté son choix.

À présent, l'occasion lui était peut-être donnée de réparer ses erreurs. Et il avait bien l'intention de faire tout ce qui serait en son pouvoir pour y parvenir. Il se promit aussi qu'il protégerait Addie à tout prix.

Après avoir pris une douche, Ethan remit son caleçon. Il s'allongea sur le lit et demeura longuement immobile, les yeux rivés sur le plafond, réfléchissant à la journée qui les attendait.

Il était convaincu que Vivian DuPriest en savait long sur l'affaire du tueur du crépuscule. À l'époque des faits, elle disposait d'informateurs au sein de la police de Charleston. C'était probablement eux qui avaient fourni les dossiers dont Naomi avait ensuite hérité.

Ethan espérait qu'Ida McFall s'était trompée et que la tante et la nièce étaient demeurées en contact après que Vivian DuPriest avait cessé d'écrire. Si tel était le cas, celle-ci avait peut-être suivi les investigations de Naomi. Elle connaissait peut-être ses théories au sujet de l'affaire. Peut-être savait-elle même à qui appartenait le troisième échantillon d'ADN...

Comme il se faisait cette réflexion, le système d'alarme d'Addie se déclencha brusquement. Sans prendre le temps de se rhabiller,

Ethan récupéra son arme de service et sortit dans le couloir. Il se retrouva nez à nez avec Addie qui était armée, elle aussi, et vêtue du T-shirt long qu'elle devait porter pour dormir.

Sans même dire un mot, ils se dirigèrent vers le hall en se couvrant mutuellement. Ils se déplaçaient avec autant de naturel que s'ils avaient été partenaires depuis des années. Parvenus dans l'entrée, ils constatèrent que la porte était grande ouverte.

Ethan s'avança sur le perron tandis qu'Addie coupait l'alarme.

— Est-ce que tu vois quelque chose ? lui demanda-t-elle.

— Là-bas ! s'exclama-t-il en désignant une silhouette qui s'éloignait à vive allure. Il vient de passer dans le jardin de ton voisin. Je vais le suivre. Prends la voiture et tâche de contourner le pâté de maisons pour l'intercepter.

— D'accord, répondit-elle en se précipitant vers son véhicule.

Ethan ne perdit pas de temps à retourner chercher ses vêtements ou ses chaussures. Il s'élança à la poursuite de l'intrus, escaladant la clôture qui séparait le jardin d'Addie de celui de ses voisins. Derrière lui, il entendit démarrer la voiture de la jeune femme.

Il émergea de la haie, arme en main, prêt à ouvrir le feu si nécessaire. Un chien aboya non loin de là. Du coin de l'œil, il discerna un mouvement sur sa gauche. L'intrus se déplaçait à vive allure le long des buissons. Le sweat à capuche de couleur sombre qu'il portait lui permettait de se fondre dans l'ombre.

Et soudain, il sembla disparaître. Ethan écarquilla les yeux, se demandant s'il n'était pas victime de son imagination. Mais l'homme semblait bel et bien s'être évanoui d'un seul coup. Ethan pressa le pas et constata que la clôture séparant le jardin de la rue avait été découpée à l'avance, probablement à l'aide de cisailles.

L'homme avait bien préparé son coup, une fois de plus. Ethan sortit à son tour et observa les alentours à la recherche du fuyard. En vain. Comme il s'apprêtait à choisir une direction au hasard, un véhicule se rapprocha de lui. Il roulait tous feux éteints mais, à la lueur des réverbères, Ethan reconnut la Dodge noire qu'il avait déjà aperçue à plusieurs reprises.

Il se dirigea résolument vers elle, forçant le conducteur à ralentir, et frappa à la vitre de ce dernier. Elle s'abaissa, laissant apparaître un homme d'une trentaine d'années aux cheveux noirs et vêtu d'un costume sombre.

Le passager qui se trouvait à côté de lui tournait quant à lui ostensiblement la tête de façon qu'Ethan ne puisse apercevoir les traits de son visage.

— Laissez-moi deviner, s'exclama Ethan d'un ton faussement débonnaire. Vous étiez de passage dans le quartier, totalement par hasard...

— Exactement, répondit le conducteur avec un sourire ironique. Ce n'est pas illégal, que je sache.

— Franchement, je pense que le FBI devrait faire meilleur usage de votre temps de travail. Vous ne niez pas être des agents fédéraux, n'est-ce pas ?

— Nous ne nions ni ne confirmons rien du tout, répondit l'homme. Qui nous sommes et ce que nous faisons ne vous regarde pas.

— J'aimerais bien voir vos insignes.

— Montrez-nous le vôtre, ironisa le conducteur. À moins que vous ne l'ayez oublié dans la poche de votre pantalon...

— Très drôle. Vous savez parfaitement qui je suis. Et nous savons tous pourquoi vous êtes ici. Ce que je me demande, en revanche, c'est si cette surveillance fait l'objet d'une autorisation officielle.

— Je ne vois vraiment pas de quoi vous voulez parler.

— Quelqu'un vient tout juste de s'introduire par effraction dans le domicile de l'inspectrice Kinsella. J'imagine que vous ignorez tout de cela aussi.

— L'effraction n'est pas dans nos habitudes, agent Barrow. Ce serait plutôt l'une de vos spécialités.

— Alors, vous savez qui je suis.

— Disons que votre réputation vous précède.

— Je ne doute pas que Gwen Holloway ait dressé un portrait des plus flatteurs de ma personne. Le suspect que je poursuivais était vêtu d'un sweat à capuche de couleur sombre. Taille et corpulence moyennes. Est-ce que vous l'avez vu ?

— Nous n'avons rien vu du tout, répondit le conducteur. Mais vous connaissez nos procédures. Imaginons que nous ayons effectivement été chargés de surveiller la maison de l'inspectrice

Kinsella – ce n'est qu'une hypothèse, bien sûr –, nous nous serions tenus à une certaine distance. Cela aurait permis à n'importe qui de s'approcher à pied sans être repéré...

— Sans doute, concéda Ethan. Et votre collègue ? Il n'a rien vu non plus ?

— Non.

— Et il ne sait pas parler ?

— Il est juste timide.

— Je finirai bien par découvrir qui vous êtes, déclara Ethan.

— Vous pouvez toujours essayer, répliqua le conducteur.

Ethan fit mine de se retourner mais, au lieu de cela, il passa le bras par la vitre ouverte et déverrouilla la portière avant de l'ouvrir, prenant le conducteur totalement par surprise. L'entendant jurer, le passager se retourna enfin, laissant apparaître son visage dans la lumière du plafonnier.

Lui aussi devait être âgé d'une trentaine d'années mais ses cheveux étaient plus clairs – châtains ou blonds. Ethan le reconnut aussitôt : ce n'était pas un agent du FBI mais Nick Palski, le bras droit de Gwen Holloway auquel il avait déjà eu régulièrement affaire.

— Voilà qui confirme ce que je soupçonnais, déclara Ethan. C'est bien cette chère Holloway qui est derrière tout cela.

— Ne tirez pas de conclusions trop hâtives, agent Barrow, objecta Nick. Vous vous êtes fait beaucoup d'ennemis en revenant traîner vos guêtres par ici.

— Je m'en doutais un peu, acquiesça Ethan. Mais je me dis que plus je rends les gens nerveux, plus je dois approcher de la vérité.

— Vous connaissez le proverbe, Barrow : Toutes les vérités ne sont pas bonnes à dire.

— Allez expliquer ça à mon père qui moisit dans un hôpital psychiatrique depuis vingt-cinq ans, répliqua Ethan d'une voix glaciale.

La voiture d'Addie les rejoignit alors, et elle descendit pour les rejoindre. Elle ne portait toujours que son T-shirt qui révélait une longue paire de jambes dorées au galbe parfait. Ses cheveux encore emmêlés ajoutaient à la sensualité qui émanait d'elle en cet instant.

— Que se passe-t-il ? demanda-t-elle à Ethan.

— Je te présente nos baby-sitters. Celui-là est Nick Palski, l'adjoint de Gwen Holloway. Ils veillent gentiment sur nous, ce soir, mais malheureusement ils n'ont rien vu et rien entendu. Autant dire qu'ils ne sont pas très doués…

— Tu es sûr que ce n'est pas l'un d'eux qui s'est introduit chez moi ?

— Ils ne sont pas habillés comme le suspect, concéda Ethan. Et ils n'auraient pas eu le temps de se changer. À moins bien sûr qu'ils ne cachent un comparse dans leur coffre…

— Peut-être devrions-nous les convaincre de l'ouvrir, histoire de nous en assurer, suggéra-t-elle en jouant ostensiblement avec son arme.

— Ils ne sont pas très coopératifs, répondit Ethan en haussant les épaules.

— C'est rarement le cas des fédéraux, remarqua Addie d'un ton moqueur.

— Croyez-moi, inspectrice, si j'avais voulu entrer chez vous sans me faire remarquer, vous ne vous en seriez pas rendu compte, déclara le chauffeur de la Dodge. Et je n'aurais pas été assez maladroit pour déclencher l'alarme…

— Vous l'avez donc entendue sonner, remarqua Addie.

— À titre purement spéculatif, déclara Nick Palski, si par hasard nous avions été chargés de surveiller la maison de Mlle Kinsella, nous aurions certainement laissé la vitre ouverte pour prendre un peu l'air. Nous n'aurions alors pas manqué d'entendre l'alarme et nous nous serions rapprochés pour voir ce qui se passait. Nous aurions aperçu deux agents en sous-vêtements brandissant leurs armes de service. Et, par acquit de conscience, nous aurions certainement décidé de faire le tour du pâté de maisons pour tenter de voir ce qui avait bien pu causer ce raffut…

— Je vois, acquiesça Ethan. Donc, vos oreilles fonctionnent bien. Ce sont vos yeux qui vous jouent des tours.

— Oh ! nos yeux fonctionnent très bien aussi ! lui assura le chauffeur d'un ton goguenard en jetant un regard appuyé à Addie.

— Je vois que vous êtes des rigolos, commenta celle-ci d'un ton glacial. Vous pouvez dire à Gwen Holloway que si elle a quelque chose à nous dire, elle ferait mieux de le faire en personne.

— Nous ne sommes pas vos messagers, objecta le conducteur.

— Non. Pour le moment, vous n'êtes que deux types suspects que je vois rôder dans le quartier. Et si vous ne dégagez pas d'ici en vitesse, je vais appeler une voiture de patrouille pour signaler votre présence.

Le conducteur jeta un regard interrogatif en direction de Palski qui haussa les épaules.

— Quelque chose me dit que ces deux-là étaient couchés, déclara-t-il. Il ne sert à rien de perdre notre temps ici. À bientôt, ajouta-t-il à l'intention d'Addie et Ethan.

Sur ce, le chauffeur de la Dodge démarra en trombe, et le véhicule s'éloigna à vive allure. Quelques instants plus tard, il avait disparu.

11

Addie suivit la Dodge des yeux jusqu'à ce qu'elle ait disparu au bout de la rue.

— Tu es vraiment sûr que ces clowns appartiennent au FBI ?

— Le chauffeur, oui. Palski doit intervenir en tant que consultant privé.

— Je ne comprends pas comment Holloway peut mobiliser des hommes et des véhicules appartenant au FBI pour nous faire surveiller.

— Holloway n'est pas seulement une spécialiste du profilage, déclara Ethan. C'est aussi une fine diplomate. Au fil de sa carrière, elle s'est fait un grand nombre d'amis au sein du FBI comme au sein du département de la Justice ou parmi les politiciens de la région.

— Je trouve quand même étrange une telle débauche de moyens simplement pour éviter qu'un profilage vieux de vingt-cinq ans soit remis en cause.

— Ce n'est pas seulement le profilage de mon père qui est en cause, objecta Ethan. C'est le principe même du profilage. Condamner des gens sur la base d'une simple étude psychologique est hautement critiquable. Mais entre nous soit dit, je ne pense pas que ce soit son seul objectif. Palski m'a laissé entendre que ma présence à Charleston me valait pas mal d'ennemis. Et il est tout à fait possible qu'elle travaille pour l'un d'entre eux.

— Tu sembles la considérer comme une simple mercenaire, remarqua Addie.

— Il y a beaucoup de choses que tu ignores au sujet de Gwen Holloway, déclara-t-il.

— Alors dis-moi ce que tu sais.

Ethan parut hésiter avant de hocher la tête.

— D'accord. Mais pas ici. Je me sens un peu ridicule, en sous-vêtements, avec un pistolet à la main.

— Monte dans la voiture. J'aimerais faire un tour du quartier par acquit de conscience avant de rentrer à la maison. Tu me parleras de Holloway en chemin.

— D'accord. Avec un peu de chance, notre suspect est à pied et n'a pas eu le temps d'aller très loin.

Ils montèrent à bord du véhicule d'Addie et commencèrent à sillonner les rues avoisinantes en scrutant les jardins.

— Alors ? lui demanda Addie. Que peux-tu me dire de Holloway ?

— Qu'il ne s'agit pas seulement pour elle de protéger sa réputation professionnelle. C'est une affaire personnelle.

Addie lui jeta un regard interrogatif, attendant qu'il précise sa pensée.

— Je crois que mon père et elle étaient amants.

Addie ne put réprimer une exclamation de stupeur.

— Je les ai vus se disputer, un soir, dans le jardin de mes grands-parents, à l'époque des meurtres du Tueur du crépuscule. Mon père se trouvait à Charleston depuis plusieurs semaines, ce qui est vraiment très rare pour un profileur. D'habitude, ils passent le plus clair de leur temps derrière un bureau à étudier les dossiers que leur font parvenir les enquêteurs de terrain.

— Pourquoi cette exception, alors ?

— Je crois qu'il y avait deux raisons à cela : d'une part, mon père était fasciné par ce dossier. L'arrestation du tueur du crépuscule devait être le couronnement de sa carrière. D'autre part, je pense qu'il profitait de cette enquête pour prendre de la distance vis-à-vis de ma mère. Cela, je ne l'ai compris que bien plus tard, bien sûr. Sur le moment, j'étais trop jeune pour avoir conscience que le mariage de mes parents battait de l'aile depuis déjà longtemps.

— Avant même l'affaire du Tueur du crépuscule ? demanda Addie, curieuse.

— Oui. Je sais que l'analyse psychologique de mon père impute la détérioration de son mariage à son implication dans l'enquête. Mais c'est précisément le contraire qui s'est produit. Mon père s'est lancé à corps perdu dans cette affaire pour ne plus penser à l'échec de son mariage.

— Et il avait une liaison avec Gwen Holloway ? Tu en es sûr ?

— Je les ai vus, ce soir-là. Elle a essayé de l'embrasser mais il l'a repoussé. Il lui a dit que tout était fini entre eux, qu'elle ferait mieux de demander à être mutée dans un autre service. Elle était furieuse.

Addie médita quelques instants sur ce qu'il venait de lui dire.

— Tu ne penses tout de même pas qu'elle l'ait accusé du meurtre de ma mère juste pour se venger ?

— Je pense qu'elle en avait la possibilité : elle connaissait parfaitement le dossier du Tueur du crépuscule ; elle devait aussi savoir que mon père était en train de succomber à une dépression et elle n'aurait pas eu de mal à accéder à un échantillon d'ADN lui appartenant...

— Mais elle ne pouvait pas savoir qu'un *copycat* assassinerait quelqu'un, objecta Addie.

— Peut-être a-t-elle sciemment contaminé la scène de crime, suggéra Ethan. Bien sûr, il y a une autre explication possible...

— Non, protesta Addie. Tu ne crois tout de même pas qu'elle ait tué ma mère juste pour incriminer ton père !

— Tu sais ce que l'on dit : L'enfer n'est rien comparé à une femme humiliée...

Addie secoua la tête.

— Cela paraît quand même un peu extrême, objecta-t-elle. Je veux bien envisager qu'elle ait pu profiter d'un crime déjà commis pour se venger. Mais de là à tuer elle-même...

— Cela ne serait pas la première fois que la rancune ou la jalousie inspireraient des réactions apparemment aussi disproportionnées. Je pourrais te citer des dizaines de cas similaires.

— Depuis combien de temps la soupçonnes-tu ? demanda Addie.

— Le fait qu'elle puisse être coupable m'est apparu il y a des années. Mais ce n'est qu'une hypothèse parmi d'autres. Et en l'absence de toute preuve, elle ne vaut strictement rien.

— Tu as donc envisagé le fait que l'échantillon d'ADN étudié par Naomi puisse appartenir à quelqu'un de sa famille.

— Oui. Malheureusement, mes recherches de ce côté-là se sont avérées vaines. Ses parents sont morts, et elle est fille unique.

— Pas de cousins, d'oncles ou de tantes ?

— Non plus. Et au-delà de ce degré de parenté, tu sais comme moi que la génétique ne prouve pas grand-chose.

— Il y a une autre possibilité, évidemment. Ne me dis pas que tu n'y as pas pensé… Se pourrait-elle qu'elle ait eu un enfant de ton père ?

Ethan fronça les sourcils. Visiblement, cette éventualité lui avait échappé. Ou, tout au moins, il n'avait pas voulu la considérer.

— Pour quelqu'un dans sa position, cacher une grossesse aurait été délicat. Mais pas impossible. Il faudrait que je vérifie si elle a pris des congés prolongés dans les mois qui ont suivi l'affaire. Elle n'aurait eu aucun mal à les obtenir : son mentor et ami venait d'être accusé de meurtre, et elle avait été forcée de témoigner contre lui…

— Nous compliquons peut-être les choses, remarqua Addie. L'échantillon d'ADN pouvait être celui de Gwen Holloway elle-même.

— J'y ai pensé, bien sûr. Mais je ne vois pas bien comment je pourrais me procurer un échantillon d'ADN lui appartenant.

— Si nous avions accès à la base de données qu'a découverte Naomi, nous aurions sans doute la réponse.

— Nous en revenons toujours là, acquiesça Ethan. À ce stade, c'est la seule et unique preuve tangible dans cette affaire.

— Ça et l'homme au vocodeur, objecta Addie.

— Si tant est qu'il soit lié au meurtre, relativisa Ethan.

— Tu ne crois pas que ce soit le cas ?

Il hésita longuement avant de lui répondre.

— Tu as vu comme moi la façon dont il se déplace, répondit-il enfin. Ce type est en parfaite forme physique. Il a visiblement reçu un entraînement poussé, que ce soit en tant que sportif de haut niveau, militaire ou pompier. Or, le meurtre a été commis il y a vingt-cinq ans de cela...

— S'il avait vingt ans à l'époque, il en aurait quarante-cinq aujourd'hui, calcula Addie. Ce n'est pas impossible.

— Impossible ? Non. Disons juste moins probable...

— Moins probable que quoi ?

— Qu'il s'agisse de quelqu'un âgé de vingt-cinq ans, répondit Ethan d'un air sombre.

— Le fils de Gwen ?

Ethan haussa les épaules.

— C'est toi qui l'as suggéré. Je t'avoue que l'idée d'avoir un demi-frère cinglé qui harcèle mon ex-petite amie ne m'enchante pas vraiment...

— Mon Dieu, murmura Addie, horrifiée. Je n'avais pas considéré les choses sous cet angle.

— Moi non plus, avoua Ethan. Cela donne un arrière-goût assez désagréable à ce que m'a dit Palski, tout à l'heure.

Addie lui jeta un coup d'œil interrogatif.

— Il m'a rappelé que toutes les vérités n'étaient pas bonnes à dire.

— Tu crois qu'il est au courant ?

Ethan haussa les épaules.

— À ce stade, nous nageons en pleine spéculation gratuite, lui dit-il. Cette affaire me touche peut-être de près mais je ne perds pas de vue le fait que je suis policier. Il me faut des preuves.

— En tout cas, il y a peu de chances pour que nous retrouvions notre fuyard, quel qu'il soit. Cela fait plus de vingt minutes qu'il a déclenché l'alarme, et il a eu tout le temps de disparaître. D'autant qu'il semble avoir attentivement repéré les environs à l'avance...

— C'est bizarre d'ailleurs, murmura Ethan.

— Quoi donc ?

— Ce type repère les lieux. La dernière fois, il t'entraîne dans une maison déserte. Cette fois-ci, il prend soin de ménager une brèche dans la clôture de ton voisin de façon à pouvoir disparaître rapidement. Et il n'aurait pas eu connaissance de l'existence de cette alarme ?

— Il n'a peut-être pas réussi à la désactiver.

Ethan la regarda d'un air pensif.

— Et s'il l'avait déclenchée exprès ?

— Pour nous faire peur ?

— Ou pour nous éloigner…

Addie lui jeta un coup d'œil, sidérée.

— Est-ce que tu as refermé la porte à clé derrière nous ? lui demanda-t-il.

— Oui, bien sûr.

— Et tu as remis l'alarme ?

Elle réfléchit, s'efforçant de se rappeler ce qu'elle avait fait alors.

— Non, répondit-elle enfin. Je l'ai déconnectée, j'ai fermé la porte derrière nous et j'ai foncé à la voiture.

— C'est bien ce que je pensais, soupira Ethan. Ce type se moque de nous.

Addie poussa un juron et fit faire demi-tour à la voiture pour reprendre la direction de la maison. Lorsqu'ils y parvinrent, quelques minutes plus tard, ils constatèrent aussitôt que la porte était grande ouverte.

— Tu avais raison, murmura Addie en faisant sauter le cran de sécurité de son arme.

— Entre par-devant, je passe par la cuisine.

Elle lui tendit son trousseau de clés, et ils descendirent de voiture. Addie s'avança vers la porte d'entrée tandis qu'Ethan contournait la maison. Au bout de quelques secondes, elle monta les marches menant au porche. Là, presque sans surprise, elle reconnut l'odeur de magnolia qui flottait dans l'air.

Une pluie de pétales avait été répandue sur le sol, formant un chemin qui conduisait à travers le hall, jusqu'à l'escalier. Elle vit apparaître Ethan qui lui indiqua d'un signe de la tête que personne ne se trouvait au rez-de-chaussée.

Il vint se placer en pointe, et elle le couvrit tandis que tous deux montaient les marches, suivant les pétales de fleurs laissés à leur intention. Ils conduisaient directement à la chambre d'Addie.

Là, sur sa coiffeuse, était posée une rangée de bougies allumées dont les flammes vacillantes éclairaient la pièce d'une lueur légèrement inquiétante. Après s'être assurée que personne ne se trouvait dans la pièce, Addie s'approcha du meuble et découvrit la photographie qui était posée au milieu des bougies.

Elle connaissait ce cliché qui avait été pris peu de temps avant la mort de sa mère. On y voyait Sandra en compagnie de David et Helen. Mais quelqu'un avait entouré le visage de sa mère au marqueur rouge et écrit au-dessus en lettres majuscules : « PUTAIN ».

Ethan avait rapidement vérifié que les autres pièces de l'étage étaient désertes. Il revint à côté d'elle et observa la photo qu'Addie tenait à la main.

— Je reconnais le commissaire Cutler, remarqua-t-il. Et ta mère, bien sûr. Qui est l'autre femme ?

— Helen Cutler, la sœur de ma mère et l'épouse de David. Je crois que tu l'as croisée, une fois.

— Tu as raison, acquiesça-t-il. Ça me revient, maintenant. J'étais passé te chercher chez eux. Nous n'avons discuté que quelques minutes mais j'ai eu la désagréable impression de passer au détecteur de mensonges.

— Ça ne m'étonne pas, acquiesça Addie en souriant. Helen est psy, et je me dis parfois qu'elle est capable de lire dans les pensées des gens. Et puis, David et elle se sont toujours montrés très protecteurs envers moi.

— Tu es vraiment très proche d'eux, n'est-ce pas ?

— Ce sont eux qui m'ont élevée après la mort de maman. À vrai dire, ils avaient déjà commencé avant. Lorsque j'étais petite, je passais quasiment autant de temps chez eux que chez nous. Ma mère adorait sortir et faire la fête. Elle m'a eue lorsqu'elle était très jeune.

— Elle était vraiment très belle, remarqua Ethan.

Addie observa le visage de sa mère, s'efforçant d'imaginer comment elle pouvait apparaître aux yeux de quelqu'un qui ne l'avait pas connue.

Sandra Kinsella rayonnait de charme et de sensualité. Ses longs cheveux blond-roux retombaient librement sur ses épaules. Un pendentif représentant une rose était accroché à son cou, attirant discrètement l'attention sur son décolleté plongeant.

Ses bras étaient posés sur les épaules de Helen et de David.

Ce dernier était à demi tourné vers elle et la considérait avec une expression empreinte d'humour et de douceur. Les paroles qu'il avait prononcées au commissariat lui revinrent brusquement à l'esprit.

« Sandy était tellement pleine de vie... Il lui suffisait d'entrer dans une pièce pour qu'elle semble s'illuminer... »

— C'est étrange, remarqua alors Ethan. Sandra et Helen ont l'air vraiment très différentes l'une de l'autre.

— Elles l'étaient, lui confirma Addie. Aussi différentes que le jour et la nuit. Helen est quelqu'un de posé et de raisonnable. Elle a toujours eu le sens des responsabilités – et beaucoup d'ambition, que ce soit pour elle-même, pour David ou pour moi. Ma mère avait dix ans de moins. Elle était impulsive, fantasque, capricieuse, même. Et terriblement séductrice. Mais je pense que c'est pour cela qu'elles s'entendaient si bien. Elles étaient suffisamment différentes pour ne pas se faire de l'ombre, en quelque sorte...

Addie observa de nouveau l'expression de David sur la photo. L'ombre d'un doute s'insinua en elle mais elle la repoussa aussitôt. C'était probablement la discussion qu'elle venait d'avoir avec Ethan au sujet de James Merrick et de Gwen Holloway qui lui inspirait de telles idées.

« C'est un secret, Addie. Tu ne dois en parler à personne... Beaucoup de gens seraient très tristes s'ils l'apprenaient. »

— Addie ? À quoi penses-tu ?

— J'étais perdue dans mes souvenirs, répondit-elle évasivement.

— Je te demandais si la photo t'appartenait.

— Oui, répondit-elle. Elle se trouvait dans l'un de mes albums au salon.

Elle fronça les sourcils.

— C'est bizarre, ajouta-t-elle. Comment pouvait-il le savoir ?

Elle souffla les bougies qui se trouvaient sur la coiffeuse et quitta la pièce pour regagner le rez-de-chaussée. Là, elle alla ouvrir l'armoire où elle rangeait ses albums et en sortit un qu'elle parcourut rapidement. Elle retrouva rapidement la photographie qu'elle cherchait.

— Ça alors murmura-t-elle. C'est la même...

— Pas tout à fait, objecta Ethan. Regarde ton oncle.

Effectivement, sur la photo de l'album, David regardait droit vers l'objectif avec un sourire de circonstance. Addie remarqua que l'expression de sa tante était légèrement différente. Elle paraissait plus grave, et ses sourcils étaient très légèrement froncés.

La succession des deux clichés semblait esquisser une dramaturgie qui ne faisait que renforcer les doutes d'Addie. Elle fouilla sa mémoire à la recherche du moindre indice qui aurait pu confirmer ou infirmer cette folle hypothèse.

— Je crois que j'ai besoin de boire quelque chose, déclara-t-elle.

— Sers-nous deux verres, lui suggéra-t-il. Je vais aller vérifier que notre visiteur n'a pas laissé d'empreintes digitales sur la coiffeuse ou les bougies. Tu as un kit à empreintes ?

— Dans la boîte à gants de ma voiture, lui indiqua-t-elle. Mais vu à quel point ce type est organisé, je serais prête à parier que tu ne trouveras rien.

— Moi aussi, reconnut Ethan. Mais je m'en voudrais de ne pas essayer...

Tandis qu'il se dirigeait vers l'entrée, Addie prit des photos des lieux à l'aide son portable. Puis elle aspira les pétales que l'intrus avait semés à travers toute la maison. Elle redescendit enfin au salon pour remplir deux verres de bourbon. Ethan ne tarda pas à la rejoindre, et elle lui en tendit un.

— Tu avais raison, lui dit-il après avoir trinqué et avalé une gorgée de liquide ambré. Je n'ai rien trouvé.

— En tout cas, je suis vraiment heureuse que tu aies accepté de rester, ce soir, lui avoua-t-elle. Je ne sais pas ce qui se serait passé si je m'étais retrouvée seule avec ce type.

— Tu n'as pas à me remercier, tu sais. S'il s'acharne contre toi, c'est probablement en grande partie à cause de ma présence à Charleston.

— Nous ne pouvons pas en être sûrs, objecta-t-elle. Pas tant que nous ne découvrons pas qui il est réellement.

Ethan haussa les épaules.

— De toute façon, lui dit-il, tu ne me dois aucun remerciement. Étant donné ce qui s'est passé, il y a dix ans, je me considère comme ton éternel débiteur.

Addie secoua doucement la tête.

— Ne parlons pas de ça. La journée a été longue, et je suis épuisée. Et puis, franchement, ajouta-t-elle avec une pointe de malice, est-ce que tu veux vraiment avoir ce genre de conversation sérieuse en caleçon ?

Ethan parut prendre conscience du fait qu'il ne s'était effectivement toujours pas rhabillé.

— Nous avons dû passer pour des fous à nous promener dans le quartier en sous-vêtements, pistolets en main, remarqua-t-elle. J'espère que personne ne nous a vus.

— À part les agents dans la Dodge, lui rappela Ethan. Eux aussi ont semblé apprécier le spectacle, ajouta-t-il en lui jetant un regard appuyé.

Addie ne put s'empêcher de rougir.

— Désolé, feignit de s'excuser Ethan. J'ai toujours adoré tes jambes…

— Et moi qui croyais naïvement que c'était mon esprit qui t'intéressait…

— L'un n'empêche pas l'autre, répliqua-t-il en la regardant droit dans les yeux.

Addie sentit les battements de son cœur s'emballer dans sa poitrine. Elle ne put s'empêcher de jeter un coup d'œil à son torse parfaitement découpé, à son ventre plat et à ses bras et ses jambes musclées. Le souvenir de leurs étreintes passées envahit son esprit.

Les images étaient aussi nettes que si elles dataient de la veille. Et elles décuplèrent le trouble qui s'était emparé d'elle. Comment pouvait-elle désirer à ce point un homme qui lui avait inspiré tant de rancœur au cours de ces dix dernières années ?

— Moi non plus, je n'ai pas oublié, lui dit-il, semblant lire dans ses pensées. Pour rien au monde, je ne voudrais oublier, d'ailleurs.

— C'était il y a longtemps, murmura-t-elle.

— Mais je n'ai jamais été aussi heureux qu'à cette époque. Ni avant de te rencontrer ni après.

Elle détourna les yeux, incapable de supporter son regard brûlant.

— Nous étions très jeunes, objecta-t-elle. Nous ne savions rien de la vie.

— Ce n'est pas du tout mon sentiment, objecta-t-il. Ce que nous avons vécu durant notre enfance nous a fait grandir trop vite, toi et moi. Nous étions jeunes mais certainement pas naïfs ou innocents. Nous savions tous deux ce que nous voulions.

— À l'époque, je le croyais peut-être, répondit-elle. Mais tu m'as fait comprendre à quel point je pouvais m'illusionner – sur moi-même comme sur les gens que je croyais aimer…

Ethan ne put s'empêcher de tiquer.

— Touché, reconnut-il.

— Je suis désolée, s'excusa-t-elle aussitôt. Je ne sais pas pourquoi j'ai dit cela. Je n'arrête pas de t'accabler, mais je crois que c'est surtout parce que c'est plus facile que de reconnaître que j'ai ma part de responsabilité dans les erreurs que nous avons commises…

— C'est moi qui suis le plus à blâmer, objecta-t-il. J'aurais dû te dire qui j'étais dès le départ. Je ne me suis pas montré honnête envers toi, et c'est ce qui a tout gâché. Crois-moi, je n'ai pas cessé de me le reprocher depuis cette époque.

— Nous revoilà en train de discuter de choses sérieuses en sous-vêtements, objecta-t-elle.

Pour se donner un semblant de contenance, elle avala une longue gorgée de bourbon. La suave chaleur de l'alcool s'insinua en elle, lui arrachant un petit frisson.

— Je suis juste heureuse que tu sois là, conclut-elle. Mais je te l'ai déjà dit…

— Je ne me lasse pas de l'entendre, Addie, répondit-il d'une voix très douce.

— Ethan…

— Oui ?

— Est-ce que tu voudrais bien m'embrasser ?

Il n'hésita pas un seul instant. Traversant le salon, il vint l'enlacer et posa les lèvres sur les siennes. Si elle avait eu le moindre doute, ce simple contact aurait suffi à les faire voler en éclats.

Le baiser d'Ethan enflamma tout son être, éveillant en elle un frémissement de plaisir irrépressible qui se communiqua à tous ses membres. Son sang parut se muer en lave, et son cœur se mit à battre la chamade.

Sentant ses jambes se dérober sous elle, elle passa les bras autour de ses épaules pour prendre appui sur lui. Cela faisait des années qu'elle n'avait pas éprouvé quelque chose de semblable – depuis la dernière fois où Ethan et elle s'étaient embrassés, en fait.

Elle lui rendit son baiser sans chercher à réprimer la passion dévorante qui l'habitait, s'y abandonnant au contraire sans la moindre retenue.

— Je t'arracherais tes vêtements si tu n'étais pas déjà à moitié nu, murmura-t-elle tout contre ses lèvres.

Il rit doucement.

— Embrasse-moi encore, lui demanda-t-elle.

Il s'exécuta de bonne grâce, et elle eut l'impression que son corps tout entier se liquéfiait.

— Ne t'arrête pas, protesta-t-elle lorsqu'il s'écarta de nouveau d'elle.

— Je crois qu'il vaudrait mieux, répondit-il gravement.

— Pourquoi ?

— Je crois que tu le sais, Addie.

— C'est ce que je veux, Ethan, lui assura-t-elle.

Il posa doucement le front contre le sien.

— Qu'est-ce que je vais bien pouvoir faire de toi ?

— Pas grand-chose, apparemment, répliqua-t-elle d'un ton chargé de reproches.

— Tu crois peut-être que ça me fait plaisir ? s'exclama-t-il. J'en ai autant envie que toi. Mais nos problèmes ne vont pas disparaître par magie. Et je t'assure que tu le regretterais dès demain matin…

— Une fois de plus, tu fais comme si tu connaissais tout de moi, répondit-elle en s'écartant de lui.

Elle reprit son verre de bourbon et le vida d'un trait pour tenter de chasser le trouble qui l'habitait toujours.

— Cela fait dix ans, reprit-elle. J'ai changé, tu sais…

— Tu as peut-être changé, concéda-t-il. Mais pas suffisamment pour me pardonner. Ce n'est pas un reproche. Je n'ai pas encore su regagner ta confiance. Je n'y parviendrai peut-être jamais mais je continuerai d'essayer. Et en attendant, je refuse de te faire du mal…

— Je suis une grande fille, tu sais, lui dit-elle froidement. Ce n'est pas parce que nous décidons de passer une nuit ensemble que je vais instantanément retomber amoureuse de toi. J'ai peut-être juste besoin d'un peu de réconfort.

Le regard que lui lança Ethan trahissait un mélange de doute et de déception.

— Il me semblait que notre relation valait mieux que cela, lui dit-il.

— Et c'est pour cela que tu me repousses de cette façon ? répliqua-t-elle sèchement.

— Addie...

— La discussion est close, déclara-t-elle en reposant son verre vide.

Sur ce, elle se retourna et quitta le salon à grands pas.

Addie était incapable de fermer l'œil.

Elle passa près de deux heures à se retourner dans son lit avant de renoncer et de se lever. Elle descendit à la cuisine pour se servir un verre d'eau fraîche. Mais en entrant, elle eut la surprise de trouver Ethan assis devant un verre de lait.

— Que se passe-t-il ? lui demanda-t-il.

— Rien, soupira-t-elle. Je n'arrivais pas à dormir.

— Moi non plus.

— Je sens qu'il est là, quelque part, en train de me surveiller.

— Tu devrais peut-être quitter la ville pendant quelque temps, lui suggéra Ethan.

Elle considéra cette éventualité et secoua résolument la tête.

— Pas question, déclara-t-elle. Si je reste ici, il cherchera sans doute à reprendre contact avec moi d'une façon ou d'une autre. Et, cette fois, nous le coincerons.

— Je n'aime pas trop l'idée que tu serves d'appât, objecta Ethan.

— Ce ne serait pas la première fois, répondit-elle. Je te rappelle que je suis policière. Je suis capable de me défendre.

— Je n'en ai jamais douté, lui assura-t-il. Mais cela ne m'a jamais empêché de m'inquiéter pour toi...

Elle le regarda tandis qu'il avalait une gorgée de lait.

— Tu ne t'es jamais demandé ce qui se serait passé si nous étions restés ensemble ? lui demanda-t-elle enfin.

— Non, répondit-il.

Addie ne put réprimer la déception qui l'envahissait.

— Jamais ? insista-t-elle.

— Je sais que nous n'avions aucune chance, lui dit-il gravement. À partir du moment où je t'ai menti et où je me suis servi de toi, notre relation était condamnée.

— Et si tu ne l'avais pas fait ?

— Il ne s'est pas passé une seule journée sans que je le regrette, lui dit-il. Et revenir à Charleston n'a fait qu'aggraver les choses…

— C'est étrange, lui dit-elle. Je t'en ai énormément voulu pendant tout ce temps. Mais je crois que si je t'en voulais autant, c'est surtout parce que je savais que notre relation avait été exceptionnelle…

— C'est vrai, concéda-t-il. Je n'ai jamais aimé quelqu'un comme je t'ai aimée.

— Moi non plus, lui avoua-t-elle. Et je pense qu'il est temps pour toi comme pour moi de nous laisser une seconde chance.

Ethan la considéra très longuement. Il devait savoir qu'elle ne renouvellerait pas son offre indéfiniment.

— Tu es sûre ? lui demanda-t-il gravement.

— Bien sûr que non, répondit-elle. Qui peut être sûr de ce genre de choses ? En revanche, il y a une chose dont je suis certaine : si nous ne saisissons pas cette chance maintenant, je le regretterai toute ma vie.

Elle s'approcha de lui et lui tendit la main. Ethan n'hésita qu'un instant avant de s'en saisir. Sans dire un mot, ils quittèrent la cuisine pour se diriger vers la chambre d'Addie.

12

Le lendemain matin, Ethan se réveilla à l'aube. Se redressant sur un coude, il contempla Addie qui était étendue à côté de lui, ses longs cheveux dorés répandus sur l'oreiller. Un léger sourire jouait sur ses lèvres, illuminant son beau visage.

Il admira ses douces épaules et son dos magnifique que dévoilait le drap qui la recouvrait chastement à partir des hanches. Les images de la nuit qu'ils venaient de passer ensemble envahirent alors son esprit, réveillant instantanément le désir qu'il avait d'elle.

Jamais personne ne lui avait inspiré une telle passion. Loin de l'atténuer, toutes ces années de séparation semblaient au contraire l'avoir exacerbée. L'intensité de ses réactions l'avait pris de court. Mais elle l'inquiétait aussi. Car il lui avait fallu de longs mois pour se remettre de leur rupture.

Or, il ne se faisait guère d'illusions : le fait qu'Addie ait cédé à une impulsion, la nuit précédente, ne signifiait pas qu'elle comptait recommencer. Et il ne pouvait se laisser aller à espérer que cette nuit déboucherait sur une relation suivie. Il avait parfaitement conscience du fait que c'était probablement la dernière fois qu'il l'avait tenue dans ses bras.

Il aurait pu rester là à la contempler durant des heures mais il jugea préférable de se lever. Il ne tenait pas à ce qu'en se réveillant à côté de lui elle se sente embarrassée par sa présence.

S'éclipsant discrètement, il récupéra ses vêtements et regagna la chambre d'amis où il prit une douche avant de se rhabiller. Il descendit alors à la cuisine et leur prépara du café.

Quelques minutes plus tard, il fut rejoint par Addie qui avait encore les cheveux humides de la douche qu'elle venait de prendre. Elle avait enfilé un jean et un T-shirt frappé du logo du club de tir qu'elle devait fréquenter.

Ethan lui tendit une tasse de café qu'elle accepta d'un hochement de tête.

— Tu es toujours partant pour aller rendre visite à Vivian DuPriest ? lui demanda-t-elle.

— Tu ne comptes pas l'appeler à l'avance pour fixer un rendez-vous ?

— Non. Je préfère ne pas lui laisser trop de temps pour réfléchir à ce qu'elle veut ou ne veut pas nous dire.

— Est-ce que tu sais où elle habite ?

— Oui. Ma grand-mère m'a montré sa maison, un jour. C'est l'une des plus anciennes de la ville. Les DuPriest vivent à Charleston depuis des générations. Autrefois, c'était de riches planteurs qui possédaient de vastes terres dans la région. Aujourd'hui, la plupart d'entre eux sont juges, médecins ou avocats.

— L'élite du vieux Sud, si je comprends bien.

— *La crème de la crème*, répondit Addie en français.

Ils terminèrent leurs tasses de café et sortirent de la maison.

— Je ferai changer les serrures cet après-midi, au cas où, déclara-t-elle en réactivant le système d'alarme. Mais je doute que ça arrête mon mystérieux visiteur s'il se met en tête de revenir.

Elle déverrouilla sa voiture, et tous deux prirent place à bord.

— Addie…, fit Ethan d'un ton légèrement hésitant.

Elle lui jeta un coup d'œil interrogatif.

— Tu ne veux pas parler de ce qui s'est passé hier soir ?

— Pas vraiment, répondit-elle. Je ne regrette absolument pas ce que nous avons fait. Mais je pense que nous ferions mieux de nous en tenir à des relations purement professionnelles. Je ne sais pas si je me sens vraiment prête à oublier ce qui s'est passé, il y a dix ans. Je sais que cela doit sembler un peu mesquin…

— Pas du tout, répondit-il. Tu ne sais pas si tu peux me faire confiance et tu cherches à te préserver. C'est parfaitement naturel.

— De toute façon, reprit Addie, je ne sais pas ce que nous pourrions attendre d'une telle relation. Tu habites en Virginie, et moi ici, à Charleston. Et je ne m'imagine vraiment pas quitter cette ville.

— Je ne te le demanderais jamais, lui assura Ethan. Mais nous n'en sommes pas encore là.

— Si nous sortons vraiment ensemble, la question se posera tôt ou tard. Même lorsque nous sortions ensemble, il y a dix ans, les choses sont rapidement devenues très sérieuses. Et avec tout ce qui s'est passé entre nous depuis, je n'imagine vraiment pas que nous puissions nous contenter d'une relation superficielle, toi et moi...

— Sans doute pas.

— Les choses sont déjà suffisamment compliquées pour le moment. Si nous ne nous concentrons pas sur notre enquête, nous risquons de nous laisser rapidement dépasser par la situation.

— Tu as probablement raison, acquiesça Ethan, bien décidé à respecter sa décision, quelle qu'elle pût être.

Il se sentait déjà soulagé qu'Addie n'ait pas totalement exclu l'éventualité d'une liaison future.

— Bien, conclut-elle en mettant le contact. Dans ce cas, au travail !

— Est-ce que nous pourrions faire un crochet par mon hôtel ? lui demanda Ethan. J'aimerais récupérer mes notes avant que nous interrogions Vivian DuPriest.

— Bien sûr, acquiesça-t-elle.

Tandis qu'ils se dirigeaient vers le Mills House Wyndham où était descendu Ethan, Addie ne pouvait s'empêcher de repenser à ce qu'elle venait de lui dire. Elle était convaincue que s'ils devaient vraiment sortir ensemble, ce serait pour de bon.

La nuit qu'ils venaient de passer ensemble avait confirmé s'il en était besoin que la complicité qui existait autrefois entre eux était bien intacte. Il aurait été très facile de reprendre le cours de leur relation, comme si rien ne s'était passé. L'idée de s'endormir chaque jour entre ses bras et de se réveiller à côté de lui paraissait terriblement exaltante.

Elle se prit à imaginer ce qu'aurait été leur vie. Ethan aurait demandé à être muté à Charleston. Ils se seraient installés ensemble chez elle, dans un premier temps, avant d'acheter ensemble une maison avec un grand jardin.

Ensuite, qui sait ? Peut-être auraient-ils décidé un jour d'avoir des enfants ? Ils n'en avaient jamais vraiment parlé mais elle était déjà convaincue qu'Ethan ferait un père formidable.

— Nous y voilà, déclara-t-elle en ralentissant pour se garer non loin de l'hôtel. Je vais aller nous chercher du café et des donuts au Cotton Café.

— Excellente idée. Je te rejoins là-bas.

Il parut hésiter un instant à l'embrasser mais se ravisa, songeant probablement à la discussion qu'ils venaient d'avoir. Au lieu de cela, il se contenta de lui décocher un sourire qui la fit fondre intérieurement. Elle le suivit pensivement des yeux tandis qu'il traversait la rue, se demandant quelle chance elle avait de résister à l'attraction qu'il exerçait sur elle.

En fin de compte, elle descendit à son tour de voiture et se dirigea vers le petit café où Ethan et elle avaient autrefois coutume d'aller prendre le petit déjeuner presque tous les week-ends. Cette fois-ci, elle prit garde d'observer les alentours. Elle ne tenait pas à se laisser surprendre comme la veille. À cette heure de la journée, la circulation était encore assez limitée et il n'y avait que peu de piétons dans les rues.

Au bout d'un moment, Addie s'arrêta, fit mine de refaire son lacet. Du coin de l'œil, elle crut distinguer une silhouette dans l'ombre d'un porche. Elle eut l'impression qu'elle se cachait mais c'était peut-être seulement l'effet de son imagination.

Elle ralentit encore en parvenant à proximité du Cotton Café et étudia discrètement la rue qui se reflétait dans la vitrine. Mais cette fois, elle n'aperçut rien de suspect. Poussant la porte, elle se dirigea vers le comptoir et commanda deux cafés glacés et les pâtisseries qu'Ethan et elle préféraient.

Elle alla ensuite s'asseoir à l'une des tables qui se trouvait près de la vitrine et lui permettait de surveiller à la fois l'extérieur et la porte du café. Elle eut alors la surprise d'apercevoir un visage familier. Elle n'avait jamais rencontré Gwen Holloway en personne mais avait vu plusieurs photos d'elle, illustrant les quatrièmes de couverture de ses livres et des articles qui lui avaient été consacrés.

Elle était plus impressionnante encore en personne : grande, vêtue d'un tailleur très strict, les cheveux tirés en arrière, elle respirait l'assurance et l'autorité. En la voyant, Addie comprit mieux le respect que lui témoignaient tous ceux qui l'avaient fréquentée – à commencer par son partenaire, Matt, qui l'avait eue comme professeur à l'académie de police.

Addie se demanda ce que Holloway pouvait bien lui vouloir. Elle était en effet convaincue que sa présence ici ne pouvait être un hasard. Elle l'avait suivie, probablement avertie de ses déplacements par les deux hommes qui se trouvaient en planque devant chez elle la veille au soir.

En arrivant devant le café, Gwen Holloway lui adressa un petit signe de la tête. Elle entra et alla commander un café au comptoir avant de la rejoindre à sa table.

— Inspectrice Kinsella, fit-elle en prenant place devant elle sans y avoir été invitée. Je suis Gwen Holloway. Cela ne vous ennuie pas si je me joins à vous ?

— Pas du tout, répondit Addie en se forçant à lui décocher son plus chaleureux sourire.

Elle était bien décidée à ne pas trahir la méfiance que lui inspirait son interlocutrice – particulièrement depuis qu'Ethan lui avait fait part du rôle pour le moins équivoque qu'elle avait joué, vingt-cinq ans auparavant.

— Comment m'avez-vous reconnue ? demanda Addie.

— Il y avait une photo de vous dans le dossier que l'on m'a transmis, expliqua Holloway. Vous faites partie des personnes qui ont tout particulièrement retenu mon attention.

— Vraiment ?

Holloway hocha la tête.

— Vous semblez être très populaire au sein de la police de Charleston. Des tas de gens m'ont chanté vos louanges. Et j'ai voulu m'assurer que cette réputation était bien fondée.

— Est-ce le cas ? demanda Addie.

— Votre partenaire et vous avez en effet un tableau de chasse impressionnant. Vous formez une équipe vraiment très efficace.

Je suis certaine que l'inspecteur Lepear vous regrettera beaucoup, au cours des prochaines semaines. Mais je pense que vous apprendrez beaucoup. Il se peut même que ce stage transforme totalement votre façon d'aborder les enquêtes. Mais je vous préviens : cette formation demande une implication totale de la part des participants.

— Vous n'avez pas à vous en faire à ce sujet, lui assura Addie. Je suis très motivée.

— Je n'en doute pas, acquiesça Gwen Holloway.

Elle considéra pensivement la rue, et Addie en profita pour l'observer à la dérobée. Elle essaya d'imaginer le couple qu'elle avait formé avec James Merrick, s'il fallait en croire Ethan. Elle n'avait aucun mal à croire qu'une femme aussi fière et dure que Gwen Holloway ait pu éprouver de la rancœur vis-à-vis d'un homme qui avait été son mentor et son amant avant de la repousser sur le plan affectif comme professionnel.

Addie avait toujours du mal à penser que cela puisse la conduire jusqu'au meurtre. En revanche, l'idée qu'elle ait pu faire passer Merrick pour le coupable ne lui paraissait pas aussi absurde. Un tel piège aurait constitué une vengeance particulièrement raffinée au sein de ce couple de profileurs vedettes.

— Je suis heureuse que nous ayons l'occasion de discuter, toutes les deux, déclara alors Holloway. Nous allons passer beaucoup de temps ensemble au cours des prochaines semaines, et je trouve toujours intéressant de faire connaissance à l'avance avec mes élèves, histoire de briser la glace...

— Comment avez-vous su où me trouver ? demanda Addie.

— J'étais venue à l'hôtel d'Ethan pour discuter avec lui et je vous ai vus arriver ensemble.

— Et vous m'avez suivie ?

— Oui. Je n'aurais pas dû ?

— Au contraire, vous avez bien fait. Cela fait longtemps que je voulais faire votre connaissance. Vous êtes une véritable célébrité dans les rangs de la police. Mais je ne suis pas sûre que vous soyez venue uniquement pour briser la glace, comme vous dites.

— Perspicace et franche, commenta Holloway en souriant. Je crois que nous allons bien nous entendre.

Addie se garda de tout commentaire. Cette conversation ne faisait en réalité que renforcer la méfiance que Gwen Holloway lui inspirait.

— Puisque vous aimez visiblement aller droit au but, je vais être parfaitement honnête avec vous : la présence d'Ethan à Charleston m'inquiète. Je ne suis pas du tout sûre que revenir ici soit une bonne idée.

— Pourquoi donc ?

— Je sais ce qui s'est passé entre vous, il y a dix ans de cela. Je sais qu'il vous a fait du mal. Vous êtes mieux placée que quiconque pour savoir à quel point il est obsédé par ce qu'a fait son père. En dépit de toutes les preuves accablantes de sa culpabilité, il s'entête à vouloir démontrer son innocence. Il vous a déjà entraînée dans cette quête insensée, et cela s'est très mal terminé pour vous deux.

— Je ne suis pas sûre de comprendre pourquoi vous vous sentez concernée par cette affaire, remarqua Addie. Si je comprends bien, Ethan est venu ici à titre personnel. Il n'utilise pas les ressources du FBI. Et de toute façon, vous ne travaillez plus pour cette organisation.

— C'est exact, acquiesça Holloway. Et je vous avoue que je me moque du fait qu'Ethan se présente ou non comme un membre du FBI en service. Je ne sais pas ce qu'il vous a dit à mon sujet mais nous nous connaissons depuis très longtemps, lui et moi.

— Il m'a dit que son père avait été votre mentor, acquiesça Addie. J'ai aussi lu vos livres et je sais que vous étiez très proche de lui.

— Exact. Et j'ai eu beaucoup de mal à admettre ce qui s'est passé, il y a vingt-cinq ans. Pour être tout à fait honnête envers vous, j'ai même failli ne jamais m'en remettre. Et je ne tiens pas à ce qu'il vous arrive avec le fils ce qui m'est arrivé avec le père.

Addie la considéra avec étonnement. À mots à peine voilés, Gwen Holloway venait de reconnaître sa liaison avec James Merrick.

— Au risque de vous étonner, ajouta Holloway, je suis restée très proche de la mère d'Ethan et de son nouvel époux. J'ai suivi l'évolution d'Ethan depuis son plus jeune âge. J'ai toujours été convaincue que c'était un enfant très spécial : intelligent, talentueux et volontaire. Je n'ai pas été surprise par le fait qu'il choisisse la même carrière que son père – ni par le fait qu'il réussisse aussi brillamment. Il pourrait être l'un de leurs meilleurs enquêteurs, aujourd'hui. Malheureusement, il ne se soucie pas de sa carrière.

Gwen Holloway marqua une pause mais Addie se garda d'intervenir, curieuse de savoir où elle voulait en venir.

— Il est obsédé par l'affaire du Tueur du crépuscule, reprit son interlocutrice. Et chaque jour qui passe, il me fait un peu plus penser à son père. Je commence à craindre qu'il ne succombe aux mêmes démons...

— Je doute fort que cela se produise, objecta Addie. Si j'ai bien compris, la folie de James Merrick résultait d'une série de circonstances : une jeunesse difficile, une vie professionnelle très stressante, un mariage défaillant, l'usage de stupéfiants... Ce n'est pas moi qui vais vous apprendre qu'Ethan possède un profil psychologique très différent.

— En êtes-vous si sûre ? objecta Holloway. Lorsque j'ai rencontré James, il m'a fait l'effet de quelqu'un d'aussi stable que vous et moi. Il y avait certes quelques signes qui m'inquiétaient mais je les attribuais au fait qu'il était brillant et anticonformiste. Il n'est pas devenu fou du jour au lendemain, vous savez. Il a lentement perdu pied. Son sens des réalités s'est trouvé progressivement altéré. Même à la fin, juste avant qu'il tue votre mère, je continuais à croire qu'il ne s'agissait que d'une forme de dépression. Ce n'est qu'après coup que je me suis rendu compte qu'il avait basculé, qu'il était devenu incapable de discerner le réel du fantasme, de faire la différence entre lui-même et le tueur qu'il poursuivait depuis des mois... Jusqu'à aujourd'hui, je me suis demandé si je n'aurais pas pu percevoir les signes avant-coureurs, anticiper cette tragédie et sauver ainsi la vie de votre mère...

— Encore une fois, je ne vois pas le rapport avec Ethan, insista Addie.

Une pointe d'agacement passa dans le regard de Gwen Holloway.

— Ethan fait montre de la même obsession malsaine que son père pour les enquêtes sur lesquelles il travaille – et tout particulièrement sur celle concernant le Tueur du crépuscule et son *copycat*. Cet excès de zèle le pousse souvent à ignorer les instructions et les recommandations de ses supérieurs.

— Je crois que vous vous trompez, déclara Addie. Ethan n'a vraiment rien d'une tête brûlée. Il est tenace, certes, mais il est très à l'écoute des avis des autres.

— Vous vous faites des illusions, objecta Gwen Holloway. Tout comme moi, autrefois…

— Vous me sous-estimez, rétorqua Addie sans se démonter. Je peux vous assurer qu'étant donné ce qui s'est passé, il y a dix ans de cela, je suis particulièrement vigilante. Et je vous assure qu'Ethan est parfaitement équilibré. Si je lui prête assistance, ce n'est pas parce que je suis séduite ou manipulée mais bien parce que je trouve que les pistes qu'il a mises au jour méritent d'être explorées. Si je devais acquérir la conviction qu'il s'agit d'impasses, je vous assure que je serais la première à le lui dire.

— C'est plus facile à dire qu'à faire, commenta Holloway.

— Peut-être. Mais j'ai un avantage sur vous : je n'ai rien à attendre d'Ethan. Il n'est pas mon supérieur hiérarchique. Nous ne travaillons pas ensemble. Et je ne m'attends pas qu'il quitte femme et enfant pour me suivre…

Cette fois, Addie ne put se méprendre sur l'expression qui passa dans le regard de Gwen Holloway : une colère glacée mêlée d'une haine farouche, aussi violente qu'incontrôlée. Elle disparut pourtant presque aussitôt, remplacée par une réprobation glaciale.

— Vous dépassez les bornes, inspectrice Kinsella, déclara-t-elle froidement.

— Si c'est le cas, je vous présente mes excuses, répondit calmement Addie. Mais je vous rappelle que c'est vous qui m'avez suivie jusqu'ici, qui m'avez abordée et qui avez lancé cette conversation. Vous m'avez encouragée à faire preuve de franchise, et c'est précisément ce que j'ai fait. Mes relations avec Ethan ne vous regardent pas, de même que ce que nous pouvons faire de notre temps libre, lui et moi. Je sais qu'en vous disant cela je risque peut-être de perdre ma place au sein de votre formation. Mais je refuse d'être manipulée. Et je ne vous aiderai pas à faire tomber Ethan si tel est votre objectif.

Addie se leva et prit le café d'Ethan et leurs pâtisseries.

— Dites aussi à vos agents de nous laisser tranquille. Très franchement, je commence à me demander pourquoi vous tenez tant à nous mettre des bâtons dans les roues. Auriez-vous peur que nous ne découvrions quelque chose d'embarrassant au sujet du rôle que vous avez joué dans l'affaire du Tueur du crépuscule ?

— Vous avez beaucoup à perdre en faisant de moi une ennemie, déclara Gwen Holloway.

— Ce n'est pas mon intention. Mais si vous cherchez la guerre, vous découvrirez que je ne suis pas du genre à me laisser faire. Maintenant, à moins que vous n'ayez changé d'avis à mon sujet, nous nous verrons demain matin pour le début du stage.

Sur ce, elle salua Gwen Holloway d'un hochement de tête et se dirigea vers la porte du café. Au moment où elle sortait, elle aperçut Ethan qui se trouvait sur le trottoir d'en face. Avisant son expression, elle comprit qu'il avait dû repérer Gwen Holloway à travers la vitrine.

— Que te voulait-elle ? lui demanda-t-il lorsqu'elle le rejoignit.

— Me convaincre de te laisser tomber, je pense, répondit-elle. Tu avais raison à son sujet. Cette femme est une manipulatrice. Et je suis désormais certaine qu'elle cache quelque chose. Toute la question est de savoir quoi...

13

En route vers chez Vivian DuPriest, Addie répéta à Ethan tout ce que Gwen Holloway lui avait dit. Il ne parut guère surpris d'apprendre que celle-ci avait été jusqu'à remettre en question sa santé mentale.

Quelques minutes plus tard, Addie se gara au croisement de Meeting et de Tradd Street, et tous deux s'engagèrent dans cette artère qui était l'une des plus anciennes de la ville. De chaque côté de la rue se dressaient de magnifiques demeures qui appartenaient aux plus grandes familles de Charleston.

La plupart étaient en bois, munies de balcons qui surplombaient de beaux jardins soigneusement entretenus. Il régnait dans ce quartier une impression de sérénité intemporelle, comme si rien ne venait jamais déranger la quiétude de ces augustes bâtisses.

L'air était chargé d'une multitude d'odeurs florales parmi lesquelles dominait celle des magnolias, rappelant à Addie pourquoi ils se trouvaient là. Ce quartier historique avait constitué le terrain de chasse favori d'Orson Lee Finch. La plupart de ses victimes en étaient originaires. La mère d'Addie, au contraire, venait d'un quartier nettement plus modeste.

— Nous ne devons plus être très loin, remarqua-t-elle.

— C'est celle-ci, je crois, lui indiqua Ethan en désignant une imposante maison de brique haute de deux étages.

Addie se rappela alors que le quartier lui était familier : ses grands-parents y avaient vécu, et il y était venu très souvent, étant enfant.

— Ida McFall n'exagérait pas en disant que les DuPriest avaient beaucoup d'argent, remarqua Ethan.

— C'est effectivement ce que m'a dit ma grand-mère qui était très fan, acquiesça Addie en posant la main sur la poignée du portail.

Elle eut la surprise de découvrir qu'il n'était pas fermé à clé. Il s'ouvrit avec un infime grincement.

— C'est un signe encourageant, déclara-t-elle. Vivian DuPriest acceptera peut-être de nous recevoir.

Une douce odeur de jasmin flottait dans le jardin qu'ils traversèrent pour gagner la porte d'entrée de la maison. Addie sonna, et ils attendirent en silence. Quelques instants plus tard, le battant s'ouvrit, révélant un jeune homme aux cheveux blonds qui devait être âgé d'une vingtaine d'années. Il portait un pantalon de toile beige et une chemise du même bleu que ses yeux.

Il parut légèrement déconcerté de les trouver sur le seuil et les considéra avec étonnement.

— Bonjour, le salua Addie. Nous aimerions voir Vivian DuPriest.

— Vous n'êtes pas les seuls, répondit le jeune homme d'un ton légèrement réprobateur. Et j'ai bien peur que vous ne vous soyez déplacés pour rien. Elle ne reçoit personne.

— Nous ne sommes pas de simples fans, remarqua Ethan en présentant son insigne. Je suis l'agent spécial Ethan Barrow, du FBI, et voici l'inspectrice Adaline Kinsella, de la police de Charleston. Le sujet qui nous amène est de la plus haute importance.

Le jeune homme examina leurs insignes tour à tour.

— Est-ce au sujet de la mort de sa nièce ? demanda-t-il enfin. Elle a déjà répondu aux questions de la police à ce sujet.

— Dites-lui juste que le fils de James Merrick et la fille de Sandra Kinsella demandent à la voir. Je pense que cela devrait l'intéresser.

— Le fils de James Merrick et la fille de Sandra Kinsella ? répéta le jeune homme.

Il était évident que ces noms ne lui disaient rien.

— Attendez ici, leur demanda-t-il avant de refermer la porte.

— Espérons que cela suffise à susciter son intérêt, murmura Addie.

— Et que personne ne l'ait menacée, ajouta Ethan. Si tel est le cas, elle hésitera probablement à nous recevoir.

Quelques instants plus tard, le jeune homme était de retour.

— Entrez, leur dit-il.

Ils pénétrèrent dans un vaste hall au sol recouvert de marbre et aux murs lambrissés. De là, ils suivirent un long couloir où étaient accrochés des portraits des différents membres de la famille DuPriest qui avaient dû se succéder dans cette maison.

L'endroit était magnifique mais Addie se prit à songer qu'il avait quelque chose de vaguement oppressant. Le jeune homme les guida jusqu'à une vaste véranda qui donnait sur l'arrière de la maison. Le jardin qui s'étendait au-delà était une véritable oasis ornée de plantes exotiques : hibiscus, gingembres et agatis soigneusement entretenus.

Vivian DuPriest était installée dans un profond fauteuil tendu de velours. Ses cheveux étaient teints en rouge vif, contrastant avec le kimono couleur turquoise qu'elle portait ce jour-là. Elle devait avoir une soixantaine d'années et avait un regard vif et acéré. Lorsqu'il se posa sur eux, Addie avisa la curiosité dévorante qui s'y lisait.

— Je vous remercie d'avoir accepté de nous recevoir, lui dit-elle.

— Je pouvais difficilement faire autrement en apprenant que le fils de James Merrick et la fille de Sandra Kinsella se trouvaient tous deux sur le pas de ma porte. La dernière fois que je vous ai vus tous les deux, vous n'étiez encore que des enfants mais regardez-vous : un agent du FBI et une inspectrice de police… J'imagine que cela ne devrait pas m'étonner, étant donné ce qui est arrivé à vos parents respectifs. Mais j'en oublie mes manières ! Puis-je vous offrir une tasse de thé ?

— C'est très gentil mais ce ne sera pas nécessaire, répondit Addie. Nous venons juste de prendre notre petit déjeuner.

— Asseyez-vous, leur proposa-t-elle en désignant les sièges qui se trouvaient en face du sien.

Ils s'exécutèrent, et Vivian DuPriest observa attentivement Ethan par-dessus sa tasse de thé.

— Vous ressemblez à James, déclara-t-elle. Vous avez le même sourire très doux et le même regard décidé. Il me semble aussi percevoir une facette plus sombre, comme chez lui. C'était un homme brillant, vous savez...

— Est-ce que vous le connaissiez bien ? s'enquit Ethan.

— Assez bien, acquiesça Vivian DuPriest. J'ai eu la chance d'être la seule journaliste autorisée à interviewer le grand James Merrick. Nous nous sommes plutôt bien entendus. Je respectais les limites qu'il me fixait, et il appréciait ma discrétion. Nous étions également tous deux très fans de bon whisky. Je ne sors quasiment plus, aujourd'hui. Mais au fil des années, je suis allée lui rendre visite régulièrement à l'hôpital.

— Je l'ignorais, répondit Ethan.

— Cela semble vous étonner.

— Effectivement. Jusque très récemment, je pensais être son seul visiteur.

Vivian DuPriest secoua doucement la tête.

— Cela m'étonnerait beaucoup, déclara-t-elle. James avait beaucoup d'amis et de très nombreux admirateurs. Il est encore considéré comme l'un des meilleurs profileurs de tous les temps.

— Est-ce qu'il vous parlait, lorsque vous alliez le voir ?

— Non. Mais je suis sûre qu'il me reconnaissait.

Addie observa Ethan et constata qu'il était légèrement penché en avant, les yeux rivés sur le visage de Vivian DuPriest comme s'il était suspendu à ses lèvres, buvant chacune de ses paroles. Elle était convaincue que cet intérêt, si flatteur fût-il pour la vieille dame, n'était pas feint. Il voulait réellement en savoir plus au sujet de son père.

Elle se sentit touchée par la détresse que trahissait la question qu'il venait de poser. Elle s'était souvent demandé ce qu'il avait pu éprouver, étant enfant. Que ressentait-on lorsqu'on était le fils d'un homme accusé d'un crime aussi terrible ? D'un homme qui avait sombré dans la démence ?

Au fond, il était peut-être plus facile pour elle d'accepter la disparition de sa mère. Sandra était une victime innocente, après tout, que la mort avait en quelque sorte rédimée.

Se tournant vers Vivian DuPriest, Addie s'efforça de la percer à jour. Héritière d'une vieille famille du Sud, riche excentrique, journaliste d'investigation talentueuse, auteur à succès... Elle était tout cela à la fois mais plus encore. C'était indéniablement une personnalité riche et complexe, particulièrement difficile à cerner.

— La plupart du temps, James demeurait immobile devant la fenêtre et c'est moi qui faisais la conversation. Dieu seul sait ce qu'il pouvait bien regarder de cette façon. On ne peut pas dire que la vue que l'on a de sa chambre soit extraordinaire. Je me demandais souvent à quoi il pouvait bien penser. Je suis convaincue en tout cas qu'il était conscient de ma présence et même qu'il entendait ce que je lui disais.

— Quand l'avez-vous vu pour la dernière fois ?

— Cela fait quelques années. Je ne saurais vous dire combien, exactement. Il s'est passé tellement de choses depuis...

Elle leur décocha un sourire presque coquet.

— Je sais que ça pourra vous sembler étrange mais je ne voudrais pas qu'il me voie dans cet état. Lorsque nous nous connaissions, j'étais forte et pleine de ressource, et c'était quelque chose qu'il admirait chez moi.

Ethan hocha la tête.

— Je l'admirais aussi, poursuivit-elle. C'était un homme complexe et fascinant. Un homme très séduisant aussi, lorsqu'il s'en donnait la peine. Je suis désolée que nous ne soyons plus que l'ombre de nous-mêmes, lui et moi...

Elle jeta pensivement un coup d'œil en direction de son beau jardin. Un superbe papillon noir et jaune butinait les fleurs d'hibiscus, et elle le contempla durant quelques instants avant de reprendre la parole.

— Je me suis toujours interrogée sur sa dépression, leur dit-elle. Je m'étais toujours targuée d'être quelqu'un de très perspicace. C'est ce qui faisait de moi une bonne journaliste. Or, je n'ai pas su anticiper la maladie de James. Je n'ai perçu aucun signe avant-coureur. Je ne suis pas psychiatre, bien sûr, mais ça m'a tout de même paru un peu étrange...

— Pourtant, ma mère m'a dit qu'il voyait un psychothérapeute depuis quelque temps déjà. Il souffrait de violents maux de tête et avait des moments d'absence. Je crois qu'il a même consulté un neurologue à ce sujet.

— Tu ne m'en avais jamais parlé, remarqua Addie.

— Je ne l'ai appris que très récemment. Mais cela ne change pas grand-chose.

— Je ne suis pas d'accord, objecta-t-elle. Mais nous pourrons en reparler plus tard...

— Ne vous embarrassez pas pour moi, leur dit Vivian DuPriest. À vrai dire, je serais curieuse de savoir ce qui a bien pu vous pousser à venir me voir – tout particulièrement ensemble.

— Nous voulions vous parler de votre nièce, Naomi Quinlan, répondit Addie.

Vivian DuPriest les considéra avec une pointe d'étonnement.

— J'ai dit tout ce que je savais à la police, remarqua-t-elle. Je ne vois pas ce que je pourrais bien vous apprendre de plus à ce sujet...

— L'inspecteur Yates est venu vous voir ?

— Je ne connais pas cet inspecteur Yates, répondit-elle. C'est David Cutler qui est venu m'interroger.

— Mon oncle vous a interrogée ? s'étonna Addie.

— Interrogée est peut-être excessif, répondit Vivian DuPriest. Il s'agissait plutôt d'une visite de courtoisie. Cela semble vous étonner, inspectrice, mais Charleston est une petite ville : tout le monde se connaît ici. Le commissaire Cutler et moi nous fréquentons depuis des années. Il est parfaitement naturel qu'il soit venu en personne au lieu d'envoyer l'un de ses hommes.

La façon dont elle avait prononcé ces mots éveilla la curiosité d'Addie. Curieusement, l'ancienne journaliste paraissait presque sur la défensive – comme si elle avait besoin de justifier cette entrevue avec son oncle.

— Vous dites que mon oncle et vous vous fréquentez depuis longtemps, remarqua-t-elle. Est-ce que vous le connaissiez déjà à l'époque du Tueur du crépuscule ?

— Et même avant cela, acquiesça Vivian. J'ai rencontré David Cutler alors qu'il n'était même pas encore inspecteur. C'était un homme charmant et plein d'ambition.

Vivian DuPriest avala une nouvelle gorgée de thé avant de reposer sa tasse.

— Quoi qu'il en soit, David m'a assuré que la mort de Naomi était un tragique accident. Vous comprenez dès lors que je sois un peu étonnée que vous souhaitiez m'interroger à ce sujet. À moins que l'on ait retrouvé le chauffard qui a fait cela, bien sûr...

— Malheureusement, non, répondit Addie. Mais Ethan et moi avons des raisons de penser que cet accident n'en était peut-être pas un.

Vivian DuPriest la considéra avec un mélange d'étonnement et d'intérêt.

— La voisine de Naomi nous a dit que votre nièce et vous étiez en froid.

— J'imagine que vous voulez parler de cette vieille commère d'Ida McFall ? Que vous a-t-elle encore raconté ?

— Que vous vous connaissiez depuis très longtemps.

— C'est exact. J'imagine qu'elle vous a parlé de sa correspondance avec Orson Lee Finch ?

— C'est exact. Elle nous a expliqué que Naomi s'en servait pour écrire un livre au sujet du Tueur du crépuscule.

— C'est vrai. Mais elle se servait aussi d'une documentation très complète que j'avais rassemblée à ce sujet et qu'elle m'a dérobée. Je l'ai prise la main dans le sac et je l'ai renvoyée.

— En quoi consistait cette documentation, exactement ?

— Il y avait toutes sortes de choses : des articles de presse, des interviews, des copies de dossiers de la police – je sais que je ne devrais pas vous dire cela mais de toute façon je ne les ai plus. Elle m'a même volé le premier jet du livre que je comptais écrire sur le sujet. Elle voulait l'adapter un peu et faire croire qu'elle en était l'auteur.

Vivian DuPriest secoua la tête d'un air désolé.

— Après tout ce que j'avais fait pour elle... Je lui ai donné un emploi, je lui ai prêté une maison... Je lui faisais confiance, et voilà comment elle a jugé bon de me récompenser.

— Comment aviez-vous obtenu ces rapports de police ? demanda Addie.

— Vous vous doutez bien que je ne trahirai pas mes sources, répondit Vivian DuPriest. Mais à une certaine époque, je connaissais énormément de gens dans divers services, qu'il s'agisse de policiers, de médecins ou de pompiers... J'avais souvent accès aux rapports d'autopsie en même temps que vos collègues. Mais je vous assure que je n'ai jamais utilisé ces informations au risque de compromettre une enquête en cours.

— Est-ce vous qui étiez chargée de chroniquer les meurtres du Tueur du crépuscule ?

— Oui.

— Et celui de ma mère ?

— Également. Je suivais tous les dossiers sensibles, à cette époque – particulièrement les meurtres. Celui de votre mère nous a à tous fait un choc. Nous pensions que cette histoire était terminée, que le calme allait pouvoir revenir après l'arrestation d'Orson Lee Finch. Et puis, brusquement, le Tueur du crépuscule semblait être de retour... L'enquête a été très rapide, et James a été arrêté quelques jours après. J'avoue que cela m'a secouée. Je vous l'ai dit : c'était quelqu'un que j'appréciais et que je respectais beaucoup, et je n'arrivais pas à me faire à l'idée qu'il ait pu commettre un tel crime.

— Est-ce que vous avez eu accès au rapport d'autopsie de ma mère ? demanda Addie.

— Non. C'est assez surprenant, d'ailleurs. D'ordinaire, c'est le genre de choses que mes contacts me fournissaient sans même qu'il me soit besoin de demander. Mais cette fois-ci je n'ai rien reçu. Et lorsque j'ai posé la question, on m'a dit que l'enquête était trop sensible. Mes sources paraissaient presque effrayées...

— Pour quelle raison, à votre avis ?

— Je ne sais pas. J'imagine qu'on leur avait fait comprendre que toute indiscrétion pourrait leur coûter leur poste. Quoi qu'il en soit, je n'ai jamais pu voir ce rapport. En revanche, on m'a transmis certaines informations à son sujet...

Elle laissa sa phrase en suspens, et Addie comprit qu'elle voulait s'assurer de ne pas mettre les pieds dans le plat.

— Quelqu'un vous a dit qu'elle était enceinte, n'est-ce pas ?

— Oui, acquiesça Vivian DuPriest. Ce n'était qu'une rumeur. Plusieurs personnes m'en ont fait part mais aucune d'entre elles n'a accepté de témoigner officiellement. Je n'ai jamais compris ce que ce détail pouvait bien avoir de si sensible. Je ne comprends pas non plus pourquoi toute l'affaire a été traitée de façon aussi confidentielle...

— Vous devez avoir une théorie, intervint Ethan.

Vivian DuPriest lui jeta un coup d'œil et hocha la tête d'un air légèrement hésitant.

— Bien sûr, lui dit-elle. Je n'ai jamais pensé que James avait commis ce meurtre. Qu'il ait été en proie à la dépression ou non, ce n'était pas un homme violent. Encore aujourd'hui, je suis persuadée que le véritable meurtrier était le père de cet enfant.

Addie sentit les battements de son cœur s'emballer. Elle ne pouvait s'empêcher de repenser à la photographie que l'intrus avait déposée chez elle.

— En avez-vous parlé à quelqu'un ? demanda Ethan.

— À Naomi, bien sûr, avant qu'elle trahisse ma confiance. À quelques amis, aussi. Mais je vous l'ai dit : Charleston est une petite ville, et je suis persuadée que l'assassin l'a appris d'une façon ou d'une autre. C'est pour cela que je me suis fait attaquer. On cherchait à me faire taire. Et ça a fonctionné : j'ai mis un an à pouvoir remarcher. Je ne pouvais même pas me laver toute seule. Ce fut une expérience profondément humiliante.

— Et vous ne savez pas qui vous a attaquée ?

— Non. Celui qui a fait ça m'a frappée à la tête, et j'ai perdu conscience. Ensuite, il s'est acharné sur moi, probablement avec une batte de base-ball ou une barre à mine. Tout comme le meurtre de votre mère, l'enquête qui a suivi s'est déroulée dans le plus grand secret. J'ai compris que quelqu'un de puissant était impliqué. Un responsable de la police, du FBI ou du parquet, je ne sais pas. Et personne n'a vraiment cherché à m'aider : tout le monde préférait oublier cette histoire.

— Ce que vous dites conforte nos propres déductions, déclara Ethan. Nous savons qu'un troisième échantillon d'ADN a été retrouvé sur les lieux du crime et nous pensons qu'il pourrait appartenir au tueur. Cette personne n'a jamais pu être identifiée. Mais deux semaines avant de mourir, votre nièce m'a contacté pour me signaler qu'elle avait trouvé une correspondance au sein d'une base de données généalogique. Elle ne m'a pas dit qui était cette personne mais m'a proposé que nous nous rencontrions à Charleston. Malheureusement, elle est morte juste après.

— Comme par hasard..., murmura Vivian DuPriest.

— Est-ce que par hasard, elle vous aurait parlé de sa découverte ? demanda Ethan.

— Pas directement. Mais elle est venue me voir peu de temps avant son accident. Elle m'a dit qu'elle avait découvert quelque chose au sujet de l'affaire Merrick. Elle a laissé entendre que cela mettait en cause quelqu'un d'influent et que ça la rendait nerveuse. Elle m'a aussi confié un document qu'elle m'a demandé de vous remettre s'il lui arrivait quelque chose...

— Alors vous m'attendiez ? lui demanda Ethan, surpris.

Vivian DuPriest hocha la tête.

— Pourquoi ne l'avez-vous pas dit directement ?

— Parce que je ne savais pas si je pouvais vous faire confiance, répondit-elle posément.

— Je comprends, acquiesça-t-il.

Vivian ouvrit le livre qui était posé devant elle et en sortit une feuille pliée en quatre.

— Il s'agit de la fiche d'un homme appelé Daniel Roby qui a fait une recherche d'ascendants, il y a quelques mois de cela. Inutile de vous dire qu'après la mort de Naomi j'ai effectué des recherches à son sujet. Malheureusement, mon réseau d'informateurs n'est plus ce qu'il était, et je n'ai rien pu trouver d'intéressant. Vous aurez peut-être plus de chance que moi.

— Est-ce que vous avez parlé de ce document à David Cutler ? demanda Ethan.

Vivian DuPriest secoua la tête.

— Je vous l'ai dit, je ne fais plus confiance à personne. J'ai dit à David ce qu'il voulait entendre : que Naomi et moi n'avions quasiment plus aucun contact et que je n'avais strictement aucune idée de ce sur quoi elle pouvait bien travailler...

14

— C'était une visite intéressante, déclara Addie pendant qu'Ethan et elle retournaient à leur voiture. Nous avons maintenant un nom et une adresse. Daniel Roby... Cela ne me dit strictement rien, en revanche.

— À moi non plus. Mais cela n'a rien d'étonnant. Si ce Roby recherchait ses parents biologiques, c'est probablement qu'il a été adopté. Espérons que l'adresse qu'il a donnée soit encore d'actualité.

— Elle est située à Charleston, remarqua Addie. Nous pourrions nous y rendre tout de suite.

— Je ne suis pas sûr que ce soit la meilleure façon de procéder, objecta Ethan. En débarquant chez lui sans savoir qui il est et quel est son rôle dans cette histoire, nous risquons de l'effrayer.

— Comment comptes-tu t'y prendre, alors ?

— Je vais consulter les bases de données du FBI pour voir si je trouve quelque chose au sujet de ce Roby. Si ce n'est pas le cas, je n'aurai d'autre choix que de procéder à l'ancienne : je me mettrai en planque devant chez lui, je surveillerai ses allées et venues, je trouverai où il travaille, qui il fréquente... Et j'essayerai de trouver quel peut être le lien entre cet homme et notre affaire.

— Tu crois que ça prendra longtemps ?

— Aucune idée. Quelques jours, sans doute...

— Mais ma formation commence demain, lui rappela Addie. Et je ne sais pas si j'aurai beaucoup de temps libre.

— C'est vrai, acquiesça Ethan. Mais je peux m'en charger :

j'ai encore une semaine de vacances. Je te préviendrai dès que j'en saurai un peu plus.

— En tout cas, nous savons déjà que ce type ne peut pas être l'assassin de ma mère. D'après les renseignements qui figurent sur sa fiche, il n'a que trente-neuf ans.

— C'est vrai, reconnut Ethan. En revanche, il pourrait très bien s'agir de l'homme qui te harcèle depuis quelques jours.

Addie hocha la tête. Cette idée lui avait effectivement traversé l'esprit.

— Nous devrions aller jeter un coup d'œil dès maintenant, déclara-t-elle. L'adresse qui figure sur la fiche est située dans Westside. Ce n'est pas très loin.

— D'accord, acquiesça Ethan. Allons-y.

De retour à sa voiture, Addie sortit son téléphone portable de la boîte à gant et remit la batterie qu'elle avait pris soin d'enlever sur les conseils d'Ethan. Elle constata alors que Helen avait cherché à la joindre à trois reprises. La dernière fois, elle lui avait laissé un SMS.

David a eu une attaque et a été admis à l'hôpital universitaire ce matin. Rejoins-moi là-bas dès que possible.

— Que se passe-t-il ? demanda Ethan auquel le désarroi d'Addie n'avait pas échappé.

Elle lui tendit son téléphone.

— Je suis désolé, lui dit-il.

— Je vais devoir aller à l'hôpital, déclara Addie.

— Bien sûr.

— Tu es garé à ton hôtel ?

— Oui. Je peux très bien y retourner à pied.

— Tu es sûr ?

— Certain. Ne t'en fais pas pour moi. Je commencerai la surveillance de ce Roby et je t'appellerai si je découvre quoi que ce soit d'intéressant. De ton côté, n'hésite pas à m'appeler dès que tu auras des nouvelles de ton oncle, d'accord ?

Elle hocha la tête.

— J'ai bien trouvé qu'il avait l'air fatigué lorsque je l'ai vu, hier. Mais je ne m'attendais pas à ça...

— Ne t'en fais pas, s'efforça-t-il de la rassurer. David Cutler est quelqu'un de solide. Et de têtu. Je suis sûr qu'il s'en sortira.

— Je l'espère, acquiesça-t-elle.

Il se pencha vers elle pour déposer un chaste baiser sur sa joue.

— Fais bien attention à toi, d'accord ? lui dit-il. Rappelle-toi que le type qui t'a harcelée est toujours en liberté.

Elle hocha la tête, et il descendit de voiture. Addie le suivit des yeux tandis qu'il s'éloignait à grands pas. Elle se demanda alors si elle n'aurait pas mieux fait de lui parler des doutes qui la rongeaient depuis qu'elle avait trouvé la photo sur sa coiffeuse et que le témoignage de Vivian DuPriest avait encore avivés.

Elle aurait préféré s'entretenir d'abord avec son oncle, mais l'attaque dont il venait d'être victime risquait de compromettre ses chances d'avoir une telle conversation.

Réprimant ces pensées, elle composa le numéro de Helen mais tomba aussitôt sur sa messagerie. Cela n'avait rien d'étonnant : même si sa tante n'avait pas de nouveau égaré son portable, elle avait dû l'éteindre.

Addie se rendit donc directement au MUSC, l'hôpital universitaire de Charleston. Là, elle fut orientée vers une salle d'attente où elle retrouva Helen. Sa tante avait les traits tirés et les yeux rougis.

— Comment va-t-il ? lui demanda aussitôt Addie.

— Ils sont encore en train de lui faire passer des tests, répondit Helen. Mais les premiers résultats étaient plutôt encourageants. Le médecin ne pense pas qu'il s'agissait d'un problème cardiaque, en fin de compte. C'est probablement lié au stress.

— Cela ne ressemble pas à David, remarqua Addie.

— Je crois que c'est l'accumulation. Il ne se ménage pas et refuse de reconnaître qu'il ne récupère plus aussi bien que lorsqu'il avait vingt ans. Je n'ai pas su me montrer assez ferme mais cette fois j'ai retenu la leçon. Il n'est pas question que je le perde !

— Cela n'arrivera pas, lui assura Addie. À vrai dire, s'il s'agit vraiment une crise liée au stress et à la fatigue, c'est peut-être une bonne chose. David acceptera peut-être enfin de lever un peu le pied.

— Je l'espère, soupira Helen. Mais il va probablement falloir que tu m'aides à l'en convaincre.

— Tu peux compter sur moi, répondit Addie.

Une fois de plus, ses doutes refirent surface. La crise de David était-elle uniquement liée à son travail ? Ou bien avait-elle été causée par le retour d'Ethan et l'enquête que tous deux étaient en train de mener ?

— Quelque chose ne va pas ? lui demanda alors Helen.

Addie se força à lui sourire.

— Si, répondit-elle. Je crois que je suis juste un peu fatiguée…

Sa tante l'observa avec attention.

— Toi, tu me caches quelque chose, déclara-t-elle.

— C'est vrai, reconnut Addie, sachant que sa tante la connaissait suffisamment pour percer à jour ses dénégations. Quelqu'un s'est introduit chez moi, cette nuit.

— Un cambrioleur ? s'exclama Helen, stupéfaite.

— Plutôt un cinglé, répondit Addie. Je l'avais déjà vu à deux reprises : une fois dans mon jardin et une fois en ville. J'ai l'impression que ce type fait une fixation sur l'affaire du Tueur du crépuscule.

— Est-ce que tu as appelé la police ?

— Je te rappelle que je suis de la police.

— Tu vois très bien ce que je veux dire : est-ce que tu as déposé plainte contre lui ?

— Pas encore, répondit Addie. J'ai été trop occupée, ces derniers jours. Au fait, ajouta-t-elle, je voulais te demander quelque chose.

— Je t'écoute.

— L'autre jour, tu m'as dit que tu avais perdu ton téléphone. Est-ce que tu l'as retrouvé ?

— C'est la femme de ménage qui l'a retrouvé. Il était tombé sous mon bureau.

— Se pourrait-il que quelqu'un te l'ait emprunté avant de le placer là ? Un de tes patients, par exemple.

Helen la considéra avec étonnement.

— Pourquoi quelqu'un aurait-il fait une chose pareille ?

— Pour obtenir des informations me concernant, répondit Addie. Nous nous sommes envoyé pas mal de SMS avant mes vacances. Je t'ai indiqué le code de mon système d'alarme et l'endroit où je cachais ma clé de rechange. Or, l'homme qui est entré chez moi a réussi à désactiver l'alarme et à ouvrir la porte sans la forcer.

— Tu commences à me faire peur, lui dit sa tante. Si ce que tu penses est exact, cela signifie qu'il s'agit de l'un de mes patients.

— Aucun d'entre eux ne t'a jamais parlé de moi ? Ou de la mort de ma mère ? Ou du Tueur du crépuscule ?

Helen secoua la tête.

— Est-ce que tu sais à quoi ressemblait cet homme ? lui demanda-t-elle.

— Il portait une cagoule qui dissimulait son visage.

— Je crois que tu devrais éviter d'en parler à David, déclara Helen.

— Bien sûr, répondit Addie.

Elle ravalerait ses questions le temps que son oncle soit rétabli. Mais ensuite, elle irait le trouver et exigerait des réponses.

Même si ses soupçons s'avéraient infondés, ce qu'elle espérait de tout son cœur, il saurait au moins lui dire qui avait insisté pour que l'enquête concernant la mort de sa mère soit nimbée d'un tel secret.

Car elle était désormais convaincue que cet homme était le père du bébé que portait Sandra au moment où elle avait été tuée.

Addie passa la majeure partie de la journée à l'hôpital, ne s'absentant que pour superviser le changement de ses serrures. Par acquit de conscience, elle modifia une fois de plus le code du système d'alarme.

Lorsqu'elle revint à l'hôpital, David était remonté dans sa chambre où il s'était endormi. Lorsqu'il s'éveilla enfin, il ne prononça quasiment pas un mot. Il semblait totalement accablé.

Ethan était quant à lui toujours en planque devant la maison de Daniel Roby et lui envoyait régulièrement des textos. Apparemment, personne n'était entré ou sorti depuis qu'il était arrivé, et il était convaincu que leur suspect ne se trouvait pas chez lui.

Comment ça se passe à l'hôpital ?

Bien. David somnole et Helen lit. Je ne vais sans doute pas

tarder à partir d'ici. Je déteste les hôpitaux. Je préférerais encore être en planque.

Préviens-moi avant de partir.

D'accord.

Je te laisse. Une voiture vient d'arriver. Je vais aller jeter un coup d'œil.

Sois prudent. À toute.

— À qui est-ce que tu écris ? lui demanda Helen.

— À un ami, répondit évasivement Addie.

Le regard que sa tante lui lança indiquait clairement qu'une fois de plus elle la soupçonnait de lui cacher quelque chose.

— Un petit ami, peut-être ? lui demanda-t-elle.

— Je n'en ai pas, en ce moment.

Après tout, ce n'était pas complètement faux.

— Tu devrais rentrer chez toi, Addie, lui conseilla alors son oncle. C'est demain que commence ton stage, et la journée sera longue. Helen, toi aussi, tu devrais rentrer. Je vous assure que je vais beaucoup mieux. Je n'ai pas besoin de baby-sitters.

— Il n'est pas question que je quitte cette chambre tant que les aides-soignantes ne me jetteront pas dehors, décréta Helen.

— Tu as toujours été là pour moi, murmura David en lui jetant un regard étrange.

Il exprimait un mélange de lassitude, de tendresse et de quelque chose qui ressemblait beaucoup à de l'inquiétude.

— J'ai vraiment cru que j'allais mourir, ce matin, reprit-il. Et j'ai pris conscience qu'il y avait des tas de choses que je devais vous dire à toutes les deux.

— Cela peut attendre que tu sois complètement rétabli, lui dit Helen.

— Helen...

— S'il plaît, David, pas maintenant, lui ordonna-t-elle. Tu dois te reposer. Et puis, tu vas finir par inquiéter Addie à parler de la mort comme cela.

— Addie ? murmura David qui semblait avoir momentanément oublié sa présence.

— Je suis là, répondit-elle en se rapprochant de son lit.

— Ta mère t'aimait énormément, lui dit-il. Je voulais que tu le saches…

Cette remarque parfaitement inattendue ajouta encore au trouble d'Addie.

— David, intervint de nouveau Helen d'une voix plus pressante encore. Ne te mets pas dans tous tes états. Le médecin a dit que tu devais rester calme. Addie, ajouta-t-elle, est-ce que tu peux nous laisser seuls un moment ?

Addie acquiesça à contrecœur. Elle aurait bien voulu savoir ce que David voulait lui dire. Cherchait-il à soulager sa conscience après toutes ces années ?

Elle se dirigea vers la porte tandis que Helen venait s'asseoir au bord du lit de son oncle et se penchait vers lui pour lui chuchoter quelque chose. Ce dernier ne répondit pas mais, lorsque Addie se retourna pour fermer la porte derrière lui, elle croisa son regard brouillé de larmes.

Troublée, elle se dirigea vers la salle d'attente. Mais son téléphone portable se mit alors à vibrer dans la poche de son jean.

— Ethan ? fit-elle en décrochant. Que se passe-t-il ?

— Je viens de t'envoyer une photo de Daniel Roby, lui dit-il. En tout cas, je pense que c'est lui. Il est arrivé chez lui, il y a une heure de cela, et vient de ressortir. Je vais essayer de jeter un coup d'œil à l'intérieur.

— Je ne pense pas que ce soit une bonne idée, protesta-t-elle vivement. Tu te souviens de ce que nous avons décidé : il nous faut plus d'informations avant de passer à l'action. Sinon, il risque de prendre peur et de s'enfuir.

— Il ne se rendra compte de rien, lui assura Ethan. Je n'ai pas l'intention de fracturer sa porte.

— Attends au moins que je te rejoigne. Je peux être là d'ici dix minutes. Tu ne devrais pas entrer sans que quelqu'un te couvre. C'est ce que tu me dirais si tu étais à ma place.

— Probablement, concéda Ethan. Et tu n'en tiendrais sûrement aucun compte. Ne t'en fais pas pour moi, Addie, je ferai attention. Est-ce que tu as bien reçu la photo ?

Elle raccrocha et jeta un coup d'œil à sa messagerie et constata qu'elle avait effectivement reçu un SMS auquel était jointe l'image d'un homme aux cheveux blonds qui portait une casquette de base-ball. Elle était convaincue de ne l'avoir jamais vu auparavant, et pourtant quelque chose dans son visage lui paraissait étonnamment familier.

Son téléphone se remit alors à vibrer.

— C'est encore moi, lui dit Ethan. Je suis entré. Il faut vraiment que tu voies cet endroit ! Tu n'en croiras pas tes yeux. Ce type doit être obsédé par l'affaire du Tueur du crépuscule. Mais pas comme Naomi. C'est beaucoup plus malsain. Les murs sont tapissés de clichés des scènes de crime et des autopsies. Il y a aussi des photos de Naomi et de toi, et de vos maisons respectives.

— Tu crois que c'est lui qui a tué Naomi ?

— Je ne sais pas. Mais il est évident qu'il vous a observées pendant très longtemps, toutes les deux... Ça alors ! Je sais qui est ce type. Tu ne vas jamais le croire...

Ethan s'interrompit. Addie entendit une voix en arrière-plan. Puis la communication fut brusquement coupée.

— Ethan ? appela-t-elle par acquit de conscience.

— Ethan ? fit la voix de Helen.

Addie se retourna et constata que sa tante se trouvait juste derrière elle, dans le couloir menant à la chambre de David.

— Est-ce à Ethan Barrow que tu parles ? demanda-t-elle. David m'a dit qu'il était revenu en ville...

— Il faut que j'y aille, Helen, déclara Addie. Je crois qu'il a des problèmes...

— Oui, bien sûr, répondit sa tante. Ne t'en fais pas, je m'occupe de tout ici.

15

Addie se gara à quelques numéros de la maison où vivait Daniel Roby. Elle ne connaissait pas la marque et le modèle du véhicule qu'avait loué Ethan, et ne pouvait donc savoir s'il était garé à proximité.

Après avoir coupé le contact, elle se força à rester immobile pour observer les alentours. Les maisons du voisinage étaient pour la plupart assez petites. La plupart d'entre elles étaient bâties de plain-pied et avaient connu des jours meilleurs. Addie savait que ce quartier était très prisé des étudiants qui fréquentaient la faculté de médecine située non loin de là.

Elle avait tenté de joindre Ethan cinq ou six fois depuis qu'elle avait quitté l'hôpital mais en vain. Et elle était convaincue que quelque chose lui était arrivé. Ne voyant rien de suspect, elle descendit de voiture et sortit son arme. Tandis qu'elle progressait sur le trottoir, elle s'assura qu'elle n'était pas suivie.

Elle avait envoyé l'adresse de Roby à Matt en lui demandant de la rejoindre au plus vite. La prudence lui dictait d'attendre son partenaire mais l'idée qu'Ethan puisse être en danger la poussait à passer immédiatement à l'action.

Elle commença par faire le tour de la maison de Roby et constata que la porte qui donnait sur l'arrière était entrouverte. Arme au poing, elle monta les marches qui y menaient et jeta un coup d'œil à travers l'interstice. La porte donnait sur une cuisine déserte.

Addie entra et progressa sur la pointe des pieds jusqu'à la porte suivante qui desservait le salon. Après s'être assurée que personne ne s'y trouvait, elle entra et découvrit la scène que lui avait décrite Ethan au téléphone.

La pièce était quasiment vide. Il n'y avait qu'un canapé et une table basse recouverte de cadavres de bouteilles. Les murs étaient couverts du sol au plafond d'agrandissements de photographies représentant toutes les victimes du Tueur du crépuscule. Certains clichés avaient été pris sur les scènes de crimes. D'autres, beaucoup plus dérangeants, étaient visiblement tirés des rapports d'autopsie.

L'un des murs était entièrement consacré à Addie. Il y avait toutes sortes de clichés d'elle : aussi bien des photos de famille que des extraits de magazines qui lui avaient consacré des articles, des images de documentaires dans lesquels elle apparaissait ou des photos d'elle prises au téléobjectif.

Elle se vit dans le parc où elle avait coutume d'aller se promener, près de la maison de son oncle et de sa tante, devant le commissariat, en train de parler avec des collègues, ou devant le cinéma où elle s'était rendue, la semaine précédente. Chaque aspect de son existence était ainsi illustré.

Un craquement de plancher se fit entendre derrière elle, et elle se retourna, l'arme au poing. Elle eut alors la surprise de découvrir Helen qui venait de pénétrer dans la pièce à sa suite et qui contemplait la scène d'un air incrédule.

— Helen ! s'exclama Addie. Mais qu'est-ce que tu fais ici ?

— J'ai senti que tu avais des ennuis, expliqua sa tante. Alors je t'ai suivie.

— Tu n'aurais pas dû, protesta Addie. Il faut que tu sortes d'ici au plus vite.

— Quel est cet endroit ? s'enquit Helen en scrutant les murs avec curiosité.

Elle s'arrêta net devant l'agrandissement d'une photographie représentant la mère d'Addie étendue dans une flaque de sang.

— Mon Dieu, murmura-t-elle. Même morte, elle était si belle... Ce doit être terrible pour toi, ma pauvre chérie...

— Ça l'est mais je ne peux pas me permettre d'y penser pour le moment. Tu ne devrais pas rester ici, Helen. L'homme qui habite cette maison peut revenir d'un instant à l'autre, et il est évident que c'est un déséquilibré. Je t'en prie, retourne à l'hôpital.

Helen ne sembla pas l'entendre. Elle gardait les yeux rivés sur la photo de sa mère.

— Elle était vraiment très belle, répéta-t-elle. Elle a toujours été beaucoup plus belle que moi. Mais elle était aussi égoïste et cruelle. Il faut que tu le saches…

— Helen, le moment est vraiment mal choisi pour régler tes comptes avec ta sœur, protesta Addie.

— Elle ne te méritait pas.

Le ton de sa tante fit naître un frisson qui dévala le long de l'échine de la jeune femme.

— Qu'est-ce que tu veux dire ? demanda-t-elle, le cœur battant.

— David avait tort, tout à l'heure. Elle ne t'aimait pas. Pas comme moi, je t'aimais. Elle ne pensait qu'à elle. Quand je pense qu'elle s'apprêtait à avoir un autre enfant. Un enfant qui aurait dû être le mien…

— Tu savais qu'elle était enceinte ? murmura Addie.

— Elle a refusé de me dire qui était le père, bien sûr, mais je ne suis pas aveugle. J'avais vu clair dans leur petit jeu dès le départ…

— Helen…

Sa tante ne parut pas l'entendre. Elle fixait toujours le portrait funèbre de sa sœur.

— Elle voulait me voler David… Et elle comptait t'emmener. Pourtant, je t'aimais comme si tu étais ma propre fille. J'avais toujours pris soin de toi…

— Helen, ne me dis pas que c'est toi qui l'as tuée ? demanda Addie, horrifiée.

— Je n'allais pas la laisser me voler ma famille ! s'exclama Helen, les larmes aux yeux.

— Ce n'est pas possible, balbutia Addie. C'est un cauchemar…

— Je ne voulais pas te faire de la peine, ma chérie. Mais je savais que si je ne faisais rien, elle gâcherait tout, une fois de plus.

Addie lutta contre la sensation de vertige qui s'emparait d'elle. Elle avait l'impression que sa vie tout entière venait de basculer.

— Comment as-tu pu faire une chose pareille alors que tu prétends m'aimer ? demanda-t-elle.

— Une mère doit protéger sa famille, quoi qu'il lui en coûte.

— Tu n'étais pas ma mère.

— Je l'étais. J'ai pris soin de toi comme je n'avais pas su prendre soin de mon fils...

Addie la considéra avec stupeur.

— J'ai eu un enfant avant toi. C'était avant de rencontrer David. Lorsqu'il a su que j'étais enceinte, le père m'a laissée tomber. J'ai décidé de renoncer à mon bébé et de le confier à l'assistance publique. C'est la chose la plus difficile que j'aie jamais eue à faire. On dit que les gens qui se sont fait amputer un membre continuent à sentir ce manque des années après. C'est exactement ce qui se passe avec un enfant. On ne s'en remet jamais vraiment...

— Je suis sûre que ça a dû être très difficile pour toi, feignit de compatir Addie.

— Difficile ? s'exclama Helen. Tu n'as pas idée ! Je me répétais que j'avais pris la bonne décision, que mon enfant serait plus heureux auprès d'une famille qui l'aimerait et prendrait soin de lui. Mais je ne l'ai jamais oublié. Puis j'ai rencontré David et je me suis dit que lorsque nous aurions un enfant ensemble, cela deviendrait moins douloureux. J'espérais que je serais enfin capable de tirer un trait sur le passé.

Helen secoua tristement la tête.

— Nous n'avons jamais eu d'enfant, soupira-t-elle. Puis tu es née. Dès le début, j'ai compris que Sandra n'était pas faite pour être mère. Elle considérait ta présence comme une source d'embarras. Lorsque j'ai proposé de veiller sur toi, elle a sauté sur l'occasion. Elle était trop heureuse de ne plus t'avoir dans les pattes. Elle pouvait sortir, s'amuser, coucher avec n'importe qui. Moi, cela me convenait plutôt bien. J'avais tellement d'amour à donner...

Addie l'observait avec un mélange de fascination et d'horreur.

— Et puis tout a basculé, conclut sa tante d'une voix brisée.

— Que s'est-il passé, exactement ?

— Elle a séduit David. Ce n'était probablement qu'un jeu pour elle. Un défi de plus... Mais elle est tombée enceinte...

Helen fixa de nouveau la photo de Sandra.

— Ce soir-là, lorsqu'elle est venue te chercher, elle m'a annoncé qu'elle comptait quitter la ville en t'emmenant.

— Alors tu as perdu ton calme et tu l'as tuée, murmura Addie. Et ensuite, David et toi avez fait croire que c'était James Merrick le coupable...

Helen secoua la tête.

— Ce n'était pas un crime passionnel, répondit-elle. C'était un acte soigneusement planifié. J'avais déjà deviné qu'elle comptait partir. Je savais aussi que si elle le faisait, David la suivrait. Non seulement il était amoureux d'elle mais, de plus, elle était enceinte de lui. Elle comptait me voler ma vie. Mais j'étais bien décidée à ne pas la laisser faire.

Le sourire cruel de Helen fit naître en Addie un nouveau frisson d'horreur.

— James Merrick était l'un de mes patients, reprit-elle. Il souffrait de dépression et lui aussi trompait sa femme. J'ai décidé de me servir de lui pour me débarrasser de Sandra une fois pour toutes. Je lui ai prescrit des médicaments et des séances d'hypnose qui ont accentué ses symptômes. Je l'ai rendu complètement malléable.

L'horreur d'Addie était à son comble. Jusqu'alors, elle avait réussi à se raccrocher à l'idée que le meurtre de sa mère n'était peut-être qu'un acte impulsif motivé par la jalousie qui rongeait Helen. Mais elle comprenait que celle-ci était gravement malade.

— Tu lui as fait croire qu'il avait tué ma mère. Tu as délibérément acculé un homme fragile à la folie ? Et tu as fabriqué des preuves pour le faire accuser ?

— J'ai fait ce que j'avais à faire, répondit posément Helen. Pour David, pour toi, pour notre famille...

— Alors c'est ton ADN que l'on a retrouvé sur la scène du crime.

— Sandra s'est débattue, et je me suis blessée avec le couteau. Sur le moment, je ne m'en suis même pas aperçue. Même après coup, je n'étais pas très inquiète. Je n'avais jamais commis le moindre crime, et la police n'avait donc aucune chance de m'identifier.

— Jusqu'à ce que Naomi Quinlan retrouve la trace de Daniel Roby, murmura Addie. C'est ton fils, n'est-ce pas ?

— Oui. Après toutes ces années, le destin nous a enfin réunis. Nous avons réappris à nous connaître. Aujourd'hui, c'est comme si nous n'avions jamais été séparés...

Addie parcourut des yeux la pièce dans laquelle ils se trouvaient.

— C'est toi qui lui as parlé du meurtre de ma mère ?

Un sourire ironique se peignit sur les lèvres de Helen.

— C'est Naomi qui lui en a parlé, répondit-elle. Elle voulait comprendre comment une séquence d'ADN proche de la sienne avait bien pu se retrouver sur la scène d'un crime vieux de vingt-cinq ans. Daniel a compris que ce devait être l'ADN de l'un de ses parents. Il a étudié ce qui s'était passé à l'époque, cherchant à comprendre qui avait bien pu assassiner ta mère. Il a alors découvert qu'elle avait une sœur et est tombé sur une photo de moi. Aussi incroyable que cela puisse paraître, il m'a immédiatement reconnue…

— Et tu l'as convaincu de tuer Naomi ?

— Je lui ai expliqué tout ce qui s'était passé à l'époque. Il sait que des tas de gens n'hésiteraient pas à me jeter en prison s'ils apprenaient ce que j'ai fait à ta mère. Et il est prêt à me protéger à tout prix.

— Y compris en s'en prenant à moi ?

— Il cherchait juste à te faire peur, protesta Helen. Nous ne pouvions pas courir le risque qu'Ethan et toi découvriez la vérité. Malheureusement, il a fallu que vous vous acharniez… Tu peux nous rejoindre, Dany ! appela-t-elle.

Les mains croisées sur la nuque, le canon du pistolet de Roby pointé sur la tête, Ethan s'avança dans le salon. Il vit les yeux d'Addie s'agrandir sous l'effet de la surprise et de la compassion lorsqu'elle avisa la blessure à son front qui continuait de saigner abondamment.

Mais son arme ne vacilla pas, demeurant résolument pointée sur Helen Cutler.

— Lâche ton arme, Addie ! ordonna Roby. Sinon, je me ferai un plaisir de faire sauter le crâne de ton petit copain.

— Ne lui obéis pas, lui conseilla Ethan. Il nous tuera de toute façon.

Roby assena un coup de crosse si puissant à l'arrière de son crâne qu'Ethan ne put s'empêcher de tituber, pris d'un brusque vertige.

— D'accord, s'exclama Addie. Je vais le faire...

Elle se pencha et posa son arme sur le sol.

— Fais-la glisser jusqu'à moi, ordonna Roby.

Elle s'exécuta.

— Est-ce que David est au courant ? demanda alors Addie. Est-ce qu'il sait ce que tu as fait, Helen ?

— Je ne veux pas parler de David, répondit sa tante.

— Il doit au moins soupçonner quelque chose, supposa Addie. Sinon, il n'aurait pas maintenu un tel secret autour du meurtre de ma mère et de l'agression dont Vivian DuPriest a été victime. C'est pour cela qu'il est allé interroger la voisine de Naomi. Je crois qu'il a fini par comprendre ce qui s'est passé. Et c'est cela qui a causé son attaque...

— David se remettra, déclara Helen. Et nous parviendrons à surmonter cette épreuve, comme nous avons surmonté toutes celles qui ont précédé.

— Vous vous imaginez vraiment que tout se finira pour le mieux dans le meilleur des mondes ? ironisa Ethan. Qu'après vous être débarrassée de nous, vous pourrez vivre tranquillement avec votre mari et votre fils ? Si c'est le cas, vous êtes encore plus démente que je ne le pensais...

— Taisez-vous ! ordonna Roby.

— Vous croyez vraiment qu'elle tient à vous ? Ne voyez-vous pas qu'elle est prête à sacrifier quelqu'un qu'elle prétendait considérer comme sa propre fille ? Quelqu'un pour qui elle a tué ? Vous, au contraire, elle vous a abandonné...

— N'écoute pas ce qu'il raconte, Dany ! s'exclama Helen. Il cherche juste à nous dresser l'un contre l'autre. C'est une technique classique, dans la police. Nous devons nous en tenir à notre plan...

— Et qui a imaginé le plan en question ? intervint Addie. Ne te fais pas d'illusions, cousin. Une fois qu'elle t'aura laissé accomplir le sale boulot, elle te jettera en pâture à la police comme elle l'a fait avec ce pauvre James Merrick. Elle s'est débarrassée de sa sœur, de Vivian DuPriest, de Naomi et de nous, maintenant. Qui est le prochain sur la liste, à ton avis ? Elle n'aura aucun mal à faire croire que tu es fou...

Helen dut sentir que Roby était réceptif aux arguments de sa nièce.

— Ne te laisse pas abuser, Dany, lui dit-elle d'une voix doucereuse. Fais ce que tu as à faire. Puis nous mettrons le feu à la maison. Personne ne pourra remonter jusqu'à nous. Nous serons enfin libres !

Avant que Roby ait eu le temps de se décider, un violent craquement se fit entendre. Quelques instants plus tard, Matt Lepear se rua dans la pièce tandis que deux policiers en uniforme faisaient irruption par la porte menant à la cuisine.

Ethan profita de cette distraction pour s'emparer du bras de Roby. D'une prise d'aïkido, il l'envoya rouler au sol avant de lui faire lâcher son arme. Au même moment, Addie avait plongé en avant pour ramasser son propre pistolet. Elle roula sur elle-même de façon à se retrouver à genoux, son arme braquée sur sa tante.

— Oh ! mon Dieu ! gémit celle-ci en se laissant tomber à genoux. Qu'ai-je fait ?

Elle se prit le visage dans les mains et se mit à sangloter.

— Il est un peu tard pour se poser la question, déclara Addie d'une voix glaciale. Je suis heureuse que tu aies reçu mon SMS, ajouta-t-elle à l'intention de Matt.

— Moi aussi. Ça va ?

— Oui. Mais je crois qu'Ethan a besoin d'une ambulance.

— Ne vous en faites pas pour moi, leur dit-il. Merci pour votre aide, Matt. Et merci d'avoir volé à mon secours Addie...

— Tu aurais fait la même chose pour moi.

— Matt ? fit l'un des policiers. C'est la femme du commissaire...

Matt se tourna vers Addie, les yeux écarquillés.

— Dans quel pétrin est-ce que tu t'es encore fourrée ?

— C'est une longue histoire, soupira-t-elle. Une histoire qui dure depuis plus de vingt-cinq ans...

16

Le lendemain, Addie arriva en avance à Battery Park où Ethan et elle s'étaient donné rendez-vous. Elle alla s'accouder au parapet, devant la statue des soldats de Fort Sumter, et contempla la baie de Charleston qui s'étendait face à elle.

Une douce brise soufflait ce jour-là, apportant jusqu'à elle une douce odeur de jasmin provenant probablement des nombreux jardins situés le long de la rive orientale. C'était le moment de la journée qu'elle préférait, alors que le soleil commençait déjà à décliner à l'horizon, nimbant les eaux ourlées d'écume d'une lueur dorée.

Elle devina sa présence avant même qu'il l'interpelle. Se retournant, elle le vit approcher. Il portait l'un de ses sempiternels costumes noirs mais avait desserré le nœud de sa cravate et détaché le dernier bouton de sa chemise.

En l'apercevant, Addie sentit son cœur se serrer. Elle n'avait qu'une envie : se jeter dans ses bras et l'embrasser. Mais elle résista à cette tentation, sachant qu'il était probablement venu pour lui dire au revoir.

— Je suis désolé d'être en retard, lui dit-il. J'avais peur que tu ne m'attendes pas...

— J'ai tout mon temps, répondit-elle en souriant. Figure-toi que Gwen Holloway a annulé le stage de formation qu'elle devait animer. J'imagine qu'elle a besoin d'un peu de temps pour assimiler ce qui vient de se passer.

— Elle ne tient sans doute pas à ce que ses élèves lui demandent comment elle a pu envoyer un innocent en prison, commenta Ethan avec une pointe d'ironie mordante.

— Tu crois qu'elle savait que ton père était innocent ?

Ethan haussa les épaules.

— Nous ne le saurons probablement jamais, répondit-il. Mais je ne suis pas sûr que cela aurait changé quoi que ce soit.

— Est-ce que tu es allé voir ton père, aujourd'hui ?

— Oui.

— Comment est-ce que ça s'est passé ?

Ethan contempla longuement la baie avant de lui répondre.

— Comme je m'y attendais, soupira-t-il. Je savais que cela ne changerait rien pour lui. Mais je crois qu'une partie de moi espérait malgré tout une réaction. Ça n'a pas été le cas...

— Mais toi, tu es libre, à présent, lui dit-elle. Durant toutes ces années, tu t'es battu sans répit pour prouver qu'il était innocent, qu'il n'avait pas tué ma mère. Aujourd'hui, tout le monde est bien forcé de le reconnaître...

— Et toi, Addie ? lui demanda-t-il. Comment te sens-tu ?

Elle lui décocha un sourire triste.

— Je suis heureuse que la vérité ait enfin éclaté au grand jour. Je sais enfin avec certitude ce qui s'est passé, à l'époque. Mais j'ai aussi perdu les deux personnes qui étaient les plus importantes dans ma vie depuis la mort de maman. Ce sont eux qui m'ont élevée. C'est David qui m'a donné envie d'entrer dans la police, qui m'a transmis les valeurs sur lesquelles j'ai bâti toute mon existence... Et voilà que je découvre qu'il a sciemment dissimulé un meurtre. Par amour, peut-être, par culpabilité, aussi... Mais cela n'excuse rien. À cause de lui, un innocent a perdu vingt-cinq ans de sa vie.

La voix d'Addie se brisa.

— Je suis vraiment désolée, Ethan...

Il prit son visage entre ses mains.

— Tu n'as pas à t'excuser, lui dit-il. Tu as perdu ta mère, Addie. Rien de ce qui s'est passé n'est arrivé par ta faute. Et c'est toi qui m'as aidé à innocenter mon père alors que tout le monde était convaincu de sa culpabilité.

— Nous avons tous deux perdu notre famille dans cette histoire.

— Mais nous nous sommes trouvés.

Elle s'efforça de maîtriser l'élan d'espoir qu'elle sentait monter en elle.

— Pourquoi ne fonderions-nous pas notre propre famille ? reprit-il. Je me suis renseigné, aujourd'hui, et j'ai appris qu'il y avait un poste à pourvoir au sein du bureau du FBI de Charleston. Si tu es d'accord, je pourrai poser ma candidature dès demain...

— Après ce qui s'est passé, tu pourrais obtenir n'importe quel poste, objecta-t-elle.

— J'y compte bien, répondit-il. Je commence à m'attacher à cette ville. Et en plus, c'est là que vit ma petite amie...

Un sourire irrépressible illumina le visage d'Addie.

— Bienvenue à la maison, Ethan, murmura-t-elle tandis qu'il se penchait vers elle pour l'embrasser.

AMANDA STEVENS

La photo du passé

INTÉGRALE
LES MYSTÈRES DE CHARLESTON

Traduction française de
CAROLE PAUWELS

SAGAS

HARLEQUIN

Titre original :
INCRIMINATING EVIDENCE

Ce roman a déjà été publié en 2020.

1

Le martèlement de l'averse sur son parapluie masquait le son d'éventuels bruits de pas derrière elle. Cependant, Catherine March ne put s'empêcher de jeter un coup d'œil anxieux par-dessus son épaule.

Tout semblait normal. Pas d'ombre menaçante. Pas de silhouette embusquée.

Pourtant, elle savait qu'elle était suivie.

Il lui suffisait pour cela de se fier au picotement le long de sa colonne vertébrale, tandis qu'elle pressait le pas sur le trottoir que la pluie rendait glissant.

Elle crispa les doigts autour du manche de son parapluie et s'efforça de refouler cette glaçante sensation. Sans doute fallait-il mettre sa tristesse sur le compte de cette journée.

C'était tout simplement le chagrin qui perturbait son bon sens.

Pourquoi la surveillerait-on ?

Elle menait une vie tranquille et discrète, passant la plupart de son temps dans un laboratoire universitaire ou dans une salle de classe.

Certes, elle était consultante pour diverses agences gouvernementales, à Charleston même et dans toute la Caroline du Sud, mais il n'y avait que dans l'imagination d'un scénariste de Hollywood que les médecins légistes enquêtaient sur des crimes et pourchassaient les criminels.

Son travail, beaucoup plus prosaïque, consistait à examiner, analyser et informer. La plupart du temps, elle travaillait sur des affaires non élucidées depuis plusieurs années, et les ossements des victimes avaient été nettoyés par le temps, les intempéries, et les prédateurs.

Sa mission actuelle en était un exemple. On l'avait en effet chargée d'établir les profils biologiques de quatorze lots différents de restes humains découverts dans une maison abandonnée aux abords du célèbre district historique de Charleston.

L'ancien propriétaire, un paraplégique du nom de Delmar Gainey, avait passé les cinq dernières années de sa vie dans une maison de retraite médicalisée, et les vingt précédentes années dans un fauteuil roulant. Cependant, avant l'accident qui l'avait privé de sa mobilité, il avait assassiné ces quatorze femmes, et dissimulé les cadavres dans son jardin.

Les restes de ses victimes auraient pu rester cachés à jamais si la maison n'avait été vendue aux enchères après la mort de Gainey, et refaite à neuf.

Les fractures en forme de papillon des os longs racontaient l'histoire de la captivité brutale de ces femmes, tandis que les stries sur les sternums et les cages thoraciques témoignaient de la façon dont elles étaient mortes. Les victimes avaient été poignardées à plusieurs reprises avec un couteau dentelé.

Toutes sauf une.

L'Inconnue Numéro Treize.

Elle était l'anomalie. L'aberration. Une incohérence qui titillait la curiosité de Catherine à chaque fois qu'elle pensait à la blessure par balle à l'arrière du crâne. Selon toute probabilité, le coup avait été tiré à bout portant par un 9 mm semi-automatique.

Une exécution.

Mais, pour le moment, Catherine avait plus urgent à faire que d'essayer de résoudre cette énigme.

Le sac en plastique étroitement serré contre sa poitrine, elle continua à avancer, en essayant d'éviter les flaques.

Risquant un nouveau coup d'œil par-dessus son épaule, elle se demanda quelle était la probabilité que deux vieilles enquêtes sur des tueurs en série, sans aucun lien entre elles, viennent tout à coup perturber le cours de sa petite vie calme et ordinaire.

Delmar Gainey était mort dans son lit, à la maison de retraite de Cloverdale, savourant probablement jusqu'au dernier jour le souvenir de ses monstrueux agissements. Orson Lee Finch, surnommé le Tueur du Crépuscule, était toujours bien vivant, mais condamné à passer le reste de ses jours au pénitencier de Kirkland, dans une unité de haute sécurité.

Catherine n'était encore qu'un bébé quand Gainey et Finch rôdaient dans les rues de sa ville, chacun possédant ses propres critères quant aux victimes, son propre mode opératoire et sa signature. Puis les restes avaient été trouvés sur l'ancienne propriété de Delmar Gainey et, peu après, la presse avait fait ses choux gras de nouveaux développements dans l'affaire Orson Lee Finch.

La curiosité de Catherine avait été purement professionnelle, jusqu'à ce que le décès de sa mère ne révèle un élément beaucoup plus personnel.

Depuis sa petite enfance, Catherine savait qu'elle avait été adoptée. Sa mère, Laura, avait toujours parlé librement des circonstances de sa naissance.

« Quand tu seras plus grande, tu te poseras des questions, disait-elle. À un moment ou à un autre, tu pourrais te demander où doit aller ta confiance. C'est tout à fait normal. Mais je veux que tu saches que tu peux toujours me parler, Cath. Il ne doit y avoir aucun secret entre nous. »

Aucun secret ?

Dans ce cas, pourquoi Catherine ignorait-elle l'existence d'une cachette sous le parquet de la penderie de la chambre de sa mère ?

Pourquoi Laura ne lui avait-elle jamais parlé de la boîte contenant des coupures de journaux qui s'y trouvait ?

Ni de la photo.

Pourquoi Laura March, si pâle et faible sur son lit de mort, avait-elle attiré sa fille à elle pour lui murmurer à l'oreille un message déstabilisant ?

« Tout n'est que mensonge. »

Le klaxon d'un véhicule au loin ramena Catherine au présent. Frissonnante, elle attendit sur le trottoir que le feu de signalisation change de couleur. C'était une journée d'été passablement chaude, mais la pluie et ses sombres pensées la glaçaient.

À nouveau, elle inspecta son environnement.

Elle était seule dans la rue. Il n'y avait personne d'autre. Personne de visible, en tout cas. La pluie avait apparemment chassé tout le monde à l'intérieur.

Elle fut tentée de traverser le carrefour bien que le feu fût au vert pour les voitures, mais il lui semblait entendre la voix de sa mère.

« Sois prudente, Cath. Regarde toujours avant de t'engager sur la chaussée. »

Le deuil pesait lourdement sur ses épaules et lui serrait la poitrine. Elle ne se rappelait pas s'être jamais sentie aussi seule qu'à cet instant, recroquevillée sous son parapluie, et ressentant le manque de Laura March comme elle ne l'aurait jamais cru possible.

Passant une main sur ses joues humides, elle prit une profonde inspiration. Elle avait à nouveau cette drôle d'impression, ce picotement glaçant le long de la colonne vertébrale.

Elle se tourna, s'attendant presque à découvrir le fantôme de sa mère flottant vers elle à travers le rideau de pluie. Au lieu de quoi, elle distingua un homme qui l'observait depuis le renfoncement d'une porte cochère.

Leurs regards se croisèrent un instant, avant qu'il ne tourne la tête. Mais, durant ce bref contact, Catherine eut la vague impression de le connaître.

Elle fouilla sa mémoire, à la recherche d'un temps où leurs chemins auraient pu se croiser.

L'homme ne passait pas inaperçu, pas tant à cause de ses bras abondamment tatoués qu'en raison de l'aura de danger qui flottait autour de lui. Il y avait quelque chose de sinistre dans ses yeux profondément enfoncés dans les orbites, quelque chose de menaçant dans son attitude. Il semblait avoir la quarantaine, ses cheveux étaient gominés en arrière et longs dans le cou, ses pommettes comme taillées à coups de serpe.

Comme s'il avait conscience d'être observé, il rejeta la tête en arrière, et souffla une longue volute de fumée sous la pluie.

Le cœur de Catherine s'emballa tandis qu'elle considérait ses choix.

S'enfuir, ou l'affronter.

Avant d'avoir eu le temps de réfléchir, elle se retrouva en train de marcher vers lui.

— Excusez-moi, appela-t-elle. Je vous connais ?

Tout en continuant à s'avancer, elle se réprimanda de provoquer un inconnu dans une rue déserte, mais c'était plus fort qu'elle. Le deuil engendrait d'étranges réactions chez les gens. Peut-être ses émotions avaient-elles été refoulées pendant trop longtemps. Peut-être ses angoisses avaient-elles atteint le point de rupture.

— Monsieur ? Est-ce que vous me suivez ?

Il n'eut pas de réaction visible à cette question, refusant de reconnaître sa présence ne fût-ce que par un regard. Il prit une dernière bouffée de tabac et jeta son mégot dans une flaque, avant de tourner les talons et de s'éloigner.

Catherine ne le suivit pas. Elle l'observa jusqu'à ce qu'il soit hors de sa vue, puis retourna se poster au feu en se plaçant de façon à voir le trottoir derrière elle.

Elle essaya à nouveau de se convaincre que son imagination lui jouait des tours.

Ce type ne s'intéressait pas du tout à elle. Si ça se trouve, il l'avait prise pour une folle.

Personne ne la suivait. Elle devait se ressaisir.

La seule autre personne qui était au courant de sa découverte était la sœur de sa mère, et elle ne voyait pas Louise Jennings la faire surveiller.

Catherine avait encore du mal à croire que sa mère ait pu lui dissimuler un tel secret pendant toutes ces années. Mais la preuve se trouvait dans le sac en plastique qu'elle serrait contre sa poitrine, confirmant ce que sa mère lui avait murmuré.

« Tout n'est que mensonge. »

N'était-il pas étrange que l'anthropologue judiciaire Catherine March soit justement à la recherche d'un détective privé alors que Nick LaSalle était en train de lire un article sur elle, paru dans la presse locale ?

Le journaliste la surnommait « Dr Ossements », la qualifiant également de championne des morts oubliés, et vantait ses efforts pour identifier des restes humains récemment découverts dans une maison abandonnée.

Nick la connaissait vaguement, du temps où il était inspecteur à la brigade criminelle. Il se souvenait d'elle comme d'une personne méticuleuse et impliquée dans son travail, calme et courtoise dans ses manières. Il avait en revanche oublié combien elle était séduisante. Cela l'avait surpris quand elle était entrée dans son bureau.

Tout en la dévisageant, il se demanda pourquoi il n'avait jamais pris le temps de l'appeler une fois son enquête terminée. Le courant était indéniablement passé entre eux. D'ailleurs, il le ressentait à cet instant tandis qu'il détaillait les longs cheveux sombres, encore luisants de gouttes d'eau, et les grands yeux bruns qui l'observaient avec une pointe de suspicion.

Elle portait un chemisier gris ajusté, un pantalon slim noir et des mocassins, noirs eux aussi, trempés par l'averse. La seule touche de couleur dans sa tenue était une bague en émeraude qui étincelait sous l'éclairage trop vif de son bureau.

Il avait allumé toutes les lampes pour chasser la grisaille de cette journée pluvieuse, mais il réalisait maintenant qu'une ambiance plus tamisée aurait été davantage propice aux confidences. Cependant, il ne pouvait pas se lever pour ajuster la luminosité, et risquer de faire perdre à Catherine le fil de ses pensées.

— Quand votre mère est-elle décédée ? demanda-t-il, tout en prenant ostensiblement des notes sur un bloc aux pages jaunes quadrillées.

— Il y a tout juste une semaine.

— J'en suis navré, dit-il, en notant son expression assombrie et la brillance révélatrice de ses yeux, qu'elle chassa rapidement d'un clignement de paupières. Toutes mes condoléances.

— Merci.

— Vous êtes ici parce que vous avez trouvé de vieilles coupures de journaux dans les effets personnels de votre mère ?

— Je suis ici parce que je les ai trouvées sous le plancher du placard de ma mère. Je n'étais pas allée chez elle depuis son décès. Je voulais rassembler quelques-unes de ses affaires pour les emporter chez moi et décider ce que j'allais faire du reste. Mais, surtout, je crois que je voulais me sentir proche d'elle.

Elle s'éclaircit la gorge et chercha son souffle tandis qu'elle frottait ses paumes sur le haut de ses cuisses.

Elle était nerveuse. C'était évident. Mal à l'aise, aussi. Elle ne cessait de tourner les yeux vers la porte, restée ouverte, comme si elle s'attendait à ce que quelqu'un les espionne depuis le couloir.

Ils avaient le second étage pour eux seuls, et la réceptionniste ne pouvait pas les entendre depuis son bureau dans le hall, mais Nick se leva quand même pour aller fermer la porte.

Il en profita pour actionner discrètement le variateur d'éclairage. Catherine ne parut pas s'en apercevoir. Elle ramassa le sac en plastique à ses pieds, et en sortit une boîte à cigares.

— Vous avez apporté les coupures de journaux ?

Nick retourna à son bureau et s'assit.

Elle hocha la tête.

— J'ai remarqué qu'une planche était disjointe quand j'ai vidé le bas de la penderie de ma mère. Je l'ai soulevée, et j'ai trouvé cette boîte.

— Quand nous nous sommes parlé au téléphone, vous m'avez dit que ces articles se rapportaient à un tueur en série.

— Pas n'importe quel tueur en série.

Elle releva la tête et chercha son regard.

— Orson Lee Finch. Le monstre le plus célèbre de toute l'histoire de la ville.

— Mais pas le plus prolifique, ne put s'empêcher de souligner Nick. Delmar Gainey détient à présent cette macabre distinction.

— Oui, je sais. Je travaille sur les restes qui ont été retrouvés sur sa propriété.

— J'ai suivi l'affaire. J'ai lu l'article sur vous dans le journal. Comment ça se passe ?

Elle rejeta une mèche de cheveux humides derrière son oreille et parut se détendre, peut-être parce qu'elle avait perçu que sa curiosité était sincère.

— Nous avons de la chance que la plupart des squelettes aient été retrouvés intacts, avec seulement quelques os manquants. Nous avons également les crânes, et je n'ai pas besoin de vous expliquer combien ça nous est utile. Ça va nous permettre de vérifier les dossiers dentaires et, si besoin, de procéder à des reconstructions faciales.

Elle marqua soudain une pause, l'air pensif, comme si elle venait de réaliser quelque chose.

— Qu'y a-t-il ? demanda-t-il en se penchant.

Elle parut surprise.

— Pardon ?

— On dirait que vous venez de penser à quelque chose.

— En fait, je pensais à une des victimes. Il y a une différence de mode opératoire assez intrigante.

Elle avait une façon de rendre les choses plaisamment mystérieuses. Une conversation à propos de restes humains et de tueurs en série aurait dû évoquer d'atroces images. Au lieu de quoi, sa voix mélodieuse, mêlée au martèlement de la pluie contre les vitres, envoûtait Nick. S'il n'y prenait garde, il pourrait se perdre dans les profondeurs fascinantes de ses yeux sombres.

— Quelle différence ?

Elle parut se ressaisir, secouant légèrement la tête tandis qu'elle crispait les doigts autour de la boîte.

— C'est une discussion pour la police. Ça n'a rien à voir avec la raison de ma présence ici.

Nick se cala contre le dossier de son fauteuil, en proie à une étrange déception.

— Dans ce cas, revenons à Orson Lee Finch. Le Tueur du Crépuscule.

Pendant quelques instants, il fit mine de lire ses notes. Il se sentait un peu nerveux et il ne comprenait pas pourquoi.

D'ordinaire, il était plutôt sûr de lui, et s'enorgueillissait de pouvoir décrypter la personnalité des gens. Pourtant, il ne parvenait pas à cerner Catherine March. Sous son attitude éthérée flottait quelque chose de sombre et de déconcertant.

— Quand vous avez appelé ce matin, vous avez mentionné une photo...

Elle baissa les yeux vers la boîte.

— Elle a paru dans le journal local au moment de l'arrestation de Finch. L'image est graineuse, mais c'est bien lui. Il tient la main d'une petite fille qui doit avoir deux ans. D'après l'article, la photo a été envoyée anonymement à la rédaction, et c'est le seul cliché connu de cette fillette. Il s'est dit à l'époque que c'était la fille de Finch, mais personne n'a jamais réussi à la localiser. Finch n'a jamais nié ni confirmé la rumeur. Inspecteur LaSalle… Je veux dire… désolée…

Elle s'agita nerveusement, comprenant qu'elle s'était adressée à lui par son ancien titre, et il se demanda si elle connaissait les circonstances de son départ de la police. Si c'était le cas, il ne pouvait que supposer qu'elle ne s'était pas laissé influencer par les rumeurs. Sinon, elle n'aurait pas été là.

— Appelez-moi Nick, dit-il.

Elle parut soulagée.

— Ce n'est pas facile à dire, mais j'ai des raisons de croire que je suis cette fillette sur la photo. Si c'est le cas, alors il est fort possible qu'Orson Lee Finch soit mon père biologique.

Nick fut choqué par cette révélation, mais il essaya de ne pas le montrer.

— Avez-vous des preuves plus convaincantes que cette vieille photo ?

— Non. Mais ma mère a conservé tous les articles écrits sur Finch et, au moment de mourir, elle m'a dit que tout n'était que mensonge.

— C'est-à-dire ?

— Elle n'a pas développé. Elle en était incapable. Sa fin était proche, et elle oscillait entre conscience et inconscience. Mais elle était lucide à ce moment-là. Néanmoins, j'aurais pu mettre cela sur le compte du délire s'il n'y avait pas eu ces coupures de presse et le fait qu'elle ait pris tant de soin à me les cacher.

— Donc, pour être clair, vous pensez qu'Orson Lee Finch et votre mère…

— Non !

Il fallut quelques secondes à Catherine pour se ressaisir après cet éclat de voix spontané.

— J'ai été adoptée à l'âge de deux ans. Laura March était la seule mère que j'aie jamais connue. La femme qui m'a donné la vie a eu une relation avec Finch.

Elle détourna le regard avec un frémissement de tout le corps.

— Du moins, c'est ce que je suppose.

— Depuis quand savez-vous que vous avez été adoptée ?

— Depuis aussi longtemps que je m'en souvienne. Ma mère et moi en avons toujours parlé librement depuis ma petite enfance. Elle m'a dit que mes parents biologiques étaient très jeunes. Mon père s'est engagé dans l'armée après le lycée. Il est mort dans un accident d'hélicoptère avant qu'ils puissent se marier, laissant ma mère – ma mère biologique – seule et sans argent. Elle a essayé de s'en sortir, mais elle était jeune, sans diplôme et sans perspective professionnelle. Elle m'a donc confiée à une autre famille pour que je puisse avoir une meilleure vie.

— Mais vous n'y croyez pas.

Elle hésita.

— Je l'ai cru pendant longtemps. Maintenant, je pense que Laura March a inventé cette histoire parce que la vérité était trop douloureuse… trop stigmatisante. Et peut-être voulait-elle tempérer ma curiosité.

— Et votre père adoptif ?

— Aidan March. Il était policier, et il est mort en service quand j'étais petite. Ça au moins, c'est vrai. Même si je n'avais que cinq ans lorsque ça s'est produit, j'ai encore de vagues souvenirs de lui. Sa voix. Son sourire. Le bleu très vif de ses yeux…

Catherine baissa les yeux vers la bague qu'elle portait.

— Elle appartenait à sa mère. On m'a dit qu'il voulait que je l'aie.

Pensive, elle fit tourner l'anneau autour de son doigt.

Sans doute se posait-elle la même question que Nick. Si Laura March avait menti au sujet des parents biologiques de Catherine, n'avait-elle pas également fabriqué un lien avec son père adoptif ?

— Continuez, insista-t-il.

— Je ne sais pas si vous connaissez les détails de l'affaire du Tueur du Crépuscule, mais Orson Lee Finch était jardinier de métier. Il avait commencé des études d'horticulture, mais sa mère est tombée malade, et il a dû abandonner. Certains ont dit que cela avait nourri son ressentiment envers l'élite. Sa signature était un pétale de magnolia d'une rare couleur rouge sang, qu'il posait sur les lèvres de ses victimes.

— Le baiser de la mort, murmura Nick.

Catherine ferma brièvement les yeux.

— Finch s'attaquait à de jeunes mères célibataires issues de familles aisées. Malgré leurs avantages – ou peut-être en dépit de ceux-ci – il les jugeait incapable d'élever des enfants. Le profiler du FBI désigné pour cette enquête a parlé de meurtres ayant un caractère de mission. Il pensait que la mère de l'enfant de Finch – probablement ma mère biologique – avait été sa première victime. Le fait qu'elle l'ait rejeté aurait pu attiser son désir de vengeance. Finch l'a toujours nié. Après toutes ces années, il continue à clamer son innocence. Tout au moins à ceux qui parviennent à obtenir une entrevue avec eux.

— Lui avez-vous parlé ?

Cette question parut effrayer Catherine.

— Je ne suis pas allée le voir. Pourquoi l'aurais-je fait ?

— Vous avez dit que vous vouliez des réponses. Ça paraît logique de commencer par là.

Elle secoua la tête.

— Non. Je ne veux pas le voir. Que les choses soient claires : je ne veux pas d'Orson Lee Finch dans ma vie. Je ne veux pas qu'il sache qui je suis, ou quoi que ce soit à mon sujet. Tout ce que je veux, c'est la vérité.

Elle marqua une pause infime.

— J'ai besoin de la connaître.

— Pourquoi ? demanda Nick, d'un ton plus brusque qu'il ne l'avait souhaité.

Elle l'observa pendant un temps qui lui sembla interminable.

— Si la réponse à cette question n'est pas évidente, alors je n'ai peut-être pas choisi la bonne personne pour m'aider.

Nick lui rendit son regard.

— Ne le prenez pas mal, mais je dois poser la question. Serait-il possible que vous vous accrochiez à un scénario peu plausible pour faire diversion à votre deuil ? Les journaux sont truffés d'histoires sur le Tueur du Crépuscule en ce moment. Ils ont même réussi à ressusciter le mythe des Enfants du Crépuscule, ajouta-t-il, en faisant référence au surnom donné à la progéniture des victimes d'Orson Lee Finch.

— Je suis parfaitement au courant de ces histoires. J'ai lu tous les articles et regardé les documentaires. Si ce que je soupçonne est vrai, alors je suis l'Enfant du Crépuscule par excellence.

Sa voix se fit murmure.

— Pas seulement la fille de Finch, mais aussi celle de sa première victime.

Nick s'accorda le temps d'analyser l'information.

Catherine March ne semblait pas du genre à rechercher la publicité – bien au contraire. Mais il s'était déjà laissé duper auparavant. Si son histoire sortait, il ne doutait pas que les détails seraient dramatisés. On lui proposerait peut-être un livre ou un film. Sa profession ne ferait qu'ajouter à la fascination du public. La fille d'un tueur en série qui se consacrait aux victimes oubliées...

Il scruta à nouveau son visage, guettant une moue, un froncement de sourcils qui la trahirait. Mais le regard de Catherine resta de marbre.

— Quelque chose ne va pas ? demanda-t-elle.

— Non. Je réfléchissais seulement à tout ce que vous venez de me dire. À une autre époque, sans le récent cirque médiatique, pensez-vous que vous auriez accordé la même importance à ces coupures de presse ?

Une lueur d'agacement passa dans les yeux de Catherine.

— À votre avis ?

— Je n'avais pas l'intention de vous offenser.

— Je ne suis pas offensée. Mais, si vous me connaissiez, vous sauriez que je ne suis pas du genre à embellir ou à dramatiser. J'ai avant tout le sens pratique. Je ne cherche pas de diversion à mon deuil, ni à attirer l'attention sur moi. Ce n'est pas un moyen détourné pour me sentir spéciale ou importante. Ce que je veux, c'est savoir qui sont mes parents biologiques. Est-ce que c'est si important à comprendre ?

— Non. Mais, vous savez ce qu'on dit. Parfois il vaut mieux ne pas remuer le passé.

Elle sortit une coupure de presse de la boîte et la fit glisser sur le bureau.

— C'est une photo d'Orson Lee Finch, ou non ?

Il souleva le papier jauni et étudia les personnages.

— Difficile à dire. Comme vous l'avez souligné, la qualité est mauvaise, et il y a une ombre sur son visage. Mais ça pourrait être lui.

Elle eut un hochement de tête satisfait.

— L'enfant avec lui... La petite fille... Est-ce que vous voyez une ressemblance avec moi ?

Nick prit le temps d'étudier ses traits, avant de regarder à nouveau la photo.

— Elle a les cheveux et les yeux sombres. À part ça...

Catherine posa une photo sur le bureau.

— Voici un cliché de moi pris dans notre jardin quand j'avais trois ans.

Nick compara la photo à celle de l'article.

— Oui, il y a une ressemblance. Je vous l'accorde. Mais je me refuse à tirer des conclusions trop hâtives.

— Ce n'est pas ce que je vous demande. Tout ce que j'attends de vous, c'est une enquête exhaustive. Voulez-vous le travail ou non ?

Il attendit une seconde avant de répondre.

— Pourquoi moi ? Pourquoi cette agence ?

Il se demanda si elle allait lui rappeler qu'elle avait autrefois été mandatée comme consultante sur l'une de ses enquêtes. Mais elle sortit de la boîte une carte de visite chiffonnée et la lui tendit.

— Vous la reconnaissez ?

Il observa le logo familier.

— C'est une de nos anciennes cartes professionnelles. Le design a été modifié il y a quelques années.

— J'ai trouvé cette carte avec les coupures de presse. Il y a un numéro écrit derrière.

Nick retourna la carte, et le choc fut tel qu'il ne put cette fois dissimuler sa surprise.

— Je déduis de votre expression que vous avez reconnu le numéro, dit-elle.

— C'est celui de mon père, reconnut-il à contrecœur. Il ne figure pas dans l'annuaire.

— Ce qui veut dire qu'il a dû parler avec ma mère à un moment ou à un autre. Je pense qu'elle s'est adressée à lui dans l'espoir qu'il pourrait l'aider à découvrir la vérité sur mes parents biologiques. Elle devait avoir des soupçons depuis longtemps. Pourquoi aurait-elle conservé ces articles, sinon ? Pourquoi me les aurait-elle cachés ? Demandez à votre père s'il se souvient d'elle. Ou, mieux encore, regardez s'il n'y a pas un dossier d'enquête.

Son regard s'intensifia.

— Il se pourrait que le travail ait été fait pour nous.

Machinalement, Nick fit tourner la carte entre ses doigts.

— Je vois que ça signifie beaucoup pour vous.

— Évidemment ! Mettez-vous à ma place.

— C'est ce que j'essaie de faire depuis le début, et voici ma conclusion : quand bien même vous seriez la fille biologique d'Orson Lee Finch, cela ne changerait pas qui vous êtes. Cela ne diminuerait pas vos mérites.

Elle soupira.

— La culture contre la nature. Je comprends. Je pourrais même le croire. Laura March était une femme formidable. Tout ce que je suis, je le lui dois. Je n'aurais pas pu rêver de parent plus aimant. Mais elle m'a caché des choses, et j'ai besoin de savoir pourquoi.

La voix de Catherine trembla et, pour la première fois, elle parut vulnérable. Perdue.

— J'ai besoin de savoir d'où je viens, Nick. J'ai besoin de connaître la vérité sur mon passé.

Il ne pouvait la contredire sur ce point.

— Très bien, dit-il. J'aimerais que vous me laissiez ces coupures de presse. La photo aussi, si ça ne vous dérange pas.

— Cela veut-il dire que vous allez prendre mon affaire ?

— Je vais l'étudier. Si Orson Lee Finch accepte de me rencontrer, je vais insister pour qu'il se plie à un test ADN. C'est bien ce que vous voulez, n'est-ce pas ?

— Oui. C'est ce que je veux, affirma-t-elle, même si elle ne paraissait pas certaine.

— Si Finch coopère, vous aurez votre réponse dans quelques jours. Si ce n'est pas le cas, nous réfléchirons à une autre solution.

— Vous n'avez pas idée de ce que cela signifie pour moi.

Elle se leva en soupirant.

— Je réalise combien je dois avoir l'air pitoyable. Merci de m'avoir écoutée. Vous auriez pu tout simplement me renvoyer.

— Ne me remerciez pas encore. En fonction de l'issue, vous n'aurez peut-être pas envie de me remercier du tout.

Nick se leva et se dirigea vers la porte.

Leurs épaules se frôlèrent quand il tendit la main vers la poignée. Catherine s'écarta aussitôt et murmura une excuse. Elle sentait la vanille et la pluie : une fragrance à la fois fraîche et mystérieuse.

Il s'efforça de penser à autre chose tandis qu'il ouvrait la porte.

— J'ai été ravi de vous revoir, docteur March.

— Moi aussi. Ça faisait longtemps. Et, je vous en prie, appelez-moi Catherine.

Elle sourit pour la première fois depuis qu'elle était entrée dans son bureau.

— J'ai été surprise d'apprendre que vous aviez quitté la police.

— Vraiment ?

Il se força à sourire.

— Personne d'autre ne l'a été.

— C'est une perte pour le département de police de Charleston, et une chance pour moi.

— L'avenir nous le dira.

Il lui tendit une carte de visite.

— N'hésitez pas à m'appeler si vous avez besoin de quelque chose, ou si vous avez des questions.

Elle glissa la carte dans sa poche.

— Nous n'avons pas parlé des arrangements financiers.

— Jackie, la réceptionniste, vous expliquera nos conditions.

— Merci encore.

Nick écouta le bruit de ses pas dans l'escalier, puis il se déplaça sur la mezzanine surplombant le hall, tandis que Catherine s'arrêtait au bureau de la réception pour discuter avec Jackie Morris.

Puis, récupérant son parapluie et son imperméable, Catherine March quitta l'immeuble, laissant Nick étrangement troublé tandis qu'il la suivait des yeux.

2

Nick tourna le dos à la rambarde, pressé de jeter un œil aux coupures de presse, mais la vue de son oncle Emmett le stoppa net dans son élan. Il ne s'attendait pas à voir qui que ce soit au second étage.

Depuis que son père et son oncle avaient pris leur retraite, Nick disposait pour lui seul de cette partie de l'immeuble, même si Emmett avait conservé son bureau et qu'il assistait toujours aux réunions hebdomadaires.

Il avait bien pris soin de dire à Nick qu'il ne fallait pas compter sur lui avant la fin de la semaine, et voilà qu'il faisait une apparition, l'air ravi d'avoir surpris son neveu.

Emmett LaSalle avait la compétition dans le sang et il était très fier de surpasser les jeunes détectives de l'agence.

— Tu es bien nerveux, mon garçon, observa-t-il, d'un ton narquois.

— Ça me fait toujours ça quand quelqu'un se faufile dans mon dos. Que fais-tu ici, d'ailleurs ? Je ne t'attendais pas avant vendredi.

— J'ai changé mes projets.

D'un geste du menton, Emmett désigna la baie vitrée battue par la pluie.

— Je ne peux pas sortir le bateau par ce temps.

— La première sortie de la saison est toujours meilleure sous la pluie, rétorqua Nick. En tout cas, c'est ce qu'on dit.

— La pluie est une chose, mais la mousson en est une autre. Je suis peut-être dingue, mais pas stupide.

Comme le père de Nick, Emmett LaSalle était un homme séduisant, grand et élancé, avec le sourire facile. Ils étaient jumeaux et se ressemblaient physiquement comme deux gouttes d'eau, mais leurs personnalités étaient comme la nuit et le jour. Emmett avait toujours flirté avec l'illégalité, tandis que Raymond était d'une intégrité à toute épreuve.

Pour Nick, son oncle semblait sorti d'un roman noir. Quelle que soit la saison ou la mode, il arborait des pantalons beiges au pli soigneusement repassé, des polos aux couleurs pastel et son vieux panama. Il prétendait avoir renoncé depuis longtemps aux jeux d'argent, mais Nick en doutait. L'agence de détective avait été un investissement lucratif pour les frères LaSalle, qui profitaient aujourd'hui d'une retraite confortable. Mais Nick ne pouvait s'empêcher de s'interroger sur certains achats récents faits par son oncle, comme le bateau de pêche de quarante pieds qu'il avait malicieusement baptisé *Shamus*, un terme d'argot irlando-américain signifiant enquêteur privé.

Emmett appuya les avant-bras contre la rambarde et salua Jackie, qui avait levé les yeux en entendant leurs voix. Comme toujours, le regard de la réceptionniste s'attarda sur Emmett, avant qu'elle ne reporte son attention sur son travail.

Cela faisait des années qu'elle était amoureuse de lui. Tout le monde à l'agence le savait mais faisait comme si de rien n'était. Nick se demandait parfois s'ils avaient eu une liaison quand ils étaient plus jeunes. Cela aurait expliqué la constance des sentiments de Jackie durant les deux mariages d'Emmett. Peut-être attendait-elle qu'il se réveille un jour et comprenne que l'amour de sa vie se trouvait devant lui depuis tout ce temps.

Emmett lui glissa un regard en coin.

— Cette femme qui vient de sortir... C'est une nouvelle cliente ?

— Elle pourrait le devenir. Je cherche quelque chose pour elle. Nous verrons comment ça évolue.

— Jolie fille. Trop bien pour toi, par contre.

Habitué aux moqueries de son oncle, Nick haussa les épaules.

— Dans ce cas, il vaut mieux que ce soit une cliente et pas une petite amie potentielle.

Emmett, sourit, révélant une fossette qui lui donna soudain un air d'adolescent malgré ses tempes argentées.

— Ma première femme était une cliente.

— Et regarde comment ça s'est terminé.

— Tout se passait bien jusqu'à ce qu'elle devienne trop curieuse.

— Oui, comment a-t-elle osé prendre offense de tous ces voyages clandestins à Las Vegas ? rétorqua froidement Nick.

Emmett redevint sérieux.

— Comment as-tu dit qu'elle s'appelait ?

Il fixa Jackie jusqu'à ce qu'elle lève les yeux. Quelque chose passa entre eux. Pas de l'attirance, ni même de l'affection, mais la communication silencieuse d'une vieille liaison compliquée.

Nick fut surpris par ce brutal changement de sujet.

— Tu veux dire, la cliente ? C'est le Dr Catherine March.

— Un médecin ?

— Elle est anthropologue judiciaire.

Emmett répéta son nom, avec un plissement de front perplexe.

— Je suis certain de l'avoir déjà vue quelque part.

— Peut-être dans le journal. Un article a paru hier sur sa collaboration avec le bureau du coroner pour tenter d'identifier les victimes de l'affaire Delmar Gainey.

Quelque chose passa sur le visage de son oncle. Une émotion si vite disparue que Nick se demanda s'il l'avait imaginée.

Comme Emmett ne répondait pas, Nick insista.

— Tu as sûrement entendu parler de l'affaire Gainey. Des restes humains retrouvés dans une maison abandonnée ? Il faudrait vivre dans une grotte pour être passé à côté.

— Elle a déjà réussi à identifier des victimes ?

— Elle est en train d'établir des profils...

Nick songea à la lueur énigmatique qu'il avait surprise dans le regard de Catherine et à son hésitation avant d'évoquer une anomalie déconcertante.

Il haussa les épaules.

— Mais, pour répondre à ta question, je crois que le travail avance. Elle n'en a pas beaucoup parlé.

— Ce n'est donc pas pour ça qu'elle est venue. C'est bien. Je détesterais te voir entraîné dans ce bourbier.

— Pourquoi penses-tu qu'elle viendrait me consulter à propos d'une enquête de police ?

— C'était juste une idée comme ça. En tout cas, mieux vaut ne pas marcher sur les plates-bandes du département de police de Charleston. Ça pourrait te coûter ta licence.

— Inutile de me rappeler que j'ai intérêt à être prudent dans mes relations avec le DPC.

Nick n'avait pas besoin d'en dire plus. Son oncle savait très bien à quoi il faisait allusion.

— Mais dis-moi plutôt ce qui se trame. Tu as des raisons de t'inquiéter au sujet de l'affaire Delmar Gainey ?

— Pourquoi m'inquiéterais-je à propos d'un tueur en série mort ?

Nick étudia le visage de son oncle.

— Gainey sévissait du temps où tu étais flic. Il me semble que tu as enquêté sur des cas de personnes disparues ? Tu devais avoir une théorie. Quatorze femmes ne peuvent pas disparaître comme ça sans que personne ne remarque quoi que ce soit.

— Ça arrive tout le temps. Des prostituées, des droguées, des fugueuses... Les gens ont tous une bonne raison de se faire oublier et de vivre dans l'ombre.

— Tu veux dire qu'il n'y a pas eu une seule enquête ouverte pour disparition inquiétante ?

— Ce que je dis, c'est que, si une plainte a été déposée, elle aura été traitée comme n'importe quelle autre.

— Et Gainey ? Il n'a jamais attiré l'attention ?

— Il vivait seul et c'était quelqu'un de très discret. D'après ce que j'ai entendu, il n'avait même jamais eu de contravention pour stationnement gênant. Mais personne n'a délibérément tourné la tête de l'autre côté, si c'est ce que tu insinues. Simplement, toutes nos ressources étaient mobilisées ailleurs.

— Tu fais allusion au Tueur du Crépuscule.

— Les victimes d'Orson Lee Finch étaient toutes des jeunes filles de familles aisées. Cela a concentré toutes les attentions. Les autorités de l'époque étaient sur les nerfs.

— J'ai entendu papa parler de cette affaire. Il faisait partie des enquêteurs.

— Oui, avant que les Fédéraux ne prennent la relève. Puis Raymond et moi avons quitté la police pour ouvrir cette agence. Mais, tu connais déjà cette histoire, et c'est vieux, tout ça. Personnellement, j'en ai un peu assez d'entendre parler de ces vieilles enquêtes. J'ai hâte que Gainey et Finch disparaissent dans les poubelles de l'histoire, où se trouve leur place.

— Je doute que ça arrive prochainement. Les gens sont fascinés par les tueurs en série. Le fait qu'il y en ait eu deux au même moment dans la même ville augmente le niveau de fascination.

— Les gens sont stupides, marmonna Emmett.

— Ce n'est pas moi qui dirais le contraire.

— Et donc, cette Mme March...

Surpris par cette nouvelle interruption brutale, Nick lança un regard suspicieux à son oncle.

— En quoi t'intéresse-t-elle ?

Nick se sentait mal à l'aise mais ne comprenait pas pourquoi. Peut-être parce que son oncle se comportait étrangement. Il montrait trop d'intérêt envers Catherine March, tout en traitant par le mépris les deux affaires qui avaient bouleversé la ville.

C'était à croire que Nick avait touché une corde sensible...

Il se pencha vers le hall, où Jackie prétendait taper sur son clavier d'ordinateur. Elle ne leva pas la tête, cette fois, mais Nick était certain qu'elle ne perdait pas une miette de leur conversation. Elle excellait dans son travail et sa loyauté était à toute épreuve, mais elle semblait avoir des yeux et des oreilles partout.

— Allons dans mon bureau, dit-il.

Emmett le suivit jusqu'au bout du couloir mais, au lieu de s'asseoir face au bureau de Nick, il se posta devant la fenêtre pour observer la rue.

Les bras croisés, une épaule en appui contre l'encadrement, il parut s'absorber dans les dessins que la pluie formait sur la vitre.

— Que veux-tu savoir sur Catherine March ? demanda Nick sans parvenir à masquer son impatience.

Emmett se retourna.

— J'aime être informé de toutes nos enquêtes en cours. Ce n'est pas parce que Raymond a pris ses distances avec les affaires que je vais en faire autant. La réputation et la santé financière de l'agence me préoccupent toujours.

— Je le sais. C'est pour cela que nous avons nos réunions hebdomadaires. Mais, pour en revenir à Catherine, elle est venue me voir à propos de son adoption. Sa mère est décédée la semaine dernière, et elle a des raisons de croire que son père biologique est Orson Lee Finch.

Emmett sursauta.

— Quoi ?

Nick hocha la tête.

— J'ai eu la même réaction.

Son oncle se contenta de le dévisager un moment.

— C'est pour ça qu'elle est venue ? Mais, bon sang, Nick, qu'est-ce qu'elle attend de toi, exactement ?

— Elle veut connaître la vérité à propos de sa naissance. Mon idée est donc de prendre contact avec l'avocat qui s'est occupé du dernier appel de Finch, afin d'essayer d'obtenir un rendez-vous. Si Finch accepte de nous voir, je demanderai un test ADN puisque je n'ai plus accès à aucune base de données.

— En gros, tu espères qu'un homme condamné à perpétuité va te donner un échantillon de son ADN. Eh bien, bonne chance, mon garçon.

— Qu'a-t-il à perdre ?

— Tu vas lui dire pourquoi tu veux ce test ?

— Je verrai. En tout cas, Catherine ne veut pas le voir.

— C'est une décision intelligente. Et s'il insiste ?

— Je m'en irai. Nous ne passerons pas d'accord. Protéger la vie privée et la sécurité du client est essentiel.

— Tu es bien naïf ! Les psychopathes sont rusés par nature et, comme tu l'as dit, Finch n'a rien à perdre. Il fera tout ce qu'il peut pour avoir l'avantage. S'il accepte de te rencontrer, alors tu peux parier qu'il aura déjà réfléchi à une manigance. Tu ne verras venir l'embrouille que lorsqu'il sera trop tard.

— Je serai prudent. Je ne suis pas vraiment un novice, tu sais.

Emmett resta pensif un moment.

— Et si Finch refuse le test ADN ?

— Tout dépendra de Catherine. Nous verrons jusqu'où elle

veut aller. L'argent pourrait être un frein. S'il s'agit d'une adoption fermée, je vais devoir faire beaucoup de recherches. Ça fera un nombre important d'heures à facturer.

Emmett semblait à peine l'écouter.

— Et si Finch est vraiment son père biologique ? A-t-elle pensé aux conséquences ? Ce sera impossible à garder secret. Ça finira par sortir. Et une nouvelle pareille peut bouleverser une vie.

Nick se saisit d'un stylo, et le fit jouer entre ses doigts.

Cette histoire lui inspirait un mauvais pressentiment. Il n'était pas trop tard pour faire machine arrière, mais il savait qu'il ne le ferait pas. Il était déjà sérieusement hameçonné et, bien sûr, son intérêt n'avait rien à voir avec les yeux sombres et profonds de Catherine March...

— Je ne sais pas jusqu'où elle a mené ses réflexions, répondit-il. Pour être honnête, je ne suis pas certain qu'il y ait matière à enquêter. Elle a découvert de vieilles coupures de presse cachées dans la penderie de sa mère, ainsi qu'une vieille carte de visite de cette agence. C'est tout ce que nous avons, avec les dernières paroles de sa mère.

— J'ai l'impression qu'elle ne t'a pas tout dit. Elle doit avoir d'autres preuves, ou un début de piste. Les gens adorent conserver les vieilles coupures de presse, et nous avions l'habitude de distribuer nos cartes à tout-va. C'est un euphémisme de dire que tu n'as pas grand-chose à te mettre sous la dent.

— La carte est importante car le numéro personnel de papa a été écrit au dos. C'est pour ça que Catherine est venue ici. Elle pense que sa mère aurait pu être cliente de l'agence. Est-ce que le nom de Laura March te dit quelque chose ?

— Non. Mais, tu peux toujours demander à Raymond. Ou, mieux encore, vérifie avec Jackie. Elle n'oublie jamais un nom ni un visage.

Nick hocha la tête.

— Je vais le faire. Je jetterai aussi un œil sur les archives. En tout cas, tu en sais autant que moi, maintenant. Tu veux faire un point sur les autres enquêtes en cours ?

— Ça peut attendre vendredi. Je viens de me souvenir que j'ai une course à faire.

D'un pas pressé, Emmett se dirigea vers la porte.
— N'oublie pas l'anniversaire de ta grand-mère.
— Je n'oublierai pas.
— Fais-lui un beau cadeau. Tu peux te le permettre, maintenant que nous avons fait de toi un associé.
— C'est déjà prévu.
Au moment de franchir le seuil, Emmett parut se raviser.
— Nick ? J'étais sérieux, tout à l'heure. Tu dois te méfier de Finch. Et aussi de Catherine March. Son histoire ne me plaît pas. Ce serait peut-être mieux de ne pas donner suite.
— Depuis quand nous ne donnons pas suite aux enquêtes potentiellement intéressantes ? Papa et toi avez bâti cette agence en prenant des affaires dont personne ne voulait.
— Celle-ci est différente. Appelle ça une prémonition ou un instinct viscéral, mais je pense que cette femme va t'attirer des ennuis.
Nick avait le même pressentiment, mais il haussa les épaules.
— Je suis un grand garçon.
— Oui. C'est ce que nous disons tous jusqu'à ce que nous soyons trop impliqués, sans possibilité de revenir en arrière.
— La voix de l'expérience.
— La voix de la sagesse.
Comme il l'avait fait précédemment, Nick guetta les bruits de pas dans l'escalier, puis il se leva. Mais, au lieu d'aller à la rambarde, il resta caché dans l'ombre, tandis que la voix de Jackie s'élevait.
— Tu as dit que tu t'étais occupé de tout…
Emmett leva brièvement les yeux vers le second étage.
— Et alors, j'ai oublié de commander le gâteau. Ce n'est pas la fin du monde. Ta sœur a une pâtisserie, non ? Appelle-la. Demande-lui de nous aider à sortir de ce mauvais pas.
Jackie leva la tête à son tour, tandis que Nick reculait contre le mur. Puis elle dit, un soupçon trop fort :
— Je ne sais pas pourquoi ça m'étonne encore. Je ne compte plus les fois où je t'ai sauvé la mise.
Elle soupira avec exagération.
— Ne t'inquiète pas. Je m'en occupe. Comme toujours.

Ils parlèrent encore quelques minutes, d'une voix inaudible, puis Emmett s'en alla par la sortie de secours et Jackie se remit au travail. Elle ne regarda pas vers Nick, mais elle savait qu'il l'observait. Il le devinait à la rigidité de ses épaules et sa façon un peu trop énergique de taper sur le clavier.

Ce que lui avait dit Emmett l'avait à l'évidence bouleversée, et Nick était certain que ça n'avait rien à voir avec le gâteau d'anniversaire de sa grand-mère.

Catherine eut beaucoup de mal à trouver le sommeil cette nuit-là. Étendue dans le noir, elle écoutait le vacarme du tonnerre, tout en repassant dans sa tête les événements de la journée.

Elle ne pouvait blâmer Nick LaSalle de mettre en doute ses motivations. Les preuves qu'elle avait apportées étaient bien maigres, mais elle ne voyait pas pourquoi sa mère aurait conservé ces coupures de presse si elles n'avaient pas un lien avec ses origines. Beaucoup de gens conservaient des articles de journaux, mais combien les cachaient dans un compartiment secret ?

Roulant sur le côté, Catherine fixa un éclair au loin. Le vent se levait, et la pluie crépitait sur le toit. Sa propriétaire était partie rendre visite à sa famille, et Catherine se sentait soudain seule et isolée, dans cette petite rue en retrait où elle avait élu domicile.

Son appartement se trouvait au-dessus d'un garage, niché au fond d'un luxuriant jardin et encadré de chênes centenaires. La plupart du temps, elle adorait cette illusion de vivre dans les arbres, et le calme de cette ruelle à l'écart des grands axes encombrés. Mais, ce soir, la solitude semblait oppressante, le jardin noyé d'ombres prenait des allures menaçantes.

Qui pouvait dire quels dangers rôdaient dans l'obscurité...

Elle roula sur l'autre côté, tournant délibérément le dos à la fenêtre, et tapota son oreiller. L'insomnie la tourmentait depuis l'enfance. Les terreurs nocturnes aussi. Elle n'avait jamais compris sa peur du noir, mais elle se demandait maintenant si des souvenirs enfouis depuis longtemps ne se cachaient pas quelque part dans son subconscient.

Si elle était vraiment la fille d'Orson Lee Finch, de quel genre d'horreurs avait-elle été le témoin dans son enfance ?

Cette question la hantait tellement que, lorsqu'elle s'endormit enfin, son sommeil fut empli de terribles visions des exactions de Finch. Elle rêva des cris de ses victimes et de pétales de magnolia rouge tombant en pluie sur elle.

Elle se réveilla en sueur, les doigts crispés sur la couette, en regardant éperdument autour d'elle.

Quand les battements de son cœur se furent calmés, elle se leva pour aller chercher un verre d'eau et se posta à la fenêtre, observant le jardin sous la pluie.

Songeant à l'homme qu'elle avait surpris en train de l'observer à l'abri d'une porte cochère, elle ne put s'empêcher de penser qu'il l'avait suivie, qu'il était là, les yeux rivés sur sa chambre.

L'obscurité et la nervosité lui jouant des tours, elle le voyait partout : devant le portail, caché derrière le buisson d'azalées, sur le perron de sa propriétaire…

Une succession d'éclairs lui révéla la vérité. Les ombres se disséminèrent en néant. Il n'y avait personne. Elle était parfaitement en sécurité derrière un portail verrouillé et des portes fermées.

Elle se dirigea vers la salle de bains et prit un comprimé de mélatonine, bien décidée à sauver ce qu'il restait de la nuit. Puis, en frissonnant, elle se glissa à nouveau dans le lit, et remonta la couette sous son menton.

S'efforçant de ne plus penser à Finch, elle laissa ses pensées dériver vers son entretien avec Nick LaSalle.

Elle se rappelait très bien leur précédente rencontre. Des squelettes avaient été découverts dans un parc boisé après des pluies diluviennes, et Nick était l'inspecteur chargé de l'enquête. Il lui avait demandé d'établir le profil biologique des victimes. Leur entretien avait été bref, mais Nick lui avait fait forte impression. Grand et mince, avec des cheveux sombres, et des yeux gris comme un ciel d'orage.

Il s'était montré professionnel et méthodique, avec des éclairs d'intuition qui l'avaient surprise. Elle avait éprouvé pour lui une attirance immédiate, et avait été déçue qu'il ne cherche pas à la revoir. Peut-être ne lui plaisait-elle pas. Ou peut-être avait-il l'esprit occupé par autre chose à ce moment-là. Elle se rappelait vaguement quelque chose de déplaisant concernant son départ de la police. Elle fouilla sa mémoire, mais la somnolence brouillait son esprit. Et, de toute façon, elle n'avait jamais accordé beaucoup d'importance aux rumeurs.

Catherine dormit par intermittence, vaguement consciente de son environnement tandis qu'elle commençait à rêver.

Elle était dans sa chambre, bien à l'abri sous la couette. Si elle ouvrait les yeux, elle savait qu'elle verrait tous ses effets personnels. La commode qui avait appartenu à sa mère. Le vase d'hortensias bleus, qu'elle avait cueillis dans le jardin de sa propriétaire...

Pourtant, la pièce qui apparaissait aux confins de sa conscience était très différente. Petite et sombre, avec des images découpées dans un livre de contes et fixées avec du ruban adhésif sur un mur de plâtre brut.

Elle percevait la voix d'un homme, lointaine et coléreuse, et les supplications d'une femme.

Effrayée par ce bruit, Catherine essaya de se réveiller, mais le sommeil l'enveloppa totalement. Le tintement d'une boîte à musique étouffa les voix et la berça.

Elle flotta sur ces notes mélancoliques, jusqu'à ce qu'elle se réveille brutalement.

La musique jouait toujours.

Se redressant dans son lit, elle essaya de se convaincre que sa propriétaire était rentrée. La vieille dame était presque sourde, et elle avait dû monter le volume de la télévision ou de la radio. Mais la maison se trouvait à bonne distance du garage, et Catherine n'avait jamais été gênée par le bruit auparavant.

Paralysée de peur, sans vraiment comprendre pourquoi, elle serra la couette contre sa poitrine.

Le son d'une boîte à musique n'avait rien de menaçant, cependant elle était envahie de sueur froide quand elle bascula les jambes par-dessus le matelas.

Pieds nus et toute tremblante, elle traversa la chambre et jeta un coup d'œil dans l'étroit couloir menant au séjour.

Rien ne bougeait.

Elle tendit la main vers l'interrupteur mais se ravisa. Elle pouvait se déplacer dans l'appartement les yeux fermés. Si quelqu'un était entré, l'obscurité lui donnerait un avantage.

Revenant dans la chambre, elle prit une batte de base-ball dans le placard et se déplaça à pas de loup jusqu'à l'avant de l'appartement.

La boîte à musique ne se trouvait pas à l'intérieur, réalisa-t-elle. Les notes, mélancoliques et obsédantes, s'élevaient de l'autre côté de la porte d'entrée.

Se déplaçant le long du mur, elle écarta discrètement un rideau pour regarder dehors.

Une volée de marches en bois partait du jardin et menait à une terrasse qui courait tout le long de l'étage du garage. Deux lanternes à l'ancienne, fixées de chaque côté de sa porte, apportaient un éclairage succinct.

Accrochée à la branche basse d'un chêne, au pied des marches, une vieille balançoire oscillait sous la brise, dans un angoissant grincement de chaînes. Pendant un moment, Catherine s'imagina que quelqu'un était resté assis là, à l'observer.

Il n'y avait plus personne, mais quelqu'un était venu. La ritournelle de la boîte à musique se terminait seulement, dans un ralenti dissonant.

Crispant les doigts autour de la batte, Catherine déverrouilla la serrure et ouvrit la porte.

Tout d'abord, elle ne vit rien.

Puis elle baissa les yeux. La boîte à musique avait été poussée contre le mur, abritée de la pluie par l'auvent au-dessus de la porte.

Tandis que la dernière note s'éteignait, la petite ballerine mécanique s'immobilisa.

Catherine s'accroupit pour examiner la boîte, puis elle regarda autour d'elle. Quelqu'un était venu jusqu'à sa porte, avait remonté le mécanisme et déposé la boîte pour qu'elle la trouve.

Dans quel but ?

Elle se redressa et s'avança jusqu'au bord des marches, fixant le jardin détrempé en contrebas.

— Je sais que vous êtes là, dit-elle. Qui êtes-vous ? Que voulez-vous ?

Le vent s'engouffra dans ses cheveux, et la pluie mouilla sa chemise de nuit.

Il lui semblait presque sentir sur sa joue la caresse de la main de sa mère. Mais ce n'était pas Laura March qui avait laissé la boîte à musique devant sa porte. Pas plus qu'elle ne l'avait suivie cet après-midi jusque chez LaSalle Investigations.

Quelqu'un de bien vivant savait qui elle était.

Et cette personne essayait de prendre contact avec elle.

3

La pluie avait cessé avant le lever du jour, mais les prévisions météorologiques annonçaient de nouveaux orages dans l'après-midi, et Nick marchait à pas précautionneux sur le chemin dallé menant à l'arrière de la maison.

Son humeur morose s'accordait au temps gris et brumeux, bien que l'appel inattendu de Catherine lui ait apporté un regain de dynamisme. Il n'avait pas prévu de reprendre contact avec elle avant d'avoir eu des nouvelles de l'avocat de Finch. Si cette source ne portait pas ses fruits, il devrait trouver un autre moyen d'obtenir une autorisation de visite pour rencontrer le Tueur du Crépuscule.

Mais chaque chose en son temps.

Marquant un temps d'arrêt au bas de l'escalier extérieur, il observa les environs.

Le jardin débordait de végétation et le parfum des fleurs, exacerbé par la pluie, était entêtant. La maison principale avait conservé son caractère historique, avec son fronton soutenu par des colonnes en marbre et sa galerie couverte ceignant les quatre murs du rez-de-chaussée. Le garage, doté d'un appartement à l'étage, était beaucoup plus rustique, gagné par l'usure du temps et des intempéries.

Levant les yeux, il vit un rideau bouger.

Catherine l'observait.

Un frisson le parcourut, qui était dû en partie à l'attirance et en partie à la nervosité.

Elle n'avait pas expliqué pourquoi elle voulait le voir, mais il y avait dans sa voix un mélange de mystère et d'excitation qui avait éveillé sa curiosité.

Il s'exhorta au calme tandis qu'il montait les marches.

La porte s'ouvrit avant qu'il ait eu le temps de frapper, et son regard croisa celui de Catherine.

Relevés à la va-vite, ses cheveux étaient retenus par une pince qui laissait échapper quelques mèches. Ses traits tirés trahissaient son manque de sommeil, mais elle n'en était pas moins attirante, en T-shirt, jean délavé, et tennis.

Après quelques secondes de silence gêné, elle lui fit signe d'entrer.

— Merci d'être venu aussi vite. J'aurais pu vous retrouver à l'agence. Vous n'étiez pas obligé de faire un détour par ici.

Il haussa les épaules en entrant dans l'appartement, s'efforçant de ne pas trop regarder, mais curieux de la façon dont elle était installée. L'endroit était petit mais fonctionnel, et les meubles avaient été disposés de façon à faciliter la circulation entre les différentes zones. Des aquarelles égayaient les murs blancs, et des tapis Indiens aux couleurs vives réchauffaient le sol carrelé. C'était confortable, avec une touche d'excentricité.

— Ça ne me dérange pas du tout, affirma Nick, en se tournant vers elle. Je passe par ici en allant au bureau.

— Oh ! eh bien c'est parfait. Cependant, je ne veux pas vous faire perdre trop de temps.

Elle se dirigea vers la kitchenette ouverte sur la pièce à vivre.

— J'ai fait du café. Vous en voulez ?

— Avec plaisir.

— Vous le prenez comment ?

— Noir. Sans sucre.

Elle apporta un plateau qu'elle posa sur la table basse du salon.

Perchée sur le bord du canapé, elle remplit ensuite deux tasses, tandis que Nick prenait place dans le fauteuil en face d'elle. Il accepta le breuvage fumant avec reconnaissance. Il s'était levé tôt, et une longue journée l'attendait. Une bonne dose de caféine, c'était juste ce qu'il lui fallait.

Catherine souleva sa tasse et la reposa sans l'avoir portée à ses lèvres. Puis elle changea de position sur le canapé et toussota.

— J'ai négligé de vous dire quelque chose, hier. Je ne pensais pas que c'était important mais, après ce qui s'est passé la nuit dernière...

Il se pencha vers elle.

— Que s'est-il passé ?

— Je vais y venir. Laissez-moi d'abord faire mon mea-culpa.

— Je vous en prie.

Elle se frotta machinalement les cuisses. Qu'essayait-elle d'effacer ? se demanda Nick.

— Je pense que je suis suivie.

— Qu'est-ce qui vous fait penser ça ?

À regret, il posa sa tasse. Le café était excellent, fort et aromatique, avec une touche de chicorée.

— En me rendant à votre bureau hier, j'ai eu l'étrange impression d'être surveillée. Lorsque je me suis arrêtée à un feu, j'ai vu un homme se réfugier dans une entrée d'immeuble. Il a allumé une cigarette et ne semblait pas faire attention à moi, mais il m'a paru étrangement familier.

Elle s'interrompit, le front plissé, comme si elle faisait appel à ses souvenirs, puis haussa les épaules.

— Je l'ai interpellé. Je lui ai même demandé s'il me suivait, mais il s'en est allé.

— C'est rarement une bonne idée d'affronter un inconnu, même si vous pensez qu'il vous suit. Surtout si vous pensez qu'il vous suit.

— Je sais. D'ordinaire, je ne suis pas impulsive et je déteste la confrontation. Mais c'était plus fort que moi. Ces derniers temps, je fais des choses qui ne me ressemblent pas.

— Du genre ?

— Engager un détective privé, pour commencer.

Elle croisa les mains sur son estomac, comme pour maîtriser ses impulsions.

— J'ai lu que le deuil pouvait conduire une personne à se comporter étrangement. C'est pourquoi il est recommandé de ne pas prendre de décision importante dans l'année qui suit le décès d'un proche.

Elle resta silencieuse un moment.

— Avant le décès de ma mère, je n'aurais jamais imaginé avoir besoin de vos services.

— Vous n'avez jamais eu envie de rechercher vos parents biologiques avant ?

— On m'a toujours dit que mon père biologique était mort. Quant à la femme qui m'a mise au monde... Oui, bien sûr, j'ai pensé à la rechercher, mais je ne l'ai jamais fait. Cela aurait été comme une trahison envers la femme qui m'a élevée. Pourtant, je sais qu'elle ne l'aurait pas vu comme ça. Elle m'aurait même encouragée à le faire si elle avait su.

Elle soupira.

— En fait, je crois que j'avais peur de retrouver ma mère biologique.

— Parce que vous pensiez qu'elle vous rejetterait ?

— Non, ce n'est pas ça. Il y a des choses en moi que je n'ai jamais comprises. Certaines angoisses... Par exemple, j'ai toujours eu peur du noir, et je ne sais pas pourquoi. J'ai été élevée dans un entourage aimant et protecteur. Ça n'a aucun sens, et pourtant...

La fin de sa phrase se perdit.

— Je ne dors pas bien à cause de cette peur. Toute petite déjà, je souffrais d'insomnie et j'avais des frayeurs nocturnes.

— À quel sujet ?

— Rien de précis. De vagues images. L'impression d'être perdue et de ne pas être capable de retrouver le chemin de la maison. L'impression aussi d'être poursuivie dans le noir.

— Vous pensez que ça peut venir de quelque chose qui vous est arrivé avant que vous soyez adoptée ?

— Je ne sais pas. Mais, il est peut-être temps de le découvrir.

— En avez-vous parlé à un thérapeute ?

Nick se reprit aussitôt.

— Désolé. C'est sans doute trop personnel.

— Pas du tout. Ça ne me dérange pas d'en parler. Ma mère m'a emmenée chez un psychologue quand j'étais adolescente. Après quelques rendez-vous, il a conclu que mes cauchemars étaient provoqués par la peur de l'abandon. Il avait peut-être raison. Ça paraissait logique, après tout. Mais, depuis que j'ai trouvé ces coupures de presse, je ne peux m'empêcher de penser que j'ai occulté les souvenirs de mes premiers mois d'existence.

— Vous m'avez dit que vous avez été adoptée à l'âge de deux ans. Peu de gens ont des souvenirs qui remontent aussi loin.

— En effet, peu de gens se rappellent leur petite enfance, mais ça ne veut pas dire que les souvenirs ne sont pas enfouis quelque part dans le subconscient. Nous savons si peu de chose sur la mémoire et son fonctionnement. Et si j'avais vu quelque chose ? Un événement si terrible que les souvenirs remontent à la surface quand je rêve.

— Vous pensez que c'est lié à Finch ?

— C'est ce qui m'inquiète.

Elle se leva et alla à la fenêtre pour regarder dehors.

— Je sais que je ne devrais pas vous ennuyer avec ça. Vous n'êtes pas mon psy.

— Je suis là pour vous aider.

Elle lui adressa un bref sourire, mais son regard était troublé et, à nouveau, Nick ne put s'empêcher de se demander ce qui se cachait dans les profondeurs infinies de ses yeux.

Était-elle la fille d'Orson Lee Finch ?

Laissant son esprit dériver vers d'obscures contrées, il essaya d'imaginer ce que cet Enfant du Crépuscule avait pu verrouiller dans son subconscient.

Catherine revint s'asseoir.

— En tout cas, vous savez écouter. Vous êtes patient, vous ne jugez pas...

Nick haussa les épaules.

— Tout bon détective est un peu psy à ses heures. On écoute, on apprend... Pourquoi ne m'avez-vous pas parlé de ça hier ? En particulier de votre impression d'être suivie.

— Parce que j'avais déjà l'air un peu délirante. Je ne voulais pas en plus passer pour une paranoïaque. Et, maintenant, j'ai réussi à paraître complètement déséquilibrée.

Elle soupira.

— Je n'ai aucun mal à imaginer ce que vous pensez.

— Je pense que vous venez de subir une perte terrible, et que vous êtes toujours sous le choc. Une semaine, ce n'est pas très long. Ne soyez pas aussi exigeante avec vous-même.

— J'essaie. Mais tout est tellement confus. Tant de choses se sont produites depuis le décès de ma mère. J'ai l'impression d'être prise dans un tourbillon.

— Eh bien, ralentissez. Faites une pause. Et buvez votre café avant qu'il ne soit froid.

Catherine porta sa tasse à ses lèvres, fermant les yeux comme pour en savourer l'arôme, tandis qu'elle rassemblait ses pensées.

— En quittant votre bureau hier, je me sentais mieux. Passer à l'action m'a donné un but. Quelque chose de concret sur quoi me concentrer. J'ai même fini par me persuader que l'homme que j'avais vu ne me suivait pas, que mon imagination m'avait joué des tours. Mais la nuit dernière, une fois couchée, j'ai commencé à le voir partout, en train de me surveiller. Finalement, je me suis endormie, et j'ai rêvé d'une chambre inconnue…

Nick se laissa emporter par son histoire et, une fois de plus, réalisa qu'il était complètement fasciné par ses yeux.

Sa peau hâlée semblait aussi douce que la soie et, quand elle tourna la tête, la lumière embrasa sa chevelure de reflets acajou. Il pouvait à nouveau sentir la vanille, et quelque chose de plus sensuel encore, comme le santal ou le patchouli. Les fragrances se mêlaient, évoquant des contrées exotiques et ranimant ses sens.

— J'ai entendu des voix qui me faisaient peur, poursuivit Catherine. Puis une boîte à musique a commencé à jouer. Quand je me suis réveillée, j'entendais toujours la mélodie…

Nick regarda autour de lui et découvrit des bougies sur le bar de la cuisine, et un brûle-parfum sur une console. Juste à côté se trouvait un coffret à bijoux, comme on s'attendait à en trouver sur la commode d'une fillette. L'objet semblait vieux. Le fermoir était terni, et le papier décoratif se décollait par endroits de la structure en carton.

Il reporta son attention sur Catherine, qui se penchait pour prendre une boîte. Elle souleva le couvercle, et une petite ballerine en plastique apparut.

— Quelqu'un a laissé ça devant ma porte pendant que je

dormais. La personne a remonté le mécanisme et a déposé la boîte contre le mur pour qu'elle ne soit pas abîmée par la pluie.

— Vous n'avez vu personne ? Entendu des bruits de pas, une portière de voiture ?

Elle secoua la tête.

— Rien. Mais je ne me suis pas aventurée plus loin que le haut de l'escalier.

Elle baissa la voix.

— Il faisait tellement sombre.

Il se demanda si elle avait conscience de ce qu'elle avait révélé à cet instant.

— C'était une sage décision. Avez-vous envisagé d'appeler la police ?

— Ça m'a traversé l'esprit mais à quoi bon ? Je n'ai pas été menacée. Et, le temps qu'ils arrivent, l'intrus aurait disparu depuis longtemps.

— Ils auraient pu trouver des empreintes, suggéra Nick.

— Je crains d'avoir contaminé la scène. Je n'avais pas les idées claires.

— Ce n'est pas grave. Il suffira d'éliminer les vôtres. J'ai encore un ou deux amis au DPC. Si nous pouvons obtenir une empreinte viable, il suffira de la passer dans la base de données. Vous pensez sans doute que la boîte à musique est aussi connectée à Finch et aux coupures de presse ?

— Comment pourrait-elle ne pas l'être ?

— Vous avez parlé de ces articles à quelqu'un ?

— Ma tante. Je voulais savoir si elle avait une idée de la raison pour laquelle ma mère les avait conservés.

— Et alors ?

— Elle a dit que maman avait toujours été fascinée par les grandes affaires criminelles, mais je ne suis pas sûre d'y croire. Elle ne regardait jamais le journal télévisé si elle pouvait l'éviter.

— Vous pensez que votre tante a délibérément essayé de vous mystifier ?

— Je pense qu'elle essayait de me protéger. J'ignore ce qu'elle sait exactement de mon adoption. Mais, si ma mère pensait que Finch pouvait être mon père, il est raisonnable d'envisager qu'elle se serait confiée à sa sœur. En outre, Louise est avocate, et maman a pu lui demander des conseils.

— Y a-t-il une autre personne à qui votre mère aurait pu parler ?

— Je ne crois pas. Elle n'avait pas beaucoup d'amis proches.

— Et vous n'en avez parlé à personne d'autre ? Même de façon anecdotique ?

— Seulement à vous.

Il tendit la main.

— Je peux ?

Elle lui donna la boîte, et Nick prit soin de la manipuler seulement par les coins, tandis qu'il la retournait pour examiner le fond. Puis il la posa sur la table et souleva le couvercle. La ballerine tressauta et s'immobilisa.

— Elle semble ancienne.

— Oui, bien que ce ne soit pas une antiquité. La fabrication est de piètre qualité. Mais quelqu'un a dû l'aimer. Un enfant, peut-être.

— Vous ne l'avez jamais vue avant ?

— Pas que je m'en souvienne.

— Avez-vous reconnu la musique ?

— *Clair de lune* de Debussy, je pense.

— Cela a une signification particulière pour vous ?

— Non. Mais, si quelqu'un a laissé cette boîte sur le pas de ma porte, c'est qu'il y a une raison. On essaie de me dire quelque chose. Mais pourquoi maintenant ? Après toutes ces années, ma mère biologique essaierait-elle de reprendre contact avec moi ?

— En supposant que ce soit elle, peut-être a-t-elle entendu parler du décès de votre mère.

— Cela voudrait dire qu'elle s'est tenue au courant de ce que je devenais. C'est assez déconcertant, et en même temps cela expliquerait cette sensation que j'ai toujours eue d'être surveillée.

Elle rit nerveusement.

— Et voilà que j'ai de nouveau l'air d'une déséquilibrée.

— Pas du tout. Vous permettez que j'emporte la boîte au bureau ? Je n'ai pas de kit d'empreintes avec moi.

— Oui, bien sûr.

Elle se leva brusquement.

— Je vais chercher quelque chose pour la mettre dedans. Mais je suppose que nous l'avons déjà trop manipulée.

Elle alla chercher un sac dans la cuisine, et il y déposa soigneusement la boîte.

— J'en prendrai bien soin, dit-il, tandis qu'elle le raccompagnait jusqu'à la porte.

— Merci encore d'être venu.

— Quand vous voudrez. Et je le pense, Catherine. Si vous voyez quelque chose d'inhabituel, ou si vous avez un mauvais pressentiment, n'hésitez pas à m'appeler.

Elle le suivit à l'extérieur et resta en haut des marches tandis qu'il descendait.

Arrivé en bas, il se retourna pour la saluer une dernière fois, mais elle était déjà rentrée.

Le temps était toujours clair lorsque Catherine se prépara à partir travailler, et elle croisa les doigts pour que l'orage annoncé n'éclate pas avant son retour en fin d'après-midi. Elle n'aimait pas beaucoup conduire, et la promenade entre son appartement et l'université était magnifique.

Beaucoup des maisons de son quartier d'adoption étaient historiques. Derrière les murs de briques, percés de hautes grilles qui semblaient défendre une forteresse fantôme, se cachaient de mystérieuses allées dissimulées par la végétation.

L'odeur du jasmin flottait dans l'air humide, lui rappelant son enfance. Sa mère lui manquait, toute comme lui manquaient sa voix apaisante, sa main douce, son doux sourire, et les trop rares étincelles de malice dans ses yeux bleus.

« Tout ira bien, Cath, tu verras. Ne perds pas espoir. Une chose après l'autre. »

Et si une autre mère était là quelque part, la surveillant de loin, essayant d'adoucir sa solitude de la seule manière qu'elle connaissait ?

Catherine ne savait pas trop ce qu'elle devait en penser.

Elle n'était pas prête à passer à autre chose. Elle n'était pas prête à laisser Laura March lui échapper. Elle avait besoin de s'accrocher encore à ces souvenirs.

Peut-être était-ce une erreur d'avoir engagé un détective privé...

Elle ne doutait pas que Nick LaSalle soit bon dans son travail. Peut-être trop bon. Avait-elle vraiment envie de connaître son passé ?

— Mademoiselle, ça va ?

Catherine sortit brusquement de sa rêverie.

Un homme s'était approché d'elle dans la rue. Elle était tellement plongée dans ses pensées qu'elle ne l'avait même pas remarqué.

Elle hocha la tête.

— Je vais bien.

— Vous semblez un peu perdue. Vous cherchez une adresse, peut-être ?

Elle se força à sourire.

— C'est très aimable de vous en inquiéter, mais je sais où je vais.

Elle n'avait tout simplement pas la moindre idée d'où elle venait.

4

Les étudiants de Catherine étaient déjà plongés dans leur travail quand elle arriva.

Le laboratoire était situé dans l'entresol de l'un des plus vieux bâtiments de la vénérable institution. Les néons au plafond apportaient une lumière suffisante pour ce qu'ils avaient à faire, mais des ombres semblaient rôder dans les coins.

Une odeur de moisi l'enveloppa tandis qu'elle se déplaçait entre les rangées de tables métalliques. Ici, parmi les victimes sans visage et sans nom, elle était dans son élément.

— Bonjour, docteur March.

Occupée à mesurer un fémur, Emily Wooten releva la tête en souriant. Travailleuse acharnée au laboratoire, et élève studieuse en classe, Emily était une jolie petite brune, avec un teint sans défaut et un caractère obligeant, toujours gaie, toujours avide de plaire.

Son binôme, Nolan Reynolds, était aussi acharné au travail, mais il avait tendance à la morosité et au mutisme. D'une minceur extrême, et affublé de lunettes à verres épais, il était toujours seul sur le campus et dans la classe. Il ne semblait pas avoir d'amis et ne paraissait pas non plus en chercher. Il était de ces personnes obsédées par ses études et satisfait de sa propre compagnie.

Catherine avait été un peu comme ça, elle aussi. Elle était entrée à l'université à dix-sept ans et n'avait vécu que pour l'obtention de son doctorat, ne laissant rien ni personne interférer avec ses buts et ses ambitions. Pas d'inscription à des clubs. Pas de sport. Pas de vie sociale à proprement parler.

Mais c'était avant de savoir ce qu'était la véritable solitude. Celle qui vous rongeait à petit feu après la perte d'une personne chère.

— Je commençais à m'inquiéter un peu pour vous, dit Emily.

— Pourquoi ?

Catherine jeta un coup d'œil à la grosse horloge au-dessus des éviers.

— Je ne suis pas tellement en retard.

— Non, mais vous êtes là tellement tôt d'habitude. Et la circulation est impossible avec cette pluie. Je suis contente que vous soyez arrivée ici saine et sauve.

— Le temps s'est éclairci. Mais vous avez raison pour la circulation. Heureusement, je suis venue à pied.

Catherine fit glisser son sac à dos de ses épaules.

— Sur quoi travaillez-vous ce matin ?

— L'inconnue numéro huit.

Catherine hocha la tête. Elle s'occuperait à nouveau de la treize un peu plus tard dans la journée. Mais, pour le moment, ses assistants et elle devaient compléter les profils biologiques des autres inconnues, afin que les mesures et les calculs puissent être entrés dans la base de données des personnes disparues.

Tandis qu'elle se dirigeait vers son bureau, elle révisa mentalement la liste des choses qu'elle avait à faire. Puis elle posa son sac à dos et vérifia ses e-mails. Elle enfila ensuite une blouse de laboratoire sur son jean et son T-shirt, et rejoignit ses étudiants.

La matinée passa en un éclair.

Comme toujours, Catherine était si absorbée par son travail qu'elle perdit la notion du temps.

Seul le staccato de la pluie sur les vitres parvint à la sortir de sa transe.

— Quel déluge, remarqua Emily. Et, comme par hasard, juste à l'heure du déjeuner.

— Vous aviez prévu de sortir ? demanda Catherine.

— Oui, je dois rencontrer quelqu'un hors du campus.

— Tu ne peux pas reporter ? demanda Nolan.

— Non, ce n'est pas si simple.

— Qu'est-ce qu'il y a de si compliqué dans une invitation à déjeuner ?

Emily hésita.

— Je n'ai pas dit que c'était une invitation.

— Qu'est-ce que c'est, alors ? Un entretien d'embauche ?

La question de Nolan surprit Catherine. Il manifestait rarement de l'intérêt pour les personnes qui l'entouraient.

Emily grommela.

— Depuis quand tu te soucies de ce que je fais ?

— Je m'en moque complètement, marmonna Nolan.

— En tout cas, soyez prudente, dit Catherine.

— Comptez sur moi.

Emily rassembla ses affaires et se dirigea vers la porte.

— Je serai de retour dans une heure.

Catherine se leva et s'étira.

— Et vous ? demanda-t-elle à Nolan. Vous sortez ?

— Par ce temps ? Pas question. Je n'ai pas faim, de toute façon. En plus, je dois partir tôt aujourd'hui et je préfère travailler sans interruption. Mais que ça ne vous empêche pas de sortir.

— J'ai prévu de rester aussi. J'ai apporté mon déjeuner.

Catherine observa un moment son étudiant.

— Vous êtes penché sur cette table depuis des heures. Vous devriez faire une pause. Ce n'est pas bon de rester assis aussi longtemps. Vous savez quoi, allez vous laver les mains et rejoignez-moi dans mon bureau. Je partagerai mon sandwich avec vous.

— Merci, mais ce n'est pas nécessaire, docteur March. Je n'ai vraiment pas faim.

— Vous me tiendrez compagnie, alors. Nous ne sommes pas obligés de parler travail si vous ne voulez pas.

Il sembla perplexe.

— De quoi d'autre pourrions-nous parler ?

— Je ne sais pas. Du dernier film que vous avez vu. De vos livres préférés. Ou pourquoi pas du temps. En tout cas, un changement de décor nous fera du bien.

— Votre bureau est un changement de décor ?

— Nous pouvons aller à la cafétéria.

— Je préfère encore votre bureau.

Catherine ôta ses gants et sa blouse, se lava les mains, et regagna son bureau. Sa table de travail était plus encombrée qu'à l'ordinaire, et elle prit quelques instants pour y mettre de l'ordre, avant de déposer la moitié d'un sandwich et une pomme sur une assiette en carton.

Elle n'aurait pas été surprise que Nolan lui fasse faux bond, mais il la rejoignit quelques minutes plus tard, traversant le bureau de sa démarche sautillante, avant de prendre place sur la chaise en face d'elle.

— J'espère que vous aimez le poulet mayonnaise.

Il hocha les épaules, et prit son demi-sandwich entre ses doigts.

— Docteur March, avez-vous remarqué quelque chose de particulier dans le comportement d'Emily ces derniers temps ?

— Particulier dans quel sens ?

— C'est difficile à dire. J'ai l'impression qu'elle mijote quelque chose depuis trois, quatre jours. Elle passe son temps à fixer son téléphone au lieu de travailler, et elle sursaute quand il sonne. Puis elle sort dans le couloir pour répondre.

— Sans doute pour ne pas gêner les autres.

— Peut-être... Mais, il n'y a pas que les coups de téléphone. Je n'arrive pas à mettre le doigt dessus, mais elle est vraiment bizarre.

Après cela, Nolan se tut et commença à mordre distraitement dans son sandwich.

Catherine le laissa à ses pensées.

Elle le connaissait depuis qu'il s'était inscrit à ses cours d'anthropologie pour les étudiants de première année, mais il avait quelque chose d'un peu mystérieux. Il ne parlait jamais de lui ou de sa famille, mais son attitude et son langage évoquaient les vieilles familles fortunées. Ses vêtements étaient classiques et sobres, mais la coupe et les étoffes étaient de qualité. En dehors de ces observations superficielles et de la façon dont il travaillait, en classe comme au laboratoire, elle ne savait rien de lui.

Dès qu'ils eurent fini leur repas, Nolan retourna au laboratoire.

Catherine soupira en le regardant sortir de son bureau. Elle avait envie de lui rappeler qu'il y avait autre chose dans la vie que le travail. Elle-même avait appris cette leçon de la plus cruelle des façons.

Combien de fois avait-elle refusé un dîner ou une sortie au cinéma avec sa mère parce qu'elle était trop prise par un projet en cours ? Aujourd'hui, elle aurait tellement aimé pouvoir revenir en arrière et avoir encore une soirée à passer ensemble.

Mais c'était impossible, et il ne servait à rien de regretter et de s'auto-apitoyer.

À son tour, elle retourna au travail et essaya de chasser une mélancolie rampante, mais elle ne parvint pas à fixer son attention.

C'était une sensation étrange pour quelqu'un de méthodique et de concentré comme elle. Elle se sentait nerveuse et impatiente, et mit cela sur le compte d'un excès de café. Ou sur le pouvoir de la suggestion. L'agitation de Nolan avait dû la contaminer.

Avec un soupir, elle laissa ses pensées dériver vers Nick LaSalle et se demanda s'il avait progressé sur son affaire.

Il ne s'était écoulé que quelques heures depuis qu'elle l'avait vu, et il était trop tôt pour appeler. Inutile donc d'envisager qu'il avait déjà pu organiser une visite à la prison, et encore moins relever des empreintes sur la boîte à musique et les faire analyser. Pourtant, le cœur de Catherine s'emballa quand la porte du laboratoire s'ouvrit.

Des gouttes d'eau accrochées à ses cheveux, Emily entra en charriant avec elle une bouffée d'air humide, et Catherine ne put s'empêcher de l'observer attentivement, cherchant le signe que quelque chose avait changé dans sa vie.

— Ravie de voir que vous êtes rentrée saine et sauve, dit-elle d'un ton léger, tout en faisant mine d'examiner de plus près un crâne.

— De justesse. J'ai failli me faire heurter à un carrefour. Les conducteurs deviennent fous quand il pleut. J'espère que ça va se calmer d'ici ce soir. Surtout pour vous, docteur March, puisque vous êtes venue à pied. Au besoin, je peux vous raccompagner.

— Merci, mais j'ai mon parapluie, et je n'ai pas loin à aller.

— Un parapluie ne vous sera pas d'une grande utilité sous ce déluge. Vous serez trempée avant d'avoir quitté le campus.

— Nous verrons comment sera le temps dans quelques heures.

— D'accord. Mais l'offre tient toujours. C'est la moindre des choses après tout ce que vous avez fait pour moi.

— Je ne vois pas ce que vous voulez dire. Votre travail parle de lui-même.

— Oui, mais vous avez tellement d'étudiants exceptionnels. Je vous suis très reconnaissante de m'avoir choisie pour ce projet. Cette une expérience qui n'a pas de prix.

Elle parut sur le point d'ajouter quelque chose, puis se tourna brusquement pour poser ses affaires. Au lieu de se mettre au travail, elle traversa la pièce pour aller observer L'Inconnue Numéro Treize.

— Je me demande qui c'est, remarqua-t-elle pensivement.

— C'est ce que nous essayons de découvrir, répondit Catherine.

Emily releva les yeux.

— Elle est différente des autres.

— Oui, mais pas plus importante.

Catherine se leva pour rejoindre son élève et, pendant quelques instants, elles observèrent en silence les ossements.

L'Inconnue Numéro Treize n'avait ni visage ni nom, mais ils en savaient déjà beaucoup sur elle. Elle était de petite taille, avait une vingtaine d'années au moment de sa mort, Caucasienne, droitière, et sportive. Elle avait toute la vie devant elle, mais elle avait croisé la route d'un tueur en série du nom de Delmar Gainey. C'était un chasseur efficace et rusé. Il l'avait espionnée pendant des jours, attendant son heure pour frapper.

Emily rompit le silence.

— Vous allez me prendre pour une folle, docteur March, mais j'ai rêvé d'elle la nuit dernière. Elle ressemblait à mon institutrice de cours élémentaire et me disait que je devrais vérifier ses dents.

— Attends, dit Nolan, depuis l'autre côté de la pièce. Est-ce que tu suggères que le fantôme de Numéro Treize est venu te voir dans ton sommeil ?

— Je ne crois pas aux fantômes, rétorqua Emily. Mais je crois que mon subconscient m'a dicté de vérifier à nouveau les ossements, au cas où nous serions passés à côté de quelque chose.

Elle passa la main le long de la table métallique. Il y avait une note étrange dans sa voix et une inexplicable lueur dans ses yeux quand elle croisa le regard de Catherine.

— Docteur March ?

— Oui ?

— Ça vous arrive de rêver de votre travail ?

— C'est possible, mais je ne me rappelle pas souvent mes rêves, préféra-t-elle dire.

— Je continue à me demander pourquoi cette inconnue n'a pas subi le même traitement que les autres. Pourquoi Gainey lui a-t-il tiré dans la tête, la tuant probablement sur-le-champ, alors qu'il a visiblement pris son temps avec les autres ? Elles ont toutes des fractures perimortem, sauf elle. Il a dû leur briser les bras et les jambes pour qu'elles ne puissent pas s'enfuir, puis il a utilisé un long couteau dentelé pour les achever. Il a commencé lentement, touchant à peine la cage thoracique, puis il a été pris de furie tandis qu'il entaillait profondément la chair, fêlant le sternum.

— C'est une perversion sexuelle.

Nolan se leva et les rejoignit.

— L'adepte de cette pratique éprouve un plaisir sadique à pénétrer la chair avec des objets pointus, parfois jusqu'à donner la mort.

Emily grimaça.

— Tu en sais, des choses.

— C'est un profil de prédateur connu. Jack l'Éventreur en est probablement l'exemple le plus connu. Mais j'ai toujours trouvé qu'Albert Fish était un sujet beaucoup plus intéressant. Il infligeait cela à ses victimes, mais aussi à lui-même en se flagellant avec une planche lardée de clous.

— C'est malin, grommela Emily. Maintenant, je ne vais plus pouvoir me sortir cette image de la tête.

— Pourtant, tu n'es pas gênée le moins du monde par les corps en décomposition truffés d'asticots, observa Nolan. C'est intéressant.

— Les corps en décomposition et les asticots ne sont que de la biologie. Les tortures pornographiques que tu viens de décrire relèvent de la psychologie.

Sur ces mots, Emily se tourna vers Catherine.

— J'ai une théorie sur Numéro Treize.

— J'aimerais l'entendre.

— Ses os et ses dents étaient sains à l'époque de sa mort, contrairement aux autres qui avait des dents cariées, fêlées ou manquantes. Nous avons aussi trouvé des fractures antemortem chez certaines, ce qui n'est pas inhabituel chez les personnes qui ont connu des années d'abus physiques. Prostituées, droguées, fugueuses… Mais il apparaît que Numéro Treize avait une vie plus saine. Elle n'était pas vulnérable comme les autres. Elle a lutté. Elle a réussi à échapper à Gainey et à s'enfuir. Il l'a poursuivie, mais la seule façon pour lui de la maîtriser a été de lui tirer une balle dans la nuque. Puis il a ramené le corps chez lui et l'a enterré dans le jardin avec les autres.

— Ce n'est pas une mauvaise théorie, dit Nolan.

— Vous en avez une différente ? demanda Catherine.

— Pour toutes les raisons qu'Emily vient de mentionner, je ne pense pas que Numéro Treize ait été une cible, et encore moins une captive. Gainey ne s'en prenait qu'à des personnes vivant dans la rue, qui pouvait disparaître sans que personne ne s'en rende compte. Il aurait considéré que cette femme présentait trop de risques. Je pense qu'il l'a tuée parce qu'elle représentait une menace pour lui. Elle a peut-être vu quelque chose. Ou alors, elle s'est mise entre lui et sa victime.

— Au mauvais endroit au mauvais moment ? demanda Catherine.

— Réfléchissez, dit Nolan, en se passant la main dans les cheveux d'un geste impatient. Gainey a réussi à tuer quatorze femmes et à cacher les corps chez lui, sans que personne ne suspecte quoi que ce soit. Ça demande une certaine intelligence. Ce n'était pas le genre à se montrer imprudent. Personne ne lui a jamais échappé. Il a poursuivi son but méthodiquement et sans ego. Contrairement à Orson Lee Finch, par exemple, qui a nargué la police en exposant les corps. Comme s'il avait envie de se faire prendre.

La simple évocation du nom de Finch fit sursauter Catherine. Si sa mère biologique avait vraiment été sa première victime, cela voudrait dire que Finch avait demandé à quelqu'un de déposer la boîte à musique sur son seuil. Cela signifierait aussi qu'il n'avait cessé de la faire surveiller pendant toutes ces années, sachant qui elle était, où elle se trouvait...

Elle ne put réprimer un frisson.

— Docteur March ? Ça va ? demanda Nolan.

— Oui. Je réfléchissais.

— Que pensez-vous de ma théorie ?

Son regard semblait plus intense qu'à l'accoutumée.

— Vous donnez l'impression d'admirer Delmar Gainey.

— Je peux admirer son inventivité sans cautionner ses actes.

— Supposons que nous ayons raison tous les deux à propos de Numéro Treize, intervint Emily. Si elle ne vivait pas dans la rue, pourquoi personne n'a signalé sa disparition ?

— Ça a peut-être été fait, répondit Nolan. Tout le monde pense que les victimes de Gainey vivaient à Charleston, ou tout à côté. Mais cette ville est un terrain de chasse trop petit pour un chasseur aussi prolifique que Gainey. Atlanta, en revanche, offre plus de possibilités et davantage d'anonymat. Et ce n'est qu'à cinq heures de route d'ici. Savannah est à deux heures, Charlotte à trois heures et demie...

— On dirait que tu y as beaucoup réfléchi, remarqua Emily.

— Oui, mais je ne rêve pas encore d'ossements, moi.

Emily lui fit une grimace.

— Vous avez tous les deux présenté des théories intéressantes, trancha Catherine. Mais nous nous éloignons de notre mission et, pour le bien de l'enquête, nous ferions mieux de nous remettre au travail.

Elle donna l'exemple en retournant à sa table de travail, et les deux autres ne tardèrent pas à suivre.

Après leur discussion, le laboratoire semblait étrangement silencieux.

Catherine se surprit à observer discrètement ses assistants, notant des choses qu'elle n'avait jamais remarquées auparavant. Comme la façon dont Emily jetait des coups d'œil vers Numéro Treize quand elle pensait que personne ne la regardait. Ou comme la façon dont Nolan surveillait Emily.

Elle ne pouvait s'empêcher de penser que quelque chose avait changé et qu'il y avait maintenant une forme de discordance dans la dynamique du laboratoire.

Mais peut-être n'était-ce qu'un effet de son imagination.

Ou peut-être, au lieu de rejeter la faute sur ses assistants, ferait-elle mieux de se regarder dans un miroir.

5

Nick s'absenta du bureau presque toute la journée. Lorsqu'il revint en fin d'après-midi, tout le monde était parti, à l'exception de Jackie. Elle terminait de ranger son bureau quand il entra dans le hall en s'ébrouant pour chasser les gouttes d'eau de ses cheveux.

— Ça devient moche, dehors.

Elle tourna la tête vers les fenêtres.

— C'est le moins qu'on puisse dire. Je m'attendais presque à te voir arriver en barque.

Il sourit.

— Emmett a peut-être eu une bonne idée d'acheter un bateau, après tout.

— Ce vieux fou ? Il n'a pas son pareil pour jeter son argent par les fenêtres. Au rythme où il dépense sa pension de retraite, il va se retrouver à la rue avant son prochain anniversaire. Qu'il ne vienne pas pleurer à ma porte.

— Tu ne voudrais pas l'héberger ?

— Certainement pas ! Qu'est-ce qu'il y connaît en bateaux, de toute façon ? Je ne lui donne pas six mois pour se rendre compte qu'il n'a rien d'un marin. S'il ne se noie pas avant.

Elle vérifia son téléphone avant de le glisser dans son sac, puis elle sortit de celui-ci un poudrier doré et un tube de rouge à lèvres.

À plus de cinquante-cinq ans, Jackie Morris était toujours une femme très séduisante, tirée à quatre épingles et d'une autorité implacable sous ses airs de blonde angélique.

Toisant Nick d'un regard sévère, elle agita son rouge à lèvres dans sa direction.

— Quant à toi, je te connais par cœur. Je sais bien pourquoi tu traînes autour de mon bureau avec ton air mielleux. Ne t'imagine pas pouvoir déposer du travail sur mon bureau. Il est plus de 18 heures, et je suis là depuis 7 heures ce matin. J'ai fini ma journée. Si tu as une urgence, je te suggère de la régler toi-même.

Nick était habitué à son caractère grincheux, et il se contenta de hausser les épaules avec bonhomie.

— J'allais seulement te dire d'être prudente. L'orage va encore empirer.

— Eh bien, certains d'entre nous n'ont pas eu le luxe de quitter le bureau avant que ça se déchaîne, grommela-t-elle, après avoir appliqué une couche de rouge sur ses lèvres.

— Tu peux toujours attendre ici.

— Bien essayé !

Elle fit claquer son poudrier et le remit dans son sac, avec son tube de rouge à lèvres.

— À demain.

— Tu es sûre que tu ne veux pas que je te raccompagne chez toi ?

— Je conduisais déjà avant ta naissance. Je pense que je peux affronter un petit peu de pluie.

— Je n'en doute pas. Juste une petite question avant que tu partes. Tu te rappelles la cliente qui est venue hier après-midi ?

Nick crut détecter une soudaine tension dans la posture de Jackie.

Elle eut un petit haussement d'épaules, comme pour masquer une anxiété momentanée.

— Celle de 14 heures, Cheveux sombres, grands yeux bruns ?

— Oui, c'est ça. Le Dr Catherine March.

— Elle est médecin ?

— Pourquoi tout le monde bloque-t-il sur son titre ?

— Peut-être parce qu'elle ne ressemble pas à ta clientèle habituelle.

— Pour ton information, elle a un doctorat en anthropologie.

— Très bien. Et pourquoi a-t-elle besoin de nos services ?

— Elle pense que sa mère a pu faire partie de nos clients, il y a quelques années.

— Combien de temps, exactement ?

— Vingt-cinq ans environ. Elle s'appelait Laura March. Son mari était policier, et il a été assassiné. Aidan March. Est-ce que ces noms te disent quelque chose ?

Jackie marqua une infime hésitation avant de répondre.

— Non. Qu'est-ce qui lui fait penser que sa mère était cliente chez nous ?

— Laura March est décédée la semaine dernière. Catherine a découvert chez sa mère une boîte contenant des coupures de journaux, cachée dans un compartiment secret. Elle a aussi trouvé une de nos anciennes cartes de visite avec le numéro personnel de papa.

— Tu as demandé à ton père s'il se souvenait d'une cliente de ce nom ?

— Pas encore. Mais nous savons tous les deux que tu as une mémoire exceptionnelle.

— Certes, mais je ne suis pas infaillible. Et, même si ça me coûte de le reconnaître, je ne suis plus une perdrix de l'année.

Elle soupira avec force.

— Quoi qu'il en soit, je ne me souviens pas d'une cliente du nom de Laura March. Mais il est possible que ton père l'ait rencontrée en dehors de l'agence.

— Je lui poserai la question à l'anniversaire de ma grand-mère si je ne le vois pas avant. En attendant, je vais m'arrêter à l'entrepôt et jeter un coup d'œil dans les archives.

— Il vaut mieux que tu attendes demain. Après la tombée de la nuit, le quartier devient une zone de guerre. J'ai harcelé Emmett pendant des années pour qu'il se débarrasse de cet endroit. Je ne m'y rendrais jamais toute seule, même en plein jour.

Ajustant la bride de son sac sur son épaule, Jackie se dirigea vers la porte de service.

Nick s'attarda pour consulter une pile de courrier sur son bureau. Puis quelque chose le poussa à suivre Jackie. Il avait le sentiment qu'elle avait reconnu le nom de Laura March, tout comme son oncle d'ailleurs. Ce qui lui échappait, c'était la raison pour laquelle ils lui mentaient tous les deux.

Jackie avait ouvert un parapluie et pressait le pas à travers le parking situé à l'arrière de l'immeuble. Avant qu'elle ait eu le temps de monter dans sa voiture, une autre voiture apparut à l'entrée du parking, et le conducteur fit des appels de phares. Loin de paraître alarmée, Jackie trottina jusqu'à la portière passager et s'installa dans l'habitacle.

Nick ne pouvait pas voir le visage du conducteur, et il ne parvint à déchiffrer que le début de la plaque d'immatriculation.

Dissimulé dans le renfoncement de la porte de service, Nick observa l'étrange manège.

Au bout de cinq minutes à peine, Jackie sortit et se hâta de rejoindre son véhicule. La première voiture fit le tour du parking et attendit que Jackie sorte en marche arrière de son stationnement avant de la suivre.

Perplexe, Nick regagna son bureau. Il sortit d'un tiroir fermé à clé les coupures de presse et la boîte à musique, et les posa devant lui. Il n'avait pu relever qu'un jeu d'empreintes sur la boîte à musique, et elles correspondaient à celles de Catherine.

Il remonta la clé et regarda un moment danser la petite ballerine, avant de reporter son attention sur la photo de Finch et de l'enfant.

Et si le pire cauchemar de Catherine était bien réel ? Serait-il toujours attiré par elle, ou bien les péchés de son père biologique changeraient-ils la donne ?

Il remit tout dans le tiroir et le ferma, puis il se leva, éteignit la lumière, et verrouilla la porte de son bureau.

Lorsque Nick franchit la porte de service, une bourrasque et de pluie s'abattit sur lui. Le souffle coupé, il baissa la tête et pressa le pas jusqu'à sa voiture. Il éprouvait un besoin irrépressible de voir Catherine, même s'il n'avait rien de nouveau à lui apprendre.

Tournant la clé de contact, il actionna la marche arrière et longea la ruelle, avant de s'engager dans la circulation. Mais, au lieu d'aller chez Catherine ou de rentrer chez lui, il se rendit à l'entrepôt où étaient remisés les vieux dossiers de l'agence.

Il se servit d'une télécommande pour ouvrir la grille, puis roula jusqu'à l'entrée principale. Un éclair illumina alors le ciel lourd et le tonnerre gronda, l'incitant à rester quelques minutes dans sa voiture.

Il finit par tenter sa chance et courut jusqu'à la porte métallique, qu'il déverrouilla à l'aide du panneau de contrôle. La porte remonta dans un grincement sinistre.

Nick entra, actionna un interrupteur et, tandis que les rangées de vieux néons s'allumaient en clignotant et en grésillant, il pressa le bouton pour faire descendre la porte.

L'entrepôt était un endroit caverneux, rempli de vieux mobilier et d'équipements obsolètes. Dégoulinant d'eau sur le sol en béton, Nick essaya de se retrouver dans ce capharnaüm. Des étagères métalliques croulant sous les boîtes de classement s'alignaient dans la pénombre. Des années après que l'agence eut été entièrement digitalisée, les frères LaSalle étaient restés attachés aux méthodes du bon vieux temps, insistant pour garder une copie papier de tout.

Plus personne ne prenait la peine de venir à l'entrepôt. Pourtant des boîtes de dossiers y étaient périodiquement déposées, mais Nick doutait que même son père et son oncle aient connaissance de tout ce qui y était entreposé.

Une forte odeur de moisi flottait dans l'air, et de l'eau gouttait quelque part au fond de l'entrepôt. Nick se promit de faire vérifier la toiture. Cela ne ferait pas de mal non plus d'appeler un dératiseur. Il pouvait entendre courir les rongeurs un peu partout et, avec le crépitement de la pluie et les éclairs incessants, l'endroit était aussi accueillant qu'une tombe.

Il se déplaça lentement le long des allées encombrées, vérifiant les étiquettes sur les boîtes et jetant un coup d'œil aux chemises de classement qui se trouvaient à l'intérieur.

Un nouveau coup de tonnerre fit trembler les murs et la lumière vacilla. Il entendit le claquement caractéristique d'un fusible grillé, puis l'électricité se coupa.

Il se retrouva dans le noir complet, à écouter la pluie marteler les panneaux vitrés des vasistas et le vacarme du tonnerre. Quelque chose de lourd heurta le toit et, par réflexe, il se protégea la tête. Puis, se reprochant de réagir comme un gamin apeuré, il utilisa la fonction lampe de son téléphone pour continuer à inspecter les étiquettes.

Soudain, un bruit à l'intérieur de l'entrepôt le fit se figer. Ce n'était pas la course des rongeurs ni le martèlement de la pluie, mais le déplacement furtif de quelqu'un qui marchait vers l'entrée.

Nick orienta le faisceau lumineux du téléphone entre les étagères, et surprit une silhouette.

— Hé ! Arrêtez-vous !

Il était armé mais il ne sortit pas son arme, songeant qu'il s'agissait peut-être d'un sans-abri qui cherchait à se protéger de l'orage, ou d'un adolescent qui s'amusait à braver les interdits.

— Hé, vous !

L'intrus se rua à travers l'allée, essayant de le prendre de vitesse jusqu'à la porte. Nick entendit un bruit de collision, puis un fracas métallique tandis que les étagères s'effondraient les unes après les autres comme des dominos. Il fit un bond en arrière et trébucha en essayant d'éviter l'avalanche d'armatures en métal et de cartons éventrés.

Il entendit le grincement du volet métallique tandis qu'il se relevait et enjambait les cartons. L'intrus se jeta à terre et roula de l'autre côté de l'ouverture partielle avant de disparaître dans l'obscurité pluvieuse.

Se penchant sous la porte toujours en train de s'ouvrir, Nick entendit un moteur démarrer. La voiture apparut entre deux hangars et fonça vers la grille.

Nick se rua vers sa voiture et démarra dans un crissement de pneus. Franchissant la grille, il discerna, à travers le rideau de pluie, les feux arrière de l'autre véhicule qui s'éloignait dans la rue.

Nick accéléra, avant de freiner brusquement pour éviter un camion sorti de nulle part. Le chauffeur donna un coup de volant, tout en appuyant longuement sur son klaxon. Nick attendit qu'il ait libéré l'intersection, mais l'homme prit délibérément son temps. Lorsque le camion eut enfin dégagé la voie, l'autre voiture avait disparu.

Nick continua à rouler, inspectant les rues transversales et les ruelles entre les immeubles, avant de retourner à l'entrepôt.

Muni de la torche qu'il conservait dans sa boîte à gants, il inspecta les lieux, à la recherche d'indices.

À l'arrière du bâtiment, une boîte avait été abandonnée sur le sol. Tandis qu'il s'agenouillait pour en inspecter le contenu, son téléphone sonna. Le numéro d'appel était masqué, et il hésita un instant avant de porter le téléphone à son oreille.

— Nick LaSalle.

— Vous êtes le détective privé ? demanda une voix masculine.

— Oui. Qui êtes-vous ?

Son interlocuteur laissa passer un silence.

— Il paraît que vous étiez flic et que vous avez dû vous reconvertir après certaines accusations.

Nick se rembrunit.

— Il y a une grande différence entre des accusations et la vérité.

— Je suis bien placé pour le savoir.

Nick perdit patience.

— Je vais vous le demander pour la dernière fois. Qui diable êtes-vous, et que voulez-vous ?

— Je m'appelle Orson Lee Finch. Vous me connaissez peut-être sous le nom de Tueur du Crépuscule.

Nick sentit un frisson courir le long de sa colonne vertébrale. Soudain, il eut une conscience exacerbée de l'endroit où il se trouvait. Il était seul dans un entrepôt plongé dans le noir, en train de parler au téléphone à un tueur en série tristement célèbre. Il balaya le faisceau de la torche autour de lui. L'endroit était incroyablement silencieux. Même les rats s'étaient immobilisés.

— Vous êtes-là, monsieur LaSalle ?

— Je suis là. Vous m'avez pris au dépourvu. Votre appel est masqué. J'en déduis que vous n'appelez pas d'un des téléphones à carte de la prison.

L'aspect surréaliste de la conversation rendait Nick nerveux, et cela s'entendait dans sa voix.

— Il existe différentes façons de communiquer avec le monde extérieur. Nous ne sommes pas aussi isolés que les gens le pensent.

Était-ce une simple observation ou une menace déguisée ?

Nick se rappela la mise en garde de son oncle. Les psychopathes étaient rusés par nature.

— En tout cas, vous semblez en savoir beaucoup à mon sujet.

— J'ai fait mes recherches. Si vous saviez le nombre de personnes qui souhaitent entrer en contact avec moi, pour une raison ou pour une autre.

— J'imagine.

— Monsieur LaSalle... Puis-je vous appeler Nick ?

— Je préférerais que vous me disiez pourquoi vous m'appelez.

Nick marcha jusqu'à la porte ouverte et regarda dehors. Il avait envie de raccrocher. Cette conversation lui donnait la chair de poule.

— Quel est ce bruit ? demanda Finch.

— La pluie. Il pleut ici depuis des jours.

— La pluie...

L'intonation de Finch était nostalgique, et Nick l'imaginait fermant les yeux et levant la tête vers le plafond, en rêvant de sentir les gouttes d'eau sur son visage.

— Je me souviens avoir lu que vous étiez jardinier.

— Je le suis toujours, mais aujourd'hui j'exerce mon métier en rêves.

Finch soupira.

— Je me suis laissé dire que vous vouliez me rencontrer.

— Oui. Et le plus tôt sera le mieux.

— Je n'accepte plus les rendez-vous ces derniers temps, mais je ferai une exception pour vous. Généralement, l'administration ne se presse pas pour accorder des autorisations de visite mais, après toutes ces années, j'ai acquis une certaine considération. Je vais voir ce que je peux faire pour accélérer le processus. Est-ce que Catherine viendra avec vous ?

Nick accusa le coup. La voix doucereuse de Finch, associée à sa propre fatigue, l'avait entraîné dans une dangereuse léthargie. C'était exactement ce contre quoi son oncle l'avait mis en garde.

— Comment connaissez-vous Catherine ?

— Vous devriez faire attention tous les deux. Cela va bien plus loin que ce que vous pouvez imaginer.

Nolan quitta le laboratoire plus tôt qu'à l'accoutumée, et Emily s'en alla peu après 17 heures. La pluie tombait toujours, mais Catherine refusa de se faire raccompagner en voiture. Elle voulait terminer de mettre à jour ses dossiers avant de partir.

— Promettez-moi de ne pas travailler trop tard, dit Emily en se dirigeant vers la porte. Cet endroit devient effrayant quand la nuit tombe.

— J'en ai pour une heure tout au plus, répondit Catherine. S'il pleut toujours, j'appellerai un taxi.

Elle accompagna Emily dans le couloir.

— À demain.

— Faites attention à vous, docteur March.

Catherine attendit qu'Emily ait disparu dans l'ascenseur avant de marcher d'un pas vif jusqu'au bout du couloir pour se dégourdir les jambes. Après un passage par les toilettes afin de se rafraîchir, elle retourna au laboratoire, tapant le code sur le panneau de contrôle pour entrer.

L'éclairage aveuglant dispensé par les plafonniers aurait dû chasser l'impression qu'elle avait d'être cernée par les ombres, mais Catherine se sentait inexplicablement nerveuse tandis qu'elle se déplaçait entre les tables. Le laboratoire lui était aussi familier que son appartement, les squelettes pas plus effrayants que des voisins de palier. Pourtant, elle semblait incapable d'évacuer cette sensation de malaise qui l'avait envahie quand elle avait trouvé les coupures de presse dans la penderie de sa mère.

L'intense silence semblait se moquer d'elle.

Tu es la fille du Tueur du Crépuscule. Le sang d'un monstre coule dans tes veines.

— Arrête, dit-elle à haute voix. Tu es stupide. Combien de temps as-tu été seule dans ce laboratoire ? As-tu déjà eu peur une seule fois ? Mets-toi au travail, et arrête de parler toute seule.

S'asseyant à son bureau, elle ouvrit son ordinateur portable et s'attaqua à la tâche fastidieuse qui consistait à renseigner les rapports budgétaires trimestriels.

Elle venait à peine de commencer que les lumières vacillèrent et s'éteignirent.

Elle ferma son ordinateur pour préserver la batterie, et chercha une torche dans le tiroir de son bureau.

Se déplaçant jusqu'à la fenêtre, elle se hissa sur la pointe des pieds pour voir dehors. La coupure semblait générale. Il n'y avait aucune lumière dans les bâtiments environnants. Le campus semblait désert, et il en résultait une impression angoissante.

L'obscurité lui donnait une sensation de claustrophobie, mais elle s'obligea à respirer profondément et à se calmer. Elle n'avait plus qu'à attendre que l'orage passe. La pluie était une chose, mais il aurait été irréfléchi de s'aventurer dehors avec tous ces éclairs.

Il lui restait assez de batterie pour se remettre au travail, mais elle ne s'en sentait pas le courage. Était-ce dû à la pluie ou au manque de sommeil, en tout cas elle se sentait épuisée.

Elle se pelotonna sur le petit canapé de son bureau et songea à sa mère, à leurs derniers jours ensemble et à l'énigmatique message de Laura.

Les paupières de Catherine s'alourdirent.

La projection des éclairs sur le plafond l'hypnotisait. La lassitude accumulée depuis plusieurs jours la submergeait.

« Ferme les yeux, Cath. Repose-toi. Les choses iront mieux demain. »

Catherine ne savait pas combien de temps elle avait dormi quand une lumière puissante la réveilla.

Désorientée et effrayée, elle fixa le plafond en écarquillant les yeux. Son bureau était plongé dans l'obscurité, que seuls quelques éclairs venaient troubler.

Elle se leva et prit sa torche sur son bureau, avant de se figer. Elle venait d'entendre un bruit dans le laboratoire.

Comme des notes de musique étouffées...

Un instant, elle s'imagina que quelqu'un avait à nouveau

déposé une boîte à musique. Puis elle réalisa qu'il s'agissait du son des touches du panneau de contrôle. Quelqu'un venait de taper le code pour entrer.

Ce n'est rien, s'encouragea-t-elle. *Ne panique pas.*

Emily était probablement revenue voir si elle allait bien, ou Nolan avait oublié quelque chose.

S'armant de courage, Catherine alluma la torche et se dirigea vers le laboratoire. Mais quelque chose l'arrêta à nouveau. Ses bras s'étaient couverts de chair de poule, en signe d'avertissement.

Luttant contre la panique, elle éteignit sa torche et recula à l'intérieur du bureau. Quelqu'un avait franchi la porte du laboratoire et s'avançait entre les tables.

Dans la pénombre, Catherine ne pouvait distinguer qu'une silhouette grande et mince. C'était probablement Nolan. Mais elle ne l'appela pas, guettant le crissement sur le lino des semelles en caoutchouc de ses mocassins et le bruit mat de son sac quand il le laissait tomber par terre.

Il n'y eut aucun bruit.

Une torche s'alluma et, dans le rétroéclairage, Catherine distingua brièvement une silhouette vêtue de noir. Le faisceau lumineux balaya les tables, mettant en évidence les squelettes, avant de se poser sur l'entrée de son bureau.

Elle recula dans l'obscurité en retenant son souffle, et attendit que la lumière se déplace.

Elle essaya de se convaincre qu'il s'agissait d'un vigile. Il l'avait peut-être entendue dans son bureau et il était venu vérifier la source du bruit.

Cependant, elle ne l'appela pas non plus. Son instinct lui recommandait de rester silencieuse.

Lentement, l'intrus se déplaça dans le laboratoire, en marquant une pause devant chaque table, comme pour vérifier le numéro fixé sur la surface métallique.

Catherine entendit un choc contre une table bousculée, et le grincement des roulettes d'un tabouret déplacé.

Contrairement à elle, l'intrus ne s'inquiétait pas du bruit. À cette heure, il devait penser que tout le monde était parti depuis longtemps.

Tandis que son cœur battait à tout rompre, elle s'efforça de réfléchir. Pourquoi quelqu'un entrerait-il par effraction dans le laboratoire ? L'équipement était coûteux, mais il était destiné à un usage bien spécifique. Il serait difficile de l'écouler sans attirer l'attention. Mais il n'avait pas fracturé la porte. Il avait tapé le code. Donc, il connaissait les lieux. Ou alors, quelqu'un le lui avait donné.

Ne perdant pas une miette des faits et gestes de l'intrus, Catherine attendit dans le noir.

Tout était calme dans le laboratoire. Étrangement silencieux.

Et dans ce silence de plomb résonna le *ding* d'un texto qui venait d'arriver sur son téléphone.

6

Tandis que l'intrus se retournait, le faisceau lumineux de la torche transperça le laboratoire comme un laser, et vint frapper contre la vitre du bureau de Catherine.

Accroupie à côté d'un classeur métallique, elle retint son souffle jusqu'à ce que la lumière disparaisse.

Consciente qu'elle aggravait le risque d'être découverte si elle restait dans son bureau, elle décida de mettre à profit l'obscurité pour se sortir de ce mauvais pas.

À quatre pattes, elle rampa vers le laboratoire, se réfugiant derrière l'une des tables.

Elle ne savait pas qui avait envahi son domaine, ni pourquoi, mais c'était probablement avec de mauvaises intentions. Si elle parvenait à atteindre le couloir, elle aurait plus de chances de pouvoir s'échapper. Elle connaissait l'immeuble dans ses moindres recoins, ce qui n'était peut-être pas le cas de l'intrus.

Levant une main, elle tâtonna la surface métallique, jusqu'à ce que ses doigts se referment sur un pied à coulisse. Puis elle regarda entre les pieds de la table.

Lorsqu'elle eut localisé l'intrus à l'entrée de son bureau, elle braqua sa lampe à travers la vitre comme s'il la cherchait.

D'une main ferme, Catherine poussa le chariot à instruments à travers l'entrée du bureau, et tout son contenu se renversa à terre dans un fracas métallique.

Profitant de cette diversion, elle se faufila entre les tables pour atteindre la sortie.

Elle était à mi-chemin quand le faisceau lumineux la surprit. L'homme était derrière elle, progressant rapidement.

Elle attrapa un tabouret roulant et le projeta dans sa direction, avant de se ruer vers le couloir.

Les options qui s'offraient à elle étaient limitées. L'ascenseur se situait sur sa gauche, mais il ne lui était d'aucune utilité avec la coupure de courant. L'escalier se trouvait au bout du couloir.

Elle allongea la foulée, espérant distancer son poursuivant. Mais il lui semblait entendre déjà le bruit de ses pas dans son dos, et elle s'imaginait sentir la traction de ses doigts sur sa blouse de laboratoire.

Elle devait atteindre la sortie du rez-de-chaussée, ou trouver un endroit pour se cacher. La plupart des portes seraient verrouillées à cette heure tardive, et elle ne possédait que le code du laboratoire.

Elle devait réfléchir. Et vite.

Il y avait un placard à fournitures sur sa gauche, d'autres pièces sur sa droite, toutes probablement inaccessibles. Quasiment personne ne venait à cet étage, à l'exception de ses étudiants et de l'équipe de ménage. Catherine avait toujours apprécié cet isolement, mais elle voyait à présent ce labyrinthe de couloirs comme un piège.

Continue à avancer. Ne regarde pas en arrière.

Un brusque virage à droite l'orienta vers un couloir étroit et court menant à l'escalier.

Il y faisait encore plus sombre. Il n'y avait pas de fenêtre, et elle ne pouvait pas profiter de l'illumination intermittente des éclairs.

L'obscurité se referma sur elle. Sa gorge se serra et sa poitrine se comprima.

Elle avait l'impression d'être engluée dans son pire cauchemar, poursuivie dans la nuit par une entité sans nom et sans visage qui lui voulait du mal.

Elle essaya de se défaire de cette peur envahissante tandis qu'elle posait la main sur le mur pour se guider. La pointe de sa chaussure heurta la première marche, et elle trébucha.

Se rattrapant à la rampe, elle commença à monter.

Elle atteignit le palier avant d'entendre réellement des bruits de pas derrière elle. Son poursuivant semblait voler à travers les marches.

Avant qu'elle ait eu le temps de pousser la porte, il attrapa le bas de sa blouse de laboratoire.

Cramponnée à la rampe, elle lui donna un violent coup de pied. L'homme, désorienté par l'effet de surprise ou par l'obscurité, bascula en arrière et atterrit brutalement en bas de l'escalier.

Sans perdre un instant, Catherine poussa la porte, et courut aussi vite qu'elle le pouvait à travers le hall d'entrée.

Manipulant maladroitement le déverrouillage de la serrure, elle perdit quelques secondes à ouvrir la porte vitrée, puis elle dévala le perron sous la pluie, sans oser regarder derrière elle.

Courant à perdre haleine vers la sortie du campus, elle déboula dans la rue et, apercevant les phares d'une voiture qui roulait dans sa direction, elle agita désespérément les bras pour attirer l'attention du conducteur.

La voiture s'arrêta le long du trottoir, et une portière claqua.

Alors seulement, elle osa regarder derrière elle.

Il n'y avait personne.

— Catherine ?

La voix, familière, semblait incrédule. Des mains lui agrippèrent les épaules. Elle se retrouva face à Nick LaSalle.

— Que se passe-t-il ? Vous allez bien ?

Elle essuya du bout des doigts les gouttes d'eau qui s'accrochaient à ses cils.

— Quelqu'un est entré dans le laboratoire. Je pense que c'était un homme. Il m'a poursuivie à travers les couloirs et a essayé de m'attaquer dans l'escalier.

— Vous êtes blessée ? Vous avez appelé la police ?

— Je ne suis pas blessée, et je ne pouvais pas appeler. J'ai laissé mon téléphone dans le bureau.

Elle s'interrompit pour reprendre son souffle.

— Personne n'aurait dû être encore au laboratoire aussi tard. Je m'y trouvais uniquement parce que je me suis endormie.

— Vous avez reconnu votre agresseur ?

— Je n'ai pas pu voir son visage. L'électricité est coupée dans le laboratoire.

— C'est pareil dans toute la ville. La coupure est générale. Venez, montez dans la voiture.

Il la guida vers le côté passager et lui ouvrit la portière. Puis il fit le tour de la voiture pour se mettre au volant.

Catherine se mit à claquer des dents et serra les bras autour de sa taille pour essayer de se réchauffer. Ça la contrariait beaucoup que Nick la voie ainsi, effrayée et vulnérable.

Elle devait se ressaisir. Tout allait bien maintenant.

Il se tourna et tendit le bras vers la banquette arrière pour y prendre une veste.

— Mettez ça.

Catherine accepta avec soulagement, drapant la veste autour de ses épaules et s'enfouissant dans le tissu. C'était un peu comme avoir les bras de Nick autour d'elle.

Cette pensée à peine formulée, elle se morigéna. À quoi rimait ce sentimentalisme soudain ? La peur lui inspirait décidément de curieuses réactions.

— Vous êtes sûre que ça va ?

— Oui.

— Alors, restez ici.

Il lui tendit son téléphone.

— Appelez le 911. Ils alerteront la patrouille du campus. Laissez les portières verrouillées jusqu'à ce qu'ils arrivent.

Catherine lui lança un regard alarmé.

— Où allez-vous ?

— Je vais jeter un coup d'œil. Si le suspect est toujours dans l'immeuble, je peux peut-être le coincer.

— Vous ne pourrez pas entrer. La porte s'est verrouillée automatiquement derrière moi.

— Vous n'avez pas la clé ?

— Si, mais je l'ai laissée dans mon bureau avec mon téléphone. Je n'ai pas eu le temps de prendre mon sac. Je ne pensais qu'à m'enfuir.

— Eh bien, je vais inspecter les extérieurs. Il va bien falloir qu'il sorte du bâtiment. Ne bougez pas. Je n'en ai pas pour longtemps.

La portière claqua, et Catherine resta seule.

Les phares et les essuie-glaces fonctionnaient toujours. Elle tendit la main vers le volant et les arrêta.

Le silence l'enveloppa. Oppressant.

Elle appela le 911, donna son nom, sa position, et un bref état de la situation à l'opérateur, qui promit d'envoyer immédiatement un officier.

Tout ce que qu'elle avait à faire maintenant, c'était d'attendre. Mais Nick était quelque part dehors.

Et si la police le confondait avec l'intrus ?

Elle tendit la main vers la poignée de la portière. Peut-être devrait-elle aller le prévenir...

La sonnerie du téléphone de Nick déchira le silence, la faisant sursauter. Elle répondit sans regarder préalablement l'écran.

— Oui. Allô.

Comme personne ne répondait, elle demanda :

— C'est la police ?

— Non, ce n'est pas la police.

Catherine se crispa, tandis qu'un frisson d'avertissement courait le long de sa colonne vertébrale.

La voix ne lui était pas familière, mais il y avait quelque chose dans son intonation qui la mettait mal à l'aise.

Elle essaya de se convaincre qu'elle était déjà effrayée et déstabilisée. Une voix au téléphone ne pouvait pas lui faire de mal. Il lui suffisait de mettre un terme à la communication et de laisser la ligne libre au cas où la police rappellerait.

Au lieu de quoi, elle ne put s'empêcher de demander :

— Qui est-ce ?

— Mon identité n'a aucune importance. En revanche, la vôtre est essentielle.

— Comment savez-vous qui je suis ?

Et, surtout, comment savait-il qu'elle répondrait au téléphone de Nick. Était-elle observée ?

Le cœur battant à tout rompre, elle regarda autour d'elle.

— Écoutez-moi attentivement. La vérité n'est pas ce que vous croyez. Cela va bien plus loin que ce que vous pouvez imaginer.

Elle crispa les doigts autour du téléphone.

— De quoi parlez-vous ? Qui êtes-vous ?

— Faites attention avant d'accorder votre confiance. Aidan March a appris à ses dépens que les gens qui détiennent un noir secret ne se rendent jamais sans se battre.

Une voiture de patrouille arriva quelques minutes après l'appel de Catherine. L'officier se fit ouvrir la porte du bâtiment par un vigile, et elle guida tout le monde vers le laboratoire.

L'intrus, naturellement, avait disparu depuis longtemps. Ils ne découvrirent aucune trace d'effraction, et rien ne semblait avoir disparu, même si une inspection plus approfondie devait être faite dès que l'électricité serait revenue.

Ils se regroupèrent ensuite à l'extérieur, sous l'auvent de l'entrée principale, à l'abri de la pluie.

Catherine n'avait rien dit de l'appel qu'elle avait reçu sur le téléphone de Nick. Elle était encore trop bouleversée par cette voix, trop troublée par son avertissement. Trop effrayée aussi par la révélation que le seul père qu'elle ait jamais connu avait été tué à cause des secrets qu'elle essayait de découvrir.

Elle tourna machinalement sa bague en émeraude autour de son doigt, tandis qu'elle faisait sa déposition. L'officier était aimable et bienveillant, mais il semblait avoir des doutes sur son histoire. Peut-être sentait-il qu'elle ne lui disait pas tout.

— Il est facile de se laisser emporter par son imagination durant une coupure d'électricité, dit l'officier. Vous n'imaginez pas les histoires insensées que j'ai entendues cette nuit. Ça doit être plutôt glauque dans le laboratoire quand tout est éteint.

— Ce n'était pas mon imagination, protesta Catherine.

— Ce n'est pas ce que j'ai dit. Je me demande seulement si vous auriez pu mal interpréter les circonstances. Vous avez dit que le suspect connaissait le code pour entrer dans le laboratoire.

— C'est exact.

— Êtes-vous sûre que ce n'était pas un membre de l'université ou du personnel ? Quelqu'un qui avait une raison de se trouver là. Peut-être pour vérifier que vous alliez bien.

— Dans ce cas, pourquoi ne pas m'appeler par mon nom ? Et

pourquoi quelqu'un qui travaillerait pour l'université m'aurait-il poursuivie et attaquée dans l'escalier ?

— Peut-être parce qu'il vous a prise pour un intrus. Il ne s'attendait pas à trouver quelqu'un dans le laboratoire, et vous l'avez surpris. Il a réagi à l'instinct. Et peut-être essayait-il de vous rattraper pour vous demander une explication.

Devant l'air outré de Catherine, l'officier inclina la tête, tandis qu'il l'observait attentivement.

— J'essaie simplement d'envisager toutes les possibilités afin que nous puissions déterminer ce qui s'est passé.

— Elle vient de vous dire ce qui s'est passé !

L'intonation sévère de Nick fit frissonner Catherine, ce qui ne l'empêcha pas de lui adresser un regard reconnaissant.

— Si cet homme prenait Catherine pour une intruse, pourquoi n'a-t-il pas appelé la police ? Et, où est-il, maintenant ?

L'officier se tourna vers Nick.

— Quel est votre nom, déjà ?

— Nick LaSalle.

— Et quel est votre lien avec la victime ?

— C'est un ami, s'empressa de répondre Catherine.

Elle n'avait pas envie d'expliquer qu'elle avait engagé un détective privé pour prouver qu'Orson Lee Finch était son père biologique. L'officier avait déjà des doutes sur sa santé mentale. Quelle serait sa réaction face à une telle révélation ?

— Votre nom me dit quelque chose. Je vous connais ?

— Je ne pense pas, dit froidement Nick. Mais concentrons-nous plutôt sur ce qui est arrivé au Dr March.

L'officier haussa les épaules.

— Sans indice probant ni description physique, je ne peux pas faire grand-chose. Si vous voyez ou entendez quelque chose, vous pouvez m'appeler directement à ce numéro.

Il tendit une carte à Catherine.

Elle le remercia et attendit qu'il se soit éloigné pour s'adresser à Nick.

— J'ai l'impression qu'il ne m'a pas crue.

— À votre place, je ne tirerais pas de conclusions hâtives. Il est probablement pressé de répondre à un autre appel. Des nuits comme celles-ci sont un enfer pour les patrouilles de police. Il a raison sur un point, cependant. Nous ne pouvons pas faire grand-chose de plus cette nuit.

Catherine lui lança un regard anxieux.

— Vous ne croyez quand même pas que j'ai tout inventé ? Que j'ai paniqué dans le noir ? Remarquez, ce serait normal que vous pensiez cela après ce que je vous ai dit sur mes terreurs nocturnes et ma peur d'être poursuivie dans le noir.

— Je ne crois pas que vous ayez tout inventé.

— Merci.

— Ne me remerciez pas. Je n'ai encore rien fait pour vous.

— Vous êtes venu à mon secours, ce soir.

— Le hasard a fait que je me trouve au bon endroit au bon moment.

— Justement, à ce sujet...

Elle l'observa avec une attention redoublée, tandis que la voix au téléphone résonnait à son oreille.

« Faites attention avant d'accorder votre confiance. »

— Que faites-vous ici ?

Il hésita une fraction de seconde de trop.

— Je voulais vous parler de quelque chose. Mais ça peut attendre. Je vais d'abord vous raccompagner chez vous.

Catherine lui prit le bras.

— Non, parlez-moi maintenant. Vous avez fait toute cette route pour venir me voir, donc ça doit être important. Comment saviez-vous d'ailleurs que je serais encore là ?

Il observa la main posée sur son bras.

— Vous préférez rester là toute la nuit plantée sous la pluie, ou vous voulez rentrer chez vous et enfiler des vêtements secs ?

— J'ai l'impression que vous voulez éviter de me parler de quelque chose de déplaisant.

— Pas du tout. Nous pourrons parler en route.

Elle hocha la tête, et ils coururent vers la voiture de Nick.

Catherine boucla la ceinture de sécurité et s'installa confortablement, serrant autour d'elle la veste de Nick, tandis qu'il tournait la clé de contact.

Discrètement, elle étudia son profil énergique, qui se découpait dans le halo du tableau de bord. Elle le devinait fort et déterminé, capable d'enquêter sans relâche jusqu'à ce qu'il obtienne des réponses. Mais était-ce vraiment ce qu'elle voulait ? Était-elle prête à accepter tous les secrets qu'il risquait de découvrir ?

Et lui, quels secrets dissimulait-il ?

Elle se creusa l'esprit, essayant de se rappeler les rumeurs qui avaient accompagné son départ de la police. Elle n'y avait pas vraiment prêté attention à l'époque. Elle était trop préoccupée par la maladie de sa mère. En dehors de la petite déception qu'elle avait éprouvée en constatant qu'il ne la rappelait pas, une fois leur enquête terminée, elle n'avait pas beaucoup pensé à lui. Et voilà qu'en l'espace d'une seule journée elle ne pouvait plus s'en empêcher.

Ni de le regarder, d'ailleurs.

C'est parce qu'elle était toujours sous le choc.

Mais oui, bien sûr.

Le regard de Nick croisa le sien. L'impact fut comme un courant électrique à travers ses terminaisons nerveuses. Le tambourinement de la pluie sur le toit et l'espace confiné de l'habitacle lui donnaient l'impression qu'ils se trouvaient dans un cocon isolé du reste du monde.

Tandis que leurs regards restaient rivés l'un à l'autre, elle éprouva une effrayante sensation de chute. Son pouls s'accéléra, et une nuée de papillons s'envola dans son ventre.

Elle s'enjoignit de rompre le contact, de regarder ailleurs. Ce n'était ni le temps ni l'endroit. Elle avait une relation professionnelle avec Nick LaSalle, rien de plus. Pourquoi embrouiller les choses ? Sa vie était déjà assez compliquée comme ça. Et puis, si elle était vraiment la fille d'Orson Lee Finch, comment Nick réagirait-il ?

Il reporta son attention sur la route.

— Vous êtes étonnamment calme pour quelqu'un qui voulait parler, dit-il. Vous êtes sûre que ça va ? L'hôpital n'est qu'à quelques pâtés de maison d'ici. Je peux faire un détour et vous déposer aux urgences.

— Ce n'est pas nécessaire. Dites-moi plutôt pourquoi vous vouliez me voir ce soir.

— Nous y viendrons, c'est promis. Pour le moment, je crois que nous devrions revoir ce qui s'est passé au laboratoire pendant que c'est encore frais dans votre esprit.

— Qu'y a-t-il à dire ? Vous en savez autant que moi. Vous étiez là quand j'ai fait ma déposition.

— Vous avez rapporté les faits, mais nous devons creuser davantage. Par exemple, qui a le code du laboratoire ?

— Pas mal de gens. Mes deux assistants, l'équipe de ménage... À peu près tous ceux qui travaillent au département d'anthropologie.

— Vous pouvez m'obtenir une liste ?

Elle rejeta en arrière ses cheveux humides.

— Je ne suis même pas sûre qu'une telle liste existe. Qu'est-ce que vous en feriez, de toute façon ?

— Ne vous inquiétez pas. Je n'irai pas tambouriner à la porte de vos collègues, ou quoi que ce soit de ce genre.

— Quel soulagement ! ironisa Catherine. Mais traquer les suspects, ce n'est pas vraiment votre travail, n'est-ce pas ? L'incident au laboratoire est du ressort de la police. À moins que vous pensiez que c'est lié à notre enquête.

— À ce stade, je ne veux rien négliger. Cela pourrait aller bien plus loin que ce que nous pouvons imaginer.

Catherine sursauta.

— Quelqu'un d'autre m'a dit la même chose aujourd'hui. Presque mot pour mot.

Nick tourna brusquement la tête.

— De quoi parlez-vous ? Qui vous a dit ça ?

— Après que j'ai appelé le 911, un autre appel est arrivé sur votre portable. J'ai répondu parce que je pensais que c'était la police. L'homme qui appelait a dit que la vérité n'était pas ce que nous pensions.

— Il a dit autre chose ?

— Il était très énigmatique. Il a parlé de mon père. Il a dit :

« Aidan March a appris à ses dépens que les gens qui détiennent un noir secret ne se rendent jamais sans se battre. »

— Est-ce que cet homme a donné son nom ?

— Il a refusé. Mais il y avait quelque chose dans sa voix... son intonation...

Elle frissonna.

— Je vois ce que vous voulez dire à propos de sa voix. Je crois que le même homme m'a appelé. En fait, c'est pour ça que je venais vous voir. Je voulais vous parler en personne de cette conversation. Comme vous n'étiez pas chez vous, j'ai décidé de tenter ma chance au labo.

Nick s'arrêta dans un carrefour et tourna la tête vers Catherine.

— Je crois que celui qui nous a appelés tous les deux ce soir était Orson Lee Finch. Le Tueur du Crépuscule.

7

Le cœur battant à tout rompre, Catherine fixait la pluie qui ruisselait sur le pare-brise.

L'électricité était toujours coupée, et les rues prenaient une allure menaçante. Les ruelles et les jardins entourés de murs qui la charmaient tant dans la journée devenaient des cachettes de choix pour des prédateurs chassant la nuit.

Des prédateurs comme Orson Lee Finch.

— Comment a-t-il eu votre numéro ? demanda-t-elle.

— J'ai appelé son avocat pour demander une visite, et j'ai tout naturellement laissé mon nom et mes coordonnées à son cabinet pour qu'il me rappelle. Je n'ai pas du tout mentionné votre existence, mais Finch m'a demandé si vous aviez l'intention de m'accompagner.

— Comment peut-il savoir que nous travaillons ensemble ?

Une note d'affolement passa dans la voix de Catherine.

— Il doit avoir un contact à l'extérieur. Peut-être même nous fait-il surveiller.

— C'est possible.

— Et s'il se tenait informé à mon sujet depuis des années ? Cela expliquerait comment il est au courant de notre enquête. Il sait tout sur moi. Où je vis, où je travaille, chaque geste que je fais…

— Ne nous emballons pas. Essayons de rester calmes. Nous allons tirer cela au clair.

Il était trop tard pour rester calme, songea Catherine. La panique faisait battre son cœur à toute allure.

— Vous pensez que l'homme que j'ai vu hier dans la rue travaille pour Finch ? Il est parti quand je l'ai hélé, mais il a pu revenir sur ses pas et me suivre jusqu'à votre bureau.

— Pouvez-vous le décrire ?

— La quarantaine, grand, maigre, avec des cheveux bruns gominés en arrière. Ses bras étaient tatoués. De façon assez grossière, d'après ce que j'ai vu.

— Comme les prisonniers ?

— Je n'y avais pas pensé... Je suppose que oui. Mais je n'ai pas très bien vu, et je ne suis pas experte.

Elle jeta un coup d'œil au profil de Nick.

— L'appel de Finch change tout. C'était une chose de chercher des réponses alors que j'étais anonyme, mais il sait qui je suis. Qu'allons-nous faire, maintenant ?

— Ça dépend de vous. Vous pouvez en rester là. Vous en aller et oublier que vous avez trouvé ces coupures de journaux. Ou...

— Ou quoi ? demanda nerveusement Catherine.

— Nous continuons à chercher jusqu'à ce que nous trouvions les réponses que vous cherchez. Ce matin, vous sembliez convaincue que seule la vérité pourrait vous apporter la paix.

— Que feriez-vous à ma place ?

— Peu importe ce que je ferais. C'est à vous qu'il appartient de décider. Jusqu'où voulez-vous aller ?

Du bout du doigt, elle suivit le tracé d'une goutte d'eau sur sa vitre. Sa main était étonnamment ferme à présent.

— Je n'ai pas envie d'abandonner l'enquête. C'est impossible en sachant que mon père a peut-être été tué parce qu'il posait les mêmes questions. Il ne s'agit plus uniquement de mon adoption à présent.

— Nous n'en savons rien. Les psychopathes excellent dans l'art de la manipulation mentale. Ne vous laissez pas manipuler par Finch. Il pourrait avoir une raison de nous envoyer sur une mauvaise piste.

— Je sais. Il est évident qu'il a déjà une longueur d'avance sur nous. Et l'idée que quelqu'un travaille pour lui à l'extérieur... que nous sommes surveillés...

Parcourue par un frisson, elle ne termina pas sa phrase et

jeta un coup d'œil par-dessus son épaule. La route derrière eux était déserte, mais cela ne voulait pas dire pour autant qu'ils n'étaient pas suivis.

— Cette enquête est peut-être trop dangereuse. Nous sollicitons la coopération d'un assassin cruel. La prison n'aura pas changé sa vraie nature.

Elle se mordilla la lèvre.

— Vous êtes sûr que vous ne voulez pas renoncer ? Je ne vous en voudrais pas.

Il lui adressa un sourire rassurant.

— Ne vous inquiétez pas pour moi. J'ai toujours une carte ou deux dans ma manche. Je continuerai jusqu'à ce que vous me disiez de m'arrêter.

— Qu'avez-vous prévu ?

— Finch m'a dit qu'il me ferait savoir quand je pourrai lui rendre visite. Avec un peu de chance, je le verrai avant la fin de la semaine. Et j'espère qu'il coopérera. En attendant, essayez de retrouver tous les documents concernant votre adoption. Réfléchissez aux conversations que vous avez pu avoir à ce sujet avec votre mère.

— Vous n'avez pas parlé du numéro de téléphone au dos de la carte de visite.

— Je n'ai pas oublié ce détail. Mes parents organisent une fête demain soir pour l'anniversaire de ma grand-mère. Je demanderai à mon père s'il se souvient de l'affaire Laura March... Si toutefois elle était bien sa cliente.

Nick ôta une main du volant et se massa la nuque.

— À ce sujet, je dois vous dire quelque chose...

Percevant la tension dans la voix de Nick, Catherine s'attendit à une mauvaise nouvelle.

— De quoi s'agit-il ?

— Hier soir, je suis allé à l'entrepôt où sont stockées les archives de l'agence. Je voulais vérifier s'il y avait un dossier au nom de Laura March. Quelqu'un était déjà là. J'ai essayé de le poursuivre, mais il s'est enfui.

Catherine ne put masquer son agacement.

— Pourquoi ne me l'avez-vous pas dit plus tôt ?

— Nous avions d'autres préoccupations. En outre, je ne suis pas sûr que cela signifie quoi que ce soit. L'entrepôt se trouve dans un quartier assez dangereux. Nous avons déjà eu des effractions avant. Je ne veux pas vous inquiéter sans raison, mais je ne veux rien vous cacher non plus.

— J'apprécie.

Catherine se laissa retomber en arrière contre son siège.

— Votre entrepôt et mon laboratoire visités la même nuit. Quelle est la probabilité ?

— Assez faible, je dirais.

Nick marqua une pause infime.

— En dehors du tatoué dans la rue, vous avez remarqué qui traînait autour du laboratoire dernièrement ? Des inconnus sur le campus ? Quelque chose qui sortirait de l'ordinaire ?

— Non.

— Hier, vous avez dit qu'il y avait une anomalie sur l'un des squelettes.

— Je ne vois pas le rapport.

— Il n'y en a peut-être aucun. Mais on nous a prévenus que ça allait plus loin que nous ne l'imaginions. Dites-moi tout sur votre travail.

— C'est confidentiel. Je n'aurais pas dû en parler.

— Mais vous l'avez fait. Vous avez découvert quelque chose qui vous a intriguée. Ça n'a peut-être aucun rapport avec notre affaire, mais nous ne pouvons pas nous permettre de négliger quoi que ce soit.

Il marquait un point, mais elle hésitait toujours. Elle prenait son travail au sérieux, et elle ne connaissait pas du tout Nick.

— Je ne voudrais surtout pas compromettre l'enquête pour laquelle on a sollicité mon expertise.

— Je comprends. Et j'admire votre discrétion. Mais je travaille pour vous. Vous êtes ma priorité. Plus j'aurai d'informations, mieux je pourrai vous protéger. Si vous craignez mon indiscrétion, rassurez-vous. Je suis tenu au secret professionnel.

Elle hocha la tête avec hésitation.

— Rien de ce que je vais vous dire n'a encore été rendu public. Rien ne doit filtrer.

— Vous avez ma parole.

— L'une des victimes est morte d'une blessure par balle à l'arrière de la tête.

Nick lui lança un coup d'œil surpris.

— Je croyais que Gainey utilisait un couteau.

— Il a poignardé les autres victimes, de façon répétée et brutale. Il les a également torturées pendant plusieurs jours, à en juger par leurs fractures. Toutes avaient des traces de vieilles blessures, correspondant à des abus ou à de la négligence, comme on en voit chez les gens qui vivent pendant des années dans la rue. L'Inconnue Numéro Treize est différente. Ses os et ses dents étaient en parfait état au moment de sa mort.

— Quelle est votre conclusion ?

— Je n'aime pas spéculer, mais mes assistants ont chacun une théorie. Emily pense que Numéro Treize s'est enfuie. Gainey l'aurait poursuivie et lui aurait tiré dessus. Nolan pense qu'elle n'a jamais été ni une prisonnière ni une cible. Elle a eu la malchance de se mettre en travers de la route de Gainey. Les deux théories se tiennent, mais nous ne saurons probablement jamais ce qui s'est passé.

— Depuis combien de temps connaissez-vous vos assistants ?

— Depuis leur première année. Le département d'anthropologie est petit. Vous retrouvez les mêmes visages année après année.

— Vous avez confiance en eux ?

C'était une question étrange, songea Catherine.

— Je ne sais pas grand-chose de leur vie privée. Mais, en classe comme au laboratoire, ils sont intelligents et motivés. La compétition est féroce dans ce métier. Chaque année, il y a plus de diplômés que d'emplois à pourvoir. Quant à savoir si je leur fais confiance…

Un jour auparavant, elle aurait répondu oui sans hésiter. Mais, à présent, elle avait en tête les commentaires subtilement critiques de Nolan à l'égard d'Emily, et son étrange expression quand il l'observait discrètement.

— Je ne sais pas si je leur fais confiance. Je n'y ai jamais réfléchi auparavant. Pourquoi ?

— Votre agresseur s'est fait communiquer le code par quelqu'un.

— Vous pensez à Emily ou Nolan ?

— Beaucoup d'étudiants ont des difficultés financières. Les gens désespérés ont tendance à faire des choses désespérées.

Et les gens qui détiennent un noir secret ne se rendent jamais sans se battre, songea Catherine.

Nick se gara dans la ruelle située à l'arrière du garage qui abritait l'appartement de Catherine, et ils sortirent ensemble de la voiture.

Tout en surveillant les parages, il ouvrit le portillon et s'écarta pour la laisser entrer. Il explora les recoins sombres où quelqu'un aurait pu se cacher avant de la suivre dans le jardin détrempé.

L'électricité était toujours coupée dans le quartier, et il se servit de la fonction lampe de son téléphone pour éclairer le chemin dallé menant à l'escalier.

Une fois sur le palier, il vérifia que la porte était intacte et que rien n'avait été déposé sur le seuil. Puis il éteignit la lampe et glissa son téléphone dans sa poche.

— C'est tellement calme et silencieux, murmura Catherine. Comme si le monde avait arrêté de fonctionner quand le courant s'est arrêté.

— Si vous tendez l'oreille, vous pouvez entendre circuler des voitures à quelques pâtés de maison d'ici.

— Je trouve ça étrangement réconfortant.

Prenant appui contre la rambarde, Nick observa Catherine. Après l'orage, une légère brume enveloppait le jardin, tandis que les nuages, moins denses à présent, laissaient filtrer un rayon de lune. Cependant, il avait du mal à distinguer autre chose que sa silhouette.

Comme si elle sentait son regard peser sur elle, elle tourna la tête.

— Je peux vous demander quelque chose ?

— Tout ce que vous voudrez.

— Pourquoi avez-vous quitté le département de police ?

Il s'attendait à cette question. La curiosité de Catherine était bien naturelle, et il ne voulait pas lui mentir.

À quoi bon ? Une recherche sur Internet lui apprendrait tout ce qu'elle voulait savoir.

Sauf la vérité.

— Pour faire court, on m'a accusé d'avoir accepté un pot-de-vin.

— Mais ce n'est pas vrai.

C'était une affirmation, pas une question, et il apprécia.

— Non. Mais un témoin a juré le contraire. Ma parole contre la sienne. J'aurais pu rester et me battre, mais une fois que vous êtes étiqueté « flic corrompu » plus personne ne veut travailler avec vous.

— C'est dommage. Vous étiez un bon enquêteur.

— Bah, c'est de l'histoire ancienne. Heureusement, j'avais un point de chute. Mon père voulait prendre sa retraite, et j'ai pris sa relève. J'aime mon travail et, à titre d'information, je suis toujours un bon enquêteur.

Il sentit qu'elle souriait.

— J'admire votre confiance en vous.

Leurs regards se croisèrent, avant qu'elle ne tourne la tête.

Elle posa les mains sur la rambarde et prit une profonde inspiration.

— J'aime l'odeur qui règne ici après la pluie... Toutes ces notes vertes qui se mêlent au jasmin.

— Vous avez toujours vécu à Charleston ?

— Depuis que j'ai été adoptée. Avant, je ne sais pas. Et vous ?

— Je suis né et j'ai grandi ici. Le nom des LaSalle est lié depuis toujours à l'histoire de la ville.

— Ce doit être bien de savoir d'où vous venez, qui vous êtes... Avez-vous des frères et des sœurs ?

— Une sœur. Elle s'est installée à Atlanta après son divorce. Elle élève seule ses trois garçons, qui ont tous moins de sept ans. De vrais diablotins.

Il grimaça.

— Je ne sais pas comment elle fait.

— Je me suis toujours demandé ce que ça ferait d'avoir des frères et sœurs.

Nick fut ému par la mélancolie que trahissait la voix de Catherine. Or, il avait pour principe d'établir une distance émotionnelle avec ses clients. Devenir trop proche d'un client ne servait qu'à embrouiller votre esprit et à troubler votre jugement.

Conscient qu'il aurait dû mettre un terme à la conversation, il s'entendit pourtant demander :

— Vous vous sentiez seule quand vous étiez enfant ?

— Parfois. J'avais ma mère et ma tante, et nous étions proches, mais je me disais que ce serait formidable d'avoir une grande famille, surtout pendant les vacances.

— C'est vrai qu'on passe de bons moments. Mes parents viennent tous les deux d'une grande famille, et j'ai une multitude de cousins. Certains sont flics. On ne s'ennuie pas un instant quand nous sommes tous ensemble. Mais la famille peut aussi être fardeau, spécialement quand vous êtes celui qu'on appelle dès qu'il y a un problème. Et gare à vous si vous oubliez un anniversaire.

— Mais vous ne voudriez pas d'une autre famille.

— Non. Bien sûr que non.

Catherine laissa passer un silence, avant de changer de sujet.

— La journée a été longue. Je ne veux pas vous retenir.

— Ça ne me dérange pas de rester.

Nick réalisa qu'il avait répondu un peu trop vite, et il essaya de se convaincre qu'il ne faisait rien d'autre que son travail : s'assurer qu'elle ne courait aucun danger, la rassurer...

— Je peux vous tenir compagnie jusqu'à ce que l'électricité soit rétablie.

— Ça risque de prendre des heures.

— Personne ne m'attend. Et puis, ça me fait plaisir de rester.

Il l'entendit reprendre son souffle, et il se crispa tandis que quelque chose passait entre eux.

Il s'exhorta à ignorer la tension, à rester sur un plan professionnel.

Était-ce son imagination, ou Catherine s'était-elle rapprochée ?

Il garda les yeux rivés sur ses lèvres et attendit.

— Vous rappelez-vous la première fois où vous êtes venu au laboratoire ? demanda-t-elle.

— Très bien. C'était la première fois que je consultais un anthropologue judiciaire. Je ne savais pas à quoi m'attendre.

Je vous ai trouvée très impressionnante. Toutes ces choses que vous pouviez déduire à partir d'ossements...

Il secoua la tête d'admiration.

— C'était une affaire intéressante, reconnut Catherine. Qui plus est, nous avons eu la chance de bien nous entendre. Enfin... C'est ce qui m'a semblé...

Elle marqua une pause, comme si elle hésitait à poursuivre.

— Je pensais que vous me rappelleriez. Vous ne l'avez jamais fait.

Était-ce du regret qu'il percevait dans sa voix ?

Nick laissa passer quelques secondes avant de répondre.

— Je le voulais, mais vous savez ce que c'est... On est débordé de travail... On croit que la personne en face n'est pas intéressée... Les jours passent, puis les semaines... Et puis, sans qu'on s'en rende compte, il est trop tard.

— Vous croyez aux secondes chances ?

— Je ne sais pas...

Elle continua, en gardant les yeux fixés sur le jardin :

— Je réalise que je vous connais à peine. Je ne sais même pas ce que je ressens en ce moment même. C'est peut-être le contrecoup... Ou le fait de me retrouver seule avec vous dans l'obscurité... Quoi qu'il en soit, je me sens très attirée vers vous.

Elle était vraiment pleine de surprises !

— Êtes-vous toujours aussi directe ?

— Non. Souvent, les gens n'aiment pas qu'on soit direct. C'est peut-être votre cas.

— J'apprécie votre franchise, mais ça ne correspond pas à ce que j'imaginais de vous.

— Vraiment ?

Il résista à l'envie de caresser son visage, d'enfouir les doigts dans ses cheveux. Il l'avait déjà trouvée attirante avant ce soir, mais elle devenait irrésistible.

— Ce doit être à cause de mon travail, ajouta-t-elle. Les gens pensent souvent que je suis introvertie parce que je travaille dans un laboratoire. Ou, pire, asociale.

— Mais ce n'est pas le cas.

— Non. J'aime la compagnie des gens. Je suis calme et parfois très concentrée, mais je ne suis pas timide.

— Vous êtes aussi déconcertante. Il y a quelque chose de mystérieux et de profond chez vous qui s'accompagne d'une certaine noirceur.

Il sentit qu'elle avait un mouvement de recul.

— Je ne suis pas d'accord avec cette description.

— Pas une noirceur dangereuse pour les autres, corrigea-t-il, mais plutôt une tournure d'esprit qui vous fait voir le monde autrement que le commun des mortels.

Il hésita, choisissant ses mots avec soin.

— C'est une des raisons pour lesquelles je suis attiré vers vous.

Il pouvait pratiquement entendre les battements du cœur de Catherine dans le noir. Ou bien était-ce le sien ?

Il l'entendit chercher son souffle.

— Donc, je ne me fais pas d'idées. Il se passe bien quelque chose entre nous.

— Oui.

Il leva la main pour lui caresser les cheveux. Ils étaient encore humides de pluie. Il s'attendait presque à ce qu'elle recule, mais elle le fixa intensément, le mettant au défi de se rapprocher.

— Vous savez que ce n'est pas une bonne idée, murmura-t-il.

Elle inclina son visage vers le sien, se hissant sur la pointe des pieds pour aller à la rencontre de ses lèvres.

Peut-être était-ce dû à l'obscurité ou à cette femme, peut-être était-ce une soudaine poussée d'adrénaline, mais Nick eut l'impression de ressentir ce baiser jusqu'au plus profond de son âme.

Il ne s'attendait pas à ça. Pas à cette intensité. Pas à cette explosion.

Il la plaqua contre le mur, donnant à leur baiser un tour plus passionné.

— Cath, c'est toi, là-haut ? appela une voix de femme, tandis qu'un faisceau lumineux balayait l'étage.

Catherine le repoussa aussitôt et s'avança jusqu'à la rambarde.

— Louise ? Qu'est-ce que tu fais là ?

— Je m'inquiétais pour toi. Le courant est coupé dans toute la ville, et je sais combien tu détestes le noir.

— Tu n'étais pas obligée de faire toute cette route pour moi. Je vais bien.

— Je ne savais pas que tu avais de la compagnie. J'aurais dû appeler d'abord.

— Non, ce n'est pas grave. Monte.

La lumière de sa torche sautilla tandis que la nouvelle venue montait rapidement l'escalier. Resté en retrait, Nick observait son échange avec Catherine.

— Je t'ai envoyé un texto un peu plus tôt. J'espérais que nous pourrions dîner ensemble. Mais tu avais visiblement d'autres projets...

Son regard se posa sur Nick.

— Louise Jennings. La tante de Catherine.

— Nick LaSalle.

Il sortit de l'ombre pour lui tendre la main.

— LaSalle ?

Elle lui serra les doigts un peu plus longtemps que nécessaire.

— Vous avez un lien avec LaSalle Investigations ?

La désapprobation teintait sa voix. Elle lâcha sa main et se tourna vers Catherine.

— Tu as appelé le numéro sur cette carte ! Je croyais que nous étions d'accord pour ne rien précipiter.

— Je t'ai dit que j'y réfléchirais, et c'est ce que je fais. Je sais que tu n'approuves pas, mais j'ai besoin de connaître mon histoire. Je veux découvrir la vérité.

— Je devrais y aller et vous laisser vous reposer, dit Nick. À moins que vous ne vouliez que je reste jusqu'à ce que le courant soit rétabli.

— Ne vous donnez pas cette peine, dit Louise, avant que Catherine ait eu le temps de répondre. Je suis ravie de rester avec ma nièce.

— Il est inutile que qui que ce soit reste, dit Catherine. Je vais très bien. Je crois que nous devrions tous aller nous coucher.

— Je vous rappelle dès que j'ai des nouvelles, déclara Nick.

Il se tourna vers Louise.

— Ravi de vous avoir rencontrée.

Elle lui adressa un signe de tête courtois en retour.

Catherine l'accompagna jusqu'à l'escalier, et leurs doigts s'effleurèrent dans le noir.

— Nick ?

Il lui lança un coup d'œil par-dessus son épaule.

— Merci, dit-elle. Merci pour tout.

— Je n'ai encore rien fait.

— Je ne dirais pas ça...

Y avait-il une note de séduction dans sa voix, ou bien entendait-il ce qu'il avait envie d'entendre ?

— Bonne nuit, Catherine.

— Bonne nuit.

Nick sortit par le portillon de service, s'arrêtant à sa voiture pour y prendre une torche plus puissante. Puis il traversa le jardin pour accéder à la rue principale, à la recherche d'activités suspectes dans le voisinage.

Les rues étaient encore sombres et désertes à cette heure-ci, mais il distinguait un léger halo à l'est, où l'électricité avait été rétablie. Les bars et les restaurant étaient ouverts. Les gens parlaient, riaient, passaient un bon moment. Ici, dans l'enclave de Catherine, il ne se passait rien.

Une voiture était garée devant la maison principale. Il se demanda si la propriétaire de Catherine était revenue de son voyage, puis il réalisa qu'il devait s'agir de la voiture de Louise Jennings.

La berline, d'un modèle très récent, était luxueuse mais pas ostentatoire. La voiture par excellence d'une avocate qui avait réussi mais qui voulait rester discrète.

Quelque chose attira son attention tandis qu'il balayait du faisceau de sa torche le pare-chocs rutilant.

Pourquoi était-il aussi obsédé par la voiture de Louise Jennings ?

Une image prenait forme au fond de son esprit, celle d'un parking battu par la pluie. Puis d'un appel de phares...

Il se concentra sur la plaque d'immatriculation. Le début correspondait à ce qu'il avait noté un peu plus tôt, sur le parking de l'agence.

C'était la voiture qui avait approché Jackie Morris.

Des bruits de pas résonnèrent sur le trottoir. Nick braqua sa lampe vers le portillon, surprenant Louise Jennings alors qu'elle venait de sortir.

Elle porta aussitôt la main à son sac.

— Qui est-ce ? Je suis armée.

Il abaissa le faisceau lumineux.

— C'est Nick LaSalle.

— LaSalle ?

Elle laissa retomber son bras et s'avança.

— Qu'est-ce que vous faites à ma voiture ?

— Rien. Je l'ai vue garée là, et j'ai décidé de l'inspecter.

— Pourquoi ?

— On n'est jamais trop prudent. Les coupures de courant attirent les crapules.

— C'est un peu mélodramatique, protesta Louise.

Mais elle regarda quand même autour d'elle.

— Aucun endroit n'est complètement sûr.

— Ni aucune personne, rétorqua-t-elle, d'un ton lourd de sous-entendus.

Elle le dévisagea de la tête aux pieds.

— Qu'y a-t-il entre ma nièce et vous ?

Sans lui laisser le temps de répondre, elle ajouta :

— N'essayez pas de jouer au plus malin. Je vous ai vus vous embrasser.

Nick haussa les épaules.

— C'est avec elle que vous devriez voir ça, pas avec moi.

— J'ai essayé, mais elle n'a rien voulu me dire.

Elle actionna sa télécommande pour déverrouiller ses portières, mais ne se mit pas tout de suite au volant.

Dans le halo orangé des clignotants, il put distinguer son expression. Ce n'était pas une femme très grande ni très corpulente, mais il y avait quelque chose d'imposant chez elle. Sous son regard sévère, Nick se sentit gagné par la nervosité.

— Écoutez-moi bien, dit-elle. Catherine traverse une période difficile, et je ne laisserai personne profiter de sa détresse.

— Je comprends votre inquiétude, mais elle sait ce qu'elle fait.

— D'ordinaire, je serais d'accord avec vous, mais ce sont des circonstances extraordinaires.

Louise posa son sac sur le capot de sa voiture, à portée de main.

— Laissez-moi vous expliquer quelque chose à son sujet. Elle n'a pas beaucoup d'argent. C'est une femme brillante, qui a fait de longues études, mais elle ne deviendra jamais riche grâce à son métier. Ma sœur était institutrice et il n'y a donc pas d'héritage à proprement parler. Comme je doute que vous fassiez du bénévolat, les dépenses vont très vite s'accumuler…

Nick n'était pas du genre à perdre rapidement son sang-froid, mais il sentit la moutarde lui monter au nez, pas seulement pour une question d'amour-propre, mais parce que Louise Jennings bafouait les souhaits et le bon sens de sa nièce.

— Vous ne m'aimez pas : très bien. C'est votre droit. Mais je travaille pour Catherine. La seule opinion qui m'intéresse, c'est la sienne.

— Ce n'est pas personnel. Je ne vous connais pas. Mais, depuis trente ans que je pratique le droit familial dans cette ville, j'ai croisé des détectives privés qui manquaient pour le moins d'éthique.

— Vous n'avez aucune raison de me faire confiance, j'ai bien compris. Mais, que vous le croyez ou non, j'ai à cœur l'intérêt de Catherine. Sachez que j'étais sceptique au début, moi aussi. À présent, je suis persuadé qu'elle tient quelque chose.

— Mais quoi ? Vous ne pouvez raisonnablement penser qu'elle est la fille d'Orson Lee Finch.

— Que savez-vous de l'adoption de Catherine ?

— Rien.

— Vous ne vous en êtes pas occupée, en tant qu'avocate ?

— M'occuper d'une adoption pour un membre de ma famille aurait constitué un conflit d'intérêts. Je n'aurais jamais rien fait qui puisse mettre en danger ma réputation, et encore moins compromettre les chances de ma sœur de devenir mère.

Dans le silence qui suivit, Nick perçut sa colère.

— Il y a quelque chose que vous devez savoir à mon sujet, monsieur LaSalle : je ne suis pas un avocat vedette. Vous ne verrez jamais mon nom dans les journaux, ni mon visage à la télévision. Je n'ai même pas de site web. Mais, ne vous y trompez pas, j'excelle dans ce que je fais. Les gens me respectent. J'ai beaucoup d'amis puissants en ville. Croyez-moi si je vous dis qu'il vaut mieux ne pas m'avoir comme ennemie. Laissez tomber. Ou je ferai en sorte que votre licence soit révoquée avant la fin de la semaine.

— Désespérez-vous à ce point d'empêcher Catherine de connaître la vérité ?

— Je ne suis pas désespérée, mais je suis déterminée à la protéger. Vous ne savez pas à quoi vous vous attaquez.

Il la regarda monter dans la voiture et démarrer en trombe.

Apparemment, il avait touché une corde sensible. Louise Jennings semblait très pressée de fuir ses questions.

Ou de prévenir quelqu'un.

Comment connaissait-elle Jackie Morris, et que diable cachaient-elles, toutes les deux ?

8

Le lendemain matin, Nick s'était réveillé à l'aube l'esprit occupé par Catherine.

Après un jogging de quatre kilomètres, une douche et deux tasses de café noir, elle l'obsédait toujours.

Il était venu tôt au bureau afin de prendre de l'avance dans son travail avant que les autres n'arrivent, mais il s'était retrouvé posté devant une des fenêtres du hall, à regarder le jour se lever, tout en se demandant comment il avait fait pour se laisser entraîner aussi loin en si peu de temps.

Il savait pourtant que cela ne donnait jamais rien de bon de s'impliquer avec une cliente. Il suffisait de regarder son oncle pour en avoir la confirmation. Trop de fois les exploits d'Emmett et ses liaisons malavisées avaient perturbé ses enquêtes et mis en danger la réputation de l'agence.

Nick aimait son oncle, mais il ne l'avait jamais considéré comme un modèle. Il aspirait plutôt au professionnalisme de son père. Cependant, s'agissant de Catherine March, il avait du mal à être objectif.

Il prit une profonde inspiration et relâcha lentement son souffle.

Quand l'affaire serait terminée, peut-être pourrait-il envisager une relation avec Catherine. Mais, en attendant, il avait besoin de recul. Ce ne devrait pas être si compliqué. Ils se connaissaient à peine...

Des pas résonnèrent dans le hall derrière lui. Il jeta un coup d'œil par-dessus son épaule, et découvrit Jackie. Elle s'arrêta net quand elle le vit et parut embarrassée.

Comme toujours, elle portait un élégant tailleur, pas une mèche ne s'échappait de son chignon abondamment laqué, et elle était maquillée à la perfection.

— Tu es bien matinal, dit-elle. Et tu as déjà fait du café. Que se passe-t-il ?

— Rien de spécial.

Nick appuya une épaule contre l'encadrement de la fenêtre.

— Nous avons beaucoup d'enquêtes en cours, et je voulais m'avancer dans mon travail.

— Je vois que tu t'y consacres d'arrache-pied.

Nick lui glissa un regard en coin.

— Je jetais juste un coup d'œil dans la rue… En parlant de ça, j'ai vu une voiture que je ne connaissais pas sur le parking, hier soir. Il pleuvait beaucoup, et je voulais m'assurer que tu avais regagné ta voiture sans encombre. Une berline de couleur foncée est arrivée par la ruelle, et son conducteur a fait un appel de phares. Tu es montée dedans et, quelques minutes plus tard, tu as pris ta voiture et l'autre t'a suivie.

Au lieu de la repartie ironique à laquelle il s'attendait, Jackie lui tourna le dos et alla s'asseoir à son bureau, ouvrant calmement un tiroir pour y déposer son sac.

Finalement, elle releva les yeux avec exaspération.

— Quoi ? Il faut que je me justifie, maintenant ? Ce que je fais en dehors du bureau ne te regarde pas.

Nick hocha la tête.

— Je sais. Je ne suis pas en train de t'espionner. Je m'inquiète pour toi, c'est tout.

Elle lui lança un regard sévère.

— J'ai le droit d'avoir des amis. Certains s'arrêtent même occasionnellement pour prendre de mes nouvelles.

— Au beau milieu d'une tempête ?

— Je sais que les LaSalle s'imaginent que je n'ai pas de vie en dehors de l'agence, mais il y a des gens qui s'inquiètent pour moi.

— Je n'en doute pas. Excuse-moi si je me suis montré indiscret.

Mais il s'est passé des choses dernièrement qui m'incitent à la prudence. Nous devons tous ouvrir l'œil.

— Sur quoi ?

— Des véhicules suspects. Des inconnus qui rôdent… Tout ce qui peut sortir de l'ordinaire.

— Que se passe-t-il, exactement ?

— Hier soir, je suis allé à l'entrepôt. Quelqu'un s'y trouvait. J'ai poursuivi l'intrus, mais il s'est enfui.

— Tu as vu qui c'était ?

— Il n'y avait pas d'électricité. J'ai juste aperçu une silhouette.

— Homme ? Femme ?

— Impossible à dire. Il faisait trop sombre.

Nick aurait pu jurer qu'elle avait l'air soulagé.

— Tu as appelé la police ?

— Je me suis dit qu'ils étaient assez occupés avec l'orage et la coupure d'électricité. Et puis, j'étais incapable de dire s'il manquait quelque chose. J'y retournerai plus tard pour vérifier.

Jackie joua avec un stylo, le regard pensif.

— Nous parlions justement de l'entrepôt hier soir. Tu voulais y chercher un dossier, mais je pensais que tu t'y rendrais ce matin.

— C'est en effet le conseil que tu m'as donné, mais je n'ai pas dit que j'en tiendrais compte.

— Tu es bien comme Emmett. Aucune patience ni aucun bon sens. As-tu au moins trouvé ton dossier ?

— Malheureusement, le disjoncteur a sauté juste quand je suis arrivé.

— Et ensuite, tu as poursuivi l'intrus ?

— Exact.

Jackie détourna le regard.

— Ce n'est pas la première fois que cet endroit est visité par des rôdeurs. Cela fait des années que nous avons des problèmes de vandalisme.

— C'est le timing qui me pose problème. Quelqu'un s'est aussi introduit dans le laboratoire de Catherine March la nuit dernière et l'a agressée.

— Ta nouvelle cliente ? Tu cherchais le dossier de sa mère,

c'est ça ? Quelque chose à propos d'une adoption. Tu crois que les deux effractions sont liées ?

— Comment es-tu au courant pour l'adoption ?

Pour la première fois depuis son arrivée, Jackie retrouva le sourire narquois et empli de sous-entendus qui était sa marque de fabrique.

— Je sais tout ce qui se passe dans cette agence.

— Mais tu ne te souviens toujours pas de Laura March ?

Le sourire disparut.

— Non.

Elle marqua une pause infime.

— Et Catherine ? Comment va-t-elle ?

— Bien. Elle beaucoup plus forte qu'on ne pourrait le croire.

— Je suppose qu'elle n'a pas le choix.

— Comment cela ?

— Tu as dit que son père est mort quand elle était petite. Perdre un parent aussi jeune, ça laisse une cicatrice indélébile. Et qui sait ce qu'elle a vécu avant son adoption. À présent, elle perd la seule mère qu'elle ait jamais connue. C'est une épreuve terrible quel que soit l'âge.

Nick se demanda s'il avait réellement mentionné le décès d'Aidan March.

— Elle a toujours sa tante. Elles sont proches, mais la tante est très hostile à l'enquête.

Il guetta la réaction de Jackie.

— Elle pense que je profite de la détresse de Catherine.

Jackie haussa un sourcil.

— Oh ! vraiment ?

— Elle a même menacé de poursuivre l'agence si je ne faisais pas machine arrière.

Jackie pinça les lèvres.

— Elle a dit ça ?

— Mot pour mot. Je ne l'ai pas reconnue quand nous avons fait connaissance, mais son nom me semble familier. Avons-nous déjà travaillé avec une avocate du nom de Louise Jennings ?

Jackie voulut répondre, mais la voix d'Emmett, depuis le seuil de la porte, la fit taire.

— C'est quoi, cette histoire de procès ? Bon sang, Nick, dans quelle galère nous as-tu embarqués cette fois ?

— Cette fois ?

L'intonation de Nick se fit glaciale.

— Le dernier procès a eu lieu avant mon arrivée à l'agence. Et tu en étais le seul responsable.

Emmett n'aimait pas qu'on lui rappelle ses erreurs passées.

— C'est de l'histoire ancienne. As-tu prévenu notre avocat ?

— Inutile. Louise Jennings cherche à nous intimider, mais elle n'a rien contre nous. Je travaille pour Catherine, pas pour elle. Je me demande pourquoi notre enquête la dérange autant. C'est à croire qu'elle a quelque chose à cacher.

— Quoi ? demanda Jackie, d'un ton angoissé.

— Je ne sais pas, mais pourquoi voudrait-elle m'écarter, sinon ? Avant la nuit dernière, je me demandais si Catherine ne partait pas sur une fausse piste. À présent, je suis convaincu que nous avons mis le doigt sur quelque chose, et que ça va même plus loin que l'adoption elle-même. Sauf si ma cliente me retire l'enquête, j'ai l'intention d'aller jusqu'au bout.

— Même si ça nous cause des ennuis à tous ? grommela Emmett.

— Ça ne sera pas le cas.

— Tu as l'air bien sûr de toi.

— Depuis quand es-tu aussi timoré ? Nous avons toujours accepté les enquêtes difficiles. Nous nous vantons même de prendre les affaires dont les autres agences ne veulent pas. N'est-ce pas ainsi que papa et toi avez fait le succès de LaSalle Investigations ?

— Oui, mais parfois il faut écouter son instinct, et faire ce qu'il y a de mieux pour l'agence plutôt que pour le client.

— Et en quoi l'agence serait-elle menacée par cette affaire ? Il n'y a pas, à ma connaissance, de conflit d'intérêts. Il n'y a pas matière à procès. Qu'est-ce qui t'inquiète chez Catherine March ?

Emmett échangea un regard avec Jackie.

— On n'engage pas une agence comme la nôtre pour quelques vieilles coupures de journaux. Je t'ai dit dès le premier jour qu'elle te cachait quelque chose.

— Pourquoi ferait-elle cela ?

Son oncle hésita.

— Elle a peut-être pensé que tu refuserais si tu connaissais toute l'histoire. Ou alors, elle a l'intention de se servir de toi.

Nick faillit en rire.

— Dans quel but ?

Emmett le regarda avec sévérité.

— Ce ne serait pas la première fois que l'un de nous se ferait piéger par une jolie cliente.

— Parle pour toi, marmonna Jackie.

Emmett s'agaça.

— Pardon ?

— Deux LaSalle aussi tôt le matin, c'est trop pour moi. Je vais prendre un café.

— Reste ici, lança Emmett, alors que Jackie repoussait son fauteuil de dactylo. Personne n'ira nulle part tant que je n'aurai pas eu de réponses.

— Quelle est la question ? demanda Nick.

— Tu as dit que quelqu'un était entré dans son laboratoire, la nuit dernière. Tu as une piste ?

— Tu as entendu ça aussi ? Depuis quand espionnais-tu ma conversation avec Jackie ?

— Assez longtemps pour entendre des choses qui ne me plaisent pas.

— Tu aurais pu nous avertir de ta présence.

Emmett haussa les épaules.

— On ne perd pas comme ça ses vieilles habitudes. Tu as une piste ? répéta-t-il.

Nick se passa la main dans les cheveux.

— Malheureusement, non. L'incident s'est produit pendant la coupure d'électricité. Catherine n'a pas pu voir son agresseur. Elle a appelé la police, mais ils ne peuvent rien faire sans indices ni description.

— Parle-lui de l'entrepôt, dit Jackie.

— Oh ! je suis sûr qu'il est déjà au courant. Mais je vais répéter, au cas où il serait passé à côté de quelque chose. Je suis allé à l'entrepôt hier soir, pour voir s'il y avait un dossier au nom de Laura March, et je me suis retrouvé à poursuivre un intrus.

Emmett paru troublé.

— Quand était-ce ?

— Vers 19 heures. Je suis arrivé juste avant la coupure d'électricité. Je n'ai vu qu'une silhouette, et j'étais dans l'incapacité de dire si quelque chose avait disparu, juste avec l'éclairage dispensé par une torche. J'ai l'intention d'y retourner aujourd'hui. Et je crois que nous devrions, au minimum, faire changer les serrures.

— Ce qu'il faut faire, c'est se débarrasser de cet endroit, décréta Jackie. Ça fait des années que je le dis. Si quelqu'un se blesse sur les lieux, l'agence sera responsable. Et, imaginez que quelqu'un vole des dossiers et tente de faire chanter nos anciens clients ? Il faudrait tout détruire. De toute façon, ce qui est important est déjà numérisé.

— Pas les plus vieux dossiers, dit Emmett. Et on ne sait jamais si, un jour, nous n'aurons pas besoin d'un élément qui s'y trouve. De toute façon, je n'ai pas confiance dans les ordinateurs.

— Tu n'as confiance en rien ni personne, dit Jackie.

— C'est faux. J'ai toujours eu confiance en toi.

Ils échangèrent un long regard, et Nick eut l'impression de surprendre quelque chose qu'il n'aurait pas dû voir. L'intonation de son oncle ressemblait plus à un rappel – ou pire, à une menace – qu'à une affirmation de soutien.

À nouveau, Nick s'interrogea sur leur relation. Celle-ci remontait à bien longtemps, et les secrets qu'ils partageaient devaient être innombrables.

Jackie releva le menton d'un air de défi.

— Je n'hésiterai pas à te le rappeler la prochaine fois que tu douteras de mon jugement. En attendant, j'ai du travail, et j'apprécierais que vous débarrassiez le plancher.

Quelques employés commençaient à arriver mais, au lieu d'aller les saluer comme il le faisait chaque matin, Nick commença à se diriger vers l'escalier, pressé de retrouver la tranquillité de son bureau.

Cependant son oncle n'en avait pas fini avec lui et lui emboîta le pas.

— Il y a autre chose que je devrais savoir sur cette affaire. Tu as déjà eu, quoi, trente-six heures ? Tu dois déjà avoir progressé un peu.

Nick songea à lui parler de la boîte à musique et des appels d'Orson Lee Finch, mais quelque chose le retint.

Cela l'ennuyait de soupçonner son oncle et Jackie, mais leur comportement depuis son entretien avec Catherine semblait pour le moins étrange.

— J'ai appelé l'avocat de Finch, répondit-il. J'attends d'avoir de ses nouvelles.

— J'espère pour toi qu'il ne donnera pas suite.

— Je vais vraiment finir par me demander pourquoi tu tiens autant à ce que je laisse tomber cette affaire.

Emmett haussa les épaules.

— Les affaires vont et viennent. Il vaut mieux ne pas trop s'y attacher.

Ils s'arrêtèrent sur le palier.

— Tu es sûr que tu n'as pas quelque chose à me dire, insista Nick.

— Quoi, par exemple ?

— Est-ce que LaSalle Investigations a enquêté sur l'adoption de Catherine ? C'est pour ça que Laura March avait la carte de visite de l'agence ?

— Pose la question à ton père.

— J'en ai bien l'intention. Mais, pour le moment, c'est à toi que je la pose.

Emmett jeta un coup d'œil par-dessus la rambarde.

— Je ne suis au courant de rien.

— Et Louise Jennings ? Nous avons des partenariats avec de nombreux cabinets d'avocats. Avons-nous déjà travaillé avec elle ?

— Je n'avais jamais entendu parler de cette femme avant que tu mentionnes son nom. Et, personnellement, j'aimerais que cela continue ainsi.

— C'est-à-dire ?

— Nous n'avons pas besoin qu'une avocate vindicative mette le nez dans nos affaires. Assure-toi qu'elle ne créera pas de problèmes, ou je m'en occuperai.

Nick plissa le front.

— Qu'est-ce que je dois comprendre ?

Une étrange lueur passa dans le regard d'Emmett, sombre et déplaisante.

— Si j'ai appris quelque chose en trente ans d'exercice, c'est que personne n'a vraiment les mains propres. Tout le monde a une faiblesse, même Louise Jennings.

— Je n'aime pas le tour que prend cette conversation.

— Dans ce cas, règle le problème. Et maintenant, parle-moi d'Orson Lee Finch.

— Que veux-tu savoir ?

— Puisque tu insistes pour le rencontrer, je pourrais t'accompagner. Nous l'interrogerions ensemble.

— J'apprécie ton offre, mais je préfère y aller seul. Il y a plus de chances qu'il parle s'il ne se sent pas coincé ou menacé.

— Fais attention à ce que tu vas lui promettre.

— Je ne suis pas en position de lui promettre quoi que ce soit.

Nick s'efforça de paraître nonchalant, mais l'avertissement de Finch résonnait étrangement à ses oreilles.

« La vérité n'est pas ce que vous croyez. Cela va bien plus loin que ce que vous pouvez imaginer. »

Emmett lui faisait face. Dans la lumière crue du palier, son visage affichait une expression sinistre.

— Je regrette que tu t'obstines comme ça, mon garçon.

— Je le sais.

Nick s'attarda à détailler les traits de son oncle, notant la dureté de son regard, la ligne presque cruelle de ses lèvres. Il l'avait toujours trouvé rusé et un rien manipulateur, mais essentiellement charmeur et inoffensif. À présent, il ressentait un inexplicable frisson tandis que leurs regards se croisaient.

— C'est une affaire intéressante, dit-il. Et elle le devient de plus en plus.

— Fais attention à ne pas te laisser déborder, lui recommanda Emmett.

Ils se séparèrent sur le palier.

Nick entra dans son bureau et ferma la porte. Il marqua une pause quelques instants, écoutant le silence tandis qu'il réfléchissait à l'étrange comportement de son oncle. Il y avait tant de choses qu'il ne comprenait pas. Tant de secrets enterrés...

S'efforçant de chasser son impression de malaise, il s'assit à son bureau et ouvrit son ordinateur portable pour vérifier son emploi du temps de la journée.

Soudain, il entendit la porte de son oncle s'ouvrir et se refermer, avant que ses pas ne résonnent dans l'escalier.

Nick se leva pour aller à la porte, jeta un coup d'œil dehors, et s'avança sur le palier.

Emmett discutait à voix basse avec Jackie. Il ne tarda pas à s'en aller, et Jackie le suivit des yeux, avant de se lever et de sortir à son tour. Nick la vit composer un numéro sur son téléphone portable. Visiblement, elle n'avait pas envie que sa conversation soit entendue.

Alors que la voiture d'Emmett passait devant l'immeuble, Jackie recula dans l'entrée, comme si elle ne voulait pas être vue.

Profitant qu'elle était occupée, Nick se précipita vers le bureau de son oncle. Comme il s'y attendait, la porte était verrouillée, mais il avait toujours sur lui un kit comme en utilisaient les pickpockets.

Il lui fallut à peine quelques secondes pour ouvrir la porte et se glisser dans la pièce. Puis il se dirigea vers le bureau, et utilisa son kit pour déverrouiller tous les tiroirs et les fouiller, avant de s'attaquer aux meubles de classement, gardant l'ordinateur de son oncle pour la fin.

L'appareil était protégé par un mot de passe. Il essaya quelques dates d'anniversaire, avant de renoncer.

S'écartant du bureau, il jeta un dernier regard autour de lui.

Ses yeux se posèrent sur le destructeur de documents. Il souleva le couvercle et regarda à l'intérieur. La corbeille était vide. Il ne restait pas la moindre languette de papier.

Mais, en observant plus attentivement l'appareil, Nick remarqua que quelque chose était resté coincé dans les lames.

À l'aide d'un stylo, il dégagea ce qui se révéla être l'étiquette d'un dossier, partiellement entaillée.

Avec soin, il rapprocha les languettes de papier, jusqu'à ce qu'il puisse déchiffrer un nom.

Aidan March.

Cette découverte le laissa médusé.

Pourquoi l'agence possédait-elle des informations sur un policier mort en exercice vingt ans auparavant ?

Et pourquoi son oncle avait-il détruit le dossier ?

Après avoir remis l'appareil en place, Nick sortit du bureau aussi discrètement qu'il y était entré. Puis il jeta un coup d'œil vers le hall.

Jackie n'était toujours pas à son bureau, mais il ne la vit pas dehors non plus.

Il se hâta de regagner son propre bureau, et se laissa tomber lourdement dans son fauteuil.

Que se passait-il ici ?

Dans quelle mesure l'agence était-elle impliquée dans l'adoption de Catherine ?

Quel degré de noirceur possédaient les secrets de la famille LaSalle ?

Il posa l'étiquette sur son bureau et réfléchit quelques instants, avant qu'une étrange sensation ne s'empare de lui.

Il regarda autour de lui, énervé par une sensation de violation. Rien n'avait été déplacé ni ne manquait, et pourtant une étrange vibration flottait dans l'air.

Les tiroirs de son bureau étaient verrouillés, exactement comme il les avait laissés.

Il prit sa clé, et ouvrit le compartiment du bas, où il avait rangé les coupures de journaux.

Soulevant le couvercle de la boîte à cigares, il en vérifia le contenu.

Il dut fouiller à deux reprises dans les papiers, avant de comprendre que la photo d'Orson Lee Finch avec l'enfant avait disparu.

Pendant qu'il fouillait le bureau de son oncle, quelqu'un avait fait la même chose dans le sien.

9

Catherine se hâta d'aller répondre au coup frappé à sa porte en pensant que Nick avait peut-être des réponses pour elle.

Elle se passa la main dans les cheveux avant d'ouvrir, et son sourire s'effaça.

— Que fais-tu là de si bon matin ?

— Je voulais te voir avant que tu partes travailler.

Louise Jennings tendit un sachet à rayures roses et blanches provenant de la pâtisserie favorite de Catherine.

— On fait la paix ? proposa-t-elle.

Catherine lui opposa une moue boudeuse.

— Je ne savais pas que nous étions en guerre.

— Non, mais les choses étaient un peu tendues hier soir. Je voulais m'assurer que tout va bien entre nous.

Elle agita le sachet.

— Roulés à la cannelle, muffins à la pêche, scones à la myrtille. Tu as l'embarras du choix.

Catherine s'écarta pour laisser entrer sa tante.

— Tu tombes bien. Je viens de faire du café.

Comme toujours, Louise était vêtue avec style, mais de façon confortable, avec un tailleur-pantalon noir, un T-shirt en soie filetée ivoire, et des mocassins camel. Ses cheveux roux étaient relevés en un chignon souple, dégageant son visage couvert de taches de rousseurs. Comme toujours, ses superbes yeux gris-vert étaient maquillés à la perfection. Elle allait bientôt avoir cinquante-cinq ans, mais en paraissait dix ans de moins. De bons gènes et une stricte discipline alimentaire lui permettait de garder une silhouette à la minceur enviable.

Elle disposa les pâtisseries sur une assiette, et goûta le glaçage d'un roulé à la cannelle.

— Quel délice ! dit-elle, avec des regrets dans la voix.

Catherine eut un petit rire.

— Tu vois ce que tu manques ?

Louise détacha un petit morceau du gâteau.

— Ça va atterrir directement sur mes hanches, mais ça en vaut peut-être la peine.

— Oh oui, tu peux me croire.

Elles s'assirent à la petite table près de la fenêtre. Le soleil filtrait à travers le feuillage des arbres, faisant scintiller, telles des pampilles de cristal, les gouttes de pluie qui s'y accrochaient encore, et donnait au jardin un air féérique.

— Quand ton électricité est-elle revenue ? demanda Louise. Les camions quittaient mon quartier quand je suis rentrée chez moi autour de 22 heures.

— Oui, ça doit être ça. J'ai pris une douche, je suis allée me coucher, et j'ai dormi jusqu'à ce que mon réveil se déclenche ce matin.

— C'est la première fois que je te vois aussi reposée depuis des jours. Je me suis inquiétée pour toi.

— Il ne faut pas. Je vais bien. Cela fait des années que je vis seule. Je peux prendre soin de moi.

Laissant sa main en suspens au-dessus de l'assiette, en un geste hésitant, elle finit par choisir un muffin.

— Ne parlons plus de ça. Je ne veux pas commencer cette matinée par une conversation déplaisante.

— Ce n'est pas mon intention. Tu as traversé tellement d'épreuves... La perte de Laura a été un tel choc... Je continue à penser que ce n'est qu'un mauvais rêve, qu'elle va passer la porte d'une minute à l'autre... C'était une si bonne personne, et elle t'aimait tellement, Cath. Elle voudrait que je prenne soin de toi, tu le sais. Je ne peux pas rester assise à ne rien faire pendant que quelqu'un profite de toi. Ça m'attriste de te voir t'épuiser sur cette enquête insensée.

— Elle n'est pas insensée pour moi.

— Parce que tu n'as pas les idées claires. Tu ne t'es pas laissé le temps de surmonter le décès de ta mère. Et encore moins de faire ton deuil.

Le regard de Catherine se perdit vers le jardin.

— Chaque personne fait son deuil à sa façon. Cette enquête est importante pour moi. Elle me donne un but. Tu devrais le comprendre.

Elle soupira.

— Je n'ai pas l'intention de renoncer. Je ne peux pas.

Laura tendit le bras au-dessus de la table, et posa sa main sur celle de sa nièce.

— Est-ce que tu as confiance en moi ?

— Bien sûr.

— Alors, je t'en prie, écoute-moi. Le réconfort que tu retires de cette enquête est temporaire. Tu ne fais que reporter l'inévitable. Tu essaies de remplir un vide qui ne peut l'être. Attends six mois, ou même un an, et si tu ressens toujours le même besoin, alors je ferai tout pour t'aider à retrouver tes parents biologiques. Tu n'auras pas besoin de faire appel à un privé véreux. Mais pour le moment, s'il te plaît, prends le temps de faire ton deuil.

— Il n'est pas véreux ! protesta Catherine.

— Quoi ?

— Nick LaSalle. Il n'est pas véreux. C'est un homme honnête.

— Et comment peux-tu en être sûre ?

— Je le sais, c'est tout.

Un silence légèrement chargé de rancœur plana entre elles.

— Pourquoi ça compte autant pour toi ? finit par demander Catherine.

— Tu es la seule famille qui me reste, et j'ai envie de te protéger. Et, en dehors de l'aspect émotionnel, tu dois faire attention à ton argent. S'octroyer les services d'un détective privé, ça coûte cher. Et puis, tu dis que Nick LaSalle est honnête. Comment le sais-tu ? Tu as fait des recherches ?

Catherine perdit patience.

— Oh ! pour l'amour du ciel, accorde-moi un peu de crédit. Évidemment que j'ai fait des recherches. Son agence a une excellente réputation. Mais, si je me suis adressée à lui, c'est à cause de la carte de visite que j'ai trouvée dans les affaires de maman.

— Qu'en a-t-il dit ?

— Il est en train de vérifier.

— Je n'en doute pas.

Louise porta sa tasse de café à ses lèvres.

— Au risque de t'agacer un peu plus, moi aussi, j'ai vérifié certaines choses. Sais-tu qu'il a été policier ?

— Oui. Nous avons déjà travaillé ensemble.

Louise parut surprise.

— Tu sais donc qu'il a été soupçonné d'accepter des pots-de-vin.

— Rien n'a été prouvé.

— Mais le fait qu'il ne soit pas resté pour défendre son honneur ne joue pas en sa faveur.

— Pas forcément. Il pouvait avoir d'autres raisons de démissionner.

— Il t'a dit que son père et son oncle avaient également démissionné à cause de rumeurs ? Non, je ne pense pas qu'il l'ait fait.

Louise reposa sa tasse avec une lenteur exagérée.

— Figure-toi que j'ai des amis bien placés au département de police de Charleston. D'après ce qu'ils m'ont dit, Emmett LaSalle s'est toujours attiré des ennuis, tandis que son frère jumeau fermait les yeux sur ses petits arrangements avec la loi. Quand Emmett a été contraint de démissionner, Raymond est parti aussi, et ils ont ouvert une agence de détectives privés.

— Je vois que tu as bien travaillé…

— Oui, mais tu n'es pas obligée de me croire. Toi aussi, tu as des relations dans la police. Pose des questions sur la famille LaSalle, tu verras ce qu'on t'en dira.

— Donc, c'est pour ça que tu es venue me voir ?

Catherine devait prendre sur elle pour ne pas céder à la colère. D'une nature calme et réservée, elle se fâchait rarement mais, quand c'était le cas, elle avait beaucoup de mal à pardonner. C'est pourquoi elle devait choisir ses mots avec soin. Ce qui allait être dit à cette table ne pourrait pas être effacé. Et, en dépit de leurs différences, Louise était sa seule famille.

— Tu ne voulais pas prendre le petit déjeuner avec moi. Et

encore moins faire amende honorable pour hier. Tu voulais seulement briser ma relation avec Nick.

Louise s'affola.

— Parce que vous avez une relation ?

Catherine se leva et commença à débarrasser la table.

— Nous avons une relation de travail fructueuse, en effet.

— Vous n'aviez pas l'air de travailler, hier soir.

— Ce n'est pas ton problème.

Sa tante parut vexée.

— Que dirait ta mère si elle t'entendait me parler sur ce ton ?

— Je suis désolée, mais tu te mêles de choses qui ne te regardent pas.

— Et toi, tu es incroyablement naïve.

— Non. Je m'en tiens à ma décision, et tu n'as pas l'habitude de ça. Mais tu ne pourras pas me faire changer d'avis, cette fois-ci. Si maman a conservé ces coupures de presse, c'est qu'elle avait une raison. Tout comme elle avait une raison de ne pas me les montrer.

Catherine alla déposer la vaisselle dans l'évier et revint se poster devant sa tante.

— Je crois que tu sais pourquoi. Elle se confiait toujours à toi. Tu étais son roc. Si tu veux vraiment que je mette un terme à l'enquête, dis-moi ce que tu sais sur mon adoption.

Louise tourna la tête vers la vitre, observant le jardin tandis qu'elle rassemblait ses pensées.

Catherine l'observa attentivement, notant les rides profondes qui creusaient son front, et le pouls qui vibrait à la base de sa gorge. Elle était visiblement troublée.

Et elle se retenait de parler.

Catherine se rassit.

— Tu peux tout me dire.

Louise ferma les yeux et soupira.

— J'aurais voulu ne jamais en arriver là. Laura ne voulait pas que tu saches.

Catherine posa les mains à plat sur la table, tandis que son pouls s'accélérait.

Voulait-elle vraiment connaître la vérité ? Était-elle prête à affronter son passé ?

— Je t'écoute, dit-elle. J'ai le droit de tout savoir sur ma naissance et mon adoption.

Louise ne dit rien pendant un long moment.

Son regard restait fixé sur la fenêtre.

— Louise ?

Elle soupira.

— Tu as raison. Nous t'avons caché des choses, mais pas pour la raison que tu crois. Orson Lee Finch n'est pas ton père biologique. Tu n'as aucun lien avec lui...

Elle laissa passer un silence.

— Mais moi, si. Ta mère également.

Catherine écarquilla les yeux.

— Quoi ?

Louise hocha lentement la tête.

— C'est la vérité. C'est un lointain cousin. Nous l'avons vu quelques fois quand nous étions petites. Sa mère ne venait pas souvent car elle n'était pas appréciée dans la famille. Il était déjà bizarre, à l'époque. Un gamin maigre et pâle. Très silencieux et replié sur lui-même. Mais gentil à sa façon.

— Gentil ? Le Tueur du Crépuscule ?

— On ne naît pas tueur en série. À un moment, il se passe quelque chose dans leur vie qui les fait basculer. Comme je l'ai dit, c'était un enfant effacé et très dévoué à sa mère. Peut-être de façon anormale.

— Ce que tu me dis est vrai ?

— Évidemment ! Pourquoi inventerais-je une histoire aussi déplaisante ?

— Je n'en reviens pas que tu me dises ça seulement maintenant. Pourquoi maman ne voulait-elle pas que je le sache ?

— Ce n'est pas très glorieux d'être apparenté au tueur le plus connu de Charleston. Tu imagines les réactions si ça s'était su ? On nous aurait traquées comme des bêtes sauvages.

— Pourquoi ? Vous n'étiez pas responsables de ce qu'il a fait.

— Tu n'as pas idée de ce que c'était à l'époque. La terreur que provoquait la simple évocation de son nom. Après son arrestation, les médias sont devenus fous. Ils ont harcelé d'anciens employés, campé sur les trottoirs, fait un enfer de la vie de tous ceux qui avaient croisé la route d'Orson Lee Finch...

Louise resta pensive quelques instants, comme si elle revivait cette époque.

— Laura et moi avons donc décidé de ne jamais rien dire. Je sortais de la faculté de droit et je cherchais à me faire recruter par un cabinet renommé. Laura et Aidan essayaient d'adopter. Ils n'avaient certainement pas besoin d'attirer ce genre d'attention. Notre témoignage n'aurait rien changé à l'enquête ni à l'issue de son procès, mais la révélation aurait détruit nos vies. C'est pour cela que ta mère a gardé ces coupures de presse et te les a cachées. Elle était à la fois fascinée et rebutée par Orson. Je suppose que moi aussi.

Catherine se sentait comme anesthésiée.

De l'autre côté de la table, Laura chercha son regard.

— Je sais que ça fait beaucoup à encaisser.

— Je ne comprends pas que tu ne me l'aies pas dit quand j'ai trouvé les coupures de presse. Tu aurais pu m'épargner beaucoup de temps et de soucis. Au lieu de quoi, tu as essayé de me convaincre que j'agissais de façon irrationnelle. Mais j'avais vu juste, maman avait vraiment un secret.

— Je sais que j'aurais dû te le dire, mais une partie de moi ressent le besoin de garder ce secret. Je ne veux pas qu'on sache que j'ai un lien de parenté avec un monstre. Pendant longtemps le Tueur du Crépuscule n'était plus qu'un mauvais souvenir mais, à l'occasion du vingt-cinquième anniversaire de son arrestation, une armée de journalistes quadrille la ville à la recherche d'un nouveau rebondissement. Je ne t'ai rien dit parce que je voulais que tu laisses tomber. Mais, tu es aussi têtue que l'était Aidan. Même si tu n'es pas sa fille biologique, tu me fais beaucoup penser à lui.

Le regard de Catherine se posa sur la photo encadrée d'Aidan et Laura accrochée au mur. Elle se rappelait tellement peu de chose de lui, et pourtant elle avait l'impression qu'il veillait toujours sur elle.

Gagnée par la mélancolie, elle fit tourner sa bague en émeraude autour de son doigt, en songeant à ce que lui avait dit le Tueur du Crépuscule.

« Aidan March a appris à ses dépens que les gens qui détiennent un noir secret ne se rendent jamais sans se battre. »

Qu'est-ce que son père avait bien pu découvrir ?

On lui avait toujours dit qu'il était mort lors d'une intervention, mais elle se posait à présent des questions.

— Ça n'explique pas ce que faisait la carte de visite dans les affaires de maman. Pourquoi aurait-elle voulu engager un détective ?

Louise haussa les épaules.

— Je n'en sais rien. Elle voulait peut-être retrouver tes parents biologiques. Elle s'inquiétait toujours de la génétique. Elle avait peur que tu sois malade et qu'on ne sache rien de tes antécédents.

— Est-ce que mon père était au courant pour Finch ?

— Je ne pense pas. Mais cela n'aurait rien changé. Il était fou de Laura. Je n'ai jamais vu un couple aussi amoureux. Quand il est mort, une partie de Laura est morte aussi. C'est pour ça qu'elle ne s'est jamais remariée.

— Que lui est-il arrivé ? Maman n'a jamais voulu me donner les détails.

— Il travaillait en infiltration. Aux Mœurs pendant un moment, puis à la brigade des stupéfiants. Il avait beaucoup d'ennemis, comme tu peux t'en douter. Quand sa couverture a été grillée, l'un d'eux s'en est pris à lui.

Émue, Laura marqua une pause.

— C'était un homme bon. Héroïque. Il aurait été très fier de toi.

— J'aimerais me souvenir de lui.

— Tout ce que tu dois savoir, c'est que c'était un mari et un père dévoué.

Malgré elle, Catherine songea à la photo d'Orson Lee Finch et de la petite fille inconnue. Quelque part dans sa tête, elle entendait l'enfant lui murmurer :

Ne la crois pas. Elle te raconte ce que tu as envie d'entendre.

— Tu sais quelque chose sur mon adoption ? insista-t-elle.

— Rien de plus que ce que Laura t'a déjà dit.

— Elle m'a dit que mon père biologique était mort dans un

accident d'hélicoptère laissant ma mère biologique seule et sans argent. Elle m'a donc confiée à une autre famille pour que je puisse avoir une meilleure vie. Mais maman ne pouvait pas savoir tout cela s'il s'agissait d'une adoption fermée. Elle a dû inventer cette histoire pour que je ne l'interroge pas davantage. Pourquoi aurait-elle fait cela ? si ce n'est pour que je ne pose pas de questions sur mes origines ?

— Mais quelle importance ça a maintenant ? demanda Louise d'un ton exaspéré.

— Je ne sais pas, mais ça en a.

— Pourquoi ? Rien de ce que tu découvriras ne changera quoi que ce soit. Pourquoi ne peux-tu tout simplement pas laisser les choses comme elles sont ?

Catherine tint bon.

— Tu dis que je suis têtue comme mon père, mais c'est ma mère qui m'a encouragée à toujours aller jusqu'au bout quand je voulais quelque chose.

Louise se leva brusquement.

— Tu ne sais pas ce que tu fais. Ce que cette enquête te coûtera.

— Eh bien, dis-le-moi.

Mais Louise refusa de répondre, et se dirigea tout droit vers la porte d'entrée.

10

— Vous pensez que votre tante vous a menti ? demanda Nick.

Il était passé à l'improviste au laboratoire, et ils n'étaient que tous les deux. Emily n'était pas venue ce matin, et Nolan était sorti déjeuner.

— Mentir, c'est peut-être beaucoup dire. Louise est ma seule famille, et je ne voudrais pas faire de conclusions trop hâtives. Mais je ne peux pas m'empêcher de me demander si elle n'a pas inventé toute cette histoire pour me dissuader de continuer à fouiller dans mon passé.

— Et ça vous a dissuadée ?

— Au contraire. Je suis plus déterminée que jamais à découvrir les secrets de ma mère.

— Moi aussi, je veux découvrir la vérité. Mais il faut que je vous dise quelque chose.

Soudain alarmée, Catherine sentit son cœur s'emballer.

— De quoi s'agit-il ?

— Vous vous rappelez la réceptionniste de notre agence ? Jackie Morris ?

— Oui, bien sûr. Je l'ai rencontrée quand je suis venue à l'agence l'autre jour. Elle a été très gentille avec moi.

Nick parut surpris.

— Ce n'est pas un adjectif que j'attribuerais normalement à Jackie. Professionnelle, efficace, méticuleuse, oui. Mais gentille ?

Il grimaça.

— Eh bien, c'est le cas, pourtant. Et elle semblait sincère.

— Bref, ce n'est peut-être rien, mais je l'ai vue monter dans une berline de couleur sombre la nuit dernière sur notre parking. Les premiers numéros de la plaque d'immatriculation correspondent à celle de la voiture de votre tante.

Catherine écarquilla les yeux.

— Vous croyez qu'elles se connaissent ?

— C'est possible. En tout cas, lorsque je l'ai interrogée, elle a prétendu qu'un ami était passé prendre de ses nouvelles pendant l'orage.

— Mais vous n'y croyez pas.

— Je trouve qu'il y a beaucoup trop de coïncidences. Des intrus dans votre laboratoire et dans mon entrepôt. Des appels de Finch, et maintenant un lien éventuel entre ma réceptionniste et votre tante… Je me demande ce que tout cela cache.

Il resta pensif quelques instants, puis changea de sujet.

— Vous avez eu le temps de jeter un œil aux papiers de votre mère ?

— Je pensais y aller cet après-midi après le travail.

— J'ai des rendez-vous que je ne peux pas déplacer. Vous devriez peut-être attendre demain, pour que je puisse vous accompagner.

Catherine était tentée d'accepter mais, depuis la conversation avec sa tante, elle ressentait un étrange sentiment d'urgence.

— J'apprécie votre offre, mais avec tout ce qui s'est passé, je crois que je devrais récupérer ces dossiers avant que quelqu'un d'autre ne les trouve.

— Vous pensez à votre tante ?

— J'aimerais lui faire confiance, mais elle se comporte de façon très étrange dernièrement. Quoi qu'il en soit, ne vous inquiétez pas. Le quartier où vivait ma mère est très sûr, et je serai prudente.

— Envoyez-moi un texto quand vous vous y rendrez et quand vous en repartirez. Et soyez sur vos gardes. Vous connaissez la maison et le quartier. Si vous percevez quelque chose d'anormal, ne restez pas.

— Comptez sur moi.

— Et gardez toujours votre téléphone à portée de main.

— Je vous trouve un peu trop protecteur.

— Juste prudent.

Balayant la pièce du regard, il changea de sujet.

— Ainsi, ce sont les victimes de Gainey. J'ai lu qu'il y en avait quatorze en tout.

— C'est horrible n'est-ce pas ? Ce qu'un être humain peut faire à un autre.

— J'ai suivi l'affaire. Comme tout le monde en ville, j'ai été choqué par la découverte de tant de cadavres. Mais, je crois que je n'avais pas pris la pleine mesure de la cruauté de Gainey avant de les voir alignés sur ces tables. Ce n'est pas étonnant que vous ayez des terreurs nocturnes en étant confrontée à ça tous les jours.

— Mes terreurs nocturnes n'ont rien à voir avec mon travail. J'aime ce que je fais.

— Et vous êtes douée. Passionnée, impliquée...

Il eut un petit sourire.

— Vous voyez, je me souviens de vos qualités.

— Vous étiez bon aussi dans votre travail, mais vous avez laissé tomber. Pourquoi ne vous êtes-vous pas défendu à l'époque ?

— Ça me semblait mieux ainsi. Je ne voulais pas obliger les gens à prendre parti.

— Mais vous avez donné l'impression que vous étiez coupable.

— Pas à ceux qui me connaissent bien. Mais pourquoi ces questions ? On vous a rapporté des choses sur moi ?

Elle haussa les épaules.

— Ça n'a pas d'importance. Je voulais seulement l'entendre de votre bouche.

— Si vous avez envie de renoncer à l'enquête...

— Non !

Après cet éclat de voix, Catherine soupira.

— Il est vrai qu'une partie de moi redoute ce que nous allons trouver.

— Il est encore temps de faire machine arrière.

— Et de laisser toutes ces questions sans réponse ?

Elle secoua la tête.

— Je ne peux pas.

— Comme vous voudrez.

La voix de Nick s'était adoucie, mais Catherine se refusa à

croiser son regard. Elle n'était pas très douée pour dissimuler ses sentiments.

Et s'il voyait trop de choses sur son visage et dans ses yeux ? Et si elle le faisait fuir ?

Elle prit son temps pour ajuster sa blouse de laboratoire et enfiler ses gants.

— Quelque chose ne va pas ? demanda-t-il, en inclinant la tête. J'ai dit quelque chose ?

— Non. Pas du tout. J'étais juste perdue dans mes pensées. Désolée. Vous vouliez que je vous parle de Numéro Treize...

— Vous m'avez dit qu'elle avait reçu une balle à l'arrière de la tête.

— Exact.

Catherine désarticula soigneusement le crâne pour qu'il puisse voir le point d'entrée.

— Comme vous pouvez le constater, c'est propre, avec très peu d'éclats.

— La balle n'est pas ressortie, dit Nick, d'un ton songeur. Ça veut dire qu'elle était toujours logée dans le crâne quand la victime a été enterrée. L'a-t-on retrouvée ?

— Je n'étais pas en ville quand les tombes ont été découvertes. Malheureusement, les excavations ont eu lieu sans moi, et des erreurs de manipulations ont été commises. Delmar Gainey était mort, ses victimes disparues depuis longtemps. Il n'y avait pas d'enquête à mener, juste des restes humains à honorer... Je suppose qu'ils ont voulu faire au plus vite.

— Donc, la balle pourrait être encore dans la tombe.

— Oui, mais la retrouver risque d'être compliqué.

Catherine hésita.

— Pourquoi cette balle vous intéresse-t-elle ?

— Vieux réflexe de flic. Je me dis que la personne qui s'est introduite dans le laboratoire cherchait quelque chose.

— Vous pensez à la balle ?

Le téléphone de Catherine sonna au même moment. Elle le sortit de sa poche et fit signe à Nick de patienter.

— Nolan ? Parlez moins vite. Où êtes-vous ?

Elle avait du mal à l'entendre. Il parlait à toute allure et la connexion était instable. Elle se déplaça vers une fenêtre en espérant avoir un signal plus fort.

— Vous êtes là ?

La voix de Nolan lui parvint, forte et claire.

— Je suis chez Emily.

— Quoi ? Comment connaissez-vous son adresse ?

— Ça m'est arrivé de la raccompagner. Je me suis inquiété en ne la voyant pas ce matin. Ça ne lui ressemble pas. Sa voiture est sur le parking, mais elle ne répond pas à sa porte ni à son téléphone.

— Elle voulait peut-être se reposer et l'a éteint. Si ça se trouve, elle a pris froid avec ce temps.

— Il faudrait qu'elle soit vraiment malade pour ne pas venir au laboratoire. Croyez-moi, je sais à quel point ce projet est important pour elle. Je m'affole peut-être pour rien, mais elle est bizarre depuis quelque temps.

Catherine s'exhorta à ne pas s'alarmer.

— Vous avez interrogé les voisins ?

— Il n'y a personne dans le coin. On dirait un quartier fantôme. Le gardien ne veut pas m'ouvrir son appartement parce que je ne suis pas un parent.

— Vous vous inquiétez vraiment pour elle, on dirait.

— Je sais que ça paraît bizarre venant de moi, mais j'ai un mauvais pressentiment. Vous ne voudriez pas venir ?

Catherine jeta un coup d'œil à Nick, qui l'observait avec curiosité.

— Donnez-moi l'adresse.

Quand ce fut fait, Catherine mit fin à la conversation et rejoignit Nick.

— Que se passe-t-il ?

— Nolan est chez Emily. Sa voiture est sur le parking, mais elle ne répond ni à sa porte ni à son téléphone, et le gardien ne veut pas le laisser entrer. Il est convaincu qu'il lui est arrivé quelque chose, et maintenant il a réussi à m'inquiéter.

— Que voulez-vous faire ?

— Je pense que je devrais y aller avant que Nolan ne décide de casser la porte.

— Je vous accompagne.

— Et vos rendez-vous ?

— Je vais passer quelques coups de fil sur le trajet.

Il faisait chaud et lourd, mais Catherine frissonna quand elle monta dans la voiture de Nick.

— Je ne veux pas vous dire comment conduire mais pourriez-vous faire vite ?

— Qu'est-ce que Nolan vous a dit ?

Elle lui répéta leur conversation.

— Il m'a demandé hier si j'avais remarqué quelque chose de bizarre dans le comportement d'Emily. Je pense que c'est pour ça qu'il est allé chez elle. Il s'inquiétait déjà.

— Et alors, vous avez remarqué quelque chose de différent chez elle ?

— Elle est sortie déjeuner sous une pluie battante. Quand elle est revenue, elle était tellement excitée que je me suis demandé si elle avait pris quelque chose. Puis je me suis dit que je me laissais emporter par mon imagination.

— Et maintenant ?

Catherine tourna les yeux vers sa vitre.

— Je ne sais pas quoi penser. Hier soir, vous m'avez demandé ce que je pensais de mes assistants. Vous avez suggéré que l'un d'eux aurait pu donner le code à l'intrus. Ça m'influence peut-être, mais je ne peux pas m'empêcher de me demander si c'est lié. Si Emily a quelque chose à voir avec l'effraction, ça expliquerait qu'elle ait disparu.

— Nous ne savons même pas encore si elle a réellement disparu. Nous ne savons rien du tout. Essayez de vous détendre, d'accord ?

Il prit le virage suivant sans ralentir, et Catherine s'agrippa à son siège.

Comment aurait-elle pu se détendre, alors qu'au fond de son esprit résonnait la mise en garde de Finch ?

« La vérité n'est pas ce que vous croyez. »

L'appartement d'Emily se trouvait dans une vieille résidence habitée presque exclusivement par des étudiants. Les bâtiments avaient connu des jours meilleurs, mais la piscine était propre et les jardins entretenus. Nick repéra son immeuble et trouva une place pour se garer.

Nolan les attendait sur le perron. Il se précipita vers Catherine en la voyant sortir de la voiture.

— Merci d'être venue, docteur March.

— Je vous en prie. C'est normal. Nolan, voici Nick LaSalle. Nous travaillons sur un projet ensemble. Il a pensé que vous ne verriez pas d'inconvénients à ce qu'il m'accompagne. Il a l'expérience des situations… complexes.

Nolan ne parut pas ravi de la présence de Nick, mais il lui serra la main et demanda :

— Le Dr March vous a expliqué ?

Nick hocha la tête.

— Quand avez-vous vu Emily pour la dernière fois ?

— Hier, au travail. Je suis parti plus tôt que d'habitude. Vers 16 h 30, je dirais. Ce qui fait que vous êtes la dernière personne à l'avoir vue, docteur March.

Catherine hocha la tête.

— Elle est partie vers 17 h 30. Elle a proposé de me raccompagner en voiture, mais j'avais encore du travail.

— Comment vous a-t-elle paru ? demanda Nick.

— Elle s'inquiétait que je rentre à pied sous la pluie, mais je lui ai dit que j'attendrais ou que j'appellerais un taxi.

— A-t-elle dit où elle allait, ou si elle devait rencontrer quelqu'un ?

— Non. J'ai pensé qu'elle rentrait directement chez elle.

— Je viens de la rappeler, dit Nolan. L'appel est arrivé directement sur la messagerie.

— Et vous dites que sa voiture est sur le parking ? demanda Nick.

— C'est la petite rouge, là-bas.

Il tendit le bras.

— Désolé, je ne connais rien aux voitures. Je ne peux pas vous dire la marque ou le modèle.

— Ce n'est pas grave. Vous l'avez inspecté ?

Nolan plissa le front.

— Non, enfin... Inspectée comment ?

— Est-ce que les portières sont verrouillées ? Est-ce qu'elle a laissé son sac à l'intérieur ?

Nolan parut médusé.

— Je n'avais pas pensé à ça.

— C'est sans doute préférable. Il est mieux de ne pas avoir laissé d'empreinte, en cas d'agression.

— Une agression ? s'exclamèrent Catherine et Nolan d'une même voix.

Le regard de Nick passa de l'un à l'autre.

— Oubliez ça.

Nolan semblait gagné par la panique.

— Mais je pensais seulement qu'elle était malade...

— Il ne faut pas s'affoler, dit Catherine.

— Trop tard.

— Je vais jeter un œil à la voiture, dit Nick. Restez là, tous les deux.

Nolan le suivit des yeux.

— Docteur March, qui est ce type ? Vous êtes sûre que sa place est ici ? Ça ne le concerne pas.

— C'est un ancien policier. Il peut nous aider.

L'expression de Nolan s'assombrit.

— Vous pensez qu'il est arrivé quelque chose de grave à Emily ?

— Mais non. Il se trouve que Nick était au laboratoire avec moi quand vous avez appelé et qu'il a proposé de me conduire jusqu'ici. Laissons-le travailler. En attendant, vous devriez peut-être vous asseoir. Vous n'avez pas l'air bien.

Elle n'était pas habituée à voir Nolan aussi perturbé. Il était tellement froid et indifférent d'habitude. Son agitation la gagnait, et elle se retrouva à suivre anxieusement les moindres gestes de Nick, tandis qu'il inspectait la voiture.

— Vous avez trouvé quelque chose ? demanda-t-elle, tandis qu'il revenait vers eux.

— Il y a de la boue sur le plancher.

— Ce qui veut dire ?

Il haussa les épaules.

— Sans doute pas grand-chose, étant donné qu'il a beaucoup plu dernièrement. Où se trouve son appartement ?

Nolan désigna le troisième étage.

— C'est le second en partant de la gauche.

— Je vais parler au gardien. Vous deux, allez là-haut, et frappez de nouveau à sa porte.

Nick s'adressa à Catherine.

— Elle ouvrira peut-être si elle reconnaît votre voix.

— Je ferais peut-être mieux de vous accompagner. J'ai ma carte universitaire. Ça pourrait aider.

— Je vous appellerai si j'ai besoin de vous.

Il baissa la voix.

— Soyez prudente, et ne touchez à rien.

Catherine sentit son sang se glacer.

— Vous avez vu quelque chose dans la voiture ?

— Non, c'est une simple mesure de précaution.

Elle le suivit des yeux quelques instants, avant de se tourner vers Nolan.

— Allons-y.

Nolan la précéda dans le hall et lui tint la porte. L'endroit était sombre et confiné. Un étroit couloir distribuait les appartements du rez-de-chaussée et un escalier en béton brut menait à l'étage.

Catherine pouvait entendre de la musique provenant d'un des appartements, tandis qu'un bébé pleurait dans un autre. L'immeuble était surchauffé et une odeur désagréable montait de la moquette tachée. Face à cet environnement sordide, elle n'en appréciait que plus son petit appartement niché dans la verdure.

— Par ici.

Ils montèrent l'escalier en silence, et firent une pause sur le palier du troisième étage. C'était plus calme. Pas de musique, pas de cris de bébé.

La moquette usée étouffait leurs pas tandis qu'ils progressaient le long de l'étroit couloir.

Ils s'arrêtèrent devant le 312.

Nolan leva la main pour frapper.

— Attendez !

Catherine sortit ton téléphone.

— Je vais d'abord essayer de l'appeler.

— Je viens de le faire.

— Je sais, mais elle est peut-être réveillée maintenant. Si elle voit mon numéro, elle va peut-être décrocher.

Le téléphone sonna plusieurs fois, avant de basculer sur la messagerie.

Catherine laissa un bref message et raccrocha.

— Que fait-on maintenant ? demanda Nolan.

Catherine passa devant lui et frappa à la porte.

— Emily ? C'est le Dr March. Vous êtes là ? Nolan est avec moi. Nous sommes inquiets pour vous.

Elle colla son oreille à la porte.

— Je n'entends rien. Elle n'est peut-être pas chez elle.

— Mais où peut-elle être ?

Nolan se passa la main dans les cheveux.

— Vous aussi, vous pensez qu'il y a un problème. Il n'y a pas que moi.

— Attendons Nick.

Quelques minutes plus tard, des bruits de pas résonnèrent dans l'escalier et Nick apparut, accompagné d'un homme que Catherine supposa être le gardien. Il le présenta rapidement comme étant Dennis Oakley.

— Il est d'accord pour nous laisser entrer.

— J'ai dit une seule personne, corrigea le gardien.

Son regard se posa sur Catherine.

— Vous êtes sa chef ?

— Oui. Elle travaille pour moi à l'université. Et je suis aussi son professeur.

— Très bien. Vous pouvez entrer, mais juste le temps de vérifier si tout va bien.

Catherine hocha la tête. Elle n'aimait pas trop l'idée d'y aller seule, mais elle comprenait la réticence du gardien.

Il utilisa son passe pour lui ouvrir.

— Ça ne me plaît pas, dit Nick, tandis qu'elle s'apprêtait à franchir le seuil. Je n'aime pas l'idée de vous savoir seule à l'intérieur.

— C'est à prendre ou à laisser, dit le gardien.

— Cessons de tergiverser, intervint Nolan. C'est peut-être une question de temps.

Il n'y avait pas de lumière dans l'appartement, et les rideaux étaient tirés.

Catherine marqua une pause dans la minuscule entrée, le temps de se repérer. La cuisine se trouvait à sa droite, le salon à gauche. Un petit couloir menait à la chambre et à la salle de bains.

— Que se passe-t-il ? demanda Nick, d'un ton inquiet.

— Il fait sombre. Je laisse mes yeux s'habituer.

Elle s'avança dans l'appartement, et appela :

— Emily, c'est le Dr March. Vous êtes là ?

Pas de réponse. Pas de bruit, à l'exception du léger ronronnement de climatiseur. S'il faisait chaud dans le couloir, l'appartement était glacial.

Une sensation de froid s'insinua dans tous les membres de Catherine, accompagnée d'un malaise grandissant.

— Que voyez-vous ? demanda Nick.

— Tout a l'air normal. Je vais vérifier la chambre et la salle de bains.

De plus en plus nerveuse, Catherine s'avança dans le couloir. La porte de la salle de bains était ouverte, le rideau de douche tiré. Des produits de soin et de maquillage s'entassaient sur le meuble-lavabo.

— Rien dans la salle de bains, dit-elle.

Elle fit quelques pas vers la chambre. Là aussi, la porte était ouverte.

Une odeur rance émanait de la pièce. Comme du vin bon marché. Comme du vomi et de l'urine…

Catherine flancha et porta la main à son nez, tandis que son estomac se révulsait.

Non. Non. Emily allait bien. Il ne pouvait pas en être autrement. Elle avait peut-être une intoxication alimentaire, ou même une gueule de bois. Cela expliquerait l'odeur…

Elle franchit le seuil.

Il faisait sombre à l'intérieur.

Les rideaux étaient fermés, bloquant la lumière de l'étroite fenêtre face au lit.

C'était tout juste si elle pouvait distinguer une silhouette étendue.

— Emily ? C'est vous ? Vous m'entendez ? C'est le Dr March.

La silhouette ne bougea pas, ne laissa échapper aucun bruit.

Catherine tremblait à présent.

Elle chercha l'interrupteur, oubliant que Nick lui avait donné la consigne de ne rien toucher.

La lumière l'aveugla.

Ou peut-être un instinct protecteur s'était-il déclenché, l'empêchant temporairement de voir l'horreur devant elle.

11

Emily était étendue sur le dos, fixant aveuglément le plafond.

Elle était entièrement habillée, et ses cheveux étaient répandus sur l'oreiller.

Elle aurait pu être en pleine contemplation, si on exceptait les yeux vitrés et le sang qui avait détrempé les draps et coulait au goutte à goutte sur la moquette.

Un couteau de cuisine était posé sur l'oreiller à côté de sa tête. Un film sombre de sang coagulé recouvrait la lame.

Catherine restait bouche bée. Elle ne parvenait pas à assimiler la scène. Son cerveau refusait la réalité.

Puis elle poussa un petit cri et recula en trébuchant vers le couloir.

— Ça va ? demanda Nick.

Elle chercha son souffle.

— Appelez la police.

— Pourquoi ? Que se passe-t-il ?

Elle entendit du brouhaha dans le couloir, mais ne comprit pas ce qui se disait.

Une main plaquée sur sa bouche, elle luttait contre la nausée.

— Catherine ?

Soudain, la voix de Nick était proche.

Elle leva les yeux.

Il était juste à côté d'elle.

— Qu'y a-t-il ?

Elle pointa le doigt vers la chambre.

L'épaule de Nick la frôla, tandis qu'il passait devant elle. Elle l'entendit étouffer un juron, avant de parler au téléphone. Il revint et passa un bras autour de ses épaules.

— Venez. Sortons d'ici.

— Vous avez vu ?

— Oui.

— Emily est morte.

— Je sais.

— Je ne me sens pas bien.

— Ça va aller. On va aller prendre l'air en attendant la police.

— Nick…

— Ne dites rien. Ne touchez à rien.

Catherine accueillit avec soulagement l'air pourtant vicié du couloir. Affalée contre le mur, elle écouta Nick parler à voix basse aux autres.

Nolan réagit viscéralement à la nouvelle, ce qui était plutôt surprenant venant de lui. Il était tellement froid d'ordinaire, donnant l'impression qu'il était incapable d'empathie.

Il repoussa la main que Nick avait posée sur son bras, et recula en titubant, les yeux écarquillés d'horreur. Puis il se tourna vers l'appartement et cria le nom d'Emily.

Il serait entré si Nick ne l'avait pas retenu. Il se débattit un moment, puis se laissa tomber à terre et se prit la tête dans les mains.

Le gardien ferma prestement la porte et la verrouilla.

— Vous êtes sûr qu'elle est morte ? demanda-t-il à Nick.

— Oui.

— Il ne faut pas appeler une ambulance, ou quelque chose ?

— Je m'en suis occupé. La police sera là dans quelques minutes.

— Quelle poisse ! En vingt ans de gardiennage, ça ne m'était encore jamais arrivé. Une fois, il y a eu des coups de feu sur le parking, mais personne n'a été blessé. Et elle est morte, vous dites ?

— Oui.

Catherine suivait vaguement la conversation. Le malaise était passé, mais son cerveau avait toujours un temps de retard.

Après quelques minutes, elle rejoignit Nolan et s'assit sur le sol à côté de lui.

Il tourna vers elle un regard désemparé.

— Je savais qu'il lui était arrivé quelque chose. Je le sentais.

— Vous aviez raison, malheureusement.

— Elle était bizarre ces derniers jours.

Catherine hocha la tête.

— Vous n'avez pas une idée de ce qui la préoccupait ?

— Elle ne se serait pas confiée à moi. Nous n'étions pas vraiment amis.

Il se passa la main sur le visage.

— J'aurais dû faire plus d'efforts. J'aurais dû lui dire…

Comme il ne terminait pas sa phrase, Catherine insista.

— Lui dire quoi ?

— Ça n'a plus d'importance, maintenant.

Il regarda autour de lui, hébété.

— La police ne devrait pas être là maintenant ?

— Ça ne fait que quelques minutes.

— Je me sens mal.

— Je sais. Moi aussi.

Nick les rejoignit.

— Ça va, vous deux ?

Nolan parut outré.

— Non, ça ne va pas. C'est quoi, cette question ?

— Doucement, dit Catherine. Calmez-vous.

Elle leva les yeux vers Nick.

— Vous pensez que Nolan et moi pouvons descendre prendre l'air ? Il fait tellement chaud ici.

— Oui, allez-y. Je vais attendre avec le gardien.

Il prit le bras de Catherine, voyant qu'elle avait du mal à se relever.

— Vous êtes sûre que ça va ?

— Oui.

Elle tendit la main à Nolan.

— Venez. Sortons.

— On n'attend pas la police ?

— Nous serons juste en bas. Nous les verrons arriver.

Il jeta un dernier coup d'œil vers la porte d'Emily et hocha la tête.

Dehors, l'air était chaud et humide, mais le changement d'ambiance était appréciable.

Catherine s'assit sur la première marche du perron, et offrit son visage au soleil.

Après un long silence, Nolan prit la parole, d'une voix hésitante.

— Docteur March, vous n'avez pas dit comment ça s'est passé. C'est moche, n'est-ce pas ?

— Oui. Mais Nick m'a recommandé d'attendre l'arrivée de la police pour parler de ce que j'ai vu.

— Vous n'avez rien à dire de plus. J'ai vu votre visage quand vous êtes sortie de l'appartement. Quelqu'un lui a fait du mal, n'est-ce pas ?

— Essayez de ne pas y penser.

— Mais qui pourrait vouloir s'en prendre à Emily ?

— Je n'en sais rien. Il faudra nous en remettre à la police pour le déterminer. Savez-vous si elle avait des amis, de la famille ? Y a-t-il quelqu'un que nous pourrions appeler ?

— Sa famille ne vit pas ici. Elle est venue à l'université grâce à une bourse. C'est tout ce que je sais.

Catherine hocha la tête, puis tourna les yeux vers le parking. Vers la petite voiture rouge d'Emily.

— Vous l'aimiez bien ?

— Évidemment. Nous avons fait tout notre cursus ensemble. Je la voyais chaque jour au laboratoire.

— Aviez-vous des sentiments plus profonds pour elle ?

— Comme ceux que vous avez pour Nick LaSalle ?

Cette question la fit sursauter.

— Qu'est-ce qui vous fait penser que j'ai des sentiments pour Nick ?

— J'ai vu la façon dont vous vous regardez. La façon dont il vous a touchée dans le couloir. Vous devriez lui dire ce que vous ressentez pour lui.

— Ce n'est pas le bon moment pour une telle conversation.

— Vous devriez le lui dire avant qu'il ne soit trop tard.

Le regard insistant de Nolan la mit mal à l'aise.

— Vous avez mal interprété notre relation.

— Vraiment ?

Il sembla sur le point d'insister, puis changea d'avis.

— Tout à l'heure, vous m'avez demandé si quelque chose inquiétait Emily. Je ne le sais pas précisément, mais j'ai l'impression qu'elle était impliquée dans quelque chose de dangereux.

— Comment cela ?

— Regardez cet endroit. Regardez sa voiture. Elle n'avait plus d'argent et ne pouvait pas obtenir un autre crédit. Elle avait peur de devoir quitter le programme.

— Elle vous l'a dit ?

— Pas aussi directement, mais je l'ai entendu au téléphone parler avec un huissier. Elle était très angoissée. C'est à partir de là que son comportement a changé et qu'elle est devenue très secrète. J'ai essayé de lui en parler une fois, mais c'était un sujet sensible et elle était embarrassée. Elle m'a dit qu'elle avait réglé le problème. J'ai supposé qu'elle avait fini par obtenir un crédit. Maintenant, je me demande si elle ne s'est pas procuré de l'argent autrement. Et c'est peut-être pour ça qu'on l'a tuée.

— Je croyais que vous ne parliez jamais ensemble en dehors des cours.

— Ce n'était pas vraiment une conversation. Je lui ai proposé mon aide, et elle m'a envoyé promener. Vous croyez que je devrais en parler à la police ?

— Bien sûr. Ils décideront ensuite si ça vaut la peine de creuser cette piste.

Un silence s'installa entre eux.

— Docteur March ?

— Oui ?

— Merci.

— Pour quoi ?

— D'être venue quand je vous ai appelée. D'être assise ici avec moi… Vous auriez pu m'envoyer promener aussi.

— Je suis contente de ne pas l'avoir fait. Votre intuition était bonne. Mais ça a été un choc pour nous deux. Une fois que nous aurons fait notre déposition, vous devriez rentrer chez vous.

— Merci.

Il redressa la tête.

— Ah, j'entends des sirènes.

Catherine se leva tandis que le son se rapprochait.

— Nous devrions aller rejoindre les autres.

Deux officiers en uniforme arrivèrent les premiers, suivis de deux inspecteurs de la brigade criminelle, le coroner, et un expert médico-légal.

On prit la déposition de Catherine et des autres, et on leur dit qu'ils pouvaient y aller.

Le gardien retourna à sa loge. Nolan disparut, et Nick s'attarda dans le hall pour voir s'il pouvait glaner quelques informations auprès de ses anciens collègues.

Catherine l'attendit dehors, assise sur les marches.

Elle était encore sous le choc et, en dépit du soleil qui lui cuisait les épaules, elle ne pouvait s'empêcher de trembler.

Les images l'assaillaient.

Emily sur le lit.

Le couteau sur l'oreiller.

Le sang partout.

Elle ferma les yeux et serra les bras autour de sa taille.

Où était passé Nolan ? Il semblait s'être volatilisé. Sa disparition inquiétait Catherine. Son image de solitaire maussade avait volé en éclats devant ses yeux, et elle avait pu constater que la mort d'Emily l'avait profondément affecté.

Et comment ne pas être touché par la mort d'une jeune et brillante étudiante, sauvagement assassinée dans son appartement ?

Plongée dans ses pensées, elle ne remarqua pas tout de suite l'homme qui l'observait depuis l'angle d'un immeuble.

Il n'y avait rien d'anormal à cela, se dit-elle pour se rassurer.

Beaucoup de gens étaient sortis de leur appartement pour

observer l'intervention de la police. De petits groupes s'étaient même rassemblés dans les allées et parlaient à mi-voix.

Il fallait s'y attendre, les résidents étaient curieux et inquiets.

Mais il y avait quelque chose de dérangeant chez cet homme. Quelque chose de… familier.

Soudain, il appuya une épaule contre le mur, et souffla un petit nuage de fumée blanche.

Le cœur de Catherine fit un bond dans sa poitrine.

Elle le connaissait.

Elle avait déjà vu cette silhouette mince, ces longs cheveux gominés en arrière, ces tatouages grossiers sur les bras…

Elle l'avait vu en se rendant pour la première fois à l'agence de Nick. Elle était persuadée alors qu'il la suivait.

À présent, elle le retrouvait sur les lieux d'un meurtre abominable.

Elle se levait à demi – pour faire quoi ? Elle n'en savait trop rien – quand une voix s'éleva dans son dos.

— Docteur March ?

Elle sursauta et porta la main à son cœur.

— Désolé, dit Nolan. Je ne voulais pas vous faire peur.

— Je ne m'attendais pas à vous revoir. Vous avez disparu si soudainement. Je pensais que vous étiez rentré chez vous.

— Je ne pouvais pas rester là-haut, pendant que… Vous voyez ce que je veux dire. J'ai fait un tour dans les couloirs. Et vous ? Que faites-vous ici toute seule ? Où est M. LaSalle ?

— Il est toujours à l'intérieur. Nolan…

Elle posa la main sur son bras.

— Il y a un homme au coin de l'immeuble là-bas, qui nous observe. Vous le voyez ?

— Tout le monde nous regarde. C'est insupportable. Ils feraient mieux de s'occuper de leurs affaires.

— Ils habitent ici. C'est normal qu'ils s'inquiètent.

Catherine mit une main en visière au-dessus de ses yeux, tout en se tournant vers l'immeuble.

— Il est parti.

— Qui était-ce ? Il a fait quelque chose qui vous a perturbée ?

— Je crois l'avoir déjà vu. Mais je me suis peut-être trompée.

— Vous devriez le dire à la police.

— Quoi donc ? demanda Nick, en les rejoignant.

— Le Dr March a vu un homme qui la surveillait.

Nick regarda autour de lui.

— Il y a souvent des curieux lors d'événements comme celui-ci.

— Elle croit l'avoir reconnu.

Le regard de Nick se posa sur Catherine.

— C'est exact ?

— Je n'en suis pas certaine. J'avais le soleil dans les yeux. Il m'a semblé grand, maigre, avec des cheveux assez longs et des tatouages.

— C'est assez précis.

— Je l'ai peut-être imaginé.

— Attendez ici.

Nick dévala les marches du perron et courut vers le parking.

Nolan le suivit des yeux, avant de reporter son attention sur Catherine.

— Qu'y a-t-il ? Vous semblez effrayée. Vous croyez que cet homme a quelque chose à voir avec le meurtre d'Emily ?

Il lui saisit les bras avec une certaine violence.

— Dites-le-moi.

Catherine resta un instant médusée.

Elle se libéra et recula d'un pas.

— Calmez-vous. Je n'en sais pas plus que vous.

Il eut l'air instantanément mortifié.

— Je suis désolé, docteur March. Je ne sais pas ce qui m'a pris.

— Nous sommes tous les deux sous le choc. Nous ne savons plus ce que nous faisons. La police a dit que nous pouvions partir. Vous devriez rentrer chez vous. Êtes-vous en état de conduire ?

— Oui, merci. Je suis vraiment désolé. J'espère que vous ne m'en tiendrez pas rigueur.

— C'est déjà oublié.

Nolan hocha la tête avec reconnaissance.

— Et vous ? Est-ce que vous retournez au laboratoire ?

— Non. Je ne serais pas capable de me concentrer.

Du coin de l'œil, elle vit Nick revenir vers eux.

— Je viendrai de bonne heure demain matin, mais prenez tout le temps dont vous avez besoin.

— Merci, docteur March.

Il déglutit avec peine.

— Vous croyez que la police retrouvera le coupable ?

— Je l'espère.

— Moi aussi. Rien ne ramènera Emily, mais ce sera au moins une consolation de savoir que son assassin a eu ce qu'il méritait.

12

L'après-midi était déjà bien avancée lorsque Nick raccompagna Catherine chez elle.

Le soleil était encore brûlant, mais la coursive menant à son appartement était délicieusement fraîche et ombragée.

— Vous voulez entrer ? proposa-t-elle.

Il s'accota à un pilier tout en l'observant.

— Vous semblez épuisée. Vous devriez essayer de vous reposer. Vous allez avoir besoin de toute votre énergie dans les prochains jours.

— Pourquoi ?

— La police va venir sur le campus interroger les amis et les connaissances d'Emily. Vous pouvez vous attendre à ce qu'ils veuillent voir le laboratoire. Ils voudront sûrement vous parler, ainsi qu'à Nolan. Ça peut être très stressant.

Il s'interrompit, comme s'il se demandait quelle quantité d'informations elle allait pouvoir supporter.

— Notre affaire s'accélère aussi. J'ai eu des nouvelles de l'avocat de Finch.

Catherine redressa la tête.

— Pourquoi ne me l'avez-vous pas dit plus tôt ?

— Vous aviez d'autres préoccupations. Et puis, je voulais attendre que nous soyons seuls. Finch a tenu parole. Il a réussi à faire accélérer la procédure. Nous pouvons aller le voir dès que nous aurons mis les détails au point avec son avocat.

— Nous ?

Catherine secoua vigoureusement la tête.

— Je vous ai déjà dit que je ne voulais pas le voir. Je déteste déjà qu'il sache tellement de choses sur moi. Ce que je veux, c'est que vous obteniez son accord pour un test ADN.

— Et si l'ADN contredit l'histoire de votre tante ?

Catherine soupira.

— Je verrai cela le moment venu. Je veux connaître la vérité, coûte que coûte. Mais je veux aussi en terminer le plus vite possible. Je ne savais pas dans quoi je m'engageais quand je suis venue vous voir à l'agence.

— On dirait que nous avons mis le pied dans une fourmilière, reconnut Nick. Si vous y tenez, nous allons respecter le plan initial et j'irai seul voir Finch.

— Quand ?

— Je m'arrête chez son avocat dès que j'en ai terminé ici. Et, si nous tombons d'accord sur les modalités, je pourrai me rendre à Columbia demain.

— Les modalités... Je n'aime pas beaucoup cela.

— Il n'est pas rare qu'un avocat impose quelques règles pour des entretiens comme celui-ci. Ça ne m'inquiète pas du tout. Par contre, vous devriez vous reposer pendant que vous le pouvez. Les choses risquent de s'emballer après.

— Je sais que vous avez raison, mais je me refuse à fermer les yeux après ce que j'ai vu aujourd'hui. Je ferais mieux de retourner au laboratoire. Au moins, je serai utile à quelque chose.

— Il est tard. C'est une mauvaise idée.

Catherine crispa les doigts sur la rambarde, tandis qu'elle se penchait pour regarder le jardin.

— Je ne peux pas rester assise ici à ressasser. Je pourrais peut-être aller chez ma mère, regarder dans ses dossiers... J'avais prévu de le faire, de toute façon.

— Vous devriez remettre ça à plus tard aussi.

Elle le considéra en grimaçant.

— Vous ne voulez vraiment pas que je quitte mon appartement, on dirait. Pourquoi ? Vous avez promis de me prévenir si je courais un vrai danger.

— J'ai dit aussi que ça ne coûtait rien d'être prudent.

Il se redressa tandis qu'il observait les environs.

— À dire vrai, je ne sais pas si vous êtes en danger. On vous a déjà agressée une fois. Maintenant, une personne qui travaillait avec vous a été assassinée. On ne peut écarter aucune hypothèse.

Catherine s'écarta de la rambarde, comme si elle avait peur de voir surgir un monstre d'un recoin assombri par l'ombre des arbres.

— Ça semble tellement irréel. Tout ce sang... Ce couteau sur l'oreiller...

Elle frissonna.

— Je suis désolé que ce soit vous qui l'ayez trouvée.

— Qui aurait pu imaginer une telle issue ? Je me disais qu'elle était malade et alitée. Au pire, elle aurait pu se cogner la tête et rester inconsciente. Mais, ça...

Catherine secoua la tête.

— Elle était si jeune, et intelligente, et ambitieuse... Elle avait toute la vie devant elle...

Catherine avait les yeux brûlants de larmes contenues.

— Vous croyez qu'elle connaissait son meurtrier ? Elle l'a peut-être invité à rentrer dans son appartement...

— Il n'y avait pas de signes d'effraction ni de lutte, en tout cas. Il a pu la surprendre... peut-être la droguer...

— Mon Dieu !

— Nous en saurons plus après l'autopsie et les analyses toxicologiques. J'ai encore des amis à l'institut médico-légal, et je devrais bientôt avoir les informations. En attendant, essayez de ne pas trop vous angoisser.

— Ne vous inquiétez pas pour moi. Ça va aller.

— Vous êtes sûre ?

— Je suis en sécurité ici. J'ai un verrou solide. Si quelqu'un vient, je l'entendrai monter. Personne ne peut entrer, à moins que je ne lui ouvre.

Ce qu'Emily avait probablement fait.

À cette idée, elle frissonna.

— Mais vous pouvez entrer une minute si vous voulez, dit-elle.

— J'ai un peu de temps.

Elle ouvrit la porte, et Nick la suivit à l'intérieur.

Observant son appartement, elle eut l'impression d'entrer dans un endroit inconnu.

— Pourquoi tout a l'air si différent ? Comme si le monde avait basculé. Je ne reconnais même pas mon propre appartement.

— Vous avez subi un choc. Il va falloir un peu de temps pour que tout rentre dans l'ordre.

Elle se massa les bras en frissonnant.

— Ça doit être tellement dur pour Nolan.

— Ils étaient proches ?

— Ce n'est pas l'impression que j'avais jusqu'à aujourd'hui. Ils s'entendaient bien, mais il y avait une forme de compétition entre eux.

— Ça leur arrivait de se disputer ?

Catherine le dévisagea avec surprise.

— Vous ne croyez quand même pas que Nolan a quelque chose à voir avec sa mort ?

— J'essaie juste de me faire une idée des personnes qui côtoyaient Emily.

— Je ne peux pas vous dire grand-chose. Seulement ce que j'observais en classe et dans le laboratoire. Nolan pouvait se montrer arrogant et cassant, et il savait comment faire sortir Emily de ses gonds. Je n'ai jamais cherché plus loin. Mais, après la conversation que nous avons eue aujourd'hui, je me demande s'il n'essayait pas de masquer ses véritables sentiments.

— Vous pensez qu'il était amoureux d'elle ?

— C'est possible.

— Et elle le savait, à votre avis ?

— Elle a pu le sentir. Ça expliquerait son changement de comportement. Elle a peut-être essayé de prendre ses distances avec lui, afin qu'il ne se fasse pas de fausses idées.

— Le rejet est une motivation profonde.

Catherine plissa le front.

— Et vous pensez quoi ? Que sa détresse aujourd'hui n'est que de la comédie ?

— Ça s'est déjà vu.

— Allons donc ! Nolan a ses défauts, mais ce n'est pas un tueur.

Catherine se laissa tomber sur le canapé et désigna un fauteuil à Nick. Mais il alla se poster devant la fenêtre.

— Les gens peuvent parfois vous mystifier, dit-il.

— Et, parfois, ils sont exactement ce qu'ils semblent être.

Elle étudia son profil, s'interrogeant sur les secrets qu'il dissimulait. Son métier impliquait une part de subterfuge. Lui cachait-il une partie de sa personnalité ?

— Nolan m'a dit qu'Emily avait des difficultés financières. Il l'a entendue parler au téléphone avec un huissier. Elle était très angoissée. Quand il a proposé de l'aider, elle lui a répondu qu'elle avait réglé le problème. Il a laissé entendre qu'elle s'était procuré de l'argent autrement.

— En vendant le code du laboratoire, par exemple ?

Cette remarque sortit Catherine de l'hébétude où elle se trouvait depuis plusieurs heures.

— Rien n'a été volé. Je doute même que la police donnera suite à ma plainte. Même si Emily avait donné le code à l'intrus, pourquoi l'aurait-il tué ? Et aussi brutalement.

— Parce qu'elle pouvait le reconnaître. Quant à la façon dont elle a été tuée, c'est peut-être une mise en scène pour nous emmener sur une fausse piste.

Catherine y réfléchit un moment.

— Mais il n'y a rien d'incriminant dans le laboratoire. En tout cas, rien qui vaille de tuer quelqu'un.

Nick se tourna vers elle.

— Et les ossements des quatorze victimes ?

— Delmar Gainey est mort. Qui d'autre aurait un intérêt dans ces ossements ? À moins que vous pensiez qu'il avait un complice.

— Non. Mais une des victimes ne ressemble pas aux autres.

— Vous pensez à l'Inconnue Numéro Treize ?

Il hésita, regarda encore une fois par la fenêtre, avant de venir s'asseoir. Son expression était sombre, intense, légèrement exaltée.

— Et si son assassin était toujours vivant ?

Catherine en eut le souffle coupé.

Les doigts crispés sur l'assise du canapé, elle se pencha en avant.

— Quoi ?

— Ne me dites pas que ça ne vous a pas traversé l'esprit.

Elle le fixa avec incrédulité.

— Mais non, voyons. C'est trop tiré par les cheveux. Que suggérez-vous ? Qu'une personne a tué Numéro Treize et l'a enterrée sur la propriété d'un tueur en série ?

— Ce n'est pas si farfelu que ça si le meurtrier connaissait Gainey. En fait, c'était le moyen idéal de couvrir ses traces. Si un jour son cadavre était découvert, on la compterait au nombre des victimes de Gainey. Et c'est d'ailleurs ce qui s'est passé.

— J'admets que c'est une théorie intéressante, mais ça n'explique toujours pas pourquoi quelqu'un est entré dans mon laboratoire. La balle n'a pas été retrouvée et tout indice incriminant aurait été placé sous scellés.

— Il ne pouvait pas savoir si la balle avait été retrouvée ou non. Et puis, il voulait peut-être tout simplement vérifier si sa victime avait été découverte.

Catherine réfléchit à ce qui s'était passé la veille, quand Emily était rentrée de son déjeuner. Elle n'avait pas cessé de graviter autour de Numéro Treize. Revenait-elle d'un rendez-vous avec son futur meurtrier ?

— En admettant qu'Emily se soit laissé corrompre, pourquoi n'aurait-elle pas parlé à cette personne de la blessure par balle de Numéro Treize ? Elle aurait pu vendre cette information aussi aisément que le code d'accès.

— Parce qu'il ne lui a pas dit pourquoi il voulait entrer dans le laboratoire. Il n'allait quand même pas avouer un homicide.

Catherine resta pensive quelques instants.

— Elle a pu le deviner et tenter de le faire chanter, suggéra-t-elle.

— C'est possible.

L'esprit de Catherine fonctionnait à toute allure.

— Nous disons toujours « il ». La brutalité de l'attaque fait certes penser à un assaillant masculin, mais nous n'avons aucune certitude. Je ne peux même pas affirmer que l'intrus du laboratoire était un homme. Même quand j'ai été attaquée dans l'escalier, j'étais de dos.

Soudaine, une pensée horrible la traversa.

— Oh ! mon Dieu, Nick ! Et si la personne qui m'a attaquée

était le meurtrier d'Emily ? J'étais si près de lui. Si je l'avais stoppé, Emily serait peut-être encore en vie.

— Vous ne pouvez pas penser ça. Vous avez fait ce qu'il fallait. Vous avez signalé l'incident. Vous avez coopéré avec la police. Il n'y avait rien de plus à faire.

— Je me sens tellement impuissante.

Elle regarda vers la fenêtre, observant un coin de ciel entre les arbres, avant de reporter son attention sur Nick.

— Qu'allons-nous faire, maintenant ?

— À propos d'Emily ?

— À propos de la discussion que nous venons d'avoir. La police serait peut-être intéressée par votre théorie.

— Pour le moment, ce n'est qu'une simple spéculation. Concentrons-nous plutôt sur notre affaire. Ce qui me fait penser...

Il sortit son téléphone de sa poche pour vérifier l'heure.

— Désolé, mais je dois y aller.

Catherine se leva pour le raccompagner.

— C'est curieux, quand même. Je suis liée professionnellement à Delmar Gainey, et il est possible que j'aie un lien de parenté avec Orson Lee Finch. Depuis le décès de ma mère, ma vie tourne autour de deux tueurs en série. Et un autre assassin a pris la vie d'une personne de mon entourage.

— Il est vrai que c'est une drôle de période, reconnut Nick.

Sur le seuil, il se tourna pour la dévisager.

— Vous êtes sûre que ça va aller ? Ça m'ennuie de vous laisser seule.

— Tout ira bien. Je vais m'enfermer et garder mon téléphone à côté de moi.

Ils s'avancèrent sur la coursive.

— Je dois me rendre à la soirée d'anniversaire de ma grand-mère. Mais n'hésitez pas à m'appeler si vous avez besoin de moi.

Dans le soleil rasant de cette fin d'après-midi, ses yeux avaient pris la couleur du charbon.

— Je viendrai quelle que soit l'heure.

Ils étaient très proches l'un de l'autre. Catherine aurait voulu qu'il la prenne dans ses bras. Elle ne désirait rien tant que de sentir sous sa joue la fermeté de son torse solide et rassurant, de percevoir le battement de son cœur.

Elle ne le connaissait pas bien, mais elle avait le sentiment qu'il risquerait sa vie pour la protéger, et elle en était bouleversée.

C'était un moment poignant. Un instant charnière, où tout pouvait basculer. Pourtant, elle s'interdisait de se laisser mener par ses sentiments. Elle était encore à fleur de peau, trop éprouvée par son deuil.

— Vous tremblez, dit-il.

— Je pense que je suis toujours sous le choc.

Nick glissa les doigts dans ses cheveux, levant son visage vers lui pour la regarder dans les yeux.

— Je pourrais peut-être rester.

Elle avait envie de lui demander de rester. Le soleil n'allait pas tarder à se coucher, et elle n'aimait pas être seule dans le noir.

— Tout va bien. Allez à l'anniversaire de votre grand-mère. Il ne faut pas la décevoir.

— Elle comprendra.

— Je ne veux pas qu'elle comprenne. Je ne veux pas que vous me voyiez comme une petite biche effarouchée prise dans la lumière des phares. Tout va bien.

Elle reprit son souffle.

— Je voudrais vraiment que vous ne me regardiez pas comme ça.

— Comment ?

— Vous le savez bien. Vous devriez y aller avant que nous ne fassions une erreur.

Il se pencha davantage.

— Serait-ce vraiment une erreur ?

— Oui, dit-elle, sans grande conviction. Dans ces conditions, ça le serait. Je n'ai pas les idées claires...

Il murmura son prénom, et elle soupira.

— Vous allez m'embrasser quand même, n'est-ce pas ?

Il approcha ses lèvres des siennes, faisant durer l'attente, avant de les effleurer simplement d'un chaste baiser. Elle aurait voulu qu'il se montre plus passionné, mais il n'en fit rien. Il respecta son hésitation, et elle en fut presque déçue.

Ses doigts étaient toujours dans ses cheveux quand il rejeta la tête en arrière pour l'observer.

— Vous avez raison, dit-il. Nous allons attendre. Je n'ai jamais trouvé malin de mélanger le travail et le plaisir, même en des circonstances ordinaires. Et cette affaire est loin d'être ordinaire.

Il ôta lentement sa main, en laissant courir ses doigts le long de sa joue, et elle eut envie de le retenir. De l'attirer dans son appartement, et dans son lit. Mais ce n'était pas le bon moment, et elle n'était pas aussi audacieuse.

— Je vous appelle plus tard, dit-il. Et je reviendrai si vous avez besoin de moi.

Catherine le regarda dévaler les marches d'un pas souple. Le portail claqua, sa voiture démarra, puis le bruit du moteur s'évanouit, laissant place au silence.

Elle observa le ciel. Il faisait encore jour, et la terreur de la nuit commençait à s'insinuer en elle.

Quelque part, au-delà du cocon protecteur de son appartement, un meurtrier avait rendossé sa personnalité quotidienne. Il avait lavé le sang sur ses mains, avait souri d'un air satisfait à son reflet dans le miroir.

Il avait tué une femme, peut-être deux. Avait-il des vues sur une troisième ?

Le vent se levait, faisant naître dans le feuillage des arbres comme un murmure annonciateur de mauvaises nouvelles.

13

Nick vérifia l'heure sur son téléphone. Il n'était pas encore 22 heures, mais la soirée semblait interminable. Sa grand-mère était déjà allée se coucher, et la réception n'allait pas tarder à s'achever.

Il avait envie de se faufiler vers la porte et de partir avant que ne commencent les salutations d'usage. Mais, s'il partait trop tôt, sa mère lui ferait une scène.

En outre, il n'avait pas encore eu l'occasion de se retrouver seul avec son père. À chaque fois qu'il essayait de s'approcher de lui, des amis bien intentionnés et des parents l'accostaient, le détournant de son but, et il avait mal à la tête à force d'essayer de suivre des conversations sans intérêt.

Il se demanda si Catherine était toujours debout ou si la fatigue avait finalement eu raison d'elle. Le calme de son petit appartement dans les arbres lui faisait envie comme un verre d'eau fraîche par un jour d'été suffocant.

Il se l'imaginait blottie sur son canapé, ses cheveux noirs rejetés derrière ses oreilles, tandis qu'elle travaillait sur son ordinateur portable.

Ou bien peut-être était-elle pelotonnée sous sa couette, essayant de tenir à distance ses terreurs nocturnes.

Il se reprocha sa fixation. Catherine n'était pas la première femme séduisante à venir lui demander son aide. Elle n'était même pas la plus belle. Mais elle possédait quelque chose qui était difficile à définir, et encore plus difficile à oublier.

Fendant la foule, en échangeant signes de tête et sourires, il se dirigea vers le bureau de son père, où ce dernier s'était réfugié quelques minutes auparavant.

Il frappa à la porte et l'entrebâilla.

Son père se trouvait devant l'une des portes vitrées, observant l'étang, que le clair de lune faisait scintiller.

— Papa ?

Il se tourna avec un grand sourire. Il était aussi grand qu'Emmett, mais avait quelques kilos de plus, et ses cheveux étaient complètement gris, alors que son frère n'avait que quelques fils argentés sur les tempes. Raymond n'était l'aîné que de quelques minutes, mais la responsabilité d'élever une famille tout en gérant une entreprise l'avait fait vieillir plus vite.

— Tu as réussi à échapper à la surveillance de ta mère ? Entre vite et ferme la porte. J'allais ouvrir une bonne bouteille.

— Super.

Nick referma la porte sur le brouhaha des rires et de la musique.

— Ça commence à dégénérer là-bas. Emmett est en train de montrer aux jeunes cousins ses techniques de danse pour emballer les filles.

Raymond tiqua tandis qu'il versait le whisky dans deux verres.

— Ce type n'a aucun sens du rythme, mais il refuse de l'admettre. Il faut dire qu'il a toujours eu une immense confiance en lui.

— De la confiance ou de l'orgueil ?

— Un peu des deux, je suppose.

Son père lui tendit un verre, et ils s'assirent dans de profonds fauteuils en cuir fauve.

— Il n'est pas le seul. Les LaSalle ont toujours été connus pour leur manque d'humilité et d'introspection.

— Ça doit être pour ça que grand-mère pense que je suis le seul à avoir la tête sur les épaules, plaisanta Nick.

— Elle a dit ça ? On dirait qu'elle a oublié quelques-uns de tes exploits de jeunesse.

Les yeux de Raymond pétillèrent de malice tandis qu'il levait son verre.

— Comme le jour où tu as voulu faire du skate-board sur le

toit et que tu t'es cassé la jambe en trois endroits. Et j'en ai encore d'autres comme ça en stock.

Il se passa la main dans les cheveux.

— Tu vois ça ? Ils sont devenus gris avant que tu entres au lycée.

Nick sirota son whisky pensivement.

— Je me suis toujours demandé une chose. Quand les problèmes ont commencé au DPC… Toutes ces rumeurs, ces accusations… Tu ne m'as jamais demandé une seule fois si c'était vrai.

— Ce n'était pas la peine. Je connaissais déjà la réponse.

Nick étudia attentivement le visage de son père.

— La pensée que je puisse être corrompu ne t'a vraiment jamais traversé l'esprit ?

— Pas une fois. Je te connais. Et je sais aussi lorsque quelque chose te tracasse.

Raymond marqua une pause.

— Qu'y a-t-il, mon garçon ?

— Rien de spécial. Mais j'avais envie de te poser cette question depuis longtemps. Ça m'a paru être le bon moment.

— Tu avais vraiment un doute sur ma réponse ?

Nick haussa les épaules.

— Peut-être pas, mais ça fait plaisir de l'entendre. Il n'y a pas tellement de gens qui me font confiance, ces jours-ci.

— Ne sois pas aussi négatif. Tu es un bien meilleur homme que je ne l'ai été.

Cette réponse surprit Nick.

— Ce n'est pas vrai. Tu as toujours été un exemple à suivre pour moi.

Raymond détourna le regard.

— Ne me place pas sur un piédestal. J'ai fait beaucoup d'erreurs. Certaines reviennent encore me hanter de temps en temps.

— Nous faisons tous des erreurs. D'ailleurs, Emmett pense que je suis en train de me fourvoyer actuellement.

— Ah bon ? Comment cela ?

Nick fit tournoyer le whisky dans son verre.

— Il n'approuve pas une affaire que je viens d'accepter. Je voulais d'ailleurs t'en parler.

— Je t'écoute.

— Je ne sais pas par où commencer…

Nick resta silencieux un moment.

— Une femme est venue me voir, il y a deux jours, avec de vieilles coupures de presse qu'elle avait trouvées sous le parquet de la penderie de sa mère, récemment décédée. Sur cette base, elle voulait que j'ouvre une enquête au sujet de son adoption, parce qu'elle pensait qu'Orson Lee Finch pourrait être son père biologique.

Raymond, qui s'apprêtait à porter son verre à ses lèvres, suspendit son geste à mi-course, avant de le reposer brutalement.

— Ça a dû te surprendre.

— C'est le moins qu'on puisse dire.

— En dehors des articles, quelles preuves avait-elle ?

— Rien de particulier. J'ai accepté d'y jeter un œil parce que ça avait l'air important pour elle. Mais cette enquête s'est vite transformée en cauchemar.

— Donc, Emmett avait raison de s'inquiéter ?

— Si on veut. Il était à l'agence le jour où Catherine est venue. Il a dit qu'il avait un mauvais pressentiment à son sujet.

— Catherine, c'est la cliente ?

— Catherine March.

Son père reprit son verre et le fit tourner entre ses mains.

— Et toi ? Que penses-tu d'elle ?

— Elle me semble honnête, mais cette affaire est beaucoup plus compliquée que ce que j'avais imaginé. Et je voulais t'en parler, parce qu'elle est peut-être liée à une de tes anciennes enquêtes.

— Ancienne comment ?

— Ça doit remonter à vingt-cinq ans. Est-ce que le nom de Laura March te dit quelque chose ?

Nick crut détecter une légère hésitation, et il regarda son père en pensant *Non, pas toi. Tu ne vas pas me cacher des choses, toi aussi.*

— Ça ne me dit rien. Mais j'ai mené des centaines d'enquêtes depuis que nous avons ouvert l'agence. Je ne peux pas me les rappeler toutes.

— Elle t'a peut-être demandé de retrouver les parents biologiques de sa fille. Catherine a retrouvé une de tes anciennes cartes de visite dans les affaires de sa mère.

Nick sortit la carte de sa poche et la tendit à son père.

— Elle n'est pas jeune. Cela fait des années que nous avons abandonné ce logo.

— Regarde au dos.

Raymond tourna la carte et haussa un sourcil.

— Tu ne te souviens toujours pas de Laura March ? insista Nick.

Son père releva les yeux.

— Je ne vois pas pourquoi je devrais. Ce n'est pas moi qui ai écrit ce numéro.

— Tu en es sûr ?

Raymond orienta la carte vers lui.

— Ce n'est pas mon écriture. Tu vois cette barre sur les sept ? Je n'en mets jamais. Quelqu'un aura donné mon numéro à cette femme. En tout cas, elle ne m'a jamais appelé.

— Le mari de Laura March était un flic infiltré du nom d'Aidan March. Il a été tué en mission alors que sa couverture avait été grillée. Ça s'est passé peu de temps après ton départ du DPC, mais tu en as peut-être entendu parler.

Raymond hésita à nouveau.

— Emmett et moi n'avons pas vraiment gardé de contacts au DPC. Les relations étaient tendues. Il valait mieux couper net.

— Quel genre de tension ?

— Du ressentiment, des ego froissés… Je m'entendais bien avec la plupart des officiers, mais Emmett aimait se donner de l'importance en sa qualité d'inspecteur. Il n'a jamais eu l'esprit d'équipe. En plus, il ne respectait pas les règles. Mais c'était un excellent enquêteur. Tenace comme un bouledogue. Il continuait à fouiller alors que tout le monde avait renoncé. Tu lui ressembles beaucoup sur ce point.

Nick songea à l'étiquette qu'il avait récupérée dans le destructeur de documents d'Emmett.

Et s'il faisait fausse route depuis le début ? Ce n'était peut-être pas Laura March qui avait un lien avec l'agence LaSalle mais Aidan.

Mais pourquoi un policier, qui avait à sa disposition toutes les ressources qu'il pouvait souhaiter, aurait-il fait appel à un détective privé ?

À moins qu'il n'ait eu l'intention de bafouer la loi ?

Il y avait dans cette affaire tant de choses illogiques et incompréhensibles. Tant de pistes sans aucun lien entre elles.

Jamais Nick ne s'était senti aussi perdu au cours d'une enquête.

Il regarda son père, qui était toujours plongé dans la contemplation de la carte de visite.

— Est-ce que tu as déjà rencontré Orson Lee Finch ?

Raymond redressa brusquement la tête.

— Finch ? Non. Pourquoi ?

— Tu as travaillé sur cette affaire pendant un moment, n'est-ce pas ? Je pensais que vos chemins auraient pu se croiser.

— Après son arrestation, il a été incarcéré dans un quartier de haute sécurité. Les seules fois où je l'ai vu, c'est à la télévision, comme tout le monde.

— Qu'as-tu pensé de la rumeur selon laquelle il aurait eu un enfant ?

— Que ce n'était qu'une rumeur, justement. Mais, à sa place, si j'avais eu un enfant, je l'aurais soigneusement caché au public.

— En faisant en sorte qu'il soit élevé par une autre famille, sous un autre nom.

Raymond hocha la tête.

— Si l'adoption n'était pas officielle, tu auras du mal à le prouver.

— C'est pourquoi j'ai l'intention de demander à Finch de se soumettre à un test ADN.

Raymond haussa les sourcils.

— Et tu crois qu'il va coopérer ?

— Il a déjà accepté de me rencontrer en tout cas. C'est plutôt bon signe.

Son père détourna le regard.

— Alors, ta cliente ne devrait pas tarder à avoir sa réponse.

— Sur sa parenté avec Finch, oui. Mais il y a un autre problème, qui est peut-être lié.

Nick expliqua le rôle de Catherine dans l'affaire Delmar Gainey.

— La nuit dernière, quelqu'un s'est introduit dans son laboratoire et l'a agressée. Aujourd'hui, son assistante a été assassinée à son domicile, et c'est Catherine qui l'a découverte.

— Tu penses que c'est le même suspect ?

— La coïncidence est trop grosse pour croire que ce n'est pas lié. Et tout ça s'est produit le lendemain de sa visite à l'agence.

Nick jeta un coup d'œil à la porte pour s'assurer qu'il l'avait bien fermée après être entré.

— Ce que je vais te dire ne doit pas quitter cette pièce. Ça concerne le travail de Catherine, et le coroner ne l'a pas encore rendu public.

Raymond parut mal à l'aise.

— Continue.

— Si tu as suivi l'affaire Gainey, tu sais que quatorze lots différents de restes humains ont été découverts dans son ancienne maison. Toutes ses victimes ont été torturées durant leur captivité, puis poignardées à plusieurs reprises avant de mourir. C'était le mode opératoire de Gainey. Mais l'une des victimes a été tuée d'une balle dans la nuque. J'en ai déduit qu'elle essayait de s'échapper, ou que quelqu'un l'a exécutée.

— Quelqu'un ? demanda posément Raymond.

— Je ne pense pas qu'elle ait été tuée par Delmar Gainey. Mais son meurtrier connaissait Gainey. Elle a été enterrée sur sa propriété pour que la police pense, si un jour les restes étaient découverts, qu'elle faisait partie de ses victimes.

— Tu sous-entends que quelqu'un a laissé un tueur en série en liberté pour couvrir ses propres agissements ?

— Tu dois reconnaître que c'est la couverture idéale. D'après Emmett, la police ne s'est jamais intéressée à Gainey.

— Tu as parlé de ça avec Emmett ?

— Un peu. Il n'avait pas l'air de savoir grand-chose, à part que Gainey n'avait jamais eu la moindre condamnation, même pas une amende pour stationnement gênant. Mais quelqu'un connaissait parfaitement Gainey. Et je pense que c'est cette personne qui est entrée dans le laboratoire de Catherine pour vérifier si sa victime se trouvait avec les autres.

— Mais pourquoi aurait-il pris un tel risque après tout ce temps ? Il devait bien penser que quelqu'un risquait de le voir.

— Il était peut-être affecté par la même compulsion qui pousse un meurtrier à revenir sur les lieux de son crime. Il pensait que le laboratoire serait vide, mais Catherine est restée tard ce soir-là. Et elle n'a pas pu voir son visage parce que c'était durant la coupure générale d'électricité.

— Et l'assistante ? Pourquoi s'en serait-il pris à elle ?

— C'est ce que j'essaie toujours de comprendre. C'est peut-être elle qui lui a donné accès au laboratoire. Si c'est le cas, il fait le ménage. Il se débarrasse de tout ce qui le lie à sa première victime. Ce qui veut dire qu'il fera le maximum pour mettre la main sur toutes les preuves recueillies dans sa tombe.

— Quelles preuves ?

Nick hésita.

— Ça, je n'en sais rien.

Raymond se leva et alla se poster devant la fenêtre. Il resta pensif un moment, avant de se tourner vers Nick.

— Tout ça m'a l'air bien compliqué.

— À qui le dis-tu. J'espère que ma visite à Finch me permettra d'y voir plus clair.

— Fais attention à toi.

— Ne t'inquiète pas. Emmett m'a déjà mis en garde contre les capacités de manipulation des psychopathes.

— Je ne parlais pas de Finch, mais de toi, Nick. Certaines affaires ne valent pas le prix qu'elles te coûtent. Les choses que tu découvres... Les choses que tu dois faire...

Raymond se tourna à nouveau vers la fenêtre.

— Il y en a certaines dont tu ne te remets jamais.

Catherine se tenait à sa fenêtre et observait le ciel. Un halo encerclait la lune, annonçant un prochain orage. Elle espérait qu'il ne se déclencherait pas en pleine nuit. Elle n'avait aucune envie de vivre une nouvelle coupure d'électricité. L'obscurité dissimulait trop de mauvaises personnes, trop d'esprits diaboliques.

Elle comprenait maintenant la panique qui avait consumé la ville durant le règne sanglant d'Orson Lee Finch, quand le moindre bruit distillait de la terreur dans le cœur de chaque jeune femme.

Elle regarda par-dessus son épaule. Elle ne pouvait s'en empêcher. Elle avait laissé une lampe allumée dans chaque pièce. La porte d'entrée était verrouillée, et les fenêtres fermées pour se protéger de la fraîcheur de l'air. Au besoin, elle pouvait veiller toute la nuit. Personne ne pourrait emprunter l'escalier sans qu'elle le voie.

Tandis qu'elle se préparait pour une longue nuit éveillée, elle ne put réprimer un bâillement. L'épuisement contre lequel elle luttait depuis des jours la rattrapait.

Elle se dit qu'elle ferait mieux d'aller se coucher, que rien n'allait se passer. Pourtant, elle continuait à lutter contre le sommeil.

Les terreurs nocturnes étaient à portée de main ce soir. Il suffirait qu'elle ferme les yeux pour qu'elles viennent. Elle sentait déjà un frisson glacé à la base de sa colonne vertébrale.

Elle luttait contre cette sensation depuis que Nick était parti, tout en essayant de se persuader qu'elle était juste énervée par les événements de la journée. Et qui ne l'aurait pas été ?

Elle avait essayé de se réconforter avec une routine normale : un dîner de bonne heure, une longue douche, et un peu de lecture avant l'heure du coucher.

Mais la sensation de malaise était insidieuse, et depuis dix minutes elle était installée à la fenêtre, immobile.

Son regard se posa sur le jardin. La lumière des réverbères filtrait au-dessus du mur, et elle pouvait voir jusqu'au perron de sa propriétaire. Les palmiers dansaient sous la brise. Les gardénias luisaient sous la lune. Si elle ouvrait la fenêtre, leur odeur envahirait ses sens. Mais elle ne bougea pas.

Malgré tout, l'odeur, intense et voluptueuse, s'insinuait dans son esprit, évoquant de fortes émotions et de vagues images.

Elle s'écarta de la fenêtre, et d'une vague impression qu'elle se refusait à affronter. Elle n'avait aucun souvenir de l'époque précédant son adoption. Elle était beaucoup trop jeune. Elle avait envie de croire que les images nébuleuses ne signifiaient rien.

Mais, si son lien avec Orson Lee Finch n'était rien d'autre qu'un effet de son imagination, pourquoi avait-il pris contact avec elle ?

Pourquoi s'était-il donné la peine de la prévenir qu'elle devait prendre garde avant d'accorder sa confiance ?

Elle se mit à jouer avec sa bague, tandis que la mise en garde de Finch revenait la tarauder.

« Aidan March a appris à ses dépens que les gens qui détiennent un noir secret ne se rendent jamais sans se battre. »

Elle alla prendre une photo de ses parents sur une étagère et la posa sur la table basse, de façon que les visages souriants d'Adam et Laura March soient tournés vers elle. Puis elle s'étendit sur le canapé et drapa un plaid sur ses jambes.

Elle se dit qu'elle allait juste fermer les yeux un moment tandis que ses anges gardiens veillaient sur elle. Après s'être reposée un petit peu, elle reprendrait sa surveillance à la fenêtre. Elle ne dormirait pas.

Mais l'épuisement la fit bientôt sombrer dans une étrange brume peuplée de rêves.

Elle remonta le plaid sous son menton, et se laissa envelopper totalement par un profond sommeil.

Elle n'était plus dans son appartement mais dans un endroit sombre et effrayant.

Il y avait une petite fille dans son rêve.

Était-ce elle ?

— Maman ?

— Chut, bébé. Maman est là. Tu ne dois pas faire de bruit, d'accord ? Reste dans le placard jusqu'à ce que je vienne te chercher.

— Noir.

— Je sais qu'il fait noir, mais nous allons jouer à un jeu. Cache-toi bien tout au fond, et ne dis rien. Dépêche-toi maintenant. Nous n'avons pas beaucoup de temps.

— Maman !

— Tout va bien. Prends ta poupée avec toi, et serre-la fort. Je dois partir maintenant. Il va faire encore plus noir quand je vais fermer la porte, mais tu ne dois pas avoir peur.

— Maman ! Maman !

— Chut, tu ne dois pas faire de bruit. Même si tu entends quelque chose, ne sors pas. Tu as bien compris ? Ne sors pas.

La porte se referma, et la fillette fut seule dans le noir.

Une partie de l'esprit de Catherine était assez consciente pour qu'elle comprenne qu'elle rêvait. Elle savait que cet endroit sombre et effrayant n'était pas réel.

Peut-être la fillette n'était-elle pas réelle non plus. Pourtant, elle sentait le plancher dur sous son corps recroquevillé. Elle entendait le souffle de sa respiration altérée.

Il y eut un grand bruit, et elle sursauta. Mais elle ne bougea pas, comme maman lui avait dit.

Il faisait chaud dans le placard. Si chaud que la transpiration ruisselait dans son dos et mouillait son pyjama.

Elle resta bien tranquille, en serrant fort sa poupée, jusqu'à ce que la chaleur devienne insupportable. Jusqu'à ce que les bruits s'arrêtent, et que sa peur se transforme petit à petit en curiosité.

Puis elle rampa vers la porte et posa son oreille dessus.

Tout était calme dehors.

Elle ouvrit un tout petit peu la porte et regarda.

La chambre était éteinte dans sa chambre mais, grâce à la lumière de la rue, elle pouvait apercevoir les contours de ses meubles. Elle voyait même les images sur le mur et sa boîte à musique sur la commode.

Tous les soirs, au moment d'aller se coucher, maman tournait la clé et la musique remplissait la chambre pendant que la petite danseuse tournait et tournait.

La musique faisait venir les jolis rêves disait maman.

La fillette aurait bien voulu écouter la musique maintenant. Il n'y avait pas du tout de bruit dans l'appartement, et elle avait peur.

Où était maman ?

Elle traversa la pièce et alla écouter à la porte de sa chambre. Il n'y avait pas de bruit. Maman ne regardait pas la télévision, et elle n'écoutait pas de musique. Elle ne pleurait pas non plus, comme elle le faisait parfois.

Elle se hissa sur la pointe des pieds et tourna la poignée. La porte s'ouvrit.

Elle n'appela pas maman. Quelque chose lui disait qu'elle devait se taire.

Elle posa une main sur sa bouche.

Maman était par terre. Elle ne bougeait pas du tout. Ses yeux étaient ouverts, sa peau était aussi pâle que celle de sa poupée. Le tapis en dessous d'elle était taché avec quelque chose de rouge.

Un homme était penché au-dessus de maman.

L'enfant lâcha la poignée de la porte et recula.

Elle avait mal dans sa poitrine, et les larmes brûlaient ses yeux. Jamais elle n'avait eu aussi peur.

Elle avait envie de courir se blottir dans les bras de maman, mais elle ne pouvait pas. L'homme lui ferait du mal à elle aussi.

Elle ne devait pas faire de bruit. Elle devait rester cachée.

Elle monta sur une chaise et elle attrapa sa boîte à musique, puis elle retourna dans le placard et se cacha tout au fond.

Serrant bien fort sa poupée, elle souleva le couvercle de la boîte à musique. Mais elle ne tourna pas la clé parce qu'il ne fallait pas faire de bruit. Ce n'était pas grave. Elle entendait la musique dans sa tête.

Il y eut des bruits de pas sur le parquet. Ils se déplaçaient lentement à travers la pièce.

La porte s'ouvrit, et il y eut de la lumière.

Quelqu'un se pencha au-dessus d'elle.

Elle releva lentement la tête.

L'homme qui avait fait du mal à maman la regardait.

14

Catherine se réveilla en sursaut. La panique faisait battre son cœur à tout rompre, et un cri restait coincé dans sa gorge.

Pendant un moment, elle crut qu'elle était toujours cachée au fond du placard, et elle leva les mains comme pour repousser quelque chose, ou quelqu'un.

Puis elle comprit qu'elle était dans son propre appartement. Saine et sauve, et adulte. Elle s'était endormie sur le canapé.

Ce n'était qu'un rêve.

— Juste un rêve, murmura-t-elle, comme pour mieux s'en convaincre.

Pas un souvenir mais un cauchemar.

D'ailleurs, les images se dissipaient déjà.

Soulevant la photo, elle la pressa contre son cœur en imaginant la voix apaisante de Laura March.

« Il n'y a pas de quoi avoir peur, Cath. Tu vois ? Il n'y a pas de monstre dans le placard. Pas de créatures affreuses rampant sous le lit. Tu veux que je te lise une histoire avant de dormir ? Viens près de moi. Pauvre bébé, tu trembles. Que t'est-il arrivé ? Je me le demande. Mais c'est sans importance. Tu es en sécurité maintenant. C'est tout ce qui compte.

Combien de temps avait-elle dormi ? se demanda Catherine. Il lui semblait qu'elle venait à peine de fermer les yeux mais, lorsqu'elle vérifia l'heure sur son téléphone, elle réalisa que deux heures s'étaient écoulées.

Comment avait-elle pu s'endormir aussi profondément après ce qui s'était passé ?

Et si quelqu'un avait essayé de s'introduire dans son appartement ?

Cela expliquerait le bruit qu'elle avait entendu dans son rêve.

Et si quelqu'un était dehors en ce moment, rôdant dans le jardin et observant ses fenêtres ?

Elle repoussa le plaid et se leva, balayant rapidement du regard son appartement, avant de reprendre son poste d'observation à la fenêtre.

Quelques nuages s'étaient déplacés et masquaient partiellement la lune, mais il faisait encore clair dehors.

Tout en scrutant le jardin, elle se dit qu'elle en faisait trop. La prudence était une chose, mais la paranoïa pouvait être dangereuse. Il était temps qu'elle surmonte sa peur du noir.

Elle reprit son téléphone pour vérifier les textos et les appels récents.

Rien de Nick.

Elle se dit que c'était une bonne chose. Il n'avait pas de raison de l'appeler si tout allait bien. Elle non plus n'avait pas de raison de l'appeler d'ailleurs.

Elle allait s'éloigner de la fenêtre quand quelque chose attira son attention dans le jardin.

Elle regarda longuement en se disant que ce n'était rien. Tout au plus une branche que le vent avait agitée. Il n'y avait personne.

Cependant, elle continua à regarder. Jusqu'à ce qu'une silhouette prenne forme à côté du portail.

Elle fit un bond en arrière. Elle avait éteint le plafonnier du salon un peu plus tôt, mais une lampe était allumée à côté du canapé. Elle s'empressa d'aller l'éteindre.

Elle courait peut-être un grand danger…

Nick dit au revoir à sa mère et alla saluer tout le monde. Il appela Catherine tandis qu'il regagnait sa voiture. Elle répondit à la première sonnerie.

— Tout va bien ? demanda-t-il.

Elle laissa passer une seconde avant de répondre.

— Oui.

— Vous avez hésité. Vous êtes sûre que ça va ?

— Il m'a semblé voir quelqu'un dans le jardin. Mais c'était peut-être mon imagination.

Nick crispa les doigts autour de son téléphone.

— Vous avez appelé la police ?

— Je ne veux pas les déranger pour une fausse alerte.

— Je quitte la réception à l'instant. Je viens chez vous.

— Ce n'est pas la peine.

— J'insiste. J'aurai l'esprit plus tranquille.

Elle soupira.

— Très bien. Je vous attends.

— Catherine ?

À présent, c'était Nick qui hésitait.

— Nous devons parler.

— De l'enquête ?

— Oui. Je n'ai pas été tout à fait honnête avec vous. Il se passe des choses que vous devriez connaître. Ça ne veut peut-être rien dire. Je l'espère en tout cas. Mais vous devez le savoir quand même.

— Vous me faites un peu peur.

— Il n'y a pas de raison. Nous trouverons une solution ensemble. Je serai là dans quelques minutes.

Il glissa son téléphone dans sa poche tandis qu'il quittait l'allée. Une voiture était garée le long de la route. Il lui accorda un regard superficiel tandis qu'il déverrouillait sa portière. Puis il marqua une pause et se retourna. La voiture lui était familière, mais il ne pensait pas que la luxueuse berline appartenait à un de ses proches. Peut-être à un ami ou à un voisin. Il ne connaissait pas tout le monde à la réception.

Il resta attentif à son environnement alors qu'il se dirigeait vers la voiture. Si quelqu'un sortait des bois, il ne voulait pas se laisser surprendre.

Les vitres de la berline étaient teintées, et il ne pouvait pas voir s'il y avait quelqu'un à l'intérieur avant d'arriver à proximité. Puis il se dirigea vers l'arrière et éclaira la plaque d'immatriculation avec son portable. C'était celle de Louise Jennings.

Pourquoi la tante de Catherine serait-elle à l'anniversaire de sa grand-mère alors qu'Emmett avait prétendu ne pas la connaître ?

Abaissant la lumière vers le sol, il découvrit des traces de pas sur l'accotement. Il avait grandi en ville et ne connaissait donc pas bien cette maison de campagne, mais il se rappelait qu'un chemin piétonnier menait à l'étang.

Il chercha l'entrée du chemin, puis il éteignit la lampe de son portable et se guida uniquement avec la lune.

Il se déplaça aussi silencieusement qu'il le pouvait mais, ici et là, les feuilles mortes craquaient sous ses pas.

Lorsque les arbres commencèrent à s'éclaircir, il aperçut le scintillement de la lune sur l'eau.

Au bord de l'étang, deux femmes discutaient. Une troisième personne sortit du bois, venant de la maison.

Lorsque l'homme se tourna, Nick vit que c'était son père.

Surpris, Nick se rapprocha pour entendre leur conversation.

Une branche craqua sous son pied, et les têtes se tournèrent dans sa direction.

— Qu'est-ce que c'était ? demanda nerveusement Louise Jennings.

— Sans doute une biche, répondit Raymond. Elles viennent à l'étang la nuit.

— Vous êtes sûr que vous n'avez pas été suivi ?

— Depuis ma propre maison ? J'en doute.

L'intonation cassante de Raymond n'était pas familière à Nick. Il reconnaissait à peine la voix de son père.

— C'est vous qui devriez être plus prudente. Qu'est-ce qui vous a pris de venir ici, au milieu d'une fête de famille ? Si quelqu'un vous remarque, votre présence ne sera pas facile à expliquer.

— Ça n'aurait pas été nécessaire si vous aviez pris mes appels.

— Je n'ai pas pris vos appels parce que nous avions un accord. Vous ne deviez jamais venir chez moi, ni sur mon lieu de travail. Nous devions plus avoir de contact.

— J'ai essayé de le lui rappeler, dit Jackie.

— Eh bien, c'est plutôt raté !

— Les choses ont changé, dit Louise.

— Rien n'a changé, dit fermement Raymond. Nous avons juré

de ne jamais reparler de cette nuit. Nous avons classé l'affaire et tourné la page. Pour chacun de nous, il ne s'est rien passé.

— Pourtant, il s'est passé quelque chose, insista Louise. Et, maintenant, votre fils est en train de mettre son nez dans notre passé. Tôt ou tard, il va finir par rassembler les pièces du puzzle.

— Je ne le pense pas. Nous avons longuement parlé tout à l'heure. Il ne sait rien.

— Je vous suggère de lui barrer la route avant qu'il ne découvre la vérité, dit Louise.

— De quelle façon ?

— Il travaille pour vous, n'est-ce pas ?

— Je connais mon fils. Si j'insiste pour qu'il abandonne, il cherchera encore plus.

— Eh bien, donnez-lui une raison de ne pas le faire.

— Je ne peux pas faire ça à mon fils.

— Vous voulez quoi ? Qu'il détruise ce que nous avons eu tant de mal à mettre en place ?

Un mélange de peur et de colère faisait vibrer la voix de Louise.

— Gardons la tête froide, dit Raymond.

— Ou alors, suggéra Jackie, on pourrait tout simplement lui dire la vérité.

— Ce n'est pas possible, protesta Louise. Et vous le savez. Dites-lui, Raymond.

Il réfléchit un moment.

— Ne cédons pas à la panique. Tout peut se dégonfler comme un soufflé. Il n'y a pas de preuves. Nous n'avons rien conservé de cette nuit.

Il se tourna vers Jackie.

— Tu t'es bien débarrassée de tout, n'est-ce pas ?

— Est-ce que je n'ai pas toujours suivi les ordres ? dit-elle, d'un ton amer.

— Eh bien alors, nous n'avons pas à nous inquiéter.

Nick n'osait pas s'approcher davantage, de crainte de se faire repérer, mais une autre branche craqua non loin de lui, et son pouls s'accéléra brutalement. Il y avait quelqu'un d'autre.

Son père s'avança jusqu'à la lisière des arbres.

— Qui est là ?

Personne ne répondit. Il n'y avait que le bruit du vent dans les arbres.

Nick resta immobile. Il aurait pu jurer que quelqu'un l'observait à travers le feuillage.

— Il vaut mieux que vous partiez maintenant, dit Raymond à Louise. Et assurez-vous que personne ne vous suit.

Il se tourna vers Jackie.

— Retourne à la réception et attends-moi.

— Qu'allez-vous faire ? demanda anxieusement Louise.

— Je vais jeter un coup d'œil dans les parages et je vais retourner à la maison.

— Rien à signaler, déclara Nick, en arrivant en haut de l'escalier qui menait à l'appartement de Catherine.

Elle l'avait regardé depuis le perron tandis qu'il faisait le tour du jardin.

— Je vous ai dit au téléphone que c'était probablement mon imagination. Je me suis endormie sur le canapé et je venais juste de me réveiller. J'étais peut-être encore en train de rêver.

— Je ne pense pas. Vous semblez encore assez secouée.

— C'est parce que j'ai fait un cauchemar.

— Vous voulez en parler ?

— Eh bien, il y avait une fillette. Très petite. Elle se cachait dans un placard. Quand elle est sortie, elle a vu sa mère qui saignait sur le sol et un homme penché au-dessus d'elle. Elle est retournée se cacher, mais il l'a trouvée quand même.

— Il ?

— Le meurtrier de sa mère.

— Vous pensez que vous étiez cette fillette ?

— Je sais que ça ressemblait à un souvenir, mais ce n'était qu'un rêve.

— Et l'ombre que vous avez vue dans le jardin ?

— C'était probablement juste une branche. Parlons plutôt de ce que vous vouliez me dire.

— J'ai fouillé le bureau de mon oncle, ce matin.

— Pourquoi ?

— J'avais l'impression qu'il me mentait. Je pense que tout le monde ment. Jackie, votre tante, et même mon père.

— Votre père ? Vous lui avez parlé, ce soir ? Vous avez évoqué le numéro sur la carte de visite.

— Il a dit que ce n'était pas lui qui l'avait écrit.

— Vous l'avez cru ?

— À une époque, je n'aurais jamais imaginé qu'il soit capable de me mentir. Aujourd'hui, je ne sais plus ce que je dois croire.

— Vous avez trouvé quelque chose dans le bureau de votre oncle ?

— Il y avait une étiquette coincée dans le destructeur de document, comme s'il avait broyé un dossier. Le nom inscrit dessus était celui d'Aidan March.

Catherine ouvrit de grands yeux.

— Pourquoi aurait-il eu un dossier sur mon père ?

Elle posa la main sur le bras de Nick.

— Que se passe-t-il ?

— Je n'en sais rien. Mais, si vous êtes venue me voir, c'est à cause de la carte de visite. Il y a donc bien un lien depuis le début. Cependant, rien de ce que vous avez découvert jusqu'à présent n'a de sens pour moi. Par exemple, j'aimerais bien qu'on m'explique pourquoi votre tante, mon père et Jackie Morris se sont retrouvés en secret ce soir.

— Ah bon ?

Nick grimaça.

— J'ai entendu assez de leur conversation pour savoir qu'ils cachent quelque chose depuis des années. Et j'ai bien l'intention de découvrir de quoi il s'agit.

— Même si votre père est impliqué ?

Le regard de Nick s'intensifia.

— Vous avez confiance en moi ?

Elle répondit sans hésiter.

— Oui.

Il fouilla son regard, comme pour y trouver une confirmation.

— Je soupçonnais Emmett et Jackie de me mentir. Mais, mon père… Je l'ai toujours admiré et respecté. Malgré tout l'homme que j'ai vu ce soir était comme un inconnu.

— Ça doit être dur pour vous.

— Ce n'est pas plaisant.

— Vous n'arrêtez pas de me dire que je peux abandonner l'enquête quand je veux. C'est valable pour vous aussi.

— Ça m'est déjà arrivé une fois de faire passer la famille avant la justice. Je n'ai pas délibérément fermé les yeux, mais j'ai évité de chercher par peur de ce que j'aurais pu trouver. J'ai perdu le respect de moi-même quand j'ai dû quitter la police, et je ne referai plus jamais cela. Surtout s'agissant de vous.

Soudain, il la regardait avec dans l'œil une lueur troublante. Il se rapprocha, et Catherine sentit son pouls s'accélérer.

— Nick, dit-elle dans un souffle. Vous ne devriez pas me regarder comme ça.

— Je ne peux pas m'en empêcher.

— Nous avions pourtant dit que c'était une mauvaise idée.

Il hocha la tête.

— Mais vous allez m'embrasser quand même.

— Oui.

Les lèvres de Nick se posèrent alors sur les siennes, chaudes et conquérantes. Vibrant de tout son corps, elle s'agrippa à ses épaules et s'abandonna aux mains expertes qui caressaient son dos, la plaquait contre ce corps viril.

Il continua à l'embrasser tandis qu'il l'entraînait dans le couloir menant à sa chambre.

Il l'embrassait encore en lui ôtant son haut, avant de la renverser sur le lit pour faire glisser son jean le long de ses cuisses.

Puis il tomba à genoux et l'attira jusqu'au bord du matelas, l'embrassant cette fois si intimement que la surprise lui fit pousser un petit cri.

Se relevant, il ôta sa chemise mais, quand il chercha le bouton de son jean, elle repoussa ses doigts, et déboutonna la ceinture. Puis vint la fermeture à glissière. Puis lui.

Elle embrassa, taquina et goûta, tandis qu'il plongeait les doigts dans ses cheveux.

Puis elle retomba sur le lit, et l'attira à elle.

Son cœur battait à tout rompre. Son souffle s'échappait en gémissements rauques, en murmures fiévreux. Elle crispa les mains sur ses épaules, sur le drap… Il lui semblait qu'elle ne se rassasierait jamais de lui.

Lorsque ce fut fini, ils retombèrent contre les oreillers et rirent, émerveillés.

— Eh bien…, murmura-t-il.

— Je sais.

Le départ de Nick ne fut pas évoqué. On ne discuta pas de ce que cela signifiait.

Au bout d'un moment, Catherine roula sur le côté, le dos calé contre le torse de Nick. Ses paupières s'alourdirent, et elle sombra dans un profond sommeil.

15

Orson Lee Finch était un homme de petite taille, à l'attitude effacée et cependant méticuleuse. Il était rasé de près, soigneusement coiffé, et son uniforme de prisonnier était impeccable.

Dans la rue, personne n'aurait prêté attention à lui. Mais, derrière la vitre de séparation du parloir, Nick détectait sans peine l'intelligence rusée de son regard.

Il adressa un signe de tête au prisonnier, tandis qu'il prenait le combiné.

— Je suis Nick LaSalle.

— Je sais qui vous êtes, jeune homme. Vous êtes exactement comme je vous imaginais.

Nick ne savait pas si c'était une bonne chose ou non.

Il avait vu des photos de Finch, mais il n'était pas préparé à un face-à-face avec le célèbre tueur en série. Ce dernier n'avait pas l'air d'un monstre, mais Nick savait qu'il ne fallait pas se fier aux apparences, et il se tenait sur ses gardes.

— Merci d'avoir accepté de me voir.

— C'était dans notre intérêt à tous les deux, monsieur LaSalle. Puis-je vous appeler Nick ?

— Tant que vous vous rappelez que nous ne sommes pas amis.

— Je ne risque pas de l'oublier. Je ne sympathise pas facilement, même si j'ai fini par créer certains liens ici.

— Il est difficile de survivre à l'intérieur sans créer des alliances, m'a-t-on dit.

— C'était vrai au début. Mais je suis ici depuis tellement longtemps que plus personne ne fait attention à moi.

— C'est une bonne chose, je suppose.

— Oui, bien que la solitude ne soit pas toujours facile à vivre. Et je ne reçois plus beaucoup de visites maintenant. C'est pourquoi j'ai accepté la vôtre. D'autant que nous avons des intérêts communs.

Nick hocha la tête.

— Parlons-en.

— Vous voulez un test ADN pour prouver que je ne suis pas le père biologique de Catherine March. Nous ne sommes pas apparentés, mais je doute que ma parole vous suffise. Je suis donc disposé à accepter un test. Mais je veux quelque chose en retour.

Nick se crispa.

— De quoi s'agit-il ?

— Je ne connais pas Catherine personnellement. Mais j'étais proche de sa mère, Laura. Je lui ai fait une promesse avant sa mort, et je vous demande de m'aider à l'honorer.

— Comment connaissiez-vous Laura March ?

— Nous étions cousins. Après le décès de ma mère, Laura a été la seule à comprendre mon chagrin. Nous sommes devenus très proches après mon incarcération.

— Et votre fille ?

Le regard de Finch vacilla.

— Je n'ai pas de fille.

— Beaucoup de gens pensent le contraire.

— Je ne peux pas contrôler ce que pensent les gens.

— Voulez-vous m'en dire plus sur votre relation avec Laura ?

— Je l'ai peu vue quand nous étions enfants. Avec le temps, le contact s'est rompu entre nos familles. Mais elle est venue me voir après mon arrestation. Elle m'a dit qu'elle avait suivi l'enquête de près, et qu'elle était convaincue de mon innocence. Même quand j'ai été envoyé ici, sa foi en moi n'a pas vacillé.

— Et sa sœur, Louise ?

— Je ne l'ai vue qu'une fois quand nous étions enfants. Elle est venue me dire en personne que Laura était décédée. Mais sa visite n'était pas désintéressée. Elle voulait ma parole que je ne chercherais pas à entrer en contact avec Catherine.

— Pourquoi ?

— Elle ne voulait pas que sa carrière ou sa vie personnelle soit entachée par une association avec le Tueur du Crépuscule. Tout du moins, c'est ce qu'elle a dit.

— Mais vous ne l'avez pas crue ?

— Je ne dirais qu'une chose au sujet de Louise. Étant enfant, elle n'avait rien de la douceur et de la compassion de sa sœur. Laura était angélique. Ça va peut-être vous paraître sentimental, mais elle était vraiment quelqu'un de spécial. Elle me faisait penser à ma mère.

Il se tut, le regard soudain mouillé de larmes.

Nick s'exhorta à ne pas se laisser amadouer par l'émotion apparente de Finch. Les gens comme lui étaient de bons comédiens. C'était ce qui les rendait aussi dangereux.

— Vous disiez avoir fait une promesse à Laura...

— Celle de toujours veiller sur sa fille.

Finch esquissa un sourire.

— Je vois que ça vous surprend.

— Venant de vous, oui.

— Les anges gardiens prennent des formes différentes. Certains sont même couverts de tatouages.

— Je ne sais pas si je dois vous croire. Si Laura March pensait que sa fille avait besoin d'être protégée, pourquoi ne s'est-elle pas adressée à la police ?

— Parce que son mari a été éliminé dès qu'il a commencé à se renseigner sur le passé de Catherine.

— Vous dites qu'il a été assassiné par quelqu'un qui avait un lien avec Catherine ?

— Je dis qu'on ne peut faire confiance à personne.

— Comment puis-je être sûr que vous me dites la vérité ?

— Pourquoi mentirais-je ? Laura était ma cousine et ma meilleure amie. C'est donc si difficile à accepter qu'elle se soit confiée à moi ?

— Je suis surpris que Catherine n'ait pas été mise au courant de votre relation.

— Laura pensait que c'était trop dangereux. Elle n'a jamais dit à personne non plus qu'elle avait des doutes sur la mort de son mari. Elle n'en a parlé qu'à moi parce qu'elle savait qu'elle pouvait me faire confiance.

— Aidan lui avait parlé en détail de son enquête ?

— Elle savait seulement qu'il avait découvert quelque chose pendant qu'il travaillait sous couverture. Une jeune femme et sa fille avaient disparu durant la période même où Louise leur avait proposé une petite fille à adopter.

— Vous voulez dire que Louise Jennings se serait occupée de l'adoption de Catherine ?

— C'est elle qui a tout organisé de A à Z.

— Ça expliquerait pourquoi elle est tellement opposée à mon enquête.

— Elle a trop à perdre. Ils sont tous dans le même cas.

— Tous ?

— Louise s'est fait aider.

— Par qui ?

— Ça, c'est à vous de le découvrir. Sachez seulement une chose : Laura a eu des doutes sur l'adoption dès le début. Elle n'a rien dit parce qu'elle ne voulait pas perdre sa fille. Après la mort de son mari, elle a gardé le silence parce qu'elle craignait pour la sécurité de Catherine. Elle n'a même pas osé se confier à sa sœur.

Finch se pencha vers la vitre.

— Ces gens ont gardé leur secret pendant un quart de siècle. Votre enquête les inquiète forcément. L'un d'eux est un assassin. Je vous l'ai dit depuis le début : la vérité n'est pas ce que vous croyez.

L'après-midi s'achevait lorsque Catherine eut des nouvelles de Nick.

Elle avait travaillé au laboratoire toute la journée avec Nolan. Ils n'avaient pas parlé d'Emily, se plongeant dans le travail pour faire diversion à leurs pensées.

Nick ne lui dit rien de son entretien avec Finch, hormis qu'il lui en parlerait une fois à la maison.

— J'ai plusieurs arrêts à faire avant de revenir en ville. Mais on se voit ce soir chez toi.

Catherine s'était enfermée dans son bureau pour prendre l'appel et, quand elle retourna au laboratoire, elle se retrouva sans l'avoir décidé devant l'Inconnue Numéro Treize.

— Docteur March ?

Elle tourna la tête et vit que Nolan la regardait d'un air inquiet.

— Est-ce que ça va ? Vous aviez une drôle d'expression.

— Je pensais à nos victimes. Je me demandais si quelqu'un les cherchait toujours.

— Je pense que personne ne les a jamais cherchées. Pas même la police.

Catherine hocha la tête.

— Vous avez sans doute raison. Nous ne pouvons rien y faire, mais nous pouvons au moins essayer de retrouver leur nom, afin qu'elles ne se retrouvent pas encore une fois dans des tombes anonymes. Nous leur devons bien ça.

Nolan la regarda avec admiration.

— Vous aimez vraiment votre travail, n'est-ce pas ?

— Oui. C'est ce que j'ai toujours voulu faire.

— Alors, vous avez de la chance.

Il ôta ses lunettes et frotta les verres avec un mouchoir en papier. Ses yeux nus avaient une drôle d'expression, larmoyante et distante.

— Beaucoup d'entre nous n'auront pas cette chance. Nous nous retrouverons à enseigner et à noircir du papier, dépérissant d'ennui dans un bureau sombre et encombré.

— J'enseigne toujours et, au cas où vous ne l'auriez pas remarqué, mon bureau est sombre et encombré.

— Mais vous avez le laboratoire. Des postes comme le vôtre sont rares. J'ai beaucoup réfléchi à ce que vous nous avez dit un jour. Il y a plus de diplômés que de postes à pourvoir, et il faut se démener pour se faire une place.

Il remit ses lunettes et la fixa intensément.

— Vous avez des doutes sur votre choix de carrière ?

— Disons que je réfléchis à mes chances.

Il repoussa son tabouret et se leva.

— Personne ne quitte volontairement un tel poste.

Sa façon de la regarder… Son changement d'attitude…

Un frisson courut le long de la colonne vertébrale de Catherine.

Elle se dit qu'elle avait imaginé la menace dans sa voix, la lueur sinistre derrière ses lunettes.

Elle connaissait Nolan depuis des années. Il était un peu spécial, mais ce n'était pas quelqu'un de dangereux. Elle aurait vu des signes avant.

— À votre place, je ne m'inquiéterais pas. Vous aurez des quantités d'opportunités. Vos notes sont excellentes et votre travail est parfait. Vous avez un don. Vous êtes mon meilleur étudiant.

— Meilleur qu'Emily ?

— Cela ne compte plus vraiment maintenant, n'est-ce pas ?

Le regard de Catherine se posa sur les mains de Nolan. Elle n'avait jamais remarqué qu'il avait les doigts si longs. Ni combien ils avaient l'air souples et forts.

Elle les imagina autour du manche d'un couteau, et son cœur se mit à battre follement.

— J'aimerais quand même savoir. Si vous aviez dû renoncer à votre poste, qui auriez-vous désigné pour vous remplacer ?

— La question est nulle et non avenue. Emily n'est plus là, et je n'ai pas l'intention de démissionner. Remettons-nous au travail. Ou, plutôt, mettons un terme à cette journée. Il est tard, et nous avons tous les deux besoin de repos.

— Il est plus tard que vous ne le pensez, docteur March.

Elle essaya de garder son calme.

— Que voulez-vous dire ?

Il leva les yeux vers le plafond.

— Il n'y a plus personne là-haut, et le vigile ne fera pas sa ronde avant deux bonnes heures. Il n'y a plus que nous.

Lentement, il commença à s'avancer vers elle.

— Nolan, qu'est-ce qui vous prend ?

Elle leva la main.

— Arrêtez-vous ! Ce n'est pas drôle.

— Je ne joue pas docteur March. Au contraire, je n'ai jamais été aussi sérieux.

— Nolan…

— Ne me suppliez pas. Ça ne servira à rien, à part me mettre mal à l'aise.

— Je ne vous supplie pas.

— Vous êtes courageuse. Je ne m'attendais pas à ça l'autre fois. J'ai aussi sous-estimé votre rapidité et votre force. Je ne referai pas la même erreur. Vous avez fait du bon travail, docteur March. Vous pouvez être fière. Vous m'avez appris beaucoup de choses sur la préparation et la nécessité parfois d'improviser.

— Que dois-je comprendre, Nolan ? C'est vous qui m'avez agressée ?

— Ce qu'il faut comprendre, c'est que ce monde est une jungle. Il faut se battre pour se faire une place. J'ai éliminé la concurrence. Maintenant, je dois créer une opportunité d'embauche.

Catherine écarquilla les yeux, sous le choc.

— Vous avez tué Emily ?

— Ne vous inquiétez pas. Elle n'a rien senti. Je ne suis pas un monstre.

Il secoua la tête.

— Je ne comprends pas, docteur March. J'ai toujours été votre meilleur élève. Plus intelligent que les autres. Et plus travailleur aussi. Et pourtant, c'était Emily qui avait votre préférence.

— Ce n'est pas vrai. Je vous ai toujours donné les mêmes opportunités.

Tout en parlant, Catherine reculait de table en table afin de mettre le plus de distance possible entre Nolan et elle.

— Réfléchissez un peu. Emily est morte. Si vous me tuez aussi, sur qui se porteront les soupçons, à votre avis ?

— Personne ne pourra rien prouver. Et puis, je suis très persuasif. Je serai perçu comme une victime, et on me donnera votre poste.

— Je n'en suis pas si sûre. Et avant ça, il va falloir que vous m'éliminiez.

— Oh ! mais je ne vais pas vous tuer, docteur March.

— Mais alors...

— Pas de faux espoirs ! Vous allez mourir. Mais pas par ma main. Voyez-vous, quelqu'un d'autre à intérêt à ce que vous mourriez. Et nous avons conclu un arrangement. Tout ce que j'ai à faire, c'est de laisser la porte ouverte.

Se déplaçant rapidement, il se mit à pousser les tables vers elle, de façon qu'elle se retrouve coincée dans un amoncellement de métal. Puis il attrapa un aérosol, et vaporisa quelque chose sur son visage. Elle ressentit des picotements sur la peau et dans les yeux et, dans un moment d'intense panique, elle crut qu'il l'avait aspergée d'acide.

Puis la pièce se mit à tourner autour d'elle, et tout devint noir.

Dès que Nick fut de retour en ville, il se rendit directement à l'agence. Il avait prévu d'aller voir son père à la campagne, afin d'avoir une franche explication avec lui, mais Raymond avait suggéré qu'ils se voient plutôt à l'agence.

Nick s'attendait à trouver Jackie à son poste de travail, mais le hall était désert, et il crut d'abord qu'il n'y avait personne dans l'immeuble. Puis il entendit des voix à l'étage.

Il monta lentement les marches, et s'approcha avec appréhension de la porte de son bureau.

Raymond était posé devant la fenêtre et regardait dehors. Jackie était debout derrière le bureau. Elle sursauta quand il toussota pour signaler sa présence.

— Nick ! Je ne t'ai pas entendu arriver.

Il remarqua une boîte à musique sur son bureau.

— Que fais-tu ici, Jackie ?

— Eh bien, nous...

Son expression trahissait son désarroi.

— Je vois que tu as une clé de mon bureau.

— Je suis désolée, Nick. Il y a une explication. Mais il serait préférable que tu ne l'entendes pas de moi.

Elle regarda Raymond.

— Je vous laisse tous les deux.

— Papa ?

— Entre, et assieds-toi.

— Je préfère rester debout.

Raymond soupira.

— C'est une longue et sordide affaire.

— Je t'écoute.

— Tu étais dans les bois la nuit dernière, n'est-ce pas ? Qu'as-tu entendu ?

— Suffisamment pour que ça m'inquiète. Suffisamment pour savoir que tu caches un secret.

Nick plongea les mains dans ses poches.

— Je suis surpris que tu aies accepté de venir discuter avec moi.

— Je te connais trop bien, Nick. Je sais que tu n'aurais jamais renoncé.

— Dans ce cas, dis-moi la vérité.

Raymond prit appui contre l'embrasure de la fenêtre. Dans le soleil rasant de cette fin d'après-midi, il ressemblait étonnamment à son frère.

— Tu connais ton oncle, commença-t-il. Je t'ai dit qu'il n'était pas bien vu au département de police. Il ne respectait rien. Il dépassait toujours les limites. Il bafouait les lois... Il y a eu des rumeurs de pots-de-vin, de malversations...

Il soupira.

— C'était mon frère, et j'ai fermé les yeux.

— Je suis passé par-là, moi aussi.

— Un soir, il est venu me voir, complètement paniqué. Il s'était acoquiné avec des types peu recommandables. Une serveuse dans un bar avait été témoin de quelque chose. Il n'a pas précisé. J'ai pensé qu'il s'était laissé soudoyer. Bref, il a trouvé où elle habitait, et il est allé la voir pour lui dire de quitter la ville. Mais il est arrivé trop tard. Il y avait du sang sur le sol, et la serveuse avait disparu. Il a découvert une fillette qui se cachait dans un placard. Il avait tellement peur qu'il l'a prise avec lui. Il se disait qu'elle avait peut-être vu quelque chose, que ses acolytes reviendraient la chercher. Cette nuit-là, il est venu me demander de l'aider.

— Qu'est-ce que tu as fait ? — Nous avons emmené la fillette chez Jackie. C'était avant qu'elle travaille pour nous. À l'époque, elle sortait avec Emmett. Elle a accepté de garder l'enfant jusqu'à ce que nous découvrions si elle avait un père ou de la famille qui pourrait la prendre.

— Et ensuite, qu'est-ce que vous avez fait ?

— Nous sommes retournés à l'appartement. Selon le gardien, la jeune femme vivait seule avec sa fille. D'après nos questions, il a déduit qu'elle avait des problèmes avec la loi. Il a dit qu'elle devait plusieurs mois de loyers et qu'elle avait probablement quitté la ville en douce.

— Et vous ne l'avez pas détrompé.

— Ça facilitait les choses. Nous avons tout nettoyé, et nous sommes partis. Pendant toutes ces années, je me suis dit que nous avions pris la bonne décision. Nous avons sauvé la vie d'une petite fille. Si nous l'avions remise aux services de protection de l'enfance, que serait-elle devenue ? Nous lui avons donné une chance de prendre un bon départ dans la vie.

— Si tu le dis… Et quel rôle Louise Jennings a-t-elle joué là-dedans ?

— Je la connaissais un peu par le biais de Jackie. Elle était spécialisée dans l'adoption et savait comment arranger certaines situations.

— Elle trempait dans un trafic d'adoptions illégales ?

— Si on veut…

— Et ça ne vous a pas paru risqué de placer l'enfant chez la sœur de Louise ?

— Nous ne le savions pas. Elle nous a dit que la fillette serait placée dans une famille habitant dans un autre état. Nous ne l'avons appris que lorsque Aidan March a commencé à poser des questions.

— C'est lui qui a écrit ton numéro sur la carte. Comment t'a-t-il trouvé ?

— Charleston est une petite ville. Il a dû entendre parler de notre agence par des relations communes.

— Que savait-il, exactement ?

— Il avait une intuition, mais rien de concret. Et puis, il s'est fait tuer.

— Ça tombait bien.

L'expression de Raymond se durcit.

— Je n'y suis pour rien. Aider mon frère à réparer ses erreurs était une chose. Mais, je n'aurais jamais délibérément couvert un meurtre.

— Délibérément ?

Raymond soupira.

— À l'époque je croyais à l'histoire d'Emmett. J'étais même persuadé que la mort d'Aidan n'était qu'une triste coïncidence. Et puis, la nuit dernière, tu as dit quelque chose qui m'a ouvert les yeux.

— Qu'est-ce que j'ai dit ?

— Tu as parlé de l'inconnue avec une blessure par balle dans le crâne. Je me suis alors souvenu de quelque chose qu'Emmett m'avait raconté un jour. C'était pendant l'affaire du Tueur du Crépuscule. Il pensait qu'il y avait deux tueurs en série qui agissaient en même temps. L'un d'eux s'attaquait à des marginales. Des femmes qui ne manqueraient à personne. Il prétendait être capable de retrouver ce tueur s'il s'en donnait vraiment la peine. Il avait même déjà un suspect. Je me suis dit qu'il se vantait.

— Ce que tu es en train de me dire, c'est qu'il connaissait Gainey ?

— Oui. Il a tué cette fille, et il a enterré son corps sur la propriété de Delmar Gainey.

— Où se trouve Emmett, en ce moment ?

— Sur son bateau, je pense.

Jackie venait de réapparaître sur le seuil. Nick doutait qu'elle soit allée bien loin.

Elle lui prit le bras, alors qu'il s'apprêtait à sortir.

— Tout ce que Raymond et moi avons fait, c'était pour protéger l'enfant. Louise aussi. Pose-toi cette question, Nick. Sans nous, serait-elle la femme qu'elle est devenue ?

— Je n'en sais rien. Tu as peut-être raison, mais tout cela me choque profondément.

Il jeta un coup d'œil vers le bureau.

— C'est toi qui as laissé la boîte à musique devant sa porte, n'est-ce pas ? Pourquoi ?

— Pour la réconforter. Quand elle est venue à l'agence, j'ai retrouvé quelque chose de la petite fille perdue et apeurée qu'elle était. À l'époque, il n'y avait que sa boîte à musique qui pouvait la calmer.

— Dis-moi où je peux trouver Emmett.

— Vérifie à la marina. Il n'est peut-être pas encore parti.

— Que vas-tu faire ? demanda Raymond.

— Ça ne t'est pas venu à l'idée que Catherine l'a vu cette nuit-là ? Elle est la seule qui puisse identifier le meurtrier de sa mère.

— Cela fait plus de vingt-cinq ans, protesta Raymond. Les gens changent.

— Pas Emmett.

16

Catherine fut réveillée par un mouvement de balancier.

Le sol bougeait sous ses pieds. Une brise fraîche lui caressait le visage.

Elle ouvrit les yeux, et découvrit un homme penché au-dessus d'elle.

Elle regarda frénétiquement autour d'elle.

— Ou suis-je ?

— En mer.

La dernière chose dont elle se souvenait, c'était qu'elle se trouvait au laboratoire avec Nolan.

Ses yeux s'écarquillèrent, tandis que tout lui revenait.

— Où est Nolan Reynolds ?

— Votre psychopathe d'assistant est au laboratoire, en train de peaufiner son histoire. À titre d'information, je n'ai rien à voir avec ce qui est arrivé à cette fille. Je voulais seulement avoir accès au laboratoire. Le reste était son idée. Il a dit qu'elle nous avait vus ensemble, mais je crois qu'il cherchait seulement une excuse. Je pense que ce gamin ne tourne vraiment pas rond. Vous avez de la chance qu'il vous ait laissée avec moi.

— Qui êtes-vous ?

Catherine se redressa et observa son environnement.

La nuit était tombée. Elle ne voyait rien d'autre autour d'elle que des eaux noires.

— Oh ! voyons, vous avez dû finir par le comprendre.

Elle essaya de distinguer ses traits, tandis que ses bras se couvraient de chair de poule.

— Je vous ai déjà vu. J'ai rêvé de vous.

Au fond de son esprit, des images se formèrent. Une fillette terrifiée. Un placard sombre. Sa mère morte dans la pièce d'à-côté...

Elle pouvait entendre les notes étouffées d'une boîte à musique, tandis que le tueur se penchait au-dessus d'elle.

Puis une autre image apparut. Le squelette d'une jeune femme qui avait été tuée d'une balle dans la nuque.

Cette victime était sa mère.

L'avait-elle toujours su au fond d'elle ? Était-ce la raison de sa fascination pour l'Inconnue Numéro Treize ?

Elle s'obligea à revenir au présent.

— Pourquoi m'avez-vous amenée ici ?

— Je crois que vous savez pourquoi, dit Emmett LaSalle, en brandissant son arme. J'ai su dès le premier jour, quand vous êtes venue voir Nick, que ça se terminerait ainsi. À partir du moment où vous avez commencé à fouiller dans votre passé, il était inéluctable que votre mémoire revienne.

— Je n'étais qu'un bébé, dit Catherine, d'un ton désespéré. Si vous étiez resté à l'écart, je n'aurais jamais su qui vous étiez.

— Comment aurais-je pu rester à l'écart, alors que Nick et vous deveniez aussi proches ? Je connais mon neveu. Une fois qu'il a commencé à fouiller, il ne s'arrête plus.

— Vous croyez qu'il s'arrêtera, maintenant ?

— Raymond veillera à ce qu'il fasse les choses comme il faut. Après tout, je suis de la famille. Je disparaîtrai un moment et je laisserai les choses se calmer. Quand je reviendrai, ce sera comme s'il ne s'était jamais rien passé.

Il agita son arme.

— Levez-vous.

Elle se remit maladroitement sur ses pieds.

— Et maintenant, allez-vous mettre là-bas, face à la mer.

— Pourquoi ? Pour que vous puissiez me tirer une balle dans la nuque, comme à ma mère ?

— Ce sera rapide et sans douleur. Je sais ce que je fais.

Le cœur battant à tout rompre, Catherine lui tint tête.

— Vous ne vous en sortirez jamais.

— C'est ce qu'ils disent tous. Et maintenant, à genoux !

S'accrochant au bastingage, elle se laissa doucement glisser vers le pont, tout en regardant désespérément autour d'elle. Si seulement elle pouvait trouver quelque chose qui ferait office d'arme…

Loin en mer, elle vit scintiller une lumière. Elle crut d'abord que c'était une étoile, mais ça se rapprochait.

— Quelqu'un vient, dit-elle.

— Mais oui.

— Je suis sérieuse.

Elle pointa le doigt vers la lumière.

À la seconde où il détacha les yeux d'elle, Catherine se laissa glisser entre les rails et plongea.

Elle était capable de nager longtemps sous l'eau et, quand elle refit surface, la silhouette du *Shamus* se distinguait à peine. Le bateau s'éloignait. Emmett LaSalle avait dû penser qu'elle s'était noyée.

La lumière se rapprochait, et elle percevait à présent le bruit d'un bateau à moteur.

L'embarcation s'arrêta bientôt à sa hauteur, et deux bras tatoués se penchèrent par-dessus bord pour la hisser.

— Ne vous inquiétez pas, vous êtes en sécurité. C'est Finch qui m'envoie.

L'ange gardien de Catherine la déposa à la marina, avec un téléphone portable, et ses encouragements.

— Je ne connais même pas votre nom, dit-elle, en débarquant.

— C'est mieux ainsi.

Et il disparut comme il était venu.

Catherine essaya de joindre Nick, mais elle tomba directement sur sa messagerie. Elle appela alors un taxi. Quelques minutes plus tard, ils allaient quitter la marina quand elle remarqua de l'animation un peu plus loin.

Le *Shamus* avait jeté l'ancre, et deux voitures de police étaient garées à proximité sur la jetée. Emmett LaSalle s'entretenait avec des officiers en uniforme, et un homme qui, de loin, lui semblait être Nick.

Elle demanda au chauffeur de s'arrêter, descendit de voiture, et se faufila à travers la foule qui commençait à se former.

Elle pouvait à présent entendre la voix d'Emmett. Il était indigné, et se défendait bec et ongles.

— Aucune loi ne m'interdit de sortir mon bateau quand bon me semble.

— Où est-elle ? demanda Nick. Si tu lui as fait quelque chose, je te jure que je te tuerai.

Un officier écarta les bras pour les tenir à distance l'un de l'autre.

— Calmez-vous tous les deux.

S'adressant ensuite à Emmett, il demanda :

— Vous permettez que nous jetions un coup d'œil à votre bateau.

D'un grand geste théâtral, Emmett les invita à monter à bord.

— Mais, je vous en prie. Je n'ai rien à cacher.

— C'est ce que nous verrons, dit Nick.

— Je n'ai rien fait de mal. Tu auras du mal à prouver le contraire.

— Moi je peux le prouver, s'écria Catherine en s'avançant, trempée et frissonnante.

Son arrivée dramatique prit Nick au dépourvu, et c'était l'opportunité qu'Emmett attendait. Se ruant vers Catherine, il passa un bras autour de son cou, et pointa son arme sur sa tempe.

Quelqu'un cria, et la foule se dispersa, tandis que les policiers prenaient position, leurs armes braquées sur le forcené.

— Lâche-la, dit Nick. C'est fini et tu le sais.

— Donne-moi la clé de ta voiture.

Nick sortit sa clé.

— Tends-la-moi lentement. N'essaie pas de faire le malin.

Nick la jeta juste hors de portée d'Emmett.

Elle atterrit dans l'eau.

— Espèce de petit...

Emmett desserra sa prise. Catherine croisa le regard de Nick. Il lui fit un signe de tête discret, et elle se laissa glisser.

Emmett voulut la rattraper et perdit l'équilibre. Nick se rua sur lui. Ils tombèrent tous les deux à l'eau.

Affolée, Catherine se précipita au bord de la jetée. Elle ne voyait rien dans les eaux troubles.

Finalement, Nick refit surface, en remorquant son oncle. Les policiers prirent Emmett en charge, tandis que Nick se hissait seul hors de l'eau.

Catherine se jeta dans ses bras.

Il la serra fort contre lui.

— Je croyais que tu étais...

— Je vais bien. Mais, il faut que tu saches... Nolan était dans le coup. Il a tué Emily.

— Je sais. Il est en garde à vue et clame son innocence, mais ton arrivée surprise devrait le faire passer aux aveux. Je sais aussi ce qui est arrivé à ta mère.

S'écartant, il prit son visage en coupe dans sa main.

— Je sais tout, Catherine. Il y a beaucoup de choses dont nous devons discuter, mais ça attendra.

— Je n'ai pas l'intention d'aller où que ce soit.

— Moi non plus. Et quand ce sera terminé...

Elle se blottit étroitement contre lui et leva son visage vers le sien.

— Je sais. Mais, en attendant, embrasse-moi.

La mer, comme enveloppée d'une traîne d'argent par le clair de lune, scintillait de mille feux et, alors qu'ils échangeaient un long baiser passionné, le ciel, piqueté d'étoiles, semblait se faire complice d'une atmosphère chargée de romantisme.

AMANDA STEVENS

Le poids du souvenir

INTÉGRALE
LES MYSTÈRES DE CHARLESTON

Traduction française de
FABRICE CANEPA

SAGAS
HARLEQUIN

Titre original :
KILLER INVESTIGATION

Ce roman a déjà été publié en 2020.

1

La vieille demeure de Tradd Street n'avait quasiment pas changé en dépit des quatorze années qui s'étaient écoulées depuis qu'Arden Mayfair l'avait quittée.

Le piano à queue sur lequel elle avait fait ses gammes trônait au milieu du grand salon, protégé de la poussière par un immense drap blanc. Son ancêtre, dont le portrait était accroché au-dessus de la grande cheminée en marbre, considérait toujours la pièce d'un œil légèrement dédaigneux.

Les volets de bois étaient tirés, ne laissant filtrer que peu de lumière, et la pièce était plongée dans une pénombre ambrée. Les branches des chênes du parc projetaient des ombres sur les murs et le plafond. Ce calme apparent ne suffisait pas à dissiper l'appréhension vague qui s'était emparée d'elle dès l'instant où elle avait franchi le seuil de la demeure.

Il lui semblait toujours percevoir l'écho de la tragédie qui s'était déroulée en ces lieux et qui avait à jamais bouleversé son enfance. Elle n'avait d'ailleurs toujours pas eu le courage d'explorer le jardin. Peut-être n'aurait-elle pas à le faire si elle repartait dès le lendemain…

L'idée de passer la nuit ici la mettait mal à l'aise, et elle regrettait à présent de ne pas avoir pensé à réserver une chambre d'hôtel en ville. Même en faisant abstraction de ces souvenirs, l'endroit ne lui paraissait guère accueillant. Une odeur de poussière et de renfermé flottait dans l'air. Elle aurait bien voulu pouvoir ouvrir les fenêtres en grand mais il faisait encore beaucoup trop chaud à cette heure de la journée.

La demeure n'avait pas toujours été aussi silencieuse et désolée. Autrefois, cette maison qui faisait la joie et la fierté d'Evelyn Berdeaux Mayfair, la grand-mère d'Arden, avait été un endroit riant et plein de vie. Il y avait eu de la musique, des éclats de rire, des conversations passionnées et de délicieuses odeurs qui s'échappaient des cuisines.

Lorsque Arden se remémorait son enfance, avant le meurtre et les années sombres qui avaient suivi, des images idylliques lui revenaient : soirées élégantes, fêtes champêtres improvisées dans le parc, matinées passées dans la vaste salle de jeu, après-midi dans la piscine... Lorsqu'il pleuvait, sa mère et elle organisaient des chasses au trésor ou des parties de cache-cache à l'intérieur.

Elle se rappelait le jour fatidique où elle s'était si bien embusquée sous le grand escalier de bois verni que le personnel avait passé plusieurs heures à la chercher à travers toute la maison avant de la retrouver profondément endormie. Après avoir reçu une réprimande de pure forme, Arden s'était jointe aux invitées de sa grand-mère qui, conformément à la tradition, prenaient le thé chaque après-midi dans le petit salon.

Elle avait écouté distraitement les conversations des adultes tout en grignotant de délicieux biscuits écossais. Elle en avait profité pour glisser discrètement dans ses poches quelques macarons qu'elle comptait offrir ensuite à sa meilleure amie.

Lorsque le soleil avait commencé à décliner, elle s'était éclipsée discrètement pour se rendre dans le jardin où elle espérait apercevoir l'une des chauves-souris qui nichaient sous le toit de la maison. Et c'était là qu'elle avait découvert le corps sans vie de sa mère.

Juste devant l'orangerie qu'elle aimait tant, Camille Mayfair était allongée sur le dos, les yeux tournés vers le ciel comme si elle contemplait la lune qui venait de surgir au-dessus de la cime des arbres. Arden apprendrait plus tard que le tueur avait placé sur ses lèvres un pétale de magnolia écarlate. Mais sur le moment, elle ne l'avait pas remarqué.

Une horreur sans nom s'était emparée d'elle, submergeant

toute pensée rationnelle. Elle avait eu alors la conviction que le meurtrier était toujours là, qu'il l'observait depuis l'intérieur de l'orangerie. Éperdue de terreur, elle s'était détournée de cette scène de cauchemar et s'était enfuie en hurlant en direction de la maison.

Camille Mayfair n'avait été que la première d'une longue série de victimes. Au cours de ce terrible été, de nombreuses autres mères célibataires avaient été assassinées par celui que les médias avaient rapidement baptisé le tueur du crépuscule.

La police avait fini par découvrir l'identité de ce dernier : Orson Lee Finch était un jardinier paysagiste qui travaillait pour de nombreuses familles aisées de Charleston parmi lesquelles il avait sélectionné ses proies. Au cours du procès, les journalistes avaient surnommé les orphelins des victimes les enfants du crépuscule.

Le nom était resté et ressortait chaque fois qu'un reporter en mal de sujet rouvrait le dossier. À l'approche du vingt-cinquième anniversaire de l'arrestation de Finch, les journalistes s'en étaient donné à cœur joie, aiguillonnés par la découverte macabre des victimes d'un autre tueur en série qui avait sévi à la même époque que le tueur du crépuscule.

Arden aurait préféré se tenir à l'écart de cette agitation médiatique. Elle ne tenait absolument pas à ce qu'on vienne l'interviewer au sujet de ce qui s'était passé à l'époque. Mais cela faisait plusieurs mois que sa grand-mère était décédée, et le notaire avait lourdement insisté pour qu'elle vienne prendre possession de son héritage.

Il était d'ailleurs le seul à s'être manifesté : lorsqu'elle était passée en coup de vent pour assister à l'enterrement, les membres de sa famille lui avaient à peine adressé à la parole. Sans doute préféraient-ils éviter de s'attirer les foudres de son grand-père.

Ce dernier n'avait jamais pardonné à Camille Mayfair d'être tombée enceinte si jeune et de n'avoir pas voulu révéler l'identité du père de son enfant. Il ne portait pas non plus sa petite-fille dans son cœur, probablement parce qu'il voyait en elle l'incarnation de ce qu'il considérait comme la déchéance de sa fille.

La façon dont les membres de sa famille éloignée l'avaient

ignorée n'avait fait que renforcer la conviction d'Arden : elle n'avait plus sa place à Charleston. Il était donc temps de vendre cette maison et de tirer définitivement un trait sur cette partie de sa vie.

Une fois qu'elle aurait signé tous les papiers nécessaires, elle laisserait le notaire se charger de la vente. Étant donné l'importance de la propriété, cela prendrait peut-être un peu de temps mais Arden était convaincue que la belle demeure finirait par trouver preneur. Quant à elle, elle n'aurait plus la moindre raison de remettre les pieds à Charleston...

Comme elle se faisait cette réflexion, elle crut entendre des bruits de pas crisser sur l'une des allées gravillonnées du parc. Intriguée, elle s'approcha de la porte-fenêtre la plus proche qu'elle entrouvrit légèrement. À travers le feuillage des arbres, elle discerna effectivement une silhouette qui progressait à vive allure en direction de la maison.

Rationnellement, elle savait qu'elle ne courait aucun danger. Il s'agissait probablement de l'employé que le notaire avait chargé d'entretenir les jardins. Pourtant, le fait de se trouver dans cette maison faisait naître en elle une angoisse insidieuse.

S'écartant vivement de la fenêtre, elle alla décrocher l'antique *katana* qui était accroché au-dessus de la cheminée du salon. C'était un souvenir que sa grand-mère avait rapporté du Japon, des années auparavant. Lorsque Arden le tira de son fourreau, elle constata que la lame étincelante était toujours affûtée comme un rasoir, ce qui la rassura quelque peu.

Quelques instants plus tard, quelqu'un frappa à la porte-fenêtre du salon, la faisant légèrement sursauter. Le cœur battant, elle demeura immobile, s'interrogeant sur la meilleure conduite à tenir.

— Eh, je te vois, s'exclama une voix qui lui parut étrangement familière. Ouvre-moi, Arden !

Elle alla ouvrir le volet de bois et considéra l'homme qui se tenait sur le seuil d'un air interloqué.

— Reid ? articula-t-elle enfin.

Il considéra d'un œil tout aussi stupéfait l'arme qu'elle tenait toujours à la main.

— Est-ce que tu comptes vraiment t'en servir contre moi ? lui demanda-t-il avec une pointe de malice.

Le sourire irrésistible qu'il arborait en cet instant n'avait pas changé : c'était le même qui avait fait chavirer son cœur, à l'époque où tous deux fréquentaient le même lycée.

— Reid Sutton, murmura-t-elle. Mais qu'est-ce que tu fais ici ?

— J'ai appris que tu étais de passage en ville et je me suis dit que j'allais passer te dire bonjour, répondit-il.

Arden lui lança un regard incrédule. À l'entendre, on aurait presque pu croire qu'il ne s'était écoulé que quelques semaines ou quelques mois depuis leur dernière rencontre. Or cela faisait presque quatorze ans qu'ils ne s'étaient pas adressé la parole.

Tout comme cette demeure, Reid appartenait à un passé révolu. Tous deux avaient été proches, autrefois. Peut-être plus qu'elle ne l'avait été jamais été de qui que ce soit. Mais elle avait tourné la page le jour où elle avait quitté Charleston pour l'université avec l'intention de ne jamais y revenir. Elle avait éprouvé le besoin irrépressible de fuir cette ville, l'existence toute tracée qui semblait l'y attendre et le souvenir douloureux de ce qui était arrivé à sa mère.

À ce jour, Arden était toujours convaincue d'avoir agi pour le mieux. Reid et elle s'étaient tout simplement rencontrés trop tôt. Elle avait d'ailleurs beaucoup changé depuis cette époque. Mais en observant Reid elle se prit à songer que tel n'était peut-être pas son cas.

Il émanait de lui ce mélange de décontraction et d'ironie amusée qui le caractérisait autrefois. Reid se faisait fort de ne jamais rien prendre au sérieux. Il avait toujours été un rebelle rétif à toute forme d'autorité, et c'était probablement la raison pour laquelle il avait quitté le prestigieux cabinet d'avocats fondé par son père pour s'établir à son propre compte.

— Comment es-tu entré ? lui demanda-t-elle en se détournant pour aller raccrocher le sabre au-dessus de la cheminée.

Reid la suivit à l'intérieur.

— De la même façon que tu t'esquivais, autrefois, répondit-il. J'ai escaladé un arbre pour franchir le mur d'enceinte.

— Tu aurais pu sonner à la porte, objecta-t-elle

— Cela aurait été bien moins amusant, rétorqua-t-il en souriant de plus belle.

— J'aurais cru qu'en tant qu'avocat, tu évitais de t'introduire chez les gens par effraction.

— Tout de suite, les grands mots ! railla-t-il. On croirait entendre ta grand-mère. Ne me dis pas que tu as vieilli à ce point.

— J'ai quatorze ans de plus, répondit-elle.

— On ne dirait pas, objecta Reid en lui décochant un regard ouvertement admiratif.

Elle ne put s'empêcher de rougir.

— Toi non plus, tu n'as pas changé, lui dit-elle pour faire diversion. Tu t'habilles exactement de la même façon que lorsque tu avais dix-huit ans.

De fait, Reid portait ce jour-là un jean délavé, un vieux T-shirt arborant le blason de son université et une paire de tongs.

— C'est l'un des avantages qu'il y a à travailler pour son propre compte, déclara-t-il. Je ne suis plus obligé de porter ces affreux costumes lorsque je ne vais pas plaider.

— Ne me dis pas que tu reçois tes clients dans cette tenue.

Il éclata d'un rire terriblement communicatif.

— Non, je te rassure. Mais ceci n'est pas une visite professionnelle.

— À ce propos, tu ne m'as toujours pas dit pourquoi tu étais ici, lui rappela-t-elle.

— Lorsque j'ai appris que tu étais de passage en ville, je me suis dit que nous pourrions en profiter pour reprendre contact...

— Je suis déjà revenue, il y a quelques mois de cela, lui rappela-t-elle.

— L'enterrement de ta grand-mère ne me semblait pas être l'occasion idéale pour discuter.

— C'est pour cela que tu n'es pas venu à la réception ?

— Je suis venu, objecta Reid. Mais je ne suis pas entré...

— Pourquoi ?

— Je n'étais pas certain que tu veuilles m'adresser la parole, étant donné la façon dont les choses se sont terminées entre nous.

— C'était il y a longtemps.

— Je sais. Mais nous n'avons pas mâché nos mots, ce soir-là.

Je t'ai dit des choses que je ne pensais pas et que j'ai regrettées par la suite...

— Tu étais en colère, lui rappela-t-elle. Nous l'étions tous les deux. Moi aussi, je t'ai dit des choses que je n'aurais pas dû. J'imagine que c'était notre façon de tourner la page...

— Pour toi, peut-être...

Il y avait une note de reproches dans la voix de Reid.

— Ne fais pas comme s'il s'était agi d'une décision unilatérale, protesta-t-elle. Nous avions choisi des universités différentes et nous étions d'accord pour faire une pause...

Reid secoua la tête.

— Ce n'était pas censé être une rupture, objecta-t-il. Juste une séparation temporaire. Et nous devions nous retrouver ensuite. Mais tu n'es jamais revenue.

— Ce n'est pas vrai, protesta-t-elle. Je suis rentrée plusieurs fois pendant les vacances. Et j'étais là chaque été.

— Tu n'as jamais cherché à reprendre contact avec moi, lui rappela-t-il.

— Toi non plus.

Arden savait bien qu'elle était de mauvaise foi. Elle avait sciemment évité Reid, chaque fois qu'elle était revenue à Charleston. Elle avait en effet longtemps craint de retomber sous son charme et de se retrouver prisonnière de cette ville qu'elle cherchait à fuir.

— Jamais je ne me serais attendue à avoir ce genre de discussion, remarqua-t-elle.

— Je pense au contraire qu'il est grand temps que nous ayons une conversation honnête au sujet de ce qui s'est passé à l'époque, rétorqua Reid sans se démonter. C'est la seule façon pour nous de tourner la page.

— Je l'ai fait, il y a des années de cela, déclara-t-elle en espérant que l'indifférence qu'elle affichait dissimulerait le malaise que lui inspirait la présence de Reid.

— Je suis ravi que cela ait été si facile pour toi, rétorqua-t-il d'un ton amer. Moi, j'avoue que j'ai été un peu surpris lorsque j'ai compris que la femme que j'étais censé épouser et avec qui je devais fonder une famille avait brusquement décidé de couper les ponts...

— Nous n'avons jamais parlé de mariage, lui fit remarquer Arden.

Il haussa les épaules.

— Nous n'avions pas besoin d'en discuter, répondit-il. Cela semblait aller de soi.

À une certaine époque, Arden avait partagé cette conviction. Reid était le premier garçon avec lequel elle était sortie. Leur relation avait toujours fait figure d'évidence, pour eux comme pour leurs proches.

Ce n'est que lorsqu'elle allait entrer à l'université qu'elle avait soudain pris conscience du fait que sa vie paraissait déjà toute tracée. Et cela l'avait effrayée. Elle avait alors décidé de prendre de la distance, de se donner le temps de découvrir qui elle était réellement.

— Tu ne trouves pas curieux que nous ne soyons mariés ni l'un ni l'autre ? lui demanda alors Reid.

— Ne me dis pas que tu as passé toutes ces années à te morfondre en attendant mon retour, répliqua-t-elle. J'ai entendu parler de tes conquêtes.

— Tu t'es donc renseignée à mon sujet ? lui demanda-t-il d'un ton légèrement amusé.

— Non, bien sûr que non, protesta-t-elle un peu trop rapidement.

Reid éclata de rire.

— Nous pourrions peut-être dîner ensemble, un de ces soirs, suggéra-t-il. Cela nous permettra de rattraper le temps perdu.

Arden sentit un léger frisson dévaler le long de son échine à l'idée d'un tel repas en tête à tête. Elle ne tenait pas du tout à avouer à Reid que sa vie à Atlanta s'était révélée moins exaltante qu'elle ne l'avait espéré. Ces derniers mois, elle avait accumulé les déceptions, tant sur le plan professionnel que sentimental.

— N'est-ce pas précisément ce que nous sommes en train de faire ? lui demanda-t-elle.

— J'imaginais des retrouvailles un peu plus cordiales, objecta-t-il. Tu ne m'as même pas proposé une tasse de thé ou un apéritif.

— Je ne suis pas sûre qu'il reste quoi que ce soit à la cuisine, répondit-elle. Cela fait des mois que la maison est déserte.

— Tu n'as pas fait de courses ?

Elle secoua la tête.

— Je ne compte pas rester.

— Ne me dis pas que tu comptes repartir dès demain.

Arden soupira intérieurement.

— À vrai dire, c'est ce que j'espérais. Malheureusement, je vais sans doute devoir rester ici un peu plus longtemps que prévu. Je dois m'entretenir avec le notaire. Il faudra sans doute aussi que je supervise quelques travaux avant de pouvoir mettre la maison en vente…

— Tu vas la vendre ? s'étonna Reid.

— C'est pour cela que je suis revenue.

— Ça alors… Je n'ai jamais imaginé que tu renoncerais à la maison de ta grand-mère.

— Je ne me vois vraiment pas vivre ici.

— J'imagine que tu as tes raisons, acquiesça-t-il. Après tout, tu as fait ta vie à Atlanta.

Arden détourna les yeux.

— Il s'est passé quelque chose ? lui demanda Reid.

Elle secoua la tête. Il la considéra avec attention. En dépit de la distance que les années avaient creusée entre eux, il la connaissait suffisamment pour deviner qu'elle lui cachait quelque chose.

— Aux dernières nouvelles, tu étais devenue directrice d'un musée. C'est ce dont tu avais toujours rêvé, n'est-ce pas ?

— Ce n'était pas un musée mais une galerie d'art. Et je n'étais pas directrice mais gérante.

— Tu en parles au passé, remarqua Reid. Est-ce que tu as été licenciée ?

Il n'était pas question pour elle de lui dire ce qui s'était réellement passé.

— C'est moi qui ai décidé de partir, répondit-elle, optant pour une demi-vérité. Les conditions ne me satisfaisaient plus. Et de toute façon, il y a déjà un moment que je songeais à changer. D'ailleurs, il paraît que je ne suis pas la seule. Tu as quitté le cabinet de ton père, n'est-ce pas ?

— Ce n'est pas le terme que j'emploierais, répondit Reid d'un ton légèrement amer. J'ai été jeté dehors. Et mon père en a même profité pour me déshériter. Me voilà pauvre et sans emploi.

— Il me semble pourtant que tu avais hérité de ton grand-père qui était très fortuné, remarqua-t-elle. Ne me dis pas que tu as déjà tout dépensé !

— J'en ai réinvesti une partie pour acheter une maison qui doit aussi me servir de cabinet. Mais ne t'en fais pas, j'ai épargné pour mes vieux jours. Et avec un peu de chance, j'aurai bientôt quelques clients. Je devrais même pouvoir nous offrir une maison à la campagne ou au bord de la mer.

Arden savait qu'il était en train de se moquer d'elle. L'idée que tous deux puissent reprendre le cours de leur histoire passée comme si rien ne s'était passé était parfaitement ridicule. Mais curieusement, l'absurdité de la chose éveillait en elle une certaine mélancolie.

— Rentre chez toi, Reid, soupira-t-elle.

— Tu es sûre de vouloir rester toute seule ici, ce soir ? lui demanda-t-il.

Dans sa voix, elle perçut une certaine sollicitude mais aussi une pointe d'inquiétude qui ne lui ressemblait pas.

— Tu n'es pas venu uniquement pour discuter du passé, n'est-ce pas ? lui demanda-t-elle. Il y a quelque chose que tu ne me dis pas.

Il se mordilla nerveusement la lèvre, comme pris en faute.

— Alors, tu n'as pas entendu.

— Quoi donc ?

— Une femme a été tuée dans le quartier.

2

En entendant les mots qu'il venait de prononcer, Arden avait brusquement pâli. Une fois de plus, Reid se demanda s'il n'aurait pas mieux fait de garder cette information pour lui. Il se répéta que tôt ou tard, elle aurait fini par en entendre parler. Et il valait sans doute mieux que ce soit par quelqu'un en qui elle pouvait avoir confiance.

— Est-ce que c'était une mère célibataire ? articula enfin Arden.

Toutes les victimes d'Orson Lee Finch avaient été des mères célibataires appartenant aux familles les plus fortunées de Charleston. La plupart de ceux qui avaient étudié l'affaire supposaient que c'était parce que Finch en voulait à la fois à sa propre mère qui ne s'était jamais mariée et aux gens chez qui elle travaillait comme femme de ménage.

D'autres estimaient que sa rancœur s'expliquait par le rejet dont il avait fait l'objet. On racontait en effet que Finch avait eu une fille avec une jeune femme de bonne famille chez qui il travaillait comme jardinier.

Aux yeux de Reid, l'origine de la psychose de Finch importait peu. Rien ne pouvait justifier ou excuser les meurtres qu'il avait commis.

— J'ignore tout de la victime, répondit-il. Mais nous pouvons au moins être sûrs que le tueur n'est pas Orson Lee Finch. Il est toujours en prison et ne devrait pas en sortir avant de longues années.

— Mais il y a un rapport avec lui, n'est-ce pas ? Si ce n'était pas le cas, tu ne serais pas venu m'en parler.

— C'est vrai, reconnut-il à contrecœur. On a retrouvé un pétale de magnolia sur la scène du crime.

Les yeux d'Arden s'écarquillèrent sous l'effet de l'angoisse, et il la vit se raidir brusquement. L'espace d'un instant, il fut tenté de la prendre dans ses bras pour la réconforter. Mais ce geste aurait probablement eu l'effet inverse de celui recherché.

Il regrettait de jouer les oiseaux de mauvais augure mais son instinct lui soufflait que la présence de ce pétale de magnolia n'était pas un simple hasard. Cela avait été la signature de Finch, et cela faisait aujourd'hui vingt-cinq ans que ce dernier était derrière les barreaux. Peut-être quelqu'un avait-il cherché à célébrer à sa façon ce lugubre anniversaire…

Observant attentivement Arden, il se prit à songer qu'elle était bien différente de la jeune femme qui l'avait quitté, près de quinze ans auparavant. Son visage s'était affiné, perdant les dernières rondeurs de l'enfance et soulignant l'harmonie de ses traits.

Elle était plus belle qu'autrefois mais paraissait aussi moins gaie et moins impulsive. Il avisa aussi les cernes légers qui soulignaient l'éclat de ses magnifiques yeux verts. Visiblement, elle avait eu du mal à trouver le sommeil, ces derniers temps. Était-ce lié à la perte de son emploi ? Ou bien encore à la perspective de revenir à Charleston ?

Il croyait aussi deviner dans son expression une certaine mélancolie qui tranchait nettement avec le souvenir qu'il avait conservé d'elle. Arden était alors la personne la plus joyeuse et la plus rayonnante qu'il ait jamais connue. C'était ce qui l'avait séduit lorsqu'il l'avait rencontrée. Tous deux n'avaient alors que quatre ans mais il avait su alors que c'était avec elle qu'il voulait passer le reste de sa vie.

Ils étaient rapidement devenus inséparables. Puis, à l'adolescence, leur amitié s'était doublée d'une complicité physique indéniable. Elle était la première fille avec laquelle il était sorti et la seule qu'il ait jamais aimée. Mais c'était peut-être là tout le problème : il lui avait fallu la perdre pour comprendre réellement à quel point ce qu'ils avaient eu était rare et précieux.

Mais la femme qui se tenait devant lui était très différente de la jeune fille qui l'avait quitté, des années auparavant. Elle était plus grave, plus sérieuse et infiniment plus distante. Et pourtant, l'attirance qu'elle exerçait sur lui était demeurée intacte – aiguisée, même, par les années de séparation.

Il s'éclaircit la gorge, cherchant à dissiper la nervosité qu'il éprouvait.

— Arden ? Est-ce que ça va ?

— Tu es sûr que le tueur a déposé ce pétale intentionnellement ? lui demanda-t-elle. On trouve ces plantes partout, à Charleston…

— C'est vrai, concéda-t-il. Mais je ne pense pas qu'on aurait mentionné ce détail si la victime avait été retrouvée près d'un massif de fleurs.

— Tu as raison, acquiesça-t-elle à contrecœur. Surtout après ce qui s'est passé récemment…

Reid hocha la tête. Helen Cutler, l'épouse du chef de la police de Charleston, avait récemment été arrêtée pour un meurtre qu'elle avait commis vingt-cinq ans auparavant, juste après l'arrestation de Finch. Elle avait alors laissé croire que cet assassinat était l'œuvre d'un *copycat* du célèbre tueur en série.

Un scandale retentissant avait suivi, poussant le commissaire David Cutler à démissionner. Nombre de personnes étaient aujourd'hui convaincues qu'il avait usé de son pouvoir et de son influence pour protéger sa femme.

— Il y a autre chose, reprit Reid d'une voix légèrement hésitante. Il semblerait que la jeune femme qui a été assassinée soit l'un des enfants du crépuscule.

Il vit Arden frissonner. Il savait que, en cet instant, elle devait être en train de penser à sa mère qu'elle avait retrouvée morte dans le jardin. Tous deux n'avaient alors que cinq ans mais il se rappelait parfaitement la détresse insoutenable de celle qui était alors sa meilleure amie.

Lorsqu'ils s'étaient revus, quelques jours après le drame, il n'avait pas su quoi lui dire. Il s'était alors contenté de la prendre dans ses bras, et elle avait fondu en sanglots. Pendant de longues minutes, il l'avait serré dans ses bras tandis qu'elle pleurait. Il s'était senti terriblement malheureux et désemparé et s'était juré alors de faire tout ce qui serait en son pouvoir pour que plus jamais elle n'éprouve un tel chagrin.

Malheureusement, il n'avait pas su tenir la promesse qu'il s'était faite ce jour-là. Encore aujourd'hui, il ne pouvait se pardonner la façon dont il avait réagi à la fausse couche d'Arden. Au lieu de la soutenir inconditionnellement comme il aurait dû le faire, il s'était replié sur sa propre déception. Au fond, c'était cela bien plus que leur départ pour l'université qui avait eu raison de leur couple.

Il préférait généralement ne pas s'appesantir sur cette période douloureuse de son existence. Au fil du temps, il était même presque parvenu à se convaincre que cet accident tragique avait peut-être été un signe. Mais il lui suffisait de regarder Arden pour comprendre que cette vieille blessure ne s'était jamais vraiment refermée.

— Il était blanc ou rouge ? lui demanda-t-elle alors, le tirant de ses sombres réflexions.

— Pardon ?

— Le pétale de magnolia qu'on a trouvé sur la victime, précisa-t-elle. De quelle couleur était-il ?

— Blanc, répondit-il. Contrairement à ceux que laissait Finch.

— Tu oublies ceux qu'il a déposés devant le pavillon d'été.

De fait, la nuit où sa mère avait été tuée, quelqu'un avait répandu une pluie de pétales de magnolia blanc sur les marches de la petite bâtisse de style mauresque qui se trouvait dans le parc. C'était la seule fois que l'on avait retrouvé de telles fleurs, et les enquêteurs n'avaient jamais été convaincus que cela ait été l'œuvre de Finch. Arden, au contraire, n'avait jamais eu le moindre doute à ce sujet.

— Comment se fait-il que ce meurtre n'ait pas fait les gros titres des journaux ? s'étonna Arden. Dieu sait que les journalistes raffolent des histoires de ce genre...

— La police n'a pas voulu ébruiter l'affaire. Ils n'ont pas parlé à la presse du pétale.

— Comment l'as-tu appris, alors ?

— Par un inspecteur que je connais et qui passe me voir de temps en temps pour se faire offrir quelques verres de whisky.

En échange, il me fournit quelques informations intéressantes de temps à autre...

— Est-ce que la police a déjà un suspect ?

— Mon informateur ne travaille pas sur cette affaire et il n'a pas pu me répondre. Tout ce que je sais, c'est que pour le moment, ils se gardent d'établir un lien avec les crimes du tueur du crépuscule.

— Pour le moment, répéta Arden.

— Rien ne dit qu'il y aura d'autres victimes, s'empressa d'ajouter Reid.

— Mais tu es venu me trouver au cas où.

Il hocha la tête. Arden se détourna pour observer pensivement le jardin que l'on apercevait à travers la porte-fenêtre entrouverte. Il en profita pour l'observer tout à loisir, admirant sa silhouette longiligne que mettait en valeur la belle robe blanche qu'elle portait. Elle avait toujours été très sportive et, de toute évidence, cela n'avait pas changé.

— Quand a-t-elle été tuée ? s'enquit-elle enfin.

— Le corps a été retrouvé ce matin même dans l'une des ruelles qui débouchent sur Logan Street.

La ruelle en question était située à quelques rues seulement de là où lui-même habitait. C'était d'ailleurs la raison pour laquelle son informateur lui en avait parlé.

Arden contemplait toujours le jardin. En cette fin d'après-midi, la lumière avait commencé à décliner, et les ombres grandissantes des nombreuses statues conféraient au parc un aspect presque inquiétant. La grand-mère d'Arden avait éprouvé une véritable passion pour celles qui représentaient des anges, et on en trouvait un peu partout sur la propriété.

Ils avaient toujours mis Reid mal à l'aise, lui faisant penser au décor d'un cimetière. Il aimait en revanche beaucoup le pavillon d'été où Arden et lui étaient souvent venus se retrouver en secret.

— Reid ?

— Désolé, s'excusa-t-il, écartant les souvenirs troublants qui remontaient à la surface de son esprit. Tu disais ?

— Qu'est-ce que tu penses de ce meurtre ?

Il hésita quelques instants, partagé entre la volonté de la mettre en garde et la peur de l'inquiéter inutilement.

— Je pense qu'il est encore trop tôt pour tirer des conclusions, déclara-t-il. La présence de ce pétale de magnolia n'est peut-être qu'une coïncidence. C'est ce que tendrait à indiquer sa couleur. Peu de gens savent que Finch a semé des pétales blancs sur les marches du pavillon d'été, cette nuit-là. À vrai dire, nous ne sommes même pas complètement certains que c'est bien lui qui l'a fait…

— Je suis certaine que, dans la tête du tueur, chacun de ces meurtres répondait à une symbolique très précise, répondit gravement Arden. Et toi aussi, tu en étais convaincu, à l'époque.

— C'est vrai, reconnut-il. Tu m'avais persuadé que la présence de ces pétales était liée au fait que ta mère avait été la toute première victime.

— Je le pense toujours. Qu'est-ce qui t'a fait changer d'avis, toi ?

Il haussa les épaules.

— Nous n'étions que des enfants. Nos convictions ne reposaient sur aucune preuve concrète… Juste sur l'intérêt que nous portions à cette histoire et sur notre imagination fertile.

— Ce n'était pas uniquement affaire d'imagination, protesta Arden. Nous nous sommes vraiment renseignés sur l'enquête. Nous avons lu des dizaines de livres et d'articles traitant du sujet. Nous avons visité chacun des lieux où avaient été commis ces crimes. Et nous avons même essayé de convaincre l'un des inspecteurs qui avaient été chargés de l'affaire d'en discuter avec nous…

— Et il a catégoriquement refusé de le faire, lui rappela Reid. Je peux le comprendre, aujourd'hui. Mais je me souviens que nous étions furieux, à l'époque.

— Cela ne nous a pourtant pas découragés, lui fit remarquer Arden.

Pour la première fois depuis qu'ils s'étaient retrouvés, Reid distingua dans le regard de la jeune femme la passion et l'enthousiasme qui l'habitaient autrefois. Il comprit alors que son tempérament fougueux n'avait pas disparu et ne demandait qu'à resurgir. Cette idée avait quelque chose d'étrangement grisant.

— Rien ne nous a jamais découragés, acquiesça-t-il.

Elle hocha la tête, sans relever le double sens de sa remarque.

— Tu pensais que les pétales blancs étaient destinés aux enfants des victimes, reprit-il. Qu'ils symbolisaient leur pureté alors que les rouges représentaient le péché de leurs mères.

— Exact. Et le fait que la nouvelle victime soit l'un des enfants du crépuscule expliquerait qu'elle ait reçu un pétale blanc et non un rouge.

— Mais pourquoi l'aurait-il tué ? objecta Reid. D'après ta logique, les pétales blancs sont signe de pureté...

— Le tueur a peut-être estimé que cette femme était sur le point de la perdre. Qui sait ? En la tuant, il espérait peut-être la sauver d'elle-même.

Elle demeura quelques instants silencieuse, plongée dans ses réflexions.

— Tu sais ce que cela signifierait, n'est-ce pas ? lui demanda-t-elle enfin. Que Finch n'était pas coupable. Ou, à tout le moins, qu'il n'agissait pas seul...

— C'est l'une des hypothèses que nous avons envisagées, à l'époque, concéda Reid. Mais il peut aussi s'agir d'un *copycat*. Ou d'une simple coïncidence.

— Si tu croyais à cette dernière éventualité, tu ne serais jamais venu me parler de ce meurtre, rétorqua-t-elle.

— Je pense tout de même que nous ne devrions pas mettre la charrue avant les bœufs. Finch a été jugé et reconnu coupable. Et ses demandes de remise en liberté ont toujours été rejetées.

— Peut-être, concéda-t-elle. Mais tu sais comme moi que les preuves qui ont permis de le condamner n'étaient que circonstancielles. On n'a jamais retrouvé d'arme ou de traces de sang sur les affaires de Finch.

— Mais il a avoué sa culpabilité, insista Reid.

— Ces aveux lui ont peut-être été arrachés de force. Tu sais comme moi que la police avait très à cœur de résoudre cette affaire au plus vite. On l'a peut-être intimidé pour obtenir cette confession. Ou alors, il s'est dénoncé pour protéger quelqu'un d'autre.

— Pourquoi aurait-il fait une chose pareille ?

Arden haussa les épaules.

— Je l'ignore. Mais nous ne pouvons nous permettre d'écarter aucune éventualité. D'autant que le timing de ce meurtre est assez inquiétant.

— Que veux-tu dire ?

— Qu'il a été commis le jour même où je suis revenue à Charleston. C'est peut-être mon retour qui l'a conduit à passer à l'acte. Après tout, ma mère a été la toute première victime…

— Rien nous permet d'affirmer une chose pareille, protesta vivement Reid. Si je suis venu te parler de ce meurtre, c'est pour que tu fasses preuve de prudence, pas pour que tu cèdes à la panique. Si cela se trouve, l'homme qui a tué cette femme n'a aucun rapport avec le tueur du crépuscule. Il a juste utilisé ce pétale de magnolia pour lancer la police sur une fausse piste.

— Peut-être, admit Arden sans la moindre conviction.

Reid se savait mal placé pour l'accuser d'être paranoïaque. Lui-même avait l'impression troublante d'être surveillé. Il lui avait semblé à plusieurs reprises entrevoir une silhouette embusquée dans la ruelle voisine. La nuit dernière, il avait même été réveillé en sursaut par un bruit provenant de l'entrée. Il était convaincu que quelqu'un avait cherché à actionner la poignée de porte.

Ces incidents avaient débuté le jour où Dave Brody était sorti de prison. Il était venu trouver Reid à son bureau et lui avait indiqué qu'il estimait que le cabinet Sutton & Associés était directement responsable de son incarcération. Il considérait en effet que Boone Sutton, le père de Reid, qui avait été commis d'office pour le défendre, avait négligé de faire citer un témoin qui aurait pu l'innocenter.

Reid ignorait pourquoi Brody n'était pas allé trouver son père. Lui-même étudiait encore à la faculté de droit à l'époque du procès. Certes, il avait participé au procès en appel mais il s'était uniquement chargé de tâches administratives. Brody n'avait donc aucune raison valable de lui en vouloir personnellement.

Mais il était le fils de son père et il paraissait certainement beaucoup plus vulnérable que ce dernier qui jouissait d'appuis au plus haut niveau. Brody avait dû se dire qu'en faisant pression sur lui, il atteindrait aussi Boone.

Si tel était le cas, il serait probablement déçu. Reid ne se faisait aucune illusion au sujet de son père : ce dernier n'était pas le genre d'homme à se laisser intimider – même si l'on s'en prenait à ses proches.

Reid savait que porter plainte contre Brody s'avérerait totalement contre-productif. Loin de l'intimider, le fait d'impliquer la police ne ferait probablement qu'attiser la rage et la rancœur de l'ex-détenu. Il ne pouvait qu'espérer que ce dernier finirait par se lasser de ce petit jeu.

— Je te remercie d'être venu m'avertir, reprit alors Arden d'une voix plus conciliante. Rien ne t'obligeait à le faire, et je te suis reconnaissante d'avoir pris cette peine.

— C'était la moindre des choses, répondit-il. Quelle que soit la façon dont les choses se sont terminées entre nous, cela ne change rien à ce qui s'est passé auparavant. Tu seras toujours quelqu'un d'important à mes yeux, Arden.

Il n'avait pas eu l'intention de la mettre mal à l'aise. Mais en la revoyant après toutes ces années, il avait brusquement pris conscience du fait qu'elle lui avait terriblement manqué. Ce n'était pas uniquement l'ex-petite amie qu'il regrettait. En réalité, Arden Mayfair avait été bien plus que cela : sa meilleure amie, sa confidente, son éternelle complice, la seule personne qui l'ait jamais réellement compris…

Depuis qu'elle était partie, personne n'avait réussi à prendre sa place. Il avait de nombreux amis. Il était sorti avec un certain nombre de femmes. Mais aucun d'entre eux n'était parvenu à combler le gouffre qu'avait creusé en lui la disparition de la jeune femme.

— Je vais te laisser, lui dit-il, luttant contre la mélancolie lancinante qui l'assaillait soudain.

Il fit mine de se détourner pour se diriger vers la porte-fenêtre.

— Reid…, murmura-t-elle alors d'une voix mal assurée.

Il lui jeta un coup d'œil interrogatif, sentant monter en lui un vague espoir qu'il se refusait à analyser. Elle parut hésiter quelques instants avant de reprendre la parole.

— Merci encore, souffla-t-elle.

Il hocha la tête.

— Bienvenue à la maison, lui dit-il.

Sur ce, il quitta la pièce, la laissant seule dans la grande demeure vide.

3

Arden n'imaginait pas s'installer dans la chambre qu'avait occupée sa grand-mère. Lorsque Reid eut disparu, elle monta donc ses bagages dans son ancienne chambre. En pénétrant dans cette pièce, elle eut la troublante impression de se retrouver projetée dans le temps.

Rien n'avait changé depuis son départ : les affiches des groupes qu'elle écoutait et des films qu'elle aimait à l'époque étaient toujours accrochées aux murs. Sur une étagère, les peluches dont elle n'avait pas eu le cœur de se débarrasser étaient alignées, la contemplant avec curiosité.

Elle contempla pensivement les livres qui s'alignaient dans la bibliothèque, ses cahiers de lycée empilés sur le bureau et les photographies qui étaient collées sur le miroir surmontant la cheminée. Elle avait perdu de vue nombre de ses amis d'alors – à commencer par Reid qui figurait sur nombre de ces clichés.

Après avoir pris une douche et s'être changée, Arden redescendit à la cuisine en quête de quelque chose à se mettre sous la dent. Elle ne tarda pas à constater que les placards étaient vides, tout comme le réfrigérateur. Plus personne ne vivait dans la maison depuis que sa grand-mère était décédée.

Si elle voulait passer quelques jours ici, elle allait rapidement devoir faire des courses. En attendant, elle pouvait toujours commander une pizza ou bien se rendre dans le petit restaurant de fruits de mer qui se trouvait à quelques rues de là.

Après avoir longuement hésité entre ces deux possibilités,

Arden décida de se passer de dîner. Regagnant le petit salon, elle jeta un coup d'œil dans le vieux coffre de marine qui servait de bar et en sortit une bouteille de bourbon. Le fait de revenir dans cette maison et de se retrouver face à Reid l'avait ébranlée, et elle avait grand besoin d'un remontant.

La douce brûlure de l'alcool ne suffit pas à chasser complètement le malaise qui l'habitait. Elle avait oublié les multiples sons qui peuplaient la vaste demeure à la nuit tombée : craquements du bois qui travaillait, glougloutement caverneux des tuyaux, souffle du vent dans la toiture...

Tendant l'oreille, elle perçut un autre bruit, une sorte de claquement régulier qui lui fit penser au battement régulier d'un cœur. Il provenait du jardin, et elle mit un certain temps à comprendre qu'il devait s'agir de l'un des volets de l'orangerie que l'on avait négligé d'accrocher.

S'approchant de la porte-fenêtre qui donnait sur le parc, elle scruta les ténèbres, hésitant à quitter le refuge de la maison pour aller attacher le battant qui continuait de claquer. Elle ne se considérait pas comme quelqu'un de particulièrement impressionnable mais la discussion qu'elle avait eue avec Reid l'avait mise très mal à l'aise.

Elle tenta de se rassurer. Après tout, aucune preuve n'était jamais venue étayer les doutes qu'elle avait pu avoir au sujet de la culpabilité d'Orson Lee Finch. Il avait été condamné pour la série de meurtres et, depuis qu'il était derrière les barreaux, aucune femme n'avait plus été assassinée de la même façon.

Jusqu'à la veille.

Un frisson glacé dévala le long de son échine. En dépit des efforts que Reid avait déployés pour tenter de la rassurer, elle ne pouvait croire que la présence de ce pétale de magnolia puisse être une simple coïncidence. Mais même s'il s'agissait d'un *copycat* qui avait décidé de célébrer à sa manière l'anniversaire des meurtres du crépuscule, elle ne risquait rien tant qu'elle demeurait dans cette maison.

Les murs qui enceignaient la propriété étaient solides, et la propriété était équipée d'un système d'alarme performant. Si quelqu'un essayait d'entrer par effraction, il ne manquerait pas de le déclencher, et elle aurait tout le temps de se barricader dans la maison et d'appeler la police.

Enhardie par cette idée, Arden ouvrit la porte-fenêtre qui donnait sur le parc pour laisser entrer un peu d'air. Il était chargé de senteurs nocturnes – de jasmin, de rose et de magnolia, ces mêmes odeurs qui flottaient le soir où elle avait découvert le corps sans vie de sa mère.

Réprimant ces souvenirs, elle se concentra sur le claquement qui se faisait toujours entendre. Si elle n'attachait pas rapidement ce volet, il risquait de se briser. Refusant de se laisser dominer par la peur, elle avala une nouvelle gorgée de bourbon avant de poser son verre sur un guéridon tout proche.

Elle emprunta alors la porte-fenêtre pour s'avancer sur la terrasse qui surplombait le parc. La lune était quasiment pleine, ce soir-là, baignant les jardins d'une lueur argentée. Sa grand-mère aurait sans doute été très peinée de voir l'état dans lequel ils se trouvaient.

Depuis qu'elle était décédée, le jardinier ne passait plus aussi régulièrement, et le climat chaud et humide de Charleston avait transformé le parc soigneusement entretenu en véritable forêt vierge. Les massifs de fleurs avaient débordé de leurs plates-bandes, envahissant les pelouses.

L'odeur était presque entêtante, masquant presque celle de l'iode qui lui rappelait que la mer ne se trouvait qu'à quelques centaines de mètres de là. Cette senteur si familière la ramena des années en arrière, lorsqu'elle quittait sa chambre au beau milieu de la nuit pour aller rejoindre Reid dans le pavillon d'été où ils avaient coutume de se retrouver.

Lorsqu'ils étaient jeunes, ils y restaient durant des heures à discuter. Puis étaient venus les premiers baisers, maladroits, tout d'abord, puis de plus en plus passionnés. Et plus tard, ils avaient passé dans le petit pavillon des heures torrides dont le seul souvenir suffisait à éveiller sur sa peau d'irrésistibles petits frissons.

Rétrospectivement, elle prenait conscience du fait que c'était sa liaison avec Reid qui l'avait aidée à surmonter la mort de sa mère. Sa grand-mère, quant à elle, ne s'était jamais remise de la disparition de sa fille. Elle avait sombré dans une forme de mélancolie qui confinait à la dépression.

Arden se demandait parfois si sa propre présence n'avait pas aggravé les choses. Après tout, tout le monde s'accordait en effet à dire qu'elle ressemblait beaucoup à sa mère. La vue de sa petite-fille n'avait-elle pas contribué à maintenir ouverte la plaie qui s'était ouverte dans le cœur d'Evelyn, à la mort de Camille ?

Sans Reid, ce doute aurait peut-être fini par la faire sombrer à son tour. Mais il avait su lui rendre le goût de l'existence et la foi en l'avenir. Il avait été un ami, un amant et il avait même failli devenir le père de son enfant.

Arden sentit son cœur se serrer dans sa poitrine. Sans doute était-il préférable de ne plus songer à ce qui s'était passé cet été-là, aux erreurs qu'ils avaient commises l'un et l'autre. Ils avaient probablement été trop jeunes pour affronter cette nouvelle tragédie.

Mais le simple fait de revoir Reid lui avait inspiré un étrange sentiment de tristesse et de solitude mêlées. Elle ne pouvait s'empêcher de penser à tout ce qui aurait pu être, à la vie qu'ils auraient pu avoir ensemble si les choses avaient été différentes.

Le moment était sans doute mal choisi pour se livrer à ce genre de considérations. Elle se força donc à avancer dans le jardin et suivit l'allée qui remontait jusqu'à l'orangerie. Elle remarqua alors que le battement insistant du volet s'était arrêté sans même qu'elle s'en soit aperçue. La brise légère qui soufflait ce soir-là n'était pourtant pas retombée.

Légèrement inquiète, Arden se figea, tous les sens aux aguets. Et c'est alors qu'elle vit une ombre bouger un peu plus loin devant elle, entre les arbres. Son cœur se mit à battre la chamade, et sa peau se couvrit d'une fine couche de sueur glacée.

Il était bien trop tard pour qu'il puisse s'agir de l'un des jardiniers qui venaient parfois travailler dans le parc. L'espace d'un instant, Arden fut tentée de tourner les talons et de s'élancer vers la maison. Elle résista cependant à cette tentation, pressentant confusément que, si elle fuyait à présent, elle passerait le reste de sa vie à le faire.

— Qui est là ? appela-t-elle d'une voix moins assurée qu'elle ne l'aurait voulu.

— Arden ? C'est vraiment toi ?

La voix qui venait de résonner lui parut terriblement familière. L'homme qui venait de s'exprimer était originaire de Charleston : son accent ne laissait aucun doute à ce sujet.

La silhouette émergea de l'ombre des arbres et s'avança dans l'allée. Il fallut quelques instants à Arden pour identifier l'élégant gentleman que venait de révéler le clair de lune et qui l'observait avec étonnement.

— Oncle Calvin ? balbutia-t-elle, sidérée.

Cela faisait des années qu'elle ne l'avait pas revu. Ses cheveux noirs étaient striés d'argent, et quelques rides venaient souligner le coin de ses yeux mais en dehors de cela, il n'avait guère changé.

— Ça alors, s'exclama-t-il d'un ton cordial. Arden Mayfair ! Jamais je n'aurais imaginé te croiser ici...

— Grand-mère m'a légué la maison, expliqua-t-elle. Et je suis venu à Charleston pour décider de ce que j'allais en faire.

— C'est incroyable, déclara son oncle en s'avançant vers elle pour la contempler plus attentivement. Tu ressembles tellement à ta mère que l'espace d'un instant, j'ai bien cru que je me trouvais face à son fantôme !

Cette remarque la fit légèrement tressaillir.

— Je suis désolé, s'excusa aussitôt son oncle. Ce n'était sans doute pas très fin de ma part.

Calvin Mayfair la rejoignit, et elle remarqua qu'en vieillissant sa ressemblance avec son père s'était renforcée. Il avait le même regard bleu perçant, le même menton volontaire marqué d'une fossette. En revanche, le nez patricien et les pommettes très marqués lui venaient d'Evelyn, sa mère.

— Moi non plus, je ne savais pas que tu vivais de nouveau à Charleston, remarqua Arden.

— Je suis revenu peu de temps après la mort de maman, acquiesça-t-il. Le temps était venu pour moi de renouer avec mes racines... Mais on dirait que je ne suis pas le seul.

Arden secoua doucement la tête.

— Je ne suis vraiment pas sûre de revenir ici pour de bon, répondit-elle. À vrai dire, je ne comptais même pas rester plus d'une journée.

— J'imagine que cet endroit te rappelle de douloureux souvenirs…

— C'est vrai, reconnut-elle. C'est étrange d'ailleurs. Après tout, j'ai vécu ici pendant treize ans après la mort de maman. Mais maintenant que grand-mère a disparu, elle aussi, cette maison ne me rappelle plus que de tristes souvenirs.

— Je comprends, acquiesça son oncle. Evelyn et toi avez toujours été très proches. Vous vous êtes appuyées l'une sur l'autre pour surmonter ce drame. Et maintenant, tu te retrouves livrée à toi-même, en quelque sorte.

Son oncle laissa échapper un soupir.

— Je suis désolé vraiment de n'avoir pas été là pour toi, lorsque tu étais enfant, lui dit-il.

De fait, elle n'avait que peu connu son oncle. Depuis qu'il avait quitté Charleston, il avait parcouru le monde, visitant de nombreux pays sans jamais s'y implanter réellement. Il ne repassait que rarement par la Caroline du Sud mais, chaque fois que c'était le cas, il rapportait à sa nièce de somptueux cadeaux provenant des endroits les plus reculés de la planète. Aux yeux d'Arden, il avait toujours fait figure d'aventurier aussi mystérieux que fascinant.

— Cela n'a pas dû être facile pour toi non plus, répondit-elle. J'ai perdu ma mère mais toi, tu as perdu ta sœur.

— C'est vrai. Et c'est la raison pour laquelle j'ai fui Charleston. Je pensais qu'en m'éloignant de cet endroit je finirais par trouver un semblant de paix.

— Est-ce que c'est le cas ? s'enquit-elle.

Il secoua la tête, et elle fut frappée par la tristesse qui se lisait dans son regard.

— Il y a certains fantômes que l'on emporte avec soi, où que l'on aille, lui dit-il.

Arden se rendit compte que c'était précisément ce qui s'était passé pour elle. En partant pour l'université, elle avait espéré pouvoir tourner la page, oublier Reid et leur enfant qui était mort avant même de venir au monde. Mais son oncle avait raison : certains souvenirs vous poursuivaient impitoyablement, où que vous alliez.

— C'est aussi ce que j'ai découvert, murmura-t-elle.

Calvin posa sur elle un regard empli de tendresse.

— Il y a quelque chose que j'aimerais te montrer, lui dit-il. Cela te changera peut-être les idées.

Arden le considéra avec curiosité.

— C'est dans l'orangerie, indiqua-t-il.

Il leva les mains, et elle s'aperçut qu'elles étaient maculées de terre.

— J'étais en train de jardiner lorsque j'ai entendu ce maudit volet, précisa-t-il. Il ne cesse de se détacher.

— Je l'ai entendu aussi, acquiesça-t-elle. C'est pour cela que je suis sortie.

— Je l'ai rattaché mais ce n'est que temporaire. Tu devrais peut-être faire venir quelqu'un.

Tout en discutant, ils s'étaient mis en route en direction de l'orangerie. C'était un bâtiment assez impressionnant, bâti comme le pavillon d'été dans un style d'inspiration mauresque.

— Cela fait des années que je n'y suis pas entrée, remarqua Arden tandis que son oncle poussait l'épaisse porte en verre dépoli qui s'ouvrit en grinçant. Lorsque j'étais petite, maman et grand-mère y passaient des heures et des heures. Grand-mère se passionnait pour les orchidées et maman pour les cactus. Lorsqu'ils étaient en fleur, cet endroit devenait un véritable jardin d'Eden...

— Je me rappelle, acquiesça son oncle.

— Après la mort de maman, grand-mère n'a quasiment plus remis les pieds ici. J'imagine que toutes les plantes ont dû mourir.

— Pas toutes, objecta Calvin en souriant.

Il pressa l'interrupteur qui se trouvait sur la gauche de la porte et s'écarta pour la laisser entrer. Arden pénétra dans l'orangerie et tomba en arrêt devant le cactus qui se dressait au centre de la pièce. Il était si grand que son extrémité touchait presque le plafond.

— Incroyable ! s'exclama-t-elle, fascinée. C'est le *Cereus* de maman, n'est-ce pas ?

Son oncle acquiesça.

— Maman a veillé à ce qu'on en prenne soin, expliqua-t-il. Lorsque tu as quitté la maison, c'était la seule chose qu'il lui restait de Camille. D'après Claude, le jardinier, elle passait des heures assise dans l'orangerie à le contempler. Elle l'a entretenu amoureusement jusqu'à la fin, et il a prospéré, comme tu peux le voir. Après sa mort, lorsque je suis revenu m'installer à Charleston, je me suis senti forcé de prendre la relève. Je n'avais pas le cœur à le laisser mourir...

— Je peux le comprendre, murmura Arden en admirant la plante qui était couverte de bourgeons. Il ne va pas tarder à fleurir, n'est-ce pas ?

— D'ici quelques jours, sans doute, confirma son oncle. Et à en juger par le nombre de boutons, ce devrait être un spectacle réellement magnifique, cette année.

— Il fleurit seulement la nuit, n'est-ce pas ?

— Exact. C'est ce qui lui vaut le surnom très poétique de Princesse de la nuit. Il est très rare d'en voir d'aussi grand, sous nos latitudes.

— On dirait que toi aussi, tu t'y connais en jardinage, remarqua Arden.

Calvin esquissa un petit geste modeste de la main.

— Pas autant qu'Evelyn, lui dit-il. Mais elle nous a transmis son goût pour les plantes et peut-être un peu de son talent. Ta mère aussi était très douée.

Arden hocha la tête. Elle prit alors conscience qu'au fond elle ignorait quasiment tout de son oncle – en dehors du fait qu'il était passionné de voyages et qu'il avait fait fortune dans le commerce des antiquités.

Lorsque ses grands-parents avaient divorcé, Calvin était parti vivre dans la grande demeure familiale des Mayfair avec son père. Quant à Camille, elle était demeurée dans celle des Berdeaux avec sa mère.

Bien qu'ils aient réussi à préserver les apparences, la séparation d'Evelyn et de Clement ne s'était pas faite à l'amiable, loin de là. Rien n'avait pu adoucir la rancœur tenace qu'ils se vouaient l'un à l'autre. Et cette haine avait séparé leurs enfants qui ne se voyaient que très rarement.

C'était d'ailleurs la raison pour laquelle Arden connaissait à peine son grand-père. Lors des rares occasions où elle avait été invitée à la demeure des Mayfair – généralement à l'occasion de grandes fêtes de famille – elle avait découvert un monde totalement différent de celui dans lequel elle vivait.

Contrairement à sa femme, Clement Mayfair était très attaché aux convenances. Il attendait seulement de sa petite-fille qu'elle soit respectueuse et obéissante et qu'elle sache se faire oublier. Il ne lui adressait quasiment jamais la parole, estimant sans doute que la frontière entre le monde des enfants et celui des adultes se devait de demeurer parfaitement étanche.

S'il fallait en croire sa propre expérience, la vie de son oncle n'avait pas dû être particulièrement réjouissante. Et cela expliquait peut-être pourquoi il était parti à l'autre bout du monde durant si longtemps...

S'arrachant à la contemplation du cactus de sa mère, elle se tourna vers Calvin et s'aperçut qu'il l'observait d'un air très grave.

— Tout va bien ? lui demanda-t-elle.

— Oui, lui assura-t-il. C'est juste...

Il se mordilla la lèvre d'un air légèrement embarrassé.

— Je lui ressemble tant que cela ? s'enquit Arden.

— C'est sans doute le fait que nous nous trouvions ici, lui dit-il. Tu sais...

Il parut hésiter, et elle l'encouragea du regard.

— Il nous arrivait régulièrement de nous retrouver dans cette orangerie. Nos parents se détestaient cordialement, et nous n'avions que rarement l'occasion de nous voir. Alors nous avons décidé de nous rencontrer en secret.

Arden le considéra avec étonnement. C'était la première fois qu'il faisait allusion à ces rencontres.

— Nous étions très différents, elle et moi, reprit son oncle. Elle était pleine de vie, débordante d'enthousiasme. Moi, j'étais plus renfermé, plus timide, à l'époque. Mais je l'adorais...

Il se tourna vers le cactus géant qui trônait au milieu de la pièce et sourit.

— Elle adorait cette plante. Il paraît qu'Evelyn et elle organisaient des soirées spéciales pour assister à l'éclosion des fleurs.

— C'est vrai, confirma Arden en souriant. Ces soirs-là, j'étais même autorisée à me coucher plus tard que d'ordinaire. Je me rappelle les heures que j'ai passées ici à lutter contre le sommeil en attendant que les fleurs se déploient. Je me souviens aussi de l'odeur si particulière, à la fois âcre et sucrée… Une odeur de jungle.

— Nous pourrions organiser une soirée de ce genre en l'honneur de Camille, suggéra son oncle. Nous pourrions déguster des *mint julep* en regardant les fleurs éclore.

— Pourquoi pas ? répondit Arden. Cela pourrait nous donner l'occasion de refaire connaissance. Cela fait tellement longtemps que nous ne nous sommes pas vus…

— C'est vrai, acquiesça tristement Calvin. C'est en grande partie ma faute, bien sûr. J'ai passé tellement de temps à courir le monde…

— Tu n'es pas le seul responsable, protesta-t-elle. Mes grands-parents ont tout fait pour que les deux moitiés de la famille ne se fréquentent pas. Ils n'avaient pas le droit de vous séparer. Vous étiez frère et sœur. Et pourtant, ils vous ont forcés à choisir votre camp…

— Mais ils n'y sont pas parvenus, déclara Calvin. Camille et moi avons continué à nous voir et à veiller l'un sur l'autre. Mais lorsqu'elle est morte j'aurais dû me manifester. J'aurais dû assumer mon rôle d'oncle. Au lieu de cela, je me suis enfui…

— Ne t'en fais pas, répondit-elle, touchée par ce mea culpa. Grand-mère veillait sur moi. Quant à toi, tu avais ta propre vie à mener.

Une fois de plus, elle repensa à Reid et au rôle central qu'il avait joué dans son existence. Elle se rappela alors un soir semblable à celui-ci. Tous deux ne devaient pas avoir beaucoup plus de six ou sept ans et ils s'étaient assis sur les marches du pavillon d'été pour contempler le ciel.

— *Reid ! J'ai vu une étoile filante !*

— *Il faut que tu fasses un vœu. C'est la règle.*

— *J'en ai déjà fait un.*

— *Lequel ?*

— *Je ne peux pas te le dire, sinon il ne se réalisera pas.*

— *Bien sûr que si. C'était quoi, ton vœu ?*

— *Que nous restions toujours ensemble, toi et moi.*

— *Pas besoin de faire un vœu pour ça. Bien sûr qu'on sera toujours ensemble.*

— *Promis ?*

— *Promis. Alors dépêche-toi de faire un autre vœu. Quelque chose d'important comme une nouvelle paire de rollers ou un nouveau vélo…*

— Arden ?

Elle se tourna vers son oncle et lui décocha un petit sourire d'excuse.

— Désolée, s'excusa-t-elle. J'étais perdue dans mes pensées. Cet endroit me rappelle tant de souvenirs…

— C'est peut-être une bonne chose, remarqua Calvin. Nos souvenirs nous rapprochent de ceux que nous avons perdus. Je m'en suis aperçu en revenant à Charleston. Lorsque je viens ici, je me sens plus proche de maman et de Camille… À ce propos, je me demandais… Est-ce que tu as décidé de ce que tu vas faire de la maison ?

— Je ne sais pas encore, avoua-t-elle.

Il ouvrit la bouche pour dire quelque chose mais sembla se raviser.

— Qu'y a-t-il ? lui demanda-t-elle.

— J'espère juste que tu ne la vendras pas, lui avoua-t-il. Cette demeure appartient à la famille Berdeaux depuis des générations.

Arden se demanda s'il en voulait à sa mère de la lui avoir léguée. Cela aurait été parfaitement compréhensible, bien sûr. Si elle avait voulu se montrer équitable, Evelyn aurait dû lui transmettre au moins la moitié de la propriété.

Mais elle avait dû penser que Calvin hériterait de la totalité de la fortune de son père dans un avenir probablement pas si lointain. Or le patrimoine des Mayfair était infiniment supérieur à celui des Berdeaux.

— Je n'ai pas vraiment envie de vendre la maison à quelqu'un d'autre, reconnut-elle. Mais je ne me vois pas non plus vivre ici. Le mieux serait de la louer, bien sûr, mais le notaire m'a laissé entendre que, étant donné la taille de la propriété, j'aurais beaucoup de mal à trouver quelqu'un d'intéressé. Les gens qui disposent de ce genre de budget préfèrent généralement acheter.

— Je devrais peut-être en parler à mon père, suggéra Calvin. Il pourrait être intéressé, au cas où tu déciderais de vendre. Et cela permettra de maintenir le patrimoine au sein de la famille. Je sais que maman se retournerait probablement dans sa tombe en sachant cela mais j'imagine qu'elle préférerait encore que ce soit mon père plutôt qu'un parfait inconnu…

L'idée de vendre la maison à Clement mettait Arden très mal à l'aise. Elle savait en effet que sa grand-mère ne le lui aurait jamais pardonné. D'un autre côté, cela signifierait que, à plus ou moins long terme, la demeure reviendrait à Calvin qui faisait un héritier bien plus légitime.

— Je vais y réfléchir, répondit-elle.

— Quoi que tu décides, je te conseille d'agir dans la plus grande discrétion. Mon père est un véritable requin. S'il apprend que tu vends et qu'il décide d'acquérir la propriété, il ne reculera devant rien pour parvenir à ses fins.

Cette recommandation ne surprit pas Arden outre mesure. Si Clement Mayfair était parvenu à faire fructifier son héritage familial pour devenir l'un des hommes les plus riches et les plus influents de la ville, ce n'était certainement pas en jouant les enfants de chœur.

— Merci du conseil, répondit-elle.

— Il n'y a pas de quoi. Tu peux compter sur moi pour ne rien dire à personne.

Calvin jeta un coup d'œil à sa montre.

— Il se fait tard, lui dit-il. Je vais te laisser. Si tu as le temps, un de ces jours, n'hésite pas à passer me voir à la galerie. J'aimerais beaucoup te montrer l'un des tableaux que j'ai peints.

— Je ne savais pas que tu peignais, s'étonna Arden.

— À force d'acheter et de vendre des œuvres d'art, j'ai fini par m'y essayer, répondit-il modestement. Je ne suis pas Van Gogh mais je me débrouille. J'ai même réussi à trouver des gens assez fous pour acheter mes toiles.

— Je serais ravie de les voir, en tout cas.

Calvin tira un beau portefeuille en cuir de la poche intérieure de sa veste en lin. Il en sortit une carte de visite qu'il tendit à Arden.

— Passe quand tu veux, lui dit-il. Tu seras toujours la bienvenue. Mais j'imagine que nous nous recroiserons au bal avant cela.

— Au bal ? répéta-t-elle, surprise.

— Le bal du maire, précisa son oncle. Chaque année, il est organisé dans un endroit différent. Cette fois-ci, c'est chez mon père. Il y aura à cette occasion une levée de fonds pour la création d'un nouvel arboretum.

— Je ne sais pas si j'y serai conviée, remarqua Arden.

— Si tu es toujours à Charleston à ce moment-là, tu le seras forcément. Vis-à-vis de ses concitoyens, mon père ne peut pas se permettre de ne pas t'inviter. Cela paraîtrait bien trop mesquin, maintenant qu'Evelyn n'est plus là...

Arden hocha la tête, songeant que pour les mêmes raisons, il lui serait très difficile de décliner une telle invitation. L'idée de se rendre à un bal ne l'enthousiasmait pourtant pas du tout – a fortiori si ce bal était organisé chez son grand-père.

— J'avoue que je suis très curieux d'assister à vos retrouvailles, remarqua alors Calvin avec un sourire amusé.

— Pourquoi donc ?

— Parce que Clement Mayfair est habitué à ce que tout le monde fasse ses quatre volontés. Mais quelque chose me dit que tu as suffisamment de tempérament pour lui tenir tête, le cas échéant.

Elle ne put réprimer un sourire.

— Les Berdeaux ont toujours eu la tête dure, lui rappela-t-elle.

— Je suis bien placé pour le savoir, acquiesça Calvin. Mais j'avoue que lorsqu'il s'agit de mon père, je préfère généralement l'évitement à la confrontation. Quoi qu'il en soit, je suis heureux que tu sois de retour à Charleston, Arden.

— Moi aussi, lui dit-elle, surprise par sa propre réponse.

C'était pourtant la vérité. Revenir ici n'avait pas été facile et lui avait pris beaucoup de temps. Mais, au fond, elle partageait l'analyse de son oncle : il était peut-être temps pour elle comme pour lui de tourner la page et d'affronter les fantômes du passé. Et si elle devait le faire, ce ne pouvait être qu'ici, à Charleston.

4

Reid se gara dans la cour située sur l'arrière de sa nouvelle maison et observa avec attention la bâtisse dont il avait fait l'acquisition. C'était une très belle demeure de style colonial qui avait connu des jours meilleurs. S'il voulait lui rendre son lustre passé, il aurait encore beaucoup de travaux à faire. Mais c'était ce qui lui avait permis de l'acheter pour un prix relativement raisonnable.

Les aménagements qu'il avait déjà réalisés lui avaient permis d'installer ses bureaux au rez-de-chaussée et son appartement au premier étage. Il disposait de bien plus de surface que nécessaire, pour le moment, mais il comptait bien embaucher quelques collaborateurs, dès qu'il aurait suffisamment de clients.

Quant à l'appartement, il demeurerait probablement toujours trop grand. La seule femme avec laquelle il avait jamais imaginé pouvoir fonder une famille lui avait clairement fait comprendre ce soir-là qu'elle n'était plus intéressée et qu'il n'avait aucune chance de réparer ce qui s'était brisé entre eux, des années auparavant.

Cela ne l'avait pas étonné outre mesure. Après tout, si elle avait vraiment voulu se réconcilier avec lui, elle n'aurait probablement pas cherché à l'éviter comme elle l'avait fait jusqu'à ce jour.

Il se répéta sans trop y croire que cela n'avait pas d'importance, qu'il était uniquement venu pour la mettre en garde.

Peut-être avait-il eu tort de le faire, d'ailleurs. Car le simple fait de la revoir avait réveillé des doutes et des sentiments qu'il avait cru disparus. C'était probablement pour s'en défendre qu'il s'était gardé de venir lui présenter ses condoléances, le jour de l'enterrement d'Evelyn Mayfair.

Malheureusement, il ne s'était pas montré aussi prudent, cette fois-ci, et les souvenirs qu'avaient fait resurgir leur rencontre mettraient probablement longtemps à s'effacer.

C'était absurde, bien sûr. Quatorze ans s'étaient écoulés depuis qu'ils s'étaient séparés. Arden n'était plus la même personne que celle qu'il avait aimée à l'époque. Elle avait grandi et avait probablement acquis des goûts et des valeurs différents de ceux de l'adolescente qu'elle était autrefois.

Il savait qu'elle n'était pas mariée et qu'elle n'avait jamais eu d'enfants. Mais rien ne lui permettait de penser qu'elle n'avait pas un petit ami ou un fiancé qui l'attendait à Atlanta.

Cette possibilité fit naître en lui une sensation légèrement nauséeuse. Curieusement, il n'avait pas envisagé cette éventualité auparavant. Or une femme aussi belle et intelligente qu'elle ne devait avoir aucun mal à trouver des prétendants...

Car Arden Mayfair lui paraissait plus séduisante et plus désirable qu'elle ne l'avait été à dix-huit ans. Loin de se flétrir, sa beauté s'était trouvée renforcée par la maturité.

Une fois de plus, il se répéta que tout était peut-être pour le mieux. Aujourd'hui comme hier, Arden avait probablement le pouvoir de lui briser le cœur. Elle l'avait fait, quatorze ans plus tôt, lorsqu'elle l'avait laissé tomber sans même lui donner une chance de se justifier.

Certes, il aurait pu prendre l'initiative d'une telle discussion, aller la trouver et plaider sa cause. S'il ne l'avait pas fait, c'était probablement en partie par fierté, parce qu'il voulait préserver le peu de dignité qu'il lui restait. Mais c'était également parce qu'il avait peur qu'elle ne le repousse pour de bon.

Avec le temps, il avait fini par comprendre qu'elle aussi se sentait probablement perdue, à cette époque. Elle avait perdu un enfant, et il n'avait pas su trouver les mots et les gestes pour la réconforter. Tout comme lui, elle manquait alors de la maturité nécessaire pour affronter un tel drame. Et elle avait préféré faire table rase et repartir à zéro.

Mais cette idée avait été nettement plus facile à accepter

lorsque Arden et lui s'étaient trouvés séparés par près de quatre cents kilomètres. Il n'était pas sûr de la façon dont il réagirait si elle décidait brusquement de changer ses plans et de venir s'installer à Charleston.

Réprimant un soupir, Reid descendit de voiture. Il fut surpris par l'obscurité qui régnait dans la cour. De gros nuages étaient venus s'interposer devant la lune, réduisant drastiquement la visibilité. De plus, la veille, il avait retrouvé l'ampoule de la lampe extérieure brisée. Il soupçonnait Dave Brody d'en être responsable.

Ce n'était pourtant pas tant l'ancien détenu qui l'inquiétait, maintenant qu'un véritable meurtrier se promenait dans les parages. L'idée qu'un tel assassinat ait pu être commis dans le voisinage l'intriguait beaucoup. Il avait justement choisi ce quartier parce que c'était l'un des plus tranquilles de la ville.

Mais c'était peut-être là un autre point commun avec le mode opératoire de Finch qui choisissait ses victimes exclusivement dans les beaux quartiers où lui-même travaillait comme jardinier.

Reid traversa à grands pas la cour et gravit les marches qui conduisaient au porche. Après être entré dans la maison, il prit soin de fermer la porte à double tour derrière lui. Il alluma les lumières du rez-de-chaussée pour chasser la pénombre et alla se chercher une cannette de bière à la cuisine.

Il gagna ensuite son bureau et se laissa tomber dans le fauteuil en cuir fatigué mais confortable qu'il avait acheté chez un brocanteur. Il n'avait conservé aucun des meubles contemporains dont il avait fait l'acquisition pour décorer le loft qu'il occupait auparavant.

Au fond, il ne s'était jamais senti vraiment chez lui dans cet appartement dépouillé, fonctionnel et sans âme. Il préférait les vieilles maisons comme celle-ci, qui avaient une âme et un caractère bien à elles.

Dépliant le journal local qu'il avait acheté en revenant de chez Arden, il le parcourut rapidement. Le meurtre qui avait été commis la veille au soir était bien mentionné dans un entrefilet qui ne mentionnait quasiment aucun détail. Il n'était question ni de l'identité de la victime, ni de la présence du pétale de magnolia.

Le journaliste se contentait d'indiquer que la police n'avait aucun suspect à ce stade de l'enquête mais qu'elle interrogerait tous ceux qui avaient pu être en contact avec la victime.

Pour se changer les idées et tenter d'oublier sa rencontre avec Arden, il lut en diagonale le reste des articles. Mais lorsqu'il reposa le journal, il s'aperçut qu'il était encore tôt. Il résista à la tentation d'aller se chercher une autre bière.

Il avait déjà beaucoup trop bu, la veille, dans le bar où il était allé fêter son départ de Sutton & Associés en compagnie des rares employés du cabinet avec lesquels il avait sympathisé. À vrai dire, il se rappelait à peine son retour en taxi.

Il était grand temps de diminuer drastiquement sa consommation d'alcool qui était montée en flèche au cours de ces dernières années, tant parce qu'il assistait à des nombreuses soirées dans le cadre de son travail que parce que, en buvant, il parvenait à évacuer une partie du stress qu'il accumulait chaque jour au sein du cabinet paternel.

En s'installant à son propre compte, il s'était promis de boire moins, de dormir plus longtemps et de faire plus de sport. Il s'était d'ailleurs remis à courir, ce qui lui faisait un bien fou.

Quittant son bureau, il monta à l'étage pour prendre une douche. Après avoir enfilé un caleçon et un T-shirt propres, il alla s'installer sur la balancelle du balcon de sa chambre. Les pieds posés sur la rambarde en fer forgé, les mains croisées derrière la nuque, il observa pensivement les nuages qui dérivaient dans le ciel.

Ce balcon était l'un des détails qui l'avaient séduit lorsqu'il avait découvert cette maison. C'était rapidement devenu l'un de ses endroits préférés, et il venait s'y installer presque chaque jour pour profiter de l'air qui se rafraîchissait légèrement en début de soirée. De là, il pouvait observer les alentours tout en réfléchissant à tête reposée aux dossiers en cours.

Mais ce soir-là, il ne tarda pas à constater qu'il régnait sur le quartier un calme étonnant. Il n'y avait personne dans les rues avoisinantes, et même les chats qui avaient coutume de se battre paraissaient avoir conclu une trêve. On n'entendait pas d'éclats de voix ou de musique.

La ville paraissait suspendre son souffle, comme si quelque chose de terrible était sur le point de se produire. Reid tenta de se convaincre qu'il ne s'agissait que d'une impression, que ce silence n'avait rien d'inquiétant. Mais le souvenir du meurtre le hantait.

Il était possible que les habitants du quartier aient lu l'article à ce sujet ou qu'ils en aient entendu parler par des proches ou des collègues. Après tout, Charleston était une ville aux proportions réduites, et ce genre de rumeur se répandait très rapidement.

Que penseraient-ils s'ils apprenaient que l'on avait retrouvé ce pétale de magnolia sur la victime ? À l'époque des meurtres du crépuscule, la cité tout entière avait vécu durant plusieurs semaines dans un état proche de la psychose...

Reid se redressa et fouilla des yeux les alentours. Il ne tarda pas à repérer une silhouette qui se tenait dans l'ombre de la ruelle qui s'ouvrait presque en face de chez lui. Plissant les yeux, il s'efforça d'apercevoir le moindre détail qui aurait pu le renseigner sur l'identité de la personne qui se trouvait là. En vain.

Il était cependant convaincu de savoir précisément de qui il s'agissait. Refusant de se laisser intimider, il quitta la balancelle, traversa sa chambre et dévala l'escalier pour gagner l'entrée. Malheureusement, Dave Brody avait dû anticiper sa réaction car, lorsqu'il se retrouva sur le perron, Reid n'aperçut aucune trace de lui.

Il hésita quelques instants avant de s'élancer à sa poursuite. Il connaissait bien le quartier et, si Brody n'était pas garé à proximité, il aurait probablement de bonnes chances de le rattraper.

Il n'y avait personne dans la ruelle, et il la remonta en courant. En débouchant dans la rue perpendiculaire, il eut tout juste le temps d'apercevoir Brody qui s'engouffrait dans une autre ruelle située quelques maisons plus loin. Reid s'élança aussitôt à sa suite.

Ce n'est qu'en parvenant devant l'embouchure de la ruelle en question qu'il prit conscience de l'endroit où il se trouvait. Un morceau de rubalise jaune barrait le passage, indiquant qu'il s'agissait d'une scène de crime. Une fois de plus, Brody semblait s'être évaporé.

Reid hésita de nouveau. En franchissant ce ruban, il savait pertinemment qu'il commettrait un délit. Mais à cette heure il y avait peu de chance pour que quelqu'un l'aperçoive. Les façades qui donnaient sur la ruelle étaient presque entièrement aveugles, ce qui expliquait en partie l'absence de témoins.

Refusant de laisser Brody lui échapper, Reid passa sous la rubalise et s'avança dans la ruelle. Il ne pouvait se permettre de perdre trop de temps car dans sa précipitation, il n'avait pas pris le temps de fermer à clé la porte d'entrée de sa maison. Il se demanda si ce n'était pas précisément ce qu'avait espéré Brody. Qui sait ? À l'heure actuelle, il était peut-être en train de fouiller les lieux.

Reid pressa le pas, prenant soin de demeurer du côté le plus sombre de la ruelle. Mais la pénombre qui régnait à cet endroit n'était pas assez épaisse pour masquer les taches qui maculaient le trottoir. Il comprit aussitôt qu'il s'agissait du sang de la victime. Un frisson d'horreur glissa le long de sa colonne.

Il prit conscience du fait qu'il était seul et sans arme dans une rue que personne n'était censé fréquenter. Si Brody était armé, s'il s'était embusqué quelque part avec l'intention de l'attaquer, Reid n'aurait quasiment aucune chance de s'en sortir indemne.

Comprenant un peu tard qu'il avait commis une erreur, il fit mine de faire demi-tour.

— Bonsoir, maître, fit une voix ironique.

Il reconnut aussitôt celle de Brody et se tourna vers l'endroit d'où elle semblait provenir. La silhouette de l'homme se détacha de l'ombre dans laquelle il s'était dissimulé. Reid ne pouvait distinguer ni son visage, ni les tatouages qui recouvraient ses bras nus mais il devinait au son de sa voix le rictus moqueur qui devait se peindre sur ses lèvres en cet instant.

— Qu'est-ce que vous faites ici, Brody ? demanda-t-il sèchement.

— Je pourrais vous retourner la question, ironisa son interlocuteur. Quant à moi, j'ai juste décidé de sortir prendre l'air. J'ai toujours aimé ce quartier. Les rues sont tranquilles, les gens plutôt sympathiques... Peut-être devrais-je me mettre à la recherche d'un appartement dans les parages. Qu'est-ce que vous en pensez ?

L'idée d'avoir Brody pour voisin rendait Reid malade. Mais il était persuadé que l'autre cherchait juste à le provoquer.

— Je vous ai vu surveiller ma maison, déclara-t-il.

— C'est que je la trouve assez jolie, rétorqua Brody sans se démonter le moins du monde. J'espère pouvoir me dégoter quelque chose du même genre, un de ces jours.

— Il y a des lois contre le harcèlement, vous savez, lui signala Reid. Si vous allez trop loin, je pourrais contacter votre agent de probation et faire en sorte que vous retourniez en prison.

— Très franchement, je ne suis pas très inquiet, cher maître. Vous savez, j'ai eu beaucoup de temps à tuer en prison. Alors j'ai décidé d'apprendre mes droits pour arrêter de me faire entuber par des gens comme votre père et vous. Je sais exactement jusqu'où je peux aller tout en restant dans la légalité...

— Dois-je vous rappeler que vous vous trouvez sur une scène de crime ? C'est un délit.

— Et alors ? Vous comptez appeler la police pour le leur signaler. Si tel est le cas, il vous faudra leur expliquer pourquoi vous aussi, vous avez enfreint cette loi. Et contrairement à moi, vous avez peut-être de vraies raisons de l'avoir fait...

La note légèrement menaçante qui perçait dans la voix de Brody éveilla la méfiance de Reid.

— Qu'est-ce que vous voulez dire, exactement ?

— Que contrairement à moi, vous aviez un lien avec la victime, répondit Brody d'un ton narquois.

— Qu'est-ce que vous racontez ? s'exclama Reid. L'identité de cette femme n'a même pas été dévoilée par la presse. Ils ne disent même pas comment elle a été tuée. Et je ne vois pas comment vous seriez au courant, à moins bien sûr que vous ne soyez le coupable...

— Je n'ai pas pour habitude de m'en prendre aux femmes sans défense, rétorqua durement Brody. Ce n'est pas moi qui l'ai tuée. En revanche, on peut dire que je me suis trouvé au bon endroit, au mauvais moment...

Brody fit un pas en avant, et la lueur du lampadaire révéla un visage buriné surmonté d'une coupe en brosse très courte. Il portait une veste militaire, un jean noir et des rangers fatiguées. Ses bras étaient couverts, ne laissant pas apparaître ses tatouages. Mais il en avait un sur le cou en forme de toile d'araignée et un autre sur sa tempe droite – trois points qui devaient probablement signaler son appartenance à un gang de détenus.

— C'est que, vous voyez, hier soir, j'étais dans ce bar situé sur Upper King Street...

Reid ne put s'empêcher de tiquer. C'était celui dans lequel il avait fêté son départ en compagnie de ses collègues.

— Oui, ce bar-là, confirma Brody avec un sourire cruel. Vous aviez l'air de bien vous amuser avec vos amis. Et vous ne regardiez pas à la dépense. C'est bien d'avoir les moyens... En tout cas, je n'étais pas le seul à avoir repéré votre petit groupe. Une fille était assise au bar qui vous dévorait littéralement des yeux. Au bout d'un moment, elle est venue vous aborder. Vous devez vous souvenir d'elle. Elle était plutôt mignonne, avec des cheveux très blonds, presque blancs.

La description de Brody lui rappelait effectivement quelque chose.

— Comment se fait-il que je ne vous aie pas vu ? demanda-t-il.

Brody secoua doucement la tête.

— Croyez-moi, lorsque je ne tiens pas à ce que l'on me remarque, je sais me montrer très discret.

— Je vous ai vu, tout à l'heure, objecta Reid.

— Qui vous dit que ce n'était pas fait exprès ?

Reid sentit croître la nervosité qui l'habitait. Il avait la désagréable impression que Brody était en train de jouer au chat et à la souris avec lui.

— Tenez, cela vous rafraîchira peut-être la mémoire, lui dit ce dernier en sortant de la poche de son blouson une photo qu'il lança dans sa direction.

Elle tomba aux pieds de Reid qui s'accroupit pour la ramasser. Il reconnut aussitôt le décor du bar de la veille. Lui-même se trouvait au centre de l'image, entouré de plusieurs amis.

Juste derrière lui, accoudée au comptoir, une femme aux cheveux blonds l'observait. Elle était effectivement venue lui parler alors qu'il était en train de commander une tournée, et il l'avait gentiment éconduite.

— Alors ? Vous vous souvenez d'elle ?

Reid hocha la tête.

— Qui est-ce ?

— Qui était-ce ? serait plus juste, rétorqua Brody.

— Qu'est-ce que vous lui avez fait ?

— Je vous l'ai dit : rien du tout. Mais lorsque je suis arrivé dans le quartier, ce matin, j'ai remarqué qu'il y avait de l'agitation de ce côté-ci. Forcément, ça a éveillé ma curiosité. Je suis venu voir ce qui se passait et j'ai trouvé la police en train de boucler la scène de crime. La victime n'était pas encore recouverte et devinez qui c'était ?

Reid ne put réprimer un frémissement.

— Bizarre, non ? poursuivit Brody. Une fille vous aborde dans un bar et voilà qu'on la retrouve morte dans une ruelle située à quelques dizaines de mètres de chez vous...

Il secoua la tête d'un air faussement désolé.

— Un sacré gâchis, si vous voulez mon avis. Elle était plutôt mignonne. Pas autant que la fille que vous êtes allé voir, un peu plus tôt dans la journée, notez bien...

— Vous m'avez suivi ? articula Reid.

Il avait le sentiment désagréable qu'un piège était sur le point de se refermer sur lui. Se pouvait-il vraiment que Brody soit assez fou pour tuer une femme de sang-froid et lui faire ensuite porter le chapeau ?

— Je tenais à m'assurer que vous n'auriez pas de problème. C'est que je vous considère comme un investissement, vous voyez...

— Non, justement, je ne vois pas du tout.

— J'ai besoin de votre aide, Sutton.

Reid le considéra avec méfiance.

— Quel genre d'aide, exactement ?

— Je veux que vous m'aidiez à rétablir la justice.

— Venant de vous, c'est plutôt surprenant. Vous n'avez pas vraiment été un prisonnier modèle, à ce que je sache.

Brody haussa les épaules.

— Tout ça, c'est du passé. Je veux prendre un nouveau départ. Et, étant donné ce qui s'est passé hier soir, je sais que je peux compter sur vous pour me donner un coup de main.

— Il ne s'est rien passé, hier soir.

— Oh ! si. Cette fille ne s'est pas contentée de vous faire les yeux doux et de venir vous parler, Sutton. Je l'ai vu verser quelque chose dans votre verre.

— Pardon ? articula Reid, sidéré.

— Vous ne vous seriez pas réveillé avec un sacré mal de tête, ce matin ? Vous n'auriez pas du mal à vous rappeler ce qui vous est arrivé, hier soir ?

Reid fronça les sourcils. Il avait effectivement des souvenirs assez flous de la façon dont s'était déroulée la fin de sa soirée de la veille. Il se rappelait vaguement avoir pris un taxi. Lorsqu'il était descendu devant chez lui, il avait entendu des miaulements de chats en train de se battre. Puis... Il avait dû monter se coucher parce qu'il ne se rappelait plus rien avant l'atroce migraine avec laquelle il s'était réveillé ce matin-là.

Il se souvenait avoir entendu des sirènes – probablement celles des policiers qui étaient venus inspecter la scène de crime. Il avait la bouche affreusement sèche et la nausée et il avait dû passer près d'un quart d'heure sous la douche avant de se sentir suffisamment d'attaque pour aller se faire un café.

Mais pourquoi cette fille l'aurait-elle drogué ? N'était-ce pas plutôt Brody qui l'avait fait avant de tuer cette malheureuse ?

— Si je comprends bien, vous vous trouviez par hasard dans un bar où vous avez vu une fille tenter de me droguer, résuma-t-il, histoire de gagner un peu de temps.

— Je n'étais pas là par hasard, objecta Brody. Je vous ai suivi jusque là-bas. Je vous ai dit que je vous tiendrais à l'œil, n'est-ce pas ? Quant à la blondinette, je ne l'avais jamais vue auparavant. J'ignore ce qu'elle espérait obtenir en vous droguant. Peut-être voulait-elle juste vous piquer votre portefeuille. Après tout, il était évident que vous aviez pas mal de liquide sur vous...

— Mais ? l'encouragea Reid qui percevait ses doutes.

— Mais étant donné qu'elle a été retrouvée morte le lendemain matin, j'imagine plutôt qu'elle travaillait pour quelqu'un d'autre. Quelqu'un qui ne recule devant rien pour parvenir à ses fins. On dirait que vous avez le chic pour vous faire des ennemis, cher maître...

Reid chercha vainement qui était susceptible de s'en prendre à lui de cette façon. Mais il n'avait plaidé que peu de dossiers au pénal – et jamais pour de grands criminels.

— Il est possible que la fille ait été chargée de rentrer avec vous. Lorsque celui qui l'avait engagée a découvert qu'elle n'y était pas parvenue, il l'a tuée. Ou bien alors, il comptait la tuer dès le départ et vous impliquer.

— Mais je ne connaissais pas cette fille.

Brody haussa les épaules.

— Il suffira que quelques témoins se rappellent vous avoir vu discuter ensemble pour que vous deveniez un suspect. Et très franchement, si quelqu'un vous voit rôder autour de la scène de crime, cela n'arrangera pas votre cas…

Reid hésita, se demandant si Brody n'était pas en train de se moquer de lui. Peut-être avait-il inventé cette histoire de toutes pièces. La fille du bar n'était peut-être même pas la victime.

— Rien ne me prouve que vous dites la vérité, déclara-t-il enfin. Considérant nos rapports passés, je serais plutôt tenté de parier que vous me mentez.

— Pariez ce que vous voulez, répondit Brody d'un ton assuré. Tôt ou tard, la police finira par diffuser la photo de cette fille. Ou alors, on vous la montrera lors d'une enquête de voisinage. Et vous comprendrez que je dis vrai. Mais s'il n'y a qu'une vérité il y a deux façons distinctes de la présenter…

Reid avait la sensation presque physique que les mâchoires du piège tendu par Brody étaient en train de se refermer sur lui.

— Je peux aller trouver la police pour leur montrer une photo de la blonde et vous en train de discuter dans le bar. Ou alors, je peux leur fournir en cas de besoin une photo où l'on voit la fille verser de la drogue dans votre verre. Inutile de vous dire que ces deux témoignages auraient des conséquences diamétralement opposées.

Un sourire sans joie se dessina sur les lèvres de Brody.

— Vous commencez à comprendre comment marche la justice ? Une simple preuve de plus ou de moins peut faire toute la différence dans un procès. Si votre cabinet avait fait témoigner la personne que je vous avais demandé de faire comparaître, je ne me serais jamais retrouvé en prison.

— La police ne pourra jamais prouver que j'ai tué cette femme, objecta Reid d'une voix plus assurée qu'il ne l'était réellement. Les preuves dont vous parlez sont purement circonstancielles.

— Cela suffit parfois à obtenir une condamnation, rétorqua Brody. Mais même si tel n'est pas le cas, vous serez un homme fini, Sutton. Personne ne voudra recourir aux services d'un avocat mêlé à une sombre affaire de meurtre. Et croyez-moi, la police de Charleston se fera un plaisir de rendre votre arrestation publique. La seule chose que les flics détestent plus que les criminels, ce sont les avocats...

Reid ne pouvait nier qu'un tel scandale nuirait à sa réputation et sonnerait peut-être le glas de son nouveau cabinet.

— Je vois que vous avez beaucoup réfléchi à tout ça, murmura-t-il.

— Pas du tout. Et c'est ça le plus incroyable. L'homme qui a cherché à vous piéger m'a fait une fleur sans même s'en douter. Il faut croire que ma chance est enfin en train de tourner...

— Je vous rappelle qu'une femme est morte !

— Des gens meurent tous les jours, cher maître. Et je vous rappelle que celle-ci avait accepté de vous piéger.

Reid soupira intérieurement. Brody avait réponse à tout.

— Qu'attendez-vous de moi, au juste ? lui demanda-t-il enfin.

— Heureux de voir que vous avez décidé de vous montrer raisonnable, approuva Brody. Cela devrait nous faire gagner un temps précieux. Ce que j'attends de vous est assez simple. Vous avez travaillé pour le cabinet de votre père jusque très récemment. Vous savez donc où sont conservés les dossiers. Vous connaissez les mots de passe. Alors j'aimerais que vous découvriez ce qui est arrivé au seul témoin qui aurait pu confirmer ma version des faits et prouver mon innocence. Elle s'appelle Ginger Vreeland mais je doute qu'elle emploie toujours le même nom aujourd'hui. Elle a disparu la veille du jour où elle était censée témoigner en ma faveur.

— Peut-être a-t-elle pris peur et a-t-elle décidé de quitter la ville, remarqua Reid. Cela arrive régulièrement, vous savez.

— Ce n'est pas le style de Ginger. Cette fille n'avait pas froid aux yeux et elle était loyale envers moi. Nous avons grandi ensemble, et elle ne m'aurait jamais trahi – à moins que quelqu'un ne lui ait fait une offre qu'elle ne pouvait refuser. J'ai essayé de la retrouver mais je n'y suis pas parvenu. Ses anciennes collègues sont muettes comme des tombes. J'ai même engagé un privé pour qu'il la retrouve mais il m'a dit qu'elle avait littéralement disparu de la surface de la terre. Cela ne peut signifier que deux choses : soit elle est morte, soit quelqu'un qui disposait de beaucoup d'argent et de contacts s'est arrangé pour lui offrir une nouvelle vie.

— Et vous pensez que c'est le cas ?

— Je suis même convaincu que c'est Boone Sutton, votre père, qui s'en est occupé.

Reid le considéra avec stupeur.

— Si vous croyez que mon père aurait volontairement perdu un procès qu'il pouvait gagner, c'est que vous le connaissez vraiment très mal. Pour lui, c'est la victoire qui est ce qu'il y a de plus important, bien plus que la culpabilité ou l'innocence de ses clients.

— Je sais, acquiesça Brody. J'ai attentivement étudié la plupart des affaires dont il s'est occupé. Et je suis parfaitement d'accord avec vous : il n'aurait jamais saboté un procès s'il n'avait pas eu une raison impérieuse de le faire.

— Quel genre de raison ?

— Il se trouve que Ginger était une prostituée de luxe. Ses services étaient très appréciés par nombre de personnes très en vue de Charleston. Vous seriez sans doute surpris en apprenant certains de ces noms. Quoi qu'il en soit, votre père en faisait partie. Et je peux vous dire que s'il y a quelque chose qui lui importe plus encore que la victoire au tribunal, c'est la préservation de sa réputation.

Reid fut tenté de protester mais se ravisa aussitôt. Il se rappelait parfaitement toutes les fois où son père ne rentrait pas de la nuit, prétextant généralement un excès de travail. Il se souvenait aussi des violentes disputes qui éclataient régulièrement entre ses parents et qui, au fil du temps, avaient fini par laisser place à la résignation et à l'indifférence.

Cela faisait des années que leur mariage n'était plus qu'un faux-semblant qui ne servait qu'à leur donner un vernis de respectabilité.

Il n'y aurait donc rien eu de très étonnant à apprendre que son père fréquentait une call-girl de luxe.

Et si quelqu'un avait les moyens de faire disparaître une personne, c'était bien Boone Sutton. Il disposait de contacts à travers tout le pays et au sein des principales administrations fédérales.

— Rien ne dit que le témoignage de cette demoiselle Vreeland aurait permis de vous innocenter, objecta Reid. Dans mon souvenir, les preuves qui pesaient contre vous étaient solides. Le procureur aurait également cherché à décrédibiliser cet unique témoin, notamment en mettant sa moralité en doute. Il est plus que probable que le procès se serait soldé strictement de la même façon.

Brody le considéra d'un air méprisant, presque apitoyé.

— La question n'est pas là, déclara-t-il. Je méritais un procès équitable. Je méritais un avocat qui fasse passer les intérêts de son client avant les siens. Mes droits ont été bafoués, et ce n'était même pas par l'accusation, cette fois-ci !

— Je comprends votre colère, concéda Reid qui ne pouvait nier la légitimité de telles revendications. Mais je ne suis pas sûr de pouvoir vous aider. Comment voulez-vous que je retrouve une personne qui a disparu depuis près de dix ans et qui se cache ? Je ne travaille plus pour mon père. À vrai dire, nous nous parlons à peine. Le jour où il m'a mis à la porte, il a récupéré mon trousseau de clés. Il a fait changer les codes d'accès du serveur et il m'a fait escorter par des agents de sécurité jusqu'à la porte de l'immeuble. Même si je parvenais à me glisser discrètement dans le bâtiment, je ne pourrais pas accéder au moindre dossier…

— Vous vous débrouillerez, lui assura Brody. Vous êtes un homme plein de ressources, Reid Sutton. À votre place, je commencerais par le bureau que votre père doit avoir chez lui. C'est un homme intelligent et prudent mais il est de la vieille école. Je suis certain qu'il conserve des copies des dossiers les plus sensibles sur lesquels il a travaillé. Et ils seront bien moins protégés chez lui que sur le serveur de son cabinet.

— Vous me demandez de trahir la confiance de mon père, protesta Reid.

Brody éclata d'un rire sardonique.

— Dois-je vous rappeler qu'il vous a ôté la sienne ? Que c'est pour cela que vous ne faites plus partie de son cabinet ? Je vous offre l'opportunité de lui faire regretter son arrogance. Qu'en dites-vous ?

Reid ne répondit pas.

— Je ne vous demande pas une réponse dès à présent, lui dit-il. Réfléchissez-y tranquillement et prenez une décision d'ici demain matin. Je vous appellerai pour savoir ce qu'il en est. En attendant, vous devriez garder cette photo pour vous rappeler les risques que vous courez.

Reid baissa les yeux vers la photo qu'il tenait toujours à la main.

— À votre place, je me débarrasserai aussi du mot que la fille vous a donné. Cela ne plaiderait pas en votre faveur si la police tombait dessus…

— De quel mot voulez-vous parler ? lui demanda Reid, surpris.

— De celui qu'elle a glissé dans votre poche, au bar. Sur le moment, j'ai pensé qu'il s'agissait juste de son numéro de téléphone. Mais à la lueur des derniers événements, il s'agit peut-être de tout autre chose…

5

Lorsque Reid trouva enfin la force de sortir de son lit, le lendemain matin, il était déjà 9 heures passées. Il détestait se lever aussi tard : cela lui donnait l'impression d'avoir perdu la moitié de la matinée. Mais la nuit qu'il venait de passer n'avait pas été de tout repos.

Après avoir quitté Brody, il était rentré chez lui et avait fouillé la maison à la recherche du fameux mot que la jeune femme aux cheveux blonds était censée avoir glissé dans sa poche.

Il avait commencé par fouiller les poches de la veste et du pantalon qu'il portait ce soir-là. En vain. Il avait ensuite regardé dans les armoires et sous les meubles, partout où le message aurait pu glisser.

Contrairement aux bonnes résolutions qu'il avait prises, il s'était alors servi un verre pour se remonter le moral. Il avait ensuite repris ses recherches sans plus de succès. Le premier verre avait été suivi d'un second, puis d'un troisième.

Lorsqu'il avait terminé la bouteille, il s'était résigné à aller se coucher et avait sombré dans un sommeil peuplé de vagues cauchemars.

Après avoir avisé l'heure tardive, Reid s'arracha péniblement à son matelas et se traîna jusqu'à la salle de bains où il avala deux aspirines et prit une longue douche brûlante. Il s'habilla ensuite et descendit à la cuisine pour vider une bouteille d'eau minérale tandis que le percolateur lui préparait un pot de café bien fort.

Au bout de la deuxième tasse de ce breuvage revigorant, il

commença à se sentir à peu près humain. Il était sur le point de gagner enfin son bureau lorsqu'il entendit sonner à la porte. Il n'attendait pourtant personne, ce matin-là.

Rejoignant l'entrée, Reid alla jeter un coup d'œil à travers le judas de la porte. Sur le seuil se tenait un homme très grand et très mince aux cheveux noirs gominés et au nez en bec d'aigle. Reid avisa alors le badge d'inspecteur de police qui était accroché à sa ceinture.

Il sentit monter en lui une irrépressible bouffée d'angoisse et se demanda si la police était déjà parvenue à faire le rapprochement entre lui et la victime du meurtre ou si Brody avait finalement décidé de le trahir. C'était la première fois de sa vie que la vue de la police l'emplissait d'effroi, et cette réaction n'avait vraiment rien de plaisant.

Il prit une profonde inspiration, se forçant à se détendre, puis ouvrit la porte.

— Bonjour, s'exclama-t-il avec une bonne humeur un peu forcée. En quoi puis-je vous aider ?

Le policier désigna la plaque en cuivre qui était accrochée sur la porte et qui indiquait : « Reid Sutton – avocat à la cour ».

— C'est vous ? s'enquit l'inspecteur d'une voix bourrue.

— Je suis Reid Sutton, confirma ce dernier. Que puis-je faire pour vous, inspecteur… ?

— Graham. J'appartiens à la police de Charleston. J'enquête sur un homicide qui a été commis à proximité d'ici avant-hier soir.

— J'en ai entendu parler, acquiesça Reid en s'efforçant d'adopter un ton parfaitement neutre.

Après avoir vainement fouillé toute la maison, il avait fini par se convaincre que le mot dont lui avait parlé Brody n'avait jamais existé. Or, si tel était le cas, il n'y avait pas de raison de penser que le reste de son histoire soit plus authentique. Il avait probablement juste cherché à lui faire peur.

Malheureusement, pour le moment, il ne pouvait en être absolument certain. Tant qu'il n'aurait pas vu une photographie de la victime du meurtre ou qu'il ne connaîtrait pas son identité, il en serait réduit aux conjectures. Il allait donc devoir redoubler de prudence tout en s'efforçant de glaner ces informations.

— Puis-je vous poser quelques questions ? demanda le policier.

— Bien sûr, répondit Reid. En quoi puis-je vous être utile ?

— Pourrions-nous discuter à l'intérieur ? Il fait une chaleur écrasante, aujourd'hui...

— Entrez, je vous en prie, répondit Reid en s'effaçant pour le laisser passer.

Graham pénétra dans le hall et suivit Reid jusqu'à son bureau.

— Pardonnez le désordre, s'excusa celui-ci en englobant d'un geste de la main les cartons qui étaient entassés dans un coin et les piles de livres qui étaient posées près des étagères. Je n'ai pas encore fini de tout installer.

— Vous venez d'arriver ?

— Je me suis installé, il y a quelques semaines. Mais j'ai eu pas mal de travaux à faire avant de pouvoir ouvrir mes cartons.

— Est-ce que vous occupez aussi l'étage ? s'enquit le policier, curieux.

— Il est réservé à mon appartement privé.

— Et vous travaillez seul ?

— Pour le moment, oui. Mais cela ne devrait pas durer.

— En tout cas, c'est un bien bel endroit que vous avez là, déclara Graham en parcourant d'un œil appréciatif la vaste pièce dans laquelle ils se trouvaient.

— Merci. Puis-je vous offrir quelque chose à boire ? De l'eau ? Un café ?

— De l'eau, ce ne serait pas de refus, répondit le policier.

Reid alla chercher une bouteille et deux verres dans la cuisine voisine. Lorsqu'il revint dans le bureau, il constata que Graham était en train d'observer les livres de droit disposés sur les étagères. Les deux hommes prirent place de chaque côté du bureau, et Reid remplit leurs verres.

— C'est curieux, déclara alors Graham. Il me semble vous avoir déjà vu quelque part. Je ne retiens pas toujours les noms mais je n'oublie jamais un visage...

— C'est possible, répondit Reid. En dehors de la période où je suis parti étudier à l'université, j'ai passé toute ma vie à Charleston. Et cela fait cinq ans que j'exerce le droit. Nous nous sommes peut-être croisés au tribunal.

Le policier hocha la tête.

— Vous devez être de la famille de Boone Sutton, n'est-ce pas ?

— C'est mon père.

L'expression de Graham indiquait très clairement qu'il n'éprouvait guère de sympathie à l'égard de Boone. Cela n'étonna pas Reid outre mesure : la plupart des policiers le considéraient au mieux comme un gêneur, au pire comme un complice des criminels qu'il défendait avec une redoutable efficacité.

— C'est une véritable légende, remarqua Graham.

— Mais il n'est pas très apprécié par les membres de votre profession, à ce que je me suis laissé dire. Vous savez ce qu'on dit : les gens n'aiment pas les avocats… tant qu'ils n'ont pas besoin de recourir à leurs services.

— J'ai déjà entendu ça, en effet, concéda Graham. J'imagine que ce n'est pas tout à fait faux. Quoi qu'il en soit, cela a dû vous faire bizarre de passer des luxueux bureaux de Sutton & Associés sur Broad Street à ici.

— Pour ne rien vous cacher, je préfère mille fois l'ambiance qui règne dans cette maison…

Graham se caressa pensivement le menton.

— Je me souviens à présent, murmura-t-il. Je sais pourquoi votre visage m'est familier…

— Vraiment ?

— Je vous ai arrêté, une nuit, alors que vous rouliez à tombeau ouvert sur l'I-26 au volant d'une voiture de sport. Vous deviez avoir dix-huit ou dix-neuf ans. Je vous ai fait passer un test de sobriété, et vous avez échoué. Vous avez eu vraiment de la chance de ne pas blesser quelqu'un, ce soir-là.

— C'était vous ? s'exclama Reid qui se rappelait parfaitement cet épisode peu glorieux de son existence.

Cela s'était passé peu de temps après sa rupture avec Arden. Il cherchait alors à noyer son chagrin dans l'alcool et les sensations fortes, ce qui lui avait valu de commettre un certain nombre de bêtises qu'il regrettait aujourd'hui. Et Graham avait raison : ce n'était pas uniquement sa vie qu'il avait mise en danger en de telles occasions…

— Vous n'étiez pas un mauvais garçon, reprit Graham. Vous

auriez juste eu besoin qu'on vous remette dans le droit chemin. Mais votre père ne voyait apparemment pas les choses de la même façon. Il est intervenu en faisant jouer ses relations, et vous vous en êtes sorti sans même une remontrance. Evidemment, les choses n'ont pas été aussi faciles pour moi. Non content d'outrepasser ses prérogatives, votre père a fait en sorte que je sois sanctionné. Du coup, il m'a fallu cinq ans de plus pour pouvoir devenir inspecteur.

— Je me souviens de ce qui s'est passé cette nuit-là, répondit Reid, mortifié. Vous étiez parfaitement dans votre droit. Je m'étais conduit de façon totalement stupide, et vous avez raison : j'aurais pu faire des victimes. Mais j'ai appris la leçon : après cela, je n'ai plus jamais pris le volant sous l'emprise de l'alcool. Pour ce qui est de l'intervention de mon père, j'ignorais que les choses s'étaient déroulées de cette façon. J'en suis vraiment désolé et je vous présente mes excuses. Vous ne faisiez que votre travail...

Ce mea culpa ne sembla pas convaincre Graham qui le considérait toujours d'un œil réprobateur.

— Le problème, c'est que les gens comme vous ont toujours droit à une deuxième, à une troisième et même à une quatrième chance lorsqu'ils enfreignent la loi. L'argent et le pouvoir suffisent à aplanir presque toutes les difficultés dans cette ville. Et si vous avez appris la leçon, comme vous semblez le penser, ce n'est vraiment pas grâce à votre père. L'attitude des gens comme lui ne rend service à personne, vous savez...

— Je comprends votre position, acquiesça sobrement Reid. Et croyez-le ou non, je suis d'accord avec vous. Un père doit protéger ses enfants, pas leur donner un sentiment de totale impunité. Mais j'imagine que vous n'êtes pas venu pour parler de cette vieille histoire...

— En effet, acquiesça Graham.

— La presse n'a pas dit grand-chose à propos du meurtre, remarqua Reid.

— Cela vaut sans doute mieux, déclara sobrement Graham. Plus les journalistes donnent des détails sur les affaires sur lesquelles nous enquêtons et plus il devient difficile pour nous de faire notre travail. Que savez-vous, au juste ?

— Qu'une femme a été assassinée dans la nuit d'avant-hier. Pas beaucoup plus que cela. Est-ce qu'elle vivait dans le quartier ?

— Il vaut mieux que ce soit moi qui pose les questions, remarqua Graham un peu sèchement.

— Bien sûr, s'exclama Reid en souriant. Désolé, ce doit être la force de l'habitude...

Son interlocuteur demeura imperturbable.

— Où étiez-vous, dimanche soir ?

— Je suis allé retrouver des anciens collègues dans un bar du centre. Nous y avons passé toute la soirée. Nous avons bu quelques verres et mangé un morceau.

— Vers quelle heure êtes-vous rentré chez vous ?

— Un peu plus de minuit, je dirais. Je ne peux pas être plus précis que cela : je ne me rappelle pas avoir regardé l'heure exacte sur ma montre ou mon téléphone portable. En tout cas, les autres avaient décidé de rester encore un peu, mais j'étais fatigué et j'ai appelé un taxi. J'imagine qu'en appelant la compagnie vous pourriez avoir l'heure exacte de la course...

Graham hocha la tête. Reid se demanda si le fait qu'il ne prenne pas de notes était une bonne ou une mauvaise chose.

— En arrivant, avez-vous remarqué quoi que ce soit d'anormal ?

— J'ai entendu deux chats qui se battaient mais cela n'a rien d'étonnant : cela fait plusieurs semaines qu'ils s'écharpent régulièrement.

Graham tira une photographie de la poche intérieure de sa veste et la fit glisser sur le bureau dans sa direction.

— Reconnaissez-vous cette femme ?

Reid comprit que le moment de vérité était arrivé : il allait savoir si Brody lui avait menti ou non. Il ramassa donc le cliché et le considéra très attentivement. Il représentait une femme aux cheveux blonds et aux yeux bleus qui arborait un large sourire. Elle était assez jolie mais pas inoubliable.

Il n'aurait su dire avec certitude s'il s'agissait bien de la même femme que celle qui se trouvait sur le cliché de Brody. Cette dernière avait été photographiée sous un angle totalement différent, de profil, et l'éclairage tamisé du bar ne permettait pas de distinguer ses traits avec beaucoup de précision.

— Est-ce que vous la reconnaissez ?

— Je ne la connais pas, déclara Reid. Mais son visage me paraît vaguement familier. Il est possible que je l'aie croisée auparavant, si elle vivait dans le quartier. Est-ce que vous pouvez me donner son nom ?

— Haley Cooper. Cela vous dit quelque chose ?

— Non, rien du tout, j'en ai peur.

— Elle travaillait dans l'une des boutiques de vêtements de King Street. Sa colocataire nous a dit qu'elle avait quitté leur appartement vers 9 heures, dimanche soir, pour aller retrouver l'un de ses amis dans un bar du quartier. Ce sont les dernières nouvelles que nous ayons d'elle avant qu'elle n'ait été retrouvée morte lundi matin, dans une ruelle située près d'ici.

Graham observa attentivement Reid.

— Est-ce que vous fréquentez les boutiques de King Street ? lui demanda-t-il. Vous auriez pu la rencontrer à cette occasion.

— C'est possible, bien que je n'y aille pas très souvent. Il se peut aussi que son visage me rappelle celui de quelqu'un d'autre...

— Possible, en effet, concéda Graham. Quoi qu'il en soit, le nouveau commissaire devrait faire une déclaration un peu plus tard dans la journée. Mais en attendant, je préférerais que vous gardiez ces informations pour vous. Si jamais quelque chose vous revenait, n'hésitez pas à me contacter.

Graham lui tendit sa carte de visite.

— Je le ferai si je repense à quoi que ce soit, lui assura Reid.

Il se leva et raccompagna l'inspecteur jusqu'à la porte d'entrée. Lorsqu'il ouvrit la porte pour le laisser sortir, il eut la surprise de trouver Arden sous le porche qui s'apprêtait visiblement à sonner. L'espace d'un instant, il tomba en arrêt, frappé par l'irrésistible mélange de charme, de grâce et de beauté qui la caractérisait.

Elle portait une robe estivale jaune toute simple qui mettait parfaitement en valeur sa silhouette athlétique. Avec ses bras nus et ses longues jambes dorés par le soleil, ses cheveux tirés en queue-de-cheval et les adorables taches de rousseur qui constellaient ses pommettes, elle lui paraissait encore plus séduisante que la veille. Il émanait d'elle une impression de fraîcheur et d'assurance qui le renvoya des années en arrière, à l'époque où tous deux s'étaient mis en tête de résoudre ce qu'ils appelaient l'énigme du crépuscule.

— Arden, articula-t-il enfin, qu'est-ce que tu fais là ?

— Je suis passée te dire bonjour, répondit-elle à sa grande surprise.

Étant donné la façon dont s'était déroulée leur rencontre de la veille, il ne s'était pas attendu à la revoir de sitôt.

— J'espère que je ne tombe pas à un mauvais moment, ajouta-t-elle en se tournant vers le policier.

— Je te présente l'inspecteur Graham, lui dit Reid. Il enquête sur un meurtre qui a été commis dans le voisinage. Inspecteur, voici Arden Mayfair, l'une de mes amies d'enfance.

— Enchanté, mademoiselle Mayfair, la salua Graham, visiblement impressionné par la jeune femme.

Celle-ci serra la main qu'il lui tendait.

— Un meurtre ? s'exclama-t-elle alors. C'est inquiétant...

— En effet, confirma sobrement Graham.

— Est-ce que vous avez des suspects, inspecteur ?

— Je ne peux malheureusement pas en discuter pour le moment, répondit-il.

— Bien sûr, s'exclama-t-elle d'un air faussement contrit. Je comprends. Vous ne pouvez pas parler d'une enquête en cours. C'est tout naturel.

Reid ne put s'empêcher de lui jeter un regard admiratif. Elle avait toujours eu le chic pour jouer les ingénues et tirer les vers du nez des personnes les moins coopératives.

— Est-ce que vous habitez dans le quartier ? s'enquit Graham.

— Non. J'habite par là-bas, répondit-elle en désignant d'un geste vague l'extrémité sud de la péninsule. Je suis juste venue rendre visite à Reid. Je voulais jeter un coup d'œil à sa nouvelle maison.

— Vous vous appelez Mayfair. Comme les Mayfair de l'East Bay ?

— Clement Mayfair est mon grand-père, acquiesça-t-elle. Est-ce que vous le connaissez ?

— Bien sûr, railla l'inspecteur. Je suis justement allé dîner chez lui, dimanche...

— Bizarre, rétorqua Arden. Je ne vois aucune trace d'engelures...

La remarque sarcastique prit le policier totalement au dépourvu.

— Je vous demande pardon ?

— L'ambiance chez les Mayfair est souvent glaciale, même au beau milieu de l'été, expliqua-t-elle.

S'il parut un peu décontenancé de l'entendre critiquer aussi ouvertement l'un des hommes les plus puissants de la ville, Graham s'efforça de ne rien laisser transparaître.

— Je vous crois sur parole, conclut-il avant de se tourner vers Reid. Vous ne m'avez pas donné le nom de la compagnie du taxi que vous avez utilisé pour rentrer, remarqua-t-il.

— Les Taxis Verts, répondit Reid. Et je me rappelle même le prénom du chauffeur : c'était Louis.

— Je ne devrais pas avoir trop de mal à le retrouver. Qui sait ? Il a peut-être vu ou entendu quelque chose, après vous avoir déposé.

— Souhaitons-le, acquiesça Reid.

— Mademoiselle Mayfair, monsieur Sutton, les salua Graham.

— Inspecteur, répondirent-ils d'une même voix.

Il descendit les marches et se dirigea vers son véhicule qui était garé non loin de là.

— Pas très cordial, cet inspecteur, commenta Arden lorsqu'il fut hors de portée de voix.

— J'ai l'impression qu'il n'apprécie pas particulièrement les gens de notre espèce.

— Et à quelle espèce appartenons-nous, exactement ?

— À celle des gens qui sont nés au sud de Broad Street avec une cuillère en argent dans la bouche.

Arden haussa les épaules.

— On ne peut pas lui en vouloir, opina-t-elle. Personne ne peut nous supporter. Pas même nous-mêmes, la plupart du temps. Quant à ma cuillère d'argent, je crois bien que je vais devoir la vendre rapidement si je veux pouvoir financer les travaux de rénovation du domaine Berdeaux…

— Je te prêterais bien de l'argent, répliqua Reid d'un ton sarcastique. Malheureusement, j'ai été déshérité.

— Tu parles d'une jeunesse dorée, railla-t-elle. Plus sérieusement, que te voulait ce sympathique inspecteur ?

— Je te l'ai dit : il enquête sur un meurtre qui a été commis dans le quartier.

— Le meurtre dont tu m'as parlé hier ?

Reid hocha la tête, et les yeux d'Arden s'agrandirent sous l'effet de la surprise. Il remarqua à quel point le vert de ses iris était translucide, à la lumière du matin. Il distingua les petites paillettes dorées qui s'y dessinaient et sentit son cœur se serrer dans sa poitrine. Comme chaque fois qu'il se retrouvait face à Arden, il se demanda comment il avait bien pu vivre sans elle.

— Tu ne m'avais pas dit que cela s'était produit dans ton quartier, s'exclama-t-elle.

— Qu'est-ce que cela change ?

— Eh bien... Tout, peut-être, s'exclama-t-elle.

Il lui jeta un regard étonné.

— Tout le monde sait que nous étions très proches, toi et moi. En commettant son crime aussi près de chez toi, le tueur tenait peut-être à ce que tu en entendes parler.

Reid la considéra avec stupeur. Il avait été tellement secoué par les révélations de Brody, la veille, qu'il en avait presque oublié la présence du pétale de magnolia. Si quelqu'un avait réellement cherché à l'atteindre, comme le suggérait Brody, l'utilisation de cet accessoire avait peut-être été délibérée.

Se pouvait-il que l'homme qui, d'après lui, avait engagé la fille du bar ait un rapport quelconque avec l'énigme du crépuscule ?

— Qu'as-tu dit à l'inspecteur, exactement ?

— Que j'ignorais tout de ce meurtre, répondit Reid, troublé. Je ne pouvais pas lui parler de mon informateur au sein de la police. En revanche, il m'a dit qui était la fille qui s'est fait assassiner. Apparemment, elle s'appelait Haley Cooper et travaillait dans un magasin de vêtements sur King Street.

— Mais pourquoi Graham est-il venu te voir, toi ?

— J'imagine qu'il procède à une enquête de voisinage pour tenter de découvrir si quelqu'un a vu ou entendu quelque chose, cette nuit-là.

— J'en doute, objecta Arden. Au cas où tu ne l'aurais pas remarqué, en sortant d'ici, il est directement retourné à sa voiture au lieu d'aller interroger tes voisins.

Reid hésita à lui parler de Brody mais se ravisa. Il ne servait à rien de compliquer les choses tant qu'il n'en saurait pas un peu plus. De plus, en mettant Arden au courant de la situation, il risquait de la mettre elle aussi en danger.

— J'étais peut-être le dernier sur la liste, déclara-t-il. Ou bien, il a brusquement décidé d'aller interroger le chauffeur de taxi qui m'a raccompagné, avant-hier. Comment veux-tu que je le sache ?

Elle le considéra d'un œil légèrement suspicieux mais se garda de tout commentaire.

— Dis-moi, fit-il pour changer de conversation. Pourquoi est-ce que tu es venue ? Je doute que ce soit simplement pour voir ma maison comme tu l'as prétendu.

— Effectivement, acquiesça-t-elle. Je suis venu te faire une proposition.

— Une proposition ? répéta-t-il, passablement étonné. Pourtant, tu semblais surtout très impatiente de te débarrasser de moi, hier soir...

— Ta visite m'a prise complètement au dépourvu, avoua-t-elle. Je ne m'attendais vraiment pas à me retrouver nez à nez avec toi, après toutes ces années. Et puis, tu m'as parlé de ce meurtre, et tous ces souvenirs ont commencé à resurgir... Tu ne pensais tout de même pas que j'allais t'accueillir à bras ouverts puis me mettre à sauter de joie en apprenant que le tueur du crépuscule avait peut-être fait un émule ?

Vu sous cet angle, la froideur dont elle avait fait preuve à son égard s'expliquait effectivement assez bien, fut forcé de reconnaître Reid.

— Écoute, reprit-elle d'un ton conciliant. Je ne suis pas venue me disputer avec toi, bien au contraire. Hier soir, peu de temps après ton départ, j'ai reçu la visite de mon oncle Calvin, le frère de maman. Il m'a expliqué qu'il était revenu vivre à Charleston parce qu'il pensait qu'il était temps pour lui de faire la paix avec son passé. Ça m'a fait réfléchir...

Reid lui jeta un regard étonné.

— Tu as décidé de rester vivre à Charleston ?

— Non, répondit-elle. Mais j'ai décidé de m'accorder un peu de temps pour en décider...

Reid n'était pas certain de savoir ce que lui inspirait cette nouvelle résolution. L'idée qu'Arden vivrait désormais si près de lui l'emplissait d'un mélange d'espoir et d'effroi. Tant qu'elle avait habité à Atlanta, il lui avait été relativement facile de faire comme si elle n'existait pas. À Charleston, il n'aurait plus un tel luxe.

— Tu ne dis rien, remarqua-t-elle.

— Je suis un peu surpris, avoua-t-il. À vrai dire, le terme est faible : je suis stupéfait qu'une simple conversation avec ton oncle que tu n'avais pas revu depuis des années t'ait brusquement convaincue d'opérer un tel changement…

— En fait, cette discussion m'a fait prendre conscience de quelque chose que je sentais déjà confusément, reconnut-elle. Depuis que je suis arrivée à Charleston, j'ai l'impression de me sentir vraiment chez moi. Je me rends compte que cette ville m'a manqué. Ses jardins, ses maisons, la présence de la mer, la gentillesse de ses habitants…

— Je ne te savais pas aussi sentimentale.

— Cela m'arrive, figure-toi, répondit-elle sans relever l'ironie dont il venait de faire preuve. J'imagine que ce doit être un effet de l'âge. Si tu veux tout savoir, il m'arrive même de regretter l'époque où nous étions ensemble.

La fausse désinvolture avec laquelle elle venait de prononcer ces mots eut probablement l'effet qu'elle escomptait. L'espace de quelques instants, Reid demeura silencieux, ne sachant trop comment réagir à cette déclaration aussi inattendue que fracassante. Arden avait toujours eu le don de le déstabiliser et, visiblement, l'âge n'avait pas émoussé ce talent.

— Qu'est-ce que tu mijotes, exactement ? lui demanda-t-il enfin.

— Invite-moi à entrer, et je te l'expliquerai, répondit-elle en lui décochant l'un de ces sourires qui avaient le don de le faire fondre intérieurement.

Alors qu'il s'apprêtait à répondre, un frisson glacé le parcourut de la tête aux pieds. Car de l'autre côté de la rue, négligemment adossé à un lampadaire, il venait d'apercevoir Dave Brody qui les observait d'un air légèrement narquois. Reid se rappela alors qu'il lui avait laissé jusqu'au matin pour prendre une décision au sujet de Ginger Vreeland.

— Entre, dit-il à Arden. Je te rejoins tout de suite.

— Où vas-tu ? lui demanda-t-elle, curieuse.

— Je n'en ai que pour une minute. Il doit encore y avoir du café chaud dans la cuisine, si cela te tente.

Elle le considéra d'un air légèrement suspicieux mais dut comprendre qu'il ne lui en dirait pas plus et finit par hocher la tête. Lorsqu'elle eut disparu à l'intérieur de la maison, Reid dévala les marches et se dirigea vers Brody qui, cette fois-ci, ne fit pas mine de s'enfuir.

Jetant un coup d'œil par-dessus son épaule, Reid constata sans surprise qu'Arden n'avait pas refermé la porte derrière elle. Elle se tenait dans l'embrasure et l'observait avec intérêt, se demandant certainement qui était l'homme patibulaire qu'il venait de rejoindre.

— Elle est encore plus jolie vue de près, remarqua alors Brody.

— Je vous ai dit de la laisser en dehors de tout ça, s'exclama Reid, furieux.

— Et je vous ai déjà dit que votre petite amie ne m'intéressait pas, répliqua Brody. Je suis venu chercher une réponse à la proposition que je vous ai faite, hier soir. Êtes-vous prêt à m'aider, Sutton ?

— Avant tout, j'aimerais savoir si c'est à vous que je dois la visite de cet inspecteur de police, ce matin, répliqua Reid.

— Non, répondit Brody. Je suis flatté que vous puissiez penser que je dispose de ce genre de relations. Quoi qu'il en soit, je peux vous dire que ce que vous avez pu raconter à ce brave Graham ne lui a pas beaucoup plu. Il avait l'air passablement frustré, en sortant de chez vous.

— Comment connaissez-vous son nom ?

— Ce n'est pas bien difficile : Graham est l'inspecteur qui a officiellement été chargé de l'enquête. Je l'ai déjà vu plusieurs fois dans le quartier, au cours de la journée d'hier. Ce qui m'étonne, c'est que vous n'ayez pas été au courant. Dois-je vous rappeler que dans ce genre d'affaire, l'information est capitale ? C'est souvent ce qui fait la différence entre les innocents et les coupables, entre les survivants et les victimes… N'est-ce pas le b.a.-ba du métier d'avocat ?

— Pourquoi serait-il venu me voir, moi spécifiquement ?

Brody haussa les épaules d'un air indifférent.

— Si j'étais à sa place, j'interrogerais tous les riverains, opina-t-il. Evidemment, il est également possible que ce flic ait appris que vous aviez croisé la victime peu de temps avant sa mort. Mais ce n'est pas moi qui le lui ai soufflé.

— Qui l'aurait fait, dans ce cas ?

— Peut-être celui qui a engagé la fille pour vous piéger. Si c'est le cas, je ne vous envie pas. Votre ennemi a le bras long, et il est malin...

— Et si vous aviez tout inventé ? Si c'était vous qui aviez prévenu Graham ?

— Ne soyez pas ridicule, objecta Brody. Quel intérêt aurais-je à faire ça ? Vous êtes l'une des rares personnes sur lesquelles je puisse compter pour m'aider à retrouver Ginger.

Reid ne pouvait nier la logique de la chose.

— D'accord, acquiesça-t-il. Admettons que j'ai réellement un ennemi. S'il a déjà fait savoir à la police que j'avais rencontré cette fille au bar, je n'ai plus aucune raison de vous aider.

— Vous oubliez que je dispose de photos montrant la fille en train de verser quelque chose dans votre verre. Cela pourrait vous aider à vous disculper le cas échéant. Et puis je dispose maintenant d'un autre élément compromettant que vous n'aimeriez sans doute pas voir tomber entre les mains de la police...

Reid sentit monter en lui une pointe d'angoisse. Il connaissait suffisamment Brody à présent pour savoir que ce dernier était bien plus intelligent qu'il ne voulait le laisser paraître. Continuer à le sous-estimer constituerait une erreur impardonnable.

— Je vais vous montrer un petit extrait, reprit Brody en sortant un téléphone portable de sa poche. Ces appareils sont infiniment plus perfectionnés que ceux que nous avions à l'époque où l'on m'a envoyé en prison. C'est incroyable tout ce que l'on peut faire avec...

Après avoir localisé ce qu'il cherchait, il tendit le téléphone à Reid qui activa la lecture de la vidéo qui s'affichait à l'écran. Il ne lui fallut que quelques instants pour comprendre ce qu'il était en train de regarder et comprit qu'il s'était fait piéger.

Il se vit approcher de la rubalise mise en place par la police et hésiter quelques instants avant de la franchir et de s'avancer sur la scène de crime. Tout en avançant vers l'endroit où il avait été commis, il observait attentivement les alentours, paraissant notamment intéressé par les fenêtres susceptibles de donner sur la ruelle.

Reid se rappelait effectivement s'être demandé si quelqu'un avait pu voir ou entendre quelque chose. Mais cette attitude prenait un tout autre sens si on le considérait comme le suspect de ce meurtre.

— Je ne suis pas policier mais très franchement, si je recevais un tel film, je me poserais des questions à votre sujet, remarqua Brody.

— Vous m'avez piégé, murmura Reid. Vous êtes une belle ordure !

— Je tiens juste à m'assurer que vous m'apporterez l'aide que votre père m'a refusée, il y a dix ans de cela, rétorqua durement Brody.

— Cette vidéo ne prouve rien du tout, vous le savez très bien.

— Je suis aussi très bien placé pour savoir que les tribunaux se contentent parfois de preuves purement circonstancielles pour prononcer une condamnation. Je ne suis pas un saint mais quoi que vous en pensiez, j'étais innocent du crime dont on m'accusait. Cela ne m'a pas empêché d'en prendre pour dix ans.

— Vous seriez prêt à m'envoyer sur la chaise électrique pour un crime que je n'ai pas commis ? s'exclama Reid.

— Je ne me fais aucune illusion à ce sujet, rétorqua Brody. Les preuves sont effectivement purement circonstancielles. Et contrairement à moi, vous disposerez d'un avocat vraiment motivé. Vous ne devriez avoir aucun mal à faire valoir votre innocence. En revanche, ce procès sonnera le glas de votre réputation et de votre carrière. Mais il n'y a aucune raison pour que les choses en arrivent là. Tout ce que je vous demande, c'est de m'aider à retrouver la femme qui aurait pu m'innocenter, il y a dix ans.

Reid jeta un coup d'œil en direction d'Arden qui les observait toujours depuis la maison. Même sans entendre ce qu'ils se disaient, elle devait percevoir la tension entre eux et elle ne manquerait pas de lui poser des questions à ce sujet. Il la connaissait suffisamment pour savoir qu'il aurait désormais beaucoup de mal à les éluder.

— Même si je parvenais à retrouver Ginger Vreeland après tout ce temps, reprit-il, croyez-vous vraiment que je vous laisserais vous venger de ce qu'elle vous a fait à l'époque ?

Brody secoua doucement la tête.

— Une fois de plus, vous vous méprenez sur mes intentions, Sutton. Je n'en veux pas à Ginger. Elle a dû lutter bec et ongles pour échapper au caniveau, et c'est quelque chose que je respecte. Si quelqu'un lui a permis de se tirer de la misère et d'arrêter de faire le trottoir, je ne peux pas lui reprocher d'avoir accepté. Elle méritait mieux que la vie qu'elle avait. Ce que je veux, c'est qu'elle me confirme que c'est bien votre père qui a acheté son silence. Je veux aussi savoir ce qu'il craignait tant qu'elle ne laisse échapper au tribunal. Car je ne pense pas que dans votre milieu une simple infidélité conjugale aurait suffi à ruiner sa réputation. Il doit y avoir autre chose. Et lorsque je l'aurai découvert, je ferai en sorte qu'il me dédommage à mon tour pour ces dix années que j'ai passées à l'ombre…

— Vous ne parviendrez jamais à le faire chanter, objecta Reid.

— Si c'est vraiment ce que vous pensez, vous n'avez aucune raison de ne pas m'aider, remarqua Brody. Mais entre nous soit dit, je suis certain que cela ne vous ennuierait pas trop de faire tomber votre père de son piédestal. Je suis sûr que votre mère a beaucoup souffert de ses mensonges et de ses incartades. D'ailleurs, vous devriez aller la voir : cela vous donnerait une excellente raison de repasser dans votre belle maison de Walter Street et de jeter un coup d'œil dans le bureau de votre père…

— Laissez ma mère en dehors de tout cela, le prévint Reid.

— Tant que vous m'aidez, je n'ai aucune raison de la mettre dans la confidence. Évidemment, si vous refusez ou si vous traînez des pieds, je pourrais aller lui parler de tout cela. Ne dit-on pas qu'il n'est pire furie en enfer qu'une femme offensée ? Peut-être acceptera-t-elle de me laisser fouiller les papiers de votre père en apprenant ce qu'il a fait…

Reid ne se faisait aucune illusion : Brody le tenait et en refusant de faire ce qu'il lui demandait, il placerait sa mère et lui-même dans une situation très délicate. De plus, si Brody avait vu juste au sujet de son père, ce dernier ne méritait vraiment pas d'être protégé.

— Très bien, s'inclina-t-il enfin. Vous avez gagné. Je vais vous aider à retrouver cette fille. Mais je vous préviens, vu toutes les années qui se sont écoulées depuis sa disparition, cela risque de me prendre un certain temps.

— Je vous laisse jusqu'à vendredi. Si d'ici là, vous n'avez fait aucun progrès, nous renégocierons notre petit arrangement. En attendant, je préfère vous prévenir, Sutton...

Brody le fixa droit dans les yeux, et Reid avisa dans son regard un mélange de froideur et de cruauté qui lui rappela s'il en était besoin qu'il avait affaire à un criminel endurci.

— N'essayez pas de me doubler. J'ai des amis qui ne s'encombrent pas d'autant de principes que moi et qui n'hésiteraient pas à vous trancher la gorge ou à trancher celle d'un proche si je le leur demandais gentiment...

Le regard qu'il jeta alors en direction d'Arden était suffisamment éloquent pour se passer de commentaire.

6

— Qui était-ce ? s'enquit Arden lorsque Reid la rejoignit enfin dans le vestibule de la maison.

— Personne, éluda-t-il.

— Je n'en crois pas un mot, répliqua-t-elle. Vous paraissiez presque sur le point d'en venir aux mains, tous les deux. Je suis content que tu ne l'aies pas fait, d'ailleurs, parce qu'il n'avait pas l'air commode.

— C'est un ancien client, éluda-t-il. Nous avons eu quelques différends mais rien de bien grave.

— Vraiment ? fit-elle d'un ton dubitatif. Ce qu'il t'a dit a pourtant l'air de t'inquiéter…

Il haussa les épaules.

— Désolé pour cette interruption, lui dit-il. Où en étions-nous ? Ah oui, tu me parlais d'une proposition que tu avais à me faire…

Il aurait préféré se retrouver seul pour réfléchir aux conséquences du pacte avec le diable qu'il venait de passer. Mais il ne tenait pas à ce qu'Arden croise Brody dans le quartier. Mieux valait donc la garder ici le temps que ce dernier se soit éloigné.

Comprenant sans doute qu'il n'en dirait pas plus, Arden s'était avancée dans le hall et contemplait l'intérieur de la maison avec une évidente curiosité. Elle observa successivement le vestibule, le grand escalier qui conduisait à l'étage et son bureau que l'on distinguait par la porte restée ouverte.

— Alors ? lui demanda-t-il enfin. Qu'est-ce que tu en penses ?

Elle se tourna vers lui et le regarda gravement.

— Honnêtement ? lui demanda-t-elle.

— Je n'en attends pas moins de ta part, répliqua-t-il en souriant.

— Eh bien... Tu as pas mal de travail devant toi, déclara-t-elle. Il va te falloir faire rénover les parquets, changer les fenêtres qui doivent être de véritables passoires énergétiques, probablement changer la chaudière et faire remettre l'électricité aux normes. Il faudra aussi arracher les papiers peints, changer un certain nombre de boiseries et tout repeindre. Bref, ça risque de coûter assez cher et de te prendre pas mal de temps. Mais à part ça...

Un large sourire illumina le beau visage de la jeune femme.

— C'est un endroit splendide, Reid. Je l'adore, vraiment. La maison est magnifique, l'emplacement idéal, et il y a énormément de lumière.

Elle s'avança dans son bureau et jeta un coup d'œil par les fenêtres qui donnaient sur le jardin.

— C'est tout à fait le genre de maison dans lequel j'aurais rêvé d'habiter, quand j'étais petite. Elle est vieille et pleine de charme, comme celle de ma famille, mais contrairement au domaine Berdeaux elle est bâtie à taille humaine.

— Je me rappelle que tu trouvais la maison de ta grand-mère un peu oppressante.

— C'est vrai. Mais toi, tu rêvais d'habiter dans un immense loft avec vue sur la mer.

— Et j'ai réalisé mon rêve, acquiesça-t-il. J'y ai vécu pendant plusieurs années avant de me rendre compte que l'endroit manquait d'âme.

Arden lui lança un regard étonné. Elle n'avait pas l'habitude qu'il s'exprime de cette façon. Mais face à elle, Reid prenait brusquement conscience de tous les changements qui s'étaient opérés en lui depuis qu'elle était partie. L'adolescent qu'il était à l'époque aurait probablement eu du mal à reconnaître l'homme qu'il était devenu.

Il se demanda alors si elle aussi avait changé à ce point. Avait-elle renoncé à ses rêves d'autrefois ? En avait-elle forgé de nouveaux ? Il se prit à songer qu'au fond, il ne savait plus vraiment qui elle était. Mais il avait terriblement envie de le découvrir.

Hélas, le moment était très mal choisi pour cela. Brody lui

avait donné jusqu'au vendredi pour obtenir les premiers éléments d'information au sujet de Ginger Vreeland. Et s'il ne s'exécutait pas, l'autre n'hésiterait probablement pas à s'en prendre à sa mère ou à Arden.

De plus, il était évident que l'inspecteur Graham l'avait dans son collimateur. Il ne pouvait donc pas se permettre de commettre la moindre erreur. Il lui fallait aussi en apprendre un peu plus au sujet de l'homme mystérieux qui, s'il fallait en croire Brody, semblait avoir fomenté toute cette histoire.

En l'espace de deux jours seulement, sa vie était devenue terriblement compliquée...

— Est-ce que je peux t'offrir quelque chose à boire ? demanda-t-il à Arden. Il doit me rester du thé glacé dans le réfrigérateur.

— Avec plaisir. Le trajet était plus long que je ne l'avais pensé, et il fait une chaleur écrasante.

— Je suis désolé, je n'ai pas encore fait réparer l'air conditionné, s'excusa Reid. Je suis un peu débordé, ces temps-ci.

Il récupéra la bouteille d'eau et le verre que Graham avait utilisé et les rapporta à la cuisine. Il en sortit un nouveau et prit la carafe de thé glacé au citron qui se trouvait dans le réfrigérateur. Ces quelques minutes lui permirent de recouvrer un semblant de calme.

De retour dans le bureau il remplit leurs verres de thé. Arden avait déjà pris place sur l'un des fauteuils qui faisaient face à son bureau. Reid s'aperçut que l'une des bretelles de sa robe avait glissé et il résista à la tentation de la remettre en place.

Il ne comprenait pas réellement comment un détail aussi innocent pouvait lui paraître chargé d'un tel érotisme. Pourtant, il sentait tout son corps s'enfiévrer à la seule vue de l'épaule ronde et soyeuse qui s'offrait à ses regards. Fort heureusement, Arden ne paraissait pas s'apercevoir de son trouble.

— On dirait que tu as beaucoup de travail, remarqua-t-elle en désignant tous les dossiers qui étaient ouverts sur son bureau et sur la grande desserte située derrière.

— Pour le moment, je ne travaille que sur deux dossiers, répondit-il modestement. Mais l'un des deux est une action collective, et je représenterai des dizaines de plaignants.

— Cela doit représenter un travail colossal, remarqua-t-elle.

— En effet, répondit-il. Mais tu voulais me parler de quelque chose.

— De deux choses, en fait, acquiesça-t-elle. La première a trait à la vente de la maison de ma grand-mère...

— Je croyais que tu avais décidé de rester, objecta Reid.

— J'ai décidé d'envisager toutes les hypothèses : vendre et repartir pour Atlanta comme j'en avais originellement l'intention, garder la maison et rester à Charleston ou même vendre la maison pour racheter quelque chose de plus petit à Charleston.

Reid hocha la tête. Il pouvait effectivement comprendre que le domaine Berdeaux puisse paraître bien trop vaste – et trop onéreux à entretenir – pour une personne seule.

— Je t'ai dit que mon oncle était passé, hier soir. Je lui ai parlé de mes projets, et il a paru un peu troublé à l'idée que la maison puisse être vendue à quelqu'un d'extérieur à la famille. Il m'a rappelé qu'elle était aux mains des Berdeaux depuis des générations. Je peux comprendre son inquiétude. Bien qu'il n'ait pas vécu là longtemps, cette demeure fait partie de son héritage. Malheureusement, je n'ai pas les moyens d'entretenir une propriété de cette taille si je n'y vis même pas...

— Ta grand-mère devait le savoir en te la léguant. Ça a pourtant été sa décision.

— C'est vrai, concéda-t-elle. Mais c'est une raison de plus pour ne pas prendre les choses à la légère. Le domaine Berdeaux faisait la joie et la fierté de ma grand-mère. Quoi qu'il devienne, je tiens à m'assurer que les lieux et sa mémoire seront respectés. Grand-mère a établi un fonds qui doit servir à entretenir la maison mais il ne durera pas éternellement. Je ne peux donc pas me permettre d'attendre indéfiniment avant de prendre une décision.

— Tu pourrais mettre le domaine en vente en l'état, suggéra Reid. Qui sait ? Tu seras peut-être agréablement surprise. Je reconnais qu'il n'y a pas beaucoup de particuliers qui peuvent s'offrir une propriété de cette envergure. Mais elle pourrait être rachetée par une entreprise ou une fondation quelconque. Ce serait l'endroit idéal pour organiser des colloques ou des séminaires, par exemple. Quelqu'un pourrait aussi décider d'en faire un grand hôtel ou un centre de soins.

— J'en viens à la deuxième chose que m'a dite mon oncle. À vrai dire, initialement, c'était une suggestion de sa part. Il pensait que mon grand-père pourrait être intéressé par le rachat de la maison. Et c'est vrai qu'il s'est toujours intéressé aux grandes propriétés historiques de la ville.

— Ton oncle a raison, approuva Reid. Ce serait la solution parfaite, non ? La maison resterait dans votre famille mais tu serais libérée de cette écrasante responsabilité.

— Le seul problème, objecta Arden, c'est que je connais Clement Mayfair. Il ne fait jamais rien par pur altruisme. Or ma grand-mère et lui en étaient venus à se haïr. Qui dit qu'il ne va pas raser la maison et récupérer le terrain ? Ce serait une façon pour lui de se venger de son ex-épouse…

— Tu exagères, protesta Reid.

Arden secoua la tête.

— Tu ne te rends pas compte à quel point ces deux-là se détestaient, objecta-t-elle. À la fin, cela n'avait plus rien de rationnel. Rends-toi compte : ils étaient tellement décidés à rompre tout contact entre eux qu'ils ont séparé leurs enfants et en ont pris un chacun !

— Mais tu crois vraiment que Clement Mayfair dépenserait autant d'argent, de temps et d'énergie pour se venger de quelqu'un qui n'est même plus de ce monde ? objecta Reid, dubitatif.

— Probablement, acquiesça-t-elle. Et puis, ce ne serait pas une perte sèche non plus : s'il rase la demeure historique, il pourra toujours faire construire plusieurs maisons modernes et revendre la propriété par lots. Le connaissant, il serait même capable de réaliser un bénéfice au passage.

Reid pensa à ses propres parents qui éprouvaient tout au plus une profonde indifférence l'un envers l'autre. S'ils n'avaient jamais divorcé, c'était surtout pour s'épargner un scandale.

Sa mère n'avait pas non plus la chance de disposer d'une fortune comparable à celle de la grand-mère d'Arden et, si elle décidait de partir, elle devrait drastiquement diminuer son train de vie.

Reid n'était pas sûr de savoir quelle solution était la meilleure.

Il lui semblait surtout très triste que des couples puissent en arriver à de telles extrémités.

— Est-ce que tu sais ce qui leur est arrivé pour que les choses prennent de telles proportions ? demanda-t-il à Arden.

Arden haussa les épaules, et il ne put s'empêcher de remarquer que sa bretelle avait glissé encore un peu plus, révélant la naissance de son sein. En dépit des circonstances, il ne put réprimer un brusque élan de désir qui le traversa de part en part.

— Grand-mère n'a jamais voulu en parler mais j'ai cru comprendre qu'il s'agissait de quelque chose de très grave. Quoi qu'il en soit, si mon grand-père parvient à mettre la main sur le domaine Berdeaux, il prendra probablement un malin plaisir à le détruire.

— Mais il ne pourra pas faire n'importe quoi, objecta Reid. Les demeures historiques comme Berdeaux sont soumises à des règles très strictes.

— Mon grand-père a probablement le bras suffisamment long pour obtenir le déclassement. Au pire, il pourra toujours se débrouiller pour qu'un incendie accidentel détruise le bâtiment...

La détresse d'Arden était manifeste. De toute évidence, elle était convaincue que la haine que se vouaient ses grands-parents pouvait réellement pousser Mayfair à de telles extrémités. Connaissant l'attachement qu'elle avait toujours éprouvé envers sa grand-mère qui l'avait élevée, il n'était pas étonné qu'elle prenne les choses tant à cœur.

— Que puis-je faire pour t'aider ? lui demanda-t-il gravement.

Le regard qu'elle lui lança était empli de reconnaissance.

— J'ai peur qu'Ambrose, notre notaire, ne soit un peu trop facile à manipuler. Il se fait vieux et il défend à la fois mes intérêts et ceux de mon grand-père qu'il connaît depuis toujours. Il vaudrait mieux que je trouve quelqu'un d'autre pour me représenter, et j'ai pensé à toi.

— Tu veux que je devienne ton avocat ? s'étonna Reid.

— Oui. À moins que tu ne le veuilles pas, bien sûr...

— Ce n'est pas cela, protesta-t-il vivement. Mais je pense que tu serais mieux conseillée par un spécialiste de l'immobilier.

— Le problème, c'est que même si je trouve un spécialiste en la matière, je ne pourrai pas être certaine que mon grand-père ne va pas le corrompre ou l'intimider. Tu es le seul en qui j'ai totalement confiance, Reid. Je sais que tu ne céderas jamais à la pression, même si elle est exercée par un homme aussi influent que Clement Mayfair.

Reid ne put s'empêcher de penser à la conversation qu'il venait tout juste d'avoir avec Brody. Ne venait-il pas précisément de céder à un chantage ? Il tenta de se convaincre que, dans ce cas précis, c'était une preuve de sagesse plus que de faiblesse mais n'y parvint pas totalement.

Ce qu'il ne comprenait pas, c'était comment en l'espace d'une journée Arden avait pu passer de la défiance à la confiance. Que savait-elle vraiment de lui, au fond, après ces quatorze ans de silence radio ?

Il réprima la pointe de colère et de rancœur qui montait en lui, sachant que de tels sentiments s'avéreraient totalement contre-productifs.

— J'avoue que je suis un peu étonné par cette soudaine déclaration de confiance, déclara-t-il enfin.

— Tu ne devrais pas, répondit-elle. J'ai toujours eu confiance en toi, Reid. Depuis notre plus tendre enfance, tu as toujours été là pour moi.

Reid fut tenté de lui rappeler la terrible exception à cette règle qui avait conduit à leur rupture.

— Est-ce que tu es d'accord pour t'occuper de ce dossier ? lui demanda-t-elle.

— Dans un premier temps, je veux bien commencer par jeter un coup d'œil au testament de ta grand-mère.

— Bien sûr, acquiesça-t-elle.

— En revanche, tu dois savoir que dès l'instant où tu vas demander ce genre de documents à Ambrose, il risque de comprendre que tu consultes quelqu'un d'autre. Et il ne mettra probablement pas très longtemps à comprendre de qui il s'agit…

— Je sais. Et je ne compte pas le prendre en traître. Très franchement, je ne crois pas qu'il m'en voudra. Au contraire, il sera probablement soulagé de ne plus se trouver pris au beau milieu d'un tel conflit d'intérêts…

— Tu as peut-être raison, concéda Reid. Mais je dois aussi t'avertir qu'en cas de contentieux la situation pourrait devenir très épineuse. Ton grand-père a suffisamment de ressources pour faire durer un procès durant des années s'il lui en prend la fantaisie. Il faut que tu sois vraiment certaine que ça en vaut la peine.

— J'en suis sûre, déclara-t-elle sans la moindre hésitation. Ma grand-mère m'a transmis ce combat, et il n'est pas question que je la laisse tomber. Il est temps que Clement Mayfair découvre que tout le monde n'est pas prêt à se soumettre à ses quatre volontés. Il a déjà suffisamment fait de mal comme cela !

— D'accord, acquiesça Reid. Dans ce cas, je vais commencer par me renseigner discrètement, histoire de découvrir s'il a réellement des vues sur le domaine Berdeaux. Il serait stupide de monter au créneau pour rien.

— Merci beaucoup, Reid.

— Ne me remercie pas encore, protesta-t-il. Pour le moment, tout ce que nous avons à faire, c'est rester sur nos gardes et tenter de trouver un autre acheteur qui pourrait être intéressé par le domaine.

Arden hocha la tête et demeura quelques instants silencieuse.

— Il me semble que tu avais évoqué un deuxième sujet, lui rappela Reid.

— C'est vrai, acquiesça-t-elle. J'ai l'impression que tu es un peu débordé, en ce moment. Du coup, tu n'as même pas eu le temps de ranger ton bureau. Je ne suis pas sûre que ce soit très rassurant pour les clients qui viennent te voir de voir ces piles de livres et de dossiers stockées dans le plus grand désordre.

— Je sais, soupira Reid. Et je suis d'accord avec toi. Malheureusement, je n'ai vraiment pas le temps de m'en occuper. Le plus simple serait sans doute de recruter quelqu'un pour le faire et me donner un coup de main mais je n'ai pas non plus le temps d'organiser un recrutement…

— Je pourrais m'en occuper pour toi, suggéra Arden.

Il la considéra avec étonnement.

— Pourquoi ferais-tu une chose pareille ?

— Tu as besoin d'aide. Quant à moi, si je veux prolonger mon séjour à Charleston, je ferais bien de me trouver une source de revenus.

— Tu voudrais travailler pour moi ? s'exclama Reid, sidéré.

— Je pense en être capable, lui dit-elle, sur la défensive. Je sais que ce n'était pas vraiment ma spécialité, à Atlanta, mais j'ai quelques connaissances en matière de droit et d'administration.

Reid secoua la tête.

— Je ne mettais pas en cause tes compétences, lui assura-t-il. Te connaissant, je suis certain que tu serais plus que capable de m'assister. Mais je ne suis vraiment pas sûr que ce soit une bonne idée.

— Ne me dis pas que c'est à cause de ce qui s'est passé entre nous, il y a quatorze ans, protesta-t-elle.

Reid ne put s'empêcher de tiquer. Considérait-elle vraiment que leur relation avait été si négligeable ? Ne se rendait-elle pas compte à quel point leur rupture l'avait affecté – à quel point elle l'affectait encore aujourd'hui ?

Il essaya de prendre de la distance, de considérer les choses de façon plus dépassionnée. Mais il en fut incapable. Et en cet instant, il prit conscience du rôle central qu'avait joué dans son existence leur vie commune et, peut-être plus encore, leur séparation. Au fond, son histoire d'amour avec Arden avait conditionné bon nombre de ses valeurs et de ses aspirations.

— Si tu avais quelqu'un pour t'aider, tu pourrais te concentrer sur les choses les plus importantes, plaida Arden. Je me chargerais de trier les dossiers, de classer les pièces, de taper les témoignages, de faire des recherches… Cela te ferait gagner un temps précieux, et tu pourrais même accepter de nouvelles affaires qui rentabiliseraient ton investissement. Si tu n'es pas sûr que je puisse y arriver, tu n'as qu'à me prendre à l'essai. Laisse-moi un mois pour que je puisse faire mes preuves…

— C'est long, un mois, objecta Reid qui se demandait surtout comment il parviendrait à cohabiter au quotidien avec la jeune femme.

Parviendrait-il à se concentrer sur son travail s'il devait passer entre six et dix heures par jour dans le même bureau qu'elle ? Saurait-il seulement résister à un tel supplice de Tantale ?

— Disons deux semaines, dans ce cas, proposa-t-elle. Mais ça ne peut pas être moins. Je vais tout de même devoir me familiariser avec ce nouveau métier.

— Arden, je ne pense vraiment pas que ce soit une bonne idée, répéta Reid d'un ton nettement plus tranchant que précédemment.

Elle se figea brusquement et le considéra avec un mélange d'étonnement et de déception. Arden Mayfair ne devait pas être le genre de femme à qui l'on disait souvent non. Lorsqu'ils étaient enfants, déjà, elle avait pris l'habitude qu'il satisfasse la moindre de ses envies.

— Nous formions une bonne équipe, autrefois, insista-t-elle. Nous nous complétions parfaitement. Nous devinions toujours ce que l'autre pensait avant même qu'il n'ouvre la bouche. Lorsque nous étions tous les deux, rien ni personne ne pouvait nous arrêter.

— C'était il y a longtemps, rétorqua froidement Reid.

Elle le considéra longuement, comme si elle cherchait à lire au plus profond de son âme.

— C'est parce que je suis partie, n'est-ce pas ?

Il ne répondit pas.

— Tu m'en veux toujours parce que tu considères que je t'ai laissé tomber, le jour où je suis partie pour l'université.

— N'est-ce pas ce qui s'est passé ?

— Cela faisait déjà longtemps que notre relation battait de l'aile, lui rappela-t-elle. Je n'ai fait que mettre des mots sur une réalité dont nous avions tous deux conscience.

— Contrairement à toi, je ne me suis jamais dit que notre histoire était condamnée, objecta-t-il. Jusqu'au bout, j'ai continué d'espérer que nous pourrions recoller les morceaux.

Une lueur douloureuse passa dans les yeux d'Arden.

— Vraiment ? répondit-elle d'une voix très douce. Et que faisais-tu pour cela, au juste ? Nous ne nous voyions quasiment plus. Tu passais ton temps avec tes amis. Et lorsque nous étions ensemble, tu étais froid et distant. Est-ce ainsi que tu pensais recoller les morceaux, comme tu dis ?

Reid ne répondit pas. Il ne pouvait nier le fait que ses accusations étaient parfaitement fondées. La perte de leur enfant avait été si douloureuse pour lui qu'il s'était replié sur lui-même, sur toutes ces choses inconséquentes qui ne risquaient pas de le faire souffrir. Et pendant ce temps, il n'avait pas vu s'élargir le gouffre béant qui s'était creusé entre eux.

— Je ne tiens pas à faire l'autopsie de notre histoire d'amour, lui dit-il. Tout ce que je sais, c'est que passer huit heures par jour dans le même bureau n'est sans doute pas le meilleur moyen de tourner la page et d'aller de l'avant.

Alors même qu'il prononçait ces mots, Reid prit conscience que, ce faisant, il avouait implicitement que lui-même n'avait pas encore été capable de le faire. Mais à quoi aurait-il servi de se mentir ? L'éloignement d'Arden lui avait permis de se donner l'illusion qu'il était passé à autre chose. Pourtant, il avait suffi qu'il la revoie pour comprendre à quel point il s'était leurré à ce sujet.

— Je comprends, murmura-t-elle. Tu as sans doute raison. C'était une idée idiote. Si j'avais réfléchi un peu plus, j'en serais probablement venue à la même conclusion...

— Arden...

— Inutile d'ajouter quoi que ce soit, l'interrompit-elle. Lorsque tu es venu me voir, hier, j'ai cru que nous allions pouvoir renouer des liens mais je me suis trompée. Je vais te laisser. Je t'enverrai une copie du testament de grand-mère – si tu es toujours d'accord pour devenir mon avocat, bien sûr...

— Je t'ai dit que j'y jetterai un coup d'œil, et c'est ce que je ferai, lui assura-t-il.

Arden se redressa et fit mine de se diriger vers la sortie. Un brusque accès de panique envahit alors Reid. Il lui semblait que s'il la laissait sortir, ils risquaient de ne jamais se revoir. Et cette idée lui était parfaitement intolérable.

— Attends ! s'exclama-t-il.

Elle s'immobilisa et se tourna à demi vers lui. Reid se maudit intérieurement pour la faiblesse dont il s'apprêtait à faire preuve.

— Nous finirons sans doute par le regretter amèrement mais j'ai peut-être quelque chose à te confier...

Il hésita, partagé entre les deux possibilités qui s'offraient à lui : il pouvait la charger de ranger le bureau et d'effectuer quelques tâches subalternes en espérant qu'elle finirait par se lasser de ce travail. Ou alors, il pouvait la mettre réellement à contribution et lui confier une mission aussi délicate qu'utile.

— Reid ? fit-elle, l'arrachant à ses réflexions.

— Désolé, je réfléchissais. J'ai des rendez-vous extérieurs pendant une bonne partie de la journée, aujourd'hui. Je ne serai de retour qu'en fin d'après-midi. Tu auras donc les bureaux pour toi toute seule. Familiarise-toi avec les lieux et réfléchis à la meilleure façon d'utiliser l'espace dont nous disposons. À terme, nous pourrions si besoin abattre quelques cloisons ou en monter de nouvelles. Mais pour le moment, le mieux serait de faire avec ce que nous avons. L'étage supérieur est exclusivement réservé à mon usage privé, en revanche. Pas question d'y mettre quoi que ce soit qui ait un rapport avec le travail.

— D'accord, acquiesça-t-elle. Je devrais pouvoir faire ça.

— Et puisque tu m'as proposé de te charger de faire des recherches, tâche de te renseigner sur cette femme, ajouta-t-il en écrivant le nom de Ginger Vreeland sur un morceau de papier qu'il lui tendit.

— Qui est-ce ? s'enquit Arden.

— Il y a dix ans de cela, mon père a été commis d'office pour défendre un homme appelé Dave Brody. Il était accusé de meurtre. Les preuves qui pesaient contre lui étaient accablantes mais il y avait un témoin, cette Ginger Vreeland, qui prétendait pouvoir corroborer l'alibi de Brody. Or elle a disparu la veille du procès. Brody a été reconnu coupable et condamné à quinze ans de prison ferme. Il vient tout juste d'être remis en liberté au bout de dix ans pour bonne conduite.

— Tu penses que cette Ginger a pu être enlevée ou tuée ? s'enquit Arden.

— Non. Je pense que quelqu'un a acheté son silence.

— Je ne comprends pas, objecta Arden. Tu as bien dit que c'était ton père qui avait plaidé ce procès, n'est-ce pas ?

Reid hocha la tête.

— Dans ce cas, en quoi est-ce que cela te concerne ?

— Disons que Brody est devenu mon problème depuis qu'il a été libéré de prison et qu'il cherche des réponses. Il pense que je peux l'aider à les trouver.

— Et tu as accepté de t'occuper de cette affaire ? lui demanda Arden, étonnée.

— C'est compliqué, répondit sobrement Reid.

Il alla récupérer un épais dossier dans l'un des tiroirs de son bureau.

— Il faudrait passer au crible les informations qui se trouvent là-dedans, lui conseilla-t-il. Cela nous permettrait déjà d'y voir un peu plus clair. Il y a notamment les notes de l'avocat qui a interrogé Ginger et l'a préparée à témoigner. En les épluchant, tu trouveras peut-être un début de piste. Je te préviens, ce ne sera pas évident. Dix ans se sont écoulés depuis le procès, et elle semble n'avoir resurgi nulle part, ce qui indique qu'elle a réussi à se procurer une ou plusieurs pièces d'identité convaincantes.

— Est-ce qu'il ne serait pas possible de retrouver sa trace par l'intermédiaire des impôts ? lui demanda Arden.

— Ginger travaillait comme call-girl à l'époque, et je doute qu'elle ait déclaré ses revenus. Même si elle l'a fait, son dossier doit être vierge depuis plus de dix ans.

— Je vais avoir besoin d'un ordinateur, remarqua Arden.

— Tu peux prendre mon portable. Je vais te créer un compte. Autre chose : dès que je serai parti, ferme la porte à clé derrière moi. Surtout ne laisse entrer personne en mon absence, d'accord ?

— Et s'il s'agit de clients ? objecta-t-elle.

— Ne laisse entrer personne, insista-t-il. Si quelqu'un veut me joindre, il n'a qu'à me laisser un message téléphonique, et je le rappellerai dès que possible.

— Que se passe-t-il, exactement, Reid ? lui demanda gravement Arden. Il y a d'abord eu ce type avec lequel tu t'es disputé et puis cette mystérieuse call-girl portée disparue. Et maintenant, tu me demandes de laisser les clients à la porte. À quoi es-tu mêlé, au juste ?

— Je ne le sais pas très bien encore, reconnut-il. Ce que je sais, en revanche, c'est que quelqu'un a bel et bien tué une femme à deux pas d'ici en prenant soin de laisser un pétale de magnolia. Quel que soit le responsable, il a prouvé qu'il était prêt à tout. Alors je ne tiens à courir aucun risque.

Une lueur d'inquiétude passa dans le regard d'Arden. Mais

loin de se décourager ou de prendre peur, elle redressa la tête avec cet air de défi qu'il connaissait si bien.

— Je te promets que je serai prudente, lui dit-elle. Je fermerai à clé derrière toi et je ne laisserai entrer personne avant ton retour. Mais je tiens à ce que tu saches une chose : cette fois-ci, quoi qu'il arrive, je ne t'abandonnerai pas.

Reid hocha la tête.

— C'est justement ce qui m'inquiète, lui avoua-t-il.

7

En sortant du tribunal où il avait rencontré plusieurs de ses collègues, Reid aperçut une énorme Mercedes de couleur noire qui attendait au bas des marches du palais de justice. Il crut tout d'abord qu'il s'agissait de celle de son père mais se rappela que ce dernier avait revendu la sienne peu de temps après son soixantième anniversaire.

À la place, il s'était acheté une voiture de sport hors de prix avec laquelle il paradait à travers toute la ville. Ce n'était là que l'un des multiples avatars de la quête de jeunesse éternelle dans laquelle s'était lancé son père à grand renfort de chirurgie esthétique. Boone Sutton refusait avec entêtement l'idée que, comme tout le monde, il puisse être amené à vieillir.

Le chauffeur de la Mercedes s'avança vers Reid.

— Vous êtes bien monsieur Sutton ?

— En effet, répondit-il en tentant vainement s'apercevoir l'occupant de la voiture à travers les vitres teintées.

— M. Mayfair aimerait beaucoup s'entretenir avec vous.

— Calvin ou Clement Mayfair ? s'enquit-il, très étonné.

— Clement Mayfair, précisa le chauffeur en lui ouvrant la portière arrière.

De plus en plus intrigué par la tournure que prenaient les événements, Reid décida d'accepter l'énigmatique invitation. Au cours de toute son existence, il n'avait pas dû échanger plus de quatre ou cinq phrases avec le tout-puissant patriarche de la famille Mayfair.

Lorsqu'il était encore enfant, il avait été bien trop impressionné par le grand-père d'Arden. Devenu adulte, il avait vite compris que tous deux ne fréquentaient pas du tout le même monde.

L'intérieur de la voiture était entièrement tendu de cuir, rehaussé de panneaux de bois précieux. Il prit place sur la banquette libre et remarqua alors qu'une odeur subtile flottait dans l'habitacle, se mêlant à celle plus prégnante du cuir. Elle lui parut étrangement familière sans qu'il parvienne réellement l'identifier.

Il se concentra donc sur l'homme qui était assis devant lui. Clement Mayfair se tenait très droit, parfaitement immobile, et l'expression de son visage était aussi inexpressive que si Reid s'était trouvé devant une statue de pierre. Il savait que son interlocuteur devait être âgé de plus de soixante-dix ans mais il en paraissait facilement dix ou quinze de moins.

En fait, il ne paraissait pas avoir changé le moins du monde depuis le jour où Arden le lui avait présenté pour la première fois, alors que tous deux étaient encore enfants. Ses cheveux étaient déjà blancs, à cette époque, et il portait des lunettes cerclées de métal très semblables. Elles encadraient un regard bleu qui semblait vous clouer sur place et avait alors le don de priver Reid de tous ses moyens.

— Je suis enchanté de vous revoir, monsieur Mayfair, déclara-t-il avec une parfaite mauvaise foi. Il paraît que vous souhaitez me parler.

— Si cela ne vous ennuie pas, j'ai demandé à mon chauffeur de rouler pendant notre entretien. C'est un quartier très fréquenté, et je n'aime pas gêner inutilement la circulation.

— Je n'y vois aucun inconvénient, répondit Reid en jetant un rapide coup d'œil à sa montre. En revanche, il faut que je sois de retour au tribunal d'ici une demi-heure.

— Cela ne devrait pas poser problème, lui assura Clement Mayfair tandis que la voiture démarrait.

Reid observa le palais de justice qui s'éloignait en se demandant s'il ne venait pas de commettre une erreur. Il avait distinctement l'impression qu'il venait de pénétrer de son propre chef dans la tanière d'un dangereux prédateur. Il s'efforça cependant de dissimuler son trouble.

— Que puis-je pour vous, monsieur Mayfair ? demanda-t-il pour dissiper le silence qui commençait à s'éterniser.

Son interlocuteur esquissa un sourire parfaitement dénué de chaleur.

— Voilà qui est rafraîchissant, commenta-t-il. D'ordinaire, les gens avec lesquels je m'entretiens se demandent bien plus souvent ce que moi, je peux faire pour eux.

Cela ne surprit guère Reid. Clement Mayfair était indubitablement l'un des hommes les plus puissants de la région, voir de tout le sud des États-Unis.

— Vous serez peut-être étonné d'apprendre que j'ai suivi de près l'évolution de votre carrière, depuis que vous êtes sorti de l'université.

— Pourquoi donc ? s'enquit Reid que cet aveu stupéfiait effectivement.

— Vous avez été quelqu'un d'important dans la vie de ma petite-fille, autrefois, expliqua Mayfair. Et je dois dire que j'ai compris pourquoi elle vous trouvait si intéressant. En dépit de l'image de dilettante que vous aimez donner de vous-même, vous êtes quelqu'un de brillant. Vous êtes sorti major de votre promotion. Puis vous avez décroché le barreau dès votre première tentative...

— Je suis flatté que vous ayez pris le temps de vous intéresser à moi, déclara Reid.

En réalité, il se sentait beaucoup moins flatté qu'intrigué et passablement suspicieux. La conversation qu'il venait d'avoir avec Arden ne faisait évidemment que renforcer ses doutes. Il n'imaginait pas un instant que cette prise de contact puisse être un simple hasard. Clement Mayfair avait dû avoir vent de ses retrouvailles avec sa petite-fille.

Toute la question était de savoir ce qu'il avait en tête. Reid comprit qu'il se trouvait désormais en terrain miné et allait devoir se montrer très prudent. Face à un homme tel que lui, la moindre erreur pouvait se révéler fatale.

— Vous auriez pu rejoindre n'importe quel cabinet du pays, poursuivit Mayfair sans tenir compte de son interruption. Au lieu de cela, vous avez décidé de revenir à Charleston pour intégrer le cabinet de votre père. J'ai déjà eu affaire à lui par le passé. Et je vous avoue que Boone Sutton n'est pas quelqu'un que j'apprécie beaucoup – ou en qui j'ai confiance.

— Je vous comprends, acquiesça Reid d'un ton parfaitement décontracté.

Pour la première fois depuis qu'il était monté dans la voiture, il crut percevoir une infime hésitation chez son interlocuteur.

— J'ai d'abord cru que vous comptiez vous positionner comme le dauphin naturel de Boone, déclara-t-il. Vous auriez pu reprendre le cabinet, le moment venu. Mais au lieu de cela, vous avez démissionné...

— On vous a mal informé, objecta Reid. Mon père m'a jeté dehors.

— Disons donc que vous vous êtes arrangé pour vous faire mettre à la porte. Avec pertes et fracas, si j'ai bien compris.

Malgré lui, Reid fut impressionné.

— Une fois de plus, je m'attendais à vous voir rejoindre une grosse firme de droit qui vous aurait permis de toucher de substantiels honoraires. Mais à nouveau vous m'avez étonné en montant votre propre cabinet à Charleston. Est-ce une façon de tuer le père ? Espérez-vous vraiment pouvoir mettre à genoux Sutton & Associés ?

— Ça alors ! Jamais je n'aurais imaginé que vous m'aviez fait venir pour me psychanalyser, remarqua Reid d'un ton légèrement narquois.

Un éclair de colère passa dans les yeux de Clement Mayfair.

— Vous n'êtes pas si différent de votre père que vous semblez le penser, rétorqua-t-il. Sous des dehors charmants et hâbleurs, vous cachez le même manque de profondeur. Vous êtes intelligent mais vous ne serez jamais un grand penseur. Au mieux, un malin. Vous n'avez jamais été digne de ma petite-fille.

— Sur ce point, au moins, nous sommes d'accord, répondit Reid en s'efforçant de contrôler la colère qui commençait à bouillonner en lui.

Il n'avait plus l'âge de se faire traiter de cette façon par qui que ce soit. Mais Mayfair était bien trop intelligent pour se contenter de provocations gratuites : il avait forcément un objectif secret, et Reid était bien décidé à le découvrir.

— Si vous le pensez, pourquoi êtes-vous allé la trouver dès le jour où elle est arrivée à Charleston ?

— Les nouvelles vont vite, on dirait. Laissez-moi deviner : c'est votre fils qui vous a parlé de cette visite ?

— Cela fait des semaines que je ne lui ai pas parlé, répondit Mayfair d'un ton dédaigneux. Et vous n'avez pas répondu à ma question. Vous avez déjà failli gâcher la vie d'Arden une fois. Ne pensez-vous pas que vous devriez la laisser tranquille ?

— Intéressante analyse, railla Reid. Savez-vous que c'est elle qui m'a laissé tomber et non l'inverse ?

— Je ne parle pas de votre rupture mais du fait que vous lui ayez fait un enfant alors qu'elle avait à peine dix-huit ans.

— C'était également mon cas, lui rappela Reid.

— Vous étiez suffisamment âgé pour prendre des précautions.

— Vous n'avez jamais considéré que nous désirions peut-être cet enfant, elle et moi ?

— Ne soyez pas ridicule ! Vous étiez tous deux à la veille de partir pour l'université...

Reid demeura quelques instants silencieux.

— Nous n'avons parlé de la grossesse d'Arden à personne, remarqua-t-il enfin. Et elle a perdu le bébé avant que cela ne devienne nécessaire. Comment l'avez-vous appris ?

— Vous ne comprenez pas vraiment qui je suis, n'est-ce pas ? Cette ville a été en grande partie bâtie par mes ancêtres. Je la connais aussi bien que ma propre maison. Pensiez-vous réellement que vous pouviez aller consulter à l'hôpital de Charleston sans que cela ne remonte à mes oreilles d'une façon ou d'une autre ?

— J'avais la faiblesse de croire au secret médical, murmura Reid.

— Ma petite-fille ne pouvait le comprendre, à l'époque, mais cette fausse couche a peut-être été la meilleure chose qui lui soit jamais arrivée.

Une série d'images défila dans son esprit. Il revit Arden étendue sur son lit d'hôpital, le visage livide et les yeux brouillés de larmes. Il pouvait presque sentir la pression de sa main sur la sienne.

— Je ne peux pas parler pour votre petite-fille mais en ce qui me concerne, je n'aurais pas été d'accord à l'époque et je ne le suis toujours pas aujourd'hui. Et j'espère pour vous qu'elle ne connaît pas toute l'étendue de votre cynisme…

Mayfair ne répondit pas. Sortant un mouchoir en tissu de sa poche, il s'en servit pour essuyer ses lunettes. Reid remarqua alors que ses ongles étaient soigneusement manucurés et qu'il portait une chevalière en or à l'auriculaire droit. Elle était frappée d'un étrange pentacle, et Reid se demanda ce que ce signe pouvait bien signifier.

— Vous êtes-vous demandé ce que vous seriez devenus, l'un et l'autre, si les choses avaient été différentes et si cet enfant était venu au monde ? Auriez-vous épousé Arden ? L'auriez-vous emmenée à La Nouvelle-Orléans ? L'auriez-vous cloîtrée avec votre enfant dans votre studio d'étudiant pendant que vous alliez suivre vos cours ? Que serait-elle devenue, alors ?

— Nous ne sommes plus au XIXe siècle, au cas où vous ne l'auriez pas remarqué, répliqua Reid que cette conversation commençait à exaspérer. Je ne vois pas pourquoi Arden n'aurait pas pu poursuivre ses études de son côté. Nous avions la chance de pouvoir engager une nounou pour s'occuper de notre enfant.

— Je suis convaincu que ce mariage n'aurait pas duré. Vous étiez beaucoup trop jeune. Tôt ou tard, vous vous seriez senti prisonnier et vous seriez parti. Et Arden se serait retrouvée seule avec l'enfant.

— Ce n'est plus de la psychanalyse, remarqua Reid, narquois. C'est carrément de l'uchronie. Vous savez ce qui est le plus triste, dans tout ça ? C'est que nous ne saurons jamais si ce que vous dites est vrai. Cet enfant est mort. Et Arden est partie. Ce que je me demande, en revanche, c'est pour quelle raison vous semblez brusquement vous soucier du bien-être de votre petite-fille. Autant que je sache, vous ne vous êtes quasiment jamais occupé d'elle. Même lorsqu'elle venait dîner chez vous, il lui arrivait de prendre seule ses repas parce que vous étiez trop occupé pour perdre votre temps avec une gamine…

— Elle vous a dit cela ?

— Arden me disait tout. C'est certainement une notion qui vous échappe mais nous nous aimions profondément depuis notre plus tendre enfance.

— Un homme dans ma position a certaines obligations qu'il ne peut se permettre de négliger, déclara Mayfair. Je plaide coupable : il m'est arrivé de la laisser dîner seule. Mais je suis bien décidé à rattraper mes erreurs passées. Maintenant qu'Evelyn n'est plus là pour lui dire du mal de moi, elle me verra peut-être pour ce que je suis réellement : l'un des derniers membres de sa famille.

— Très franchement, je doute qu'elle attende encore quelque chose de vous.

— Je ne vous laisserai pas la détourner de moi.

— Si vous pensez que j'exerce ce genre d'influence sur votre petite-fille, c'est vraiment que vous la connaissez mal.

— Je pense que vous sous-estimez l'attachement qu'elle vous porte, déclara Mayfair. Très franchement, j'aurais préféré qu'elle tire définitivement un trait sur votre passé mais il est évident que cela n'arrivera pas. Alors j'aimerais pouvoir vous considérer comme un allié plutôt que comme un adversaire.

— Je ne suis pas sûr de comprendre où vous voulez en venir...

— Vous savez mieux que moi que toute la différence entre un avocat à succès et un avocat crève-la-faim dépendant exclusivement des aides juridictionnelles, c'est une question de carnet d'adresse.

— Puis-je savoir où vous voulez en venir ? demanda Reid qui ne pensait que trop le savoir.

Clement Mayfair prit le temps de chausser ses lunettes et de ranger son mouchoir avant de lui répondre.

— J'ai toujours été un homme de l'ombre. Je préfère être de ceux qui tirent les ficelles en coulisse plutôt que de ceux qui s'agitent sur le devant de la scène. Mais ne vous méprenez pas : un mot de moi peut bâtir ou détruire une réputation. Je peux vous apporter plus de clients que vous n'oseriez l'imaginer. Je peux même faire en sorte que certains clients décident soudain d'opter pour le fils plutôt que pour le père. Et bien sûr, je peux faire en sorte que vous mettiez la clé sous la porte d'ici six mois. Douze, si vous avez vraiment les reins solides.

Reid prit une profonde inspiration, luttant une fois encore contre la colère qui bouillonnait en lui. Mais il savait qu'y céder serait faire preuve de faiblesse. Clement Mayfair cherchait visiblement à provoquer chez lui une réaction – de la peur, de la soumission, de la colère... Mais Reid était bien décidé à ne pas lui donner satisfaction.

— C'est étrange, déclara-t-il posément. Vous prétendez m'avoir observé de loin durant des années. Et pourtant, il semblerait qu'une chose vous ait échappé. Je suis totalement imperméable aux menaces et aux ultimatums. Si vous en doutez, vous pouvez toujours interroger mon père qui l'a appris à ses dépens...

Un sourire torve se dessina sur les lèvres de Mayfair.

— J'ai plutôt l'impression que cela s'est fait à vos dépens, pour le moment. Il me semble que vous avez été déshérité. J'espère que votre petit baroud d'honneur en valait le coup.

La voiture ralentit, et Reid s'aperçut qu'ils étaient de retour devant le tribunal.

— Je vous remercie pour cette conversation, dit-il. Elle a été réellement très instructive pour moi...

Comme il se penchait pour ouvrir la portière, la main de Clement Mayfair se referma sur son poignet. Reid fut frappé par la froideur de sa paume. Il se rappela brusquement ce qu'Arden avait dit à l'inspecteur Graham :

L'ambiance chez les Mayfair est souvent glaciale, même au beau milieu de l'été.

Résistant à l'envie qu'il avait de se dégager de cette désagréable étreinte, il soutint le regard de Mayfair.

— Y a-t-il autre chose ?

— Ne vous approchez plus de ma petite-fille.

Reid haussa les épaules d'un air faussement nonchalant.

— C'est à elle d'en décider.

Il sentit la poigne de Mayfair se resserrer légèrement.

— Croyez-moi, Reid, vous ne voulez pas de moi comme ennemi.

— Malheureusement, j'ai l'impression qu'il est déjà trop tard, répliqua-t-il.

— Vous ne pourrez pas me reprocher de ne pas vous avoir averti. Vous n'avez aucune idée du mal que je peux vous faire.

Reid fut frappé par la haine glacée qui se lisait en cet instant dans les yeux du vieil homme. Il repensa soudain à la mise en garde de Dave Brody qui lui avait laissé entendre qu'il avait un ennemi puissant, quelqu'un qui était prêt à tout pour lui faire du mal.

Se pouvait-il qu'il s'agisse de Clement Mayfair ? Était-ce lui qui avait payé cette fille pour le piéger, au bar ? Avait-il été jusqu'à la faire assassiner ou avait-elle été victime d'une malencontreuse coïncidence ?

Alors même que ces questions l'assaillaient, il comprit soudain pourquoi l'odeur qu'il avait perçue en rentrant dans la voiture lui avait paru si familière. C'était celle des fleurs de magnolia. Et elle semblait émaner de Clement Mayfair lui-même.

Reid s'efforça de se convaincre que cette fragrance était uniquement le fruit de son imagination. Mais alors même que le vieil homme libérait son poignet, lui permettant enfin d'ouvrir la portière et de se couler hors de la voiture, il se demanda si Clement Mayfair n'était pas bien plus dangereux encore qu'il ne l'avait imaginé étant enfant...

Arden avait passé la majeure partie de la matinée à tracer des plans et à dresser des listes d'objets de façon à préparer le réaménagement des bureaux. Ainsi, dès que Reid lui aurait donné son accord, il ne leur resterait plus qu'à déplacer les meubles et à en commander quelques-uns.

Ensuite, en l'espace d'une journée ou deux, elle devrait pouvoir procéder au rangement de l'ensemble des pièces. Cela leur permettrait de disposer d'une salle d'attente, de trois bureaux, d'une grande salle de réunion et d'une bibliothèque juridique où il serait possible d'effectuer des recherches.

C'était évidemment plus qu'il ne leur en fallait pour tous les deux mais Arden était convaincue que le cabinet ne tarderait pas à s'agrandir et à intégrer de nouveaux collaborateurs.

Lorsqu'elle eut terminé ce travail, elle décida d'aller jeter un coup d'œil à l'appartement de Reid. Elle estimait en effet que l'interdiction qu'il lui avait faite de s'occuper de la partie privative de la maison ne signifiait pas pour autant qu'elle n'avait pas le droit de la visiter.

Forte de cette interprétation très libérale de ses instructions, elle gravit le grand escalier de bois qui débouchait sur un vaste salon qui ne comportait pour le moment qu'une grande bibliothèque, un canapé, un fauteuil en cuir un peu usé et une table basse.

Un petit couloir en partait qui desservait la chambre principale. Elle était assez grande et très claire grâce à la double porte-fenêtre qui permettait d'accéder à un balcon sur lequel était installée une balancelle à l'ancienne.

Il y avait deux autres chambres plus chichement meublées et une dernière pièce que Reid destinait visiblement à servir de bibliothèque et de salle de billard.

Ce rapide tour d'horizon confirma l'idée qu'Arden s'était faite de la maison : c'était précisément le genre d'endroit dans lequel elle aurait aimé habiter autrefois. Il n'était pas difficile d'imaginer une réalité parallèle dans laquelle elle vivrait ici avec Reid et l'enfant qu'ils avaient failli avoir ensemble.

Cette vision idyllique éveilla en elle une puissante mélancolie. Depuis qu'elle était de retour à Charleston, le souvenir de l'existence qu'elle avait menée autrefois avait resurgi en elle presque intact. Rétrospectivement, sa vie à Atlanta lui faisait l'effet d'une parenthèse presque irréelle. Il lui semblait presque que durant toutes ces années, sans même s'en rendre compte, elle avait endossé un rôle qui n'était pas le sien.

Peut-être était-ce juste une façon pour elle de prendre de la distance vis-à-vis de la débâcle professionnelle et sentimentale qu'elle avait connue au cours de ces derniers mois. Mais il lui semblait qu'il y avait plus que cela.

Sans vraiment qu'elle ne s'en rende compte, le temps avait cicatrisé la blessure que lui avait causée sa fausse couche et la rupture qui avait suivi. Elle ne gardait plus de cette époque que le souvenir de l'amour qui les unissait alors, Reid et elle, et des moments merveilleux que tous deux avaient partagés.

Ravalant cette douce nostalgie, Arden redescendit à la cuisine pour se préparer un déjeuner. Avisant le contenu du réfrigérateur aux trois quarts vide, elle ne put réprimer un sourire mi-amusé, mi-réprobateur et se promit d'aller faire des courses dignes de ce nom dès le lendemain.

Après s'être préparé un sandwich, elle alla s'installer au bureau de Reid, activa son ordinateur portable et ouvrit le dossier qu'il lui avait remis au sujet de Ginger Vreeland. Elle commença par le lire en entier tout en prenant des notes. Elle s'interrompait parfois pour effectuer une recherche sur Internet puis se replongeait dans sa lecture.

Elle n'aurait su dire combien de temps s'était écoulé au juste lorsqu'elle fut tirée de son travail par un bruit métallique provenant de l'extérieur. Elle comprit aussitôt qu'il devait s'agir de la porte donnant sur la cour intérieure et songea que Reid devait être de retour.

Elle était sur le point de se remettre au travail lorsqu'elle se rappela ce qu'il lui avait dit : il était censé enchaîner les rendez-vous jusqu'à la toute fin de l'après-midi. Prise d'un doute, elle se dirigea vers la cuisine dont la porte donnait sur la cour.

C'est alors qu'elle l'aperçut par la fenêtre.

Arden eut tout juste le temps de se rejeter en arrière, le cœur battant à tout rompre. L'homme qui se trouvait dehors était entièrement vêtu de noir, et son visage était entièrement dissimulé par une cagoule. Elle se rappela alors les mises en garde pressantes de Reid.

Un bruit la fit violemment sursauter. L'homme venait d'actionner la poignée de la porte de la cuisine. Fort heureusement, Reid avait pris soin de la fermer à clé avant de partir. Mais elle ne se faisait aucune illusion : l'inconnu ne s'était probablement pas attendu à la trouver ouverte. Il devait donc posséder de quoi la crocheter ou l'enfoncer.

Comprenant qu'elle n'avait pas une minute à perdre, Arden regagna le bureau. Elle n'aurait probablement pas le temps d'appeler la police avant que l'homme ne parvienne à entrer. Et même dans ce cas, il faudrait compter plusieurs minutes avant qu'une voiture de patrouille ne les rejoigne.

Le plus sûr pour elle était encore de se cacher en attendant. Elle récupéra donc son téléphone portable et gagna le vestibule au moment précis où l'intrus venait à bout de la serrure et pénétrait dans la cuisine. Terrifiée, Arden opta pour l'escalier qu'elle gravit quatre à quatre en priant pour que l'homme n'entende pas le craquement des marches.

Se rappelant l'immense armoire qu'elle avait vue dans la chambre de Reid, elle se dirigea vers celle-ci sur la pointe des pieds. Se glissant à l'intérieur, elle se plaqua contre la paroi de gauche et s'accroupit. Sa main effleura alors un morceau de papier qui avait dû tomber de l'une des poches de Reid. Machinalement, elle le glissa dans sa poche.

Pendant ce qui lui parut durer une éternité, elle demeura tapie là, l'oreille aux aguets et le cœur battant la chamade. Puis, soudain, elle entendit le bruit qu'elle redoutait depuis le début : des pas dans l'escalier. Luttant contre la panique, elle comprit qu'il était trop tard pour espérer s'enfuir.

Elle attendit donc, terrifiée, tandis que les bruits de pas se rapprochaient. Quelques minutes plus tard, l'intrus pénétra dans la chambre de Reid. Il en fit le tour et elle entendit à plusieurs reprises un petit bruit qu'elle mit du temps à identifier. C'était celui d'un déclencheur d'appareil photo.

Les portes de l'armoire s'ouvrirent alors en grand, et Arden se mordit les lèvres jusqu'au sang pour réprimer un hurlement de terreur. Un nouveau cliquetis se fit entendre puis les battants se refermèrent tout aussi brusquement. Quelques instants plus tard, l'homme quitta la chambre.

Éperdue de soulagement, elle l'entendit descendre l'escalier. Puis, au bout de quelques minutes de plus, un claquement métallique se fit entendre, et elle comprit que le mystérieux visiteur venait de ressortir par la porte de la cuisine par laquelle il était entré.

Elle se força à attendre, craignant qu'il ne revienne. Mais les minutes se succédaient sans que le moindre bruit ne se fasse entendre. Finalement, elle déplia péniblement ses jambes ankylosées et se redressa pour sortir de l'armoire. Sur la pointe des pieds, elle gagna le pallier et tendit de nouveau l'oreille. Ne percevant toujours rien, elle entreprit de faire le tour de la maison.

Lorsqu'elle se fut assurée qu'elle était bel et bien seule, Arden redescendit dans le bureau de Reid. Ce n'est qu'alors qu'elle se rappela le morceau de papier qu'elle avait ramassé dans son armoire. Le tirant de sa poche, elle le déplia et lut le nom qui était inscrit dessus, « Haley Cooper », suivi d'un numéro de téléphone portable et signé d'un baiser imprimé au rouge à lèvres.

Il ne lui fallut que quelques instants pour comprendre pourquoi le nom lui semblait vaguement familier. C'était celui de la victime sur laquelle on avait retrouvé un pétale de magnolia.

8

Arden ne put s'empêcher de sursauter en entendant la porte d'entrée s'ouvrir. Après le départ de l'intrus, elle s'était remise au travail mais, sans surprise, elle avait eu beaucoup de mal à se concentrer.

— Arden ?

Rassurée d'entendre la voix de Reid, elle se leva et alla le rejoindre dans le vestibule.

— Salut, s'exclama-t-il joyeusement en déposant deux gros sacs arborant le logo de l'un des restaurants italiens préféré d'Arden. Je nous ai rapporté de quoi dîner…

Il s'interrompit brusquement et fronça les sourcils.

— Que se passe-t-il ? lui demanda-t-il, inquiet.

— Quelqu'un est entré dans la maison par effraction après ton départ, lui annonça-t-elle tout de go.

Il la considéra avec un mélange de stupeur et d'inquiétude.

— Est-ce que tu vas bien ? Il ne t'a pas fait de mal ?

Elle secoua la tête.

— Non. Il ne m'a même pas vue. Lorsque j'ai compris que ce n'était pas toi qui rentrais, je me suis cachée dans ton armoire à habits.

— Quand est-ce arrivé ?

— Il y a trois heures, à peu près.

— Est-ce que tu as appelé la police ?

Elle secoua la tête, et il s'approcha d'elle pour poser ses mains sur ses épaules. Il la considéra gravement, comme pour s'assurer de ses propres yeux qu'elle allait bien. Elle fut frappée par l'intensité de son regard, par le mélange d'angoisse rétrospective et de tendresse qui s'y lisait.

Elle repensa alors à ce qu'il lui avait avoué le matin même : que, contrairement à elle, il n'était jamais vraiment parvenu à tourner la page, à oublier leur histoire d'amour. Et elle se demanda s'il éprouvait toujours de sentiments pour elle. Mais le moment était très mal choisi pour s'adonner à de telles spéculations.

— Raconte-moi ce qui s'est passé en détail, lui demanda alors Reid.

Elle hocha la tête et prit une profonde inspiration avant de commencer son récit.

— J'étais en train de travailler lorsque j'ai entendu du bruit dans la cour. Croyant que c'était toi, je suis allée jeter un coup d'œil dans la cuisine, et c'est là que je l'ai vu.

— Est-ce que c'était Brody ?

Elle fronça les sourcils.

— Dave Brody, précisa Reid. L'homme tatoué aux cheveux en brosse avec lequel je discutais ce matin.

— Je ne sais pas, avoua-t-elle. Celui qui est venu ici portait une cagoule et un blouson qui couvrait ses manches. Et je ne l'ai entraperçu que quelques fractions de seconde avant de me cacher.

— Je vois. Que s'est-il passé ensuite ?

— Je suis allée dans le bureau pour récupérer mon portable. Pendant ce temps, il est entré. Il n'a pas forcé la porte. Soit il est très doué pour le crochetage, soit il possédait un double des clés.

Reid ne put réprimer un juron.

— Depuis le temps que je me dis que je devrais faire changer les serrures…

— Reid ! s'exclama-t-elle d'un ton incrédule. C'est l'une des toutes premières choses que l'on est censé faire lorsque l'on rachète une maison.

— Je sais, soupira-t-il. Mais j'ai été un peu débordé, ces derniers temps.

Il se mordilla la lèvre et lui lança un regard désolé.

— Tout est ma faute, lui dit-il. Je n'aurais jamais dû te laisser seule ici…

— Je ne comprends pas ce qui se passe, Reid, murmura-t-elle. Qui était cet homme ? Que voulait-il, exactement ?

— Je l'ignore.

— Pourtant, tu paraissais inquiet à l'idée que je reste ici toute seule. Tu m'as même demandé expressément de n'ouvrir à personne.

— Un meurtre a été commis à quelques centaines de mètres d'ici, lui rappela-t-il. Et le tueur court toujours.

— À ce propos, lui dit-elle, pourquoi ne m'as-tu pas dit que tu connaissais la victime ?

Reid la considéra avec stupeur.

— Parce que ce n'est pas le cas, répondit-il.

Il paraissait sincère, et Arden le connaissait depuis suffisamment longtemps pour être convaincue qu'il ne lui mentait pas. Mais cela n'expliquait pas le papier qu'elle avait découvert dans son armoire. Elle le sortit de sa poche et le lui tendit sans dire un mot. Visiblement étonné, Reid le déplia et lut ce qui y était écrit.

— Tu l'as trouvé, murmura-t-il.

À ces mots, Arden sentit les battements de son cœur s'emballer dans sa poitrine. Elle ne pouvait croire qu'elle se soit trompée à ce point au sujet de Reid.

— Je ne comprends pas ce qui se passe, articula-t-elle en s'efforçant de dominer la peur panique qui menaçait de la submerger.

— Moi non plus, soupira Reid.

— Tu viens de me dire que tu ne la connaissais pas.

— C'est vrai, confirma-t-il. Mais apparemment, je l'ai rencontrée le soir même où elle a été tuée.

— Apparemment ?

— J'étais avec mes anciens collègues dans un bar, en train de fêter mon départ. Il y avait une fille au bar qui m'a abordé et m'a donné son numéro. J'ai dû le mettre dans ma poche et je n'y ai plus prêté attention... Jusqu'à ce que j'apprenne qu'elle avait été assassinée. Mais ce n'est pas le plus bizarre...

Il passa la main dans ses cheveux.

— Je crois que j'ai besoin d'un verre, lui dit-il. Et toi aussi.

Arden hocha la tête et le suivit dans l'escalier. Dans le salon, il ouvrit une armoire qui servait de bar et leur servit deux verres de bourbon. Arden alla prendre place sur le canapé, et Reid se laissa tomber dans le fauteuil club qui lui faisait face.

— Je t'écoute, lui dit-elle lorsqu'il eut avalé une gorgée de whisky.

— En ce qui concerne le meurtre de cette fille, je n'ai pas grand-chose à ajouter, lui dit-il. Nous nous sommes croisés dans un bar, elle m'a dragué et m'a donné son numéro. Puis elle s'est fait tuer.

— À côté de chez toi, lui rappela Arden. Et par quelqu'un qui a laissé un pétale de magnolia sur son corps.

Reid la regarda longuement avant de répondre.

— Es-tu en train de m'accuser de l'avoir tuée, Arden ?

— Bien sûr que non ! s'exclama-t-elle. Comment peux-tu penser une chose pareille ?

— Parce que c'est probablement ce que se dirait n'importe quel flic à ce stade de l'enquête, répondit-il posément. Et je crois que tu le sais : c'est pour cela que tu n'as pas appelé la police, n'est-ce pas ?

Arden ne put s'empêcher de détourner les yeux.

— Brody avait raison, soupira Reid. Quelqu'un essaie de me piéger.

— Brody ? L'ancien client de ton père ? Que vient-il faire là-dedans ?

— C'est là que les choses se compliquent, répondit Reid. Je te l'ai dit : Brody estime que mon père l'a trahi en ne faisant pas comparaître Ginger.

— C'est ce que tu m'as expliqué. Mais j'avoue que je ne comprends pas très bien pourquoi il aurait fait une chose pareille, si cette fille pouvait innocenter son client.

— Tu sais déjà que Ginger était une call-girl. Brody prétend que mon père la fréquentait. En apprenant qu'elle devait comparaître, il aurait eu peur qu'elle ne parle de lui et aurait décidé de la faire disparaître.

— C'est une blague ? articula Arden, sidérée par ces révélations.

— Malheureusement, je crains que non, soupira Reid. Mon père n'a jamais été un modèle de fidélité. Et l'idée qu'il ait pu fréquenter une call-girl ne me surprend pas outre mesure.

— Mais quel intérêt aurait-elle eu à parler de leur relation ?

— Je vois deux possibilités. Mon père a pu prendre peur à

l'idée que le contre-interrogatoire du procureur risquait de la pousser dans ses retranchements. Ou bien c'est Ginger qui l'a fait chanter en laissant entendre que s'il ne l'aidait pas, elle se servirait de son témoignage au tribunal pour tout révéler.

— Incroyable…, murmura Arden. Boone Sutton et une call-girl… Il faut dire que ça aurait fait grand bruit à Charleston.

— Assez de bruit pour coûter à Sutton & Associés un certain nombre de ses clients, confirma Reid.

— Et tu crois que ton père aurait pu la faire disparaître de cette façon ?

— Il a suffisamment d'argent et de relations pour cela.

— Mais pourquoi Brody tient-il tant à retrouver Ginger ?

— Parce qu'il pense pouvoir la convaincre de révéler toute la vérité au sujet de mon père. De cette façon, il pourrait se venger de ce qu'il considère comme une trahison.

— Je vois, murmura Arden.

Elle réfléchit durant quelques instants à ce qu'il venait de lui dire.

— Il y a quelque chose qui ne colle pas, lui dit-elle.

— Quoi donc ?

— Si Brody veut faire tomber ton père, pourquoi fait-il appel à toi ? Ne vaudrait-il pas mieux qu'il engage un détective privé, par exemple ?

— Il l'a fait. Mais le détective en question n'a rien trouvé. Moi, en revanche, je devrais pouvoir accéder aux dossiers de mon père…

— Mais pourquoi le ferais-tu ?

— C'est là que l'affaire se complique. En sortant de prison, Brody a rapidement compris qu'il aurait besoin de mon aide. Alors il a commencé à me suivre et à me harceler – tout en restant dans les limites de la légalité. Et c'est en me filant dans ce bar qu'il a vu cette fille me draguer. Le lendemain matin, alors qu'il se rendait dans mon quartier, il est tombé sur la scène de crime qui venait tout juste d'être découverte par la police. En reconnaissant le visage de la fille, il s'est dit qu'il disposait d'un moyen de pression idéal. Il m'a menacé d'envoyer à la police des photos qu'il avait prises au bar et sur lesquelles on me voyait discuter avec Haley Cooper.

— Pourquoi n'es-tu pas allé trouver la police ? lui demanda

Arden. Après tout, tu n'as rien à te reprocher. Tu n'as fait que croiser cette fille dans un bar.

— Mais elle s'est fait tuer juste à côté de chez moi. Et ce n'est pas tout : Brody s'est débrouillé pour me filmer sur le lieu du crime, le lendemain soir…

Reid entreprit de lui raconter par le menu ce qui s'était passé, le soir où il était revenu de chez elle.

— Est-ce que tu crois que c'est lui qui a fait le coup ? s'enquit Arden lorsqu'il eut terminé son récit. Aurait-il pu aller jusqu'à tuer cette fille simplement pour te forcer à coopérer ?

Reid hésita quelques instants avant de secouer la tête.

— Très franchement, non. Ce type n'est pas très recommandable mais je ne l'imagine pas tuer quelqu'un de sang-froid simplement pour me forcer la main. Et il y a autre chose… Quelque chose d'encore plus étrange que tout ce que je viens de te raconter.

Arden attendit qu'il poursuive.

— Brody pense que cette fille ne m'a pas abordé par hasard, déclara-t-il. Il pense que quelqu'un l'avait chargé de le faire. Et il a une photo la montrant en train de verser quelque chose dans mon verre.

— Et tu crois que c'est ce même homme qui a tué Haley Cooper ?

— Oui, répondit Reid sans hésiter.

Arden prit quelques instants pour digérer l'ensemble de ces informations. La situation était effectivement bien plus complexe qu'elle ne l'avait imaginé.

— Penses-tu que le meurtre ait un rapport avec l'énigme du crépuscule ?

— Je n'en sais vraiment rien, avoua Reid. Mais mon instinct me dit que oui.

— Je pense que tu devrais tout raconter à la police.

Reid secoua la tête.

— Tu as vu qui est en charge de cette affaire ?

— L'inspecteur Graham ?

— Le moins qu'on puisse dire, c'est qu'il ne me porte pas dans son cœur. Et je ne peux pas lui en vouloir. Il a de bonnes raisons pour cela… Il se trouve que j'ai déjà croisé Graham à une époque où je n'allais pas très bien. Je buvais beaucoup, et cela ne m'empêchait pas de prendre le volant. Il m'a arrêté un soir. Apparemment, mon père est intervenu. Non seulement il a fait en sorte que je ne sois pas inquiété mais, en plus il a fait en sorte que Graham soit saqué.

— Ton père a vraiment le bras long, on dirait.

— C'est vrai. Mais dans ce cas précis, il n'a pas eu besoin de déployer beaucoup d'efforts. Il lui a suffi de menacer le commissaire de porter plainte contre ses services parce que j'avais été tabassé.

— Graham t'a frappé ? s'exclama Arden, révoltée.

— Pas directement, non. Je me suis fait passer à tabac par deux petites frappes qui appartenaient à un gang de la ville. Ils étaient ravis de pouvoir se défouler sur un gosse de riche comme moi.

— Et personne n'est intervenu ?

— Très franchement, je pense que ces types n'étaient pas là par hasard. À mon avis, Graham devait savoir que je m'en tirerais avec un rappel à la loi et une amende. Alors il a fait en sorte de me donner une bonne leçon...

— Mon Dieu.

— Très franchement, je ne lui en veux même pas. Ce que j'ai fait ce soir-là était criminel. C'est une chose de courtiser la mort, c'en est une autre de mettre en danger les autres en le faisant...

Arden sentit une boule se former au creux de sa gorge.

— Quand est-ce arrivé, exactement ? lui demanda-t-elle d'une voix mal assurée.

— Cela n'a aucune importance, éluda-t-il.

Sa réponse ne fit que confirmer les soupçons d'Arden.

— C'était après notre rupture, n'est-ce pas ?

Reid haussa les épaules.

— J'ai traversé une période un peu difficile, à cette époque, lui avoua-t-il.

Elle dut faire appel à toute la force de sa volonté pour résister à l'envie qu'elle avait d'aller vers lui et de le prendre dans ses bras. Mais elle savait pertinemment où un tel geste risquait de les conduire. Et elle était bien décidée à aller jusqu'au bout de cette histoire avant tout.

— Je suis désolée ; articula-t-elle.

— Tu l'as dit toi-même : c'est du passé...

Elle n'était absolument pas dupe mais il ne lui laissa pas le temps de le lui faire comprendre.

— Graham m'en veut toujours, reprit-il. Si Brody lui offre ma tête sur un plateau, il n'hésitera pas à la prendre. Et bien que les preuves ne soient que circonstancielles, je me retrouverais probablement en prison le temps d'être jugé. Ce serait la fin de mon cabinet. Mais ce n'est pas ce que je crains le plus : pendant ce temps, l'homme qui a tué Haley Cooper courrait toujours. Et je ne pourrais strictement plus rien faire pour te protéger.

Arden lutta de toutes ses forces pour ravaler les larmes qui lui montaient aux yeux. Une fois de plus, Reid venait de lui démontrer à quel point il tenait à elle. Et le plus étrange, c'est qu'il ne semblait même pas s'en être rendu compte.

Elle avala une gorgée de bourbon pour se redonner un semblant de contenance.

— Dis-moi, Reid, murmura-t-elle enfin, tu es sûr que ton père n'est pas impliqué là-dedans ? Tu m'as dit qu'il t'avait renvoyé de son cabinet et qu'il t'avait déshérité. Pour en arriver à de telles extrémités, vous avez dû gravement vous disputer. N'aurait-il pas pu monter toute cette histoire pour te piéger ?

— Mon père est un beau salopard dénué de tout scrupule, c'est vrai, déclara Reid. Mais je ne crois pas que ce soit un assassin.

— La fille n'était peut-être pas censée mourir. Il comptait peut-être juste te faire peur...

— C'est possible, concéda Reid. Mais cela me paraît hautement improbable. Notamment si Brody est dans le coup : étant donné leurs relations passées, je doute fort que mon père ait fait appel à lui. Et s'il l'avait fait, Brody ne chercherait pas aujourd'hui à retrouver Ginger pour le piéger...

— As-tu d'autres ennemis ?

— Je suis avocat, lui rappela Reid avec un sourire plein d'autodérision. Nous avons toujours des tas d'ennemis : des clients déçus, des gens qui se sentent lésés, des victimes qui nous en veulent d'avoir défendu leurs agresseurs... Mais très sincèrement, jusqu'à aujourd'hui, je n'aurais pas imaginé que quelqu'un puisse me haïr suffisamment pour me faire accuser de meurtre...

— Tu ne veux pas parler de Graham, j'imagine, remarqua Arden en fronçant les sourcils.

— Non. Graham ne m'aime pas mais il reste un flic. Jamais il ne ferait une chose pareille.

— Qui d'autre, alors ?

— Cela risque de ne pas te plaire.

— Parce que tu penses peut-être que quelque chose m'a plu, dans tout ce que tu viens de me dire ? répliqua-t-elle en lui décochant un rictus ironique.

— Mais cette fois, c'est plus personnel. Lorsque je suis sorti du tribunal, tout à l'heure, une voiture m'attendait au pied des marches. Tu ne devineras jamais qui était à l'intérieur.

Elle esquissa un haussement d'épaules.

— Ton grand-père, Clement Mayfair en personne.

— Ça alors... Mais que pouvait-il bien te vouloir ?

— Il voulait que je me tienne à l'écart de toi.

— Pardon ? s'exclama Arden, partagée entre incrédulité et colère.

Reid hocha la tête.

— Maintenant que ta grand-mère est décédée, il compte apparemment reprendre contact avec toi. Et il ne tient pas à ce que tu perdes ton temps avec quelqu'un dans mon genre. J'imagine qu'il a d'autres projets pour toi.

— Je n'arrive pas à y croire ! s'emporta Arden. Cela fait des années qu'il m'ignore cordialement et me traite comme de la bouse de yack et voilà qu'il se décide à jouer les grands-pères protecteurs ? Sans même m'en parler ?

Un demi-sourire se dessina sur les lèvres de Reid.

— Je t'avais dit que ça n'allait pas te plaire. Mais plus sérieusement, j'étais aussi surpris que toi par cette tirade.

— Cela prouve qu'oncle Calvin avait raison : il mijote quelque chose.

— Très probablement, acquiesça Reid. Et tant que nous ne saurons pas ce dont il s'agit exactement, je te suggère de garder tes distances.

— Tu veux rire ? protesta Arden d'une voix vibrante de fureur à peine contenue. Je vais aller le trouver dès ce soir et lui dire ce que je pense de ses procédés !

— Ne fais pas ça, lui conseilla Reid.

— Je ne vais pas le laisser s'en tirer aussi facilement ! s'exclama-t-elle. Il n'a pas le droit de me dire ce qui est bon pour moi ou pas. Et il n'a pas le droit de menacer mes proches pour parvenir à ses fins !

— Calme-toi, Arden. Je comprends parfaitement ce que tu ressens et je peux te dire que j'ai éprouvé la même chose pendant qu'il était en train de me menacer. Mais j'ai tourné la langue sept fois dans ma bouche avant de lui répondre.

— Ce n'est pas ton genre, remarqua Arden d'une voix légèrement accusatrice.

— Effectivement. Mais Clement est certainement l'homme le plus puissant de cette ville. Si nous comptons nous en prendre à lui, nous allons devoir le faire de façon intelligente et réfléchie. Nous ne pouvons nous permettre de perdre notre sang-froid ou il exploitera chacune de nos faiblesses sans le moindre état d'âme. Il m'a dit que si je m'opposais à lui, il me ruinerait et je suis persuadé qu'il est en position de le faire.

— Est-ce que cela signifie que tu as changé d'avis ? lui demanda Arden, déçue. Que tu ne veux plus m'aider à défendre le patrimoine de grand-mère ?

— Je n'ai pas dit cela, objecta-t-il.

— Je sais mais j'avoue que je t'ai un peu forcé la main. Je ne veux pas que tu te sentes obligé de me venir en aide simplement parce que tu me l'as promis alors que tu ne savais pas à quoi tu t'exposais. Si tu veux renoncer à l'affaire, je ne t'en voudrai pas, Reid. D'autant que tu as déjà suffisamment de problèmes comme cela, ces temps-ci.

— Je n'ai pas plus apprécié que toi la façon dont il a tenté de me forcer la main, objecta-t-il. Et je suis bien décidé à le lui faire payer, d'une façon ou d'une autre. Mais pas n'importe comment.

Arden prit une profonde inspiration, se forçant à maîtriser la fureur qu'elle sentait bouillonner en elle.

— D'accord, acquiesça-t-elle. Tu as raison...

À mesure qu'elle recouvrait son calme, elle prit conscience de quelque chose.

— Tu as dit que jusqu'à aujourd'hui, tu ne pensais pas avoir d'ennemi capable d'aller jusqu'au meurtre pour te nuire. Tu penses donc que mon grand-père pourrait faire une chose pareille ?

— Très franchement, je ne sais pas, répondit prudemment Reid. Ce que je peux te dire, en revanche, c'est que personne ne m'avait jamais regardé avec autant de haine et de mépris dans le regard. Il y a chez ton grand-père une violence contenue que je trouve assez effrayante.

— C'est un homme impitoyable, acquiesça Arden.

— Toute la question est de savoir jusqu'où il serait capable d'aller pour imposer ses idées... Et très franchement, tant que nous n'aurons pas la réponse, nous allons devoir redoubler de prudence, Arden. Ce qui vient de se passer montre à quel point la situation est explosive.

— À ton avis, qui était l'homme qui s'est introduit chez toi ? Et que cherchait-il ?

— Tout est possible à ce stade. Il pourrait aussi bien s'agir de Brody, d'un homme envoyé par mon père ou par ton grand-père ou même de l'inspecteur Graham à la recherche d'un indice...

— Il pourrait aussi s'agir du tueur aux magnolias, murmura Arden que cette hypothèse terrifiait plus encore que les autres.

— Qui pourrait lui-même être n'importe qui...

9

Le lendemain matin, Reid venait d'attaquer sa deuxième tasse de café de la journée lorsque Arden le rejoignit. Il avait déjà fait venir un serrurier qui, par acquit de conscience, avait remplacé les serrures des deux portes donnant sur l'extérieur ainsi que celle de la cour située à l'arrière de la maison.

Reid s'était couché tôt, la veille, et il avait dormi d'une traite jusqu'au matin, ce qui lui avait permis de récupérer. Arden, au contraire, faisait peine à voir. Les cernes qui se dessinaient sous ses yeux semblaient indiquer qu'elle n'avait quasiment pas fermé l'œil de la nuit.

— Que se passe-t-il ? lui demanda-t-il d'un ton plein de sollicitude.

— J'ai eu du mal à m'endormir, soupira-t-elle. Et je me suis réveillée à l'aube sans parvenir à retrouver le sommeil.

— Tu aurais pu rester chez toi pour te reposer.

Elle secoua la tête.

— Au contraire, lui dit-elle, j'avais vraiment besoin de me changer les idées.

— C'est à cause de ce qui s'est passé hier, j'imagine.

— Même pas, lui assura-t-elle. Je crois que c'est à cause de cette maison. Je n'aurais jamais imaginé qu'y séjourner toute seule puisse me mettre aussi mal à l'aise. Chaque fois que je sors dans le jardin, les images de ma mère me reviennent. Je la revois étendue sur la pelouse, baignant dans son sang, avec cet affreux pétale de magnolia sur les lèvres…

— Je ne comprends pas, objecta Reid. Tu as vécu durant des années dans cette maison, après la mort de ta mère. Et à l'époque, tu ne semblais pas en souffrir.

— C'est vrai, reconnut-elle. Je ne me l'explique pas vraiment. C'est peut-être parce que j'étais encore enfant. Les enfants sont dotés d'une capacité de résilience bien supérieure à celle des adultes. En ce temps-là, je me croyais probablement invincible. Et puis, je t'avais toi pour me protéger...

— Je suis toujours là, lui assura-t-il.

Elle lui décocha un pâle sourire plein de reconnaissance.

— Je pense que c'est à cause du meurtre de Haley Cooper, opina-t-il enfin. Cela a probablement réactivé tes souvenirs et tes angoisses.

— Sans doute, concéda-t-elle. Il faut dire que l'idée qu'un second tueur aux magnolias se balade en liberté dans Charleston n'est pas vraiment faite pour me rassurer. À ce propos, j'ai vu que tu avais changé les serrures. Tu as fait vite !

— J'ai un ami qui possède une entreprise spécialisée dans les équipements de sécurité. Lorsque je l'ai appelé hier soir pour lui dire que les bureaux avaient été visités, il m'a promis d'envoyer quelqu'un rapidement. Je ne pensais pas que ce serait à ce point.

— Je me demandais justement si je ne devrais pas faire la même chose au domaine Berdeaux, déclara-t-elle. Je sais déjà que mon oncle a une clé, de même que les jardiniers et les anciens domestiques. Dieu sait combien de personnes ont obtenu un double, à un moment ou à un autre.

— Tu n'as qu'à appeler mon ami de ma part. Tu peux lui faire entièrement confiance. Cela fait des années que je le connais, et c'est vraiment un type bien. En fait, il a été mon tout premier client ! Demande-lui aussi de vérifier ton système d'alarme et les caméras, s'il y en a. Et n'oublie pas de lui demander de t'expliquer comment changer tous les codes.

— Tu as vraiment peur qu'il m'arrive quelque chose, murmura-t-elle.

— À vrai dire, c'est moins le tueur aux magnolias que ton grand-père que je redoute. Il a nettement plus de chance de connaître quelqu'un qui possède un trousseau de clés et accepterait de le lui céder.

— Tu n'as pas tort, soupira-t-elle. Franchement, nous aurons de la chance si nous ne devenons pas complètement paranoïaques avant que cette affaire ne soit résolue.

Arden traversa le bureau pour venir s'asseoir sur l'un des sièges qui lui faisaient face. Elle posa alors sur sa table de travail le sac de toile qu'elle avait apporté et entreprit de déballer les épais cahiers qu'il contenait.

— Qu'est-ce que c'est ? s'enquit Reid, curieux.

— Tu ne les reconnais pas ? Ce sont les carnets dans lesquels nous avions rédigé les comptes rendus de notre enquête au sujet de l'énigme du crépuscule.

Stupéfait, Reid prit l'un d'eux et le parcourut, reconnaissant leurs écritures respectives qui alternaient avec des articles de journaux et des photocopies de passages de livres qu'ils avaient empruntés à la bibliothèque.

— Je n'arrive pas à croire que tu aies conservé tout ça ! s'exclama-t-il.

— Pourquoi ne l'aurais-je pas fait ? Nous avons travaillé très dur, cet été-là. Comme je n'arrivais pas à dormir ce matin, j'ai commencé à relire certains passages. Il y a des choses vraiment très intéressantes. Par exemple, est-ce que tu te souvenais qu'Orson Lee Finch avait travaillé au domaine Berdeaux, pendant un temps ?

— Si je me souviens bien, il travaillait pour de nombreuses familles aisées du quartier historique. C'était un jardinier très apprécié.

— En revoyant une photo de lui à l'époque, je me suis brusquement rappelé l'avoir vu dans le parc. Il m'avait même offert un paquet de bonbons.

— Tu sais, il paraît que Ted Bundy était un garçon charmant, la plupart du temps, répondit Reid. Je ne sais pas si tu as vu beaucoup de documentaires sur les tueurs en série mais, la plupart du temps, leurs voisins tombent complètement des nues. Ils les décrivent très souvent comme des gens charmants, discrets et très polis.

— C'est vrai, concéda Arden. Mais il m'est venu une idée en

parcourant la liste des endroits où Finch travaillait. Si comme nous le pensions à l'époque, il est effectivement innocent des crimes dont on l'accuse, s'il a été piégé, il était la victime parfaite. Le véritable meurtrier pouvait l'observer tout à loisir et se concentrer sur des maisons où il travaillait...

— Arden, protesta Reid, je te rappelle que je ne crois plus à notre théorie. Je suis persuadé aujourd'hui que Finch a bien commis les meurtres dont on l'accuse.

— Ne me dis pas que ce qui s'est passé avant-hier à deux pas d'ici n'a pas réveillé en toi ne serait-ce que l'ombre d'un doute !

— Je pense que si le tueur a sciemment utilisé ce pétale de magnolia, c'était pour nous adresser un message à nous, parce qu'il savait que ces fleurs – et a fortiori les blanches – avaient une signification particulière pour nous. Cela ne signifie pas pour autant qu'il est le tueur du crépuscule qui a commis tous ces meurtres. Je te rappelle que c'était il y a vingt-cinq ans.

— S'il avait entre vingt et trente ans, il en aurait entre quarante-cinq et cinquante-cinq aujourd'hui, objecta Arden. Il pourrait parfaitement être notre tueur.

— Est-ce que tu as entendu parler du rasoir d'Ockham ?

— Le principe selon lequel en présence de deux solutions possibles, la plus simple a plus de chance d'être vrai ?

— Je ne l'aurais pas mieux dit. Et tu trouves vraiment plus simple le fait que le meurtrier soit toujours en liberté après toutes ces années et qu'il se remette soudain à tuer sans raison ou bien le fait que quelqu'un essaie juste de nous faire peur en se servant de la mort de ta mère ?

— Tu négliges un détail, objecta-t-elle.

Il haussa un sourcil interrogatif.

— La couleur du pétale. Si une personne lambda cherchait juste à nous faire peur, elle aurait employé un pétale rouge. Tout le monde sait que ceux qui se trouvaient sur les lèvres des victimes étaient rouges. En revanche, quasiment personne n'a entendu parler des pétales blancs que j'ai retrouvés sur les marches du pavillon d'été.

Cet argument prit Reid de court. Il ne pouvait nier la logique de sa démonstration.

— Il y a autre chose, ajouta-t-elle, profitant de son avantage. D'après Brody, quelqu'un serait en train d'essayer de te piéger, de faire en sorte que ce soit toi qui sois accusé du meurtre de Haley Cooper. Selon ma théorie, c'est très précisément ce que le tueur a fait à Finch, la dernière fois.

— Arden..., soupira Reid.

— Il n'y a pas de « Arden » qui tienne, protesta-t-elle vivement. Tout ce que je te demande, c'est de garder l'esprit ouvert, d'envisager toutes les possibilités. Parce que de toute façon, pour le moment, nous n'avons pas l'ombre du début d'une piste.

— Écoute, moi aussi j'ai réfléchi à toute cette histoire. Et je suis parvenu à la conclusion que j'avais peut-être eu tort de venir te parler de ce meurtre. Je pensais que cette histoire de pétale était peut-être en lien avec toi. Mais pour le moment le seul qui soit lié à ce meurtre, en dehors de la victime, c'est moi. Il vaudrait peut-être mieux que tu restes à l'écart de tout ça. Si quelqu'un cherche effectivement à me piéger pour une raison ou une autre, je ne tiens pas à ce qu'il puisse se servir de toi pour parvenir à ses fins.

— Il est trop tard, déclara Arden d'un ton sans appel. Je suis déjà impliquée. Et contrairement à toi je pense que cette histoire me concerne aussi directement. Et puis, franchement, tu penses que c'est parce que je resterai sagement sur la touche que le tueur évitera de s'en prendre à moi. Tout le monde ou presque à Charleston sait que nous sommes sortis ensemble pendant des années. Et si l'on veut te piéger, quel meilleur moyen que de tuer ton ex-petite amie. Il sera facile de faire croire que tu as agi par vengeance, parce que je t'avais laissé tomber pour partir à l'université et que tu ne l'as jamais accepté...

Reid ne put s'empêcher de grimacer. Ce scénario lui paraissait un peu trop proche de la réalité.

— Penses-y, poursuivit Arden sur sa lancée, nous serons beaucoup plus en sécurité ensemble que séparément. Tu n'as jamais vu de films d'horreur ?

— Nous ne sommes pas dans un film, malheureusement, répondit-il. Rien ne dit que les gentils vont gagner à la fin. Je te rappelle qu'une femme est déjà morte. Des tas de femmes, même, si ta théorie se révélait exacte.

— Nous sommes une équipe, insista-t-elle.

— C'est absurde, Arden, protesta Reid. Quatorze ans se sont écoulés depuis l'époque où nous étions une équipe, comme tu dis. Il y a encore trois jours, nous n'avions plus aucun lien. N'as-tu pas mieux à faire que de jouer les assistants détective ? Je croyais que tu voulais rénover la propriété de ta grand-mère. Tu devrais faire venir des architectes, demander des budgets, dresser des plans...

— Crois-moi, si je devais passer mes journées entières au domaine, je deviendrais complètement folle.

— Dans ce cas, cherche un travail dans ton domaine de compétence. Il y a plusieurs musées et des tas de galeries à Charleston. Et la plupart rêveraient d'embaucher quelqu'un avec ton expérience.

— Tu te trompes. Aucun de ces lieux ne m'embauchera jamais.

Reid la considéra d'un air interdit.

— Pourquoi pas ?

Elle hésita quelques instants avant de lui répondre.

— Je n'ai pas été tout à fait honnête avec toi au sujet des circonstances dans lesquelles j'ai perdu mon emploi précédent, avoua-t-elle enfin.

— Tu as été renvoyée ?

— Non. Mais si je n'avais pas démissionné, c'est exactement ce qui se serait produit.

— Que s'est-il passé ? lui demanda Reid, surpris. Aux dernières nouvelles, tu adorais ton travail, et tout se passait à merveille...

— Il y a quelques mois de cela, les propriétaires de la galerie ont nommé un nouveau gérant pour remplacer l'ancien qui partait à la retraite. Il était beau, plein d'humour et très charismatique...

À ces mots, Reid sentit monter en lui un incoercible accès de jalousie. Il avait parfaitement conscience de l'absurdité de la chose, bien sûr. Cela faisait quatorze ans qu'Arden et lui étaient séparés, et elle avait sans doute eu plusieurs petits amis depuis lors. Mais c'était plus fort que lui. L'imaginer avec un autre homme le rendait malade.

— Nous avions beaucoup de choses en commun, poursuivit Arden sans s'apercevoir de sa réaction. Nous aimions les mêmes livres, les mêmes films, la même musique... Alors nous avons fini par devenir très proches.

Reid serra les dents. Fallait-il vraiment qu'elle rentre dans les détails ? Il se garda pourtant de l'interrompre, devinant à son expression que cette idylle avait dû très mal se terminer.

— Ce que je ne savais pas, articula-t-elle d'une voix piteuse, c'est qu'il était marié. Il s'était bien gardé de me le dire, évidemment. Quant à moi, je n'ai rien vu. Je ne sais pas si c'était de la naïveté, s'il était particulièrement doué ou si au fond je m'en doutais mais que je ne voulais pas regarder la vérité en face... Toujours est-il qu'un jour, à la galerie, j'ai vu arriver cette femme. Elle était furieuse et s'en est tout de suite prise à moi. C'était au beau milieu d'un vernissage, en présence de dizaines de clients et d'employés...

— Comment a réagi son mari ? s'enquit Reid partagé entre jalousie et compassion.

— Elle paraissait croire que c'était moi qui lui avais fait des avances et qui l'avais harcelé jusqu'à ce qu'il finisse par céder. Elle pensait qu'il m'avait ensuite repoussée et que j'avais continué à le harceler de plus belle. Sur le moment, je n'ai pas saisi pourquoi il ne la reprenait pas, pourquoi il la laissait présenter les choses de cette façon. Et puis, soudain, j'ai compris...

— C'est lui qui lui avait tout raconté de cette façon, n'est-ce pas ?

— Oui. Et le temps que j'en prenne conscience, il était trop tard pour me défendre. J'ai maladroitement essayé de dire ce qui s'était réellement passé mais en accusant son mari, je donnais l'impression que j'étais bel et bien la harceleuse qu'elle avait décrite et que je cherchais juste à me tirer d'un mauvais pas... C'était horrible.

— Tous ceux qui te connaissaient ont dû comprendre qu'elle mentait, objecta Reid.

— Mes véritables amis, oui. Mais j'ai découvert ensuite que ce salopard avait joué un double jeu depuis le début : il avait semé le doute depuis longtemps dans l'esprit de nos collègues, prétendant que j'étais obsédée par lui et qu'il ne parvenait pas à se défaire de moi.

— Charmant garçon, commenta Reid.

— Ce n'est pas tout, soupira-t-elle. Quelques jours plus tard, il m'a convoquée dans son bureau et m'a clairement fait comprendre que si je ne démissionnais pas, il me renverrait pour faute lourde.

— Pourquoi est-ce que tu ne m'as pas raconté tout ça, hier ? lui demanda Reid qui bouillonnait de rage.

S'il s'était écouté, il aurait sauté dans le premier avion pour aller trouver cet homme et lui faire passer un très mauvais quart d'heure.

— Parce que j'avais honte, avoua-t-elle d'une voix misérable. Parce que ce qui m'est arrivé va à l'encontre de tout ce que j'ai essayé de devenir depuis le jour où j'ai quitté Charleston pour partir à l'université. Je voulais être forte, indépendante et brillante. Au lieu de cela, je me suis fait manipuler et humilier. Il faut croire que je ne valais pas grand-chose à ses yeux...

— Cela prouve s'il en était besoin que ce type était un imbécile fini, déclara Reid d'un ton sans appel.

À ces mots, Arden laissa échapper l'ombre d'un sourire et, dans ses yeux, il lut un remerciement muet. Une fois de plus, il aurait voulu la prendre dans ses bras et la serrer contre lui, lui répéter qu'elle était la femme la plus merveilleuse du monde jusqu'à ce qu'elle finisse par le croire.

— Ça, au moins, ça n'a pas changé, souffla-t-elle. Depuis que nous sommes tous petits, tu as toujours su trouver les mots pour me consoler...

— J'essaierai toujours, lui promit-il en luttant contre l'émotion qui l'étreignait en cet instant. En tout cas, ce que j'ai appris, c'est que nous commettons tous des erreurs, à un moment ou à un autre. L'important, c'est ce que l'on en fait par la suite.

— C'est ce que tu as découvert après notre rupture ? lui demanda-t-elle gravement.

— Oui, mais cela m'a pris du temps.

Arden hocha la tête.

— Tu sais, lui avoua-t-elle enfin, je n'avais pas du tout l'intention de venir te demander du travail, hier. Je voulais juste que tu me donnes des conseils au sujet de la propriété. Mais lorsque j'ai vu cette maison, il m'a semblé comprendre immédiatement ce que tu comptais en faire. C'est la réponse à Sutton & Associés, n'est-ce pas ? Ce que tu veux fonder, c'est un cabinet à taille humaine, où des gens ordinaires pourront venir en toute confiance exposer leurs problèmes et tenter d'y trouver des solutions...

— On apprend de ses erreurs, acquiesça Reid. Et le cabinet de mon père en était une pour moi, tout comme la vie que je menais du temps où j'y travaillais. Ce que j'avais peut-être négligé, ajouta-t-il avec une pointe d'autodérision, c'est que pour établir des relations différentes avec ses clients, il faut déjà en avoir...

— Je ne me fais aucun souci pour ça, lui assura Arden. Les gens finiront par comprendre ce que tu proposes et, ensuite, cela fera boule de neige. En attendant, je pense réellement pouvoir t'aider. La plupart du temps, je ne suis pas trop stupide et je travaille dur. La seule chose que je te demande, si tu veux que cela fonctionne entre nous, c'est de ne plus me traiter comme une petite fille qu'il faudrait défendre de tout, y compris d'elle-même.

— Oh ! crois-moi, le fait que tu ne sois plus une petite fille ne m'avait pas du tout échappé, rétorqua-t-il d'une voix malicieuse.

Arden rougit légèrement, et il se prit à songer qu'il y avait peut-être encore un espoir pour leur couple.

— Alors, est-ce que tu es d'accord pour que je reste et que je t'aide à démêler cette affaire ?

Reid savait qu'il avait déjà perdu cette bataille vingt-huit ans auparavant, peut-être, la première fois où cette petite fille de quatre ans lui avait souri à l'autre bout du bac à sable. Mais en bon avocat, il comptait bien négocier une dernière fois avant de capituler.

— Si nous devons travailler ensemble, il faut que nous établissions certaines règles, déclara-t-il.

— D'accord, acquiesça Arden.

Il la regarda droit dans les yeux.

— C'est mon cabinet et ma maison. En cas de désaccord, c'est donc moi qui aurai le dernier mot. Si je ne veux pas prendre un client ou si je considère qu'une affaire est trop risquée ou trop délicate, nous laissons tomber.

— Pas de problème, acquiesça-t-elle.

Il fronça les sourcils d'un air suspicieux.

— Tu t'attendais probablement à ce que je discute tes conditions, lui dit-elle d'un air entendu. C'est effectivement très tentant. Sauf qu'au fond je pense que tu as raison. Nous sommes tous deux aussi têtus, impulsifs et passionnés l'un que l'autre. Tôt ou tard, nous finirons donc par être en désaccord. Et il faudra bien que quelqu'un tranche. C'est effectivement ton cabinet, et je pense que c'est à toi de le faire.

— Je trouve hautement suspect que nous soyons d'accord à ce sujet, lui dit-il.

— Ne t'inquiète pas, lui dit-elle d'un ton goguenard, cette clause ne vaut que sur le plan professionnel. Sur le plan personnel, nous aurons toute latitude pour nous écharper.

Reid n'était pas sûr de gagner au change.

— Maintenant que nous avons réglé la question du modus vivendi, est-ce que tu veux entendre le plan que j'ai conçu pour retrouver Ginger Vreeland ?

— Avec plaisir, acquiesça-t-il.

— J'ai étudié très attentivement le dossier que tu m'as confié hier, et tout particulièrement la retranscription de son entretien avec l'avocat chargé de la préparer au contre-interrogatoire du procureur.

Reid hocha la tête, attendant qu'elle poursuive.

— Savais-tu que Ginger avait été mariée, juste après le lycée ? Elle a épousé un militaire qui est parti en service actif à l'étranger quelque mois plus tard. Ils ont divorcé lorsqu'il a été démobilisé. Apparemment, il a découvert que Ginger avait déjà commencé ses « activités professionnelles », ainsi qu'elle les appelle pudiquement.

— Et tu penses qu'il pourrait nous aider à la localiser ?

— Non, hélas. Il est mort dans un accident de moto, il y a quelques années de cela. En revanche, son parent le plus proche est un oncle qui habite en banlieue de Charleston. C'est lui qui la recueillait lorsque sa sœur déraillait, ce qui arrivait apparemment très régulièrement.

— Je doute que le détective privé engagé par Brody ne l'ait

pas retrouvé. Or, d'après ce dernier, la famille de Ginger a obstinément refusé de donner la moindre indication sur l'endroit où elle pouvait se trouver à l'heure actuelle.

— C'est ce que j'ai cru comprendre, acquiesça Arden avec un sourire entendu. Mais le détective en question s'est probablement contenté de poser la question. Ce qu'il nous faut, c'est une motivation. L'avantage de cette maudite insomnie, c'est que j'ai eu tout le temps d'y réfléchir. Et j'ai fini par avoir une idée...

En l'écoutant parler, Reid avait l'impression de se retrouver projeté des années en arrière, lors de ce fameux été où elle l'avait convaincu de passer ses vacances à enquêter avec elle sur les circonstances de la mort de sa mère.

Elle avait toujours en elle la même fougue, le même enthousiasme qui ne demandait qu'une étincelle pour l'embraser tout entière.

— Je t'écoute, l'encouragea-t-il, fasciné.

— Il y a quelques années, j'ai participé à une action en justice collective contre une banque qui avait ouvert des comptes aux noms de ses clients sans leur demander leur avis. Or j'ai lu très récemment qu'une autre banque était actuellement en procès pour la même raison. À l'époque, je n'avais appris le résultat du procès que parce que de l'argent avait un jour été versé sur mon compte au titre du dédommagement.

— Je crois que je vois où tu veux en venir, acquiesça Reid en souriant.

— Nous n'avons qu'à contacter l'oncle de Ginger et lui dire que son mari vient de percevoir un dédommagement de ce genre. Suite à son décès, seule Ginger aurait la possibilité de toucher cette somme à condition de se manifester assez rapidement. Il faudrait que le montant soit suffisamment important pour la pousser à se manifester mais pas trop, de peur que cela n'éveille sa méfiance. Quant à nous, nous n'aurons qu'à dire que nous sommes une firme spécialisée dans la recherche d'héritiers et que, moyennant une commission, nous nous chargeons de tous les papiers, une fois établie l'identité de la demandeuse...

— En d'autres termes, nous mentons comme des arracheurs de dents, résuma malicieusement Reid.

— Est-ce que cela te pose un problème ?

— Pas si cela nous permet de retrouver Ginger avant Brody, répondit Reid sans hésiter. Je ne suis toujours pas certain que lorsqu'il la retrouvera, il se contentera de l'interroger au sujet de mon père. Après tout, c'est en partie à cause d'elle qu'il a passé dix ans en prison…

— Alors ? Qu'est-ce que tu en penses ?

— Que c'est assez tordu pour avoir une chance de marcher, déclara Reid d'un ton appréciatif. Mais nous n'aurons pas le droit à l'erreur. Car si Ginger soupçonne quoi que ce soit, elle risque de disparaître définitivement de la surface de la terre.

— Nous pourrions accroître nos chances en créant un site Internet qui donnerait à notre fausse entreprise un peu plus de crédibilité. Il va aussi nous falloir un téléphone portable anonyme. Nous ne pouvons pas courir le risque qu'elle tombe sur ton nom.

— Combien de temps te faudrait-il pour créer le site web ?

— Deux jours, je dirais.

— D'accord, acquiesça Reid. Tu as le feu vert pour lancer l'opération. Pendant ce temps, je vais faire le tour de tous mes informateurs pour tenter de trouver tout ce que je pourrai sur Haley Cooper, Ginger Vreeland et Dave Brody…

10

Cela faisait quelques heures que Reid était parti et qu'Arden avait commencé à plancher sur le site Internet de leur société fantôme. Vers 1 heure, constatant sans surprise que le réfrigérateur était toujours désespérément vide, elle décida d'aller manger dans un petit café situé sur Queen Street qui proposait une carte de wraps et de salades très variés.

Tout en mangeant, elle passa en revue les notes qu'elle avait prises au sujet de Ginger. Elle savait en effet qu'une fois qu'ils seraient parvenus à entrer en contact avec elle, il leur faudrait trouver les mots justes pour la convaincre de coopérer avec eux.

Après avoir avalé son café, Arden quitta le café et se prépara à rentrer au cabinet. Mais c'est alors que de l'autre côté de la rue, elle aperçut la silhouette très reconnaissable de Dave Brody.

Pensant qu'il était en train de la surveiller, elle sentit les battements de son cœur s'emballer dans sa poitrine. Mais elle ne tarda pas à constater qu'il était bien trop absorbé par sa conversation téléphonique pour prêter la moindre attention à ce qui l'entourait.

Arden recula donc précipitamment et s'embusqua dans le café en attendant que Brody le dépasse. Il paraissait très en colère contre son correspondant, ce qui le rendait d'autant plus intimidant. Au bout de quelques mètres, il finit par raccrocher et s'éloigna à grands pas, manquant percuter un passant qui ne s'était pas écarté suffisamment rapidement.

Arden comprit qu'elle tenait une occasion inattendue d'en

apprendre un peu plus à son sujet. Ce dernier avait apparemment passé beaucoup de temps à épier Reid. Peut-être était-il temps de lui rendre la pareille.

Certes, elle avait promis à Reid de se montrer prudente. Mais en demeurant à distance respectueuse de Brody elle pourrait l'observer tout à loisir et peut-être même découvrir où il vivait et avec qui il était en contact.

Elle attacha ses cheveux en queue-de-cheval et enfila ses lunettes de soleil, regrettant de ne pas avoir pris un sweat ou un manteau doté d'une capuche. Elle quitta alors le café en prenant soin de se placer derrière une famille de cinq personnes qui progressait dans la même direction que Brody.

Elle profita de cet écran sur deux pâtés de maisons avant que la famille ne s'engouffre dans une rue perpendiculaire, la laissant exposée. Arden se rapprocha alors des bâtiments qui bordaient le trottoir de façon à se trouver dans leur ombre.

Elle se sentait désormais beaucoup plus exposée et fut presque tentée de renoncer à cette filature improvisée. Mais Dave Brody ne faisait pas mine de regarder derrière lui, ni même sur les côtés. Il progressait toujours d'un pas décidé, paraissant savoir précisément où il allait.

Arden commença à se détendre légèrement. Déjà, son esprit échafaudait de nouvelles hypothèses. Si Brody avait menti à Reid et travaillait pour la personne qui essayait de le piéger, elle pourrait peut-être découvrir son identité. Même s'il disait la vérité, elle saurait où le trouver en cas de besoin.

Ils remontaient toujours Queen Street en direction de l'ouest. Lorsque Brody dépassa Logan Street, elle comprit qu'il ne se rendait pas chez Reid. Ils dépassèrent encore Rutledge avant de tourner à gauche sur Wentworth. S'ensuivit une série de tours et de détours dans un dédale de petites ruelles.

Arden ne connaissait pas du tout ce quartier et ne tarda pas à se sentir totalement désorientée. Elle craignit même un moment que Brody ne cherche à la semer. Mais s'il fallait en croire Reid, c'était le genre d'homme qui préférait de très loin la confrontation à l'évasion. S'il l'avait repéré, il aurait probablement fait volte-face pour courir droit sur elle. Et dans ce cas, elle n'aurait plus eu qu'à espérer que les heures passées dans sa salle de sport d'Atlanta n'avaient pas été totalement inutiles…

Par acquit de conscience, elle creusa cependant la distance qui les séparait. Brody opéra un dernier virage et, en s'engageant dans cette nouvelle rue, Arden reconnut enfin le quartier dans lequel ils se trouvaient.

Les maisons qui se dressaient là avaient connu des jours meilleurs mais elles avaient quasiment toutes des jardins. Les arbres qui y poussaient offraient une ombre bienfaisante en cette heure chaude de la journée.

Arden se plaça derrière deux étudiants qui avaient dû s'installer en colocation dans cette partie de la ville située non loin de l'université et où les loyers demeuraient relativement modestes.

Brody, quant à lui, s'était arrêté devant une maison qui se dressait sur deux niveaux. Une grille en fer forgé barrait l'accès au jardinet que traversait un sentier de briques rouges. Plongeant dans une allée latérale, Arden s'embusqua derrière une rangée de boîtes aux lettres d'où elle pouvait observer Brody sans craindre qu'il ne l'aperçoive.

Elle le vit sortir un trousseau de clés et ouvrir la grille avant de s'avancer dans le jardin. Une femme d'une cinquantaine d'années qui portait un bermuda et un T-shirt informe sortit alors de la maison et l'interpella.

Ils étaient trop loin pour qu'Arden puisse entendre tout ce qu'ils se disaient mais ils ne tardèrent pas à élever la voix, et elle comprit que cette femme devait être la propriétaire de la maison et qu'elle réclamait à Brody le versement de son loyer en retard.

La conversation devenait de plus en plus tendue, et Arden commençait à craindre que Brody n'en vienne aux mains. Elle se prépara à intervenir au cas où il deviendrait réellement violent, tout en sachant qu'elle avait très peu de chances de pouvoir retourner la situation.

Finalement, Brody gravit l'escalier extérieur qui menait à l'étage, déverrouilla la porte et disparut à l'intérieur avant de ressortir quelques minutes plus tard en brandissant une liasse de billets qu'il lança en direction de sa logeuse. Celle-ci essaya de les rattraper maladroitement au vol avant de ramasser ceux qui s'étaient répandus sur le gazon.

Brody la considéra d'un air narquois avant de refermer la porte de son appartement et de redescendre l'escalier. Quelques instants plus tard, il s'éloignait à grands pas dans la direction d'où il était arrivé. Arden se plaqua contre la palissade qui se trouvait derrière les boîtes aux lettres pour être sûre de ne pas être vue.

Lorsque Brody eut pris suffisamment de distance, elle voulut se remettre en route. Mais l'attitude étrange de la logeuse éveilla son attention. Elle avait fini de ramasser les derniers billets et observait fixement son locataire qui s'éloignait à grands pas.

Au bout de quelques instants, elle gravit l'escalier qui menait à l'étage et, après s'être assurée que Brody était loin et qu'il ne regardait pas dans sa direction, elle souleva un pot de fleurs pour récupérer une clé qui était cachée dessous. Quelques instants plus tard, elle pénétra dans l'appartement de son locataire.

Brody était maintenant beaucoup trop loin pour qu'Arden puisse espérer le rattraper. En revanche, elle avait peut-être une chance d'explorer l'intérieur de son appartement à la recherche d'un indice quelconque. Elle attendit donc patiemment que la propriétaire finisse par ressortir. Après s'être assurée que personne ne l'observait, celle-ci replaça la clé sous le pot et redescendit.

Lorsqu'elle fut rentrée chez elle, au rez-de-chaussée, Arden prit une profonde inspiration pour tenter de dissiper la tension nerveuse qui montait en elle. Elle pouvait sentir les effets de l'adrénaline qui coulait à flots dans ses veines.

Cela faisait une éternité qu'elle ne s'était pas sentie aussi excitée, aussi vivante. Cela lui rappelait ce qu'elle avait éprouvé lorsque Reid et elle avaient emprunté le bateau à voile de Boone Sutton pour aller naviguer de nuit. Au bout d'un moment, la brise légère qui soufflait jusque-là avait brusquement forci tandis que les vagues grossissaient soudain.

Ils avaient alors dû faire la course contre cette tempête naissante, filant sur une mer de plus en plus démontée. En dépit de la peur qu'elle avait éprouvée alors, elle s'était sentie plus libre qu'elle ne l'avait jamais été.

Elle ignora donc la petite voix dans sa tête qui lui conseillait de rentrer au cabinet et sortit de sa cachette pour s'avancer vers la maison de Brody. Elle ne craignait pas trop l'idée de se faire surprendre pas la propriétaire. Elle pourrait toujours prendre son air le plus naïf et expliquer qu'elle avait dû se tromper de maison.

Si jamais on la trouvait à l'intérieur de l'appartement, elle laisserait entendre qu'elle avait passé la nuit avec Brody, qu'elle avait oublié son portable chez lui et qu'il lui avait indiqué où se trouvait la clé de secours.

Evidemment, si c'était Brody lui-même qui la surprenait, elle se retrouverait dans une situation nettement plus délicate – a fortiori si c'était lui qui avait tué Haley Cooper. Mais il venait tout juste de partir de chez lui, et elle estimait avoir un peu de temps devant elle.

Elle était en tout cas convaincue que cette petite visite pouvait s'avérer très instructive. Brody sortait tout juste de prison après dix ans d'incarcération et il passait le plus clair de son temps à espionner Reid et à le suivre. Alors où trouvait-il l'argent nécessaire pour payer un loyer en plein centre-ville ? Même dans un quartier relativement modeste comme celui-ci, la dépense était loin d'être négligeable.

Le fait même qu'il le verse sous forme de liquide tendait à indiquer que cet argent était d'origine illicite. Qui donc le payait et pourquoi ? En répondant à la question, elle ferait certainement un pas décisif vers l'élucidation de l'énigme que constituait le meurtre de Haley Cooper.

Bien sûr, elle savait pertinemment ce que lui dirait Reid, s'il se trouvait là. Il insisterait pour qu'elle retourne directement au cabinet et pour qu'elle s'y enferme à double tour. Mais elle se refusait à laisser échapper une telle opportunité.

D'ailleurs, à une certaine époque, Reid l'aurait probablement encouragée en ce sens. Et elle ne désirait rien tant que redevenir cette fille intrépide qui se souciait moins de sa propre sécurité que de vivre pleinement en accord avec qui elle était et ce en quoi elle croyait.

Qu'aurait pensé cette fille de la vie qu'elle avait menée au cours de ces dernières années ? De la façon dont elle s'était fait manipuler et humilier ? Du fait qu'elle ait fui pour échapper à l'humiliation au lieu de faire face à celui qui s'était servi d'elle ?

Aiguillonnée par ces pensées, elle gravit l'escalier et alla récupérer la clé qui se trouvait sous le pot de fleurs. Après avoir déverrouillé la porte, elle remit la clé en place, ce qui lui laisserait peut-être une chance de s'esquiver discrètement si Brody revenait plus tôt que prévu.

Se glissant à l'intérieur, elle ôta ses lunettes de soleil. L'appartement était plongé dans la pénombre. Il était de taille relativement modeste mais très fonctionnel. La minuscule entrée dans laquelle elle se trouvait desservait une petite salle de bains, sur sa gauche, la chambre à coucher, sur sa droite et le salon, en face d'elle, au fond duquel se trouvait la cuisine américaine séparée par un bar.

Elle pénétra dans la pièce principale et remarqua aussitôt l'ordinateur portable et l'imprimante flambant neufs qui se trouvaient sur la table ainsi que la télévision à écran plat dernier cri qui n'était probablement pas incluse dans la location. Une fois de plus, elle se demanda comment un homme qui ne faisait rien de productif de ses journées pouvait bien s'offrir un tel luxe.

Ne perdant pas un instant, elle commença à fouiller les lieux, commençant par la liasse de papiers qui se trouvait sur la table. Il s'agissait principalement de formulaires administratifs et de factures. Elle pressa la barre espace de l'ordinateur et découvrit avec satisfaction qu'il était seulement en veille et que Brody n'avait pas pris la peine de le protéger par un mot de passe.

Elle commença par le répertoire où il rangeait ses photos et découvrit plusieurs sous-dossiers contenant des images de surveillance classées par dates et par lieux. Cela faisait apparemment des jours que Brody suivait Reid. On pouvait voir ce dernier à la fenêtre de sa maison, sur son balcon, devant le palais de justice, en train de faire ses courses et même devant la demeure Berdeaux, le jour où il lui avait rendu visite.

Elle trouva également les clichés et les films que Brody avait pris dans le bar, le soir où Haley Cooper avait été tuée. Arden ne tarda pas à constater que les photos que Brody avait prises à cette occasion visaient surtout à laisser penser qu'il s'était passé quelque chose entre Haley et Reid, ce soir-là.

La jeune femme était visiblement complice. À plusieurs reprises, elle s'était positionnée de façon à ce qu'elle ait l'air de faire partie du groupe avec lequel Reid avait passé la soirée. Sur l'un des clichés, elle se tenait juste derrière lui et riait aux éclats comme s'il venait de lui raconter une excellente plaisanterie. Sur un autre, Brody avait utilisé un effet de perspective de façon à montrer le regard amoureux que Haley jetait à Reid.

Prise séparément, les images étaient accablantes pour ce dernier. Mais en considérant la série dans son ensemble, il devenait évident qu'il s'agissait d'une très habile mise en scène. Visiblement, Brody était à la fois bien plus intelligent et plus retors qu'il ne voulait bien le faire croire.

Arden n'avait pas de clé USB sur elle et elle n'eut d'autre choix que d'envoyer les photos par groupes de cinq sur sa propre messagerie. Il y en avait un grand nombre, et le transfert lui prit un certain temps. Elle effaça ensuite tous les messages de la boîte d'envoi et prit soin de vider la corbeille avant de réactiver l'écran de veille.

Estimant qu'elle avait déjà passé beaucoup trop de temps dans l'appartement, elle renonça à contrecœur à explorer le reste du disque dur et se prépara à quitter les lieux. Mais alors même qu'elle s'approchait de la porte d'entrée, elle entendit des pas dans l'escalier.

Le cœur battant à tout rompre, elle se rua dans la pièce qui lui parut la plus sûre – la salle de bains. Là, elle pénétra dans la baignoire et tira le rideau. Elle venait tout juste de le rabattre lorsqu'elle entendit la serrure cliqueter et la porte d'entrée s'ouvrir.

Un frisson glacé courut sur sa peau, et elle pria pour que Brody ne décide pas soudain de prendre une douche pour se rafraîchir. La sonnerie d'un téléphone portable retentit alors.

— Brody, j'écoute…, entendit-elle.

Un silence s'ensuivit.

— Oui, je sais que je suis en retard. Désolé, j'ai eu un contretemps…

Elle l'entendit ouvrir un tiroir. Puis un cliquetis métallique se fit entendre, et elle ne put s'empêcher de penser à la lame d'un couteau à cran. Avait-elle commis une erreur ? Il ne lui semblait pas avoir déplacé l'ordinateur. Et elle avait pris soin de remettre les papiers à l'endroit précis où elle les avait trouvés…

Les battements de son cœur s'accélérèrent, et elle se raidit, prête à bondir dès l'instant où Brody poserait la main sur le rideau de douche.

— Du calme, s'exclama-t-il alors au téléphone. Je ne suis pas du genre à me dégonfler. Tant que vous me payez ce que vous me devez, vous pouvez compter sur moi… Oui, je pars tout de suite.

Quelques instants plus tard, il ressortit de l'appartement, claquant la porte derrière lui. Éperdue de soulagement, Arden s'assit sur le bord de la baignoire pour soulager ses jambes flageolantes. Là, elle attendit cinq minutes, le temps de s'assurer que Brody n'avait pas oublié quelque chose.

Puis elle quitta la salle de bains. Une fois dans l'entrée, elle hésita. Elle pouvait rester ici et continuer à explorer le disque dur de Brody à la recherche de nouveaux indices. Ou alors, elle pouvait le suivre et découvrir avec qui il avait rendez-vous. Car elle était prête à parier que cette personne n'était autre que le mystérieux commanditaire qui les avait engagés, Haley et lui, pour piéger Reid.

Estimant qu'elle pourrait toujours revenir ultérieurement pour s'occuper de l'ordinateur – en compagnie de Reid, cette fois – elle quitta l'appartement et dévala l'escalier. Brody avait déjà pris une belle avance sur elle, et elle se mit à courir pour le rattraper.

Lorsqu'elle estima s'être suffisamment rapprochée, elle ralentit le pas et se maintint à distance prudente. Ils traversèrent une partie du centre jusqu'à l'artère commerçante très fréquentée de King Street.

Là, la filature que menait Arden se fit nettement plus délicate. À plusieurs reprises, elle crut perdre sa cible. Elle n'osait pourtant pas se rapprocher trop de Brody qui paraissait à présent nettement plus attentif à son environnement et jetait fréquemment des regards alentour.

Au bout d'un moment, elle le vit tourner sur la droite pour s'engager dans une rue perpendiculaire. Une fois de plus, elle pressa le pas. Mais lorsqu'elle atteignit à son tour l'embouchure, Brody avait disparu.

Il avait dû pénétrer dans l'une des boutiques ou l'un des immeubles qui bordaient la rue mais elle n'avait strictement aucun moyen de déterminer lequel. Par acquit de conscience, elle avança le long de la rue sur quelques dizaines de mètres en inspectant attentivement les environs. En vain.

Frustrée, elle ne put réprimer un juron qui lui valut un regard réprobateur de la part d'une mère de famille entourée de trois enfants qui semblaient trouver la chose particulièrement réjouissante. Arden lui décocha un pâle sourire d'excuse et regagna la rue principale.

Qu'était-elle censée faire, à présent ? Attendre que Brody finisse par sortir de l'un des bâtiments dans l'espoir de pouvoir déterminer qui il y avait rencontré ? Profiter du fait qu'il était occupé pour retourner fouiller son disque dur ? Ou bien encore appeler Reid pour en discuter ?

— Arden ?

Elle sursauta, surprise, et se tourna vers l'homme qui venait de l'interpeller.

— Oncle Calvin ! s'exclama-t-elle, soulagée. Mais qu'est-ce que tu fais là ?

— Et moi qui croyais que tu venais me voir, s'exclama-t-il en souriant. Ma galerie est située juste au coin, ajouta-t-il en désignant l'une des vitrines.

On y voyait toutes sortes d'œuvres d'art exotiques : des statuettes de divinités hindoues, des masques africains, des poteries indiennes, des tissus brodés aux motifs chamarrés provenant du Mexique ou du Pérou...

— J'étais sortie faire quelques courses, improvisa-t-elle. Mais je ne savais pas que ta boutique se trouvait ici.

— Si tu as le temps, je peux te faire visiter, proposa son oncle.

Arden hésita un instant. À présent que l'adrénaline commençait à se dissiper, elle ne se sentait plus vraiment le courage de retourner à l'appartement de Brody.

— Je te suis, répondit-elle avec un sourire.

Elle le suivit jusqu'à la petite boutique d'antiquités qu'il avait fondée. En pénétrant à l'intérieur, elle ne put réprimer une exclamation admirative. C'était une véritable caverne d'Ali Baba, emplie de toutes sortes d'objets en provenance du monde entier. Une entêtante odeur d'encens emplissait l'air dans lequel flottait la douce mélopée d'une flûte indienne.

— C'est magique, s'exclama-t-elle, totalement sous le charme.

— Merci, répondit modestement son oncle. C'est un peu l'œuvre d'une vie. Durant des années, mon père m'a répété que je perdais mon temps à parcourir le monde. Mais tous ces objets ont été fabriqués par des gens que j'ai rencontrés au fil de mes voyages...

S'approchant de l'étagère la plus proche, Arden admira les œuvres qui y étaient disposées. Il était évident que chacune d'entre elles avait été choisie avec soin. Loin du bric-à-brac de pacotille qui caractérisait d'ordinaire ce genre de boutique, cette méticuleuse sélection trahissait un goût très sûr fondé sur une connaissance intime des pays d'origine.

De petites étiquettes ornées d'une élégante écriture précisaient d'ailleurs l'origine et la fonction précises de chaque pièce.

— C'est un endroit fabuleux, déclara-t-elle en se tournant vers Calvin.

— Je suis content que ça te plaise.

Elle le suivit à travers la boutique, écoutant avec intérêt les commentaires et les anecdotes que lui inspiraient certains des objets exposés. En l'entendant parler, elle prit conscience du fait qu'il avait parcouru sans relâche le monde entier. Et elle se prit à se demander si, ce faisant, il avait cherché à se fuir ou à se retrouver.

— Viens, lui dit-il alors, je vais te montrer mon jardin secret.

Curieuse, elle le suivit dans l'arrière-boutique qui était constituée de deux salles distinctes. La première, plongée dans la pénombre, était un espace de stockage dans lequel étaient entreposés tous les objets qui n'avaient pas encore trouvé leur place dans la boutique.

La seconde était inondée de lumière grâce à l'immense verrière qui s'ouvrait au plafond. Elle tenait lieu à la fois de jardin intérieur, peuplé de toutes sortes de fleurs, d'arbustes et de plantes exotiques, et d'atelier d'artiste.

Un chevalet trônait au centre, sur lequel était disposée une toile en cours de création. Elle représentait le domaine de Berdeaux qu'un ciel d'orage parait de lueurs inquiétantes. La pluie qui tombait au premier plan conférait à la vieille bâtisse une apparence presque onirique.

— C'est magnifique, s'exclama Arden, fascinée par l'inquiétante étrangeté qui en émanait.

— Je n'ai jamais autant peint que depuis que je suis de retour à Charleston, déclara son oncle. C'est comme si je m'étais reconnecté avec la magie de cette ville...

— Je crois que je vois précisément ce dont tu veux parler, lui avoua-t-elle. J'ai la même impression depuis que je suis revenue.

Il hocha la tête.

— J'ai toujours pensé que tu étais très sensible à ces choses-là, lui dit-il. Ta mère l'était aussi. Bien plus que je ne le serai jamais, sans doute. Elle était parfaitement en phase avec la magie de Charleston...

Arden sentit son cœur se serrer en avisant l'expression à la fois tendre et triste qui se peignait dans les yeux de Calvin. Il semblait soudain très loin de cet atelier, perdu dans ses souvenirs d'enfance.

— Je suis désolé, s'excusa-t-il, semblant émerger soudain de cette rêverie. Je ne voulais pas te rappeler de mauvais souvenirs...

— Au contraire, protesta Arden. Aujourd'hui, tu es peut-être la seule personne qui puisse me parler de maman.

— C'est vrai, acquiesça-t-il gravement. Il ne se passe pas un jour sans que je pense à elle, tu sais. Tu ne l'as connue qu'adulte, bien sûr. Mais moi, je me souviens de l'enfant qu'elle était. Il y avait en elle une forme de pureté, une beauté intérieure que je n'ai retrouvée que chez de rares personnes par la suite...

Arden fut frappée par l'intensité qui transparaissait dans sa voix. Elle songea qu'il avait dû profondément aimer sa sœur et songea que la séparation que leur avaient imposée leurs parents après le divorce avait dû être terriblement douloureuse pour lui.

— Est-ce que je peux t'offrir à boire ? lui proposa-t-il alors. Je dois avoir du thé glacé et de la limonade.

— Un thé glacé serait parfait, merci.

Il hocha la tête et se dirigea vers le réfrigérateur qui trônait près d'un immense évier à l'autre bout de la pièce.

— N'hésite pas à jeter un coup d'œil à mes autres toiles, si tu veux, l'encouragea-t-il.

Elle s'approcha des tableaux qui étaient entreposés contre le mur du fond. Il devait y en avoir une vingtaine qui figuraient pour la plupart des vues de Charleston et de la région environnante. Elle fut frappée par le fascinant mélange de précision formelle et de puissance évocatrice qui caractérisait le style de son oncle.

Si ses sujets étaient toujours représentés de façon très fidèle, la perspective à travers laquelle ils étaient représentés était souvent déroutante et inattendue. Il en émanait une impression de distance et de mélancolie, comme si le peintre avait voulu signifier la dissociation qui existait entre lui et les lieux qui l'entouraient.

Elle avait toujours eu l'impression que son oncle était un homme original, doté d'une forte sensibilité artistique. Ces tableaux lui en donnaient l'éclatante confirmation.

Elle tomba alors en arrêt devant une toile qui représentait l'intérieur de l'orangerie de la demeure Berdeaux vue à travers l'une des verrières. Le *Cereus* de sa mère occupait le centre de l'image. Calvin avait parfaitement su rendre le contraste entre l'atmosphère feutrée des lieux et l'impression de puissante majesté qui émanait de l'immense cactus.

— Celui-ci n'a pas été facile à peindre, remarqua son oncle qui était de retour avec leurs verres de thé glacé. La texture de cette plante est très particulière, et je ne suis pas certain d'avoir tout à fait réussi à la restituer…

— Tu plaisantes ? protesta vivement Arden. On dirait presque une photographie tant les détails sont bien rendus.

— Merci, répondit son oncle en lui tendant son verre. Cette toile doit faire partie d'un diptyque. La seconde sera réalisée sous la même perspective, mais montrera le *Cereus* en fleurs.

— C'est une excellente idée, approuva Arden. Je suis vraiment très impressionnée. Je ne savais pas que tu étais aussi doué. Est-ce que tu peins tes tableaux de mémoire ?

— La plupart d'entre eux, acquiesça Calvin. Mais il m'arrive de m'appuyer sur des croquis ou sur des photographies lorsqu'il s'agit d'endroits que je connais un peu moins bien.

Arden avala une gorgée de thé glacé. Il était délicieux, avec un très léger arrière-goût d'amande et de vanille. Se tournant de nouveau vers la toile représentant le *Cereus*, elle secoua doucement la tête.

— C'est incroyable, murmura-t-elle. J'ai vraiment l'impression de regarder par la fenêtre de l'orangerie. Ça me donne presque l'impression…

— L'impression ? l'encouragea Calvin lorsqu'elle laissa sa phrase en suspens.

— Tu vas croire que je suis folle.

— Les artistes possèdent tous un grain de folie, répondit Calvin en souriant. Qui serais-je pour te juger ?

— C'est comme si maman et grand-mère étaient encore dans l'orangerie, lui dit-elle. Tu ne les as pas peintes, bien sûr, mais j'ai l'impression de sentir leur présence. Peut-être à cause de cette lumière dorée qui entoure le *Cereus*…

— Incroyable, murmura son oncle.

Elle lui jeta un coup d'œil interrogatif, et il hocha la tête.

— Cette toile m'a été inspirée par un souvenir d'enfance, expliqua-t-il. Je me promenais dans le parc lorsque j'ai vu de la lumière dans l'orangerie. Je me suis approché et j'ai vu ta mère et la mienne qui jardinaient à l'intérieur. Le *Cereus* n'existait pas encore, à cette époque. Mais ce que j'ai voulu exprimer en le représentant, c'est qu'il servait en quelque sorte de réceptacle, comme s'il abritait les âmes de maman et de Camille…

Arden perçut un léger tremblement dans la voix de son oncle. Il était évident que cette œuvre était importante à ses yeux.

En contemplant l'atelier en forme de serre dans lequel elle se trouvait, elle se demanda si la perspective du tableau ne symbolisait pas la façon dont il avait vécu la rupture de ses parents. Ce divorce l'avait brutalement séparé de sa mère et de sa sœur, le laissant métaphoriquement à l'extérieur de l'orangerie dans laquelle elles se retrouvaient toutes les deux.

— J'ai un présent pour toi, lui annonça alors son oncle en déposant son verre de thé glacé sur un petit établi envahi d'orchidées.

Il alla chercher un petit cadre qu'il rapporta à Arden en prenant soin de le présenter de dos de façon à ménager la surprise.

— C'est mon cadeau de bienvenue, en quelque sorte, lui dit-il. J'espère qu'il te plaira autant qu'à moi. Et avant que tu ne dises quoi que ce soit, je ne tolérerai aucun refus de ta part.

Arden lui sourit, touchée par cette attention. Après avoir posé son propre verre, elle lui prit le cadre des mains et le retourna. Le choc qu'elle éprouva en le découvrant fut tel qu'elle faillit lâcher la toile.

C'était un portrait en buste de sa mère peinte devant le pavillon d'été que l'on devinait en arrière-plan. La perfection avec laquelle il avait su reproduire non seulement les traits de son visage mais surtout l'expression de son regard et de son sourire donnait à Arden l'impression de se trouver véritablement face à sa mère.

Tout était là, de ce regard bleu malicieux à l'infime fossette qui se dessinait au coin de sa bouche, de la courbe de ses lèvres au minuscule grain de beauté juste sous son oreille.

Une fois remise du choc initial qu'elle avait éprouvé, Arden commença à remarquer certains détails. Le portrait avait été représenté de nuit, de façon à ce que le visage de Camille paraisse nimbé de la douce lumière qui provenait du pavillon d'été.

La robe du soir rouge qu'elle portait était l'une de ses préférées, et Arden se souvenait parfaitement qu'elle l'avait portée, quelques jours seulement avant sa mort, pour se rendre à une réception chez les Sutton. Et dans ses cheveux blonds, sa mère avait piqué une fleur de magnolia immaculée.

— J'espère qu'il te plaît, lui dit alors son oncle, l'arrachant à sa contemplation fascinée.

— C'est le plus beau cadeau que l'on m'ait jamais fait, articula Arden sous le coup d'une émotion qu'elle avait beaucoup de mal à réprimer.

— En tout cas, tu comprends pourquoi j'ai été saisi en t'apercevant dans le jardin, l'autre jour.

De fait, sans même qu'elle s'en aperçoive, la ressemblance d'Arden avec sa mère s'était renforcée au fil des années.

— Quand l'as-tu peint ? demanda-t-elle.

— Il y a quelques années, en m'inspirant d'une photographie qui avait été prise la nuit du bal du maire chez les Sutton.

— Je me rappelle très bien cette soirée, acquiesça Arden d'une voix tremblante. Elle est venue m'embrasser dans ma chambre avant de partir. Je lui ai dit qu'elle ressemblait à une princesse, et elle a ri. Je me rappelle aussi cette fleur qu'elle avait dans les cheveux. C'est étrange, n'est-ce pas ? Qu'elle ait choisi un magnolia...

— C'est ce que j'ai pensé aussi, acquiesça son oncle. Lorsque je l'ai vu, cela m'a fait l'effet d'une belle et terrible prémonition.

Tous deux demeurèrent quelques instants silencieux, absorbés par la contemplation de la toile.

— Je vais l'emballer et je le ferai porter directement chez toi, lui dit enfin Calvin.

— Tu es vraiment sûr que tu veux t'en séparer. C'est un tableau magnifique.

— Il te revient de droit, Arden. Je ne le savais pas au moment où je l'ai peint mais je l'ai fait pour toi.

— Merci infiniment.

— Il n'y a vraiment pas de quoi.

Après avoir reposé la toile, son oncle alla chercher une clé qui était accrochée à un clou, près de la porte de l'atelier.

— Tiens, lui dit-il, je voulais te rendre ceci. C'est la clé de la poterne que ta grand-mère m'avait donnée. Je l'utilisais pour aller m'occuper du *Cereus* mais, maintenant que tu es là, je n'en aurai plus besoin.

— Garde-la, répondit Arden en souriant. Tant que je serai là, tu seras toujours le bienvenu à la maison. En revanche, je te donnerai bientôt une nouvelle clé parce que je compte rapidement faire changer toutes les serrures de la maison.

Calvin la considéra avec une pointe d'étonnement puis hocha la tête.

— Tu as sans doute raison, lui dit-il. Dieu sait combien de doubles ont été réalisés au fil des années et qui les possède aujourd'hui. D'autant que tu vis seule sur cette immense propriété...

Arden sentit un léger frisson couler le long de l'échine. Elle s'était souvent fait cette réflexion au cours des derniers jours. Et elle avait presque été tentée de demander asile à Reid. Mais elle avait renoncé à le faire, craignant qu'une telle suggestion ne vienne fausser les rapports qu'ils étaient en train d'établir.

— Je vais devoir te laisser, dit-elle en songeant qu'elle ferait mieux de rentrer au cabinet avant que Reid ne s'inquiète à son sujet.

— Bien sûr, s'exclama Calvin en la raccompagnant jusqu'à la porte de l'atelier. N'hésite pas à repasser quand tu voudras, en tout cas. J'aimerais beaucoup que tu me parles de ta vie à Atlanta.

Arden ne put s'empêcher de sourire.

— Ce ne sera guère passionnant pour quelqu'un qui a parcouru le monde en tous sens ! Mais je reviendrai pour que tu me parles de tes voyages, justement.

— Entendu, acquiesça son oncle.

En sortant de l'atelier, Arden scruta les alentours, au cas improbable où elle aurait aperçu Brody. Il n'y avait aucune trace de l'ex-détenu, bien sûr, mais en s'éloignant de la boutique de son oncle, elle ne put se défaire de l'impression que quelqu'un était en train de l'observer.

11

Après avoir rendu visite à ses informateurs habituels pour leur demander de se renseigner discrètement sur Haley Cooper, Ginger Vreeland et Dave Brody, Reid décida impulsivement de faire un détour par la maison de ses parents avant de regagner le cabinet.

Il se gara à quelques rues de là et couvrit le reste du trajet à pied pour se donner le temps de réfléchir. D'ordinaire, le mercredi, sa mère passait son après-midi à jouer au bridge avec des amies et elle donnait congé à Tess, leur gouvernante. Reid avait donc bon espoir de trouver la maison déserte, ce qui lui permettrait de fouiller le bureau de son père, ainsi que le lui avait suggéré Brody.

L'idée de ce qu'il s'apprêtait à faire ne l'enthousiasmait pas particulièrement mais il estimait que s'il avait une chance de découvrir la vérité au sujet de Ginger Vreeland, il ne pouvait se permettre de la négliger.

Reid n'avait pas d'idée précise de ce qu'il cherchait, exactement. Un journal personnel, des factures, un carnet d'adresses où figureraient les coordonnées de Ginger...

Il commença par sonner à la porte et attendit longuement. Ne voyant personne venir, il utilisa la clé que ses parents lui avaient fournie en cas de besoin et composa le code de l'alarme en priant pour qu'il n'ait pas changé depuis. Il appela d'une voix forte sa mère puis Tess sans obtenir la moindre réponse.

Rassuré sur le fait qu'il se trouvait bel et bien seul dans la maison, il se dirigea droit vers le bureau de son père qui se trouvait à l'arrière de la maison. La porte n'était pas verrouillée, et il entra dans la pièce luxueusement meublée dont les fenêtres donnaient sur la piscine extérieure.

Les tiroirs du bureau étaient tous fermés, bien sûr, mais Reid savait depuis sa plus tendre enfance que la clé se trouvait dans une petite niche située juste sous le plan de travail. Il la récupéra et s'apprêta à commencer sa fouille lorsqu'un bruit de moteur se fit entendre à l'extérieur. Il était bien trop proche pour provenir de la rue. Quelqu'un venait donc de se garer juste devant la maison.

Sans perdre un instant, Reid replaça la clé dans sa cachette et quitta le bureau en prenant soin de refermer la porte derrière lui. Il entendit alors s'ouvrir la porte de la cuisine et se demanda si Tess avait décalé son jour de congé, cette semaine-là. Il prit tout juste le temps d'inventer un prétexte à sa présence et se dirigea vers la cuisine.

C'était une pièce immense au milieu de laquelle se dressait un immense plan de travail recouvert de marbre autour duquel pouvaient travailler jusqu'à six ou sept personnes. Boone Sutton venait tout juste d'y poser un verre qu'il était en train de remplir généreusement de whisky.

Reid l'observa par la porte entrouverte, se demandant s'il fallait voir là un aperçu de son propre avenir. Cette idée n'était guère réjouissante. Son père n'avait jamais été un homme d'abord facile, et Reid n'était pas certain de l'avoir jamais aimé.

Brillant et ambitieux, il avait connu la réussite sur le plan professionnel. Mais Reid n'était pas convaincu qu'il était un homme très heureux. Sa vie de famille pouvait quant à elle être qualifiée d'échec : son mariage ne tenait plus que par la force de l'habitude, il avait déshérité son fils et il n'entretenait quasiment plus de relations avec ses frères et sœurs.

Était-ce ce qui le poussait à rentrer boire tout seul chez lui au beau milieu de l'après-midi ? Une telle conduite ne cadrait guère avec l'image que Boone entendait généralement projeter. Mais Reid se demanda soudain s'il n'en était pas lui-même victime si, à force de s'isoler, cette image n'était pas la seule chose qui lui restait.

Reid toussota pour signaler sa présence, et son père redressa brusquement la tête, passablement stupéfait de le trouver là.

— Qu'est-ce que tu fabriques ici ? lui demanda-t-il sans prendre la peine de le saluer.

— Je suis venu voir maman.

— Ta mère se rend à son club de bridge tous les mercredis depuis plus de trente ans, objecta Boone. Tu le sais aussi bien que moi.

— Je n'ai pas fait attention au fait que nous étions mercredi, répondit Reid en haussant les épaules. Cela explique que Tess ne soit pas là non plus.

— À ce propos, comment es-tu entré ?

— J'ai toujours une clé, répondit Reid. Tu m'as renié mais pas maman, que je sache.

— Le terme est un peu excessif, tu ne crois pas ? railla Boone avant de vider son verre d'un trait.

— Je ne crois pas, non. Dois-je te rappeler ce qui s'est passé ? Non content de me renvoyer, tu m'as fait escorter hors du bâtiment par les membres de la sécurité. Là, tu m'as dit que je n'étais plus ton fils, que je ne toucherai pas un sou de mon héritage et que je ferais mieux de ne pas chercher à exploiter le nom de Sutton pour faire carrière. Si ce n'est pas cela que tu appelles renier quelqu'un, nous ne parlons effectivement pas la même langue.

Alors même qu'il rapportait les paroles de son père, Reid prit soudain conscience du fait qu'elles l'avaient blessé bien plus profondément qu'il ne voulait l'admettre. Sur le moment, il s'était convaincu que cela n'avait aucune importance, que c'était l'aboutissement logique d'une incompréhension profonde qui n'avait cessé d'enfler entre eux au fil des années. Mais il se rendait compte à présent qu'il n'était peut-être pas aussi immunisé qu'il le croyait aux critiques et au mépris de son père.

— J'étais en colère, soupira Boone. Et tu avais fait preuve d'insubordination et d'irrespect. Je t'ai traité comme je l'aurais fait avec n'importe lequel de mes collaborateurs.

— Je m'efforçais de protéger un client, lui rappela Reid. Un client que l'un de tes amis t'avait demandé de lâcher parce qu'il s'agissait de l'un de ses concurrents. C'était contraire à toute déontologie.

— Ce n'était pas seulement un ami, objecta Boone. C'était l'un de nos plus gros clients. Si je n'avais pas agi comme je l'ai fait, je l'aurais perdu. Et je ne pouvais pas me le permettre. Il apporte plus d'affaires au cabinet chaque année que tu n'en verras jamais en l'espace de toute une vie. Je comprends que tu n'aies pas été d'accord. Mais c'est mon cabinet, et c'était donc à moi de prendre la décision.

Tel père, tel fils, se prit à songer Reid qui se rappela avec une pointe d'autodérision le discours qu'il avait tenu à Arden, le matin même.

— Tu sais quel est ton problème ? lui demanda alors son père.

— Non, mais je suis sûr que tu brûles d'envie de me le dire.

— Tu es comme ta mère. Tu transformes tout en question personnelle, ce qui fait que tu n'arrives pas à tourner la page. Moi, au contraire, je finis toujours par faire la part des choses et par mettre de l'eau dans mon vin… ou dans mon whisky, en l'occurrence. Tu en veux un ?

— Il est encore un peu tôt pour moi, objecta Reid qui vint pourtant prendre place sur l'un des tabourets qui entouraient le plan de travail.

— Tu sais ce qu'on dit…, répliqua son père en allant lui chercher un verre qu'il remplit généreusement. C'est toujours l'heure de l'apéritif, quelque part dans le monde.

Il fit glisser le verre jusqu'à Reid avant de remplir de nouveau le sien. Reid se contenta de faire tourner son verre entre ses doigts.

— Qu'est-ce que tu fais ici à cette heure ? demanda-t-il à son père.

Boone haussa les épaules.

— J'avais besoin d'être au calme. Tu sais ce que c'est : au cabinet, il se passe toujours tellement de choses qu'on n'a plus le temps de réfléchir.

— Tu aurais pu aller à l'appartement, remarqua Reid.

Son père était sur le point de porter son verre à ses lèvres mais il s'immobilisa et lança un regard étonné en direction de son fils.

— Oui, je suis au courant, répondit celui-ci. Tous ceux qui

travaillent au cabinet sont au courant. Et je suis même prêt à parier que maman l'est aussi.

Boone esquissa une petite grimace avant d'avaler une nouvelle gorgée de whisky.

— À propos d'appartement, j'ai entendu dire que tu avais vendu le tien pour racheter l'une de ces vieilles maisons sur Logan. Il paraît aussi que tu y as installé un nouveau cabinet. Est-ce que les affaires marchent bien ?

— C'est encore un peu tôt pour le dire, répondit Reid. Mais j'ai déjà quelques clients.

— Oui, apparemment, tu as même eu une entrevue avec Clement Mayfair, hier. Tu essaies de ferrer un très gros poisson, on dirait.

— Qui te l'a dit ? s'étonna Reid.

— Oh ! tu connais Charleston. C'est un petit monde, et les gens sont bavards. Tu veux un conseil ?

— Pourquoi pas ?

— Réfléchis-y à deux fois avant de t'associer avec Mayfair. C'est l'un des types les plus vicieux et les plus vindicatifs que je connaisse. Et si tu commets la moindre erreur, tu t'en feras un ennemi à vie

Reid repensa aux paroles du grand-père d'Arden.

— Il m'a dit qu'il avait travaillé avec toi, par le passé, et qu'il ne te portait pas dans son cœur. Pour être honnête, il m'a laissé entendre qu'il ne m'appréciait pas beaucoup plus. Tu as été son avocat ?

— C'était il y a des années, répondit Boone.

— Que s'est-il passé ?

— Rien de très extraordinaire. Mais ta mère et moi étions très proches d'Evelyn. Nous le sommes restés lorsqu'ils se sont séparés, et Mayfair nous a ostracisés à cause de cela. Très franchement, cela ne m'a pas attristé plus que cela. Je pensais déjà que c'était un beau salopard.

— Est-ce que tu sais pourquoi ils se sont séparés ? s'enquit Reid.

— Ce n'était pas à cause de moi, si c'est ce que tu insinues. Evelyn était une très belle femme dans sa jeunesse mais elle était un peu trop âgée pour moi. Nous étions juste amis, et c'était quelqu'un que je respectais énormément.

— Je ne sous-entendais rien, objecta Reid. Je suis juste curieux. D'après Arden, leur séparation a été très violente. Ils ont même été jusqu'à se partager les enfants. Aucun juge n'aurait toléré une chose pareille, de nos jours.

— À l'époque non plus, théoriquement. Mais Clement Mayfair a le bras très long et les poches très profondes.

— Je ne comprends pas comment Evelyn a pu accepter une chose pareille.

Un sourire mauvais se dessina sur les lèvres de son père.

— Est-ce que ta petite amie t'a déjà montré les albums de photos de sa famille ?

— Arden n'est plus ma petite amie, objecta Reid.

— Pourtant, elle est venue vivre chez toi.

— Elle travaille avec moi mais elle vit dans la maison de sa grand-mère.

— Si tu le dis..., répondit Boone qui ne semblait pas du tout convaincu. Quoi qu'il en soit, demande-lui de te remontrer ces albums. Tu verras que Calvin, le fils de Clement et Evelyn tient à la fois de son père et de sa mère. En revanche, si tu considères Camille, la fille, et Arden, la petite-fille, la ressemblance avec Evelyn est flagrante. Mais je te mets au défi d'en trouver une avec Clement.

— Est-ce que tu suggères qu'il n'était pas le père de Camille ?

— Je ne suggère rien du tout, répondit Boone d'un ton qui suggérait précisément le contraire. Je me contente de faire une remarque...

Reid se demanda si son père n'avait pas déjà bu avant même de rentrer à la maison. Ses yeux étincelaient, et son regard était légèrement trouble. Peut-être était-ce la raison pour laquelle il s'exprimait si librement sur le sujet.

En tout cas, si cette hypothèse se révélait exacte, elle expliquerait pourquoi la rupture du couple avait été si violente. Cela justifierait aussi le fait que Clement ait laissé Evelyn emmener Camille alors que lui-même conservait son fils légitime auprès de lui.

— Pourquoi t'intéresses-tu à cette vieille histoire ? lui demanda alors son père, curieux.

— Parce que Arden soupçonne son grand-père de vouloir lui reprendre la demeure Berdeaux.

— Intéressant, opina Boone. À vrai dire, je ne peux pas dire que cela me surprend beaucoup. Il a toujours eu un faible pour cette maison. Je crois qu'elle représente tout ce qu'il a toujours désiré sans pouvoir l'obtenir : la légitimité, la respectabilité, la véritable noblesse du vieux Sud...

— Je ne comprends pas, objecta Reid. La demeure des Mayfair est facilement deux fois plus grande et plus luxueuse que celle des Berdeaux. Et cette famille remonte aux premiers temps de Charleston...

— C'est vrai. Mais le grand-père de Clement, à moins qu'il ne s'agisse de son arrière-grand-père, a perdu la maison et toute la fortune familiale dans une série d'affaires toutes plus suspectes les unes que les autres. C'est une autre famille qui a repris la propriété jusqu'à ce que Clement fasse fortune et parvienne à la racheter. Malgré cela, il est toujours *persona non grata* dans certains cercles qui n'ont pas oublié cette période de déchéance.

Boone se remplit un nouveau verre qu'il fit tourner quelques instants entre ses doigts avant de le vider d'un trait.

— Seul le mariage de Clement avec Evelyn lui avait rouvert ces portes, reprit-il enfin. Après son divorce, il a préféré se retirer plutôt que de courir le risque d'être ostracisé. C'est à partir de cette époque qu'il a commencé à vivre en reclus, ne sortant quasiment plus de chez lui. Mais j'ai entendu dire que, ces derniers temps, il tentait de redorer son image. C'est même lui qui accueille le bal du maire, cette année. Qui sait ? C'est peut-être une opération de charme destinée à regagner le cœur de sa petite-fille. Même si tel est le cas, je pense qu'elle a raison de se tenir sur ses gardes.

— Mais tu n'as pas entendu parler d'opérations immobilières en lien avec la demeure Berdeaux ?

— Pas pour le moment mais si ça t'intéresse, je garderai l'oreille aux aguets. Si j'apprends quoi que ce soit, je te ferai signe.

— Merci, répondit Reid.

Son père le considéra longuement, paraissant hésiter à lui poser une question qui lui brûlait les lèvres.

— Alors comme ça, se lança-t-il enfin, Arden et toi, vous n'êtes plus que de simples collègues...

Reid avala sa toute première gorgée de whisky, histoire de se donner un peu de temps.

— J'ai accepté de la conseiller pour cette affaire immobilière et, en échange, elle me donne un coup de main dans le cadre d'une autre affaire. Il s'agit d'un ancien client à toi, d'ailleurs. Dave Brody.

Boone ne parvint pas complètement à dissimuler le choc que lui causait cette révélation. Mais il se ressaisit très rapidement.

— Qui ça ? fit-il, feignant l'ignorance.

— Dave Brody. Cela m'étonne qu'il n'ait pas essayé de prendre contact avec toi.

— Je ne suis pas un homme que l'on contacte facilement, remarqua Boone. Les seuls qui sont sûrs de pouvoir me parler sont ceux qui connaissent mon numéro de téléphone. Et je ne le communique qu'avec une extrême parcimonie.

— Brody a été condamné à la prison pour meurtre, il y a dix ans. Tu étais son avocat commis d'office. Il a été libéré, voici quelques semaines de cela et, depuis lors, il me harcèle. Il me suit partout, se poste devant chez moi pour m'observer pendant des heures, me photographie...

L'expression de Boone trahissait désormais une inquiétude qu'il ne parvenait pas réellement à dissimuler.

— Et que te veut-il, exactement ?

— Que je l'aide à retrouver une certaine Ginger Vreeland, répondit Reid.

Une ombre passa dans le regard de son père.

— Cela t'évoque quelque chose ?

— Qu'est-ce qu'il t'a raconté, à son sujet ?

— Il est convaincu que c'est à cause de toi que Ginger a quitté la ville la veille du jour où elle devait témoigner en sa faveur au procès.

— Pourquoi aurais-je fait une chose pareille ?

— Toujours d'après lui, cette fille travaillait comme call-girl, et tu étais l'un de ses clients. Tu avais peur de ce qu'elle pourrait raconter devant le tribunal lors du contre-interrogatoire.

— C'est absurde, protesta Boone en reposant son verre si violemment sur le plan de travail que la paroi se fêla. Brody était une véritable ordure. Il était coupable de ce crime, cela ne faisait strictement aucun doute. Mais il a toujours préféré se défausser de ses responsabilités en accusant les autres. Je te conseille de te tenir à distance de ce type, Reid. Demande une ordonnance restrictive, si c'est nécessaire...

— Malheureusement, je ne peux pas faire ça. D'après lui, quelqu'un essaie de me coller un meurtre sur le dos. Et il est le seul qui puisse m'innocenter.

— Un meurtre ? répéta Boone, sidéré. Mais qu'est-ce que tu racontes ?

— Tu as entendu parler de cette fille qui a été retrouvée morte lundi matin, pas très loin de chez moi ? Il s'avère que la victime et moi étions dans le même bar, la veille. Je ne me souvenais pas d'elle mais elle m'a abordé à un moment et m'a donné son numéro de téléphone. Brody a des photos qui le prouvent. Il est prêt à les donner à la police si je refuse de l'aider à localiser Ginger Vreeland.

— Tu ferais peut-être mieux de me laisser me charger de ce Brody, déclara Boone.

Reid repensa aux soupçons qu'avait exprimés Arden. Il ne pouvait croire que son père ait monté cette histoire de toutes pièces dans le seul but de le punir, même dans l'hypothèse où la mort de Haley Cooper n'aurait été qu'un accident involontaire.

— Il n'y a pas que Brody, hélas, reprit Reid. L'inspecteur chargé de l'enquête est un certain John Graham. Il m'a arrêté pour avoir conduit en état d'ivresse, il y a quelques années de cela. Il pense que tu es intervenu non seulement pour que je sois libéré mais aussi pour que lui-même soit cassé. Et il est bien décidé à se venger s'il en a l'occasion. Pouvoir me faire tomber pour meurtre le transporterait probablement de joie.

— Je me rappelle très bien ce flic, acquiesça Boone. Il avait mauvais caractère et se prenait pour Dieu le père. C'est à cause des types comme lui que les gens finissent par haïr la police. Je t'assure que si sa carrière n'a pas progressé comme il le voulait, c'est uniquement à cause de son incompétence et de sa mauvaise attitude. Il avait déjà été suspendu pour usage excessif de la violence. Et il a sciemment laissé ces deux voyous te passer à tabac. Si tu veux mon avis, on aurait dû le virer sans autre forme de procès...

— Comment se fait-il qu'il ne l'ait pas été, alors ?

— Tu sais comment les choses fonctionnent, dans cette ville. Quelqu'un de bien placé a dû estimer qu'il pourrait lui être utile. Mais si tu veux, je peux passer quelques coups de téléphone et faire en sorte qu'il soit mis sur une autre affaire...

— Ce n'est pas la peine, lui assura Reid qui craignait que ce genre d'intervention ne cause plus de tort. En revanche, si tu peux mettre la main sur la dernière adresse connue de Ginger Vreeland, cela pourrait m'être utile...

— Tu espères pouvoir marchander avec Brody, n'est-ce pas ? Mais as-tu pensé que Ginger avait peut-être plus d'un nom dans son carnet d'adresses ?

— Je ne suis pas sûr de comprendre ce que tu veux dire.

— Que de tous ceux qui la fréquentaient, je ne suis certainement pas celui qui aurait eu le plus à perdre si elle avait décidé de se mettre à table. Bon sang, tout le monde sait que je trompe ma femme, même elle. Au risque de te décevoir, Reid, je n'ai strictement rien à voir avec le départ de Ginger. Elle a quitté la ville parce qu'elle avait peur de quelqu'un.

— Peur de qui ? s'enquit Reid.

— Je l'ignore, répondit Boone. Et je ne veux surtout pas le savoir. Mais tout ce que je peux te conseiller, c'est d'oublier cette fille. Tu n'as vraiment pas idée de la boîte de Pandore que tu t'apprêtes à ouvrir, fiston...

12

En dépit de sa mésaventure de la veille, Arden ne leva même pas les yeux de son écran en entendant quelqu'un ouvrir la porte d'entrée. Reid pénétra dans le bureau et se laissa tomber sur l'un des sièges situés face à elle.

— Quelle journée ! s'exclama-t-il.

— Je ne me suis pas ennuyée non plus, répondit-elle en s'efforçant de maîtriser l'excitation qui perçait dans sa voix. Tu ne devineras jamais ce que j'ai réussi à trouver.

— Tu travailles sur le site Internet ? lui demanda-t-il en désignant l'ordinateur devant lequel elle se trouvait.

— Non, répondit-elle. J'étais en train de regarder des photos...

Tout en se débarrassant de sa cravate et de sa veste, Reid la considéra d'un air étonné.

— Quel genre de photos ?

Elle hésita, sachant déjà qu'il ne verrait pas d'un très bon œil les risques qu'elle avait pris ce jour-là.

— Tu dois me jurer de ne pas te mettre en colère...

Il fronça légèrement les sourcils.

— Cela ne me dit vraiment rien qui vaille, soupira-t-il. Qu'est-ce que tu as encore fait, Arden Mayfair ?

— Rien que tu n'aurais fait toi-même à ma place, lui assura-t-elle. Et il ne m'est rien arrivé de grave. Alors ce n'est vraiment pas la peine de te mettre dans tous tes états, d'accord ?

— Mon Dieu, murmura-t-il. Je ne suis même pas sûr d'avoir envie de savoir...

Arden se mordilla nerveusement la lèvre.

— Je ferais mieux de te montrer directement les images, décida-t-elle. Ensuite, je te dirai comment je les ai obtenues. Mais tu dois me promettre de ne pas crier, d'accord ?

— Arden...

— D'accord, d'accord, soupira-t-elle. Viens voir...

Il contourna le bureau en remontant les manches de sa chemise, révélant ses avant-bras musclés. Elle prit soudain conscience du fait que Reid était aujourd'hui très différent de l'adolescent qu'elle avait connu autrefois.

Jusqu'alors, elle s'était bien gardée de s'appesantir sur ce genre de réflexions. Elle avait bien conscience qu'il était un homme extrêmement séduisant, bien sûr. Mais il était pour elle hors d'atteinte. Leur rupture avait été un moment terriblement douloureux pour elle comme pour lui. Elle avait creusé entre eux un gouffre qu'Arden avait toujours cru infranchissable.

Mais depuis qu'elle était de retour à Charleston, elle s'était rendu compte avec un mélange d'étonnement, de fascination et d'angoisse que, en dépit des années qui s'étaient écoulées, l'attirance que lui inspirait Reid était toujours là, intacte. Et elle était prête à parier que la réciproque était vraie.

Il y avait toujours entre eux la même complicité instinctive, la même compréhension qui se jouait bien au-delà des mots. Plus elle passait de temps auprès de lui et plus elle avait du mal à comprendre comment ils avaient pu renoncer à cette entente profonde que tant de gens cherchaient sans jamais la trouver.

Qu'y avait-il d'étonnant dès lors à ce qu'elle réagisse à l'attrait physique que Reid n'avait jamais cessé d'exercer sur elle ? Quelle raison aurait-elle eu de chercher à y résister alors que son être tout entier n'aspirait qu'à retrouver cette magie qu'ils avaient su faire naître chaque fois qu'ils s'enlaçaient ?

— Arden ?

— Pardon ? balbutia-t-elle, complètement désarçonnée par le cours qu'avaient pris ses pensées.

— Tu étais censée me montrer quelque chose. Qu'est-ce qui t'arrive ? Tu es très bizarre, ce soir...

— Je sais, répondit-elle en lui décochant un sourire embarrassé. Les photos…

Elle se tourna vers son écran et double-cliqua sur le dossier qui contenait les photos qu'elle avait récupérées.

— Brody a bien pris des clichés de toi avec la victime dans ce bar, déclara-t-elle en les faisant défiler une à une. Ce qu'il ne t'a pas dit, c'est qu'il s'agissait d'une mise en scène et que la fille et lui étaient forcément complices…

— Attends une minute, protesta Reid, passablement sidéré. Comment as-tu fait pour mettre la main sur ces photos ?

— Quelqu'un me les a envoyées par mail, répondit-elle.

— Qui ?

Elle hésita, anticipant la discussion qui allait suivre. Malheureusement, elle avait su dès l'instant où elle avait pris Brody en filature que les choses en arriveraient là.

— C'est moi qui me les suis envoyées, soupira-t-elle.

— Et où les as-tu trouvées ?

— Sur le disque dur de l'ordinateur portable de Dave Brody…

Elle le vit écarquiller les yeux.

— … Que j'ai trouvé dans son appartement…

Reid ouvrit la bouche mais elle ne lui laissa pas le temps de parler.

— … Où j'étais entrée sans effraction. Je n'ai pas forcé la porte : j'ai utilisé la clé qui se trouvait sous le pot de fleurs…

— Sous le pot de fleurs, articula Reid. Bien sûr…

Elle entreprit de lui raconter sa rencontre inopinée avec Brody, sa filature, la façon dont elle s'était introduite chez lui, son retour soudain et la seconde filature qui s'était soldée par un échec.

— Mais qu'est-ce qui t'a pris ? s'exclama Reid qui avait eu le plus grand mal à conserver son calme pendant tout ce récit. As-tu seulement pensé à ce qui se serait passé s'il t'avait surprise dans son appartement ?

— Il ne l'a pas fait, objecta-t-elle. Je vais parfaitement bien, et il n'a aucun moyen de soupçonner que quelqu'un a eu accès à ses fichiers.

— Mais bon sang, Arden, nous ne sommes pas dans un film policier ! Ça aurait pu très mal se terminer. Brody n'a rien d'un enfant de chœur. D'après mon père, il était bel et bien coupable du meurtre dont il était accusé. Et, à voir ces photos, rien ne dit que ce n'est pas lui qui a tué Haley pour me faire porter le chapeau !

— Bravo, Arden, railla-t-elle en contrefaisant la voix de Reid. Beau travail, ma petite. Sans toi, nous n'aurions jamais mis la main sur ces photos et nous ne serions même pas sûrs qu'elles existent. Le cabinet Sutton Jr. est fier de toi.

— Ce n'est vraiment pas drôle, protesta-t-il, luttant pour ravaler le sourire qui lui montait aux lèvres. Tu t'es mise en danger inutilement. Et tu as prouvé que je ne pouvais pas te faire confiance.

— Tu exagères, protesta-t-elle. Je ne suis pas morte, que je sache.

— Tu te rappelles ce que je t'ai dit, ce matin : que c'était mon cabinet et que tu devrais accepter de procéder à ma façon !

— Je te signale que techniquement je n'étais pas au cabinet. J'étais en train de prendre une pause déjeuner.

— Légalement, les pauses déjeuner font partie du temps de travail, objecta-t-il.

— D'accord. Puisque tu le prends comme ça, où est mon contrat de travail ? Je n'ai rien signé, que je sache. Alors, légalement, je ne suis pas encore ton employée.

Reid la considéra, bouche bée.

— Cette conversation est absurde, reprit-elle, profitant de son avantage. Depuis quand jouons-nous selon les règles ? Dois-je te rappeler que tu as suivi Brody dans une ruelle obscure alors que tu ne savais même pas s'il était armé ? Que tu t'es introduit sur une scène de crime parfaitement identifiée ?

— Ce n'est pas la même chose..., objecta Reid d'une voix qui manquait quelque peu de conviction.

— Pourquoi ? Parce que tu es un homme et moi une femme ?

— Non, bien sûr que non... Simplement, c'est mon problème, pas le tien. Et je refuse que tu te mettes en danger à cause de moi.

— Contrairement à ce que tu penses, ce n'est pas uniquement ton problème. Ce pétale de magnolia est une allusion directe au meurtre de ma mère. Rien ne dit que je ne suis pas la prochaine victime sur la liste.

— Ça n'arrivera pas, protesta vivement Reid.

— Si nous voulons en être sûrs, il va nous falloir identifier celui qui a tué Haley Cooper et l'empêcher de nuire. Car ce n'est pas l'inspecteur Graham qui risque de trouver le coupable. C'est la raison pour laquelle j'ai suivi Brody. Je me disais que je parviendrais peut-être à découvrir pour qui il travaillait. Et en analysant ces photos, je crois que j'ai trouvé un nouvel indice !

— Arden...

— Écoute, Reid, l'interrompit-elle d'un ton excédé, j'ai vu Brody et j'ai dû prendre une décision. Si c'était à refaire, je referais exactement la même chose. Sans la moindre hésitation. Alors, si c'est vraiment quelque chose qui te paraît inacceptable, tu n'as qu'à ne pas m'engager. Mais je refuse catégoriquement de laisser la peur me dicter mes actions. Surtout lorsque la vie des gens que j'aime est en jeu !

Le silence qui suivit lui parut durer une éternité. Dans les yeux de Reid, elle discernait un mélange de stupeur et d'incompréhension.

— Arden..., murmura-t-il enfin.

— Quoi ? répliqua-t-elle vertement.

— Je suis désolé.

— Désolé de quoi ?

— De me conduire parfois comme Boone Sutton, répondit-il.

Elle se demanda ce qu'il pouvait bien vouloir dire par-là. Mais une chose était évidente : si absurde que puisse lui paraître cette assertion, l'angoisse qu'elle semblait inspirer à Reid semblait bien réelle.

— Reid Sutton, lui dit-elle gravement, tu n'as jamais été, tu n'es pas et tu ne seras jamais comme ton père.

— Merci, souffla-t-il.

Il se pencha vers elle suffisamment lentement pour qu'elle comprenne ce qu'il s'apprêtait à faire, pour qu'elle ait tout le temps de le repousser si tel était son souhait. Mais tout ce dont Arden avait envie, en cet instant, c'était qu'il la dévore de baisers, qu'il pose ses mains sur elle, qu'il comble enfin cette sensation de manque qui pulsait en elle, impérieuse.

Mais ses lèvres ne firent qu'effleurer les siennes en un chaste baiser.

— Désolé, lui dit-il de nouveau.

— Pourquoi ?

— Parce que je me conduis parfois comme l'ancien Reid Sutton…

Elle sentit s'épanouir sur ses lèvres un sourire à la fois tendre et amusé.

— Ne sois jamais désolé pour cela ! L'ancien Reid Sutton était quelqu'un de bien. Et je l'ai aimé passionnément…

Reid hésita un instant.

— Et le nouveau ? souffla-t-il enfin.

— Il se pourrait que ce soit quelqu'un de plus extraordinaire encore que l'ancien, avoua-t-elle d'une voix légèrement étranglée.

Le regard qu'ils échangèrent alors disait mieux que des mots le mélange d'espoir et d'angoisse qui les habitait. Car ils avaient conscience l'un et l'autre de l'enjeu considérable que faisaient peser sur eux les quatorze années de séparation qui venaient de s'écouler. Ils savaient tous deux que cette fois, ils n'auraient pas le droit à l'erreur.

— L'avenir nous le dira, déclara Reid d'un ton faussement badin qui cachait mal son émotion. Mais tu me parlais d'un nouvel indice…

— Oui, murmura-t-elle, s'efforçant de dominer le trouble qui s'était emparé d'elle. Un nouvel indice…

Elle passa en revue les photos, cherchant celle qui avait ébranlé toutes ses certitudes.

— Que suis-je censé regarder ? lui demanda Reid lorsqu'elle s'afficha à l'écran.

— Regarde la scène et dis-moi ce que tu vois.

— Eh bien… C'est assez sombre. Je reconnais quelques-uns de mes anciens collègues, au fond. Je me tiens près du bar, et Haley Cooper se trouve juste derrière moi. Elle me regarde avec tendresse, ce qui n'a aucun sens puisque nous ne nous connaissons même pas…

— Oublie le contexte, objecta-t-elle. Dis-moi juste ce que tu vois.

— D'accord, soupira-t-il. Je vois un type un peu éméché debout près du bar en train de parler. Et derrière lui, sa petite amie le regarde avec une tendresse amusée.

Il poussa un juron.

— Elle est vraiment très douée… Était…, se reprit-il aussitôt. Je n'arrive pas à croire que je ne me sois rendu compte de rien !

— Continue, l'encouragea Arden.

Il se pencha vers l'écran, observa le reste de l'image et se figea soudain, comme elle l'avait probablement fait, une heure auparavant.

— Ce n'est pas possible, murmura-t-il.

Il jeta un coup d'œil interloqué à Arden.

— Ça ne peut pas être lui…

— Qui ? lui demanda-t-elle, se refusant à l'influencer.

— John Graham…, murmura Reid en se tournant de nouveau vers l'écran. Alors lui aussi est dans le coup ?

— Ou alors, il passait par-là tout à fait par hasard, rétorqua Arden. Cela me paraît à peu près aussi probable que de deviner le tirage du loto…

— Tu es sûre que c'est lui ?

— Non. C'est pour cela que je t'ai laissé me dire ce que tu en pensais. Comme tu l'as fait remarquer, la photo est très sombre. Et Graham – si c'est bien lui – se tient dans un recoin, à l'écart de votre groupe, comme s'il ne voulait surtout pas être vu. Ceci étant dit, je parierais le contenu de mon compte en banque qu'il s'agit bien de lui.

— Je ne sais pas, murmura Reid. Ce type est un flic… Et tout semble indiquer que c'est quelqu'un d'intègre. Il n'a pas hésité à m'arrêter pour conduite en état d'ivresse alors qu'il devait savoir que mon père me sortirait de cellule en moins de dix minutes.

— Tu n'as pas envisagé le fait qu'il t'avait peut-être arrêté non pas pour faire respecter le Code de la route mais parce qu'il déteste… Comment as-tu formulé ça, l'autre jour ? « Les gens nés au sud de Broad Street avec une cuillère en argent dans la bouche ? »

— Rien ne prouve que ce soit vrai, objecta Reid. Ce type est peut-être le dernier des Incorruptibles…

— J'en doute, répondit Arden. Lorsque j'ai compris qu'il était au bar, ce soir-là, j'ai fait quelques recherches à son sujet. Et j'ai découvert que John Graham avait un sacré passif. Il a été suspendu à plusieurs reprises Il a fait l'objet de deux enquêtes des affaires internes. Et je ne te parle pas de sa vie personnelle : divorcé deux fois, interdit de jeu dans plusieurs casinos, endetté jusqu'aux yeux... Très franchement, si je devais essayer d'acheter un des flics de Charleston, je crois que ce serait mon premier choix.

— Mais où est-ce que tu as trouvé toutes ces informations ? lui demanda Reid d'un ton admiratif.

— Sur des forums de policiers, des sites d'information, le blog d'un ancien policier ayant travaillé avec lui et les réseaux sociaux de ses deux ex-épouses... C'est la magie du XXIe siècle : nous sommes tous des livres ouverts.

— Tu crois que ce pourrait être lui qui est venu au cabinet, hier ?

Arden réfléchit à la question, s'efforçant de comparer la stature du policier à celle de l'homme masqué.

— Possible, concéda-t-elle enfin. Mais il pourrait tout aussi bien s'agir de Brody...

— Tiens, cela me fait penser que ces deux-là ont un point commun, remarqua Reid, pensif.

— Ce sont tous deux de véritables salopards ?

Reid secoua la tête.

— Ils ont tous deux une raison d'en vouloir à mon père : Brody parce qu'il le soupçonne d'avoir exfiltré le témoin qui aurait pu l'innocenter ; Graham parce qu'il estime que mon père lui a mis des bâtons dans les roues...

— Je crois qu'il serait grand temps de parler à ton père, déclara Arden.

— C'est fait, répondit Reid. Je sors tout juste de chez lui.

Arden lui jeta un regard incrédule.

— Je croyais que vous ne vous parliez plus, remarqua-t-elle.

— C'était le cas. Et à vrai dire, je ne comptais pas le rencontrer. Au contraire, même, je me suis rendu à la maison parce que je pensais qu'il n'y aurait personne là-bas et que je pourrais fouiller le bureau de mon père à la recherche d'un indice quelconque au sujet de Ginger Vreeland.

— Et tu as trouvé quelque chose ?

— Mon père est arrivé à la maison avant que j'aie eu le temps d'inspecter le bureau. J'ai prétendu que j'étais venu voir maman mais je ne suis pas convaincu qu'il m'ait cru. Heureusement, il avait bu, et j'ai pu noyer le poisson. Pour faire diversion, je lui ai parlé de Brody et de Ginger Vreeland. Il m'a indiqué que si elle avait quitté la ville, c'était parce que quelqu'un lui avait fait peur. Quelqu'un de très influent, d'après ce que j'ai compris à demi-mot.

— Il n'a pas donné de nom ?

— Non mais il m'a très clairement fait comprendre que je ferais mieux de laisser tomber cette enquête.

— Et c'est ce que tu comptes faire ?

— Je t'avoue que ses mises en garde ont surtout aiguillonné ma curiosité.

— Dans ce cas, je vais me remettre au travail sur le site web et les cartes de visite. Plus vite nous contacterons son oncle et plus vite nous aurons une chance de trouver Ginger.

— Je suis d'accord, acquiesça Reid.

— Cela devra attendre demain, par contre, déclara Arden. La journée a été longue, et j'ai encore pas mal de choses à faire, une fois de retour à la maison.

— Est-ce que tu veux que je te raccompagne ? suggéra Reid.

— Ce n'est pas la peine, lui assura-t-elle. Je peux rentrer à pied.

— Je n'en doute pas. Mais la nuit ne va pas tarder à tomber, et j'avoue qu'étant donné les circonstances je préfère ne pas te laisser te promener toute seule. Et avant que tu ne m'accuses de sexisme, je tiens à préciser que c'est seulement une question de bon sens. Tous les ennemis que nous avons pu identifier savent pertinemment que nous travaillons ensemble.

— Tu as raison, concéda gracieusement Arden. Il ne sert à rien de prendre des risques inutiles.

Arden éteignit l'ordinateur de Reid, et tous deux quittèrent la maison.

— Sacré bolide, remarqua Arden en découvrant le coupé sport qui était garé dans la cour à l'arrière de la maison.

Reid ouvrit galamment la portière, et Arden s'engouffra à l'intérieur. Il contourna ensuite la voiture pour venir s'installer au volant.

— C'est un vestige de mon ancienne vie, expliqua-t-il en mettant le contact.

Le moteur fit entendre un grondement sourd, presque félin.

— Je pensais m'en débarrasser lorsque j'ai vendu le loft, poursuivit-il en faisant marche arrière pour sortir de la cour. Dieu sait qu'un peu plus de trésorerie ne serait pas inutile. Mais je n'ai pas pu...

— Cela ne m'étonne pas, remarqua Arden en souriant. Je me souviens que lorsque tu avais six ou sept ans, tu ne pouvais pas te mettre à courir sans faire des bruits de moteur avec la bouche.

— C'est vrai, s'exclama Reid en riant. J'avais complètement oublié !

— Pas moi ! Ça me rendait complètement folle. Après ça, tu t'es mis à collectionner les modèles réduits. Et lorsque nous avions quatorze ans, tu as découvert le kart et tu me traînais sur le circuit presque tous les week-ends.

— Mais tu étais vraiment très douée, si je me souviens bien.

— Parce que j'espérais que si je parvenais à te battre, tu finirais par te dégoûter. Malheureusement, ça n'a pas fonctionné.

— Et moi qui croyais que tu adorais ça ! s'exclama Reid, sidéré.

— Je t'adorais toi, gros bêta, répliqua-t-elle.

Le regard qu'il lui lança alors était empli de tant de nostalgie qu'elle sentit sa gorge se nouer. Durant plusieurs minutes, tous deux demeurèrent silencieux, plongés dans leurs souvenirs.

— Bizarre, murmura alors Reid.

— Qu'y a-t-il ?

— Ne te retourne pas, lui dit-il. J'ai l'impression que nous sommes suivis. La berline beige, deux voitures derrière nous.

— Tu es sûr ?

— Non. Mais nous allons rapidement en avoir le cœur net. Accroche-toi, ça risque de secouer...

13

Reid accéléra brusquement, et la voiture bondit en avant, devançant rapidement leur poursuivant. Au bout de quelques centaines de mètres, sans même ralentir, il tourna à angle droit et s'engagea dans une rue perpendiculaire.

Fort heureusement, elle était quasiment déserte, à cette heure, et il put la remonter à toute allure avant de tourner de nouveau. Mais au lieu de poursuivre sa route, il s'engouffra dans une petite allée, pila et coupa le moteur et les phares.

Pendant tout ce temps, Arden était restée agrippée à son siège, partagée entre angoisse et exaltation.

— Tu es complètement dingue ! s'exclama-t-elle lorsqu'ils se retrouvèrent à l'arrêt. Tu as failli me provoquer une crise cardiaque !

— Je t'avais prévenue, objecta-t-il, les yeux rivés sur le rétroviseur. Et puis, je croyais que tu aimais les montées d'adrénaline ?

— C'est vrai, reconnut-elle en riant nerveusement. Mais ça ne veut pas dire que tu n'es pas complètement fou.

— Tu as remarqué aussi ? railla Reid. C'est très étrange, tu sais : j'ai noté que ça se produisait presque chaque fois que tu étais dans les parages.

— Très drôle... Est-ce que tu crois que nous avons semé notre poursuivant, si tant est que tu n'aies pas halluciné ?

— Je suis quasiment sûr qu'il nous filait. Attendons une minute ou deux pour en avoir le cœur net.

Alors même qu'il prononçait ces mots, ils virent passer

derrière eux à toute allure la berline beige qu'ils avaient repérée un peu plus tôt.

— On dirait que ce n'était pas une hallucination en fin de compte, soupira Arden.

— Malheureusement, il allait tellement vite que je n'ai pas eu le temps de voir qui conduisait.

— Brody, tu crois ?

— Ou Graham… Il pourrait s'agir d'une voiture banalisée.

Reid redémarra et quitta la ruelle pour prendre la direction opposée à celle que la berline venait d'emprunter.

— J'ai bien peur que cette manœuvre ne nous serve pas à grand-chose, remarqua-t-il alors. Qu'il s'agisse de Brody ou de Graham, ils savent pertinemment où nous habitons et ne mettront pas très longtemps à nous retrouver. Je n'aime pas ça. Nous sommes trop exposés. Nos ennemis savent tout de nous alors que nous ignorons quasiment tout d'eux, à commencer par ce qu'ils veulent réellement…

Arden hocha la tête. Elle avait espéré qu'en suivant Brody elle en saurait un peu plus. Mais ce qu'elle avait découvert n'avait fait qu'épaissir un peu plus le mystère. Quelqu'un avait engagé Haley Cooper, Dave Brody et probablement John Graham pour piéger Reid. Mais qui. Et à quelle fin ?

Plus elle y réfléchissait et plus les réponses paraissaient se dérober. Et lorsqu'ils atteignirent la demeure Berdeaux, quelques minutes plus tard, elle se sentait presque plus nerveuse que lorsqu'elle s'était aventurée dans l'appartement de Brody.

Elle actionna le bipeur qui permettait d'ouvrir la grille principale, et Reid remonta l'allée qui conduisait à la majestueuse demeure. Il se gara devant le perron et coupa le moteur.

— Je fais un rapide tour de la maison pour m'assurer que tout est en ordre, proposa-t-il.

— Ce n'est pas la peine, tu sais. J'ai changé le code de l'alarme. Même si quelqu'un avait utilisé une clé pour entrer, il aurait déclenché l'alarme, et l'agence de sécurité m'aurait aussitôt prévenue.

En dépit de l'assurance qu'elle affichait, Arden était loin de se sentir rassurée. Et Reid dut le sentir.

— Si ça ne t'ennuie pas, je vais quand même jeter un coup d'œil. Pour ma propre tranquillité d'esprit…

Il se pencha pour ouvrir la boîte à gants et récupéra à l'intérieur un revolver de petit calibre.

— Je ne savais pas que tu te promenais avec une arme.

— J'ai un permis.

— Depuis longtemps ?

— Depuis que je suis entré chez Sutton & Associés. Ils obligent tous leurs collaborateurs à faire un stage de formation au tir. Mon père dit souvent que les avocats ont le don de se faire des ennemis et le droit de s'en protéger. D'ordinaire, cette arme ne quitte pas le coffre-fort du bureau mais cette fois, nous avons affaire à des gens qui n'hésitent pas à tuer pour arriver à leurs fins.

Arden hocha la tête. Comment aurait-elle pu lui reprocher de se munir d'une arme quand elle-même avait posé le sabre japonais de sa grand-mère près de son lit, la nuit précédente ?

Ils descendirent de voiture et gravirent les marches qui conduisaient à la porte d'entrée. Arden la déverrouilla et désamorça l'alarme. Ensemble, ils parcoururent une à une les pièces du rez-de-chaussée, passant rapidement en revue tous les recoins qui auraient pu tenir lieu de cachette.

Ils poursuivirent ensuite leur inspection à l'étage.

— Je suis content que tu aies insisté pour m'accompagner, en fin de compte, avoua-t-elle à Reid. Cette maison me donne parfois la chair de poule.

— Pourquoi n'irais-tu pas t'installer à l'hôtel, le temps que les choses rentrent dans l'ordre ? lui demanda-t-il.

— Parce que si je le fais, je sais que je n'aurai jamais le courage de revenir m'installer ici. Je suis prête à prendre toutes les précautions qu'il faudra mais je refuse de me laisser chasser de ma propre maison. Sinon, autant la vendre tout de suite à mon grand-père… Tu crois toujours que c'est lui qui pourrait être derrière tout ça ?

— Je ne sais pas, soupira Reid. Embaucher Brody et soudoyer Graham, pourquoi pas ? Me faire accuser d'un crime que je n'ai pas commis, possible. Te faire peur pour que tu quittes la maison de ta grand-mère, je veux bien le croire. Mais tuer Haley Cooper ? Cela me paraît tout de même un peu extrême. Pourtant...

— Pourtant ? l'interrogea-t-elle.

— Eh bien, mon père m'a dit quelque chose de très étrange, tout à l'heure. Quelque chose qui m'a beaucoup fait réfléchir...

Il s'interrompit, paraissant se raviser.

— Tu en as dit trop ou pas assez, insista-t-elle.

— Eh bien, il a laissé entendre que Clement Mayfair n'était peut-être pas le père biologique de ta mère.

— Pardon ? balbutia Arden.

Parmi toutes les folles révélations de ces dernières heures, celle-ci était incontestablement la plus étrange pour elle.

— Tu n'as jamais entendu de rumeurs à ce sujet ?

— Jamais, lui assura-t-elle. Mais si ce que tu suggères est vrai, ce ne serait pas étonnant : j'aurais vraiment été la dernière devant qui on en aurait parlé.

Elle réfléchit aux implications d'une telle éventualité.

— Cela expliquerait bien des choses, reprit-elle. Le divorce de mes grands-parents, en premier lieu et le fait que grand-mère ait eu le droit d'emmener sa fille mais pas son fil. Ou bien encore pourquoi mon grand-père en a tellement voulu à ma mère lorsqu'elle est tombée enceinte et qu'elle a refusé de dire qui était le père. Et bien sûr, l'absence totale d'intérêt que je lui ai toujours inspiré...

— À ce propos, est-ce qu'il a pris contact avec toi au sujet de la maison ?

— Non, toujours pas. Mais je me demande si je ne ferais pas mieux d'anticiper une éventuelle démarche de sa part. Je pourrais aller le voir et lui dire que je ne compte pas lui vendre la maison de grand-mère et que je ne me laisserai pas intimider.

— Je ne crois pas que ce soit une bonne idée, objecta Reid. Tout ce dont nous avons parlé n'est que pure spéculation, y compris son intérêt éventuel pour la maison. Il ne servirait à rien de le provoquer alors que ses intentions ne sont peut-être pas négatives. Après tout, il est possible qu'il ait réellement décidé à la mort d'Evelyn de faire amende honorable et de se rapprocher de toi.

— Ce n'est pas ce que semblait penser mon oncle Calvin, remarqua-t-elle.

— Mais de son propre aveu Calvin n'est plus très proche de son père. Il a très bien pu se méprendre, lui aussi...

— J'imagine, concéda Arden sans grande conviction.

Ils poursuivirent leur visite au deuxième étage puis Reid fit un rapide tour du grenier. S'étant assurés que la maison était bel et bien déserte et que rien d'anormal ne semblait s'y être produit durant la journée, ils redescendirent au rez-de-chaussée.

— J'aimerais faire le tour du jardin avant que la nuit ne tombe, déclara alors Reid. Tu n'es pas obligée de venir. La journée a été longue.

Arden fut tentée de saisir la perche qu'il lui tendait. Si la maison la mettait parfois mal à l'aise, le jardin était bien pire – particulièrement à la tombée de la nuit. Mais elle songea qu'en s'y aventurant en compagnie de Reid elle aurait peut-être justement l'occasion de conjurer ses angoisses.

— Est-ce que tu crois que nous allons croiser ton oncle ? lui demanda Reid tandis qu'ils se dirigeaient vers l'orangerie.

— A priori, non. Je l'ai rencontré par hasard, tout à l'heure. Il m'a dit qu'il ne comptait pas revenir ici avant la floraison du *Cereus* de maman. Il a même proposé de me rendre sa clé.

— Tu ne l'as pas reprise ?

— Non. Mais de toute façon, elle sera bientôt inutile. J'ai appelé l'ami dont tu m'avais donné le numéro pour qu'il vienne changer toutes les serrures de la propriété. Il va en avoir pour un petit moment.

— Est-ce que ton oncle t'a reparlé des intentions de son père ?

— Non. Je crois qu'ils ne se voient pas beaucoup. Ce n'est pas surprenant, d'ailleurs. Ils ont des tempéraments radicalement opposés. Mon grand-père ne s'intéresse qu'au pouvoir et à l'argent. Oncle Calvin est un artiste, lui. J'ai vu les tableaux qu'il réalise, et il m'en a même offert un qui est magnifique. Il représente maman, quelques jours avant sa mort, alors qu'elle était sur le point de se rendre au bal du maire. Tu ne peux pas imaginer à quel point elle était belle...

Reid lui décocha un petit sourire.

— Ce n'est pas très difficile, objecta-t-il. Tous ceux qui l'ont connu disent que tu es son portrait tout craché.

— Une pâle copie, tout au plus, objecta-t-elle. J'aurais aimé que tu puisses mieux la connaître.

— Moi aussi, acquiesça Reid gravement. Et j'aurais surtout aimé que tu n'aies pas à traverser une telle épreuve. Tu étais si jeune...

— Tu te souviens de cet été-là ?

— Je me rappelle que tout le monde était terrifié. Même dans la cour de récréation, les autres enfants ne parlaient que de ça. Moi, je ne pensais qu'à toi et j'étais désolé que tu ne sois pas là.

— Je suis restée absente plus d'un mois.

Reid hocha la tête.

— J'aurais voulu pouvoir faire quelque chose, n'importe quoi, lui dit-il. Mais ma mère ne voulait plus me laisser sortir. C'était un peu absurde. Finch ne s'en est jamais pris à un enfant. C'est alors que j'ai décidé de t'écrire.

Arden ne put réprimer un sourire au souvenir des longues missives que Reid lui faisait parvenir presque chaque jour.

— Sans tes lettres, je crois que je serais devenue folle, lui avoua-t-elle. Grand-mère était tellement sous le choc qu'elle ne voulait même plus que je quitte l'enceinte de la maison. De toute façon, pour rien au monde je ne serais retournée dans le parc. Presque chaque nuit, je rêvais de ce qui s'était passé et je me réveillais en hurlant. Et pendant la journée il m'arrivait de fondre en larmes de façon complètement incontrôlable. Comme tu peux l'imaginer, personne ne parlait du tueur du crépuscule en ma présence. Mais je savais bien que ce n'était pas terminé, qu'il y avait d'autres victimes et que ce monstre ne s'arrêterait jamais...

— Mais la police a fini par le coincer.

— J'aimerais en être certaine, soupira-t-elle. Mais il m'arrive encore de penser que ce profileur s'est trompé et qu'ils ont arrêté la mauvaise personne.

— Si c'était le cas, il y aurait eu d'autres victimes, objecta Reid.

— Qui nous dit qu'il n'y en a pas eu ? Pas à Charleston, bien sûr, mais ailleurs, dans d'autres villes. À moins bien sûr que le tueur n'ait changé de mode opératoire. Cela s'est déjà vu.

— Nous en avons déjà parlé. Mais rien ne nous permet de

le supposer. Ce que nous savons, en revanche, c'est que lorsque Finch a été arrêté, les meurtres ont brusquement cessé.

— Tu oublies Haley Cooper, protesta-t-elle.

— Nous ne sommes toujours pas sûrs que la mort de Haley ait un quelconque rapport avec le tueur du crépuscule ou un éventuel *copycat*. Toutes nos découvertes nous ramènent vers un crime crapuleux : un ex-détenu, un policier véreux, une prostituée en fuite qui en savait trop sur ses clients et une comédienne payée pour flirter avec moi...

— Haley Cooper était actrice ?

— Une aspirante actrice, en tout cas. Elle travaillait dans ce magasin de King Street en attendant de percer. C'est ce qu'expliquait la courte nécrologie qui est parue dans le journal, aujourd'hui. La police s'est enfin décidée à publier le nom de la victime.

— Et si toute cette mise en scène n'était qu'un subterfuge particulièrement élaboré pour trouver un nouveau bouc émissaire ? objecta-t-elle.

— Ce serait stupide, déclara Reid avec conviction. Je t'accorde que Finch aurait fait un bouc émissaire idéal. Il vivait seul. Il connaissait toutes les victimes de près ou de loin. Il avait accès à la plupart des scènes de crime. Il n'avait pas de famille. Et il était pauvre, ce qui signifie qu'il ne pouvait s'offrir les services d'un bon avocat...

— Je pensais que tu le croyais coupable, objecta Arden.

— J'essaie juste de jouer les avocats du diable. Ta thèse d'un Finch bouc émissaire tient la route. Il avait le profil parfait pour cela. Moi, en revanche, j'ai de nombreux amis et de la famille, Je connais mes droits et les procédures policières. J'ai de quoi me payer le meilleur avocat de l'état ou même me défendre moi-même, si besoin était... Franchement, je ferais le pire des boucs émissaires !

— C'est vrai, admit Arden.

— Écoute, lui dit-il doucement, je sais que j'ai été le premier à imaginer un lien entre le meurtre de Haley et le tueur du crépuscule. C'est même pour cette raison que je suis venu te trouver. Mais je suis de plus en plus convaincu que j'ai fait fausse route. Il se peut que les choses soient beaucoup plus simples. Brody sort de prison et veut se venger de mon père. Pour cela, il explore simultanément deux pistes : retrouver Ginger qui pourrait lui permettre de ruiner la réputation de Boone et m'envoyer en prison pour meurtre tout comme mon père l'a envoyé lui en prison.

— Alors Graham aurait été dans ce bar par hasard ?

— Il se peut que Brody l'y ait attiré. Ou qu'il l'ait payé comme il a payé Haley.

— Et où ce type qui sort tout juste de prison après dix ans d'incarcération aurait-il trouvé de quoi payer Graham et Haley ? Comment se serait-il offert cet ordinateur et cette télévision à écran plat ? Et à qui demandait-il de l'argent quand je l'ai entendu discuter au téléphone ?

— D'accord, concéda Reid à son tour. Cette théorie ne tient pas non plus. Il doit y avoir un commanditaire. Mais je te promets que tôt ou tard nous trouverons de qui il s'agit.

Tout en devisant, ils étaient parvenus en vue du pavillon d'été.

— Je suis curieux de voir à quoi le pavillon peut bien ressembler, après toutes ces années, remarqua Reid.

— Je n'en ai aucune idée, avoua Arden.

— Tu n'y es pas retournée ?

Elle secoua la tête.

— Mais tu adorais cet endroit, lui rappela-t-il. C'était notre repaire, notre havre de paix, l'endroit où personne ne pouvait nous atteindre...

— C'est aussi là que j'ai trouvé les pétales qui m'étaient destinés.

— Nous ne sommes toujours pas certains que ces pétales avaient été laissés par le tueur, objecta-t-il. Et encore moins qu'ils t'étaient destinés ainsi que tu l'as toujours cru. Et même si tel était le cas, cela ne t'a pas empêché de retourner dans ce pavillon par la suite. Personnellement, j'en garde des souvenirs très agréables...

Arden ne put s'empêcher de rougir en songeant aux nuits passionnées qu'ils avaient effectivement passées ici.

— Viens, l'encouragea Reid en souriant. Si cela se trouve, les bons fantômes ont fini par vaincre les mauvais, à l'intérieur...

Il lui tendit la main, et elle la prit, incapable de lui résister. Ils gravirent la petite volée de marche et poussèrent la porte de bois qui s'ouvrit avec un léger chuintement. À l'intérieur, les moucharabiehs des fenêtres imprimaient sur le sol et les murs leurs motifs complexes. La salle en forme de dôme avait conservé son aura de mystère.

En revanche, les draperies et les coussins qui ornaient autrefois les lieux avaient disparu, de même que les quelques meubles de style mauresque. Une odeur de poussière et de renfermé flottait dans l'air, témoignant du fait que l'endroit était demeuré inutilisé durant des années.

Elle ne put s'empêcher de remarquer leurs initiales enlacées que Reid et elle avaient gravées à la base de l'un des piliers. Leur vue l'emplit d'une profonde tristesse, et elle songea une fois de plus à tout ce qu'elle avait sacrifié, lorsqu'elle avait décidé de quitter Charleston, quatorze ans plus tôt.

— L'endroit a connu des jours meilleurs, commenta Reid en parcourant la pièce du regard. Mais les souvenirs sont toujours là. Tu te rappelles notre premier baiser ?

Il y avait tant de douceur et de nostalgie dans sa voix qu'elle se sentit fondre intérieurement. Elle ne parvenait plus à comprendre comment elle avait bien pu renoncer à cet homme qu'elle avait aimé plus que tout et qui le lui avait rendu au centuple.

— Je t'ai embrassé juste ici, reprit-il en désignant le pilier qui arborait leurs initiales. Et toi, tu t'es enfuie en courant. Mon ego en a pris un sacré coup, ce jour-là.

— J'ai eu peur, avoua-t-elle.

— De moi ?

— Jamais ! protesta-t-elle vivement. Comment aurais-je pu avoir peur de toi ? Tu étais la personne que j'aimais le plus au monde. Mais c'est ça qui me faisait peur, justement. Je savais qu'après ce baiser plus rien ne serait jamais pareil. Et j'avais très peur de perdre mon meilleur ami.

— Tu ne l'as jamais perdu, déclara-t-il.

Elle lui jeta un regard éperdu de doute.

— Nous ne nous sommes même pas parlé pendant quatorze ans, lui rappela-t-elle.

— Et nous pourrions ne plus le faire pendant vingt ans de

plus. Cela ne changerait rien. Tu seras toujours ma meilleure amie, Arden.

Tendant la main vers elle, il la posa doucement sur sa joue et effaça du pouce une larme qui perlait au coin de sa paupière.

— Je serai toujours là pour toi, lui dit-il presque solennellement.

Il lui sourit.

— Tu vois ? ajouta-t-il. Il n'y a rien dont tu doives avoir peur ici.

Arden le contemplait, fascinée par la tendresse qui se lisait dans son regard, espérant de tout son cœur qu'il prendrait l'initiative de ce baiser dont elle avait tant besoin. Mais alors que son visage descendait lentement vers le sien, un battement sourd et répétitif se fit entendre au loin.

— Tu as entendu ? souffla-t-il.

— Cela provient de l'orangerie. Le volet a dû se détacher une fois de plus.

Au grand désarroi d'Arden, Reid libéra sa joue et recula d'un pas.

— Nous devrions aller voir, déclara-t-il.

Elle hocha la tête à contrecœur, et tous deux quittèrent le pavillon pour remonter à grands pas l'allée qui conduisait à l'orangerie. Tandis qu'ils en approchaient, Arden ne put s'empêcher de repenser à ce que lui avait dit son oncle au sujet de son tableau représentant le *Cereus*.

— Dis-moi, demanda-t-elle soudain à Reid, si ce qu'a dit ton père est vrai et si Clement Mayfair a bel et bien découvert que Camille n'était pas sa fille, crois-tu qu'il l'ait dit à mon oncle Calvin ?

— Excellente question, répondit Reid. Malheureusement, nous ne pouvons pas vraiment courir le risque de l'interroger à ce sujet. S'il n'est pas au courant, je ne pense pas que ce soit à nous de l'en informer.

— Tu as sans doute raison, concéda Arden.

Parvenus devant l'orangerie, ils repérèrent aussitôt le volet qui s'était décroché. Reid le rabattit et releva le crochet qui était censé le maintenir en place.

— Le ressort qui maintient la pression est usé, remarqua-t-il. Il suffirait d'un simple coup de vent pour que le volet se détache de nouveau. Ce qu'il nous faudrait, c'est de la ficelle ou du fil de fer…

— Il doit y en avoir dans l'orangerie, suggéra Arden. On s'en sert souvent pour confectionner des tuteurs.

Elle gagna la porte du bâtiment et ouvrit la porte vitrée.

— Là-bas, indiqua-t-elle à Reid qui la suivait de près. Sur l'établi, il y a tout ce qu'il nous faut.

Elle s'avança dans cette direction lorsqu'elle entendit Reid pousser un cri juste derrière elle.

— Arden, attention !

Avant qu'elle ait pu comprendre ce qui était en train de se produire, Reid la percuta violemment, les projetant tous deux à plus d'un mètre de l'endroit où elle se tenait debout. L'instant d'après, elle entendit un énorme choc suivi d'une sorte d'explosion et des centaines de bouts de verre fusèrent à travers la pièce.

Contrairement à Reid qui faisait barrage de son corps pour la protéger, Arden ne fut pas touchée. Il lui fallut pourtant quelques secondes pour se remettre du choc qu'elle avait éprouvé et comprendre que l'une des énormes plaques de verre qui formaient le toit de l'orangerie venait de tomber.

Si Reid ne l'avait pas poussée, Arden se serait trouvée exactement sur sa trajectoire.

14

S'il fallait en croire les spécialistes qu'Arden avait fait venir pour inspecter l'orangerie dès le lendemain de l'accident, celui-ci avait été causé par la corrosion de plusieurs rivets métalliques combinée au délitement des joints de silicone qui reliaient la plaque de verre à celles qui l'entouraient.

Selon eux, le fait que la structure ait cédé au moment précis où Arden se trouvait au-dessous était une malencontreuse coïncidence. Elle avait accepté ce diagnostic sans pouvoir se départir de l'idée que ladite coïncidence lui paraissait un peu énorme. En son for intérieur, elle continuait de penser qu'elle avait peut-être été victime d'un sabotage.

Suivant les conseils des spécialistes, elle avait décidé de faire démanteler complètement l'orangerie. Les travaux de remise en état auraient en effet été aussi onéreux que la construction d'une toute nouvelle serre.

Avant de procéder au démantèlement, les ouvriers avaient déplacé le *Cereus* de sa mère à l'aide d'un chariot élévateur. Après réflexion, Arden l'avait fait installer sur la terrasse. Elle pourrait ainsi le contempler tous les jours et n'aurait même plus besoin de sortir de la maison pour observer sa floraison, le moment venu.

Pendant qu'elle supervisait les travaux, Reid était parti travailler au cabinet. Les multiples éclats de verre qu'il avait reçus lors de l'accident n'avaient heureusement causé que des lésions bénignes, et il ne conserverait de cet accident que quelques cicatrices superficielles.

Lorsque les ouvriers eurent entièrement démonté l'orangerie, Arden se remit au travail sur le site web qui devait donner plus de poids à cette histoire d'héritage. Elle fit également imprimer des cartes de visite frappées du logo de leur fausse société de recouvrement.

Dès le lendemain, juste après avoir mis le site en ligne, Arden essaya de contacter Tate Smith, l'oncle de Ginger Vreeland qui, d'après le témoignage de celle-ci, était un retraité qui avait travaillé toute sa vie comme soudeur sur un chantier naval.

Malheureusement, le numéro de téléphone dont il disposait avait été réattribué à quelqu'un qui n'avait jamais entendu parler de Smith. Refusant de se décourager, Reid et Arden décidèrent de se rendre directement chez ce dernier. L'adresse qu'ils avaient trouvée était située sur Oak Island, dans les terres marécageuses qui s'étendaient au sud de Charleston.

Mais là encore, ils furent déçus. La maison perdue devant laquelle ils finirent par arriver paraissait être à l'abandon depuis plusieurs mois, voire plusieurs années. Ils frappèrent par acquit de conscience et firent même le tour de la propriété mais ne trouvèrent pas signe de vie.

En désespoir de cause, ils allèrent s'entretenir avec les voisins de Tate Smith. Mais ceux-ci ne répondirent à leurs questions que de manière très évasive, sans qu'ils puissent dire si c'était parce que Smith menait une vie d'ermite ou si les gens de la région se méfiaient des citoyens comme eux. Peut-être y avait-il un peu des deux.

Sans trop y croire, ils glissèrent dans la boîte aux lettres de la maison une carte de visite ainsi qu'une lettre qui résumait la situation dans les grandes lignes. Puis Reid et elle repartirent pour Charleston, le moral en berne.

Le week-end qui suivit s'écoula sans le moindre incident mais Arden ne parvenait pas à se détendre. Cette sérénité apparente lui faisait l'effet du calme avant la tempête, et elle s'attendait à tout moment à ce que quelque chose de terrible se produise.

Pourtant, bien que le délai qu'il avait imparti à Reid soit écoulé, Dave Brody ne donna plus signe de vie. Il avait apparemment décidé de renoncer à suivre Reid ou à se poster devant chez lui.

L'inspecteur Graham ne se manifesta pas non plus. Ni la presse, ni l'informateur de Reid ne signalèrent aucun progrès dans l'enquête concernant la mort de Haley Cooper. Quant à Boone Sutton et Clement Mayfair, ils ne donnèrent pas de nouvelles.

Il aurait presque été tentant de se convaincre que Haley Cooper avait été victime d'une agression qui avait dégénéré, que Brody travaillait seul et cherchait juste à se venger de Boone Sutton, que Graham s'était trouvé dans ce bar par hasard et que tout ceci n'avait strictement aucun rapport avec les crimes commis par le tueur du crépuscule, vingt-cinq ans auparavant. Mais ni Reid ni Arden n'étaient capables de se mentir à ce point.

Pour s'occuper l'esprit, Arden alla travailler au cabinet le samedi matin et rangea une bonne partie de la bibliothèque juridique de Reid. De retour chez elle, elle dressa la liste de tous les travaux qu'il faudrait entreprendre au cours des semaines et des mois à venir, les classant par ordre de priorité. Elle établit également un budget prévisionnel et comprit qu'elle allait très probablement devoir solliciter un emprunt pour couvrir une partie des dépenses.

Le dimanche qui suivit fut particulièrement éprouvant pour les nerfs d'Arden. Elle commençait à comprendre ce qu'avaient dû éprouver les habitants de Charleston, à l'époque où le tueur du crépuscule fauchait régulièrement de nouvelles victimes.

Le lundi matin, c'est avec soulagement qu'elle se rendit au cabinet où Reid était en réunion avec un client potentiel, un ancien marin pêcheur qui avait fait fortune et avait progressivement constitué une véritable flotte de crevettiers. Pendant que les deux hommes s'entretenaient des modalités d'une éventuelle collaboration, Arden acheva de ranger la bibliothèque, réceptionna les nouveaux meubles que Reid avait commandés pour les bureaux et mit sa comptabilité à jour.

Après avoir raccompagné son visiteur jusqu'à la porte, Reid pénétra dans leur salle de travail où il esquissa une série d'entrechats qui manquaient de grâce mais débordaient d'enthousiasme.

— J'en déduis que tout s'est passé comme tu le souhaitais, constata Arden en riant.

— Nous avons un nouveau client !

— Félicitations, lui dit-elle.

Elle entreprit de lui raconter ce qu'elle avait fait de sa matinée, et il fit mine de l'écouter attentivement. Mais elle le connaissait suffisamment pour deviner qu'en réalité, il était en train de penser à tout autre chose.

Percevant les reproches muets qui se devinaient probablement dans son regard, il lui décocha un sourire d'excuse.

— Je suis désolé, s'excusa-t-il. J'avais la tête ailleurs.

— C'est ce que j'ai cru remarquer. Puis-je savoir à quoi tu pensais ?

— À rien..., éluda-t-il.

— Reid ? insista-t-elle.

Il laissa échapper un soupir.

— J'étais seulement en train de me demander ce qui se serait passé si tu n'étais pas partie, il y a quatorze ans...

Cet aveu la prit complètement au dépourvu. Depuis leur baiser manqué dans le pavillon d'été, Reid avait volontairement repris de la distance, se conduisant en collègue et en ami sans jamais laisser percer la moindre ambiguïté à son égard.

Passée sa déception initiale, Arden s'était sentie plutôt soulagée par cette décision. Car elle sentait bien que les liens d'amitié qui les unissaient autrefois étaient progressivement en train de se reconstituer. Il leur faudrait encore du temps pour se faire vraiment confiance, bien sûr, mais elle était persuadée qu'ils sauraient y parvenir.

Leurs rapports professionnels, quant à eux, étaient parfaitement harmonieux. Tous deux se comprenaient à demi-mot et se complétaient à merveille. Jamais encore elle n'avait connu une relation de travail à la fois si stimulante et épanouissante.

Son seul sujet d'inquiétude, à vrai dire, provenait du fait que Reid ne lui avait encore jamais parlé du renouvellement de son contrat. Elle n'avait aucune idée de ce qu'il comptait faire lorsque sa période d'essai prendrait fin. Elle n'osait cependant pas lui poser la question, ne voulant pas avoir l'air de lui mettre le couteau sous la gorge.

— Pourquoi cette question ? demanda-t-elle lorsqu'elle fut

revenue de sa surprise. Je croyais que nous avions tourné la page, toi et moi, que nous avions recréé une nouvelle relation...

— C'est le cas, acquiesça-t-il. Mais est-ce que tu n'as pas l'impression parfois que certaines choses ne sont pas encore complètement réglées entre nous ?

À ces mots, Arden sentit monter en elle un mélange étrange de nervosité, d'angoisse et d'impatience.

— Qu'est-ce que tu veux dire, exactement ? lui demanda-t-elle.

— Eh bien..., hésita-t-il, par exemple, je peux comprendre que tu sois partie. Nous venions de traverser une mauvaise passe, et tu avais peut-être l'impression que nous étions arrivés au bout d'une étape... Ce que je n'ai toujours pas compris, en revanche, et même après toutes ces années, c'est comment tu avais pu t'en aller de cette façon : sans même un adieu. Après tout ce que nous avions vécu ensemble, je méritais quand même mieux que cela, tu ne crois pas ?

Arden détourna les yeux, incapable de supporter le désarroi qu'elle lisait dans ceux de Reid.

— Ce n'est pas un reproche, lui assura-t-il. Nous avons dépassé ce stade depuis longtemps. Mais j'avoue que j'aimerais juste comprendre.

Rassemblant son courage, Arden prit une profonde inspiration et se tourna de nouveau vers lui.

— C'est très simple, lui dit-elle. Si j'avais dû te dire au revoir, Reid, je ne serais jamais partie. Malgré tout ce qui s'était passé, malgré toutes les souffrances que nous avions traversées au cours des mois précédents, je t'aimais encore. Mais j'étais convaincue que tant que nous resterions ensemble, nous ne trouverions pas de solution. Nous avions tous deux besoin de prendre de la distance. Nous nous l'étions même dit. Mais comment se distancie-t-on de quelqu'un qui est à la fois son amant, son meilleur ami, son confident, son frère... Tu étais tout cela et bien plus, pour moi. Et je ne pouvais pas te dire adieu.

Arden sentait les larmes qui roulaient à présent le long de ses joues. Mais elle ne chercha pas à les dissimuler ou à les essuyer. Au fond, Reid avait raison. Ils méritaient tous deux ce moment de vérité qu'ils avaient esquivé durant plus de quatorze ans.

— D'accord, acquiesça-t-il d'une voix légèrement étranglée par l'émotion. Je comprends : tu as opté pour la technique du pansement que l'on arrache d'un coup sec. Mais après ? Tu dis que nous devions prendre de la distance. Pourquoi pas ? Mais après ? Au bout de quelques semaines de réflexion ? De quelques mois, même... Quand tu es revenue pour les vacances, tu aurais pu me parler, ne serait-ce que pour me dire que tu ne m'aimais plus, que tu me haïssais pour ce qui s'était passé et pour la façon dont j'avais réagi. Tout aurait été préférable à ce silence...

— Tu te trompes, Reid. À aucun moment, je ne t'ai haï. Pas une seule fois je ne t'ai tenu pour responsable de ce qui s'était passé. C'était tout le contraire, en fait. Je m'en voulais d'avoir perdu le bébé, de n'avoir pas su prendre soin de moi, de n'être pas allé voir un médecin plus tôt... Mais je m'en voulais encore plus parce qu'une partie de moi était soulagée d'avoir perdu cet enfant. J'imagine que cela doit te paraître atroce mais c'est la vérité, la terrible, l'horrible vérité. Je me sentais coupable et je n'osais plus te regarder dans les yeux.

— Tu n'étais pas responsable de la perte du bébé, protesta vivement Reid.

— Je le sais, aujourd'hui. Et je crois que je le savais déjà, à l'époque. Mais la culpabilité que j'éprouvais déformait tout. Et le pire, c'était que d'habitude, lorsque j'avais un problème, c'était toujours vers toi que je me tournais. Mais cette fois, c'était impossible. Tu ne pouvais pas être juge et partie...

— Si seulement nous nous étions dit tout cela, à l'époque, nous aurions peut-être pu trouver une solution.

— Si cela peut te remonter le moral, je ne le pense pas, Reid. Nous arrivons à parler de tout cela justement parce que quatorze ans se sont écoulés. Et même aujourd'hui, cela reste douloureux. À l'époque, nous étions à vif, toi et moi...

Reid médita quelques instants sur ce qu'elle venait de lui dire et hocha la tête.

— Tu as probablement raison, concéda-t-il. Au fond, ton grand-père n'avait pas complètement tort, en fait.

— Que veux-tu dire ?

— Lorsqu'il m'a convoqué à l'arrière de sa voiture, il m'a dit que nous étions beaucoup trop jeunes pour avoir un enfant, à l'époque. Sur le moment, j'ai protesté. Mais c'est lui qui avait raison. Nous manquions tous deux de maturité.

— Je ne sais pas, objecta-t-elle tristement. Je crois que si le bébé avait survécu, tout se serait passé très différemment. Nous aurions mûri pour lui et avec lui. Et je pense que nous aurions formé une belle famille, tous les trois.

Le sourire qui illumina le visage de Reid trahissait autant de tendresse que de nostalgie, et elle eut l'impression qu'il lui transperçait le cœur.

— Les choses ne fonctionnent pas toujours comme on le souhaite, soupira-t-elle.

— Sans doute, concéda Reid. Mais parfois, la vie nous surprend dans l'autre sens. Je ne m'attendais plus à ce que tu reviennes, Arden. Mais je suis heureux que tu l'aies fait.

Elle hésita quelques instants à lui poser la question qui lui brûlait les lèvres depuis quelques jours.

— Dis-moi, je viens de recevoir une invitation pour assister au bal du maire chez mon grand-père, samedi.

— Il s'y est pris un peu au dernier moment, remarqua Reid. Je crois avoir reçu la mienne voici plusieurs semaines.

— À sa décharge, il ne pouvait pas deviner que je serais à Charleston, remarqua-t-elle. Est-ce que tu comptais y aller ?

— L'un des avantages qu'il y a à être à son compte, c'est que l'on n'est plus obligé d'aller faire des courbettes lorsqu'on n'en a pas envie. Et je t'avoue que ma dernière discussion avec Clement Mayfair m'a définitivement convaincu de passer mon tour. Et toi ? Est-ce que tu as l'intention de t'y rendre ?

— Ce serait peut-être l'occasion de faire la paix, remarqua-t-elle.

— Peut-être, acquiesça Reid. D'autant que mon père est convaincu que Mayfair organise cette soirée pour tenter de redorer son image. D'après lui, c'est peut-être justement dans l'espoir de se réconcilier avec toi.

— Peu probable. Cela fait plusieurs mois qu'il a dû accepter d'organiser cette soirée. Si cela se trouve, grand-mère était encore vivante, à l'époque.

— Ce n'est pas faux, concéda Reid, songeur. Mais tu ne m'as pas vraiment répondu : est-ce que tu comptes y aller ou pas ?

— Oui, répondit-elle, prenant enfin une décision qu'elle n'avait que trop repoussée. Cela me permettra peut-être de deviner enfin ce qu'il mijote.

— Tu te méfies toujours de lui, même si tu penses qu'il pourrait vouloir faire la paix ? s'enquit Reid, perplexe.

— Mon grand-père est forcément en train de manigancer quelque chose. C'est dans sa nature de toujours préparer le coup d'après… Qu'il soit en ma faveur ou contre mes intérêts est une question totalement indépendante.

— Voilà qui est parlé comme une véritable joueuse de poker, commenta Reid, amusé…

— Exact. Mais pour être sûr d'emporter la partie, je vais avoir besoin d'un as dans ma manche. Quelque chose qui me permettrait de déstabiliser mon grand-père.

— Et tu as une idée de ce que cela pourrait être ?

— Oui, répondit-elle sans hésiter. Toi à mon bras.

Reid ouvrit de grands yeux.

— Tu veux faire croire à ton grand-père que nous sortons de nouveau ensemble ? s'exclama-t-il. Il va être fou de rage.

— Précisément. Et cela pourrait l'amener à commettre un impair. De ton côté, est-ce que tu ne trouverais pas cela amusant, après la façon dont il t'a traité l'autre jour ?

Reid la considéra comme si elle était devenue folle.

— À peu près aussi amusant que d'aller tirer les moustaches d'un tigre dans son repaire, répondit-il.

— Où est passé ton goût de l'aventure ? s'exclama-t-elle malicieusement. Et ce sera l'occasion de faire la promotion du cabinet. Il y aura là-bas tout ce que Charleston compte de personnalités. Ce sera l'endroit idéal pour nouer de nouveaux contacts. D'autant que tout le monde doit savoir qu'Ambrose Foucault ne va pas tarder à prendre sa retraite. Ses clients actuels vont tous devoir se mettre à la recherche d'un nouveau conseiller juridique.

— Je ne te savais pas si retorse, Arden, commenta Reid en souriant.

— C'est parce que je n'avais encore jamais travaillé pour toi, répliqua-t-elle. J'ai bien l'intention de faire en sorte que ce cabinet se développe et prospère. Comme cela, je pourrai peut-être te demander une augmentation, un de ces jours.

— Si nous parvenons à récupérer ne serait-ce que quelques-uns des clients d'Ambrose, nous allons surtout devoir embaucher rapidement.

— Est-ce que cela veut dire que tu es d'accord ? lui demanda-t-elle.

— Je vais y réfléchir...

— Pas besoin de réflexion, protesta-t-elle. Au fond de toi, tu sais que j'ai raison. Je crois me souvenir que j'ai vu un smoking dans ton armoire.

— Tout au fond, là où je range les choses dont je préfère éviter de me servir, acquiesça Reid.

— Sors-le de la naphtaline pour cette soirée au moins. Quant à moi, je te promets de porter ce que je trouverai de plus provocant.

— Voilà qui promet...

— L'invitation est pour 8 heures, ce qui signifie que pour faire vraiment sensation, nous ne devrions pas arriver avant 9 heures et demie. Se garer sera sûrement un véritable cauchemar alors je te suggère de venir chez moi en voiture. De là, nous irons chez mon grand-père à pied.

— Je vois que tu n'as rien laissé au hasard.

— Exact. La seule chose que tu as à faire, c'est d'arriver à l'heure. Le reste, je m'en charge.

— Je crains le pire.

— Ne sois pas si négatif. Je te promets que ce sera très amusant...

Le samedi suivant, Arden passa la matinée à se préparer à la soirée qui l'attendait. Elle alla récupérer sa robe chez la couturière à qui elle l'avait confiée. Puis elle apporta son collier préféré à la bijouterie pour faire remplacer le fermoir qui donnait des signes de faiblesse.

Pendant que le joaillier procédait à la réparation, elle alla jeter un coup d'œil aux vitrines de King Street. Dans l'une d'elle, elle repéra une ceinture ornée de cristaux qui se marierait parfaitement avec sa robe. En entrant pour en demander le prix, elle eut la surprise d'apercevoir la photographie de Haley Cooper qui trônait dans un cadre noir accroché au mur.

Reid lui avait effectivement indiqué que la jeune femme travaillait comme vendeuse sur King Street en attendant de percer à la scène ou à l'écran.

— C'est bien Haley, n'est-ce pas ? demanda-t-elle à la vendeuse tandis qu'elle emballait la ceinture.

— Oui. Vous la connaissiez ?

Arden secoua la tête.

— J'ai juste vu sa photo aux informations.

La jeune femme hocha tristement la tête.

— Au moins, vous avez retenu son nom. La plupart des gens me demandent juste si c'est bien « la fille qui s'est fait tuer ». Ils oublient qu'elle avait une famille et des amis auxquels elle manque toujours affreusement...

La voix de la vendeuse se brisa, et elle essuya les larmes qui perlaient au coin de ses yeux.

— Je suis désolée, s'excusa-t-elle. Je ne devrais pas vous raconter tout ça. Mais ces deux dernières semaines ont été terribles...

— Je comprends, répondit Arden. Vous n'avez pas à vous excuser. Il est parfois plus facile de parler à un inconnu. Est-ce que vous étiez proches, toutes les deux ?

— Nous sommes devenues amies depuis qu'elle a commencé à travailler ici, l'année dernière. C'était une fille adorable. Intelligente, drôle avec beaucoup de personnalité. Toutes les clientes l'adoraient. C'est pour cela que j'ai accroché sa photo. Pour qu'on ne l'oublie pas. Certaines personnes me disent qu'elles trouvent ça macabre...

— Pas du tout, protesta Arden. Vous rendez hommage à votre amie, et c'est parfaitement naturel.

— Vous voyez la bougie qui brûle à côté de son portrait ? Je me suis promis d'en laisser une allumée jusqu'à ce que le meurtrier soit traduit en justice. Mais cela fait presque deux semaines qu'elle est morte, et je commence à perdre espoir...

— Croyez-moi, je comprends parfaitement ce que vous ressentez à l'heure actuelle. Ma mère s'est fait assassiner lorsque j'étais enfant. Il s'est écoulé des mois avant que l'on n'arrête quelqu'un.

— Je suis vraiment désolée, murmura la vendeuse.

— C'était il y a longtemps mais ce n'est pas le genre de choses que l'on oublie. Est-ce que vous savez si la police a des suspects ?

— Ils m'ont dit qu'ils en avaient un, acquiesça la vendeuse en finissant d'empaqueter la ceinture d'Arden.

Celle-ci s'efforça d'adopter un ton parfaitement neutre pour formuler la question qui lui brûlait les lèvres.

— Vous ont-ils dit de qui il s'agissait ?

La jeune femme jeta un coup d'œil alentour pour s'assurer que personne ne pouvait les entendre.

— Vous savez ce qu'on dit : la plupart du temps, c'est le mari ou le petit ami qui est responsable.

— Haley voyait quelqu'un ?

— Oui. Je ne l'ai jamais rencontré, et elle n'en parlait pas beaucoup. Mais d'après ce que j'ai cru comprendre, c'était un homme plus âgé qu'elle. Quelqu'un de fortuné. Il la couvrait de cadeaux somptueux. Haley aimait les jolies choses, vous savez...

— Et elle n'a jamais mentionné son nom ?

— Oh ! non ! Elle était très discrète à son sujet. Elle m'a dit un jour que son ami serait très déçu si elle parlait de lui à tort et à travers, que c'était quelqu'un qui tenait beaucoup à son intimité... C'était d'ailleurs la seule chose qu'elle lui reprochait : il ne sortait jamais avec elle. Je crois qu'ils se retrouvaient toujours chez lui...

— Pourtant, le soir de sa mort, elle avait passé la soirée dans un bar. Vous croyez qu'elle était avec quelqu'un d'autre ? Cela pourrait expliquer que son ami s'en soit pris à elle...

La vendeuse secoua la tête.

— Non, son ami savait parfaitement où elle était, ce soir-là. C'est lui qui l'avait envoyée dans ce bar pour faire une blague à l'un de ses amis. Une histoire d'enterrement de vie de garçon, je crois... Elle m'a dit que ça lui donnerait l'occasion de tester ses talents d'actrice.

Elles furent interrompues par deux clientes qui venaient de pénétrer dans la boutique. La jeune femme encaissa Arden et lui tendit la boîte contenant sa ceinture.

— Revenez quand vous voudrez, lui dit-elle.

— C'est promis, répondit Arden. Et j'espère que la prochaine fois que je viendrai vous voir, la bougie sera éteinte.

— Merci...

Au moment même où Arden quitta la boutique, une sonnerie se fit entendre dans son sac à main. Il lui fallut quelques instants pour comprendre que c'était celle du téléphone portable qu'elle avait acheté afin de pouvoir contacter Ginger Vreeland.

D'une main légèrement tremblante, elle s'en empara et décrocha sans attendre.

— Arden Mayfair, j'écoute.

Un long silence s'ensuivit.

— Est-ce qu'il y a quelqu'un ? demanda Arden en priant pour que son mystérieux interlocuteur ne raccroche pas.

— J'ai entendu dire que vous me cherchiez, fit une voix de femme.

— Ginger ? C'est vous ?

— Ne prononcez pas ce nom !

— Je suis désolée. Est-ce que votre oncle vous a transmis mon message ?

— Qu'est-ce que vous me voulez, exactement ?

— Comme je l'expliquais dans ma lettre, votre ex-mari était détenteur d'un compte...

— Ne me prenez pas pour une idiote. Ce genre d'arnaque, ça ne prend pas avec moi. Vous avez dix secondes pour me dire qui vous êtes et ce que vous me voulez.

— Il faut que je vous parle.

— À quel sujet ?

— Saviez-vous que Dave Brody était sorti de prison ?

— Qu'est-ce que ça peut bien vous faire à vous ?

— Je travaille pour un avocat nommé Reid Sutton. C'est le fils de Boone Sutton qui assurait la défense de Brody. Ce dernier a menacé mon patron de faire de sa vie un enfer s'il ne lui donnait pas ce qu'il voulait.

Ginger laissa échapper un juron.

— Alors il travaille toujours pour lui, murmura-t-elle.

— Pour qui ?

— Brody vous a dit qu'il avait besoin de me retrouver parce que mon témoignage pouvait l'innocenter, c'est bien ça ?

— Oui.

Ginger laissa échapper un rire sans joie.

— C'est exactement ce qu'il avait dit au père de votre patron. Mais c'était un simple prétexte. Je n'aurais jamais pu témoigner pour ou contre Brody pour la simple et bonne raison que je ne le connaissais même pas !

— Je ne comprends pas...

— Ça ne m'étonne pas. Il vous a embobiné comme il avait embobiné Boone Sutton. Heureusement, Sutton avait un faible pour les filles comme moi, et j'ai réussi à le convaincre de me laisser filer.

— Mais si vous ne pouvez pas témoigner pour Brody, pourquoi cherche-t-il tant à vous retrouver ?

— Parce que Brody travaille pour le tueur du crépuscule.

— Finch ?

Ginger laissa échapper un petit rire méprisant.

— Finch n'a jamais tué personne. Ce n'est qu'un pantin.

— Pourquoi le tueur du crépuscule cherche-t-il à vous localiser ?

— Parce que je sais qui il est, bien sûr.

— Dites-moi son nom...

— Vous êtes malade ? s'exclama Ginger. La seule raison pour laquelle je suis encore vivante, c'est qu'il sait que je garderai le silence.

— Nous pouvons vous aider, plaida Arden. Nous obtiendrons une protection policière...

— Vous n'êtes pas croyable. Les flics de Charleston sont tous plus pourris les uns que les autres. Je vais raccrocher maintenant. Mais je vous préviens, moi aussi, j'ai des relations, figurez-vous. Et si vous continuez à importuner mon oncle avec cette histoire, je ferai en sorte que vous et votre petit ami alliez nourrir les crabes au fond de la baie de Charleston. Je ne plaisante pas.

— Attendez, Ginger, je vous en prie...

Son interlocutrice avait déjà raccroché. Immédiatement, Arden pressa la touche de rappel. Mais presque sans surprise, elle tomba sur une bande enregistrée qui lui signalait que le numéro qu'elle venait de composer n'était pas attribué.

15

En arrivant chez Arden, ce soir-là, Reid se sentait presque aussi nerveux que le soir où tous deux étaient officiellement sortis ensemble pour la première fois. Cela s'était produit quelques jours seulement après leur premier baiser cataclysmique dans le pavillon d'été.

C'était parfaitement absurde, bien sûr. Arden lui avait clairement indiqué qu'il ne s'agissait pas d'un rendez-vous amoureux mais d'un subterfuge uniquement destiné à déstabiliser son grand-père.

Il se gara devant la vieille demeure des Berdeaux et descendit de voiture. La nuit venait tout juste de tomber, et le chant des grillons résonnait dans l'air. Reid gravit les marches menant à la porte d'entrée et sonna. Quelques instants plus tard, le battant s'ouvrit, révélant la silhouette d'Arden.

Au mépris de toutes les règles de politesse qu'avait essayé de lui inculquer sa mère, il laissa échapper un sifflement admiratif qui arracha à Arden un sourire mi-amusé, mi-embarrassé.

À ses yeux, Arden avait toujours été la plus belle de toutes les femmes. C'était l'un des axiomes de son existence, une vérité aussi évidente pour lui que le fait qu'elle serait toujours la seule et unique femme de sa vie.

Mais jamais encore elle ne lui avait semblé aussi belle que ce soir-là. La robe rouge qu'elle portait mettait parfaitement en valeur sa silhouette élancée. Le bustier était à la fois pudique et suggestif, soulignant de façon harmonieuse la courbe de sa poitrine dont il avait le bon goût de ne rien révéler. Il ne dénudait que ses bras au galbe parfait qu'ornaient deux bracelets d'argent délicatement torsadés.

Ses cheveux blonds étaient tirés en arrière, soulignant à merveille la douceur de son front, l'audace de ses pommettes et l'émeraude obsédant de deux yeux que ne soulignait qu'un trait de crayon habilement minimaliste.

Ce n'est que lorsqu'il avisa la fleur de magnolia piquée dans ses cheveux qu'il comprit d'où provenait l'étrange impression de familiarité qu'il avait éprouvée en la découvrant sur le seuil.

— C'est incroyable, murmura-t-il. Tu ressembles au tableau comme deux gouttes d'eau...

Il secoua la tête d'un air incrédule.

— Je ne comprends pas, reprit-il.

— J'ai reçu un appel de Ginger, lui dit-elle. Nous avions raison depuis le début !

— Attends une minute. Qu'est-ce qu'elle t'a dit, au juste ?

— Que cette histoire de témoignage dont a parlé Brody est une pure fiction, que s'il cherchait à la retrouver grâce à ton père puis grâce à toi, c'est parce qu'elle sait qui est le tueur du crépuscule.

— Tout le monde le sait, objecta Reid.

— Ce n'est pas Finch, répondit-elle.

— T'a-t-elle dit qui c'était ?

— Non. Elle avait bien trop peur qu'il ne la retrouve.

— Comment sais-tu qu'elle ne t'a pas menti ? objecta Reid. Qu'elle n'a pas inventé toute cette histoire ?

— Tu ne l'as pas entendue, Reid, protesta Arden. Elle était terrifiée. Je ne peux pas être certaine que ce qu'elle a dit est la vérité, bien sûr. Mais ce que je peux te dire, en tout cas, c'est qu'elle-même y croyait dur comme fer.

— Cela n'explique pas pourquoi tu as décidé d'assister à ce bal habillé comme ta mère, remarqua-t-il.

— Parce que cela pourrait nous aider à démasquer le tueur, déclara-t-elle. Je suis allée à la boutique pour laquelle travaillait Haley et j'ai discuté avec l'une de ses amies. Elle m'a dit que Haley sortait avec un homme très riche et plus âgé qu'elle. C'est lui qui l'a poussée à se rendre dans ce bar pour te faire du charme. Il lui a fait croire que la vidéo servirait à ton enterrement de vie de garçon.

— Tu es en train de me dire que Haley était en couple avec le tueur du crépuscule ? s'exclama Reid en la contemplant d'un air sidéré.

— Exact, confirma-t-elle. Un homme d'un certain âge assez fortuné… À ton avis, quelle chance y a-t-il pour qu'il assiste à la soirée de mon grand-père ?

Reid demeura momentanément sans voix.

— Est-ce que tu te rends compte du risque que tu t'apprêtes à courir ? articula-t-il enfin.

— Tout à fait, acquiesça-t-elle gravement. Si tout se passe comme je l'espère, il va se retrouver confronté à sa toute première victime : celle dont le meurtre a conditionné tous les autres. Je sais que je joue avec le feu. Mais si nous avons une chance de démasquer ce monstre et de venger ma mère après toutes ces années, le jeu en vaut la chandelle.

— C'est de la folie ! protesta Reid.

— C'est un risque calculé. Nous serons au milieu d'une foule. Il y aura des vigiles. Et tu seras juste à côté de moi. Je ne pense pas que le tueur puisse réellement passer à l'acte. Tout ce que nous voulons, c'est qu'il se trahisse.

— Pourquoi ne m'as-tu pas appelé pour que nous en discutions ? protesta Reid.

— Justement parce que je savais que tu ne serais jamais d'accord.

— Bien sûr que je ne suis pas d'accord ! s'exclama-t-il. Tu pars du principe que le tueur va forcément se trahir. Mais que se passera-t-il s'il parvient à se maîtriser ? Crois-tu que la pulsion que tu auras réveillée en lui va disparaître aussi rapidement qu'elle est apparue ? Tu vas lui offrir sur un plateau l'occasion de renouveler son frisson initial, son meurtre originel… Il n'y résistera pas. Et on te retrouvera assassinée dans ce parc qui a vu ta mère mourir ! Pour l'amour du ciel, Arden, renonce à ce plan suicidaire pendant qu'il en est encore temps !

— Et ensuite ? répliqua-t-elle. Que se passera-t-il ? Combien de femmes vont mourir parce que moi qui avais une chance d'intervenir, je n'ai rien fait ? Crois-tu vraiment que je pourrai vivre avec ça ? Que je pourrai me regarder dans la glace chaque matin sans me demander s'il n'y a pas quelque part une femme qui est allongée, baignant dans son propre sang, un pétale de magnolia posé sur les lèvres ?

Reid ne répondit pas. En dépit de l'angoisse et de la frustration que lui inspirait le plan qu'avait conçu Arden, il savait qu'elle avait raison, que cette mise en scène était peut-être la seule façon de refermer le livre sanglant dont l'assassinat de sa mère avait constitué le terrible prologue.

— Si cela peut te rassurer, j'ai fait en sorte de minimiser les risques au maximum. Toutes les serrures de la propriété sans exception ont été changées. L'ami dont tu m'avais donné les coordonnées a entièrement rénové le système d'alarme et de vidéosurveillance. La demeure Berdeaux est désormais aussi sécurisée qu'une ambassade. Alors essaie de te détendre, Reid. Que dirais-tu de boire un verre avant de partir ? Cela nous aidera à nous détendre un peu.

— À me détendre, tu veux dire. Toi, tu sembles aussi décontractée que si tu sortais tout juste d'un bain moussant !

— Détrompe-toi, intérieurement, je suis survoltée.

Reid lui jeta un regard réprobateur.

— Ne me dis pas que tout ça t'amuse.

— Ce n'est pas le terme que je choisirais, non. Mais c'est quand même assez excitant, n'est-ce pas ?

Sur ce, elle se dirigea vers le petit salon, suivie par Reid qui se sentait partagé entre résignation et désespoir. Sur la table basse était disposé un seau rempli de glace au milieu duquel trônait une bouteille de champagne. À côté étaient posées deux flûtes ainsi qu'un plateau d'argent sur lequel on trouvait toutes sortes de petits canapés.

Tandis qu'Arden débouchait la bouteille et remplissait leurs verres, Reid en profita pour l'observer à la dérobée. Elle était réellement splendide dans cette robe, et tout portait à croire qu'elle le savait.

— C'est vraiment celle de ta mère, n'est-ce pas ? demanda-t-il.

— Oui. Je l'ai trouvée dans son armoire. Grand-mère avait gardé presque toutes ses affaires. J'ai chargé une couturière de faire quelques petites retouches mais je me suis rendu compte que maman et moi avions quasiment la même taille.

Elle lui tendit sa flûte, et ils trinquèrent.

— À ta mère, lui dit-il.

Un sourire doux et triste illumina le beau visage de la jeune femme, et elle hocha la tête.

— À maman. Puisse-t-elle trouver enfin la paix.

Ils burent en silence, et Reid se prit à songer que si le plan audacieux d'Arden portait ses fruits, il mettrait un point final à une enquête que tous deux avaient commencée près de vingt ans auparavant, alors qu'ils étaient encore des enfants.

Se pouvait-il vraiment qu'ils réussissent là où tant de policiers et de reporters avaient échoué avant eux ?

— Nous devrions peut-être y aller, suggéra-t-il en jetant un coup d'œil à sa montre.

— Je vais avoir besoin de ton aide, lui dit-elle.

— Que puis-je faire pour toi ?

— J'ai réussi à remonter la fermeture Éclair de la robe mais il doit y avoir un petit crochet au-dessus. Pourrais-tu l'accrocher ?

— Bien sûr, répondit-il en posant sa flûte sur la table basse.

Elle lui présenta son dos, et il ne put s'empêcher d'admirer sa nuque magnifique et la courbe délicate de ses épaules.

— Tu le vois ? fit-elle.

— Euh, oui..., articula-t-il s'efforçant de réprimer l'accès de désir presque incontrôlable qu'il sentait monter en lui.

Le moment était vraiment mal choisi pour succomber à l'envie lancinante qu'il avait d'elle depuis le jour où il était venu la trouver dans cette maison pour la mettre en garde.

D'une main légèrement tremblante, il attrapa le fermoir de la robe et se pencha légèrement vers elle pour le raccrocher. L'odeur de sa peau vint lui chatouiller les narines, s'insinuant en lui et faisant remonter le souvenir de toutes les fois où il avait couvert son corps de baisers. C'était un véritable supplice de Tantale, et il serra les dents, se répétant qu'il était parfaitement capable de le surmonter.

— Reid ? articula-t-elle d'une voix légèrement rauque.

Il comprit alors qu'il n'était pas le seul à percevoir l'érotisme de cet instant.

— J'ai presque fini, souffla-t-il.

Il la sentit frissonner doucement sous ses doigts tandis qu'il parvenait enfin à fixer ce maudit crochet. D'ici quelques instants il reculerait d'un pas, s'arrachant à la magie de ce moment.

— Reid, répéta-t-elle en penchant légèrement la tête de côté, lui offrant sa nuque.

Cette fois, il fut incapable de résister à la tentation d'y poser ses lèvres. Ce n'était pas vraiment un baiser, à peine un effleurement, une caresse plus douce que l'aile d'un papillon mais il la sentit tressaillir des pieds à la tête, et un petit gémissement inarticulé lui échappa.

Le cœur d'Arden battait la chamade.

En sentant les lèvres de Reid effleurer sa peau, elle avait compris que ce qui était en train de se passer était très précisément ce qu'elle avait espéré depuis l'instant où elle l'avait vu entrer. Si elle était parfaitement honnête, depuis le moment où elle avait décidé de se rendre à cette soirée avec lui.

Mais à présent que le moment était arrivé, le désir impétueux qu'elle avait de lui se doublait d'une angoisse presque insoutenable. Cela faisait plus de quatorze ans qu'il ne l'avait pas tenue dans ses bras...

Elle connaissait suffisamment Reid pour savoir qu'il lui suffirait d'un pas en avant pour dissiper le sortilège auquel tous deux étaient sur le point de succomber. Il respecterait sa décision, quelle qu'elle soit. Ils en seraient quittes pour un moment un peu gênant mais l'amitié qu'ils éprouvaient l'un pour l'autre leur permettrait probablement de le surmonter.

Ou bien elle pouvait se retourner et prendre le risque de plonger de nouveau dans l'inconnu, de s'offrir à lui corps et âme. Car elle ne se faisait aucune illusion : avec Reid Sutton, il ne s'agirait jamais d'une simple aventure, d'une nuit sans lendemain...

Lentement, elle se retourna de façon à lui faire face. Lorsque leurs regards se rencontrèrent, elle fut frappée par l'intensité de celui de Reid. Lui aussi connaissait toute la portée de cet instant.

— Tu es sûre ? murmura-t-il pourtant, lui offrant une ultime échappatoire avant que la passion qui les habitait ne les consume l'un et l'autre.

— Oui, répondit-elle sans hésiter.

Un sourire légèrement tremblant naquit sur les lèvres de Reid.

— Nous risquons d'être un peu en retard, lui signala-t-il.

— Très en retard, j'espère, répliqua-t-elle.

— Est-ce que tu penses vraiment que j'avais besoin d'une pression supplémentaire après quatorze ans passés à t'attendre ? gémit-il.

Elle éclata d'un rire un peu rauque.

— Quatorze ans, c'est long, reconnut-elle en recouvrant presque aussitôt son sérieux. Que se passera-t-il si la magie n'est plus là ?

Il posa doucement la main sur sa joue brûlante.

— Alors nous resterons les meilleurs amis du monde, répondit-il. Mais si j'en crois ce que je ressens en ce moment, je pense que nous n'avons pas à nous en faire pour cela.

— Reid ?

— Oui ?

— Est-ce que tu comptes m'embrasser un jour ? lui demanda-t-elle avec un sourire moqueur.

Il se pencha alors vers elle. Et à l'instant où leurs lèvres se touchaient, deux révélations s'imposèrent simultanément à elle.

La magie était bel et bien toujours là.

Elle n'avait jamais cessé d'aimer Reid.

Mais lorsqu'elle ouvrit la bouche pour le lui dire, elle sentit sa langue effleurer la sienne et perdit soudain le contrôle de ses pensées et de son corps qui se mit à trembler convulsivement.

La partie la plus rationnelle de son esprit qui tentait désespérément de surnager essayait vainement de comprendre comment un simple baiser pouvait provoquer un tel déferlement de sensations.

Il lui semblait qu'une digue venait de céder en elle, libérant un flot impétueux qu'elle était parvenue à contenir durant toutes ces années mais face auquel elle était à présent impuissante.

Comprenant qu'il serait vain de le combattre, elle se laissa donc emporter corps et âme.

Déjà les doigts de Reid avaient dégrafé le petit crochet qui était à l'origine de leur baiser. Alors même qu'ils continuaient à se dévorer de baisers passionnés, elle sentit la fermeture Éclair glisser lentement vers le bas. Le contact de l'air frais était une bénédiction pour sa peau brûlante. Car entre les bras de Reid, elle avait l'impression de se consumer intérieurement.

Ils s'écartèrent l'un de l'autre, le temps pour elle de lui ôter son nœud papillon et de déboutonner sa chemise immaculée, révélant son corps à la fois si familier et si différent du souvenir qu'elle en avait conservé. Si elle avait eu besoin d'une preuve du fait que Reid était devenu un homme, elle se trouvait à présent sous ses yeux.

Incapable de résister à la tentation, elle laissa ses paumes glisser sur son torse, s'émerveillant de sa force. Ce simple contact arracha à Reid un violent frisson. S'enhardissant, elle se pencha légèrement vers lui pour le couvrir d'une pluie de petits baisers. Sous ses lèvres, elle sentait tressaillir doucement sa peau qui devait être aussi brûlante que la sienne.

Il repoussa alors les bretelles de sa robe qui glissa le long de son corps comme une caresse pour venir se poser à ses pieds. Face à Reid, Arden n'avait jamais éprouvé la moindre pudeur, peut-être parce que tous deux s'étaient toujours connus et qu'il l'avait vue grandir.

Mais pour la première fois de sa vie, elle se sentit presque embarrassée. Elle aussi avait changé. Elle n'était plus l'adolescente au physique nerveux et longiligne qu'il avait connue. Et elle ne pouvait s'empêcher de se demander s'il la désirerait autant qu'autrefois.

S'écartant légèrement de lui, elle croisa son regard et ce qu'elle y lut eut raison de ses angoisses. C'était une faim dévorante, impérieuse, une fièvre qui balaya ses doutes et ses incertitudes.

Tandis qu'ils se dévoraient des yeux en silence, elle repensa à tous ces moments qui avaient forgé ce lien indéfectible que quatorze interminables années de séparation n'avaient su effacer. Elle se rappelait la première fois qu'elle avait croisé le regard de ce petit garçon aux yeux farouches. Elle se rappelait le contact de leurs cuisses l'une contre l'autre, ce jour où ils étaient assis côte à côte au bord du lac, et où elle avait brusquement pris conscience que ce qu'elle éprouvait était peut-être un peu plus que de l'amitié.

Elle se souvenait de sa fuite éperdue du pavillon d'été alors que la brûlure de leur tout premier baiser s'insinuait au plus profond d'elle-même, éveillant des réactions qui l'émerveillaient et la terrifiaient simultanément.

Elle se rappelait la vive douleur qui l'avait foudroyée lorsqu'elle l'avait senti entrer maladroitement en elle pour la toute première fois. Elle se rappelait son regard inquiet, et cette sensation qui avait brusquement déferlé en elle, transformant la souffrance en plaisir et la peur en joie.

Elle se souvenait de la première fois où il lui avait dit qu'il l'aimait. Elle se rappelait avoir pensé alors que c'était simultanément la chose la plus évidente et la plus importante qu'il lui avait jamais dite.

Elle se souvenait de la joie infinie qu'elle avait ressentie lorsque le médecin lui avait appris qu'elle allait devenir maman. Et de la tristesse incommensurable qui avait bien failli la détruire lorsqu'elle avait perdu son bébé.

Elle se rappelait les larmes de Reid à l'hôpital et cette sensation de vide et d'indifférence qui avait envahi son propre cœur.

Elle se souvenait de la dernière fois où ils avaient fait l'amour avec toute la passion et le désespoir de deux êtres qui pressentaient déjà qu'ils étaient sur le point de se perdre.

Tous ces moments de l'espace et du temps lui semblaient converger en cet instant où ils prenaient brusquement un sens nouveau.

Et tandis qu'il la prenait par la main pour l'entraîner vers la chambre qui l'avait vue grandir, il lui sembla soudain comprendre au plus profond de son être et de sa chair à quel point Reid et elle avaient toujours été faits l'un pour l'autre – destinés l'un à l'autre.

16

Tandis qu'ils parcouraient lentement l'immense salon de la demeure des Mayfair, Reid était incapable de détacher son regard du visage rayonnant d'Arden. Il savait pourtant qu'il aurait dû guetter la réaction des gens qui l'entouraient, tenter de discerner parmi tous ces visages lequel pouvait être celui du tueur du crépuscule.

Mais comment aurait-il pu ne pas la regarder, après ce qui venait de se passer entre eux, ce soir-là ? Il pouvait encore sentir résonner en lui l'écho de leur étreinte passionnée. Jamais ils ne s'étaient aimés de cette façon. Et il sentait confusément que ce n'était pas seulement l'effet de leurs retrouvailles, après toutes ces années de séparation.

Une conviction s'était imposée à eux, qui dépassait de loin la touchante déclaration d'amour qu'ils s'étaient faite mutuellement entre le rire et les larmes. Car ce qui les unissait était bien plus que ce sentiment indéfectible qu'ils éprouvaient l'un pour l'autre.

Reid ne s'était jamais défini comme un mystique, bien au contraire. Mais il y avait dans sa relation avec Arden quelque chose qui échappait à toute rationalité. Elle était son âme sœur, une partie de lui-même dont il avait été privé durant toutes ces années. Et en la retrouvant, il s'était en quelque sorte retrouvé lui-même.

En cet instant, il aurait tout donné pour se retrouver seul avec elle. Mais Arden avait insisté pour qu'ils assistent à cette réception ainsi qu'ils l'avaient prévu. Et elle avait eu raison, bien sûr.

L'enjeu de cette soirée était bien trop important, et leur bonheur devrait attendre encore un peu.

Au prix d'un prodigieux effort de volonté, Reid détourna les yeux d'Arden pour observer les lieux. Il n'aurait su dire précisément quand il était venu dans cette maison pour la première fois.

Arden et lui n'étaient alors que des enfants, et elle avait insisté pour qu'il l'accompagne parce que la perspective de passer une soirée entière seule en compagnie de son grand-père lui était intolérable.

Clement Mayfair n'avait guère apprécié de le voir se joindre à eux. Tout au long du dîner, Reid avait dû supporter les regards glaciaux et méprisants du vieil homme. Mais il avait tenu le coup par amitié pour Arden, parce qu'elle comptait sur lui et que pour rien au monde, il n'aurait voulu la décevoir.

Avec une pointe d'autodérision, il se prit à songer que, en dépit des années qui s'étaient écoulées depuis lors, les choses n'avaient guère changé...

— Je me suis toujours dit que cette maison était la plus belle de tout Charleston, déclara alors Boone Sutton, tirant Reid de ses réflexions.

— Peut-être un peu trop tape-à-l'œil à mon goût, objecta-t-il en parcourant du regard la salle de réception dans laquelle ils se trouvaient.

— C'est parce qu'il ne s'agit pas réellement d'une maison, déclara son père.

Reid lui jeta un regard interrogatif.

— C'est un manifeste, expliqua Boone. Une démonstration de force déguisée en une belle demeure. Les Mayfair l'ont construite pour signifier à tous les habitants de la ville qu'ils étaient la véritable famille royale de Charleston. Et cette fête est une façon pour notre hôte de démontrer qu'il est toujours le maître incontesté de la ville...

Boone observa pensivement Arden qui était en train de discuter avec sa femme.

— Ce pauvre Clement risque d'avoir un choc, déclara-t-il. J'ai bien failli avoir une attaque, tout à l'heure, lorsque vous êtes entrés tous les deux.

— Pourquoi ?

— Parce qu'Arden est le portrait craché de sa mère au même âge. Et cette robe ressemble comme deux gouttes d'eau à celle que Camille portait lors du bal du maire organisé à la maison, peu de temps avant sa mort...

Boone se tourna vers son fils et le regarda droit dans les yeux.

— Qu'est-ce que vous mijotez, exactement, tous les deux ?

— Je ne vois pas ce que tu veux dire, répondit Reid de sa voix la plus innocente.

Mais il en fallait bien plus pour tromper un renard aussi rusé que son père.

— Je suis content que vous soyez de nouveau ensemble, en tout cas, déclara Boone. Cette fille a toujours fait ressortir ce qu'il y avait de meilleur en toi.

— Nous ne sommes pas ensemble.

— Bien sûr, acquiesça Boone en riant. Les cochons volent et les poules ont enfin des dents.

Reid ne put s'empêcher de sourire.

— Ce que je veux dire, se reprit-il, c'est que je ne sais pas combien de temps ça va durer.

Curieusement, lorsque Boone se tourna vers lui, l'amusement avait cédé place dans ses yeux à une gravité empreinte de tristesse.

— Tout est là, fiston, répondit-il. Dans la vie, on ne sait jamais combien de temps les choses peuvent durer. Mais cela ne doit pas nous empêcher de saisir la chance lorsqu'elle se présente à nous.

— Je ne savais pas que tu devenais philosophe, sur tes vieux jours, répliqua Reid avec une légèreté un peu forcée.

En réalité, il était persuadé que ce que Boone venait de lui dire constituait la clé de lecture de sa personnalité à la fois terriblement agaçante et irrésistiblement attachante. Et cela faisait bien longtemps qu'il ne s'était pas senti aussi proche de son père.

— Sache que j'ai toujours été philosophe, décréta sentencieusement ce dernier. Et que si tu t'avises encore de prononcer les mots « vieux jours » en parlant de moi, je te déshérite... pour de bon, cette fois. Et pour te prouver que je suis toujours aussi jeune et fringuant, je vais de ce pas aller inviter ma future belle-fille à danser.

Arden avait oublié à quel point le père de Reid pouvait se montrer charmant lorsqu'il s'en donnait la peine. C'était aussi un merveilleux cavalier, ce qui lui permettait de se laisser guider en toute confiance tandis qu'elle scrutait la foule qui les entourait à la recherche du moindre indice susceptible de trahir le tueur qu'elle était venue démasquer.

— C'est la même robe, n'est-ce pas ? lui demanda soudain Boone.

Surprise, elle se tourna vers lui et frissonna légèrement en avisant l'intensité de son regard.

— C'est la robe que portait votre mère au bal du maire que j'ai organisé à la maison, il y a vingt-cinq ans de cela.

Ce n'était pas une question.

— J'ai dansé avec elle, ce soir-là, reprit Boone.

Il y avait dans ses yeux une puissante nostalgie.

— Elle était vraiment très belle, vous savez...

Un nouveau frisson parcourut Arden. Elle ne connaissait que trop bien la réputation de séducteur de Boone Sutton.

— Est-ce que... ?

Elle s'interrompit, ne sachant comment formuler une telle question.

— Vous vous demandez si nous avons été amants, n'est-ce pas ?

Arden hocha la tête.

— Non, répondit-il. Ce n'est pas l'envie qui m'en aurait manqué, remarquez. Mais votre mère était une romantique. Elle n'a jamais aimé qu'un seul homme.

— Mon père ?

Boone acquiesça.

— Savez-vous qui c'était ?

— Elle ne me l'a jamais dit, non. C'était une femme très discrète, vous savez. Tout comme sa mère, d'ailleurs.

— Reid m'a dit que vous pensiez que ma mère n'était peut-être pas la fille de Clement Mayfair.

— Ce n'est qu'une théorie. Mais cela n'a plus d'importance, aujourd'hui, n'est-ce pas ?

— J'imagine que vous avez raison, murmura-t-elle. Même s'il est un peu étrange pour moi d'en savoir si peu sur mes origines...

— Dites-vous que cela vous rend plus libre, répondit Boone.

Vous n'avez à répondre de vos actes devant personne. Vous pouvez faire de votre existence ce que bon vous semble, ce qui est loin d'être le cas de la majorité des gens...

Arden se demanda si Boone parlait d'expérience. Pour la première fois depuis qu'elle le connaissait, elle se demanda si, sous ses dehors de bon vivant et de séducteur, ne se cachait pas une âme bien plus complexe et torturée.

— Arden, lui dit-il gravement, j'avais quelque chose à vous demander.

— Je vous écoute.

— Ginger m'a appelé...

Arden ne put s'empêcher de sursauter, manquant un pas de danse. Imperturbable, Boone la fit tourner sur elle-même, avant de la reprendre dans ses bras, parfaitement en rythme.

— Vous êtes toujours en contact avec elle ? balbutia Arden qui avait du mal à revenir de sa surprise.

— Bien sûr, répondit-il. Ginger est quelqu'un de très important pour moi.

— Alors vous savez pourquoi elle a quitté la ville.

— Oui.

— Est-ce qu'elle vous a dit qui... ?

— Non, l'interrompit-il brusquement. Et je ne veux surtout pas le savoir. J'ai vu trop de gens se faire tuer à cause de cette histoire. À commencer par votre mère. Et je ne veux pas que Reid et vous soyez les prochains sur la liste. Alors je vous en prie, Arden, renoncez à ce que vous êtes en train de faire. C'est du suicide...

— Nous ne pouvons pas le laisser continuer à tuer toutes ces femmes.

— Vous pensez peut-être pouvoir l'arrêter ? Regardez ce qui est arrivé à ce pauvre James Merrick. Ou à Orson Lee Finch. À présent, ce monstre cherche à piéger Reid. Il n'est peut-être pas trop tard pour éviter le piège dans lequel vous êtes en train de vous précipiter, tous les deux. Tout ce que je vous demande, c'est d'y réfléchir...

À cet instant, le morceau au rythme duquel ils étaient en train d'évoluer toucha à sa fin. Boone s'écarta alors d'Arden et s'éloigna avant qu'elle ait pu répondre quoi que ce soit. Toujours sous le choc de ce qu'il venait de lui dire, elle le suivit des yeux tandis qu'il se frayait un chemin en direction du buffet.

L'esprit en ébullition, elle se mit alors à la recherche de Reid mais ne l'aperçut nulle part. Avisant les portes grandes ouvertes qui donnaient sur la terrasse, elle décida de tenter sa chance de ce côté-ci.

Au dehors, soufflait une douce brise qui l'aida à recouvrer ses esprits. Elle parcourut du regard les petits groupes d'invités qui devisaient à la lueur des torches. La bonne humeur qui semblait prévaloir tranchait avec son propre trouble.

Ne voyant Reid nulle part, elle se prépara à regagner le grand salon. Mais quelqu'un lui barra alors la route. Surprise, elle constata qu'il s'agissait de Clement Mayfair.

— Grand-père, s'exclama-t-elle. Je ne t'avais pas vu...

Il ne répondit pas, se contentant de la fixer d'un air étrange.

— Je cherchais Reid, lui indiqua-t-elle. Est-ce que tu l'aurais vu, par hasard ?

— Non, répondit-il d'une voix glaciale.

Il n'y avait dans son attitude pas la moindre trace de tendresse ou d'affection et, se rappelant ce que Reid lui avait raconté au sujet de leur entrevue, elle se demanda pourquoi Clement Mayfair avait pris la peine de décourager ses avances.

— Félicitations pour cette fête, lui dit-elle pour meubler le silence oppressant qui menaçait de s'éterniser. Tu t'es surpassé.

— Toi aussi, répondit-il en jetant un regard appuyé à sa robe.

Elle jugea préférable de ne pas relever.

— J'ai été un peu étonnée en apprenant que c'était toi qui avais décidé d'accueillir le bal du maire. Je croyais que tu n'appréciais pas beaucoup ce genre de mondanités. Mais il est vrai que je suis restée loin de Charleston pendant longtemps. Et tout le monde change, n'est-ce pas ?

— Pas toi, visiblement, répliqua son grand-père. Tu es une adulte, à présent. Et j'espérais que tu aurais un peu mûri, après tout ce temps. Mais tu es exactement comme ta mère. Evelyn a toujours cru qu'elle était le centre de l'univers...

Un frisson glacé dévala le long de la colonne vertébrale d'Arden.

— Evelyn était ma grand-mère, objecta-t-elle. Je suis Arden...

— Rentre à la maison, rétorqua son grand-père qui ne semblait pas l'avoir entendue. Et ne reviens que lorsque tu auras appris à te conduire comme quelqu'un de ton rang ! Cela ne t'a donc pas suffi de flirter avec ce pauvre type. Il fallait encore que tu tombes enceinte… Tu n'es qu'une garce !

Clement Mayfair fut brusquement interrompu par un concert de clameurs émanant de l'intérieur de la maison. Il se détourna brusquement et regagna le salon. Revenant de sa stupeur, Arden lui emboîta le pas.

La musique s'était arrêtée laissant place à un brouhaha. Au milieu de la piste de danse, Reid était entouré de deux policiers en uniforme. Face à lui, se tenait l'inspecteur Graham.

— Que se passe-t-il ? s'enquit Arden, luttant contre la panique qui montait en elle.

— Veuillez reculer, mademoiselle, lui intima le policier le plus proche.

— Reid, est-ce que ça va ? demanda-t-elle.

— Ne t'en fais pas pour moi. L'inspecteur Graham a quelques questions à me poser. Apparemment, cela ne pouvait pas attendre demain.

— Peut-on savoir à quoi rime cette comédie ? s'exclama Clement Mayfair d'un ton impérieux.

L'inspecteur Graham se tourna vers lui.

— Je suis vraiment désolé d'interrompre votre réception, monsieur Mayfair. Mais il s'agit d'une affaire de la plus haute importance.

— Je suppose que l'importance de l'affaire en question est proportionnelle au nombre de journalistes qui vous attendent dehors ? intervint alors Boone Sutton. Est-ce que par hasard vous envisageriez de briguer le poste de commissaire, Graham ?

— Je ne fais que mon travail, monsieur Sutton, répondit l'inspecteur avec onctuosité. Votre fils est le principal suspect dans une affaire de meurtre.

— Est-ce que vous l'arrêtez ? s'enquit Boone.

— Je veux juste lui poser quelques questions.

— Ne dis pas un mot, ordonna Boone à son fils. Pas un mot, tu m'entends ? Je suis son avocat, ajouta-t-il à l'intention de Graham. Je vous rejoins tout de suite au commissariat.

Graham se rembrunit mais se garda de protester de peur, sans doute, d'être accusé par la suite d'entrave à la justice. Il se contenta de faire signe aux deux policiers qui escortèrent Reid en direction de la porte d'entrée. Boone et Arden suivirent le petit groupe.

— Il faut que vous alliez chez Reid, lui souffla le père de ce dernier tandis qu'elle s'apprêtait à appeler un taxi.

— Pourquoi ?

— Pour le moment, Reid n'est pas en état d'arrestation, expliqua Boone. Et si nous voulons éviter que cela ne change, nous allons devoir travailler ensemble, tous les deux.

— Graham essaie de le piéger, lui dit-elle.

— Je suis bien d'accord. C'est pour cela que nous devons nous séparer. Je vais assister à l'interrogatoire en tant qu'avocat. Vous, pendant ce temps, filez chez Reid et assurez-vous que tout est en ordre.

— Que voulez-vous dire ?

— Qu'un flic corrompu comme Graham n'hésitera pas à fabriquer de fausses preuves si cela peut lui permettre d'incriminer Reid.

— L'arme du crime, murmura-t-elle. Vous croyez qu'il a pu cacher l'arme qui a servi à tuer Haley Cooper chez Reid ?

— C'est tout à fait possible, confirma Boone. Il n'y a pas une minute à perdre. Filez là-bas et nettoyez la maison avant que Graham n'ordonne une perquisition.

— D'accord, répondit-elle. Mais tâchez de le tirer de là.

— Ne vous en faites pas. C'est mon métier.

Arden descendit du taxi qui l'avait conduite jusque chez Reid et elle se précipita vers la porte d'entrée du cabinet. Après avoir déconnecté l'alarme, elle referma à clé derrière elle et, suivant le conseil de Boone, elle commença à fouiller méticuleusement la maison.

Elle commença par leurs bureaux avant de passer à la bibliothèque et la cuisine. N'ayant rien trouvé, elle passa à l'étage qu'elle parcourut méthodiquement, ne négligeant aucun meuble, aucun recoin susceptible de servir de cachette.

Lorsqu'elle eut terminé, elle recommença. Après une troisième inspection, elle dut se rendre à l'évidence : Graham n'avait rien caché de compromettant dans cette maison. Soulagée, elle était sur le point d'appeler Boone lorsqu'un doute s'insinua en elle.

Reid et elle avaient clairement fait comprendre à tous ceux qui se trouvaient chez Clement Mayfair ce soir-là qu'ils étaient désormais en couple. Elle devait donc également s'assurer que l'arme du crime ne se trouvait pas chez elle. Sans attendre, elle commanda un nouveau taxi qu'elle attendit en faisant nerveusement les cent pas devant la maison.

Moins d'un quart d'heure plus tard, elle était de retour chez elle. Après avoir payé, elle franchit le portail et se dirigea à grands pas vers la demeure qu'illuminait le clair de lune. Mais lorsqu'elle parvint en vue de la terrasse sur laquelle elle avait fait transporter le *Cereus* massif de sa mère, elle se figea, partagée entre stupéfaction et inquiétude.

L'immense cactus avait apparemment fleuri pendant la soirée. Mais quelqu'un avait rageusement tranché toutes les fleurs avant de s'acharner dessus, les réduisant littéralement en charpie. Les pétales étaient répandus au pied de la plante comme une pluie de confettis.

Arden sentit les battements de son cœur s'emballer dans sa poitrine et ses cheveux se dresser sur sa nuque. De toute évidence, le stratagème qu'elle avait mis au point ce soir-là avait porté ses fruits. Elle avait réussi à attirer l'attention du tueur du crépuscule.

Ce qu'elle n'avait pas prévu, en revanche, c'était qu'elle puisse se retrouver seule face à lui dans le jardin où il avait assassiné sa première victime, vingt-cinq ans auparavant. Horrifiée, elle fit volte-face et se précipita en courant vers le portail.

Elle s'était presque attendue à ce que le tueur l'attende devant et constata avec soulagement que la voie était libre. Accélérant encore l'allure, elle se rua sur la porte métallique. Ce n'est qu'alors qu'elle s'aperçut que le portail était à présent fermé par une épaisse chaîne semblable aux antivols dont se servaient les motards.

L'angoisse d'Arden redoubla, et elle ne put réprimer un

gémissement de désespoir. Elle entendit alors un craquement derrière elle et se retourna, pantelante.

Dans l'ombre des arbres qui bordaient l'allée centrale, elle aperçut la silhouette d'un homme qui s'avançait dans sa direction. Il ne paraissait pas particulièrement pressé et jouait négligemment avec un bout de bois.

— Le moment de vérité est venu, s'exclama l'homme en émergeant lentement de l'ombre. Enfin, nous allons nous retrouver en tête à tête, toi et moi. Nous avons tant de choses à nous dire.

Arden gémit en découvrant que ce qu'elle avait pris pour un bâton était en réalité le sabre japonais de sa grand-mère dont le tueur du crépuscule s'était probablement servi pour vandaliser le *Cereus*.

— Comment as-tu pu faire une chose pareille ? murmura-t-elle d'une voix brisée. Elle était ta sœur !

— Justement, répondit son oncle d'une voix très douce, il fallait que je la sauve. Si je n'avais pas été là, Camille serait devenue comme sa mère, une catin.

D'un geste presque négligeant, Calvin fit siffler le sabre qu'il tenait à la main. De toute évidence, ce n'était pas la première fois qu'il se servait de cette arme, et il la maniait avec une mortelle précision.

— Ce doit être une sorte de malédiction, reprit son oncle en contemplant pensivement la lame.

Calvin secoua tristement la tête.

— Si tu savais comme je l'ai aimée… Il m'arrivait de me réveiller la nuit et de me glisser dans sa chambre pour la regarder dormir. Maman m'a surpris, une fois, et elle en a parlé à mon père. Ils m'ont envoyé en internat, après ça. Je ne la revoyais plus que pendant les vacances. Mais même là ils faisaient tout ce qu'ils pouvaient pour nous séparer. C'est pour cela que maman est partie avec Camille, en fin de compte. Elle avait peur pour elle. Peur de moi, son propre fils…

Il se remit à avancer dans sa direction, et Arden comprit que si elle ne se forçait pas à bouger elle se retrouverait prise au piège. Au prix d'un incroyable effort de volonté, elle se força à s'éloigner de la porte.

— Je venais ici aussi souvent que je le pouvais, reprit son oncle. Je la regardais, et cela suffisait à faire mon bonheur. Mais j'ai fini par comprendre qu'elle ne serait jamais vraiment à moi. Les gens ne pouvaient pas comprendre...

Arden savait que sa seule chance était de courir se réfugier à l'intérieur. Là, elle n'aurait qu'à s'enfermer dans l'une des pièces et appeler les secours. Malheureusement, son oncle se trouvait entre elle et la maison.

— Un soir, je l'ai aperçue près du pavillon, murmura son oncle en s'immobilisant de nouveau. Elle portait sa belle robe rouge et avait piqué une fleur de magnolia dans ses cheveux blonds. Elle était magnifique. C'est à ce moment précis que j'ai compris ce qu'il fallait que je fasse.

Le pavillon, songea Arden, partagée entre terreur et exultation. Si elle y arrivait avant lui, elle pourrait s'y barricader.

— Cette nuit a été magique, reprit Calvin. Dans la mort, Camille est devenue mienne comme jamais elle n'aurait pu l'être de son vivant. Je n'ai jamais retrouvé cela... Cette intimité, cette communion...

Calvin fit de nouveau siffler son sabre, tranchant rageusement le buisson près duquel il se tenait.

— Toutes celles qui ont suivi n'ont été que de pâles copies, de mauvaises imitations. La plupart des gens ne peuvent pas imaginer comme il est difficile de réaliser un meurtre vraiment satisfaisant. C'est un peu comme une rencontre amoureuse... J'en étais presque venu à me dire que je ne retrouverai plus jamais cette sensation. Jusqu'à ce qu'Evelyn meure. Lorsque je t'ai vue à l'enterrement, j'ai su que j'avais droit à une seconde chance... Il me fallait juste être patient, attendre le bon moment...

Calvin fit un pas dans sa direction.

— Lorsque je t'ai vue entrer dans le salon de papa, ce soir, j'ai su que ce moment était venu. Alors, j'ai décidé de passer à l'action. Je n'avais qu'un coup de téléphone à passer pour me débarrasser de ce pauvre Reid. Et nous voilà enfin en tête à tête...

— Tu es un monstre, articula Arden. Comment as-tu pu tuer toutes ces femmes ?

— Je sais que c'est difficile à comprendre, répondit Calvin d'une voix très douce. Mais la mort n'est pas ce que tu crois. Si tu me fais confiance, tu verras, Arden. La mort n'est pas la souffrance mais la délivrance de toute souffrance. Laisse-moi te montrer...

Comprenant que son oncle s'apprêtait à passer à l'attaque, Arden tourna brusquement les talons et s'élança en avant, courant aussi vite que le lui permettaient sa robe et ses chaussures à talon.

— Tu perds ton temps, Arden, lui cria son oncle sur le ton qu'il aurait pu employer pour réprimander un enfant malicieux.

Elle pressa encore l'allure et ne tarda pas à apercevoir le pavillon d'été. Éperdue de soulagement, elle se précipita vers la porte et agrippa la poignée. Mais lorsqu'elle tira dessus, elle constata avec horreur que la porte était fermée à clé. Luttant désespérément contre la panique qui menaçait à tout moment de la submerger, elle fit volte-face et constata que son oncle la suivait de près.

Elle se remit donc à courir à travers le parc, comprenant qu'elle était prise au piège. Calvin se trouvait toujours entre la maison et elle. Et à force de fuir elle ne tarderait pas à se retrouver bloquée par le mur d'enceinte de la propriété.

Au moment même où elle se faisait cette réflexion, son pied heurta violemment une sorte de petit muret et elle s'étala de tout son long sur le sol. Le souffle coupé, elle demeura quelques instants immobile, s'efforçant de ne pas perdre connaissance.

Elle comprit alors qu'elle était étendue sur les dalles de l'ancienne orangerie, à l'endroit même où une partie de la toiture s'était effondrée. Quelques morceaux de verre gisaient encore çà et là, rappelant l'accident dont elle avait bien failli être victime.

— Tu sais que c'est juste à côté d'ici qu'elle est morte, fit la voix de son oncle.

Arden attrapa l'un des morceaux de verre qui lui entailla la peau. Péniblement, elle se redressa à quatre pattes.

— Je suis heureux que tu aies choisi cette robe, ajouta Calvin qui venait d'enjamber le petit muret sur lequel Arden venait de trébucher. Ce jour marquera pour moi l'achèvement d'un cycle qui a débuté il y a vingt-cinq ans de cela.

Calvin l'avait rejointe à présent. Il s'accroupit à son côté, posant son sabre en travers de ses cuisses.

— Si tu te souviens bien, lui dit-il, je t'avais laissé un petit présent, sur les marches du pavillon. J'en ai un autre, aujourd'hui…

Il plongea une main dans la poche de sa veste et en tira une poignée de pétales de couleur rouge qu'il laissa filer entre ses doigts. Une douce odeur de magnolia se mit à flotter dans l'air.

— Adieu, ma nièce, lui dit-il en faisant mine de se relever.

Arden se détendit alors, brandissant le morceau de verre qu'elle avait ramassé. Avec un hurlement sauvage, elle l'abattit en direction de son oncle qui eut tout juste le temps d'interposer son bras. Elle sentit son arme improvisée s'enfoncer profondément dans sa chair, lui arrachant un cri de surprise et de souffrance mêlées.

Ils roulèrent sur le sol, luttant sans merci tandis que les autres éclats de verre qui jonchaient le sol les tailladaient l'un et l'autre. Arden crut un moment qu'elle parviendrait à prendre l'ascendant mais, en dépit de sa blessure qui continuait de saigner abondamment, son oncle était plus fort qu'elle.

Agrippant ses cheveux des deux mains, il cogna violemment son crâne contre les dalles. Tout se mit à tourner autour d'elle, et elle lutta de nouveau pour ne pas sombrer dans l'inconscience.

Mais lorsque sa vision commença à se stabiliser et que sa nausée reflua, elle constata avec horreur que son oncle avait récupéré son sabre et se tenait juste au-dessus d'elle.

— Embrasse Camille de ma part, lui dit-il en levant sa lame.

Mais à l'instant même où il allait l'abattre, il fut percuté violemment de côté. Au prix d'un immense effort, Arden se redressa en position assise. À moins d'un mètre d'elle, Calvin et Reid étaient en train de lutter l'un contre l'autre.

Mais cette fois-ci, son oncle n'avait pas lâché son sabre et il se mit à frapper son adversaire à l'aide du pommeau de l'arme. Il parvint ainsi à se dégager et se redressa suffisamment pour pouvoir espérer se servir de la lame.

Une violente détonation retentit alors à quelques mètres de là. Touché de plein fouet, Calvin s'écroula lourdement sur le sol.

Arden se précipita alors vers Reid qu'elle aida à se redresser. Son visage était tuméfié, et son arcade sourcilière ouverte saignait abondamment mais il était bien vivant. Il écarta les bras, et elle se pressa contre lui, laissant libre cours à un torrent d'émotions contradictoires parmi lesquelles dominait le soulagement.

Tenant toujours son arme à la main, le policier qui venait de tirer sur Calvin s'était approché de lui. Du bout du pied, il fit basculer son corps sur le dos. S'agenouillant auprès de lui, il s'assura qu'il avait bel et bien rendu son dernier soupir.

Pendant ce temps, les sanglots qui secouaient Arden avaient commencé à s'espacer, et elle parvint à recouvrer un semblant de calme. Reid l'aida alors à se relever et l'entraîna à l'écart tandis que les policiers commençaient à s'activer autour de la scène de crime.

— J'ai cru qu'il allait me tuer, murmura-t-elle.

— Moi aussi, répondit Reid d'une voix étranglée.

Elle se dégagea doucement et le regarda droit dans les yeux, puisant un peu de réconfort dans la tendresse qu'elle y lisait.

— Comment avez-vous su que j'étais là ?

— Grâce à ton grand-père. Lorsqu'il a compris ce que Calvin s'apprêtait à faire, il est venu au commissariat et a tout raconté...

— Il savait tout depuis le début ? murmura Arden, horrifiée. Il a laissé toutes ces femmes se faire tuer simplement pour protéger son fils ?

— Je ne crois pas, répondit Reid. Je pense que pendant des années, il n'a pas voulu voir la réalité en face. Il a voulu se convaincre que Finch était bien le tueur. Puis Calvin est revenu à Charleston, Haley Cooper a été tuée, et notre enquête a commencé à faire resurgir un passé qu'il espérait révolu.

— C'est pour cela qu'il voulait tant récupérer la maison, n'est-ce pas ? Pour que je reparte à Atlanta.

Reid hocha la tête.

— C'est aussi pour cela qu'il a tenté de m'éloigner de toi. Il aurait pourtant dû savoir que c'était impossible.

— Tu le penses vraiment ?

Reid souleva doucement le menton d'Arden et la regarda droit dans les yeux.

— Nous sommes faits l'un pour l'autre, lui dit-il. J'ai passé quatorze ans à t'attendre sans même le savoir. Mais maintenant que tu es revenue, je suis bien décidé à ne plus jamais te laisser partir.

— Tu me le promets ?

Reid secoua la tête.

— Je l'ai déjà fait, lui rappela-t-il. Un jour où nous regardions les étoiles filantes sur les marches du pavillon d'été.

— Je ne pensais pas que tu t'en souvenais, murmura-t-elle.

— Pourquoi crois-tu que c'est cet endroit que j'ai choisi pour notre premier baiser ? répliqua-t-il. Mais je ne veux plus me contenter de promesses, Arden. Je veux te prouver chaque jour que tu es la femme de ma vie, la seule que j'aie jamais aimée et la seule que j'aimerai jamais. Qu'est-ce que tu en dis ?

Arden se pencha vers lui pour effleurer ses lèvres d'un baiser.

— Je suis d'accord, Reid Sutton. Mais à une condition.

— Laquelle ?

— Que tu me laisses te prouver chaque jour que la réciproque est vraie.